中侨彩图馆
刘凤珍 主编

# 古罗马神话彩图馆

余祖政 刘佳 刘世洁 编著

中国华侨出版社

图书在版编目（CIP）数据

古罗马神话彩图馆 / 余祖政，刘佳，刘世洁编著.
— 北京：中国华侨出版社，2015.12
（中侨彩图馆 / 刘凤珍主编）
ISBN 978-7-5113-5854-7

Ⅰ.①古… Ⅱ.①余… ②刘… ③刘… Ⅲ.①神话—作品集—古罗马 Ⅳ.① I546.73

中国版本图书馆CIP数据核字（2015）第301863号

## 古罗马神话彩图馆

编　　著 / 余祖政　刘佳　刘世洁
丛书主编 / 刘凤珍
总 审 定 / 江　冰
出 版 人 / 方　鸣
责任编辑 / 附　离
装帧设计 / 贾惠茹　杨　琪
经　　销 / 新华书店
开　　本 / 720mm×1020mm　1/16　印张：27.5　字数：650千字
印　　刷 / 北京鑫国彩印刷制版有限公司
版　　次 / 2016年5月第1版　2016年5月第1次印刷
书　　号 / ISBN 978-7-5113-5854-7
定　　价 / 39.80元

中国华侨出版社　北京市朝阳区静安里26号通成达大厦3层　邮编：100028
法律顾问：陈鹰律师事务所
发行部：（010）64443051　　　　　传真：（010）64439708
网　址：www.oveaschin.com　　　　E-mail：oveaschin@sina.com

**如发现图书质量有问题，可联系调换。**

# 前言

在绚丽多姿的世界文化史中，神话故事如同一串闪闪发光的珍珠贯穿其中。奇特的情节、多样的风格，以及丰富的内容都全面体现出神话故事无穷的艺术魅力与民族的多源性。神话是人类对最完美的自我的一种期待，它以浪漫史诗的形式再现了人类最初的社会生活和精神面貌，对世界各地文学的发展和繁荣产生了深刻而久远的影响。

古罗马神话是古罗马人对远古历史和对自然界斗争的一种艺术回顾，是人们在同大自然的长期斗争中，在对高尚和文明的不懈追求中创造出来的，反映了古罗马人在人类蒙昧时期对神秘自然的执着追求，对英雄神圣的信仰崇拜，对和平生活的热情向往以及对美好未来的无限憧憬。它们向我们展示了远古时代人类的思想和情感，我们可以透过它们忆起古代与自然共生的人类，体味到世界刚"诞生"时的幽远和隐秘。

古罗马神话是人们将世界理想化、把社会诗歌化、把人生艺术化的艺术表现，是"人类美丽童年的诗"，是全人类文明的重要组成部分，世界文学艺术宝库中的奇葩，深刻影响着人类的文化生活和精神追求，是极为重要的世界文化遗产。这些神话故事流传至今已近3000年，作为人类童年时代的产物，显示出永久的魅力，其纯真的艺术形象和朴素的风格，至今吸引着人们去阅读，去欣赏。

阅读古罗马神话得到的不仅仅是美学上的享受，更能从中对古罗马有更好的认识。它是史学家研究历史的必不可少的参考书，也是历代文学家和艺术家进行创作的源头之一。

本书所选辑的故事，都是古罗马神话故事中最具有代表性的作品，包括了神的诞生、神的家族、神的活动、人类的起源、英雄传说等。故事情节扑朔迷离，生动诱人；内容丰富多彩，引人入胜；语言幽默精练，耐人寻味；人物栩栩如生，跃然纸上。为了帮助读者拓宽阅读视野，本书还附有其他国家和地区的经典神话。

同时，编者还选取了与文字内容相契合的精美图片，将一个浪漫动人的神话世界全方位、多层次地展现在读者面前，加深读者对神话故事的认知，让读者在阅读故事时获得身临其境的感觉和轻松的阅读体验。科学的体例、生动的故事、精美的图片，多种视觉要素有机结合，带领读者进入一个神奇的世界、想象的王国。

　　古罗马神话反映了人类原始时期的社会秩序，体现了人类的情感、信仰、愿望和幻想。翻开本书，你可以从精彩生动的神话故事中，找到与自己心灵产生共鸣的情感体验，可以从富有智慧的语言中汲取营养、获得感悟、引发思考，为自己的人生营造一方纯净的圣土。

# 目录

## 古罗马神话故事

徜徉于天庭的众神 ... 2
亚奴斯和萨图恩 ... 4
萨图恩的族节 ... 6
萨图恩和朱庇特 ... 8
天公朱庇特 ... 10
朱庇特创造人类 ... 12
丢卡利翁和皮拉再造人类 ... 14
美丽的天后朱诺 ... 17
朱庇特的爱情故事 ... 19
太阳神福波斯 ... 21
太阳神的爱情 ... 23
太阳神之子 ... 25
海神尼普顿 ... 28
智慧女神密涅瓦 ... 30
月亮女神的浪漫爱情 ... 32
信使墨丘利 ... 35
凶残的战神玛尔斯 ... 37
最美丽的爱神维纳斯 ... 39
丘比特的婚恋故事 ... 41
丑陋的火神伏尔甘 ... 44
冥王普路托的冥界和真理田园 ... 46
被缚的普罗米修斯 ... 48
珀耳修斯 ... 50
艺术家代达罗斯 ... 52
底比斯城的故事 ... 54
酒神巴克斯 ... 56
坦塔罗斯和儿子珀普罗斯 ... 59
人造物之神和迈达斯国王 ... 60

| | |
|---|---|
| 尼俄伯和她的儿女 | 62 |
| 梅利埃格和阿塔兰特 | 64 |
| 英雄柏勒洛丰 | 67 |
| 阿尔戈英雄 | 69 |
| 英雄们的最后险遇 | 71 |
| 国王的女儿美狄亚 | 73 |
| 英雄赫丘利 | 75 |
| 赫丘利的结局 | 77 |
| 奥林匹斯山的战火 | 79 |
| 忒修斯登上雅典王位 | 81 |
| 忒修斯的结局 | 83 |
| 英雄尤利西斯 | 85 |
| 尤利西斯取得胜利 | 87 |
| 引起战争的金苹果 | 89 |
| 特洛伊城的由来 | 91 |
| 帕里斯和海伦 | 93 |
| 阿伽门农攻打特洛伊 | 95 |
| 英雄阿喀琉斯的愤怒 | 97 |
| 木马计和特洛伊城的毁灭 | 99 |
| 英雄埃涅阿斯寻找新乐园 | 101 |
| 朱诺的报复 | 103 |
| 朱庇特许下诺言 | 105 |
| 埃涅阿斯在迦太基 | 107 |
| 女王狄多之死 | 109 |
| 登陆意大利 | 111 |
| 拉维尼娅的婚事 | 113 |
| 朱诺煽动一场战争 | 114 |
| 埃汪特耳的救援 | 116 |
| 埃涅阿斯的盾牌 | 119 |
| 图尔奴斯兵临营房 | 120 |
| 勇敢少年尼索斯和欧律阿罗斯 | 122 |
| 围攻特洛伊人 | 124 |
| 埃涅阿斯回到营房 | 126 |
| 埃涅阿斯扭转战局 | 128 |
| 停战 | 130 |
| 拉丁姆的民众会议 | 132 |
| 卡弥拉之死 | 134 |
| 破坏和约 | 136 |
| 媾和前的战斗 | 138 |
| 图尔奴斯与埃涅阿斯的决斗 | 140 |

| 拉维尼乌姆和阿尔巴·隆伽 | 143 |
| --- | --- |
| 洛摩罗斯和雷姆斯 | 145 |
| 罗马的建立 | 147 |
| 劫夺萨比纳女人 | 149 |
| 洛摩罗斯的结局 | 150 |
| 众神的考验 | 153 |
| 战争欲望和权力欲望 | 155 |
| 塔尔库依尼乌斯当上国王 | 157 |
| 出身低微的赛尔维乌斯·图利乌斯 | 160 |
| 驱逐傲王 | 162 |
| 布鲁图之死 | 164 |
| 独眼人归来 | 166 |
| 莫茨乌斯和克雷利亚 | 168 |
| 和平演说 | 171 |
| 母亲的力量 | 173 |
| 护民官之死 | 175 |
| 黑色的一天 | 177 |
| 农民辛辛那图斯 | 179 |
| 阿尔乌斯·克劳迪乌斯 | 181 |
| 卡弥罗斯凯旋 | 184 |
| 高卢人在罗马 | 186 |
| 卡弥罗斯的归宿 | 188 |
| 梯拖斯和玛尔库斯 | 190 |
| 玛尔库斯·库尔梯乌斯以身献祭 | 192 |
| 第一次萨姆尼特尔人战争 | 194 |
| 血战之后的一场滑稽剧 | 196 |
| 拉丁之战 | 197 |
| 独裁官和他的副手 | 199 |
| 考迪乌姆的枷锁和报应 | 202 |
| 仁梯努姆会战 | 205 |
| 萨姆尼欧姆的结局 | 207 |
| 比尔胡斯国王 | 208 |

## 附　其他国家和地区神话故事

**北欧神话故事** ........................................212

| 最早的天神 | 212 |
| --- | --- |
| 创造天地 | 214 |
| 众神之王奥丁 | 216 |

众神之后芙莉嘉 218
奥丁盗神酒 220
雷神托尔 222
战神提尔 224
光明及黑暗之孪生神 226
丰饶之神弗雷尔 229
建造众神之家 231
火神洛基 232
爱神芙蕾雅 235
一条项链引发的战争 236
亚瑟神族与伐纳神族的战争 238
诸神之黄昏 240

## 美索不达米亚神话故事 243

恩利鲁创造天地和人类的出现 243
人类和农牧的开始 245
伊南娜·多姆基的神话 247
吉尔甘尼斯的故事 249
伊修达鲁·丹姆斯的神话 251
阿托拉·哈希斯神话 253
亚达巴的神话 255
耶达纳神话 257
尼鲁卡路与亚莉修姬达鲁 259
德利比鲁的神话 261
克马鲁迪的神话 263
龙神伊路鲁亚卡修的神话 265
巴比伦的创世记 267
大母神复仇 269
马尔都克创世 271
伊什塔尔女神的地狱之行 272
降临人间的灾难 274
塞米拉米斯女神 276
灾难之神艾拉 278
英雄吉尔伽美什 280
吉尔伽美什与恩启都 281
征讨洪巴巴 283
吉尔伽美什与伊什塔尔 285
恩启都之死 286
达伊里 288
菜豆男孩 291

## 印度神话故事 ... 293

- 梵天创世 ... 293
- 天帝因陀罗 ... 295
- 莎维德丽和加耶德丽 ... 297
- 日神和月神 ... 299
- 风神之子 ... 301
- 湿婆 ... 303
- 雪山神女 ... 305
- 战神出世 ... 307
- 象头天神 ... 309
- 杜尔迦女神 ... 311
- 大神化身黑天 ... 312
- 大神化身侏儒 ... 314
- 恒河女神下凡 ... 316
- 恒河女神和她的孩子 ... 318
- 阿普莎拉丝下凡 ... 320
- 搅乳海 ... 321
- 罗摩的故事 ... 324
- 班度五子的故事 ... 326
- 那罗和达摩衍蒂 ... 328
- 莎维德丽节 ... 329
- 美娘 ... 332
- 巴达利普特拉城的由来 ... 334
- 大鹏救母 ... 336

## 埃及神话故事 ... 339

- 法罗创世 ... 339
- 伊西斯女神的阴谋 ... 341
- 拉神退位 ... 343
- 太阳神赖的故事 ... 345
- 奥西里斯统治埃及 ... 347
- 美丽的金丝雀 ... 349
- 奥西里斯复活 ... 350
- 何露斯 ... 352
- 法老和魔法师的故事 ... 354
- 白何露斯与黑何露斯 ... 356

## 中国神话故事 ... 358

- 盘古开天辟地 ... 358
- 女娲造人补天 ... 360

| | |
|---|---|
| 伏羲和句芒 | 362 |
| 芒耶取谷种 | 363 |
| 燧人氏钻木取火 | 365 |
| 炎帝 | 366 |
| 黄帝 | 368 |
| 嫘祖养蚕 | 370 |
| 仓颉造字 | 371 |
| 战神刑天 | 372 |
| 祝融与共工 | 373 |
| 美神瑶姬 | 375 |
| 精卫填海 | 376 |
| 颛顼和重黎 | 378 |
| 高辛王帝喾 | 379 |
| 玄鸟生商 | 381 |
| 夸父追日 | 382 |
| 丹朱化鸟 | 384 |
| 湘妃竹 | 385 |
| 大禹治水 | 387 |
| 启母石 | 388 |
| 后羿射九日 | 389 |
| 嫦娥奔月 | 391 |
| 吴刚伐桂 | 393 |
| 牛郎织女 | 395 |
| 天仙配 | 397 |

## 印第安神话故事　400

| | |
|---|---|
| 创世主帕查卡马克 | 400 |
| 太阳神 | 402 |
| 众神传说 | 404 |
| 凯欧蒂 | 406 |
| 卡尔卡和恰斯卡 | 408 |
| 阿钦波娜 | 410 |
| 羽蛇神和黑暗之神 | 412 |
| 黑暗女神 | 413 |
| 日月神 | 415 |
| 复仇之神 | 418 |
| 太阳鸟 | 419 |
| 豹王之子 | 421 |
| 众神之战 | 423 |
| 太阳之子印加王 | 425 |

# 古罗马神话故事

## 徜徉于天庭的众神

很久以前，世界曾是一片混沌。那个时候，天地未分，万物混乱地分布在巨大而又荒凉的空间里。后来，天神乌拉诺斯和地神该亚感到非常孤寂，便通过神力使宇宙产生了巨变，之后出现了十二大主神，这十二大主神都生活在奥林匹斯圣山上。

生活在奥林匹斯山上的十二大主神包括：众神之王也是阳间之王的天公朱庇特、天后朱诺、太阳神福波斯、月亮女神狄安娜、美神维纳斯、海神尼普顿、谷物女神色列斯、智慧女神密涅瓦、火神伏尔甘、战神玛尔斯、众神信使墨丘利、酒神巴克斯。除这十二大主神外，还有众多的天神活动在奥林匹斯山上，活动于阴间和人世间的神也有很多，他们一起掌管着宇宙万物，才使得宇宙间不致再处于混沌状态。

居住在奥林匹斯圣山上的众神都有自己的宫殿。奥林匹斯山不仅雄峻，而且充满了圣灵的神气，那里总是风和日丽，没有出现过暴风或是骤雨，山上长满了奇花异草，在阳光的照射之下，散发出的香气醉人心脾。云雾弥漫于奥林匹斯山腰，好一处难得的极乐世界。众神们自然愿意在此建立自己的居所了。

奥林匹斯圣山上的众神是怎样生活的呢？每天清晨，曙光女神奥罗拉都会比其他神起得早，她用她玫瑰色的手指打开天门，把阳光放进天宫。当天神们看到金灿灿的阳光后，便会起床聚集到天公殿堂里，对众神之王朱庇特进行朝拜。天公朱庇特庄严地坐在金色的宝座上，与众神一起沉浸在喜悦和欢乐之中。说笑之余，青春女神尤文塔斯会把一些精美的食品、仙酒奉献给大家品尝。有些时候，太阳神福波斯也会为众神们弹奏竖琴，在悠扬的琴声中，天公与众神如痴

**优雅三女神　意大利　拉斐尔**
即妩媚、优雅、美丽三位女神，统称为美丽女神卡里忒斯，她们的任务是为众神表演歌舞。

如醉，有时会不由得随着乐声手舞足蹈。穿着艳丽衣裙的美丽女神卡里忒斯（妩媚、优雅、美丽三位女神的统称）为众神们带来优美的舞蹈，缪斯（主管文艺和科学的神）唱上一段悦耳的歌……当满天的繁星在黑夜女神诺克斯的手中点亮时，众神们才恋恋不舍地回到各自的宫殿。奥林匹斯山沉浸在万籁俱寂之中，只有繁星在空荡的苍穹中俯望着大地。

**徜徉于天庭的众神**
奥林匹斯山不仅雄峻，而且充满灵气，那里总是风和日丽，一片祥和气息。山上长满奇花异草，香气四溢，山腰云雾弥漫，好一片极乐世界。

在众神中，虽然天公朱庇特是万物的主宰，但其余的神并不是只为朱庇特服务的，比如卡里忒斯和缪斯，他们的任务就是给众神们表演歌舞，而三位时光女神赫耳则负责看护奥林匹斯的天门。当然，他们之间还有各种扯不断的关系，或是兄弟姐妹，或是夫妻。

朱庇特的权力很大，但他同样需要一位出色的助理，充当这一角色的就是正义女神朱蒂提亚。她是时光女神赫耳的母亲，由于她执法如山，铁面无私，朱庇特非常器重她，让她坐在自己宝座的旁边，负责制定和保障法律的实施。除了作出正义的决定之外，奥林匹斯山及整个宇宙的治安也归她掌管。

朱庇特一旦作出了什么决定，就会让女信使伊里斯去向众神传递，所以伊里斯一直坐在朱庇特的台阶上，从不敢离开半步。在睡觉时，她也不脱鞋，不揭面纱，朱庇特每每都夸奖她是一个忠实的仆人。

此外，朱庇特的三个女儿也会协助父亲治理宇宙，并且对人间的法律的执行进行监督。朱庇特的这三个女儿分别是诺娜、得客玛、摩耳塔，她们又被人们合称为命运女神帕耳开，掌管着天地间万物的寿限，各种生灵的生命之线都由她们来决定。每天，她们会把一些人的命运写在铜殿的墙壁上，一些天体运行的路线轨迹也是墙壁上的规划之一。这些规划一旦被写在铜墙上，就很难再改变了，所以帕耳开在计划这些时也都是经过慎重考虑的。在她们中，诺娜负责定型生命线，得客玛负责起伏生命线，而摩耳塔负责规定生命线的长短。当计划内的某个生灵的生命线到期时，她们便派信使墨丘利把这一信息送到阴间，由阴间冥王普路托执行审判。

众神很少会离开奥林匹斯圣山，只是偶尔才会下凡到人间，但也是以不同形体展现在世人面前的，而不能自诩为天神。当然了，下凡后的天神是任凭我们怎么看也分辨不出与常人的异同的。他们下凡也大都是奉命去人间体察民情，然后向天公朱庇特汇报情况。

不过，这些天神也并不是一直生活在天宫，一直过着神的生活，他们也是有生命轮回的。如果天宫里的某个天神犯了错误，或是人间有某种凡人解决不了的问题，天公朱庇特就会命他们去下界投胎转世。出生后的天神们也各有任务，或是去协助人间国王治理国家，或是去避免人间的某种灾难。即使天神们不满朱庇特的这种安排，也不能表示反对，天命不可违。如果有天神稍有反抗，雷电轰顶就会降临到他身上，大多情况下会被打入十八层地狱，永世得不到翻身的机会。当然了，众神们宁可下到凡间也不愿意得到这样的惩罚。

## 亚奴斯和萨图恩

台伯河下游的一段狭长地带是罗马的发源地，这条河流在朱庇特还没有掌权时就已经存在了，虽然当时没有名字，但毕竟是存在了，而且已经存在了很长时间。

在台伯河的一侧，耸立着满是参天古树的山峰，其中的一座叫阿文丁，另一座叫帕拉丁，其他的山峰一直都没有人知道它们的名字。沿着这条河流居住着一个土著民族，亚奴斯则掌管着这个民族，人们对这个国王则是既崇敬又惧怕，不知什么时候起，他就开始统治着这个民族了。

由于能力所限，国王亚奴斯的城堡非常简单，只能是就地取材。城堡建在台伯河右侧的一个叫亚尼库罗姆的小山坡上，不远处便是台伯河的入海口。这个民族没有离开过台伯河半步，不知道除了他们之外，世界上是否还有其他的民族，更不知道自己的生活风俗粗野，而需要美好、高尚的生活。他们没有种子，所以不会农耕，只会狩猎。在台伯河流域，除了自然环境给他们带来的艰险外，他们还面临着凶猛动物的袭击。总之，这个民族生活在愚昧与水深火热之中。

台伯河地区也从没有外人来过，但有一天一个不速之客闯入了这个地区，打破了这个民族的生活习惯。那天，这里的人们聚集在台伯河的岸边，原来他们看见了一条大船正沿着台伯河扬帆而来。船在离河岸不远处抛了锚，人们远远地观望着，不敢走上前去。这时，从船舱里走出一个神采熠熠的金发男子，他微笑着向人们打着招呼，并吩咐仆人从船上领下来几头牛。这里的人们只见到过野牛，且知道野牛凶残成性。男子呼唤着那几头牛走到自己身边，向人们解释这些牛都是驯服的，它们可以为人们犁地，并为人们提供牛奶。接着人们还看到了一群与山羊有些类似的绵羊，男子手指着羊身上的那厚厚的羊毛告诉人们："瞧，它们是不是和你们这里的山羊不同呢？它们身上的这些毛可以用来织成衣物，要比你们身上这些熊皮和貂皮柔软多了。"经过他这么一说，几个胆大的人走上前去，摸着软绵绵的羊毛，竟然有些陶醉。

金发男子还带来了一些会嗡嗡叫的小东西，它们

**美丽的台伯河**
台伯河下游是罗马的发源地，传说这条河在朱庇特还没有掌权时就已经存在了，朱庇特的父亲萨图恩和此地土著民族首领亚奴斯共同开发了台伯河流域。

被装在一个大竹筐里。男子告诉大家："这叫蜜蜂，它们会制造出甜美的蜂蜜，你们肯定会非常喜欢那种汁液，这些都是上苍赐给大家的。"人们的热情开始变得高涨起来，让谷粒慢慢地从手指缝里撒落下来，鼻子呼吸着谷粒的香气，耳朵听着谷粒落地的声音，多么美妙的享受啊。

正当大家被这突来的奇迹感动时，国王亚奴斯走了过来，金发男子很快意识到这个人与其他人的不同，忙走上前去自我介绍说："尊敬的陛

**宁静和谐的拉丁姆**
在这里，没有高低贵贱，更没有仇恨与厮杀，一片和平宁静的氛围。

下，我叫萨图恩，遭到了一个强大国王的迫害，所以来到了这里，希望你能收留我。同样，为了表达我对你的感激，我给你和你的臣民带来了享受高尚生活的本领和艺术。"萨图恩的诚恳打动了亚奴斯，萨图恩在台伯河地区住了下来。

接下来的日子里，台伯河地区的人们在萨图恩的带领下学会了使用农具、栽种谷物、建造房屋等。以前愚昧的生活渐渐被高尚的生活取而代之。在这里，没有主人和奴隶的区分，没有贵与贱的不平等，更没有仇恨与厮杀，处处呈现出一派和平与宁静的气氛。

萨图恩在亚尼库罗姆山的另一侧建造了一座名叫萨图尼亚的城市，他与亚奴斯一起统治着这块土地。在两人的共同努力下，这里出现了空前的太平盛世。

"我想给这个国家起个名字，"一天，满面容光的萨图恩回想着自己取得的成绩沾沾自喜地说，"这里收留并藏匿了我，使我免遭了灾难，所以，我觉得这个国家应该叫拉丁姆，即'藏匿的国家'的意思。我希望这里以后能永享和平与安宁，人们都能过上幸福的日子。"一边说，萨图恩一边骄傲地回忆着。

"依我看你的愿望有些不现实，"亚奴斯摇着头对萨图恩说，"既然有和平就会出现战争，和平并不是永久的。虽然我也有和你同样的愿望，但我觉得国家并不能保护人民永远不受战争的威胁。"

看到萨图恩脸上恐惧的阴云，亚奴斯顿了一下，然后接着说："我既是宇宙的开始，又是宇宙的结束，宇宙间的万物都是难以预料的，你我更是左右不了。"

从那以后，这片土地有了自己的名字——拉丁姆。但害怕眼前美好的一切都会过去，萨图恩开始回避所有的人。人们对萨图恩相当尊敬，但却不知道为何他总是对众人避而不见。后来，亚奴斯对人们说出了其中的缘故。原来，萨图恩是天神之父，但受到了天神的追捕，才来到了这个地方，而他担心他一手创造的这个世界会消失，所以觉得无颜再见给他以敬意的人们。在亚奴斯的建议下，人们建造了一座神庙，来感谢萨图恩给他们带来的幸福。后来，人们还按期举行规模盛大的萨图那利亚庆典，戴着萨图那利亚节日的面具结队游行。在这些活动中，不管地位尊卑都只扮演一个角色，以唤起人们对那个黄金年代的

回忆。

一天，亚奴斯居住的那个宫殿里突然空无一人，就这样，亚奴斯作为国王的使命也不知不觉地结束了。为了纪念亚奴斯，人们把他奉为人世间最神秘、最深不可测的神。在意大利，人们对他更是尊敬。最古老的信息告诉人们，亚奴斯是起源神，执掌着开始和入门，也执掌着出口和结束，同时他又被称为"门户总管"，他永远都象征着世界上矛盾着的万事万物，所以，他的肖像通常被画成两张脸，有"双头亚奴斯"的说法。

## 萨图恩的族节

当萨图恩来到台伯河地区后，与凡间的一个女子一见钟情。两人结婚后，萨图恩对妻子关怀备至，女子也一直不知道丈夫是个天神。没过多久，妻子为萨图恩生了一个儿子，取名为皮库斯。皮库斯继承了父母的优点，英俊潇洒，且勤劳勇敢，是一名人人称赞的好猎手。当时的国王亚奴斯有一个女儿，长得国色天香，且能歌善舞。每当她引吭高歌时，人们都会驻足倾听，天上的云和地上的流水也会停下来，并为之打动。美女配英雄，亚奴斯的女儿自然嫁给了萨图恩的儿子皮库斯。

亚奴斯完成了国王的使命以后，皮库斯当上了拉丁姆的国王。他在台伯河的出口处建造了一座华丽的宫殿，人们在这座宫殿的周围又相继建造了很多的房屋，这里渐渐地形成了一座城市。这座城市里有很多的桂花丛林，当地人称为劳伦图姆，所以，这里的人们又自称为劳伦特人。

一天，皮库斯在外出狩猎时误进了巨魔妖女喀耳刻的地界。喀耳刻被皮库斯英俊的长相所打动，想尽了各种方法要把皮库斯留住，但皮库斯并没有被她的妖媚所迷惑，而是想方设法要离开那个地方。喀耳刻见皮库斯不为所动。便开始对他进行威胁。喀耳刻把一些也误进入这里或是她从别的地方捉来的人们都变成了动物，这些动物龇牙咧嘴地围着皮库斯所在的牢笼咆哮着，但勇敢的皮库斯依然不为所动。他觉得自己有一半是神的血统，喀耳刻的魔法应该对他起不到多大作用，但皮库斯还是低估了喀耳刻的力量。在喀耳刻的咒语之下，皮库斯变成了一只啄木鸟。在溪水前，皮库斯看到了自己的模样，他觉得自己丑陋无比。正当他悲愤交加的时候，他感觉到有一种神奇的力量在把他向空中推去，而且耳边响起了一阵能穿透他内心的声音："我是战神玛尔斯，我希望你从今以后能成为我的圣鸟，皮库斯，勇敢地飞吧。"果然，从那以后，皮库斯变成的啄木鸟成了战神玛尔斯肩头上的一个标志。有时候，皮库斯也会变成人形，在他曾经居住过的拉丁姆的每一片土地上徜徉。

自从皮库斯离开王宫后，他的儿子法乌诺斯继位。在法乌诺斯执政时期，出现了种种不同于以前的现象，那种黄金时代里和平幸福的日子开始被打破，人们隐约感到，黄金时代已经接近了尾声。尽管人们很想以各种方法把黄金时代留住，但天命不可违，黄金时代还是像天上的浮云一样随风飘得越来越远。

在亚奴斯统治时期，在阿文丁山上就住着一个可怕的巨人卡科斯，卡科斯是火神伏尔甘的儿子。可能是继承了父亲的丑陋吧，伏尔甘的这个儿子更是变异得有些让人害怕，他

**随着时间之神的音乐起舞　法国　普桑**
黄金时代的和平幸福生活是萨图恩一手缔造的，这一时期的人们友好相处、平等互助，一派和谐愉悦的气息。然而随着时间流逝，人们隐约感到，黄金时代已经接近了尾声。

的身体没有固定的形状，而且体内会发出炽热的烈火，口内喷吐着冒着剧毒的蒸气，让人一见到他就会吓得屁滚尿流，甚至昏死过去。萨图恩来到这个地方以后，卡科斯慑于萨图恩的神力，没有再露过面。但当亚奴斯和萨图恩相继离开拉丁姆后，卡科斯醒了过来，而且他把路过这里的人们吓昏后背进山洞，作为自己的食物，大撕大扯之后就开始贪婪地咀嚼，满嘴鲜血淋淋，嚼剩下的骨头都堆成了山。然后，卡科斯用巨石把洞口堵住，没有一点缝隙，甚至连一根针都插不进去。任何人都不知道这个地方还隐藏着一个可怕的魔窟。

作为国王，法乌诺斯只能眼看着拉丁姆被卡科斯糟蹋，而找不出任何解决的办法，直到赫丘利的出现。

赫丘利是一个和神一样伟大的英雄，他完成了欧律斯透斯交给他的十二项任务：恶斗巨狮，杀死许德拉，等等。在完成了这十二项任务以后，赫丘利在一个富庶的地方建立起了一座城市，取名赫卡托姆皮洛斯。随后，他又在大西洋岸边竖起了两根赫丘利大柱。紧接着，他又进行了长途跋涉，最后来到了台伯河山谷。

一天，赫丘利走近一个劳伦特人家，要了一杯甜酒解渴，这种酒是用葡萄酿造的。由于喝得过多，赫丘利感觉到身体有些飘飘然，看到旁边有一片碧绿的草地，他倒头便睡，被他牵来的一大群牛在附近吃草。

正在这时候，饥饿的卡科斯寻食到了这里，当他走近赫丘利时，意识到眼前的这个巨人是神之子，虽然只是半个神。于是，他把眼光转向了不远处的牛群，"多么肥壮的牛啊，要是能得到这些牛，最起码也能够吃上几天的。"想到此，卡科斯不由得口水直流。"要是赫丘利顺着牛的脚印找到山洞那该怎么办呢？"卡科斯心思还比较细密，眼珠一转，便想出了一个主意。他并没有去牵牛头，而是牵着牛的尾巴，倒着把牛牵回了洞里。这样，牛的蹄印正好与进洞口的方向相反，如果顺着牛正走的方向去找，是不会有人找到洞里的。

可出乎卡科斯的意料，这群牛刚到了黑乎乎的洞窟里就发出了一阵阵尖利的叫声。叫声把赫丘利惊醒了，他发现从革律翁那里牵回的牛都不见了，便顺着声音找到了阿文丁的山洞前。赫丘利轻而易举地把洞口的巨大石块搬走，用棍棒把卡科斯这个在拉丁姆横行的妖魔送去了普路托王国。

妖魔虽然除掉了，但世界还是开始了白银时代，出现了罪孽。

法乌诺斯的妹妹福娜是个崇尚贞洁的姑娘，虽然人们知道国王有一个妹妹，但却不知道他的这个妹妹叫什么名字，见到过福娜的人更是没有几个。一天，法乌诺斯去看望福娜，但他看到了一幕以前他从来没有看到的景象。往日那个矜持的福娜不见了，眼前的这个福娜则披头散发，衣衫不整，醉眼朦胧地望着哥哥，身体摇晃着走了过来。当福娜走到法乌诺斯面前时，法乌诺斯用力地摇晃着妹妹的肩膀："你是怎么了？怎么会变成这样呢？你那圣洁的灵魂呢？"

**飞翔的赫丘利**

尽管法乌诺斯已歇斯底里，但福娜还是妩媚地望着哥哥，唱着醉歌。法乌诺斯看到餐桌上杯盘狼藉，顿时明白妹妹已经喝醉了。

"你怎么能喝这么烈性的葡萄酒呢？你难道把以前的圣洁全忘了吗？是谁把这么罪恶的饮料送给你的？"无论法乌诺斯怎么问，福娜就是不说话。最后，愤怒的法乌诺斯急了，他抓住福娜的头发，用一根树枝抽打着福娜的身体。衣服被撕破了，但法乌诺斯还是没有停下来。最后，福娜倒在地上，鼻子和嘴都向外淌着血，法乌诺斯开始心疼起妹妹，忙走上前去，但他发现福娜已经死了。法乌诺斯非常后悔，他赐予了妹妹神一般的礼遇，但最终还是没有逃脱神对他的惩罚。法乌诺斯被朱庇特变成了一只长着羊角的丑怪，他整天在山野森林里游荡，追逐着漂亮的仙女，但最终都是落得个两手空空。

随着时间的流逝，白银时代也过去了，随之而来的是青铜时代。在这个时代里，无数的人为了权力而争斗，他们用鲜血才换回了暂时的和平。特洛伊人的国王埃涅阿斯则是神送给青铜时代的礼物。

## 萨图恩和朱庇特

当宇宙滋生出万物后，整个世界豁然开朗，以前那个浑浊不清、烟雾弥漫、到处飞沙走石的世界不见了，取而代之的是一片井然有序的世界。

后来，天神乌拉诺斯和地神该亚结了婚，并生了好多孩子。生性残暴的乌拉诺斯把除了他喜欢的二儿子萨图恩以外的儿子都关进了地下的一个牢笼里，让他们整天见不到天日。萨图恩虽然深得父亲的影响，但却心地善良，他一直想把兄弟们从地牢里解救出来，但迫于父亲的威力，迟迟没有行动。

一天，萨图恩去看望母亲该亚。地神该亚是一个淳朴贤惠的母亲，她也非常想念她的孩子们。在谈起这事时，萨图恩向母亲请教救兄弟们的方法。该亚把血管里的铁全部给了萨图恩，让萨图恩去铸一把镰刀，然后拿这把镰刀去把父亲乌拉诺斯的手臂砍残。萨图恩按母亲的方法去做了，被砍残手臂的父亲没法再阻止萨图恩，萨图恩把关在地牢里的兄弟们都给放了出来。

乌拉诺斯的大儿子叫提坦，他和兄弟们都非常感激萨图恩。按照这个国家的规定，父亲的权力是应该由大儿子来袭的，但提坦对萨图恩说："如果你答应我一件事，我就把国王的地位让给你，让你成为整个世界的主宰。"

萨图恩为自己的功劳而沾沾自喜，他虽然希望兄弟们和睦相处，但对国王的位子也垂涎已久，于是，他答应了提坦的要求。

提坦郑重地对萨图恩说："你以后有了孩子一定要把他们都吃掉，否则他们会对你的王权造成威胁。你能答应我这个要求吗？"

因为当时萨图恩还没有结婚生子，所以他只是稍微想了想就答应了哥哥的要求。不久以后，萨图恩爱上了他的妹妹奥普斯，奥普斯温柔善良又有沉鱼落雁般的美貌。奥普斯接受了萨图恩的追求。婚后，他们的生活非常甜蜜，夫妻情笃，奥普斯为萨图恩生下了好多孩子，但每生一个，萨图恩就会吃掉一个。作为萨图恩的妻子，奥普斯也相信提坦的预言，但作为母亲，她却为自己的孩子们感到悲痛不已。如何才能挽救孩子的生命呢？苦思冥想之后，奥普斯终于想出了一计。

那天，奥普斯又生了一个孩子，她知道，萨图恩的嗅觉非常灵敏，每次孩子一出生，萨图恩都会很快来索要孩子。奥普斯刚把出生的孩子藏好，萨图恩就来到她的床前，奥普斯把早已经准备好的一块大石头递给了萨图恩。萨图恩没有怀疑自己的妻子，在这之前，他已经吃掉了很多孩子，他相信妻子这次交给他的还是他的孩子，所以接过大石头以后没有细看就开始咀嚼起来。就这样，奥普斯救下了他们的第一个孩子朱庇特。此后，奥普斯又用同样的办法救下了两个孩子尼普顿和普路托。

朱庇特刚生下来以后，奥普斯带着他来到克里特岛，那里是一片到处龟裂的土地。于是，奥普斯用权杖敲击岩石。岩石

神圣的空间　意大利　弗朗切斯科·阿尔巴尼
当宇宙滋生出万物后，世界开始变得井然有序，逐渐取代了以前那个浑浊不清、烟雾弥漫，到处飞沙走石的世界。

□古罗马神话彩图馆

**银河的起源　西班牙　彼得·保罗·鲁本斯**
萨图恩和奥普斯生了很多孩子，但因为对提坦所说神谕的恐惧，奥普斯每生一个孩子，萨图恩就会吃掉一个，后来奥普斯用有肉味的石头骗过了萨图恩，救下了三个孩子，第一个就是日后的天公朱庇特。

上顿时电光闪闪，骤然间迸裂开一条岩缝，一股清泉涌出，在龟裂的土地上肆意横流，地面上顿时升起了一层湿意。奥普斯用清冽的泉水为朱庇特洗干净了身体，然后把他交给了一个仙女："你一定要替我把这个孩子照管好，并且要对这件事绝对保密，你能做到吗？"

仙女答应了奥普斯的要求，然后把朱庇特抱进了一个仙洞里。住在这个仙洞里的其他仙女也都非常喜欢这个孩子。在这里，朱庇特睡在金色的摇篮里。每当他啼哭时，仙女们就会以各种不同的方式哄他开心，如果哭声太大，仙女们就会把铜盾高高地举在摇篮上方，用短剑敲击铜盾，让叮当的噪声来淹没孩子的哭声。这样，萨图恩一直没有发现自己的孩子还活着。

然而，朱庇特及其他两个孩子活着的消息还是让提坦发现了，提坦认为这几个孩子是萨图恩藏匿下的，于是，以萨图恩失信于他为借口向萨图恩宣战。

当时的朱庇特虽然只有一岁多，但长得已经非常结实，身材魁梧，力量无穷。当听到战争的锣鼓声和呐喊声时，朱庇特不顾仙女们的反对，毅然投入到战争中来。朱庇特手持长矛，身先士卒，帮助父亲战胜了提坦的进攻。

虽然朱庇特帮助萨图恩解了围，但使萨图恩感到恐慌的还是提坦的预言，他怕朱庇特会像他杀掉自己的父亲一样杀掉他，于是，他想方设法地想杀掉朱庇特。最后，正如提坦的预言一样，朱庇特夺得了王位，成了众神之王。在朱庇特的追杀下，萨图恩逃往了意大利。在那里，他与亚奴斯一起统治着那个国家，并使那里的人们过上了幸福的生活，使世界进入了黄金时代。萨图恩娶妻生子，和妻子孩子平平静静地过起了凡人的生活。

但任何安宁都只是暂时的，像没有永恒的战乱一样，萨图恩享受到短暂的安逸之后，一场战乱却悄无声息地向他走来。

## 天公朱庇特

因为是神的儿子，朱庇特的智慧和力量增长迅猛，他经常能办一些其他神办不到的事情。朱庇特喜欢拿着独眼巨人库克罗普斯为他炼制的雷电棒玩，每当这个时候，天空就会出现电闪雷鸣。所以，朱庇特被称为雷电之父。

萨图恩想尽了一切办法去阻止朱庇特的强大,但提坦的预言还是实现了。在朱庇特成为一个英俊少年时,他把父亲萨图恩从王位上赶了下来,自己成了宇宙的主人。朱庇特还把弟弟普路托封为冥王,尼普顿封为海神。

虽然整个宇宙到了朱庇特的手中,但接下来的统治并没有想象的那么顺利。被关在地牢里的一些提坦巨神们开始起来反抗,他们来到阴间作威作福,导致山崩地裂。最为可恨的是,他们围在奥林匹斯圣山前叫嚣个不停,并把一座座山堆叠起来向奥林匹斯山攻击。山上的岩石掉进海里成为了岛屿,落在陆上则成为了丘陵。

提坦的叛乱持续了十多年,朱庇特依然没能够平息。朱庇特一筹莫展。为了使地球能再恢复正常秩序,使人们免遭生灵涂炭,朱庇特进入地球的中心——塔耳塔洛斯求援。这里漆黑一片,库克罗普斯就被关在这里,他们都只有一只眼睛,且长在额头上,力气惊人。他们由各长了50个头和100只手的三个巨人看守。

朱庇特向众神们说明来意:"我现在是这个宇宙的主人,但被关在地牢里的那些提坦神却来反抗我,我希望你们能为了地球的幸福帮我把这些提坦神制服。"库克罗普斯和那三个巨人都表示愿意帮助朱庇特来平息这场叛乱。他们跟随朱庇特来到阳间,在奥林匹斯山前,他们遇到了手持山峰的众提坦神。

见天公朱庇特带来了援兵,提坦神们又发动了新一轮进攻。闪光的箭是库克罗普斯们的武器,而三个巨人则是用百臂举起一百块巨石,战场上顿时一片火花。提坦神们也不示弱,他们把擎天的巨山朝库克罗普斯扔来,巨山落地后响声震天,尘土飞扬。正当双方相持不下的时候,朱庇特召唤雷电从天而降,雷公把提坦神肩上的巨峰劈成了两半,闪电则

**朱庇特的抚养　法国　普桑**
尽管萨图恩想尽办法阻止朱庇特的强大,但提坦的预言还是实现了。朱庇特长大后,把父亲萨图恩从王位上赶了下来,自己成了宇宙的主人。

在森林里燃起了熊熊大火。再加上库克罗普斯和三个百臂大神的攻击，提坦神无从应对，葬身于一片乱石之中。朱庇特乘机把他们推入了黑暗的塔耳塔洛斯。朱庇特终于平息了提坦神的叛乱，真正取得了宇宙的统治大权。

之后，天公朱庇特为了巩固他的统治又做了很多工作，天下太平以后，朱庇特也开始动了凡心。在众多的女神当中，朱庇特的妹妹朱诺算是最出众的，她有沉鱼落雁般的美丽，且对人和善，深得众神们的爱戴。朱庇特非常喜欢朱诺，于是迎娶了朱诺作为天后。

当然，朱庇特并不是只认识一个女性，他经常下到人间去爱抚某些仙女或是半神的女儿。作为美的创造者，朱庇特也喜欢男性的美。一次，他看见了一个英俊的男子，就想让他作传命官。还有一次，他遇见了一个牧童，那个牧童更加英俊潇洒，朱庇特为之所动，便化作一只雄鹰把牧童叼回了奥林匹斯山。

天公朱庇特是永恒存在的，他是万物生灵的第一个祖先，是世界之主，又被称为天父。在宇宙间，野草、苍鹰等一切万物都得对朱庇特唯命是从。朱庇特飘浮在天空中，凡是他的光线所能照耀到的

朱庇特儿时的保护神牧羊女

地方都属于他的财产。当朱庇特满面春风时，天空就会风和日丽，而当朱庇特忧郁伤心时，天空就会阴沉甚至下雨。朱庇特还经常刮起破坏性的飓风，在海上掀起狂风恶浪。总之，宇宙间的各种变化都是随天公朱庇特的情绪而改变的。所以，朱庇特又被称为万能圣主。

同时，天公朱庇特也是正义的最高化身。朱庇特的决策都是经过了深思熟虑的，都是充满智慧的，所以，虽然他的劝告不易理解，但却不可改变。朱庇特对任何人都一视同仁，无论是最有权势的人还是没有了自由的人，在朱庇特面前，都是自己的孩子，他会根据因果报应来决定万物生灵的轮回。

朱庇特一度被看成是拉丁联盟的佑护神，后来，又成了罗马国的主神。在卡皮托尔山峰顶端坐落着一座圣庙，这里是为了专门祭祀朱庇特的，人们通常用母山羊、母绵羊或是白公牛作为对天公最高贵的祭礼。在各处的雕像中，朱庇特大都浓眉大眼，深深的眼窝里镶嵌着一双充满智慧的大眼睛，侧面的头发成波纹状，胡子卷曲，浓密的头发饰在前额。有的手执雷电棒，有的高举刻着雄鹰的权杖，等等。

## 朱庇特创造人类

黄金时代的人类生活在一个自由自在的世界里，他们像神一样永享荣华富贵，无忧无虑。在那个时候，统治天国的还是萨图恩，萨图恩是一个心地善良的神，他希望以他仁慈的统治来使人们安居乐业。在他的统治下，人们没有高低贵贱之分，没有任何纷争，平和

地从事着各种劳动，根本不会注意到自己的老去，死亡同样快乐，就像温暖而又柔和的长眠一样。神赐予了大地多种动物和植物，成群的牛羊，在无边无际的大草原上吃着肥美鲜嫩的绿草，享受着像神和人一样的生活。森林里的各种生物彼此协调地生存着，也没有弱肉强食。果树上的水果应有尽有，这些都是萨图恩赐予那个时代的。

斗转星移，命运也开始随着时间的推移而变迁，地球上宁静祥和的生活结束了，黄金的一代人也渐渐地从地球上消失了。生活在黄金时代的这批人飘浮在地面的上空，凝望着这个他们曾经生活过的地球，见证着那个时代的远去，新时代的到来。他们成了虔诚的保护神，对正义的善举加以维护，对一些丑恶和弊端给予惩罚。

黄金时代过去后，尾随而来的是白银时代，诸神用白银创造了第二代人。所有一切都表明，黄金时代已经一去不复返了。白银时代出现的第二代人类与第一代人类截然不同。在外貌上，他们出现了丑美之分，高矮胖瘦各不相同。在思想上，第二代人类不再像第一代人类那样与世无争。在每个家庭里，孩子成了最有权威的神，父母们对他们百依百顺，娇生惯养，尤其是母亲，更是无微不至地关怀自己的儿女们。由于在各方面都没有自己真正行动过，而是父母来代劳，所以这些孩子们根本就没有成熟的思想，无论他们身形长得多么高大，生活在这个世界上一年和一百年是同等的。

随着时间的流逝，当这些孩子们步入成年时，当他们必须从父母身边走出来时，他们的一生只剩下短短的几年了。猛然间被推入这个世界，他们无法适应，只能毫无理智地把自己带入一个苦难的深渊。为了生活，这代人学会了尔虞我诈，他们行为放荡，肆无忌惮地违法乱纪。这代人是应该得到神的惩罚的。天公朱庇特对这代人非常恼火，最让他无法忍受的是，这代人竟然不再祭祀诸神。朱庇特决意要惩罚这代人，但怎样才到恰如其分地使这代人得到应有的惩罚呢？天公朱庇特是世间最公正的神，虽然他不愿意看到诸神受到人们的亵渎，但他没有否认这代人身上也有不少优点，比如爱护幼小，所以，朱庇特恩准这代人在生命结束以后，他们的灵魂仍然留在地球上，比如以魔鬼的形式四处漂泊流浪。

白银时代完成它的使命后也结束了。世界上又开始了第三个时代，青铜时代。天公朱庇特创造了第三代人类。青铜时代的人类跟白银时代的人类从外貌和思想上又有了差距。他们长得与前两代人不同，非常高大，除了美丑，还出现了凶善之分。在思想上，这代人执拗

**黄金时代　德国　老卢卡斯·克拉纳赫**
黄金时代的人类生活在一个自由自在的世界里，他们像神一样永享荣华富贵，无忧无虑。

顽固，我行我素，把自己放在一切事物的最前面。因为那个时代还没有铁，所以人们住着青铜房屋，使用着青铜农具耕种田地。此外，这代人性格粗鲁，残忍而粗暴，他们不再吃田野上的各种果实，而是去寻吃各种肉类动物，其中也包括人。英雄们使用着青铜武器冲锋陷阵，他们为了个人的利益而杀人如麻，但赢来的和平却都是短暂的。面对更加残忍的死亡，他们高大的身躯没有任何抗拒的办法，逃到哪里也摆脱不了死亡的影子。因为他们的罪孽，这代人类在离开光明的大地之后，被冥王普路托收进了阴森可怕的冥府之中，终年不见天日。

第三代人长眠之后，天公朱庇特又创造了第四代人类。这代人的祖先都是半人半神的英雄，所以朱庇特赐予了他们肥沃的土地，赐予了他们高贵的品格和正义。但是，矛盾和战争还是光临了这代人，在长矛下，他们从灾难中挣扎出来，结束了自己在尘世间生存的权利。朱庇特以他的仁慈把这代人送到了极乐海岛，让他们的灵魂在风景优美的大海里生活。在那里，他们似乎又进入了黄金时代，祥和安宁，没有战争，每个人都是幸福的使者，富饶的海岛每年都会给他们送去甜蜜的果实。

第四代人消失以后，以黑铁制成的第五代人出现了。这代人完全没有了前四代人的影子，他们彻底堕落，痛苦和罪孽围绕着他们。他们不再有欢乐和幸福，而是满心的忧虑和苦恼。而最致命的一点是，这代人是自身最大的祸害，亲骨肉间充满了矛盾，自相残杀，朋友间不能坦诚相待，而是钩心斗角，连白发苍苍的老人都得不到怜悯和敬重。多么残忍的一代啊。正直、善良不但得不到发扬，反而被践踏，权力也不再受到尊重，人世间处处充满了肮脏。在这代人心中，天天都在盘算着如何去毁灭对方的国家或是城市，如何去把对方的权利占为己有，这是多么不幸的一代人啊。当主管羞耻和神圣尊严的女神来到大地上时，看到的都是一些惨不忍睹的场面，她们不愿再停留下去，悲哀地离开了人间。这时候的人间充满了绝望和痛苦，连神都没有办法去拯救了。

## 丢卡利翁和皮拉再造人类

当那些下凡到人间的神悲愤地回到天宫时，朱庇特还是不太相信他所创造的人类会有如此的恶行和弊端。于是，朱庇特决定去亲眼看个究竟。朱庇特改扮成一个凡人来到尘世间察访，他所看到的更是触目惊心。

在天宫时，朱庇特就听说阿尔卡狄亚国王吕卡翁非常野蛮凶残，因为没有见过，所以不敢相信。一天傍晚，他走进了吕卡翁的王宫。朱庇特以各种方法向人们说明了自己是一个神，服侍吕卡翁的一群人都对朱庇特跪下顶礼膜拜，只有吕卡翁在一边偷笑："你们这些愚蠢的家伙，他哪会是神呢？明天早上你们就会知道他到底是不是神了。"于是，吕卡翁开始在心里盘算着在深夜里趁朱庇特睡熟以后暗自杀掉他。吕卡翁的这些伎俩朱庇特早已经看穿了。

在准备晚宴之前，吕卡翁命人杀掉了一个摩罗西亚人送来的人质。他吩咐仆人把四肢从还没有死去的人质身上剁下来，然后放在沸水里煮，其余的部分则放在火上烤。煮好的汤和

古罗马神话故事

**手持雷电的朱庇特**
至高无上,唯我独尊的天公朱庇特创造了白银、青铜等四代人类,但人类的堕落让他失望了。

烤完的肉被端上了餐桌作为款待客人的晚餐。

朱庇特把这一切都看在眼里,坐在餐桌前的他实在忍无可忍,一跃而起。他用雷电棒招来复仇的火焰,把吕卡翁的王宫烧成了灰烬。吕卡翁被这突如其来的景象吓呆了,他惊恐中想到了逃跑,但发出的第一声却是狼的嚎叫,他感觉身上长出了蓬乱的毛,双手情不自禁地放到了地上,变成了两条前腿,吕卡翁变成了一只让人生厌的狼。

朱庇特回到奥林匹斯山后,依然怒气不减。他把众神召集起来,向他们简单地说了一番自己在人间视察的经过,最后他向众神宣布:"这代人类已经没有了人性,我打算用雷电把罪恶的人类消灭掉,你们不会反对我的意见吧。"

众神们对天公的这一决定都表示了同意,但他们提醒朱庇特:"如果用雷电烧毁这个世界,宇宙的轴会不会受到影响呢?"

天公朱庇特觉得很有道理,于是,他放弃了用这种方法毁掉世界的想法,决定用洪水来灭绝人类。他唤来只能降雨的南风,而把其他能驱散云雨的北风等锁进了埃俄罗斯的岩洞里。南风接到朱庇特的命令后,扇动着湿漉漉的翅膀直扑地面,黑暗把南风的脸遮住了,胡须则挂满了满天的乌云。南风愤怒地狂吼着,顿时,倾盆大雨从天而降,汹涌的波涛在南风那满头的白发里滚动。隆隆的雷声响彻大地,暴雨淹没了农民一年来的辛勤劳作。

**神人世界**
人类的贪婪、凶残造成的人间种种恶行和弊端让下凡尘世察访的朱庇特愤恨不已,他决定毁灭人类。

15

**风暴**
面对上天带来的洪灾，人类想尽了一切方法自救，但最终还是没有逃脱上天对他们的惩罚。

海神尼普顿也来帮助朱庇特，他把所有的河流都召集起来，然后命令他们去冲毁所有的房屋与堤坝。河流们往日的热情一下子全被激活了，冲破缺口，一泻千里，所到之处，所有的一切都不再存在了。

面对上天带来的洪灾，人类想尽了一切方法自救，有的人爬到了最高的山上，有的人跳到了小船上，可正当他们觉得自己已经高枕无忧时，巨浪又把他们卷走了，最终还是没有逃脱上天对他们的惩罚。鱼儿在狂暴的洪水当中拼命地游动，森林里的野兽们被波浪追逐着急奔而去，一些幸存下来没有被洪水卷走的人们也被活活地饿死了。

在福喀斯，有一座帕耳那索斯山，这座山高耸入云，在这次洪水中有两个山峰没有被淹没。丢卡利翁是普罗米修斯的儿子，从父亲那里他事先已经获悉了有关洪水的警告，于是提前造了一艘小船。当洪水肆无忌惮地涌来时，丢卡利翁和妻子皮拉坐上小船驶向了帕耳那索斯。丢卡利翁和皮拉是凡世间最仁慈、最虔诚的两个人。

从天宫向下张望的朱庇特看到大地已经成了一片汪洋，罪恶的人们已经消失了，只剩下丢卡利翁和皮拉这对无罪的夫妻。朱庇特平息了心中的怒火，从岩洞里放出了北风，命他去驱散黑压压的浓云。北风牵走了密雾，光明的天空又出现了。尼普顿也命令所有河流都停止了奔腾，大海又有了海岸，树林从深水中露出了树梢，山坡也重新显示了它原有的姿态。世界平静了下来。

幸存下来的丢卡利翁望了望妻子，又望了望四周，他叹了口气，除了他和妻子，这个世界上已经没有第三个活着的人，先前的喧哗已经无影无踪，世界犹如一座坟墓，寂静得让人胆怯。丢卡利翁和皮拉依偎着，夫妻两人泪流满面。

丢卡利翁对妻子说："亲爱的，现在世界上只剩下我们两个人了，我们也没有充分的把握能够活下去，哪怕是这一切都过去了，而我们两个人生活在这里又有什么用呢？如果当初我的父亲普罗米修斯能够教会我造人的本领那该多好啊。可现在，我的灵魂却充满了恐惧。"夫妻两抱头痛哭了一阵之后，还是理不出任何头绪来，于是，他们来到了已经被毁掉大半的女神的神坛前，他们双双跪倒，然后向女神虔诚地祷告着："女神啊，请告诉我们怎样才能使这个沉沦的世界充满生机吧。"

他们的祷告声刚落，女神的声音就传了出来："快离开我们的圣坛，你们应该蒙住你们的头，解开腰带，然后把你们母亲的骸骨扔到你们的身后去。"

夫妻二人沉默了一段时间，皮拉打破了沉默："尊贵的神啊，请宽恕我们吧，我们不得不违背你的意愿，我们不能妨碍我们母亲的安宁。"

过了一会儿，丢卡利翁的智慧使他顿然醒悟，他对妻子说："我明白了女神的意思，大地是我们仁慈的母亲，那石块不就是她的骸骨了吗？女神是叫我们把石块扔到我们的背后去，我们不如试试看。"

皮拉也非常兴奋，她和丈夫一起转过身去，用衣物蒙住头部，松开腰带，然后把石块向身后扔去。顿时，奇迹出现了，坚硬、脆弱的石块变得柔软起来，而且开始膨胀，直到出现了人的模样。石块上粘着的泥土开始长成了身体上的肌肉，人的脉络也开始出现了。更为惊奇的是，丢卡利翁扔出的石块全部变成了男人，而皮拉扔出的石块则全部变成了女人。就这样，新一代的人类又出现了。

## 美丽的天后朱诺

在罗马人的心中，天后朱诺的形象庄严肃穆：浓密的头发下面是一双亮晶晶的大眼睛，头上戴着象征华贵的冠冕，这使她的脸庞更加俊美。她一手执着权杖，权杖上面栖息着美丽的杜鹃，另一只手拿着象征多产的石榴。天后朱诺有着凡间女子的丰采和气质，戴着头巾，遮着头的后半部，显得那么贞洁、庄重、文静和严肃。

朱诺是萨图恩的女儿，也是天公朱庇特的妹妹。她掌管着婚姻和生育，是妇女和儿童的保护神。

朱诺是天宫里最漂亮的女神，虽然后来的朱诺处处与特洛伊人为敌，但她那时的确是温柔可爱，情操高尚。当朱庇特完成了统一天下的大业后，向朱诺表达了自己的爱意。朱诺那时还是个满脸稚气的少女，面对英俊潇洒的朱庇特，羞羞答答地答应了他的求婚。

随后，朱庇特与朱诺举行了隆重的婚礼。他们把婚礼选在了绿树成荫的西特隆山上。西特隆山离奥林匹斯山不是太远，那里有厚厚的植被，有浓密的森林，有清澈的泉水，有漫山遍野的鲜花，和圣山奥林匹斯一样充满了仙气。朱庇特选取了一块软绵绵的草地作为他们的新床，他们被花香包围着，四周的绿树成为了他们的床幔，为他们遮蔽羞涩。泉水的叮咚声是他们的婚乐，森林里奔跑的动物为他们送来了美味佳肴。四面八方的各神都来参加天公朱庇特的婚礼，并带来了各样各色的礼物，地神该亚还为孩子们送来了金苹果。新郎朱庇特与新娘朱诺沉浸在幸

**天后朱诺的雕像**

在罗马人的心中，天后朱诺的形象庄严肃穆。雕像上天后朱诺有着凡间女子的丰采和气质，戴着头巾，遮着头的后半部，显得那么贞洁、庄重、文静和严肃。

**天后朱诺**

天后朱诺是朱庇特的妻子，主管婚姻的女神，她保护孕妇和儿童的权益。她和朱庇特的孩子有火神伏尔甘、战神玛尔斯和青春女神尤文塔斯。

福之中。

结婚的第二天，朱庇特握着朱诺的手，一朵金色的云彩便把他们送到了奥林匹斯山的宫殿里。朱诺在奥林匹斯山上的众神中，得到了像天公一样的待遇，分享着天公的各种特权和荣誉。比如，她同样能使用雷电棒让天空雷声大作，使狂风暴雨停止于瞬间，使春夏秋冬四季的转变听命于她。朱诺梳着漂亮的头发，穿着金光闪闪的纱衣，脚下是眨着眼睛的星星们，多惬意的生活啊！在奥林匹斯山上，美丽的朱诺走到哪里都受到众神的尊重。当她翩翩走入宫殿时，众神纷纷问候，如果天公朱庇特不在，众神们也会与天后朱诺商议些天宫里的事情。

虽然天后朱庇特与天后朱诺的生活大多数是甜蜜和谐的，但有时也会吵吵闹闹，在他们生活甜蜜和谐的时候，天空就会风和日丽；当他们吵闹的时候，天空就会乌云密布，狂风不止。总之，天空的各种现象都是天公和天后夫妻生活的体现。

但是，无论朱诺怎样对天公朱庇特不满，她都是忠于婚姻的，不过她的嫉妒心很强。天公与天后的争吵大多是因为天后的嫉妒引起的。

朱庇特经常会离开奥林匹斯山下到凡间，去私会一些仙女和半神的女儿，而这时候的天后则会觉得天公抛弃了自己，于是大发雷霆。每次天公从凡间回到奥林匹斯山时，天后都会大哭大闹，甚至也离开奥林匹斯山。

一天，天后朱诺和天公朱庇特大哭大闹之后来到了她第一次和天公约会的地方埃维厄岛。朱庇特通过神力早已经知道了朱诺藏身的地方，但他知道朱诺的脾气，如果硬是把她带回奥林匹斯山，她还会重新出走的，只有让她心甘情愿地回到天宫，才能保证以后的安宁。经过苦思冥想，朱庇特终于想出了一个使妻子与他和解的计谋。朱庇特来到埃维厄岛，让一个装扮得非常漂亮的木偶坐在一辆五颜六色的车子上，然后在埃维厄岛的各镇宣称天公朱庇特要娶一个双目明亮的仙女做天后，当然，天公的目的是想使天后朱诺的嫉妒心发展到白炽化程度。

朱诺听到天公要娶仙女做天后的消息后，果然怒不可遏，她来到衣饰华丽的假天后面前，把假天后的衣服和帽子撕得粉碎，但假天后却没有任何抵抗的行为，朱诺非常奇怪，忙抓下假天后的面纱，这才发现原来只是一个木偶。朱诺明白天公的用意后，破涕而笑，和朱庇特调笑着回到了奥林匹斯圣山。

还有一次，天公朱庇特下凡数日还没有回到天宫，朱诺本想也下凡去找天公理论一番，但她转念一想：我何不用我的美貌去使他回到我身边呢？如果老对他发脾气，说不定会适得其反。打定主意，朱诺就如同少女时代一样开始精心地打扮起来，她穿上了一条蓝色的纱裙，腰带镶着的珠宝金光闪闪，华丽的头巾使她的脸庞更加美丽动人。朱诺来到天公朱庇特栖身的伊达山，她像一颗灿烂的明星发着光彩，天公被妻子的妩媚所感动，当即和朱诺回到了奥林匹斯山。

朱诺的美貌虽然比不上爱神维纳斯，但却是完美女性的典范，她忠贞于爱情，对天公更是没有移情别恋过。

由于天后的美丽，有很多神都被迷得神魂颠倒，伊克西翁就是其中表现得最露骨的一个。伊克西翁与一位仙女要结婚时，曾答应给岳父送一件礼物，但伊克西翁却没有履行他的诺言，而且在一个宴会中把岳父推进火坑烧死了。伊克西翁的残暴行为使得他在原属地再也无法待下去了，于是他来到了奥林匹斯圣山，并表现得格外让众神可怜。天公朱庇特被伊克西翁的假象所迷惑而宽恕了他。在与众神共进晚餐时，伊克西翁双眼色眯眯地盯着天后朱诺，甚至还对朱诺讲一些下流的话。朱庇特看在眼里，把一朵云变成了朱诺的模样，想以此考验伊克西翁，谁知伊克西翁发疯似的朝着假天后扑过去。愤怒的朱庇特把伊克西翁关进了塔耳塔洛斯，把他绑在一个燃烧着的车轮上，以此作为对这个罪人的惩罚。

## 朱庇特的爱情故事

天公朱庇特经常下凡到人间，有些时候是为了去察访，有些时候则是为了选择和爱抚某些仙女，但朱庇特知道天后朱诺的嫉妒心强，所以每次都以下凡察访为由。朱庇特是美的创造者，他把各种自然美好的形象完美协调地归入万物生灵之中，而他去爱抚这些仙女们则是爱美的真实体现。其中，在众多的仙女当中，朱庇特最喜欢的是欧罗巴、达那厄和伊娥。

欧罗巴是亚细亚腓尼基国王阿革诺耳的女儿。一天晚上，她做了个梦，梦见亚细亚和对面的大陆变成了两个女人，她们都想占有欧罗巴，其中一个对欧罗巴说："亲爱的，我是奉命运女神帕尔卡的命令来告诉你，你将作为天公朱庇特的情人。"

第二天，欧罗巴和一群姑娘们来到海边玩耍。穿着绣满花卉衣服的她站在几位姑娘中间双手高高地举起了一束鲜红的玫瑰花，脸上幸福无比。恰在这时，朱庇特正好下凡人间路过这里，当他看到这个目光盈盈、皮肤红润的姑娘时，顿时动了欲念，但他怕自己的出现会使眼前的姑娘慌乱，于是想了一个办法。

朱庇特把信使墨丘利唤来，命令儿子："我的孩子，你快到腓尼基王国去，去把山坡上的所有牲口都赶到海边去。"说完，朱庇特转身变成了一头膘肥体壮的金色公牛，一双蓝色的眼睛燃烧着欲火，额前的牛角小巧玲珑。信使墨丘利飞到腓尼基国的西顿牧场，把牧场上牲口都赶到了欧罗巴所在的海边。朱庇特变成的那头公牛就混在这群牲口里，连信使墨丘利都没有识别出来。在这一群牲口里，只有朱庇特化身的那头公牛来到了草地，欧罗巴和一群姑娘当时正在海边玩耍，公牛走近欧罗巴，伏在她身旁，用舌头轻柔地舔着她的脚。看到眼前这头可爱的公牛，欧罗巴也温柔地用手抚摸着它的背，把刚摘下来的花饰挂在公牛的双角上。

欧罗巴呼唤着伙伴们："快来瞧这头温顺的公牛，它的欢叫声如同是吕狄亚人的牧笛声。我们不如骑上它去畅游一番，我想它的背上应该能坐四个人。"欧罗巴一边说一边爬到公牛宽阔的背上，但别的伙伴们都犹豫不决。公牛见欧罗巴已经上钩，从地上跃起，朝大海奔去。公牛驮着欧罗巴游了一整天到了一片陆地就不见了，当欧罗巴正不知所措的时候，一个气质非凡的男人朝她走了过来，并把事情的缘由告诉了欧罗巴。朱庇特很快俘获了欧罗巴的心。后来，欧罗巴生下了弥诺斯，弥诺斯是凡间第一个最有名气的国王，后来做了冥王普路托的执笔判官。

达那厄是阿耳戈斯国王的女儿。国王没有儿子，而国家有一个预言说达那厄会生一个男孩并将篡夺王位。怕这个预言实现，阿耳戈斯把女儿关进了一个铜塔，派哨兵日夜把守。一天，朱庇特变成一场金雨穿过铜塔的墙，进入牢房，朱庇特与达那厄同床共枕后生下了男孩珀耳修斯。后来，珀耳修斯果然夺取了阿耳戈斯的王位。

伊娥是彼拉斯齐国王伊那科斯的女儿，长得如花似玉。一天，朱庇特跟朱诺为了一些琐事而争吵，于是下凡到人间。他被在勒那草原上为父亲牧羊的伊娥打动了，他改扮成一个凡人来挑逗伊娥，并把伊娥包裹在一团黑色的云雾之中。

天后朱诺对丈夫的拈花惹草非常气愤，见丈夫好久未归，便下凡到人间寻找。朱庇特也感到了妻子正在找他，为了能让伊娥逃脱妻子的报复，他把伊娥变成了一头雪白的小母牛。他这一诡计被朱诺识破了，朱诺假意要他把这头美丽的小母牛作为礼物送给自己。在衡量再三之后，朱庇特答应了她。朱诺带走伊娥变成的小母牛后，命阿利斯多的儿子阿耳戈斯看守伊娥。阿耳戈斯有一百只眼睛，而睡觉的时候他只需闭上一只眼睛就可以了，在剩余的九十九只眼睛的看守下，伊娥长了翅膀也飞不出去。

面对伊娥的困境，朱庇特想了各种方法去营救，但都无法逃过阿耳戈斯的一百只眼睛。每天，伊娥都在严密的看守下在长满丰盛青草的草地上吃草，然后睡在冰冷的土地上，四周是污浊的池水。看到自己心爱的情人受苦刑，朱庇特心如刀绞。他把儿子墨丘利又一次唤来，命令他想一个让阿耳戈斯闭上眼睛的办法。墨丘利领会后，降落到人间，用笛子吹起了动人的乐曲，笛声很快把阿耳戈斯迷住了，他请墨丘利到他身边为他吹奏，并且攀谈起来。在谈话时，阿耳戈斯用一部分眼睛盯着伊娥，以免失职受罚。墨丘利想很快把他催入梦乡，但阿耳戈斯却拼命地与困意作着斗争，他让一部分眼睛先睡，而另一部分眼睛则保持睁着。

"难道你不想听听牧笛的来龙去脉吗？"墨丘利诱惑阿耳戈斯。

在阿耳戈斯好奇的追问下，墨丘利讲了一个长长的故事。当快讲完时，阿耳戈斯最后一只眼睛也闭上了。

**朱庇特雕像**
朱庇特是美的创造者，他把各种自然美好的形象完美协调地归入万物生灵之中，而他去爱抚这些仙女们则是爱美的真实体现。

墨丘利从口袋里掏出一把短刀杀死了他。伊娥获得了自由。朱诺知道伊娥逃脱后，让一只牛虻叮咬小母牛，小母牛实在忍受不了，最后绝望地来到了埃及。在尼罗河河岸上，小母牛仰望着奥林匹斯山凄厉地叫着。朱庇特再也看不下去伊娥所受的折磨，他请朱诺放过伊娥，并立誓不再与伊娥来往。这样，伊娥又恢复了楚楚动人的美丽原形。随后，伊娥为朱庇特生下了厄帕福斯，厄帕福斯后来成为了埃及国王。

## 太阳神福波斯

太阳神福波斯的父亲是天公朱庇特，母亲是黑夜的化身拉托那。福波斯的权力很大，他主管着光明、青春、畜牧、医药、诗歌和音乐等，并代表主神宣诏神旨。

拉托那在快要生福波斯的时候，被嫉妒心强的天后朱诺变成了一只鹌鹑。为了使拉托那有个栖身之地，朱庇特把阿斯特拉浮岛固定在了海底的岩石上。这个岛被人们称为洛斯岛或光明岛。

太阳神与飞马

拉托那来到这个岛上后，看着光秃秃的荒无人烟的小岛，她无精打采地说："如果能让我的儿子出生在这块土地上，并为他建一座庙宇，这里肯定能成为最富饶的地方。"

拉托那的声音刚落，从岛上吹过的微风就回答她："请不要为此事难过，尊敬的拉托那，你的儿子将出生在这块土地上，但是你必须保证你的儿子永远居住在这里。"

在得到拉托那的保证之后，一群白天鹅从天而降，岛上的万物都散发出生机与活力。太阳神福波斯降生了，刚出生的福波斯放射出了万丈金光。在喝完正义女神忒弥斯送来的仙酒后，福波斯猛然间长成了一个身材魁梧的英俊少年。本来荒无人烟的岛上突然间变得五彩缤纷，漫山遍野的鲜花散发出诱人的香气。

在巴那斯山的一个山洞里有一条可怕的巨龙，当地人们虽然痛恨这条巨龙，但却拿它无可奈何。当时出生只有十四天的太阳神福波斯决定为民除害。福波斯使用毒烟把巨龙熏出洞来，然后拿起弯弓，使用全力射出了正义的一箭，巨龙死了，当地人欢呼雀跃。

巴那斯当地有一个习俗，如果身上沾有污秽的东西，则需要净身洗礼，以消除这些污浊。因为沾染了龙血，福波斯不得不外出流浪。对于太阳神福波斯的下凡还有另一种说法，即说福波斯触犯了天宫的法律，被朱庇特罚下凡九年。不管是哪一种说法，对于这段下凡的传说都有记载。

□古罗马神话彩图馆

**福波斯在帕纳塞斯山上　意大利　拉斐尔**
福波斯最喜欢拉竖琴，图为九位缪斯女神被福波斯琴声感染，围绕在他身边。福波斯还被称为音乐之父。

　　福波斯来到阿德墨托斯国王管辖的土地上，为阿德墨托斯国王放羊牧马，而且在那里一直待了九年，在这九年中，福波斯一边放牧一边唱歌或是弹竖琴，每天都沉浸在快乐与幸福之中。

　　阿德墨托斯想娶阿尔刻拉斯，但阿尔刻拉斯的父亲珀利阿斯却对阿德墨托斯说："如果你想娶我女儿，那么就去驾车驯服雄狮，如果你驯服不了，你是无论如何也娶不了我女儿的。"

　　阿德墨托斯虽然是一国之主，但他对雄狮却是无能为力，于是，便向福波斯求救。福波斯也很想为主人做些出人头地的事，他驾车轻而易举地驯服了两只凶恶的狮子，并使雄狮听命于他。阿德墨托斯终于娶得了阿尔刻拉斯。在新婚之夜，福波斯又帮阿德墨托斯杀死了满房间的毒蛇。但是，不幸又降临到了阿德墨托斯身上，他患了不治之症。看着主人在痛苦中挣扎，福波斯向命运女神帕尔卡请求解救的方法。帕尔卡准许可以由阿德墨托斯的父亲、母亲或是妻子做替身。新婚妻子阿尔刻拉斯主动提出替丈夫死去，她的行为感动了众神，众神把阿尔刻拉斯从死神那里救了出来，阿德墨托斯夫妻俩过上了幸福的生活。

　　太阳神福波斯之所以被人们称为热情之父，是因为他发出的光能使百花争艳，充满朝气，也能使百花凋谢，酷热干旱。当太阳从东方升起的时候，福波斯的整个脸庞都被映得通红。他发出的光线像一个金色的齐特拉琴颤动的琴线，给人们带来欢乐和愉悦。关于福波斯是音乐之父，还有一段渊源。

福波斯最喜欢弹奏齐特拉琴和竖琴，据说他刚生下来的第一句话就是向母亲要了一把竖琴。

一天，由于发现吹笛子使脸部变形的密涅瓦一气之下将笛子扔掉了。恰巧，这只笛子被林神玛息阿捡到了。玛息阿听过密涅瓦的笛声，曾多次被笛声迷住过，所以他觉得用这只笛子吹出来的乐曲一定也和密涅瓦吹的一样好听，于是，玛息阿扬言要与福波斯比个高低。

福波斯爽快地答应了玛息阿的挑战，并相约：赢的一方有权处治败的一方。比赛请缪斯和弗利基亚国王迈达斯来作评判。最后，福波斯战胜了玛息阿，缪斯公正地作出了判决，而迈达斯则判了玛息阿获胜。胜利后的福波斯把玛息阿绑在了一棵上，活剥了他的皮，而作为对迈达斯的惩罚，福波斯运用神力使他长出了两只驴耳朵。迈达斯为了不让人发现他的两只驴耳朵，派人做了一顶宽大的帽子，然后把整个头都藏在里面。迈达斯的这个秘密只有一个美发师知道，但迈达斯曾警告过那个美发师不要对第三个人说，否则将他处死。美发师把这个秘密憋在心里实在难受，但又不能对外人说，于是，他来到野外，在一个秘密的地方挖了一个洞，趴在地上对洞口大喊了一声："迈达斯国王长出了一双驴耳朵。"说完后，又用土掩上那个洞。美发师刚走，那个洞里长出了一株芦苇，风吹过的时候，随风摇曳的芦苇就会发出一阵声音："迈达斯国王长出了一双驴耳朵。"结果，弗利基亚国的人们都知道了国王长出了一双驴耳朵。从此，这种做法就成了对做了蠢事的愚人的惩罚。

由于福波斯主管着诗歌和灵感，诗人和预言家都靠他的启示。在德尔斐太阳神福波斯神庙里，人们求得的神谕非常灵验，所以人们经常从希腊各地到神庙来求福波斯神灵显圣。

## 太阳神的爱情

因为射杀了天公朱庇特身边的独眼巨人，朱庇特宣判将太阳神福波斯逐出天宫数日。一天，被逐下天国的福波斯在一条宽阔的河边遇到了一个小男孩，那个小男孩背上长着一对翅膀，手里玩弄着一张精小的弓箭。

"我叫丘比特，如果你晚一点从天宫出来的话肯定能见到我。"小男孩自报门户，原来他就是小爱神丘比特，维纳斯的儿子。

福波斯还从没见过如此小的男孩和如此小的弓箭，便对丘比特说："你怎么长这么小啊？你的弓箭也太差劲了吧。为什么不换一个大一点的呢？"一边说，福波斯一边用不屑的眼光看着丘比特。"是吗？也许在你眼里它很差劲吧，但它的威力可是你抵挡不了的，它可是天下最强有力的弓了。"丘比特笑着爱抚地摸着他的弓箭，好像是怕别人把它抢走似的。

福波斯一直认为自己是除朱庇特以外天下最强有力的神，他不喜听别人说比他强。眼前这男孩竟说他手里那张小弓是天下最好的弓，福波斯不免有些生气。

"还是让你瞧瞧什么才是真正的好弓吧。"福波斯从背后拿下自己那张弓，"这张弓可是威力无比啊，它曾射死吓坏我母亲的大蛇。而你的呢？只适合你那么小的孩子玩耍。"丘比特从福波斯手里接过那些大弓，任凭他怎么拉也拉不开，但他还是笑着对福波斯说："你的弓箭虽然威力无比，但我的弓箭却能征服你。"

福波斯不以为然："你简直是疯了，凭你那么小的弓箭就想征服我？我不躲开，你射吧，它对我不会起到任何作用的。"丘比特停止了笑，拉开自己的小弓，朝福波斯心脏射了出去。"我没有任何疼痛的感觉，看来我没有说错，你的弓箭真的是一副玩具。"福波斯冷笑着对丘比特说道，然后顺着那条河继续前进。

当福波斯走出不远时，看到了月桂树下有一个苗条、漂亮的姑娘，姑娘叫达夫尼，达夫尼在月光下追逐着动物，垂肩的长发随风飘舞。福波斯被眼前这个有着水汪汪眼睛和白皙手臂的姑娘迷住了，并在心里产生了深切的爱恋。

"怎么回事？我可从来没有过这种强烈的感觉。"福波斯在心里默默地问自己，他根本不知道丘比特那一箭正在他身上起着作用。

最后，福波斯向达夫尼表达了爱恋。尽管福波斯是一个非常伟大的神，达夫尼却拒绝了他，因为丘比特只用铅箭射中了福波斯的心，这注定福波斯只能单相思。平日里伟大的太阳神开始变得缠绵，每天都追在达夫尼的身后倾诉衷肠，而每次看到福波斯时，达夫尼都会像天上的浮云一样悄悄跑开。

一天，达夫尼在一片茂密的树林里散步，福波斯又尾随而来。看到福波斯的达夫尼变得慌乱起来，开始狂奔。风撩起达夫尼的衣衫，头发散发出的清香随风飘进了福波斯的鼻子里，福波斯更加狂热了，不由得加快了脚步。达夫尼再也跑不动了，只得停下来。眼看福波斯就到了近前，达夫尼更加害怕起来："我宁可变成一棵树，也不愿让他碰到我。大地啊，请满足我这个愿望吧。"达夫尼刚说完，奇迹出现了，她的两条腿开始变得挺硬，身上出现了一层灰色的树皮，双臂变成了树枝，头发则变成了树叶。达夫尼变成了一棵月桂树。

后来，福波斯为了表达对达夫尼的爱，头上开始戴上了月桂树花冠，以此来纪念达夫尼变成的那棵月桂树。

克吕蒂也是福波斯生命里最重要的女主角之一。克吕蒂是水中仙女，福波斯被她的美丽所折服，爱上了她。两人婚后的生活宁静祥和，充满了幸福。但好景不长，福波斯在一次出游时遇到了一个国王的女儿，他又开始觉得那个公主是天底下最年轻漂亮的女人。福波斯很快把克吕蒂忘在了脑后，去追求那个公主。

**太阳神福波斯雕像**

那个时候，很多和福波斯交往的仙女和凡间女子都被福波斯抛弃过，所以，国王对女儿严加看管，不让她和福波斯有任何的交往。而国王的这些防范对伟大的太阳神福波斯来说本就是些小伎俩，福波斯变作公主的母亲，每天都出入公主的房中，并为得到了心爱的女人而沾沾自喜。

而克吕蒂对于这些一无所知，她一直以为福波斯是深爱她的，像自己付出的一样。当福波斯很久没有再来看她以后，克吕蒂开始变得忧心忡忡："发生了什么事呢？平时他这个时候都应该待在这里啊，怎么好几天没有见到他了呢？难道……"一想到福波斯可能会有了新的宠爱对象，克吕蒂心里就像被针扎了一样。

为了能找回丈夫，克吕蒂四处搜寻，最后终于发现了福波斯每天都在与公主私会。

**福波斯追逐达夫尼**

这幅画描绘了太阳神福波斯追求河神佩纳乌斯的女儿达夫尼遭到拒绝的画面。达夫尼为拒绝福波斯而变成月桂树后，福波斯从此戴上月桂树叶编成的花环，以纪念他失去的爱情。

"怎么才能使他再次回到我身边呢？如果能让国王把他的女儿看管得更紧一些应该就没问题了。"于是，克吕蒂去找国王，把公主私会福波斯的事添油加醋地告诉了国王。听完克吕蒂的话，国王非常恼火，自己的女儿竟违反自己的命令做出如此之事，盛怒下的国王把公主活埋了。对于公主的死，福波斯非常伤心，但他所做的只能是把死后的公主变成芬芳的灌木。

从悲伤中恢复过来后，福波斯把报复的目光瞄准了克吕蒂，他痛恨克吕蒂葬送了美丽的公主。作为对克吕蒂的惩罚，福波斯把她变成了向阳花。克吕蒂变成的向阳花对太阳忠贞不屈，整个白天，她都抬头凝望着太阳，随着太阳的空间变化而变化。当太阳落山的时候，她又把花朵合上，直到第二天再次展开。

## 太阳神之子

太阳神福波斯在人们心目中永远都那么年轻漂亮，他精力充沛，血气方刚。微微飘起的头发垂在肩上，风采奕奕。头上通常戴着用月桂树、爱神木、橄榄树的枝叶编成的冠冕，胸前挂着齐特拉琴，那种气质让人顿感钦佩。所以，很多仙女或是国王的女儿都非常喜欢福波斯。

福波斯与俄刻诺斯的女儿克吕墨涅结合后，克吕墨涅为福波斯生了个儿子，取名叫法厄同。法厄同虽然是太阳神的儿子，却只有一半神的血统。

一天，法厄同与另一个跟他年纪差不多的青年发生了争执。

"你这个大骗子，太阳神是多么神圣啊，怎么会有你这样的儿子？你一点神力都没有，如果你真是太阳神的儿子，把你父亲请来我瞧瞧。"青年脸上的不屑更让法厄同气愤。回到家后，他把这件事告诉了母亲克吕墨涅。母亲也不能拿出有力的证据来让别人认为法厄同是福波斯的儿子，于是打发儿子去找福波斯。

法厄同走进了太阳神庄严的宫殿。太阳神的宫殿镶满了闪闪发光的黄金和璀璨的宝石，华丽的圆柱分布在宫殿的四周。大门是用白银制成的，上面雕刻着花纹和人像，飞檐上嵌着雪白的象牙，好气派啊。福波斯正穿着一身铜色衣服坐在宝座上，两侧站立着文武官员，见儿子走了进来，忙关心地询问。法厄同本想离父亲近些距离，但父亲宝座上散发出的炙热的光使法厄同无法靠近。

法厄同撅着嘴对福波斯说："尊敬的父亲，你的孩子受到了很大的委屈，你可要替我做主啊。"说着，眼里噙满了泪。

福波斯看到儿子像是受了莫大的委屈，忙从宝座上走了下来，拉着儿子的手亲切地问道："我的孩子，你这是怎么了？快和我说说。"

福波斯没问起时，法厄同还只单是觉得委屈，听到福波斯如此说，竟痛哭起来，他哽咽着对福波斯说："我是你的儿子，可大地上的人都嘲笑我是冒充太阳神的儿子。我希望你能为我作证，让大地上的人都知道我是你的儿子，否则他们还会再嘲笑我的。"

听完儿子的话，福波斯哈哈大笑起来，他对法厄同说："可爱的孩子，原来是这件事让你这么伤心啊。对我来说，这件事真是太简单了。你说你想怎么让大地上的人知道你是我的儿子呢？我一定会满足你的要求。"说完，福波斯还向四周看了看他的臣子们，意思是让大家做个证明。

听到父亲这么说，法厄同破涕为笑："父亲大人，你说的话是真的吗？那我只要求你把你那辆带翅膀的太阳车让我驾驭一天。可以吗？"

可能没有料到儿子会提出这样的要求，福波斯脸上显出了惊恐。那辆太阳车只有他一人驾驭过，也只有他一人能够站在喷射着火焰的车轴上。而且那几匹拉车的马也是烈性十足。福波斯沉思了一会儿，皱着眉对儿子说："我的孩子，你要知道驾驶这辆车危险是多么地大啊！还没

法厄同　法国　居斯塔夫·莫罗　1878—1879年

有任何一个神敢有如此的要求。而且你是一个凡人，对你来说这更是一件不可能的事，我允许你再提一个要求，好吗？"

固执的法厄同说什么也不同意父亲的建议："你可是说了的，我有什么要求你都满足我，我只有这一个要求，驾驶太阳车一天，哪怕马上就死掉也心甘情愿。"法厄同沉浸在美好的想象之中。

福波斯看到儿子如此执着，想了想，然后对法厄同说："那好吧，不过我得采取一些措施，以防你被太阳车烫伤。"

**太阳神的战车**
太阳神福波斯的战车全用金银宝石砌饰而成，显得雄伟威仪，金碧辉煌。

接着，福波斯带着法厄同来到存放太阳车的房间。刚进那间房间，一道刺眼的强光迎面射来，福波斯用宽大的衣袖在法厄同眼前一晃，太阳车发出的强光顿时消失了。

"哇，好华丽的太阳车啊。"法厄同围着闪闪发光的太阳车笑逐颜开。车轴、车辕和车轮都是金子做成的，车正中的板状物是银制的，闪亮的宝石镶嵌在辔。

"我的孩子，快上车吧。一会儿时光女神赫耳将会为你牵来神马的。"说完，福波斯用圣膏涂满法厄同的全身，把自己戴过的太阳冠戴在法厄同的头上，"去吧，孩子，这样你就可以抵御熊熊燃烧的火焰了。但你要记住，千万不要使用鞭子，要紧紧地抓住缰绳，不要站得太高。你要控制着让马跑得慢些，否则烈焰腾腾，把天空烧焦了。那样你会得到惩罚的。"当时光女神赫耳为太阳车套上喷着火焰的神马后，法厄同兴冲冲地跳上太阳车，抓紧缰绳，几匹神马向前飞奔而去。

拂晓的朝霞被打破了，一轮红日喷薄而出。刚开始，法厄同还感觉到无比地兴奋，但过了一会儿，他从旋风般疾驰的太阳车上往下看，顿时胆战心惊。神马也似乎感觉到了今天驾驶它们的不是福波斯，因而狂奔乱跑，上下翻飞，左右旋转。法厄同哪遇到过这种情况，他没有办法驾驭这些神马，更分不清该向哪个方向跑。看着周围冒火的大地，双腿发酸，惊恐万分。

由于太阳车的急奔，大地受尽了炙烤，森林和庄稼都着起了大火，耕地成了沙漠，城市成了残垣，大地成了一片火海。

再也忍不住火焰烧烤的法厄同终于松开了缰绳，从太阳车上跌落下来，掉进了厄里达诺斯河里。水泉女神那伊阿得斯埋葬了法厄同，法厄同的姐姐赫利阿得斯为失去弟弟哭了四个多月。众神被赫利阿得斯所感动，把她变成了婀娜多姿的白杨树，而她的眼泪变成了晶莹的琥珀。

□古罗马神话彩图馆

**福波斯的宫殿**
太阳神福波斯的宫殿庄严肃穆，镶满黄金和宝石，大门用白银制成，飞檐上嵌着雪白的象牙，十分气派。福波斯威严地坐在宝座上。

福波斯和父亲朱庇特一样，处处留情，少不了也留下了很多的子女，其中埃斯科拉庇俄斯和伊翁的故事被广为流传。

埃斯科拉庇俄斯被称为医神，他曾从死神和病魔那里把很多人的生命夺了回来。朱庇特非常嫉妒他，于是天公朱庇特用雷电劈死了埃斯科拉庇俄斯。埃斯科拉庇俄斯虽然死了，但人们非常崇拜他，在厄比多尔，人们对他更是无比信仰。病人纷纷到他的神殿里来求它显灵，甚至有些病人睡在那里等待医神在梦中对他们说明如何治疗。

伊翁也是福波斯之子，他出生后不久就四处流浪。母亲克瑞乌萨被福波斯抛弃后与克索托斯结婚，但一直没有生育。经太阳神指点，伊翁与克瑞乌萨相认，一家三口开始了幸福的生活。

## 海神尼普顿

受古老预言的影响，每当妻子生下一个儿子，萨图恩就把儿子吃掉，后来，妻子用调包的办法使三个儿子免遭其害，留下来的三兄弟即朱庇特、尼普顿和普路托。朱庇特夺取了父亲萨图恩的王位后，把海洋、岛屿和海岸的势力范围交给了尼普顿管辖，把阴间交给了普路托管辖，但无论是海神尼普顿还是冥王普路托都必须听命于天公朱庇特。

作为海神，尼普顿经常在海上巡游，手执三叉戟，驾着由两匹或四匹马拉着的车子，威风凛凛。所以，在人们心中，海神尼普顿是一个强壮有力、虎背熊腰的神，他表现得庄重冷静，不管他裸露还是穿戴整齐

**海神尼普顿**
仅次于朱庇特的强大掌权者，尼普顿具有强大的力量。通过他的三叉戟，尼普顿能够兴风雨、平波浪。但是人们却赋予了他头脑简单的人性。

的时候，海神特有的风采和气度都会表现得淋漓尽致。

尼普顿住在蓝色海洋的深处，那里有美丽的珊瑚，有五光十色的珍珠贝壳，有奇形各异的植物，游来游去的鱼群给蓝色的海洋增加了不少情趣。尼普顿的宫殿就在这里，那华丽的气势足以跟奥林匹斯圣山媲美。尼普顿每次外出巡视时，都会穿上金光闪闪的胸甲，海底的各种鱼类紧随其后。当尼普顿出现在一个地方后，那里就会一片欢腾，海豚、鲸鱼等跳出海面，给海神表演着拿手的舞蹈。某个海域出现事故时，只要尼普顿一到，海面上顿时风平浪静，取而代之的是涟涟的浪花，微风轻拂，一片欢笑。

然而，尼普顿也有发脾气的时候。与朱庇特一样，尼普顿发起脾气来也威力十足，最显著的表现就是海面上会狂风大作，海浪掀翻海船，甚至会波及到岸边的城市。如果尼普顿非常恼火，他会发动海啸，海岸震动，大陆抽搐。这时候，人们往往拿着海神喜欢的各色祭品，如骏马和公牛等去祭祀海神尼普顿。

一次，伊那科斯与人争夺阿尔戈里德这片土地，当时，伊那科斯的宫殿里缺水，他便派自己的女儿去各地寻找水源。他的一个叫阿美莫纳的女儿在森林里寻找了一天也没有找到水源，又累又渴。走到一棵树下时，阿美莫纳坐了下来，望着茂密的大森林，不由得酣然入睡。也不知过了多长时间，她被什么东西踩了一下，睁开眼睛一看，原来是一只野鹿正从她身边经过。

"多么肥壮的野鹿啊，要是我能射到这只野鹿的话，可以拿回去好好地美餐一顿了。想到此，阿美莫纳弯弓搭箭，但这一箭并没有射中野鹿，而是射中了睡在灌木丛中的森林之神萨堤罗斯。萨堤罗斯对这突如其来的伤害非常恼怒，开始追赶阿美莫纳。阿美莫纳在逃到海边时，向海神发出了求救。尼普顿出现了，他把三叉戟朝着萨堤罗斯掷去，三叉戟穿过萨堤罗斯的胸口，插进了岸边的一块岩石里。

看到身边被吓着的姑娘，尼普顿爱抚地问道："你在寻找什么呢？你难道不知道这里有多危险吗？"

阿美莫纳很快明白了眼前这个高大威武的人便是海神尼普顿，忙充满敬意地说："尊敬的陛下，谢谢你救了我，我是在寻找给我的国家解渴的水源啊。"

听后，尼普顿一阵大笑："傻孩子，你把我刚才插进岩石里的那三叉戟拔出来就会找到水源了。"

阿美莫纳将信将疑，但她还是按照尼普顿的说法做了，把三叉戟从岩石上拔了出来。顿时，叉子插过的地方出现了三个泉眼，清澈的泉水从泉眼里汹涌而出，淙淙地流向了阿美莫纳所在的那个国家。

又有一天，尼普顿在巡海时看到了一群海洋仙女在纳格索斯岛跳舞，其中一个叫安菲特里特的仙女在

**岩石上的喷泉**
传说地震和地裂产生的喷泉是海神尼普顿用三叉戟穿透地壳后造成的。

一群仙女中长相突出，举止文雅。尼普顿顿时对安菲特里特产生了爱慕之心，但当他向安菲特里特表达了爱意之后，安菲特里特有些惊恐，跑到海底藏了起来。尼普顿派了一条海豚去寻找安菲特里特的藏身之处。最后，这只海豚终于找到了安菲特里特，并把她逮住送给了尼普顿。

虽然海神尼普顿的恋爱在一开始时有些一厢情愿，但他还是凭着热烈的爱恋赢得了安菲特里特的芳心。随后，两人举行了隆重的婚礼。婚礼上，奥林匹斯圣山上的诸神都送来了精美的礼物，天公朱庇特也派信使来祝贺海神夫妇。婚后不久，安菲特里特就为尼普顿生下了一个儿子，取名为特里同。特里同的长相并没有像他的父母一样是个人形，他的上身像人的身体，但下身却覆盖了很多藻类，且长了一条鱼尾。据说，这就是传说中美人鱼的祖先。

后来，海神尼普顿因觉得天公朱庇特分封不均产生了反叛心理。当时太阳神福波斯射杀了天公朱庇特身边的独眼巨人，也开始积极地筹划谋反。这时候，天后朱诺因儿子火神伏尔甘受到了朱庇特的惩罚也想谋反。福波斯、朱诺和尼普顿不谋而合，于是商量好叛乱的时间。在叛乱的关键时刻，西天门守神西蒂斯向天公朱庇特告发，叛乱失败了。太阳神福波斯被逐出了天国数年，海神尼普顿被罚到特洛伊筑城墙，天后朱诺则没有受到任何处罚。

## 智慧女神密涅瓦

密涅瓦被古希腊诗人荷马称为智慧女神。关于密涅瓦的出生有两种说法。

一种说法是，密涅瓦出生在利比亚的妥里通湖畔，三个利比亚女神发现了她，并把她哺育长大。当密涅瓦还是个少女时，在一次玩耍中失手杀死了自己的朋友帕拉斯，为了表示哀悼，她在自己的名字前加上了帕拉斯的名字，然后取道克里特，前往雅典。

另一种说法是，朱庇特与女神墨提斯结合后，命运向朱庇特预示，墨提斯将生下一个权力胜过父亲的孩子。为了防止这种结果的出现，朱庇特在墨提斯生产后即把孩子吞食腹内。可刚吞食完，他便感觉头痛难熬。最后，朱庇特不得不命令火神伏尔甘用斧头把自己的头劈开。脑袋刚被劈开，一个手执长矛的女孩跳了出来，她就是密涅瓦。这个关于密涅瓦是从朱庇特脑中"再生"的故事使密涅瓦具有了高贵的出生。一直以来，这种说法被看作是最准确的。由于这种传说，密涅瓦成了力量和智慧的象征。她头上戴着光芒四射的金盔，披着崭新的甲胄，手执闪闪发光的长矛，比战神玛尔斯还要威武，所以，人们也称密涅瓦为女战神。这一称号对她来说一点也不为过，在天公朱庇特与提坦神的战斗中，密涅瓦的加入对战斗的胜利起到了不小的作用。

密涅瓦不仅是一个女战神，而且是一个象征和平的女战神。她心地善良，爱憎分明，并不像战神玛尔斯那样一味地只知道屠杀。

一天，密涅瓦看到战场上勇敢的堤丢斯身负重伤，那是一个多么英勇的战士啊，怎么能在战争的关键时刻就战死了呢？于是，密涅瓦向天公朱庇特求援，希望得到能治好堤丢斯的药。当密涅瓦拿着药来到战场上时，看到的堤丢斯像换了一个人：眼里满是复仇的欲火，把敌人砍倒后，用手中的长矛敲打着敌人的头颅，然后疯狂地汲取头颅里的脑浆。多么残暴的堤丢斯啊。密涅瓦改变了原来的决定，放弃了救护堤丢斯的想法。

还有一次，海神尼普顿和密涅瓦为争夺阿提克地区的所有权举行了一场比赛，他们约定，谁如果能给人类赠送最有用的礼物谁就获胜，众神们都争着来做这次比赛的裁判。海神尼普顿把三叉戟向岩石上一击，一匹战马出现了；密涅瓦把她的长矛向地上一插，一株郁郁葱葱的橄榄树出现了。经过众神裁判，密涅瓦获胜，因为众神觉得象征和平的橄榄枝要比用于战争的战马要有用得多。从那以后，橄榄枝成了和平的象征，也成了智慧女神密涅瓦的象征。

除了英勇善战，充满智慧的密涅瓦还给人类提供了很多项发明。

一天，密涅瓦捡到了一根鹿骨，那根鹿骨已经被磨得相当精致。

"如果把这根鹿骨的中心挖空，然后再钻几个孔，那样不就能吹出像暴风雨的呼啸声了吗？"

这样想着，密涅瓦不禁高兴起来。她找来一把小刀，在鹿骨上细心地挖了几个小孔，磨细，并用了几天时间把鹿骨的中间挖空。最后，密涅瓦还在这支乐器的一侧系上了一条红丝带，以作为装饰。她给这种乐器取名为"笛子"。

**庄严肃穆的密涅瓦塑像**
密涅瓦是智慧女神，也是象征和平的女战神。

看着自己的杰作，密涅瓦非常满意。她拿着她的笛子回到了奥林匹斯圣山，对每一位遇到的神极力夸奖自己发明的笛子，并在众神聚集的地方进行了吹笛表演。优美的声音从密涅瓦的笛子中飘了出来，地上的流水停了下来，天上的飞鸟驻足在枝头，众神不由得随着笛声开始哼唱。

密涅瓦骄傲地注视着众神，想得到意料之中的嘉许。众神都沉浸在悠扬的笛声中，只有爱神维纳斯和天后朱诺在偷偷地笑个不停。

"你们究竟在笑什么呢？难道我吹的笛声不好听吗？"密涅瓦停止了吹奏，有些怒意地注视着维纳斯和朱诺。

看到密涅瓦那严肃的目光，朱诺对密涅瓦说："你吹出来的笛声的确很动听，但你吹笛子时，你的脸蛋鼓胀，脸上的线条都变了形……你还是去泉边用泉水自己照照看吧。"说完后，朱诺眼角又抑制不住掠过一丝笑意。

密涅瓦来到泉边，把笛子再次放在口里吹奏，然后把脸探到泉边的水面上。

**密涅瓦**

她是雅典城的保护神。

"这是我吗？我怎么会这么丑陋呢？"密涅瓦惊叫起来，朱诺说得没有错，自己的脸在吹笛子时完全变了形。

"笛声再好听，也不能让我美丽的形象受损。"密涅瓦气愤地把笛子扔到了森林深处，从此再也没有吹过笛子。

此外，密涅瓦发明了陶瓷车，使人们能生产出各种陶瓷制品。农夫使用的犁耙和四轮牛车、木工使用的三角尺和直尺也是密涅瓦发明的，她还教会了海员如何绞帆和在船首雕刻头像。所以，众多行业都尊推密涅瓦为保护神。

密涅瓦，在希腊神话中也被称为密涅瓦，由于密涅瓦的名字与雅典城市的名字是同源的，所以每年雅典人都要以最隆重的仪式纪念这位女神。

## 月亮女神的浪漫爱情

狄安娜是天公朱庇特与拉托那的女儿，也是太阳神福波斯的胞生妹妹。哥哥福波斯是给人类带来温暖和灿烂的太阳神，而狄安娜则是在太阳下山后给人类带来光明的月亮神。狄安娜和智慧女神密涅瓦一样终身保持着贞洁。

狄安娜体态苗条，形象高大、美丽。她喜欢在森林原野上驰骋，背着一把弓和一个箭袋，身旁有时会有一头牝鹿或是一条猎狗，好一副狩猎女神的模样。狩猎归来，狄安娜有时会去巴那斯山上找哥哥福波斯，与卡里忒斯和缪斯一起载歌载舞。

皎洁宁静的月夜美得会令人浮想联翩：困乏的动物们在月夜中栖息，植物们也趁机呼吸着新鲜的空气，享受着太阳没有出来之前的甘露。人们呢？在这皎洁的月光底下则会产生甜蜜的温情。有时，狄安娜也会用云彩遮住脸庞去亲吻英俊少年的脸。而被月亮女神亲吻过的人则会具有奇特的想象力，或成为诗人，或成为预言家。

既然具有了生命，就不同于草木，所以，狄安娜虽然希望永葆贞洁，但看到令人心仪的男子也会动心。一次，狄安娜在一个山洞里发现了一个为了永葆青春而处于睡眠状态的青年。那个青年是一个牧羊人，叫恩底弥翁，在睡眠状态中的他依然保持着俊美的面容，嘴角似乎还挂着一丝欣慰的笑意。狄安娜被恩底弥翁的美貌深深地打动了。她每天夜里都会到那个山洞里静静地盯着恩底弥翁的脸颊和双目看上好一阵子，再甜蜜地在他身旁睡去。

除了爱慕过恩底弥翁外，狄安娜还热恋过一个叫俄里翁的青年。这个故事还与狄安娜的父亲天公朱庇特有一些关联。

在很久以前,一个农夫和妻子过着贫穷却幸福的日子,但好景不长,妻子还没有来得及为他生个一儿半女就去世了。对于妻子的过世,农夫非常伤心,他发誓不再娶妻,但他每天都祷告着上天能赐给他一个孩子,在他孤苦无助的时候,他很希望有个孩子在身边给他一些安慰。

这天,天公朱庇特带着海神尼普顿和儿子墨丘利来到了这个农夫家。农夫是个热情的人,他把客人让进屋里,给客人端上家里最好的食物,把家里唯一一间屋子让给了客人住,自己则去牛棚里睡了一夜。

第二天,客人们要走了,农夫斟上一杯酒,递给了海神尼普顿,尼普顿接过酒杯后恭恭敬敬地又递给了天公朱庇特。

朱庇特喝完酒后,礼貌地对农夫说道:"谢谢你的款待,你是个善良、虔诚的人,我很希望能为你做些事情,不知你有什么希望?"

农夫有些不知所措,尼普顿忙解释说:"你有什么愿望尽管说,你眼前的这位就是万神之王、万灵之父的天公朱庇特,他能为你实现你的希望。"尼普顿指了下朱庇特对农夫说。

听后,农夫忙拜倒在朱庇特面前,更加虔诚地对朱庇特说:"我已经失去了爱妻,也不想再娶,但我希望有个孩子。如果你能帮我实现这个愿望的话,我会把家里唯一的牛作为供品献给你。"

朱庇特考虑了一下,然后对农夫说:"去吧,把那头牛杀掉,然后把它的皮埋在门前的地里。"

农夫遵照朱庇特的吩咐把牛杀了,并把牛皮埋进了门前的地里。当他刚把最后一把土填到坑里以后,奇迹出现了:从埋牛皮的地方长出了一个小孩,而且越长越大,直到长到

**狄安娜泉**
月亮女神兼狩猎女神狄安娜是纯洁的象征,也是极具浪漫色彩的女神。

成年人的模样。当农夫拉着儿子来到屋里想向天公道谢时,朱庇特一行人已经不见了。

农夫给他的这个儿子取名为俄里翁。俄里翁相貌堂堂,心地和父亲一样善良。由于奇特的出生,他的力气要比常人大得多,经常会做出一些别人做不了的事。农夫死后,俄里翁到了月亮女神狄安娜那里,做了月亮女神的仆人。

自从新仆人俄里翁到来后,狄安娜开始魂不守舍。

"多么漂亮的一个年轻人啊!多么强壮的一个猎手啊!如果我能和他在一起生活那该多好,到那时,我会去请求父亲饶恕女儿的不贞。"狄安娜对俄里翁的思念太强烈了,她不顾别人的反对,总是让俄里翁陪着自己,以便能和自己心爱的人朝夕相处。

**狄安娜与俄里翁**
狄安娜被俄里翁的美貌深深地打动了。她每天夜里都会到那个山洞里静静地盯着俄里翁的脸颊和双目看上好一阵子,再甜蜜地在他身旁睡去。

狄安娜和俄里翁的爱情非常浪漫,他们一起在大草原上追逐猎物,一起在海边嬉戏,一起在漆黑的夜里诉说衷肠。正当狄安娜准备要嫁给俄里翁时,哥哥福波斯表示了强烈的反对。福波斯越是阻止狄安娜对俄里翁的爱,狄安娜越是爱俄里翁。福波斯知道妹妹的脾气,她要是认准的事是没办法改变的,但福波斯不想看着妹妹违背她亲口定下的誓言。可怎么才能使妹妹对俄里翁死心呢?经过苦思冥想,福波斯终于想出了一个办法。

一天,福波斯去找狄安娜一起去海边游泳,两人游得累了,坐在岸边闲谈,只留俄里翁一个人在海里游。

"妹妹,听说你的箭法和我一样好,是吗?我怎么不知道呢?我猜想别人肯定是听错了,他们说的应该是密涅瓦吧。"福波斯看着已经游向远方的俄里翁对狄安娜说。

狄安娜最不喜欢别人小瞧她了,自己的箭法的确是不如哥哥福波斯,但总不至于比密涅瓦差吧。狄安娜不服气地答道:"你真的觉得我的箭法那么差吗?那我就证明给你看。"

此时的俄里翁游得很远,已经成了一个小黑点。

"那好啊,你看到那个小黑点了吗?如果你能射中的话,我就服了。"福波斯指着俄里翁在远方变成的小黑点。

狄安娜只顾着和福波斯争辩她的箭法,根本没注意到那个黑点就是俄里翁。她拿过放在一边的弓箭,然后瞄准远方那个

**狩猎女神狄安娜**

小黑点就射了过去。直到听到俄里翁的惨叫声，狄安娜才知道上了福波斯的当，这时候已经来不及了，俄里翁沉入了海底。

对于俄里翁的死，狄安娜痛不欲生，她怎么也无法原谅是自己亲手杀死了心爱的人。朱庇特见女儿日益消瘦，也为女儿对俄里翁的深情所打动，便把俄里翁变成了天上的一颗星星，即猎户座。那是一颗最壮观、最明亮的星座，它像一个身佩腰带和剑的巨人驻守在夜空中，与心爱的月亮又开始了形影不离的日子。

为了惩罚自己杀死俄里翁的过失，狄安娜不再让任何男人看到她，如果有谁不小心看到了她，这个人肯定会变成疯子、傻子，甚至死亡。

## 信使墨丘利

墨丘利是天公朱庇特的儿子，是众神的信使，在人们的心中，墨丘利总是一个粗壮强劲的中年人形象，严肃庄重。他手中的飞行神杖是和平的象征，也是权力的象征。墨丘利掌管着商业、畜牧、交通、竞技、欺盗等。作为畜牧的保护神，一切家畜对墨丘利来说都是神圣的；作为商业的保护神，墨丘利保护着商船一帆风顺，使各路商人交易顺利进展。作为众神的使者，墨丘利的职责是传递和解释众神的信息，特别是传递天公朱庇特的信息。他才思敏捷，能言善辩，否则根本不能完成那么多艰巨的使命，所以，墨丘利又被看成是演说艺术的保护神。

在古老的传说中，墨丘利发明了字母、数字、天文学和体育运动，他还把种植橄榄的技术传授给了人类。太阳神福波斯身上经常背着竖琴，并作为竖琴的保护神，其实，竖琴是墨丘利发明的，福波斯的竖琴则是墨丘利给他的。

墨丘利刚一出生就能四处走动。一天，他一个人在河边玩耍，一只乌龟爬到了他的脚下。看着在地上蠕动的乌龟，小墨丘利突发奇想："看他背上的壳那么硬，还有花纹，多好看啊，如果能用它做一个乐器，一定很美观。"

小墨丘利把乌龟从地上拾起来，带到了阿尔菲河附近锡岭山的一个山洞里。他把乌龟的壳从乌龟背上取下来，把凹下去的地方用一块柔软的牛皮盖住。在乌龟壳的边缘挖了几个小洞，把几根芦苇秆横穿在上面，绷上七根弦，再装上两个小琴码，竖琴的雏形出现了。小墨丘利经常背着这个小竖琴边弹边唱，颇有一种自豪的感觉。

一天，小墨丘利来到了太阳神放牧的皮埃里亚山，看着肥壮的牛，墨丘利口里的涎水都要流出来了。看见太阳已经消失在了绛红色的大洋后面，墨丘利偷偷地走进牛群，牵走了五十只肥得都让他眼睛发馋的牛。他把牛牵到阿尔菲河岸边，让现在已经属于他的牛在嫩绿的青草上吃草。

黑夜过去了，曙光女神奥罗拉将人们从睡梦中唤醒，福波斯随之重新回到了大地上。当福波斯清点他的牛时，发现少了五十头牛。"是谁这么胆大，竟敢偷我福波斯的牛？难道他不知道我的箭可以射穿他的心脏吗？如果让我找出这个小偷，一定会把他碎尸万段。"福波斯忿忿地想。

太阳神的光芒是可以照到任何一个角落的，福波斯轻易地在阿尔菲河畔的锡岭山山洞里找到了这个偷牛贼——他的弟弟墨丘利。但由于藏得隐蔽，福波斯还是没能够找到藏牛的地方。墨丘利看到比自己强壮百倍的福波斯找到了洞里，便在摇篮里装作睡着了。福波斯知道他在装睡，便拎着他来到天公朱庇特的宫殿里。

"尊敬的父亲，你看你这个还在摇篮里的儿子啊，他竟然偷了我的牛，知道自己做错了，却还是不承认，你一定要给我做主啊，让他把我的牛还给我。"福波斯把这个刚刚出生不久的小弟弟往地上一扔，气愤地对朱庇特说。

此时的墨丘利显出了莫大的委屈：

"亲爱的父亲，你看我这么小，怎么偷得了哥哥如此大的牛呢？我昨天刚出生，还没有离开过我的摇篮呢。"墨丘利努力地向外挤着眼泪。看着自己的一对儿子，天公朱庇特笑着说："亲爱的孩子们，你们都是宇宙的好孩子。墨丘利，你虽然偷了福波斯的牛，但我相信他不会怪你的，快去把他的牛还给他吧。"

看到自己的小伎俩并没有瞒过父亲，墨丘利只得带着福波斯再次来到阿尔菲河畔。福波斯牵回了自己的牛，但他还是非常气愤。"亲爱的哥哥，你瞧，这是我刚发明的竖琴，它发出的声音可动听了，我给你弹弹吧。"说着，墨丘利向福波斯大献殷勤地弹起了竖琴。要知道，惹太阳神福波斯生气可不会有什么好下场的，为了能平息福波斯的怒气，墨丘利使出了浑身解数。

"我的好兄弟，你这竖琴弹出的声音真是太动听了，我还从没听过这样的声音。"福波斯沉浸在竖弹发出的优美的声音中。

墨丘利要的正是这种效果："亲爱的哥哥，既然你喜欢它，作为对你的补偿，我把这把竖琴送给你，我相信你弹出来的声音比我的还要动听。"就这样，福波斯成了竖琴的保护神，而墨丘利成了畜牧的保护神。这场争吵也因为这一把竖琴结束了。

由于墨丘利长相健美，颇得众仙女的青睐，所以墨丘利的孩子也相当多。在众多的儿子当中，牧神潘是最富传奇的一个。

墨丘利在一次出行时看中了一个仙女，为了得到心爱的人，墨丘利就到仙女的父亲那里甘愿做牧羊人，仙女的父亲对这个忠实的仆人非常欣赏，便把女儿嫁给了他。墨丘利和这个仙女结婚后不久，牧神潘就出世了。潘的身体是人，却长了一双羊角和羊腿，两颊长着公羊胡子。牧神潘和父亲墨丘利一样喜欢发明创造，他发

**墨丘利　公元前100年　菲狄亚斯**

众神信使墨丘利不像其他诸神那样给人感觉高高在上，神秘又陌生，墨丘利因为和人间打交道最多而对于地上的人们来说，他是那么平易近人，富有人情味。

明了排箫，每当夜幕降临的时候，他就到河边吹箫解闷。牧神潘对艺术的天赋和墨丘利相差无几，他所吹出来的箫声使自然界的万物都为之动情。牧神潘并不满足照料和保护畜群，他还会以悠扬的芦笛声与仙女们调情。他曾经深爱过好几个仙女，彼蒂斯就是其中之一。

当时，牧神潘和北风神波瑞阿斯同时爱上了美丽姑娘彼蒂斯，彼蒂斯喜欢的是牧神潘。波瑞阿斯见得不到自己心爱的姑娘，便残忍地把彼蒂斯推下了万丈悬崖。地神该亚把可怜的彼蒂斯变成了一棵树，而她把对牧神潘的感情全部寄托在了这棵松树上，当北风呼啸着吹过时，松树就会发出凄惨动人的哀鸣声。

## 凶残的战神玛尔斯

玛尔斯被人们称为战神，他通常都被人们描绘成全副武装、血气方刚的年轻人。在很久以前，玛尔斯一直被人们认为是风暴神，他能使天空翻云覆雨，狂风大作，这种场景和激烈的战斗一样使人感到恐惧。

关于玛尔斯的由来，一直都有两种说法。一种说法是，战神玛尔斯是天公朱庇特与天后朱诺的儿子；一种说法是，玛尔斯没有父亲，母亲朱诺对于密涅瓦的出生感到非常嫉妒，于是，气愤之余，朱诺生吞下了一条凶恶无比的毒蛇。谁知，在吞下毒蛇后不久，朱诺就生下了一个脾气比她还要坏的儿子，朱诺给儿子取名为玛尔斯。玛尔斯生性残暴，他喜欢在战场上到处杀戮，凡是他经过的地方，肯定是尸体遍地，鲜血横流。玛尔斯走到哪里，哪里就会充满灾难，所以人们都非常痛恨他，他的野蛮行径更是使奥林匹斯山上的众神感到厌恶。

**战神玛尔斯与爱神维纳斯 法国 大卫**
凶残的战神尽管为众神厌恶，但对他来说，有维纳斯的爱恋就足以让他满足了。

在众神当中，玛尔斯的主要对手就是骁勇善战的密涅瓦，被称为女战神的密涅瓦与残暴的玛尔斯进行了坚决的斗争。在有战神玛尔斯的地方，女战神密涅瓦通常会出现，维护正义的密涅瓦与玛尔斯作着面对面的斗争。

世界是公平的，有创造就会有破坏，就像以破坏和杀戮为乐的玛尔斯的情人却是掌管一切动植物繁衍和生长的爱神维纳斯，一环紧扣一环，一味地创造或是一味地破坏都是不能促进世界的发展的。

爱神维纳斯是奥林匹斯圣山上也是人世间最美丽的女人，但她的丈夫却是丑陋的火神伏尔甘。对此，玛尔斯非常嫉妒，在维纳斯还没有结婚前，玛尔斯也曾追求过她，但却遭到了拒绝。虽然维纳斯已经嫁给了伏尔甘，但玛尔斯想占有维纳斯的贼心仍然未死。他想尽了一切办法去讨好维纳斯，把最珍贵的礼物送给维纳斯，用花言巧语使维纳斯动了心。为了不让自己的丑事被别人发现，玛尔斯每次都趁伏尔甘在作坊里打铁的时候才去和维纳斯约会，而且每次都得保证在太阳神福波斯升到天空之前离开维纳斯的房间。

在每次约会之前，他会带一个叫阿力克提翁的年轻人为他放哨。阿力克提翁的任务是在天亮之前学公鸡啼叫，以向玛尔斯报警。

一天夜里，玛尔斯又神不知鬼不觉地进入了维纳斯的房间，两人在一起缠缠绵绵不舍得分开。这个时候的阿力克提翁虽然还在门外，但早已经困倦地睡着了。当太阳神福波斯睁开眼睛时，阿力克提翁根本就不知道，自然没法向玛尔斯通风报信了。太阳神福波斯也早已经对玛尔斯的残暴行径非常气愤，当他发现玛尔斯竟做出如此丑事时，立即告知了伏尔甘。火神伏尔甘听说自己的妻子正与玛尔斯偷情，自然气得火冒三丈。这个时候的他哪还有心思打铁，他把手里的工具往地上一扔，就想去找维纳斯和玛尔斯算账。

走到一半，他又转了回来："不能这么冲动，这样也只能我知道他们的丑事，我得让所有的人都知道这件事，让他们没法在这个地方再待下去。"他拿起刚锻打的钢丝，用钢锉和钳子把钢丝做成链环，连成了一个钢丝网。伏尔甘假装一边高声说话一边走进维纳斯的房间。听到伏尔甘回来了，为了掩盖自己的窘态，维纳斯去洗澡，玛尔斯则躲进了屋角里不敢动弹。趁着这个机会，伏尔甘把钢丝网张开，固定在床脚和天花板上，然后走出了房间。伏尔甘所做的这一切，维纳斯和玛尔斯都没有注意到，他们当时的注意力都在如何遮掩自己的丑事上。

听到伏尔甘走出了房间，玛尔斯大摇大摆地从屋角里走了出来，然后躺在床上等维纳斯。维纳斯洗完澡回到房间后，两人又开始了亲热。这时候，一张钢丝网把他们牢牢地网住了。

伏尔甘从房间外走了出来，狠狠地瞪了维纳斯和玛尔斯一眼，然后打开他所在宫殿的象牙门，召唤着众神来到维纳斯的房间。这一对偷情者承受着众神鄙夷的目光，在众神议论之后，两人终于被放了出来。由于羞愧难当，维纳斯离开奥林匹斯圣山到塞浦路斯岛去了，玛尔斯也去了荒凉的色雷斯地区隐居。而这个事件的配角阿力克提翁，则被玛尔斯变成了一只公鸡。

玛尔斯是个残暴的战神，他的子女也继承了父亲的这一点，如奇克诺斯，他像一个强

**战神　法国　德拉克洛瓦**
战神玛尔斯英俊、威武、血气方刚，但他性格暴躁又嗜好杀戮，因此不讨奥林匹斯山上众神的喜欢。

盗一样，经常上路拦截行人，稍有不顺就会把路人打死。一天，奇克诺斯在路上觊觎着该向哪个行人行凶。这时候，赫丘利走了过来，奇克诺斯拿起长矛就向赫丘利的铜盾戳去。赫丘利也是久战沙场的英雄，他并没有被这突如其来的袭击所吓，而是用自己的长矛刺向奇克诺斯。正巧，长矛刺进了奇克诺斯的咽喉，这个被路人诅咒的大强盗当即倒地毙命。

听到儿子被赫丘利刺死，玛尔斯暴跳如雷，连他的眼睛里都冒着愤怒的火花。他来到路上，高举长矛，朝着正在行走的赫丘利刺去。在这个危急时刻，

**玛尔斯与密涅瓦之战　法国　大卫**
玛尔斯酷爱战争和屠杀，而女战神密涅瓦却致力维护和平，有密涅瓦在的地方玛尔斯总讨不了便宜，也暗合了正义终能战胜邪恶的道理。

密涅瓦出现了。她把玛尔斯刺向赫丘利的长矛拨开，赫丘利乘机用长剑砍伤了玛尔斯的大腿。玛尔斯战败而回，此时他能做的只能是将爱子变成一只白天鹅。

战神玛尔斯好斗成性，所以，啄食尸体的秃鹰、恶狼、好斗的公鸡和恶犬等都是玛尔斯的象征物和供品。

## 最美丽的爱神维纳斯

无论是在奥林匹斯圣山还是在凡世间，爱神维纳斯都是最美的一个，她是爱与美完美的结合体。作为爱神，维纳斯掌管着人类的爱情、婚姻和生育。此外，她还代表了每年的春天和每天的黎明，所以她还掌管着一切植物的繁衍和生长。

维纳斯眉清目秀，皮肤白皙，身姿迷人。在人们心目中，维纳斯的形象比其他诸神的形象都要多。最初，她以裸体出现，站在海龟或海螺上面，一种纯朴的美顿然而生，这种形象表明她刚从海浪里出来。后来，人们把她的形象作了改变，把全裸的身体改为半裸，美感呼之欲出，尽在人们的想象之中。

维纳斯的这些形象与她的出生有关。据说，维纳斯是从海里波浪的泡沫中产生的。萨图恩把自己父亲乌拉诺斯的肢体投入到塞浦路斯海中后，从投入肢体的地方拥出了很多的泡沫，随后，一个美丽的巨大贝壳出现了，周围有很多的小贝壳或是珍珠相伴。巨大的贝壳被海风和波浪推到了岸边，微微颤动后两瓣自然分开，一个长发女孩从贝壳里走了出来，维纳斯诞生了。刚出生的维纳斯像曙光一样洁白无瑕，她赤脚向海滩上走去，走过的地方长出了很多美丽的鲜花。时光女神赫耳早已经在不远处等着刚出生的爱神维纳斯了。赫耳为维纳斯戴上金光闪闪的冠冕、穿上艳丽得体的服饰、系上一条金腰带，美丽的维纳斯更加楚楚动人。她坐上由一对鸽子拉着的车，离开了地面，向奥林匹斯圣山飞去。

看到美貌非凡的维纳斯后，奥林匹斯山上的众神都绝口称赞。有着诱人双眸、迷人微笑的维纳斯姿态优雅，举止庄重潇洒，使圣山上的众神为之倾倒。

维纳斯的美无可厚非，但也引来了不少嫉妒的目光，其中以美丽著称的天后朱诺和智慧女神密涅瓦为最甚者。天后朱诺、智慧女神密涅瓦和爱神维纳斯因一个象征美的金苹果而大动干戈，最后连天公朱庇特都不好加以判断，只好让伊达山上的一个英俊少年帕里斯来裁决她们三个谁最美。帕里斯本也分不出谁是最美者，但维纳斯答应如果帕里斯把金苹果给她，她会把天下最美的少女海伦嫁给他。最后，帕里斯把象征美丽的金苹果给了维纳斯。朱诺和密涅瓦虽然不服气，但也无话可说。

后来，维纳斯嫁给了火神伏尔甘，伏尔甘又瘸又丑，美丽的维纳斯根本就不喜欢他，只是因为这场婚姻是天公朱庇特亲自赐予的，维纳斯才不得不答应下来。她和火神伏尔甘结婚之后，恶贯满盈的战神玛尔斯倾慕于她的美丽，多次对她进行引诱，最后两人勾搭成奸。被火神伏尔甘发现后，维纳斯觉得无颜再在天宫待下去而回到了塞浦路斯。

爱神维纳斯不仅征服了奥林匹斯山上的众神，也征服了整个大自然，她走到哪里，哪里就有一片欢声笑语，哪里就会一派欣欣向荣的景象。但春天的时间并不是太长，花儿并不会长开不败，因为维纳斯的养子阿多尼斯正是短暂春天的化身。

阿多尼斯是维纳斯回到大地后，从一株苍天大树的树干中迸裂出来的。维纳斯担忧养子的生命危险，经常劝说阿多尼斯不要去狩猎，但年轻的阿多尼斯哪里肯听。一天，阿多尼斯去追逐一头野猪，眼看要追到野猪时，野猪猛地回过头来，一口咬中正在向前追赶的阿多尼斯，阿多尼斯当场倒地，鲜血染红了身边的花丛。当维纳斯听到养子的呼叫声时，急忙向出事地点跑去，慌乱中，不小心被玫瑰刺伤了脚，雪白的白玫瑰刹那间变成了鲜红色。当维纳斯赶到阿多尼斯身边时，养子已经停止了呼吸。悲痛的维纳斯抱着养子的尸体泪如泉涌，她的泪珠掉到地上后，长出了数株银莲花。

阿多尼斯的生命是短暂的，他的美就寄托在花丛中，花儿凋谢即意味着他生命的消失。当然，阿多尼斯的生命是无限期轮回的，当植物在夏日的骄阳中茁壮成长时，阿多尼斯就会获得新生。

小爱神丘比特也是维纳斯的儿子，这是一个长着一对金翅膀的美少年。丘比特喜欢拿着弓箭和火炬乘着飘拂的微风到处游荡，他所到之处，人们会享受到友谊的快乐、温存和乐趣，更会享受到爱情的甜蜜和辛酸。

**断臂的维纳斯　法国　米洛**
也许正是因不小心"断了臂"才产生出一种"残缺之美"，令观者难忘，这尊雕像才有了它无与伦比的价值。

爱美是人们的天性，所以人们非常崇敬家神兼美神的维纳斯。爱神木、罂粟、石榴、玫瑰、天鹅和鸽子等都是维纳斯的宠物。

在罗马，维纳斯的纪念日定在每年的四月，帝国时期的罗马对维纳斯的崇拜尤为流行。恺撒大帝还自称是埃涅阿斯的后裔，尊维纳斯为罗马人的祖先，由此可见维纳斯在罗马人心目中的地位。

## 丘比特的婚恋故事

小爱神丘比特是爱神维纳斯与火神伏尔甘（一说为战神玛尔斯）的儿子，他一生下来就长了一对金色的翅膀，背着一张超小的弓箭四处游荡。可别小瞧了那张弓箭，它的力量可真不小。丘比特射出的箭都是魔箭，如果谁被丘比特的金箭射中，那么他或她就会爱上对方，如果只是一方被射中，那么他或她就只能单相思了。强大的太阳神福波斯，看不起这个体形比自己小百倍的小爱神，但却还是被那张小弓箭所伤，爱上了达夫尼。

一天，爱神维纳斯把儿子丘比特叫到身边，气呼呼地对儿子说："某城的一个国王有一个叫普赛克的女儿，听说她长得非常漂亮，当地的人都叫她美神，难道她真的会比我还要漂亮吗？你马上去那个地方，用你的聪明让普赛克爱上世界上最卑贱最不幸的人。"丘比特知道母亲又是嫉妒普赛克的美貌了，为了平息母亲的怒气，丘比特朝着那个国家飞去。

那个国家的国王有三个女儿，普赛克是最小的一个，也是最漂亮的一个，两个姐姐都嫁给了邻国的国王，唯有普赛克因为长得太漂亮而没有人敢上门提亲。眼看普赛克到了出嫁的年龄，国王显得非常着急，如果公主嫁不出去，那该是一件多么不光彩的事啊。于是，国王去太阳神的神殿里求神卦。按照太阳神福波斯的推算，普赛克应该送到山野里被怪兽吞食掉。

**丘比特制弓　意大利　帕尔米贾尼诺**

小爱神丘比特是爱神维纳斯与火神伏尔甘（一说为战神玛尔斯）的儿子，他一生下来就长了一对金色的翅膀，背着一张超小的弓箭四处游荡。

国王对普赛克这个最小的女儿疼爱有加，怎么舍得把她一个人放去山野呢？但神的旨意又不能违背，国王夫妇一边哭一边将普赛克送往高山深崖处。普赛克非常懂事，她知道如果自己再哭哭啼啼的话，父母肯定会宁可违背神谕也不会把她放到野外，所以她一路安慰着父母。国王夫妇悲痛欲绝，把普赛克放到山里后，他们一步一回头，洒了满路的泪水才走回了城里。

夜幕很快降临了，四周冷清清的，只有草地里的小动物们在唱着歌陪伴普赛克。一阵寒风吹来，普赛克打了一个冷战，刚才的勇气顿时消失得无影无踪。她轻轻地抽泣着，然后感觉一阵风把她从冰冷的岩石上吹落到柔软的草地上。哭了好长一段时间后，她竟迷迷糊糊地睡着了。

当普赛克醒来时,她看见了一座美丽的宫殿,比父亲的王宫还要漂亮,宫殿前是一条宝石铺成的路。普赛克再也禁不住诱惑了,向宫殿里走去。

"哇,好华丽啊!这么多珠宝,我还从来没有看见过这么多的财富。这儿是哪里呢?"普赛克被眼前的景色惊呆了,正当她想去询问宫殿的主人时,一个悦耳的声音传来:

"亲爱的普赛克,很高兴你能来到这里,以后这里就是你的家了,我就是你的丈夫,你如果答应我永远不再见你的家人,永远不要见我,那么你的家人会一辈子平平安安,你也会永远幸福的。"

普赛克是多么地希望能生活在这里啊,这里和天堂一样美丽,而且自己虽然见不到丈夫,但他却有着如此悦耳的声音。普赛克不再感到害怕,很快答应了那个声音的要求。

从那以后,普赛克一直生活在那个宫殿里,因为家人和丈夫都生活在幸福之中,她自然也没有烦恼。她很珍惜所度过的每一天,毕竟这些都原本不属于她。

一天,在宫殿外散步的普赛克听到了一阵哭声。"那哭声不正是自己的姐姐们发出来的吗?"经过仔细分辨,普赛克确信那哭声的确是来自自己的姐姐们,姐姐们的哭声唤起了普赛克对亲人的思念:"我在这里快活地生活着,而亲人们却以为自己已死而痛心疾首。我还是告诉他们真相吧,丈夫爱我爱得那么深,他应该不会和我计较这些的,就算他生气了,我也可以耐心地向他解释啊!"想到这里,普赛克忙派仆人把两个姐姐带到这个秘密的宫殿来。

**丘比特与普赛克　法国　大卫**
普赛克从死亡女神普罗塞尔皮娜那里借来的美色——死亡使她奄奄一息,即将死去,而正是丘比特最后的深情一吻让普赛克重新有了生命,这就是"爱神之吻"。

两个姐姐见自己疼爱的小妹妹还活着，高兴地跑过来拥抱普赛克，见妹妹在这里有享不尽的荣华富贵，姐姐们都为妹妹高兴。普赛克把自己遭遇的前前后后向两个姐姐说了一遍，并让她们回去后告诉父母不要担心。

最后，两个姐姐问到了普赛克的丈夫，普赛克回答的有些支支吾吾。

维纳斯的诞生　意大利　波提切利

天马上要黑了，普赛克对两个姐姐说："虽然我很希望我们姐妹多聚一会儿，但我们该分手了，否则天黑前你们到不了家我会担心的。带一些宝石和首饰回去吧，反正我也用不了这么多。"说完，普赛克去了另一个房间。

两个姐姐虽然很想念妹妹，但当她们看到了普赛克的幸福生活时，马上产生了嫉妒。在听到普赛克谈到自己丈夫时那心不在焉的神态时，两个姐姐觉得这里面肯定有问题。趁普赛克出去的机会，两个姐姐想出了一个诡计。

"普赛克，我看你根本没见过你的丈夫，他一定是一个可恶的家伙，说不定是一条巨龙呢。他把你养在这里，等用美餐把你养胖后再吃掉你……你想想当年太阳神的神卦吧。"大姐对返回后的普赛克说道。

看到普赛克真的被吓住了，二姐接着说："我给你想出了一个办法，你把这盏灯藏在挂毯后面，等你丈夫睡着后你突然把挂毯拿掉，然后拿匕首刺入他的胸膛。"

送走姐姐们后，普赛克举棋不定，她也很想看看自己的丈夫。于是，她按照姐姐们说的办法去做了。出乎她的意料，在挂毯后面，她看到的不是怪物，而是一个可爱的小爱神丘比特。丘比特狠狠地瞪了普赛克一眼，抓起身边的弓箭。普赛克对自己的做法也非常悔恨，看丘比特要飞走，她慌忙抓住丘比特的一只脚，随着丘比特飞上了夜空。没飞出多远，她不小心摔落下来，正好落在了河边。充满失望的普赛克想投河自尽，被好心的牧神潘所救，为了能得到丘比特的宽恕，普赛克决定坚强地活下去，直到找到丘比特的那一天。

当一只多嘴的海鸥把丘比特爱上普赛克的事告诉爱神维纳斯后，维纳斯非常恼火。她把普赛克的姓名和相貌公布于世，宣称谁要是抓到普赛克谁就能得到她的七次亲吻。最后，可怜的普赛克被维纳斯的一个仆人带到了维纳斯宫殿里。维纳斯想尽了一切办法去折磨普赛克，但每次普赛克都能顺利地完成维纳斯交给的那些凶多吉少的任务。

维纳斯交给普赛克的最后一个任务是去地狱向普罗塞耳皮娜夫人借一点美色，并要她把借来的美色放在一个小盒子里。在经过一座高塔的指点后，普赛克从死神普罗塞耳皮娜那里借来了美色，在最后的时刻，普赛克再也忍不住她的好奇心，打开了那个小盒子，她想看一看借到的美色到底是什么样子，但普罗塞耳皮娜的美色却是死亡。

当普赛克奄奄一息时，小爱神丘比特出现在她的面前。原来在维纳斯把丘比特囚禁起来后，丘比特一直都在思念着普赛克，当看守他的女仆刚打开窗子后，他便趁机飞了出来。他终于找到了日夜思念的爱人。看到马上要死去的普赛克，丘比特心如刀绞。虽然他们是夫妻，但他从来没有吻过自己的妻子，而唯一一次却是在爱妻临死之前。丘比特满眼含泪地俯下身去吻普赛克，奇迹出现了，已渐渐冷去的普赛克的身体又开始变得温热起来，丘比特听到了普赛克的心跳声，普赛克睁开了眼睛，朝着丘比特献上了最美的笑。

丘比特与普赛克在经过千难万险之后，终于有了一个幸福的结局。他们的夫妻关系得到了天公朱庇特的认可，朱庇特还赐给了普赛克一杯能长生不老的仙酒。维纳斯与普赛克的关系也得到了和解。众神们为丘比特与普赛克举行了一场隆重的婚礼。

## 丑陋的火神伏尔甘

伏尔甘是天公朱庇特与天后朱诺的儿子。朱诺刚生下伏尔甘时，就发现这个儿子不仅长相丑陋，而且天生一副瘸腿。一向嫉妒心强的天后朱诺本来就对自己没有亲生智慧女神密涅瓦而感到懊悔，现在见自己的儿子竟如此一副模样，顿时怒气冲天。为了不被其他的神取笑，她狠心地将刚生下来的伏尔甘扔下了奥林匹斯山的万丈深渊。

被母亲抛弃的小伏尔甘并没有死去，而是掉到了楞诺斯岛上。他遇到了一个好心的侏儒，侏儒不但救了他，而且还教会了他冶炼钢铁、铜和贵重金属的技术。当然，伏尔甘也像孝敬亲生父母一样孝敬侏儒，直到侏儒老死。随后，伏尔甘在楞诺斯的一个火山口建了一座冶炼作坊，他花了九年时间在那个作坊里炼制了很多精致的工具和装饰品，把自己的住处装点得像个宫殿。

伏尔甘知道自己是朱诺的儿子，对于这个母亲，伏尔甘既想念又痛恨。为了能回到母亲身边，伏尔甘在自己的作坊里做了一个非常精美的黄金宝座，这个宝座上有很多无形的连接线，这些线只有伏尔甘才能看得到，任何人和神都不会感觉到它的存在。金宝座做成以后，伏尔甘便派人把它送给了母亲朱诺。

朱诺看见这个金光闪闪的宝座后，马上情不自禁地坐了上去。她欣喜若狂地在宝座上给众神们摆各种姿势，以炫耀自己的高贵。但当她想从宝座上下来时，却怎么也动弹不得。朱诺脸上的表情非常难看，可她越是用力，束缚得越紧。刚才还频频夸赞的众神都过来帮忙，结果没有起到一点效果，连天公朱庇特都束手无策。

朱庇特赶忙派人去询问送宝座的人，才知道这个宝座是当年抛弃的儿子伏尔甘铸造的。朱庇

**庞贝城内的一幅壁画**
古罗马著名城市庞贝城毁于火山喷发，留给后人的只有废墟。罗马神话传说火山爆发是火神伏尔甘冶炼金属时发出的噪音造成的。

**侧卧的潘多拉**

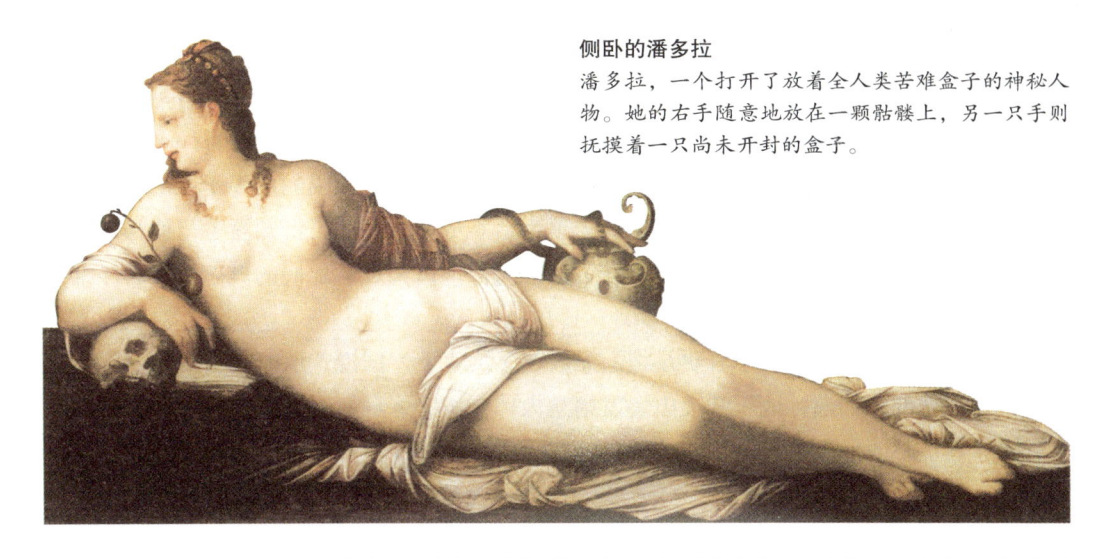

潘多拉，一个打开了放着全人类苦难盒子的神秘人物。她的右手随意地放在一颗骷髅上，另一只手则抚摸着一只尚未开封的盒子。

特派信使墨丘利去凡间把伏尔甘叫来，谁知伏尔甘竟拿天公的话当耳旁风，并向朱庇特开出了一个条件，就是把爱神维纳斯许配给他。没有办法，为了能把天后从宝座里解脱出来，朱庇特只得答应了伏尔甘的要求。

回到奥林匹斯圣山的伏尔甘并没有抛弃他的老本行，他建造了一座比天公的宫殿还华丽的住所，并在金碧辉煌的住所旁边建了一间冶炼作坊，以用来冶制各种金属。伏尔甘几乎把所有的时间都用在了炼制金属上，当然了，他炼出的各种精美的用具让众神们叹为观止。

为了表示自己的孝心，伏尔甘为父亲朱庇特锻造了一个金宝座。除了对父母表示孝心外，伏尔甘对其他众神也毫不吝啬，为太阳神福波斯修建了宫殿，为太阳神和月亮女神狄安娜炼了一批箭头，为谷物女神色列斯打造了一把纯金的镰刀。天宫使用的各种金属物，如酒杯、各种金属乐器等都出自伏尔甘的作坊。

除了炼制那些没有生命的物品外，伏尔甘还创造发明了有生命的动物。世界上第一个女人就是火神伏尔甘捏制出来的。他把黏土和水捏成了一个具有女人模样的塑像，并赐予了她一颗火星作为灵魂。天公朱庇特给伏尔甘捏成的这个会讲话的美丽女人起名叫潘多拉。智慧女神密涅瓦为她穿上华丽的衣服，爱神维纳斯为她梳理头发，时光女神赫耳为她戴上满是花朵的花冠，潘多拉就这样出现在众神面前。

天公朱庇特递给潘多拉一个盒子，对她说："美丽的姑娘，带上这个盒子到地球上去，你会是那里的第一个女人。你到地球上的任务是把灾难带到人间，以惩罚那个自作聪明的普罗米修斯，记住，盒子的最底层放着'希望'，在它还没有飞出来之前一定要盖上盒子。"

潘多拉点点头，算是记住了天公的嘱咐。随后，信使墨丘利把潘多拉送到了地球上。潘多拉的美受到了人们的称赞，她来到普罗米修斯的弟弟厄庇墨透斯身边，厄庇墨透斯欣然接受了这个女子。潘多拉当着厄庇墨透斯的面打开了朱庇特交给她的那个神秘的盒子，其实连她自己都不知道里面到底是些什么。盒子被打开后，一大群灾难就像闪电一样跑了出来，并迅速向四周扩散。潘多拉按照朱庇特的意思，在盒底的"希望"还没有跑出来时，连忙把盒子重新盖好，结果，"希望"被留在了盒子里面。

正是因为伏尔甘捏造了潘多拉，才使得地球上充满了灾难，但人们并没有把这种罪过加于火神身上，因为伏尔甘是一个心地善良的人，而且天公的意愿他很难违背。

由于大部分时间伏尔甘都在自己的作坊里冶炼，所以冷落了美丽的妻子维纳斯。维纳斯一直都鄙视伏尔甘的丑陋，所以他们的夫妻生活不尽如人意。当得知妻子与战神玛尔斯偷情后，伏尔甘用一张钢丝网将他们捉住，并把众神都请来观看他们的丑态。事后，维纳斯回到了塞浦路斯，玛尔斯则到色雷斯地区隐居。

在妻子维纳斯走后，伏尔甘更是把心思放在了冶炼上。据说，地上火山口或地面裂口都是火神作坊的大烟囱，地震和火山爆发则是火神作坊冶炼金属时发出的噪音造成的。伏尔甘除了在奥林匹斯山上有冶炼作坊外，还在楞诺斯岛和欧洲的埃特纳山上开办了更大的作坊。

## 冥王普路托的冥界和真理田园

普路托是萨图恩的儿子，也是天公朱庇特的弟弟。当萨图恩的三个儿子在分配领地时，漂着白色泡沫的大海由尼普顿管辖，阴森恐怖的冥界归普路托管辖，但两人都听命于天空的主宰者——朱庇特。

普路托是一位伸张正义的冥王。在人们的心目中，他习惯手里拿着象征丰收的羊角，头上戴着乌木、蕨类植物或水仙制成的冠冕，长发和胡子遮住了他的脸庞，一个公正严明、铁面无私的冥王被体现得淋漓尽致。

生活在冥界的普路托早已经习惯了那种永无天日的日子，他根本不再向往天国的生活。在他的一生中，他只离开过冥界一次，而且只停留了一刹那就又回到了他的王国。

那唯一的一次离开冥界是为了寻找一个女人做他的王后。当他还在天国的时候，就已经对谷物女神色列斯年轻漂亮的女儿戈莱倾慕已久，来到冥界后，长时间的孤单寂寞使他更加思念戈莱；但他心里清楚，如果自己按程序上门提亲，色列斯肯定不会把女儿许配给他，但怎么样才能得到自己心爱的女人呢？

经过一段时间的苦思冥想，普路托终于想出了一个办法，也是唯一的一个办法——抢。

那天，天空万里无云，和煦的春风吹拂着地面，戈莱和她的伙伴们在辽阔的原野上嬉戏着。

"瞧，那里的鲜花是多么漂亮啊！旁边还有一汪清泉呢！我们去摘些吧，可以编成精美的花冠。"戈莱穿着宽大的长裙，赤着脚跑在伙伴们的前面，脸上洋溢着快乐的欢笑。

**农业女神色列斯**

大地之母色列斯是农业女神和丰产女神。她经常左手握权杖，右手则是金黄的麦穗，她有着温和的态度。

伙伴们一拥而上，采摘着沾满露水的鲜花，一切都淹没在喧闹声中。在众多伙伴当中，戈莱是最美的，她那灿烂的微笑比盛开的鲜花还要美。突然，眼前的景象使她惊呆了：一株小芽从地上冒了出来，并且迅速成长，转眼间长成了一株香气四溢的水仙花。

"好奇妙啊！那株水仙花像是在对着我笑！它好像早就认识我似的。"戈莱被深深吸引住了，情不自禁地伸手去抚摸水仙花的花瓣。这时，奇迹出现了，当她刚触到花，脚下的地面就裂开了一条巨缝，她感到一阵眩晕便失去了知觉。醒来时，她发现自己正躺在一个昏暗的地方，周围充满了阴森之气。"戈莱，请不要害怕，我是普路托啊，不认识我了吗？你现在是在冥界，已经成为我的冥后了，难道你不愿意吗？要知道，我是多么地爱你啊！"一个男子出现在戈莱的床前，微笑着看着她。

戈莱自然认识普路托，但怎么也没想到会

**诱拐　意大利　圭多·雷尼**
冥后珀耳塞福涅是农业女神色列斯的爱女，冥王普路托用水仙花迷惑了珀耳塞福涅，把她诱拐入冥府做了自己的王后。

以这种方式成为他的王后，事已至此，她只能顺应天命，何况她对他并不反感。从那以后戈莱改名为珀耳塞福涅，虽然生活在暗无天日的冥界，也过得相当幸福，只是有时会思念母亲色列斯。

一天，信使墨丘利来到冥界，珀耳塞福涅才知道母亲色列斯为了寻找她，已经疯狂地把大地上的田原烧光，人们辛辛苦苦劳作一年却颗粒无收，很多人都为此流浪街头。墨丘利来冥界就是向普路托说情的，希望能让珀耳塞福涅与母亲团聚。珀耳塞福涅也非常希望能见到母亲，她知道母亲的脾气，如果找不到女儿，她肯定会一直让大地没有谷物可收，到那时，地上的人们会被活活饿死。

普路托并不想让珀耳塞福涅离开冥界，但迫于朱庇特的威严，他还是答应让她每年有一半的时间与母亲在一起，但另外一半时间必须安分地待在冥界。当几近疯狂的色列斯看到女儿珀耳塞福涅，顿时怒气全消，地上又长出了谷物、鲜花和果树，那代人类才得到拯救。

此后，冥王普路托就一直没离开过他的宫殿。他的宫殿处于十八层地狱最底层。那里和天宫一样，有很多神，如命运三女神帕尔卡、复仇三女神福里埃等，他们帮助普路托管理着冥界。冥界还有一条看管恶狗刻耳帕

**阴间之王普路托**
普路托手端酒盅，斜卧在床，同他的妻子珀耳塞福涅（农业女神之女）共度着美妙的时光。据说珀耳塞福涅每年都要在冥国与丈夫一起幽会。

格斯。在冥界，所有案件都要经过普路托来审理。普路托有双慧眼，对灵魂在阳间的所有行为一目了然，想隐瞒罪行只会招来更重的惩罚。

冥界的大门从来都是敞开着的。这些死去人的灵魂都是由信使墨丘利负责引到冥界的，恶狗刻耳帕格斯会笑着迎接这些灵魂，但在它的警戒之下，进来的灵魂没有一个能出得去。进入冥界之门，灵魂们面前会出现一条叫阿刻戒的河，污浊的河水咆哮着，波浪卷起了一阵阵漩涡，即使成了灵魂也会惊吓不已。

渡过阿刻戒河，灵魂们便会来到一处盛开着阿福花的草地上，这里被叫作真理田园。渡过河的灵魂在这里接受审判，犯有罪行的灵魂不但会受到复仇三女神的惩罚，还会被分配到塔耳塔洛斯地狱去受刑。那些清白无罪的人的灵魂，则会被送到爱丽舍乐园去。爱丽舍乐园与塔耳塔洛斯地狱有天壤之别：那里是一片宁静的平原，长着各种水果，草地上百花争艳，鸟儿们欢快地在枝头歌唱着。没有纷争，一派祥和，大家都沉浸在幸福之中。

## 被缚的普罗米修斯

天和地被造出来之后，各种动物集结而居。虽然处处一派朝气蓬勃，但却缺少着一个主宰，即有灵魂和思想的人，而完成这一任务的就是普罗米修斯。

普罗米修斯是地神该亚与天神乌拉诺斯所生的巨人提坦的儿子。萨图恩统治宇宙之后，提坦一族被放逐人间，而普罗米修斯的出现也是应运而生。由于有神的血统，普罗米修斯知道土地是孕育人类的种子，看着宇宙间的万物精灵，他非常希望能造出和天神一样的人在大地上行走。他用河水调和泥土，然后把泥土捏成天神模样。为了能使捏出的人获得生命，他还从动物身上借取了一些善和恶特征把之装入泥人的胸膛，世界上的第一个有生命的人就这样出现了。

在天宫众神之中，智慧女神密涅瓦非常欣赏普罗米修斯的智慧，要不是普罗米修斯被放逐人间的话，说不定他们会结为夫妻呢。当普罗米修斯的泥人捏好之后，密涅瓦向这个仅有生命的泥人嘴里吹了一口仙气，泥人便有了灵魂。

普罗米修斯造出了最初的人，人不断繁衍最后遍布大地。人虽然有了，但他们根本不知道如何去运用自己的四肢和头脑，只是在大地上漫无目的地生活着。看到自己造出的人这样浑浑噩噩，普罗米修斯决定去帮助他们。他教人们观察星辰的升降，如何计算，如何驾驭牲口使之代替人劳动。在教授人类同时，普罗米修斯也在逐渐进步。以前有人生病时，作为半神的他也是束手无策，只能眼睁睁地看着病人死去，后来，他调剂出治这些病的药，使人们能战胜疾病。他发明了适于航海的船和帆，使人们不至于望洋兴叹；他还给人们解释梦境，引导人勘测矿藏并加以利用。总之，普罗米修斯尽自己一切努力把人类的生活变得更美好。

天公朱庇特掌管宇宙之后，把目光逐步移向了刚刚形成的人类。为了防止人类势力扩大，朱庇特要求人类敬重神灵，并以此为保护人类的条件。他决定在墨科涅举行一次人神聚会，以确定人类对神的义务。普罗米修斯出席了这次会议。会上，他要求众神不要给人类增加过重义务，显然，他所扮演的是人类的辩护者。

对于普罗米修斯的要求，众神们并未给予认真关注。为了惩罚这些自私的神，普罗米修斯决定愚弄一下众神。他以造物名义杀了一头牛，把之分成两堆，一堆是牛肉、内脏和脂肪，用牛皮遮盖严实，牛皮上放着牛胃；另一堆是牛骨，巧妙地裹在牛油下，显得比另一堆要大得多，且油光发亮，相当诱人。然后，普罗米修斯让众神选择自己喜欢的一堆。他的诡计没有瞒过朱庇特的眼睛，但朱庇特还是沉着地说："尊敬的朋友，你分配得多不公平啊。"普罗米修斯以为他中计了，便让朱庇特作选择。朱庇特故意选了牛骨上盖有牛油的那堆，揭开之后，他又故意气愤地嚷道："可恶的提坦儿子，我看你是永远也改不了骗人的伎俩了。"

为了惩罚普罗米修斯的欺骗行为，天公朱庇特拒绝向人类提供实现文明所必需的火种。面对天公的有意刁难，充满智慧的普罗米修斯想出了一个补救的办法。他找到了一根粗壮的大茴香枝，来到天的尽头，等太阳神福波斯快要落山时把茴香枝向太阳车上一杵，茴香枝燃起来了，普罗米修斯就带着这个火种回到了地球上。看到人间腾腾升起的烈火，朱庇特暴跳如雷，但事已至此，他再也没有办法去剥夺人类使用火的权利，不过，他又想出了另一个办法。

朱庇特命火神伏尔甘捏出一个少女，取名为潘多拉，意为"获得一切天赐的女人"。此时的密涅瓦也开始对普罗米修斯的智慧产生了嫉妒，她亲自为少女穿上了华丽的衣服，奥林匹斯圣山上众神都对潘多拉加以装饰。美丽的潘多拉被墨丘利带到了人间，并被送往普罗米修斯弟弟厄庇墨透斯之处。普罗米修斯曾警告弟弟不要接受天公的任何礼物，但厄庇墨透斯禁不住潘多拉的诱惑而接受了她。直到灾难降临时他才意识到自己的轻率。潘多拉的魔盒给人类带来了肆虐的疾病，死亡的阴影随时笼罩着人类。

人类遭受的灾难并没有减轻朱庇特对普罗米修斯的报复之心。他命火神伏尔甘和两个仆人把普罗米修斯押送到中亚细斯库提亚的荒山上，用永远不能开启的铁链把他钉在悬崖峭壁上。虽然伏尔甘非常同情普罗米修斯，但他不得不在仆人的督促下完成这一任务。天公的命令是不能违背的，所以众神认为这个倔强的提

**被缚的普罗米修斯　意大利　米开朗基罗**
朱庇特为了惩罚普罗米修斯给人间带去了火，把他吊在高加索山的悬崖上，让一只鹰天天啄食他的肝脏，并让他永远戴着一个铁环，以证明这个倔强的人依然被锁在高加索山上。

坦儿子的痛苦也应该是没有止境的。但普罗米修斯的意志并没有动摇，大地上的一切生灵都可以为他作证，而且他向朱庇特宣布了一个古老的预言："新的婚姻将使诸神的主宰者堕落和毁灭。"

为了加重普罗米修斯的痛苦，朱庇特还派一只鹰每天啄他的肝脏，当肝脏的伤口快痊愈时，这只凶猛的鹰会再次把他的肝脏叼走。普罗米修斯的这种痛苦要一直忍受到有人愿意替他受死为止。

数百年过去了，一天，大英雄赫丘利为了寻找金苹果来到了高加索山，当他看到这个可怜的人被吊在悬崖上时，一箭把那只正啄食普罗米修斯的鹰射死，解开锁链，把自愿放弃生命的半人半马喀戎做了普罗米修斯的替身，然后带走了普罗米修斯。为了显示自己至高无上的权力，朱庇特让普罗米修斯永远都戴着一个铁环，以证明这个倔强的人依然被锁在高加索山上。

# 珀耳修斯

珀耳修斯是阿耳戈斯国王阿克里西俄斯的外孙，因为有一个神谕曾向阿克里西俄宣示，他的外孙将夺取他的王位，并把他杀死，所以，当女儿达那厄与天公朱庇特的儿子珀耳修斯刚一出生，阿克里西俄就把女儿和外孙装进了一只大箱子里投入了大海。在朱庇特的保护之下，达那厄与珀耳修斯顺利地穿越了风浪，在塞里福斯岛靠了岸。

塞里福斯岛是狄克堤斯和波吕得克忒斯统治的地方。当那只箱子靠岸时，狄克堤斯正在捕鱼，他把母子俩带回家，弟弟波吕得克忒斯娶了达那厄为妻，珀耳修斯则得到了继父精心的抚养。

珀耳修斯很快长成了一个年轻力壮的小伙子，波吕得克忒斯鼓励珀耳修斯自己去外面闯荡，做一番大事业。珀耳修斯也早就有这种打算。最后，父子俩取得了一致的意见：去砍下墨杜萨的脑袋，把它带回塞里福斯。

在父母的祷告中，珀耳修斯上路了。在众神引导下，他来到了一个陌生的地方，那里是福耳库斯居住的地方。福耳库斯是一群可怕妖怪的父亲，但珀耳修斯到达那里的时候并没有遇到他，而是遇到了他的三个女儿格赖埃。在格赖埃姐妹的帮助下，珀耳修斯拿到了一双飞鞋、一个皮囊和一个狗皮头盔。无论谁有了这些东西，就能随心所欲地自由飞翔，看到自己想看到的东西，而别人却看不到他。

珀耳修斯穿戴完毕，手里拿着墨丘利送给他的一个青铜盾，飞向了福耳库斯另外的三个女儿戈耳工的住地。戈耳工的头部满是鳞片，头上盘有很多蛇，嘴里长出了野猪一样的獠牙，两臂是可以飞翔的翅膀。如果谁看到她们，那个人就立刻会变成石头。

神庙装饰——墨杜萨的头

福耳库斯众多的女儿当中，只有戈耳工小女儿墨杜萨是凡人的肉体，但要取得她的脑袋也并不是一件易事。

到达戈耳工的住地后，这些怪物们正在酣睡，珀耳修斯背对着她们，用青铜盾做镜子搜寻着墨杜萨。很快他便认出了墨杜萨，举起手中事先准备好的刀，割下了墨杜萨的脑袋，看也不看就把它扔进皮囊里。被这一突如其来的事件惊醒的墨杜萨的两个姐妹，看到妹妹被杀，忙展开翅膀去追赶凶手，但却怎么也找不到带着隐形头盔的珀耳修斯。

珀耳修斯带着墨杜萨的脑袋开始向回飞。在经过刻甫斯国王统治的埃塞俄比亚的海岸时，珀耳修斯看到一个少女被绑在向大海突出的悬崖上，离她不远处站着好多人。

那是一个多么美丽的少女啊，闪亮的大眼睛从老远都能看到，披肩的长发在微风中轻拂，珀耳修斯被迷住了，他马上降落到岸边，走近那片悬崖，和那位少女进行攀谈：

"亲爱的姑娘，你为什么被绑在这里呢？能告诉我你的名字吗？"

看了看这个陌生的路人，姑娘眼里噙满了泪水，如果她的双手不是被绑着的话，肯定会用手捂住发红的脸。注意到这个陌生人一直注视着自己，姑娘有些羞愧：

"我叫安德洛墨达，是埃塞俄比亚国王刻甫斯的女儿。我的母亲曾夸我比海中的女仙还要漂亮，结果惹恼了这些女仙，她们请海神发大水淹没了我的国家，还派一条大鲨鱼吃掉了陆上的一切，使我的国家的人们苦不堪言。后来，人们得到了一条神谕，说是只要把国王的女儿丢入海中喂鱼，这种灾难就能解除。没有办法，我的父亲只能把我绑在了这个悬崖上来喂鲨鱼。"

**珀耳修斯**
年轻、勇敢的珀耳修斯历尽凶险砍下了魔女墨杜萨的头，无愧为朱庇特的儿子。

说完，安德洛墨达呜呜地哭了起来。她的话音刚落，海面迅速升高，剧烈动荡起来。海水哗的一声分开，从海底钻出一个巨大的鲨鱼，不远处的人们惊呼起来。

"可怜的孩子，我们是多么地爱你啊，可又有什么办法呢？原谅你的父母吧。"安洛墨达的父母哭着跑了过来，紧紧地抱住自己的女儿，但他们除了掉眼泪却一点办法也没有。

珀耳修斯制止了一家人的哭泣，然后对国王刻甫斯说："我是天公朱庇特的儿子，刚取来了怪物墨杜萨的头。现在正式向你的女儿求婚。我想如果让她选择的话，她一定会选择我的，没有考虑的余地了，希望你们能答应我的要求。"见有人能救下心爱的女儿，刻甫斯非常高兴，马上答应了珀耳修斯的要求，并愿意把他的王国当作嫁妆。

海里的鲨鱼游了过来，珀耳修斯飞上云端，落到鲨鱼背上，把杀死墨杜萨的那把刀刺入了鲨鱼的身体，然后跳到悬崖上。鲨鱼在海里翻了几个跟斗后沉入了海底。

在珀耳修斯救下安德洛墨达之后，刻甫斯并没有食言，为这对年轻人举行了热闹的婚礼。珀耳修斯并没有留下来，而是带着妻子回到了他的家乡。

阿克里西俄斯知道自己的外孙还没死后，更加害怕神谕，于是，他悄悄地逃到了帕拉斯戈斯当了国王。达那厄并不知道父亲到了异乡，让回到家乡的儿子珀耳修斯去阿耳戈斯看望外祖父。当珀耳修斯路过帕拉斯戈斯时，这里正在举行赛会，珀耳修斯也参加了比赛，在投掷铁饼时，他不幸击中了阿克里西俄斯。当知道死者正是自己外祖父时，珀耳修斯悲痛不已。他选择了一块最好的墓地埋葬了外祖父，并当起了那个国家的国王。

## 艺术家代达罗斯

代达罗斯是墨提翁的儿子，是厄瑞克透斯的曾孙，也是一位厄瑞克族人。

代达罗斯继承了家族的聪明智慧，成为了一位伟大的艺术家，他不仅擅长雕刻，还精通建筑。他雕刻的肖像简直是有生命的造物。在代达罗斯以前，艺术家们雕刻的肖像没有一丝灵气，眼睛是闭着的，双手是与身体连在一起的，而代达罗斯的作品是第一个睁着眼睛的作品，双手与身体分离，显示出各种运动着的姿势。如果把代达罗斯的作品赋予灵魂，那会与真人无异。代达罗斯的艺术作品在世界各地都享有盛誉。

正因为有了至高的荣誉，代达罗斯显得非常自负，他唯恐有一天别人会把他的荣誉抢走。在这种缺点的诱惑下，代达罗斯开始了苦难的行程。

塔罗斯是代达罗斯的侄子，他非常羡慕叔叔的手艺。"如果自己也能雕刻出那么精美的作品该有多好啊！那又是多么幸福的一件事啊！"强烈的心理促使着塔罗斯去向代达罗斯学习。代达罗斯很高兴地收下了这个学生。不久后，代达罗斯发现，这个学生的天赋比自己要高得多。虽然塔罗斯还只是一个孩子，但他已经能在没有老师的指导之下发明很多连代达罗斯都不能发明出的东西，如制陶器用的转盘、最早的车床等。虽然人们还一如既往地尊敬着代达罗斯，但代达罗斯感觉到人们已经把本该对他的尊敬转移到了塔罗斯身上。这一点是最让代达罗斯忍受不了的。

经过强烈的思想斗争，代达罗斯的嫉妒心理还是战胜了理智，当塔罗斯和他一起在雅典的卫城上走过时，代达罗斯把塔罗斯从卫城上推了下去。在埋葬侄子的尸体时，代达罗斯对路过的人们说是在掩埋一条被打死的蛇。但他还是被送上了阿瑞俄帕戈斯法庭，并被判有罪。

自己的地位在希腊的一落千丈使代达罗斯选择了逃跑。他四处流浪，最后到了克里特岛。在那里，他凭着非凡的手艺征服了那个国家的人们，并被国王弥诺斯待为上宾。

**石雕公牛状酒器**
对弥诺斯人来说，公牛具有特殊的宗教意义，一般被放置在神庙和宫殿的周围。

在克里特岛,有一个牛头人身的怪物,这个怪物保护着国王的地位不受侵犯,但他的食物却是雅典每九年向克瑞忒国王进贡的十四个童男童女。国王命代达罗斯替这个怪物造一所能隐蔽的宫殿,接到这个任务后,代达罗斯创造性地建造了一座迷宫,人走进去根本就找不到出路,所以,国王再也不必担心人们怀疑他的王宫里养着一个怪物了。

离乡背井的代达罗斯非常思念自己的故乡,他早已经感到国王弥诺斯对自己的不信任,之所以他还被留在这里是因为他还有利用价值。

"我怎么才能离开这个地方呢?如果我去向国王请求,他肯定不会同意,还会把我看得更紧,可我真的不想再待在这个地方了。"代达罗斯绞尽了脑汁终于想出了自救的办法:如果我逃走的话,弥诺斯肯定会从陆上和海上追捕我,但这个国家还没有能飞行的工具,也就是说,如果我能从空中逃走,他是无论如何也抓不到我的。想到此,代达罗斯开始秘密地制作能飞行的工具。他收集了很多羽毛,把它们按尺寸粘在一起,拦腰捆住,再用蜡封牢,使之看上去像真正的鸟的羽翼。

飞行的工具做好之后,代达罗斯先做了个试验,在确保没有任何毛病之后,他把做好的一个小型的羽翼交给了他唯一的儿子。代达罗斯非常爱儿子伊卡洛斯,他一再地嘱咐儿子要当心:"在空中飞行时,你不要飞得太低,也不要飞得太高,太低会掠过海面,羽毛沾水后就会变得沉重,你就会被拉入水中,太高的话,离太阳太近,你的羽毛会受热起火,或是蜡熔化后羽毛脱落,那样你就会掉到地上,所以你只能在半空中飞。"说完,代达罗斯吻了吻儿子。

父子俩都升上了天空,代达罗斯飞在前边,儿子伊卡洛斯在后,他们朝着西西里岛的方向飞去。起初,伊卡洛斯学着父亲的样子飞行得非常顺利,但由于太过自信,年幼的伊卡洛斯忘记了父亲的忠告,离开了父亲滑翔的轨道。由于飞得过高,强烈的光线烤化了羽毛上的蜜蜡,羽毛脱落了,伊卡洛斯再也不能飞在空中,一眨眼就落进了浩瀚的大海里。当代达罗斯发现儿子不见了时,绝望地降落在海岸上,他看见的只是儿子的尸体。悲痛的代达罗斯掩埋了伊卡洛斯,并把这个岛取名为伊卡里亚。

没有了儿子的代达罗斯从伊卡里亚岛起飞,继续向西西里岛飞去。当他到达西西里岛的时候,同样也给那里的人们带去了惊喜。西西里岛的国王科卡罗斯为了表示对代达罗斯的感激,把他也待为上宾。在西西里岛,代达罗斯带领那里的人们挖掘了一个人工湖,而且他还在一块大岩石上建造了一座城堡,这个城堡的通道只能通过三四个人,易守难攻,所以国王科卡罗斯在这个城堡里保存他的珍宝。随后,代达罗斯在西西里岛上又

**弥诺斯王宫内景**

兴建了一个深邃的地洞，利用这个地洞，代达罗斯把地下火生成的热气引了出来，使人们不至于在岩洞里再感到湿冷。此外，代达罗斯还扩建了厄律克斯海峡上的爱神维纳斯的神庙，并把一个精心制作的金蜂房放在神庙里，每一个来到神庙的人都以为那是一个真蜂房，由此可见代达罗斯艺术的高超。

当弥诺斯国王得知代达罗斯已经逃到西西里岛时，为了维护自己国王的尊严，他决定亲率大军追捕代达罗斯。弥诺斯带领一只海上舰队来到西西里岛，受到了科卡罗斯隆重热情的接待，科卡罗斯还邀请弥诺斯洗个热水浴以解除旅途的劳顿，并答应弥诺斯把代达罗斯交给他。弥诺斯满心欢喜地坐在浴缸里洗澡时，水温越来越热，最后竟然被煮死在浴缸里。

从此以后，代达罗斯一直生活在西西里岛，他竭尽全力地为岛上的人们服务着，培养了许多的艺术家，代达罗斯则成为西西里岛建筑和雕刻艺术的奠基人。因为失去了儿子，他的晚年一直都非常苦闷，直到去世。

## 底比斯城的故事

当欧罗巴被天公朱庇特带走之后，欧罗巴的父亲——腓尼基国王阿革诺耳对于女儿的走失非常着急，他派儿子卡德摩斯带领其他兄弟四处寻找，要求他们必须找到欧罗巴，否则就别回来。卡德摩斯找遍了他所能找到的每一个角落，但都没能够找到被朱庇特骗去的妹妹。卡德摩斯非常了解父亲的脾气，父亲极其疼爱妹妹欧罗巴，如果自己空着手回去的话，肯定不会得到父亲的原谅。

"这可怎么办呢？如果不找回妹妹，回去的话肯定会受到父亲的惩罚，可什么地方才能找到妹妹呢？"想到这里，卡德摩斯便去向太阳神福波斯求神谕，他向福波斯描述了自己的处境，并希望福波斯能给他指明自己将来生活在什么地方。

太阳神福波斯表示出对卡德摩斯的同情："卡德摩斯，我非常同情你的遭遇。欧罗巴的命运是上天决定的，你不需要再去寻找她了。而你将来生活的地方需要你自己去寻找。离开这里之后，你将遇到一头没有负过轭的小牛，一直跟着它走，当它躺下来休息时，你就在它躺过的地方建立城市，神希望这个城市的名称叫底比斯。"

求得神谕后，卡德摩斯就离开了那个叫卡斯塔利亚圣泉的地方。没走出几步远，卡德摩斯果然看见了一只没有负过轭的牛犊，于是按照神谕跟着这头牛走，一边走一边向太阳神做着祈祷。

海神帮助朱庇特劫夺欧罗巴　意大利　拉斐尔

当这头牛走过刻菲索斯的浅滩后,停在了一处青草地上。牛回头看了看走在它身后的卡德摩斯和他的仆人,哞哞叫了两声后便躺了下去。

"这就是太阳神神谕中属于我的那片土地啊!多么肥沃啊!神啊,你是多么的圣明,又是多么的值得尊敬啊。"卡德摩斯欣喜若狂,他伏身亲吻着脚下的这块土地。为了表示对天神的感激之情,卡德摩斯命他的仆人去附近汲一些泉水用来举行献礼。

由于对这个地方不熟悉,仆人们走进了附近的一个古老森林里,森林里的林木长得非常茂盛。卡德摩斯的仆人们听到了山泉叮咚的流淌声,忙跑过去寻找山泉汲水。当他们快要靠近山泉时,从附近的山洞里爬出了一条巨龙,这条龙又粗又长,眼睛里喷射着火焰,嘴里露出三排锋利的牙齿,红色的龙冠闪着亮光。巨龙的身体膨胀得有些发紫,里面充满了毒汁,身体经过的地方,青绿的树叶变得枯黄起来。

仆人们被这突如其来的庞大毒物吓傻了。看着眼前这些木然的人,巨龙抬起头朝人群袭来。可怜的腓尼基人基本无力动弹,只能坐以待毙。最后,卡德摩斯的仆人们一部分成了巨龙的腹中之物,一部分沾染上毒汁或吸入了毒气而亡。

卡德摩斯站在牛躺下的地方等待着仆人们拿回水来,好长时间过去了,等待中的卡德摩斯有些焦急,他在脚下放下他的一个信物,然后亲自去找仆人们。他披着一张从狮子身上剥下来的皮,手里拿着一个长矛和标枪,顺着仆人们走去的方向,老远就听到了泉水的声音。

"我敢肯定他们正在那个地方汲水,听声音就能断定那里的泉水一定很清澈,天公朱庇特一定会称赞我的虔诚的。"卡德摩斯走进了古老的森林,当泉水的叮咚声越来越近时,一股逼人的寒气向卡德摩斯袭来。紧接着,卡德摩斯看到了那些被巨龙杀死的仆人们的尸体。

"我可怜的朋友们啊,我还责怪你们的晚归,原来你们遭到了如此的厄运。是谁杀死你们的呢?我一定会给你们报仇的,否则我宁可一死。"卡德摩斯眼里充满了愤怒的火花,他的每一根血管仿佛都要爆裂了。向四周看去,那团眼看要点燃的烈火落到了盘在旁边一棵树上的巨龙身上,巨龙的身体更加臃肿了,头上的鲜血还没有被风吹干,它正贪婪地吐着舌头。

"原来是你杀死了他们,我一定会让你血债血还,或是同归于尽。"卡德摩斯搬起了一块比他本身体积还大的石头朝着巨龙砸去。如果在平时,这块石头的分量足可以把城墙砸出个窟窿,但这块巨石却使得这条龙安然无恙,它身上的黑皮和鳞片比铁甲还要硬。见巨石根本伤不到毒龙,卡德摩斯投出了标枪,标枪正好刺入了毒龙的脏腑,毒龙回过头来把标枪从身体里拔了出来,但枪头却留在了它的身体里。卡德摩斯见毒龙沉浸在疼痛之中,拿起长矛朝着它的咽喉刺了过去,不偏不倚刺了个正着。毒龙更加愤怒了,身体里的毒液向外喷吐着,但卡德摩斯并没有畏惧,举起长矛向毒龙又刺了过去。鉴于上一次的经验,毒龙躲闪着卡德摩斯的长矛,但它却撞到了一棵大树上,伤口进一步迸裂开了,鲜血汹涌而出。卡德摩斯再一次举起了长矛,结束了毒龙的性命。卡德摩斯终于为同伴们报了仇,望了望已死的毒龙,又看了看死了一地的仆人,正在他不知道该如何是好的时候,穿着一身崭新甲胄的智慧女神密涅瓦从天而降。

"亲爱的卡德摩斯,我是上天派来给你指引道路的。你把这条毒龙的牙埋入地下吧,这会给你带来希望的。"卡德摩斯听从智慧女神密涅瓦的旨意,把毒龙的牙掰了下来,用长矛在地上豁了一道长沟,把龙牙撒了下去。刚把沟平上,他就发现埋龙牙的地方动了起来,先冒出了一个枪尖,再冒出了一顶头盔,泥土里出来了一个全副武装的武士。最后,一整队武士出现在了卡德摩斯的面前。

卡德摩斯马上提高了警戒,随时作好了战争的准备。

"请不要拿起你的武器,这是我们的内战,你无须介入。"看到卡德摩斯举起的长矛,一个刚从土里钻出的武士喊道,卡德摩斯的长矛又放了下去。从泥土里又相继冒出来很多武士,他们在卡德摩斯眼前展开了一场毁灭性的斗争。在这场斗争中,活下来的只有五个人,彼此求和。在智慧女神密涅瓦的指引下,这五个人表示愿意听从卡德摩斯的命令。卡德摩斯在这里建立起了一个城邦,并依太阳神福波斯的神谕命名为底比斯。

## 酒神巴克斯

天公朱庇特曾与塞墨勒在底比斯生下一个儿子,取名为巴克斯。巴克斯是卡德摩斯的外孙,被人们称为酒神。

刚出生后不久,天公朱庇特就让众女神带巴克斯去了印度。当长成英俊的少年时,巴克斯离开印度去周游世界。巴克斯教给人们种植葡萄的方法,向人们传播他的新教理。很快,他的声名就传遍了整个希腊,包括他的故乡底比斯。当然,供奉他的人们会得到他的爱护,而亵渎神灵的人们则会受到他严厉的惩罚。

彭透斯是卡德摩斯的孙子,是泥土所生的厄喀翁与巴克斯母亲的妹妹阿高厄所生的儿子。当巴克斯的声名传到底比斯的时候,卡德摩斯已经把王位传给了彭透斯。彭透斯是一位非常傲慢的国王,他藐视众神,更加嫉妒他的亲戚巴克斯,尤其是巴克斯在底比斯的声名极度上升的时候。

彭透斯的嫉妒心越来越强,甚至开始仇恨赞扬或追随神灵的人,并对这些人加以迫害。他对他统治下的人民大声嚷道:"笨蛋们,你们是巨龙的子孙,怎能甘心让这个自称是神灵的娇生惯养的男孩征服底比斯呢?看来你们都疯了。巴克斯和我——他的堂兄弟一样,只是一个普通的人,根本不是天公朱庇特的儿子,但愿你们还是清醒的,不久以后,我将让你们看到他的真面目。"

**酒神巴克斯**
这是米开朗基罗的早期作品,塑像具有完美的人体,本向前倾却反而后仰的造型把酒神的醉态刻画得异常逼真。

愤怒的彭透斯骂完以后，命他的奴仆们把到处宣扬神道的巴克斯带上锁链抓起来。底比斯城里的人们对此都非常吃惊，他的亲戚朋友们尽最大努力劝告彭透斯不要如此傲慢，以免遭到神灵的惩罚，但彭透斯变本加厉，支持巴克斯的人越多，他越是气愤，甚至对反对他的祖父卡德摩斯大喊大叫。

坐在皇宫里的彭透斯正思考着一会儿如何羞辱巴克斯，他的仆人们回来了。

"巴克斯在哪里呢？你们把他藏在什么地方了呢？快把他带到这里来，我非得让他自己戳破自己的身份不可。"彭透斯欣喜若狂地站立起来。

"我们并没有抓到巴克斯，当我们快要抓到他时，他突然不见了，但我们带回一个他的随从。不过，他好像跟随巴克斯没多长时间。"彭透斯这才注意到仆人们的脸上都沾满了血，他朝仆人们摆摆手，示意把巴克斯那个仆人带上来。

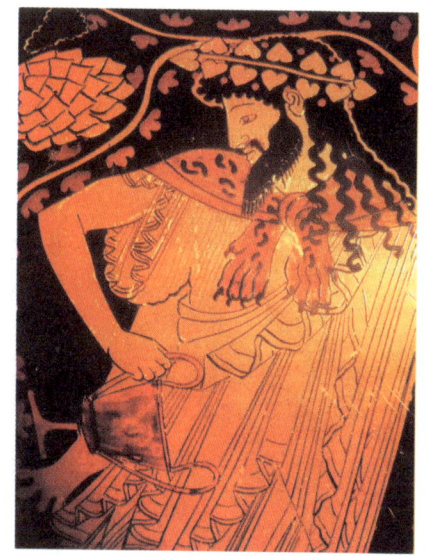

**酒与狂欢之神巴克斯**

很久以来，巴克斯就成为那些狂乱活动的崇拜对象。酒神的神奇力量至今仍没有被人们忘却。

"可恶的家伙，你叫什么名字？从哪里来的？你为什么要追随愚蠢的巴克斯呢？你必须从实回答，否则的话你将被处死。"彭透斯朝刚被带上来的巴克斯的随从咆哮着。"我叫阿克忒斯，迈俄尼亚人。"被抓的俘虏并没有畏惧之色，而是平静坦然地回答："我是一位航海人，遇到巴克斯是在一次航海中。一次，我们的船到达了一个不知名的海岸，我和我的同伴们都到陆地上过夜。第二天，当太阳刺眼的光照醒我时，我看见我的同伴们正拖着一个年轻人上船。那个年轻人喝醉了，两颊绯红，但看他那神态，我心里的直觉告诉我，这肯定不是一个凡人，于是我对同伴们说：'我相信他是一个天神，如果我们厚待他，他一定会保护我们航行顺利的。'

"听完我的话，同伴们都大笑起来，并大声地嘲笑我：'你真是一个愚蠢的人，他怎么会是天神呢？我们绝不会向他祷告的。相反，我们会把这个漂亮的家伙卖到另一个地方的。'

"说着，同伴们把这个年轻人拖上船，我的反对差点使我丧了命。可能是因为不习惯海上的颠簸，年轻人很快醒了过来：'我这是在哪里呢？你们要带我去什么地方？那克索斯岛才是我的故乡啊。'

"'孩子，别怕，我们正是向那克索斯岛的方向航行啊。'一个同伴假装安慰年轻人。'不是的，这是与那克索斯岛相反的方向啊。'我同情地望着年轻人喊道。

"'别听这个疯子的话，他是想把你扔到海里喂鱼的，幸亏我们把你救了下来。'一个同伴一脚把我踢开。

"年轻人冷笑了两声，似乎已经看破了同伴们的诡计。当航行到大海正中的时候，船突然停了下来，同伴们努力地摇着桨，但起不到任何效果。只有那个年轻人笔直地站在甲板上一直微笑着。

□古罗马神话彩图馆

**酒神的狂欢　意大利　提香**
此图描绘的是罗马神话传说中的酒神巴克斯。他是朱庇特与塞墨勒的儿子，首创用葡萄酿酒。每年春季葡萄发芽和秋收时节，人们都要举行酒神节。

"一瞬间的工夫，我的同伴们竟都变成了鱼形，并跳进了海里。看着眼前发生的一切，我惊呆了。

"'这就是加害我的结果。'然后他转过身对木然的我说：'你不用害怕，你的虔诚保护了你，将我送到纳克索斯岛吧。'到达他的家乡后，他传授我在他的圣坛前供奉他的教义。"

阿克忒斯充满虔诚地讲述着，彭透斯早已经不耐烦了："闭上你的嘴巴，既然你对巴克斯这么忠诚，我就让你替他受刑一辈子吧。"他吩咐仆人们把阿克忒斯带到地牢里，用巨锁锁在一根大柱子上，但当天晚上，一只神秘的手就把阿克忒斯放了出去。

彭透斯把城里的所有巴克斯的信徒都抓了起来，其中也包括他的母亲和姐妹们。同样，关押这些信徒的门在没有任何人力的作用下敞开了，人们蜂拥而出，回到了巴克斯给他们讲神道的树林里。

负责追捕巴克斯的仆人们带着自愿被缚的巴克斯回来了，巴克斯充满智慧的眼睛一眨不眨地盯着彭透斯。彭透斯也被眼前这个年轻英俊的小伙子打动了，但冲昏头脑的他还是命人把巴克斯关进一个密封的山洞里。巴克斯并没有任何反抗行为，到了山洞之后，他一声大喊，山洞崩塌了，他却安然无恙地走了出来，回到了众多的追随者之中。

"国王啊，你快去看一看吧，那种力量只有神才会有的，如果你到了那里，你一定会改变你的看法的。"一位仆人跑来对彭透斯说。

盛怒之下的彭透斯非常想看个究竟，由于害怕女信徒们把他撕成碎片，彭透斯十分勉强地穿上女人的衣服，跟在巴克斯的身后。这时的彭透斯已经处于神的指挥之下，心里怀着对巴克斯的激情，他是多么希望得到一根酒神杖啊。

走进隐蔽的丛林中，巴克斯的女信徒们都围了过来。通过神力，巴克斯使这个愚蠢的国王坐在了一棵松树的最顶端，然后指着彭透斯对信徒们说："那就是嘲笑我们神道的人，我们必须对他加以惩罚。"巴克斯的话音刚落，女信徒们就开始拿起地上的石块向彭透斯投掷。在彭透斯的母亲和姐妹们眼里，彭透斯变成了只凶悍的狮子，她们同样对彭透斯充满了愤怒。彭透斯用双臂拥抱着母亲，想使她认出自己的儿子，但母亲阿高厄却撕掉他的右臂，姐妹们也撕扯着他的左臂和两腿。最后，彭透斯的身体被撕成了很多部分，这就是酒神对亵渎神灵的彭透斯的惩罚。

## 坦塔罗斯和儿子珀普罗斯

坦塔罗斯是天公朱庇特的儿子，他统治着吕狄亚的西皮罗斯。坦塔罗斯积累了很多的财富，因此奥林匹斯圣山上的众神都十分尊崇他。由于坦塔罗斯的血统高贵，连奥林匹斯圣山上的众神都把他视为亲密的朋友，最后，坦塔罗斯还享有了与众神一起进餐的权利。

由于受到了特别的恩赐，坦塔罗斯开始把自己看得和众神一样尊贵。他本就是个爱慕虚荣的人，在与众神用餐的过程中，他听到了众神有关神灵的谈话。为了炫耀自己的与众不同，他把在奥林匹斯圣山上听到的一切讲给了凡间的朋友们，他甚至从餐桌上偷取仙酒和仙丹。一次，坦塔罗斯偷走了别人送给天公朱庇特的一条金狗，当朱庇特要他归还时，他拒不承认。众神对他的所作所为提出了不少的不满，但坦塔罗斯却充耳不闻，反而变本加厉。

一天，坦塔罗斯请奥林匹斯圣山上的众神到他的宫殿里做客。席间，他突发奇想："难道众神真的是无所不知吗？我从奥林匹斯山上偷回了那么多的圣物，都没有得到惩罚，这些神一定也有他们不知晓的事，我不防来试探一下。"

于是，坦塔罗斯命人把自己的亲生儿子珀普罗斯杀死，剁成肉块款待众神。坦塔罗斯热情地招呼着众神进食，谷物女神色列斯因痛失爱女而夹了块肩胛骨一声不响地吃着，其他的神早已经看出了坦塔罗斯的诡计，他们把所夹的骨头扔进了一个盒子里，命运三女神之一的克罗托把手伸进盒子里，珀普罗斯又复活了，只不过其中的一块肩胛骨是用象牙做成的。

众神们实在忍无可忍，把恶贯满盈的坦塔罗斯打入十八层地狱，让他忍受着痛苦和折磨。坦塔罗斯被放在一个大池塘中，只露出下巴以上的半个头。当他口渴想张嘴喝水的时候，水会立即消失。坦塔罗斯身后的岸边长着茂盛的果树，树上的果实随风摇荡，散发出诱人的香气，可当他抬起手时，一阵狂风会把树枝吹到云端。肚子里是难挨的饥饿，但他只能朝着枝头频频地咽口水。

其实，坦塔罗斯并不用担心他会被渴死或是被饿死，只要他能抵制住水和食物的诱惑。但除此之外，他还得忍受第三种苦刑：头顶上一块巨大的石头用一根丝般的细线悬挂着，随时都有掉下来的可能，所以，他每天都生活在对死亡的恐惧之中。

珀罗普斯是坦塔罗斯的儿子，在被父亲杀死款待众神之后，他又被众神救活了，所以他

众神聚会　意大利　贝利尼

十分虔诚地敬奉着众神。当坦塔罗斯被朱庇特打入地狱之后，珀罗普斯由于在对特洛伊王伊罗斯交战中失败而流浪到了希腊。

在希腊的厄利斯，国王俄诺玛俄斯有一个美丽的女儿，名字叫希波达弥亚。转眼间，希波达弥亚已经到了出嫁年龄，提亲的人们纷纷到来，但国王却不允许任何求婚者靠近女儿。因为神早向这个父亲预言：如果女儿结婚，父亲就会死亡。为了阻止女儿的婚事，俄诺玛俄斯想尽了一切办法，最后他宣布：只要能在赛车中胜过他，那个人才可以娶公主。而如果胜不过他，那个人则只有死路一条。

赛车的起点是比萨，俄诺玛俄斯要求求婚者先出发，当给天公朱庇特献祭完后他才驾着马车追赶求婚者。

很多年轻人都倾慕于希波达弥亚的美貌，他们同样不会相信作为父亲的俄诺玛俄斯会忍心让自己心爱的女儿孤单一辈子，甚至幼稚地认为，年迈的父亲只不过是以这种比赛形式来原谅自己的失败，所以，求婚者接踵而来，珀罗普斯就是其中一个。

每一个求婚者的到来都会受到俄诺玛俄斯的热情款待，俄诺玛俄斯还会为他们提供漂亮的战车。比赛开始了，俄诺玛俄斯耐心地向天公朱庇特献祭，没有一丝匆忙之感。这一切都完成之后，他才驾着比疾风还快的战马，追赶求婚者的战车，而每次他都能追上求婚者，并把他们挑于长矛下。求婚者相继被杀死，但来求婚的人还是络绎不绝。

珀罗普斯很早就从心里爱上了希波达弥亚，当他来到厄利斯所在的岛屿时，求婚者的遭遇传到了他的耳中。

"我该怎么办呢？难道退缩吗？我深爱着希波达弥亚，可怎样才能与自己心爱的人在一起呢？"珀罗普斯脑子里一点头绪也理不出来，于是，他来到了海边，向海神尼普顿祈求着，"亲爱的神啊，请保佑我在这次比赛中取胜吧。"

他的祈求声刚落，海面上就波动起来，一辆四匹战马拉着战车钻出水面，停在了珀罗普斯的面前。珀罗普斯跳上战车，四匹战马风驰电掣般地向厄利斯跑去。

珀罗普斯来到比萨，俄诺玛俄斯一眼就认出了海神尼普顿的神车，但事已至此，他没有办法收回承诺，而且他依然确信自己的骏马能胜过海神的神马。像往常一样，俄诺玛俄斯献祭完后开始追赶求婚者，追近珀罗普斯时，俄诺玛俄斯拿起长矛向珀罗普斯刺去。

眼看惨剧又要发生了，但突然间，俄诺玛俄斯的战车散了架，由于在意料之外，俄诺玛俄斯被摔得粉身碎骨。珀罗普斯终于到达了目的地。一道闪电过后，国王的宫殿燃起了熊熊大火，珀罗普斯迅速跳上海神的神车，奔向火光冲天的宫殿，救出了未婚妻希波达弥亚。

后来，人们为了纪念珀罗普斯，把他登陆的那个岛命名为伯罗奔尼撒半岛。

## 人造物之神和迈达斯国王

应该从太阳神福波斯被天公朱庇特逐出天宫贬到人间算起，地球上不但有了人类，还有了其他的生物，如农牧之神、萨梯和生活在山林水泽间的仙女等。所有的农牧之神、萨梯和仙女都受潘神管制。潘神本身就是一个丑陋的萨梯，住在希腊的阿卡狄亚，与奥林匹斯圣山上的众神基本上已没有了关系。

酒神巴克斯也不住在奥林匹斯圣山，而是住在地球上。如果说潘是野生物和天然物之神，那么巴克斯就是人造物之神了。

赛利纳斯是天底下最丑、最胖、最聪明的萨梯，是酒神巴克斯最好的朋友。一次，巴克斯带着女祭司和一些山林神怪到小亚细亚去，赛利纳斯自然在其中了。由于多喝了些酒，赛利纳斯行动迟缓，最后迷失了方向。他走到森林深处，在树丛中磕磕碰碰，倒在一棵树下竟然睡着了。他的呼噜声惊动了从附近路过的猎人，猎人们发现了这位酣睡的萨梯，给他的头上戴上美丽的花环，抬到了国王迈达斯那里。

农牧稼穑女神

迈克斯一眼就认出了眼前这位萨梯是酒神巴克斯的朋友，所以热情款待了赛利纳斯。为了感情谢迈达斯的盛情，赛利纳斯教给了他很多治理国家的方法。

赛利纳斯待在迈达斯王宫的第十一天，已打听到酒神巴克斯下落的迈达斯把赛利纳斯送到了在吕狄亚旷野休息的巴克斯那里。

因为不见了赛利纳斯，巴克斯也正忧心忡忡，当迈达斯把赛利纳斯带到巴克斯面前时，这位酒神高兴得像个孩子似的又蹦又跳。

"亲爱的国王陛下，很高兴你能把我的朋友送回来。为了表示对你的感激，我会满足你的一个要求。"

听到酒神的许诺后，迈达斯抑制不住内心的高兴："伟大的神，你所说的是真的吗？如果我能选择的话，我希望把我所接触的东西都变成闪闪发光的金子。"

酒神巴克斯为迈达斯的这个要求感到遗憾，他觉得这是最愚蠢的选择，在迈达斯的坚持下，巴克斯还是满足了他的要求。

"我的朋友，现在你已经具有点金的神力了。但我还是要警告你，你所作的这个选择真是个错误。"巴克斯的话，迈达斯根本就没有听进去，他只想赶快试验一下酒神赋予自己的这一神力是否灵验，那样的话，自己就将成为天底下最富有的人了。

离开吕狄亚旷野后，高兴得有些发疯的迈达斯小心翼翼地用手去触摸一棵小树，顿时，奇迹出现了，这棵小树不再摇摆，通体发着金光。

"哇，真是太神奇了，以后我将拥有用不完的黄金，那是多么美妙的事啊。"迈达斯抚摸着眼前这棵金树，心里作着进一步的打算。

他从路过的麦田里摘下一株麦穗，麦穗变成了金子，他又从果树上摘下一个苹果，苹果也开始闪闪发光。他跑进他的王宫，触摸着宫门、柱子、桌椅等，最后几乎王宫里的所有一切都变成了金子。

但接下来发生的却让迈达斯苦恼不已。到处施展点金术的迈达斯累得坐到金椅子上，

□古罗马神话彩图馆

这是一幅发现于庞贝古城一座"神秘之宅"内的巨幅壁画。内容与酒神直接相关。描绘的是从希腊传入罗马的一种神秘宗教仪式的全过程。画上有酒神、酒神的妻子，还有山神等其他神灵，更多的是前来参加仪式的众男女。

金光闪闪的桌子上摆满了他平时爱吃的烤肉和面包。可当他拿起面包刚要放进嘴里时，面包马上变成了金面包；当他把烤肉放在牙齿上准备撕扯时，牙齿却被震得痛了半天；连他要喝的葡萄酒到了嘴里也只能又吐了出来。

"我是多么地愚蠢啊，虽然我很富有，但我却什么也得不到，连最起码的饥饿都解决不了，如果再这样下去，我会被活活饿死的。"迈达斯意识到自己的错误后，悔恨占据了他的内心，他拿起榔头敲打着自己的脑门，但听到的是金子与金子的碰撞声。

"伟大的酒神啊，你是最善良的了，请你宽恕我吧。收回你所给我的一切吧。我宁可成为世界上最贫穷的人，只希望你能饶恕我的罪过。"迈达斯找到酒神巴克斯，悔恨地请求着。

"好吧，我说过你所作的是一个错误的选择。你到帕克托罗斯河去吧，那里的水能洗掉你的贪婪。"酒神友好地指点着眼前这个愚钝的国王。

迈达斯跑到附近的帕克托罗河，费力地脱掉身上的金衣，跳入河水中。一瞬间的工夫，迈达斯的点金术消失了，他又恢复了以前的自己。但他身上的魔力却被冲到帕克托罗河里去了，那时以后，小亚细亚的这条河流里就有了金子。

从此以后，迈达斯开始憎恶一切财富，不过却还是那么愚蠢。

## 尼俄伯和她的儿女

尼俄伯是底比斯国王安菲翁的皇后，是坦塔罗斯的女儿。"我的父亲是天公朱庇特的儿子，在没有被打入地狱时曾是奥林匹斯圣山的上宾。"尼俄伯和她的父亲坦塔罗斯一样，一直为这一荣誉骄傲不已。

主管文艺和科学的缪斯女神送给安菲翁一把竖琴，那把竖琴被赋予了神力，琴声不仅悠扬动听，而且在琴声中，石头会自动粘合起来，最后形成底比斯的城墙。尼俄伯自己也统治着一个强大的国家，由于美丽庄重，她受到了国民的拥护与爱戴，但最令她感到欣慰的还是她的子女们。

尼俄伯有十四个子女——七个儿子，七个女儿，儿子长得英俊潇洒，女儿长得貌美如花。人们都说尼俄伯是天底下最幸福的人。

一天，女预言家曼托受神的指引，来到底比斯城，她召唤着这里的妇女们都来敬奉拉托那和天公朱庇特与拉托那的一对子女——太阳神福波斯和月亮女神狄安娜。由于害怕神灵的惩罚，底比斯城里的妇女们很快聚集到一起，头上戴着花冠，向拉托那及她的两个子女献祭供品。妇女们正作着虔诚的祷告时，尼俄伯出现了，她穿着华丽的长裙，漂亮的脸庞楚楚动人，一头秀发披至双肩处，但她脸上抑制不住的怒气很快便爆发了："你们这些愚蠢的家伙，只知道敬奉来自天国的神，却忽视了你们身边受天国宠信的人类。难道拉托那真的来到你们身边了吗？你们为什么不向我焚香呢？我的父亲坦塔罗斯是天公朱庇特的儿子，是天神们唯一崇敬的人类，我的母亲狄俄涅是天上永远闪烁的七星普雷雅德的妹妹。底比斯的每一片土地都属于我和我的丈夫，我有享不尽的荣华富贵。多么幸福的人啊，上天赐予了我如同女神一样的美貌，甚至胜过了美神维纳斯。而且天神让我拥有了七个强健的儿子和七个美丽的女儿，他们是那样的让我感到自豪。可怜的拉托那在生产时竟连一块地方都找不到，只有阿斯特拉的浮岛才会怜惜她。她只不过养育了两个子女，而我的子女却是她的七倍。谁能否认我的幸福呢？即使命运女神夺走我的一部分孩子，我也会有比拉托那多的骄傲与她相比。愚蠢的人们啊，赶快把这些供品拿走吧，回到你们各自的家里去，不要再让我看到你们在这里所做的蠢事。"

在尼俄伯的喝斥中，妇女们摘下头上的花冠，拿着献祭的供品向尼俄伯祷告着。在众人胆怯的目光中，尼俄伯以胜利者的身份扬长而去。

"孩子们，你们看哪，我因生了你们而感到骄傲。除了天后朱诺以外，我不比任何女神差。但现在，你们的母亲却遭受着一个凡间女子的欺凌。而你们，是我的骄傲，却被她侮辱得比不上她的那些子女，看来我们不久以后就将被赶出神坛了……"

站在铿托斯山上的拉托那向她的两个孩子悲愤地诉着苦，她还想继续向下说，但太阳神打断了母亲的话："亲爱的母亲，你在我们心中是最伟大的神灵，我们不允许任何人玷污你。你不需要抱怨，这样只会减少惩罚她的时间。你就看我们的吧。"月亮女神狄安娜也同意弟

**沉睡的维纳斯**
维纳斯在古希腊神话里叫作阿佛洛狄忒，在图中她比例匀称的裸体流露出一种纯真，右手放于脑后，右腿弯在膝下，人体弧线宛转柔和。背景画面坡度很小，丘冈宁静，起伏的线条与人体的轮廓相呼应。

弟的看法。于是，他们展开了一系列的报复行动。

在城外有一片空地，尼俄伯的七个儿子在那里进行着娱乐活动。大儿子伊斯墨诺正得意扬扬地坐在马背上在空地上转着圈儿，突然，他手捂胸口跌落马下。弟弟西皮罗斯见哥哥被一支利箭射中，忙调转马头逃跑。没跑出多远，他的后颈也中了一箭，鲜血洒了一路。旁边的两个儿子正抱在一起摔跤，还没有来得及分开就被福波斯的利箭穿到了一起。第五个儿子阿尔斐诺耳看见两个哥哥哀号着倒下，跑上前来抚摸着哥哥们冰冷的身体，正当他悲痛不已的时候，心脏中了一箭，倒在了哥哥们的尸体上。第六个儿子达玛西克同膝盖被福波斯的箭射穿，当他抬头寻找箭来自何方时，一支箭正朝他的咽喉射来，躲闪不及，也中箭身亡。尼俄伯最小的儿子伊利俄纽斯还只是个孩子，看到眼前的惨景，他跪地祈祷着，但福波斯的最后一箭还是射穿了他的心脏。

噩耗很快在底比斯传播开来，国王安菲翁得到七个儿子被射死之后，大哭之后拔剑刺心而死。尼俄伯久久也没有能从悲痛之中回过神来，她实在没法相信天神有如此强大的力量，会把刚才还活蹦乱跳的儿子们从她的身边带走，她甚至怀疑这件事的真实性。只有当她看到儿子们已僵硬的身体时，才意识到儿子们的确被命运女神带走了。尼俄伯一边号啕大哭，一边对着天空诅咒着。

当她看到女儿们到来时，又开始大笑起来："残忍的拉托那，你以为你真的胜利了吗？你那愤怒的心虽然得到了满足，但你还是没有胜利，我的孩子还是比你的多，我依然比你幸福啊！"

尼俄伯话音刚落，搭弓射箭的声音就从空中传来，除了尼俄伯之外的人都被吓得失魂落魄。七姐妹中的一个倒在了兄弟的尸体旁，紧接着，尼俄伯的女儿们相继倒了下去，最后只剩下最小的一个。

"仁慈的拉托那啊，把这最小的一个留给我吧，我只要唯一的一个。"本来平静的尼俄伯发狂似的朝着天空喊叫着。但月亮女神狄安娜并没有对她产生怜惜之情，最小的女儿从她的怀里滑落下去。尼俄伯又恢复了平静，她默默地坐在孩子们的尸体中间，她的脸上不再有任何伤心的表情，头发不再动弹，身体开始变得僵硬，尼俄伯已经变成了一块岩石，只有眼睛里在不断向外涌着泪。可能是天神被尼俄伯所感动，一阵狂风吹来，化作石头的尼俄伯回到了她的故乡吕狄亚，并被安置在西皮罗斯的悬崖上。直到今天，这尊石像仍然是泪流不止。

## 梅利埃格和阿塔兰特

在富庶的卡吕冬有个富有的国王俄纽斯，他的妻子阿尔泰亚生下了一个儿子，取名为梅利埃格。梅利埃格长得英俊可爱，夫妻两个非常高兴。当梅利埃格生出后的第七天，命运三女神出现了。其中一个指着梅利埃格对夫妻二人说："你们的儿子将是一个伟大的人物。"第二个指着炉子里正在燃烧的木炭说："你们的儿子……"最后一个接着说："他的生命将与这块燃着的木炭一起结束。"听了命运三女神的话，阿尔泰亚胆战心惊，她将炉子里的木炭用水浇灭，并精心地藏入了密室里，盼望着儿子能长生不老。

梅利埃格越长越健壮，而且英勇善战，成了父亲俄纽斯的得力助手，夫妻两个也暂时忘记了儿子与木炭息息相关的神谕。

俄纽斯对天上的众神一直都是非常虔诚的，他每年都会把丰收的首批果实祭祀给众神：谷物归谷物女神色列斯，葡萄归酒神巴克斯……每一个神都获得了他们应有的祭品。但有一年，俄纽斯却忘记了给月亮女神狄安娜祭祀。看到自己的祭坛上没有一粒果实，甚至连一根燃着的熏香都没有，月亮女神狄安娜非常生气，她决定对漠视她的人进行报复。

在狄安娜神力的驱使下，一头巨大的野猪在卡吕冬国境内破坏着这个国家的田地和葡萄园。这头野猪比普通的野猪大上十几倍，颈上的长毛竖立着，嘴里长出了一副可怕的獠牙，血红的眼睛里喷射着火花。没有一个牧人敢捕杀这头野猪。卡吕冬国的灾难就这样出现了。

看到吕卡冬的人民受着野猪的蹂躏，梅利埃格挺身而出，他把吕卡冬国所有的猎人和猎犬都集合起来，准备捕杀这头野猪。在这支狩猎队伍中，有来自阿耳卡狄亚的姑娘阿塔兰特。

**意大利罗马市卡拉卡拉洞内的祭祀器皿**
古罗马人对众神一直都很虔诚，他们每年都会把丰收的首批果实献祭给供奉的众神。

阿塔兰特是伊阿索斯的女儿，生下来被丢弃在森林里，由野熊哺乳，后来被一位好心的猎人发现并带回了家。在猎人的抚养下，阿塔兰特喜欢上了狩猎，以神箭手著称。吃着森林里的野果，喝着山里的清泉，阿塔兰特越长越标致，出落得像奥林匹斯圣山上的女神，但她对男人却十分憎恶，拒绝了所有想亲近她的人，甚至射杀了两个肯陶洛斯人。

阿塔兰特像所有的男猎手一样搜寻着野猪的踪影，她高挽发髻，肩上搭着象牙色的箭袋，左手执弓，显示出她无比英勇的神采。

当美丽的阿塔兰特出现在梅利埃格眼前时，梅利埃格的眼睛里尽是爱慕的光芒，他直勾勾地盯着这位姑娘："瞧，她简直是一位风流倜傥的美男子，要是能够娶到这么漂亮的女子做我的妻子那该是多么幸福的事啊！"但危险的处境把梅利埃格拉回到现实中来，野猪正进一步破坏着这个国家，一刻也不能耽搁了。

猎人们来到了一片古老的森林里，在那里布置了天罗地网，然后开始寻找着野猪的足迹。猎犬带着大家来到了峡谷旁，那里长满了浓密的灌木。猎犬站在灌木丛边不再走动，朝着里面狂叫着。大家会意，野猪就藏在这里面，于是作好了应战的准备。

在犬吠声中，野猪从巢穴里如闪电一般蹿了出来。猎人们紧紧地抓住手里的长矛，向野猪刺去。野猪看到正面人多势众，避开正同朝侧面冲去。猎人们把手里的长矛向野猪投

□古罗马神话彩图馆

**阿塔兰特与米拉尼翁**
在这幅优美的画上,阿塔兰特俯身拾取极富魔力的金苹果,美少年米拉尼翁迅速扔下第二个金苹果并赶上阿塔兰特。

去,野猪体形巨大,皮又厚又硬,再加上行动迅速,长矛只擦伤了皮。被激怒的野猪转头扑向了三个正朝它奔来的猎人,这三个人倒下了。其余的猎人惊慌起来,盲目地投着长矛,但没有一个投中的,野猪朝着丛林中逃去。

这时,阿塔兰特镇静地弯弓搭箭,野猪一声嚎叫,梅利埃格第一个发现野猪的颈部中了一箭,他欢呼着:"瞧啊,野猪颈上的长毛已经被血染红了,多勇敢的阿塔兰特啊,我们的神箭手。我们是一定能战胜这头野猪的。"但这头野猪毕竟被赋予了灵性,带着箭伤的它更加狂野,暴躁地东奔西窜,猎人们的长矛还是没有办法投中它。

梅利埃格把自己的长矛也朝着野猪刺去,第一次刺空了,第二次刺入了野猪的背,野猪疼痛难忍,鲜血洒了一地,它奔跑的速度也慢了下来。梅利埃格对着野猪的脖子又是一下,猎人们的长矛也从四面刺来,野猪终于倒下不动了。

梅利埃格把野猪的头踩在脚下,剥下了它的皮,掰下它的獠牙,然后连着猪头一起捧到了阿塔兰特眼前:"勇敢的阿塔兰特,请收下这些战利品吧,如果没有你,我们是不能制止这场灾难的。"

把这样的光荣都归于一个女人,猎人们都非常气愤,梅利埃格的几个舅舅更是怒气冲天,他们来到阿塔兰特眼前,从她手里夺走这些战利品:"这些功劳是属于我们的,你休想把这些荣誉带走。"正当他们回转身的时候,失去理智的梅利埃格已把长矛刺入了他们的胸膛。

野猪被杀死的消息最先传到了王宫里,梅利埃格的母亲阿尔泰亚为儿子的胜利而感到高兴,她正准备去神庙进行祭祀,她兄弟们的尸体被抬了回来,当得知是自己的儿子杀了自己的兄弟时,阿尔泰亚悲痛地捶打着胸口。当眼泪流干后,她的眼里闪出了一道光,嘴角露出了一丝冷笑。她从密室里拿出和儿子的命息息相关的木炭,端详了好长时间,然后,把木炭决然地扔入了炉火中:"复仇的女神啊,我为你献上了祭品。我的兄弟们,为了你们,我的一颗母亲的心破碎了,我夺走了我儿子的命,不久以后,我也会跟着你们而去的。"

当木炭在熊熊的炉火中燃烧的时候,梅利埃格正与众猎手抬着野猪的尸体走在回城的途中,忽然有一种心如火烧的感觉,且这种感觉越来越强烈,最后,他滚倒在地,同伴们围着他不知所措。慢慢地,梅利埃格的痛苦消失了,如同炉火中的木炭只剩下白灰一样,他的灵魂离开了他的身体,而他的母亲则缢死在炉火堆旁。

## 英雄柏勒洛丰

西绪福斯是埃俄罗斯的儿子,是一个无比奸诈的人。在那个时候,国家的交界处通常都是无人看管的地方,一片荒芜。西绪福斯在两个国家之间建造了一座美丽的城市——科任托斯,并当起了这里的国王。从此以后,他的生活更加荒淫,对这里的人们进行欺诈与残害。为了惩罚西绪福斯,天公朱庇特把他打入地狱,他每天都要把一块巨大的岩石从平地搬到山顶上去,当到达山顶时,岩石又会从山顶滑落到平地上,第二天,西绪福斯不得不继续他的搬运。

柏勒洛丰是西绪福斯的孙子,也是科任托斯的国王,因为误杀了一个仆人逃到了提任斯地区。提任斯的国王普洛托斯非常喜欢眼前的这个憨厚青年,他不仅赦免了柏勒洛丰的罪行,而且对这个年轻人进行了热情的款待。

普洛托斯的妻子安忒亚是个放荡的女人,她被柏勒洛丰所打动:"仁慈的上天赐予了这个年轻人美丽的仪表,如果这个英俊魁梧的年轻人能成为我的情人那该多好啊!"于是,安忒亚想尽了各种办法去引诱柏勒洛丰。但她不知道,上天在赋予柏勒洛丰美丽仪表的同时,还赋予了他高尚的美德。对于安忒亚的引诱,柏勒洛丰以十分冷淡的态度回绝了。

安忒亚见引诱柏勒洛丰不成,恼羞成怒,于是向国王普洛托斯编了一个狠毒的谎言:"亲爱的,瞧你的贵宾柏勒洛丰啊,他竟然引诱我去背叛你,你应该将他处死,否则他还会对我进行非理的。"

听了安忒亚的话,普洛托斯虽然非常气愤,但他还是不忍心杀死他曾十分赏识的这个年轻人。最后,普洛托斯决定把柏勒洛丰派到他岳父吕喀亚伊俄巴忒斯那里去,并让柏勒洛丰带去一封书简。柏勒洛丰不明就里,高兴地上路了。由于他的善良,全能的神一路上都保护着他。

伊俄巴忒斯是一个英明慈爱的国王,他依照古老的礼节迎接远方来的客人,给予了这位年轻人最盛情的款待。从柏勒洛丰堂堂的相貌和高尚的举止中,伊俄巴忒斯看出了这位小伙子并非普通人,所以他没有询问柏勒洛丰从哪里来,直到第十天才问起客人的姓名和来此的目的。

"亲爱的陛下,我是普洛托斯国王的朋友,是他命我来这里的,这里还有他的一封书简。"说着,柏勒洛丰把普洛托斯国王密封的书简递给了伊俄巴忒斯。

伊俄巴忒斯看完书简后才明白女婿派这个小

**西绪福斯的工作**

"西绪福斯的工作"是重复、繁重、永无休止的象征。在希腊和罗马神话中,神不是永恒,而苦难与惩罚则是永恒的,如被缚的普罗米修斯、顶天空的阿特拉斯、推石头的西绪福斯以及虚荣的坦塔罗斯,他们永远伴随着苦难与惩罚而存在。

伙子来此的目的，他非常惶恐："多么可爱的一个年轻人啊，我怎么忍心杀害他呢？何况我已经喜欢上他了。可我该怎么办呢？"思量了好长一段时间，伊俄巴忒斯还是拿不定主意。

"我的朋友在书简里说了些什么呢？你很难为此作出决定吗？如果有什么需要你尽管说，我希望能帮上你的忙。"柏勒洛丰诚恳地对伊俄巴忒斯说。

这位老国王早看出了柏勒洛丰的真诚，他笑笑说："哦，他只是在信里问候了几句，没有什么重要的事。小伙子，看得出，你很勇敢，如果你能做出一些让众人刮目相看的事，我相信，你一定能成为这个时代的英雄。"伊俄忒斯说着违心的话，只有这样，他才不至于亲手杀掉这个年轻人。而柏勒洛丰竟然对伊俄忒斯的这一建议表示赞同。

"真是太谢谢你能这么想。在吕咯亚有一个怪物咯迈拉，它的上半身像狮子，下半身像恶龙，中间的部分却像山羊，口里会喷射火焰，那是一个多么可怕的妖魔啊！如果你能把它降服，吕咯亚的人民都会感谢你的。"伊俄巴忒斯引导着柏勒洛丰。

勇敢的小伙子接受了老国王的命令，但他却不知道该如何去捕杀咯迈拉。奥林匹斯圣山上的众神同情柏勒洛丰的遭遇，把海神尼普顿与默杜萨所生的儿子珀伽索斯——一匹带有翅膀的神马带到了柏勒洛丰的身边。但没有凡人驾驭过非常狂野的神马，柏勒洛丰忙碌了好一阵子都没有将他驯服，竟迷迷糊糊地睡着了。

"快醒醒，你怎么能睡着呢？你拿着这副辔头，然后去向海神尼普顿献祭一头公牛，此后这匹神马就能听你使唤了。"睡梦中，柏勒洛丰听到了智慧女神密涅瓦的话，她还一边把一副华丽的金辔头交到他手里。醒来后，他惊奇地发现手里真的有一副金光闪闪的辔头。

柏勒洛丰忙找到预言家波吕德斯，把刚才在自己身上所发生的一切都对这个预言家说了。波吕德斯让柏勒洛丰照着梦里的去做。当柏勒洛丰祭拜完海神，又给智慧女神修建了一座圣坛，这些事都做完以后，珀伽索斯被驯服了。珀伽索斯头上带着金辔头，腾空而起，马背上的柏勒洛丰轻而易举地射死了怪物咯迈拉。

看到柏勒洛丰毫发无损地回来了，伊俄巴忒斯感到非常吃惊，随即他又命令柏勒洛丰去攻打英勇善战的索吕默人，柏勒洛丰竟凯旋。在与亚马孙人的作战中，柏勒洛丰也渡过了许多难关。最后，伊俄巴忒斯只好选拔了一批精壮的武士狙击柏勒洛丰，只可惜这批武士没有一个生还。这时候，伊俄巴忒斯完全打消了加害柏勒洛丰的念头，也不再相信这位年轻人是一个罪人，他应该是神的宠儿才对。伊俄巴忒斯把柏勒洛丰留在王宫里，把自己的女儿菲罗诺厄嫁给他，一家人享受着天伦之乐。

菲罗诺厄为柏勒洛丰生了两个

**飞马珀伽索斯雕塑**
海神的宝马珀伽索斯后来成为罗马人心目中为荣誉而奋发的象征物。

儿子，一个女儿。大儿子伊桑特洛在与索吕默人的交战中阵亡，女儿拉俄达弥亚与天公朱庇特生下了萨耳珀冬后，被月亮女神狄安娜射杀，只有小儿子希波洛库斯享受到了年老的快乐。

柏勒洛丰因为拥有了长着翅膀的神马日渐骄傲起来，他甚至想骑着神马去奥林匹斯圣山参加众神举行的会议。神马不愿再听他的指挥，又一次腾空而起，把他丢在了一个陌生的地方。柏勒洛丰也羞于见人，在没有人烟的荒山野岭度过了他的晚年。

## 阿尔戈英雄

伊阿宋是克瑞透斯之子埃宋的儿子，克瑞透斯在忒萨利亚海湾修建了一个城市，取名伊俄尔科斯，称王后的克瑞透斯把王位传给了长子埃宋。不久之后，埃宋的弟弟珀利阿斯篡夺了王位。父亲埃宋被叔父杀死以后，伊阿宋被藏到了喀戎那里。在喀戎的教育下，伊阿宋在一个良好的培养英雄的环境里成长起来。

经过二十年的艰苦训练，伊阿宋决定回到他的故乡伊俄尔科斯，准备从他珀利阿斯手里夺回王位继承权。他按照古代英雄的装束上了路。在经过一条宽阔的河时，一个年老的妇人请求他的帮助，心地善良的伊阿宋用双臂把老妇人托过了河，他并没有认出眼前这位老妇人就是天后朱诺。半路上，他的一只鞋子陷入了泥潭中，由于匆忙，伊阿宋只穿着一只鞋赶路。

到达伊俄尔科斯城后，人们都被伊阿宋的英俊魁梧所征服，他像太阳神福波斯一样照耀着众人。正在向海神献祭的珀利阿斯惊恐地发现这位年轻人竟穿着一只鞋，他表现出极大的恐慌。因为他曾听到一个神谕，大概意思是让他提防一个穿一只鞋子的人。穿一只鞋子的人难道就是这个人吗？

伊阿宋走到国王面前，平静地说："亲爱的叔叔，我是埃宋的儿子，虽然你现在所拥有的一切都是我父亲留给我的，但我并不想拿回这些东西，我只需要你把我父亲的王位和王杖归还我。"

珀利阿斯怎么可能把好不容易得来的王位拱手相让呢？但他并没有表现出来，而是亲切地对侄子说："我也一直为我所做过的错事而感到懊悔，也希望能把王位归还你，但你如果能去科尔喀斯的埃厄忒斯国王那里把金羊毛取回来，我将马上把王位让给你。"

伊阿宋并不知道珀利阿斯是想把他推向死亡，郑重地接受了这次冒险任务。金羊毛被全世界视为无价之宝，拥有金羊毛的国王埃厄忒斯派了一条毒龙守卫着，天下的许多英雄都想得到这个绝妙的宝物。当伊阿宋决定去夺取金羊毛时，希腊著名的英雄都来报名参加这次活动。在智慧女神密涅瓦的指导下，希腊技术最高的造船工匠阿耳戈斯造了一艘豪华大船，取名为阿尔戈号。航行在即，伊阿宋被任命为全队的总指挥，提费斯负责掌舵，慧眼人林扣斯负责领航。船上的希腊英雄主要有赫丘利，阿喀琉斯的父亲珀琉斯和大埃阿斯的父亲忒拉蒙，天公朱庇特的两个儿子卡斯托尔和波吕丢刻斯，歌手俄耳甫斯，赫丘利的朋友许拉斯，还有雅典后来的国王忒修斯。在起航之前，伊阿宋率所有的人向海神尼普顿举行了隆重的献祭和虔诚的祷告。

阿尔戈的英雄们首先来到了达楞诺斯岛，然后继续航行。当阿尔戈号从靠近喀俄斯城的比堤尼亚的一个海湾起航时，通过神的安排，赫丘利被留在了那个地方。在航行期间，英雄们休憩的岛屿上的人们有的热情招待了他们，有的则把他们视为仇敌，英雄们也以同样的态度回赠了他们。当然，英雄们也遇到了很多风险，但在众神的保护下，每一个风险都顺利通过了，最后，英雄们终于到达了目的地。

是好心地请求国王埃厄忒斯把金羊毛交出来，还是用别的办法实现原来的计划呢？经过激烈的讨论之后，英雄们选择了前者。

伊阿宋带着阿耳戈斯等几个人来到埃厄忒斯的王宫里，向埃厄忒斯诉说了他们的遭遇，并希望埃厄忒斯能够把金羊毛交出来让他们带回希腊。埃厄忒斯思考了许久，他相信这些英雄并非凡人，但他还是想测试一下他们的能力，于是，他让这些希腊人去驯服两头凶猛无比的公牛。伊阿宋根本没有选择的余地，只能应承下来。

埃厄忒斯的小女儿美狄亚对年轻俊美的伊阿宋一见钟情，在她的帮助下，伊阿宋驾驭了神牛。当埃厄忒斯发现是自己的女儿在帮助这些外乡人时，顿时火冒三丈，但此时的美狄亚已经逃出了王宫。

美狄亚跑到阿尔戈号停泊的海边，大声呼唤着伊阿宋的名字。伊阿宋和美狄亚姐姐的儿子阿耳戈斯从船上跳了下来。

"我们赶快逃命吧，我父亲已经知道了一切，他不会饶恕我的！我去给那条看守金羊毛的毒龙催眠，在它昏睡的时候，你们就去把金羊毛拿到手。不过，亲爱的伊阿宋，你要保证到了你的故乡不会欺负我这个外乡人。"伊阿宋也爱上了这个美丽善良的姑娘，不假思索就答应了美狄亚的请求。

趁着夜色，众英雄们把船划到圣林，美狄亚和伊阿宋下了船，其他人留在船上等候。金羊毛在黑暗中闪闪发光，美狄亚和伊阿宋没有费多少力气就找到了悬挂金羊毛的那棵橡树。橡树旁的毒龙正用锐利的眼睛望着步步走近的美狄亚。毒龙爬行的声音震得树上的叶子纷纷飘落，但美狄亚并没有畏惧，她勇敢地迎上前去，用最甜美的声音祈求着睡神的来临，伊阿宋跟在她的身后。毒龙终于安静下来，弓起的背落下去了，卷曲的身体伸展开了，只有硕大的头还直立着。美狄亚念动着咒语，并向毒龙头上喷着魔油，毒龙的头也低了下去。

按照美狄亚的吩咐，伊阿宋迅速地从橡树上拉下金羊毛，然后和美狄亚匆匆离开了圣林，回到了阿尔戈号

**伊阿宋和金羊毛　丹麦　托瓦尔森**
在深爱他的美少女美狄亚的帮助下，伊阿宋拿到了金羊毛，但谁也不曾想到他会有一个极度悲惨的结局。

船上。

众英雄们带着美狄亚朝伊俄尔科斯的方向逃跑。在逃跑过程中，他们打败了科尔喀斯人的追击，伊阿宋还正式娶了美狄亚为妻。当阿耳戈号驶进伊俄尔科斯港湾时，船上的英雄们欢呼着，伊俄尔科斯的人们也以最大的热情来庆祝英雄们的凯旋。

## 英雄们的最后险遇

伊阿宋夺得了金羊毛后，带着美狄亚登上了阿尔戈号，众英雄拔锚起航，朝俄尔科斯方向驶去。他们驶过了许多的海湾和岛屿，当看到伯罗奔尼撒海岸时，英雄们欢呼雀跃。正当他们为马上能见到亲人而高兴时，一场狂风呼啸而来。如果逆风而行，可能会造成沉船的危险，伊阿宋只得带领大家顺风行驶。阿尔戈号驶进了利比亚海，在大海上漂泊了九天九夜后，停在了瑟提斯海湾。

海滩上一片寂静，近海中长满了稠密的海藻，应该很少有人来到这里。英雄们满怀希望地跳下船，打算寻找一些水和食物，然而两手空空，至少在他们的视线之中没有可供选择的东西。

"我们经过了那么多风险才拿到了金羊毛，难道注定要牺牲在这个荒岛上吗？风和潮水把我们送到了这个地方，为什么不知道送我们回到我们的家乡啊。"英雄们纷纷抱怨着。然而，他们对命运的安排无能为力，只能静静地躺在沙滩上，等待着死亡的降临。

炎热的中午到来了，太阳火辣辣地烤着地面。突然，伊阿宋感觉有人掀开了他盖在头上的衣服，会是谁呢？他睁开眼睛，看到了三个用山羊皮遮得严严实实的女子，伊阿宋害怕地跳了起来，向后退了几步。

"不用怕，可怜的伊阿宋，我们是这里的半仙，你们不用难过，当海洋女神驾起海神尼普顿的马车时，你们应该对早就把你们抱在怀里的母亲道谢，然后你们就可以顺利地回到你们的家乡了。"三位半仙对伊阿宋说完这些话后就消失了。

伊阿宋把仙女的神谕告诉给了众人，一阵喧哗之后，大家又陷入了苦恼：这个神谕到底是什么意思呢？正当大家冥思苦想的时候，一匹巨大的海马从海里跳了出来，径直奔到英雄们面前。

"你们看啊，这不就是神谕中所提示的吗？这匹马正好可以用来拉车，把我们抱在怀里的母亲正是阿尔戈号。神谕是让我们把船扛过这块泥地，这匹海马应该会给我们指出停泊的地方的。"珀琉斯高声地欢呼着。

英雄们觉得珀琉斯的解释很有道理，便扛着阿尔戈号大船在这片荒芜的沙滩上走了十二个日日夜夜。他们忍受着饥饿和干渴，终于跟随着这匹神马把船放在了忒律托尼海湾。大家想方设法把船开进了一望无际的大海。海面上的风依然很大，阿尔戈在上下颠簸着。在歌手俄耳甫斯的建议下，英雄们重新上岸，给当地的神明献祭了一副金制的三脚鼎。在回船的途中，英雄们遇到了一个少年，少年从地上捡起了一块泥土，交到奥宇弗莫斯手中，以此表示友好。

**墨杜萨之筏　法国　特奥多尔·席里柯**
该画展示了英勇的人们不惧艰险、对找到成功彼岸满怀信心、斗志昂扬的大无畏精神。

"勇敢的人们，我是这里的保护神忒律托尼，既然众神把你们送到了这里，我会指引你们到达你们的家乡的。你们把船向那处冒着黑水的地方划，那里是一条从海湾通往大海的小道，一会儿我会给你们送上一股顺风。"少年指着不远处说道。

众人望去，不远处果然有一处冒着黑水的水域，于是，他们把船划了过去，一股顺风吹来，阿尔戈号离开了忒律托尼海湾，平安地到达了喀耳巴托斯岛。他们想从这里驶向克里特岛。

克里特岛上有一个可怕的巨人塔洛斯，是青铜时代留下来的唯一的人。天公朱庇特派他把守在克里特岛上。塔洛斯的脚踝上的一根筋是人肉做的，里面流动着血液，除此之外，他的全身都是铜制的。这根筋恰恰是塔洛斯的致命之处。

塔洛斯站在克里特岛上的一块礁石上，看到了一艘大船朝这里驶来，便抓起石块向阿尔戈号掷去。船上的人纷纷躲闪着，把船停在了一个石块掷不到的地方。英雄们手忙脚乱，他们不知道该如何对待眼前这个怪物。

"不要怕，我可以制服它，"美狄亚站起身对大家说，然后转向伊阿宋，"一会儿怪物睡着的时候，你想办法刺伤他的脚踝，那样它就不会对大家构成威胁了。"说完，美狄亚念动咒语，召唤着命运女神。不大一会儿，塔洛斯的眼皮就变得沉重起来，最后终于合在一起，当他那只肉质的脚落地之前，伊阿宋把一颗尖尖的石子刺进了塔洛斯的脚踝里。他痛得睁开了眼睛，刚要对眼前的这些人进行报复，但他却像一棵已经被砍断的树一样，被一阵风吹到了大海里。

英雄们安全地来到陆地上，找到了水源和食物。第二天，刚驶出克里特岛的海域，天空突然出现了可怕的夜晚，阿尔戈的英雄们笼罩在一片漆黑的恐惧之中。

"难道就这样让我们驶向地狱塔耳塔洛斯吗？尊敬的太阳神啊，请你把我们从这可怕的黑暗中拯救出来吧。"大家看不到伊阿宋，但都听到了他对太阳神的祈祷。伊阿宋的声音刚落，一束光亮闪过，英雄们在这束光亮的照耀下驶向了辽阔的大海。

在行驶过程中，奥宇弗莫斯把忒律托尼交给他们的泥土扔进大海，海中立即出现了一座岛屿，后人称此岛为卡里斯特。

当伊阿宋把金羊毛交到珀利阿斯手里时，珀利阿斯简直不敢相信这是真的，他开始意识到自己犯了一个错误,便又开始找各种理由不归还伊阿宋王权。为了报复珀利阿斯,伊阿宋请求美狄亚的帮助。美狄亚把一头老公羊剁成小块,放在水里煮,不大一会儿从锅里跳出来一只小羊羔。为了能使父亲恢复青春,珀利阿斯的女儿们按照美狄亚的吩咐把父亲也剁成了小块,但珀利阿斯却没有活过来。

## 国王的女儿美狄亚

美狄亚是科尔喀斯国王埃厄忒斯的小女儿,是赫卡忒神庙里的女祭司。每天清早,她都会到神庙里去,美狄亚几乎所有的时间都在神庙里度过,直到伊阿宋的出现。

当伊阿宋出现在王宫里时,美狄亚的心顿时被一种甜蜜占据了,她不时地偷偷从眼角看一眼英俊的伊阿宋,脸色一阵白一阵红地轮番交替着,好在没有人注意到她的反常。

伊阿宋是那么地英俊,举止是那么地高雅,她透过面纱扫视着这个年轻人,她的思绪在梦里都追随着伊阿宋的脚步。可当她发现自己是一个人坐在闺房里时,竟失声痛哭起来。

得知伊阿宋答应了父亲埃厄忒斯的要求,去阿瑞斯的田野里驯服两头生着铁蹄且会喷火的公牛时,美狄亚知道父亲是想刁难这些希腊的英雄们:"那两头公牛只有父亲能够驯服它们,而要伊阿宋在一天之内完成这件事,是多么不易啊!可这又与我有什么关系呢?哦,还是让他逃离这场毁灭吧。"美狄亚自言自语地为伊阿宋祷告着。

阿尔戈的英雄们真的遇到了麻烦,于是,阿尔戈斯来请求他的母亲卡尔喀俄珀,让母亲说服他的姨母来帮助伊阿宋。当姐姐询问她是否同意帮助这些外乡人时,美狄亚的脸羞得绯红,最后还是爱情给了她勇气,她在曙光还没有来临之前到赫卡忒神庙取来了能使公牛减弱攻击力的魔药,并带着魔药亲自去见她心爱的英雄去了。

当美狄亚站在伊阿宋的面前时,她感觉到自己的身体都在燃烧,她是那么地幸福,但又是那么地害怕,可到底在害怕什么呢?已经管不了这么多了,她只希望能和她心爱的人在一起。

伊阿宋对眼前的姑娘说:"亲爱的公主,如果你能把减弱公牛攻击力的魔药给我,你的名字将会永远活在希腊人民的心中的。"

美狄亚沉默了好长一段时间,然后她把装着魔药的那个小匣子交给伊阿宋。

"你用这种魔药涂抹身体后,就会有超凡的神力。如果把你的刀和剑也涂上魔药,那么任何武器都将伤不了你。这种魔力不能持续很长时间,不过请不要害

**女祭司**
科尔喀斯国公主美狄亚曾是赫卡忒神庙的女祭司,在伊阿宋出现之前,她的所有时间几乎都在神庙里度过。

怕，我会想另一种办法帮助你的。那样，你就可以拿到金羊毛回到你的国家了。"说完后，美狄亚竟哭了起来，她忘情地拉住伊阿宋的手，伤心地说道："可是，你回到了你的国家以后，你还会记得我吗？请不要忘记我好吗？我也会时刻想着你。我真想和你一起到你的家乡去。"泪珠顺着美狄亚的双颊流了下来。

伊阿宋走上前去，为自己心爱的姑娘拭去眼泪："我是多么希望你能到我的故乡去啊，那里的女人和男人一定会对你顶礼膜拜，因为你，他们的儿子、兄弟和丈夫才免遭杀害。除了死，没有任何一件事能破坏我们的爱情。"

两颗心相撞了，爱情的火花同样照亮了希望。

在美狄亚的指导下，伊阿宋顺利地完成了国王埃厄忒斯交给他的任务。埃厄忒斯震怒了，他虽然一句话也没说，但他心里知道是自己的女儿美狄亚帮助了这些外乡人。让埃厄忒斯更加意想不到的是，美狄亚竟然又帮助这些外乡人夺取了金羊毛，而且跟着这些人逃回了希腊。

尽管伊阿宋胜利地航行归来，娶了漂亮贤惠的美狄亚，卑鄙无耻地杀害了美狄亚的兄弟阿布绪耳托斯，伊阿宋还是没有能够得到他想要的一切。珀利阿斯的儿子继承伊俄尔科斯国的王位后，伊阿宋带着妻子美狄亚逃到了科林斯。在那里，夫妻二人相亲相爱，平静地度过了十年，并养育了三个儿子。

伊阿宋还是忘记了对美狄亚的承诺，迷恋上了科林斯国王克瑞翁的女儿格劳刻，最后竟向格劳刻求婚。当这门婚事定下来以后，伊阿宋才向他的妻子美狄亚解释，振振有词地说是为了孩子们着想，希望美狄亚能自动解除婚约。

放弃了一切的美狄亚断然和伊阿宋来到了异乡他国，却遭到了伊阿宋的抛弃，愤怒的美狄亚朝着伊阿宋咆哮着，让伊阿宋履行他曾经的诺言，但伊阿宋对此不予理睬，坚持要娶格劳刻为妻。

"正义的女神啊，一把火把我烧掉吧，我背叛了国家来到了这里，甚至杀害了我的兄弟，现在终于遭到惩罚了，但惩罚我的却是我的丈夫，我是为了他才犯了罪的啊！在这样的情况下，我活下去还有什么意义呢？请你把我的丈夫和那个恶毒的女人一起毁灭吧。"美狄亚一边哭嚎一边诅咒着。

正在这时，科林斯的国王克瑞翁走进了美狄亚的宫殿，他看到美狄亚眼里迸射出的敌意，大声喊道："带着你的孩子离开我的国家吧，否则我会命人把你赶出去的。你的丈夫和我的女儿马上要结婚了，你留在这里还有什么意义呢？我并不是一个狠心的人，我准许你推迟一天离开，你找一条逃亡的路吧。"克瑞翁同情地看了看美狄亚。

一想到要离开背信弃义的丈夫，美狄亚变得更加狂躁起来。她呆呆地看着她曾经和丈夫一起生活了十年的地方，忽然大笑不止："我一定让你们得到应有的下场。"

美狄亚变得平静下来，她找到丈夫，假装和他和解："亲爱的，我终于明白了你是为了庇护我和孩子们才想娶公主的，我已经原谅你了，但我希望你能让孩子们留在你身边，让我一个人离开这里吧。瞧，我还为你的新娘准备了几件华丽的衣服，这是我送给你们的新婚礼物啊！"伊阿宋相信美狄亚不再怨恨他了，看到妻子从储藏室里取出了几件珍贵的金袍，伊阿宋甚至有些感动，他哪里会知道这些珍贵的衣服都是靠魔力用毒汁浸泡过的。

正如美狄亚所料，穿上这些衣服后，年轻的公主死去了，当她的父亲克瑞翁扑向她的尸体时，克瑞翁也被毒死了。美狄亚的怒火依然燃烧着，她飞快地来到孩子们的房中，望着熟睡中的儿子，泪水涟涟的她还是向他们投去了匕首。

当伊阿宋赶来寻找杀害公主的美狄亚时，听到了孩子们的惨叫声。他迅速走进房间，孩子们倒在血泊中，他们的母亲正用魔法召来由龙驾着的车子腾空而去。伊阿宋绝望地呻吟着，然后也平静下来，拿起孩子们身旁的匕首，自刎而死。

# 英雄赫丘利

赫丘利是天公朱庇特与阿尔克墨涅的儿子。阿尔克墨涅是珀耳修斯的孙女，是提任斯国王安菲特律翁的妻子，所以赫丘利很小就具有神的力量。当他还躺在摇篮里的时候，就曾毫不费力地捏死过两条毒蛇。希腊著名的占卜家提瑞西阿斯预言，赫丘利将是斩妖除怪的大英雄，而且将与青春女神尤文塔斯结为夫妻。

安菲特律翁为了能让儿子享受最好的教育，招来了各地的英雄。安菲特律翁亲自教授儿子掌车的本领，福波斯的儿子里诺斯教赫丘利读书识字，朱庇特的儿子卡斯托耳教授赫丘利如何在野外战斗，俄卡利亚国王欧律托斯教授赫丘利拉弓射箭。后来，安菲特律翁又把赫丘利送到了乡下加以磨炼。十八岁那年，赫丘利成了希腊最英俊、最强壮的男子。

赫丘利能骑会射，勇敢无比，但他却面临着命运的抉择，他的力量是应该用来造福还是用来造孽呢？在道德女神的指引下，赫丘利最终选择了道德之路。他来到基太隆山脚下，把凶猛的狮子打死，然后又带领底比斯人打败了明叶人的进攻。

为了表彰赫丘利的功绩，底比斯的国王克瑞翁把女儿墨伽拉嫁给了赫丘利。众神的信

**英雄赫丘利**
赫丘利是古希腊、古罗马神话中描绘的最伟大的英雄，图为他杀死尼密阿巨狮并剥下了它的皮。

**赫丘利和安泰乌斯　意大利　波拉约洛**

英雄赫丘利为了阻止大地女神之子安泰乌斯从母亲身上获取力量，奋力将他拖离地面，而安泰乌斯则绝望地作着最后的挣扎，这种使人体脱离底座的形象是西方雕塑史上的首创。

使墨丘利送来了一把剑，太阳神福波斯送给他一把弓，火神伏尔甘送给他一只金色的箭袋，智慧女神密涅瓦送给他一套崭新的战服。希腊人民都为有这么一位伟大的英雄而高兴不已。

后来，欧律斯透斯成了迈肯尼的国王，他看到他的兄弟赫丘利的名声越来越大时，开始产生了恐惧感，给赫丘利布置了十项困难的任务。赫丘利并不知道欧律斯透斯是想让他在这些任务中丧生，勇敢地接受了这些任务。

欧律斯透斯交给赫丘利的十项任务包括：剥下尼密阿巨狮的皮，战胜九头蛇怪许德拉，生擒刻律涅亚山上的牝鹿，把厄律曼托斯野猪带回迈肯尼，在一天时间内把奥革阿斯牛圈彻底打扫干净，赶走斯廷法罗斯湖的怪鸟，制服克里特的公牛，把色雷斯人狄俄墨得斯的一群牝马赶回迈肯尼，前往亚马孙女王希波吕忒那里夺取她的腰带并把它交给欧律斯透斯的女儿阿特梅塔，牵回巨人革律翁的一群壮牛。

赫丘利经过了千难万险终于完成了这十项任务，但欧律斯透斯却不承认其中的两项，于是，又让赫丘利前去经历两番冒险：去西海岸从巨龙拉冬身旁摘来赫斯珀里得斯的金苹果，从冥王那里牵回地府的看门狗——刻耳柏洛斯。赫丘利又经过了种种努力，排除了无数困难和障碍，完成了国王欧律斯透斯的任务，免除了国王对他的奴役，回到了底比斯。

此前，赫丘利因狂乱曾杀死了自己与妻子墨伽拉所生的几个孩子，所以，他没有再回到妻子的身边，而是把墨伽拉让给了侄子伊俄拉俄斯。后来，赫丘利爱上了俄卡利亚国王欧律托斯的女儿伊俄斯，但欧律托斯却拒绝了赫丘利的求婚。无奈之下，赫丘利打消了娶伊俄斯的念头，在狂乱之中，他又把欧律托斯的儿子、自己的好朋友——伊菲托斯从城墙上推了下去。为此，他带着懊悔的心四处飘泊。

虽然赫丘利为这件在发狂时所做的蠢事做了忏悔，但这一罪孽却深深地压在了他的心头，他无数次想摆脱这件事在他心中的阴影，但结果越来越严重。后来，赫丘利获得了一则神谕：他需要卖身为奴，当三年的苦役，并且把卖身钱交给伊菲托斯的父亲欧律托斯，那样才能解除罪孽。

赫丘利来到小亚细亚，把自己卖给了翁法勒为奴。翁法勒是梅俄尼恩的女国王，是伊阿尔达奴斯的女儿。当赫丘利托朋友把三年的卖身钱送给欧律托斯时，欧律托斯拒绝接受，这位朋友只得又把钱转交给了伊菲托勒的儿子。直到这时，赫丘利才又恢复了以前的力量。

在梅俄尼恩，赫丘利不仅充当翁法勒的奴仆，而且为当地人做了很多好事：制服了所有危害和扰乱当地的强盗，参加了围猎卡吕冬公猪的活动等。

翁法勒对赫丘利非常赞赏，当听说他是天公朱庇特的儿子时，立即恢复了他的自由身份，并且与他结为夫妻。从此以后，赫丘利过起了花天酒地般的生活，开始不思进取，连妻子翁法勒后来也瞧不起他了。

突然有一天，赫丘利从沉沦中清醒过来，他用重新获得的自由向他昔日的敌人进行挑衅报复。他前往特洛伊，射死了那个暴虐、刚愎自用的国王拉俄墨冬，杀掉了曾食言于他的伊利斯的国王奥革阿斯。由于击败了河神阿刻罗俄，赫丘利娶了俄纽斯的女儿得伊阿尼拉。

## 赫丘利的结局

俄卡利亚国国王欧律托斯曾亲口答应如果有人在弓箭上能胜过他和他的儿子，便可以娶他的女儿伊俄斯为妻。但他的徒弟赫丘利不仅胜过了他亲手调教出来的儿子，而且还胜过了欧律托斯本人，欧律托斯却并没有履行他的诺言。赫丘利认为，正是欧律托斯的食言造成了他后来一系列的苦难。所以，欧律托斯成了他必须报复的对象。

赫丘利召集了一支队伍，围攻俄卡利亚，他身先士卒，攻城掠地，打死了欧律托斯和他的三个儿子，依然年轻漂亮的伊俄斯成了赫丘利的俘虏。

当丈夫去攻打俄卡利亚时，赫丘利的妻子得伊阿尼拉留在家里。得伊阿尼拉深爱着她的丈夫，甚至把丈夫看得比自己还重要，此时，她正焦急地等待着丈夫的消息。宫殿里爆发出一阵欢呼声，得伊阿尼拉知道这是丈夫凯旋了，她急切地向跑进来的仆人利卡斯询问。

"尊敬的夫人，你的丈夫是多么地勇敢啊，他杀死了欧律托斯，还抓回来一批俘虏，他

**赫丘利的战斗**
英勇善战的赫丘利是人们心中的偶像，为了表示对他的敬仰，人们常会在陶器上绘刻他战斗的场面。

现在正在攸俾阿对众神进行献祭。不过，你可要好生对待这些人，尤其是那位不幸的年轻姑娘。"利卡斯指着伊俄斯对得伊阿尼拉说道。

善良的得伊阿尼拉拉起扑倒在她脚下的伊俄斯，流露出同情的眼神，她问利卡斯："她是谁？看上去好像还没有结婚的样子，像是出身于高贵家庭，利卡斯，我说得对吗？"

"夫人，我哪里知道，我只知道她是你丈夫的俘虏。"利卡斯的目光躲躲闪闪，像是隐瞒一桩秘密，说完马上带着俘虏退了出去。

这时，一个跟随赫丘利已久的仆人悄悄地走了进来："夫人，你不要相信利卡斯的话，你知道你的丈夫为什么要攻打俄卡利亚吗？就是为了刚才那个女子啊，她就是伊俄斯，欧律托斯的女儿，你的丈夫对她早有爱慕之心，她可是你的情敌啊。"

听到仆人的话，得伊阿尼拉像是听到了一个晴天霹雳，她是那么深爱着丈夫，可丈夫竟背叛她，但马上她又平静下来，命人把利卡斯叫来，诚恳地说道："亲爱的利卡斯，我知道你不会骗我的，这位姑娘是多么可怜啊，即使我的丈夫对我不忠我也不会迁怒于她，我只想知道真相，我是多么希望能减轻这位姑娘的痛苦啊。"

利卡斯见夫人如此的通情达理，便把一切都告诉了她。得伊阿尼拉没有责备利卡斯，也没有责备她的丈夫，只是盼咐利卡斯给丈夫捎去一件礼物，以庆祝丈夫的胜利。

得伊阿尼拉从箱子里拿出一件衬衣，把它交给了利卡斯："这是我亲手缝制的，除了我的丈夫之外，谁也不能穿这件衣服，这里可是融入了我对他的爱啊。"利卡斯捧着衬衣走出房间之后，得伊阿尼拉茫然地陷入沉思中。

只有得伊阿尼拉知道，在那件衬衣内，有一块具有魔力的血膏，那块血膏却有一段不凡的来历。

当年赫丘利从卡吕冬来到特拉奇斯时，去拜访他的朋友刻宇克斯，但这中间要经过奥宇埃诺斯河。赫丘利请肯陶洛斯人涅索斯抱着妻子得伊阿尼拉过河，但涅索斯垂涎于得伊阿尼拉的美貌，在河中间对她动手动脚。已经到达岸上的赫丘利见涅索斯这么无礼，弯弓搭箭，射中涅索斯的要害之处。当得伊阿尼拉要朝着岸边游去时，垂死的涅索斯叫住了她："我侮辱了你，为此我希望能作出补偿，你把我的尸体掩埋掉，把我的伤口流出的最后一滴血保存起来。你把它涂在你丈夫的衣服上，他就不会再爱上别的女人，只会爱你一个人了。"

虽然得伊阿尼拉当时并不怀疑丈夫对自己的忠诚，但她还是把涅索斯的最后一滴毒血保存了下来，并制成了血膏，而当丈夫快要背叛她的时候，她想到了涅索斯

**青春女神尤文塔斯**
青春女神尤文塔斯是天公朱庇特与天后朱诺的小女儿，后嫁与大英雄赫丘利做妻子。

的话。她把血膏涂在了那件衬衣上，不过她只是为了唤回赫丘利的爱情和忠心啊。

利卡斯回到攸俾阿，把家乡的消息向赫丘利作了报告，然后把得伊阿尼拉让他捎来的那件衬衣帮赫丘利穿上。赫丘利并没有产生任何怀疑，立刻把它穿在身上，然后十分虔诚地做着祷告。当祭祀的烈火熊熊燃烧的时候，赫丘利开始浑身冒汗，那件衬衣开始变小，赫丘利开始感到一阵阵的战栗，最后在地上翻滚起来。充满悔恨的利卡斯来到主人身边，告知这件衬衣是受夫人委托才交给主人的，赫丘利痛苦地咆哮着，让儿子许罗斯赶快把他带回自己的国家，他不想死在一个陌生的国土上。

刚走进宫殿，许罗斯就开始抱怨起母亲，得伊阿尼拉得知丈夫即将因为自己的错误而死去时，充满了绝望。她默默地走到丈夫的房间，拿起一把匕首刺入了自己的胸膛。许罗斯为自己对母亲说了过激的语言懊悔不已，他想找到母亲向她道歉，但他只找到了母亲冰冷的尸体。而此时的赫丘利也忍受着痛苦的煎熬。

神谕曾暗示过赫丘利必将死在俄塔山上，所以，赫丘利不顾身体的疼痛，命人把他抬到了俄塔山顶。坐在一堆木柴上，赫丘利把自己的弓箭送给了好朋友菲罗克忒忒斯，并命他点火。

当木柴被点燃的瞬间，天上闪过的几道闪电迎着火苗扑了过去，赫丘利被迎送到了奥林匹斯圣山上。在天宫里，赫丘利被列为神，天后朱诺也同他和解，并把自己的女儿——青春女神尤文塔斯嫁给了赫丘利。

## 奥林匹斯山的战火

赫丘利初次取得成绩的时候，天上的众神纷纷解囊对他进行馈赠。赫丘利心存感激之情，一直想回报众神，但却苦于找不到机会。

朱庇特掌管宇宙后，他把反对他的提坦巨人打败，并把他们关进了地狱塔耳塔洛斯。这些提坦巨人是地神该亚的儿子，该亚虽然对朱庇特表面上臣服，但却怀恨在心，一直寻找机会进行报复。

在提坦巨人被关进地狱之后，该亚又生下了一群巨人，这些巨人有着狰狞的面孔，留着杂乱的胡须，长发飘飘，身后还长着一条坚挺的龙尾，他们没有脚，而龙尾则充当了他们的脚。该亚唆使这群巨人反对天公朱庇特：

"我的孩子们，勇敢地去吧，去为你们的兄弟——往昔的神之子去报仇吧。可恶的敌人朱庇特竟让雄鹰啄食普罗米修斯的肝脏，大雕正在撕扯着提堤俄斯，阿特拉斯也被派去肩扛苍天。我的儿子提坦巨人们都遭到了朱庇特的刑罚，这是多么不公平啊！你们一定要为他们报仇啊，把他们从朱庇特手里夺回来。带上我的肢体吧，用这高大的雄山做你们的武器，到那充满罪恶的天庭里去，从朱庇特手里夺下他的神杖和雷电，去赶走海洋之神尼普顿，这些都应该是属于我们的，却被朱庇特家族统治着。勇敢的巨人们，去拿回我们的一切吧。"

听到该亚的召唤，巨人们从地下的厄瑞波斯蜂拥而出，他们像春天的种子一样撒布在

□古罗马神话彩图馆

**天堂之门**

朱庇特掌管宇宙后，他把反对他的提坦巨人都打入地狱，而自己一族却终日在极乐的天堂——奥林匹斯山上，歌舞升平；提坦巨人们在该亚的怂恿下发起对朱庇特的反抗，但最终未能叩响天堂之门。

大地上，冲到广阔的田野，从威萨利亚种到了佛勒格剌，天上的星星开始变得灰暗起来，太阳神的太阳车也掉转了车头，暗淡无光。巨人们欢呼着，好像已经取得了胜利，已经把他们的敌人朱庇特送进了地狱塔耳塔洛斯。在该亚的指挥下，他们登上了忒撒利山，准备从那里向奥林匹斯圣山发动进攻。

最先得到巨人发动战争消息的是众神的使者伊里斯。伊里斯把所有的神召集起来，包括天上的，也包括海里的，连冥界的命运女神和冥后珀耳塞福涅也来到了奥林匹斯圣山。此时的奥林匹斯圣山，就如同一个要被敌人袭击的城市，所有的神都进入了最后的备战阶段。

当所有的神都集中到一起之后，天公朱庇特面带怒气地高声说道："众神们啊，你们看啊，我们如此辛苦地管制着宇宙，地母竟让她的孩子们来攻击我们。勇敢的天神们啊，我们要团结起来，她派来多少儿子，我们就要还给她多少具尸体。"朱庇特话音刚落，一道霹雷闪过，该亚为了给她的儿子们助威，正在地面上发动强烈的地震。

宇宙顿时陷入了一片混乱之中，巨人们把一座座高山连根拔起，重重地摔在地上，地面被砸出了很多的巨坑。他们还把一些山峰叠在一起，往奥林匹斯圣山峰顶爬去。巨人们把硕大的石块和点燃的大树向奥林匹斯圣山掷去，情况变得越来越危急。

在战争一开始，众神们曾占卜过一个神谕，神谕说：如果要消灭这些巨人，必须要有一个凡人参战，否则凭神的力量是不能战胜这些巨人的。于是，朱庇特派智慧女神密涅瓦去召唤他在凡间的儿子赫丘利来参加战斗。该亚得知这个消息后，亲自去寻找一种草药，因为这种草药可以避免她的儿子们不被人类伤害。但她没有想到的是，朱庇特命令太阳和月亮都不要发光，趁该亚在黑暗中寻找的时候已经把这种草药都收割走了。

巨人们肆无忌惮地破坏着宇宙间的万物。与此同时，奥林匹斯山上的众神们也投入了战争。战神玛尔斯全副武装，一手持盾牌，一手持长矛，驾驶着他的战车冲向巨人们。他把长矛刺进了蛇足巨人珀洛罗斯的胸口，然后驾着战车粉碎了很多巨人们的尸体。赫丘利也爬上了奥林匹斯圣山，这些挣扎的巨人们的尸体一看到凡人赫丘利，顿时灵魂出窍而死。赫丘利手举着长矛去寻找着刺入的目标，被他刺中的巨人堤福俄斯跌落到大地上，但他刚一接触到地面，马上又复活了。

"赫丘利，你应该到地面上去，这些巨人是大地的孩子，不离开地面他们是永远也死不了的。"智慧女神密涅瓦高声对赫丘利说。赫丘利听从了密涅瓦的劝告，跳下地面，把堤福俄斯从大地上举了起来，离开地面的堤福俄斯马上停止了呼吸。

巨人波耳费里翁向赫丘利和天后朱诺逼近，在朱庇特神力的诱惑之下，波耳费里翁有一种想看一眼天后的念头。当他刚拉下朱诺的面纱时，朱庇特就用雷电将他劈死，波耳费里翁的尸体刚要下落，赫丘利一箭将他击中，结果了他的性命。看到兄弟死去，巨人厄菲阿耳忒斯向赫丘利走来。这时候，太阳神福波斯来到了赫丘利的身边，赫丘利大笑着对福波斯说："瞧啊，我们的目标又送上门来了，我看他是想尽早地去地狱报到吧。"说着，一箭射中了厄菲阿耳忒斯的右眼，福波斯的一箭则射中了巨人的左眼。其他的神也在激烈的战斗中：火神伏尔甘用灼热的铁弹刚将克吕提俄斯打倒；波吕玻忒斯在海神尼普顿的追击下逃到了科斯岛，但尼普顿却掀翻一块土地将他压住……在赫丘利的帮助下，众神终于把巨人们都击毙了。

为了表扬参加这次战斗的众神，朱庇特把他们称为奥林匹斯神，他还把这个称号赐予了他两个在人间的儿子：赫丘利和狄俄倪索斯。

## 忒修斯登上雅典王位

忒修斯是埃勾斯和特洛伊国王庇透斯的女儿埃特拉的儿子。埃勾斯是雅典阿提刻国的国王，但却没有子嗣，他兄弟帕拉斯的五十个儿子对他的王位垂涎已久，对这个没有儿子的国王非常轻蔑。为了得到一个儿子，以使自己的王位不落到外人手里，埃勾斯决心再娶一房妻子。他最先把他的这一想法告诉给了他的朋友，也就是特洛曾小城的国王庇透斯。听完埃勾斯的决定，庇透斯吃了一惊："难道这就是神谕中的结果吗？我的朋友，我得到了一个神谕，说我的女儿会缔结一个很不光彩的婚姻，但她的儿子却将声誉卓著。我正不知道如何去解释这一神谕，看来你说的正是时候。"

就这样，庇透斯把自己的女儿秘密地嫁给了埃勾斯。埃勾斯要离开特洛曾时，和妻子埃特拉来到海边，把他的宝剑和鞋藏在了一块巨石底下，对妻子说："我和你结婚，是为了我的家族和王国。如果你生下一个儿子，就把他抚养成人，不要告诉他我是他的父亲。等他有足够的力量搬动这块石头时，你让他穿上这双鞋，拿着这把剑到雅典去找我。"

埃特拉果真生了一个儿子，名叫忒修斯。埃特拉和庇透斯没有对任何人讲过忒修斯的父亲是谁，庇透斯甚至对别人说忒修斯是海神尼普顿的儿子。忒修斯长成英俊少年以后，身体强壮，聪明才智日益显露。埃特拉把儿子带到海边那块巨石旁，告诉他真实的出身，叫他取出埃勾斯留下的证物到雅典去。

不费吹灰之力，忒修斯就搬开了巨石，取出了那双鞋和宝剑。外祖父和母亲都劝忒修斯从海上去雅典，因为当时陆上有很多的强盗出没，但忒修斯坚持要从陆上走："要是我从海上去父亲身边，人家会笑话我是依靠传言中是我父亲的海神的帮助才完成旅行的。如果父亲看到我穿着一尘不染的鞋子，他又会怎么看我呢？我才不充当懦夫。"

**雅典王子忒修斯与弥诺陶洛斯怪物牛头怪**
在克里特岛上的弥诺斯王宫里,忒修斯在与怪牛交手,最后用弥诺斯公主送给他的魔剑杀死了它。

对于忒修斯的坚持,外祖父和母亲只能为他祝福。忒修斯非常钦佩英雄赫丘利,一直想有朝一日也能像赫丘利一样做一些惊天动地的大事。他同样知道去雅典的路上会遇到很多风险,但他还是义无反顾地踏上了征途。

一路上,忒修斯肃清了一些拦路抢劫的强盗,勇敢地与害人的野兽进行搏斗,如杀死了一头叫菲阿的克罗米俄尼亚的猪。最后,忒修斯终于来到了雅典,但他看到的并不是一个和平欢乐的雅典,父亲埃勾斯也处于一个十分危险的境况中。

自从美狄亚离开伊阿宋之后,便来到了雅典,在得到埃勾斯的宠幸之后,美狄亚更是作威作福。依靠魔力知道埃勾斯的儿子到达雅典之后,美狄亚千方百计地陷害忒修斯。在美狄亚的挑拨之下,埃勾斯认为忒修斯是一个来侦察情况的奸细,便宴请忒修斯,想在席间毒死他。当忒修斯想切盘子里的肉时,拿出了父亲留给他的宝剑。埃勾斯一眼就认出了自己留给儿子的信物,立刻把已斟满毒酒的杯子打翻在地,紧紧地拥抱忒修斯,并命人把美狄亚赶出雅典。

忒修斯作为阿提刻的王子和王位继承人是无可非议的,埃勾斯对这个好不容易得来的儿子更是百般珍爱,但儿子作出的一个决定却让他痛苦不已。原来,雅典人要每年向克里特国王弥诺斯进贡,贡品是七个童男和七个童女。这些童男童女被送到克里特国后,会被关入迷宫,让凶残的怪物弥诺陶洛斯吃掉。每年进贡的时候,雅典国怨声载道,他们不得不看着自己的儿女们被送去异国让怪物吃掉。进贡的时候又要到了,国民们对国王埃勾斯越来越不满。为了使父亲从无限的痛苦之中解脱出来,忒修斯毅然地选择了去克里特国。埃勾斯是多么地想留住儿子啊,但忒修斯一再向父亲表示,自己一定会把这些童男童女带回来,还要征服弥诺陶洛斯。

在出发之前,忒修斯到太阳神福波斯的神庙里进行祷告。神谕让他选择爱神作为保护

**杀死牛头怪 法国 巴耶**
这是法国雕塑家巴耶的青铜质作品,牛头怪每年要吞食雅典的婴儿,忒修斯历尽艰险进入迷宫,杀死了牛头怪。

**忒修斯率同伴们弃舟登岸**
这是绘制在弗朗索瓦罐上的再现英雄人物风采的传世之作。

神,虽然忒修斯不解其意,但还是向爱神维纳斯献了祭礼。一切准备完毕,忒修斯带着另外几名童男童女乘船前往克里特。

当忒修斯出现在王宫里后,弥诺斯的女儿阿里阿德涅顿时被忒修斯的英俊潇洒吸引住了。在没有人注意的时候,阿里阿德涅向忒修斯表白了爱慕之心,并给了他一个线团和一把魔剑:"你把线的一头拴在迷宫的入口处,带着线团进入迷宫,一直走到弥诺陶洛斯身边,用这把魔剑将它杀死,再顺着线走出迷宫。"

忒修斯一再表示对阿里阿德涅的感激。当他和同伴被送进迷宫后,他按照她的吩咐去做了,杀死了弥诺陶洛斯并安全地出了迷宫。然后,他带着他的同伴和阿里阿德涅一起逃离了克里特。在归途中,忒修斯和同伴们在狄亚岛休息。忒修斯梦到了神灵让他把阿里阿德涅留在岛上,否则他将遭遇一切灾祸。为了不惹恼神灵,忒修斯按照神意做了,随后继续航行。当天夜里,阿里阿德涅不知了去向。

对于阿里阿德涅的失踪,忒修斯和他的同伴们都非常悲伤,他们甚至忘了换下表示哀恸的黑帆。坐在海岸上等待儿子归来的埃勾斯看到船上挂着的黑帆,以为忒修斯已死,绝望地跳进了茫茫的大海里。

忒修斯刚上岸就听说了父亲跳崖而死,悲痛万分,一路号哭着走进了雅典城。忒修斯执政以后,在各个方面都表现出了他非凡的领导才能,这个时候,雅典才成为了一个公认的城市。

## 忒修斯的结局

忒修斯做了国王以后,废除了各城镇的议会和独立政权,建立了一个共同的议会。他还削弱了王权,使他的权力受到贵族会议和人民大会的约束。这一做法得到了全体雅典人民的赞同。

忒修斯的妻子希波吕忒是一个阿玛宗女人,当年忒修斯并不是堂堂正正地把希波吕忒迎娶回雅典的,而是去阿玛宗进行抢婚。阿玛宗本就是一个好战的女人执政的国家,她们一直在寻找机会进行报复。一天,雅典没有设防,阿玛宗妇女开始了她们蓄谋已久的入侵。希波吕忒在这次战争中牺牲后,双方进行了谈判,才使得双方的矛盾和平解决。

希波吕忒死后,忒修斯好长时间都没有再娶。后来,他听说他以前的情人阿里阿德涅的妹妹淮德拉美丽聪颖，遂打算迎娶淮德拉。这时候，克里特的老国王弥诺斯早已经去世了，新继位的国王——弥诺斯的儿子丢卡利翁并不仇视忒修斯，他高兴地同意了这门亲事。就这样，忒修斯娶回了年轻漂亮的淮德拉。在他们结婚的第一年里，淮德拉就为忒修斯生下了阿卡玛尔斯和得摩福翁两个儿子。

淮德拉并不像她的姐姐阿里阿德涅那样忠贞，她越来越讨厌渐渐老去的忒修斯，喜欢上了忒修斯年轻的儿子希波吕托斯。当淮德拉向希波吕托斯表明自己的爱意时，这位年轻的王子竟然回绝了继母，在希波吕托斯看来，哪怕有这种想法都是对父亲的不忠，更不用说想去推翻父亲的王权了。他开始厌恶在这个家里待着，父亲不在国内，与继母同住在一个屋檐下，使他感觉浑身不自在。于是，他换上行装，去野外狩猎，避免在父亲回来前与继母独处。

看到自己罪恶的计划不能实行，更加恶毒的阴谋在淮德拉的脑海里闪过，她决定以她的死来实现她的阴谋。当忒修斯从国外归来时，发现淮德拉已经自缢，她的右手里有一封信。读完妻子留下的信后，忒修斯暴跳如雷："天啊，我怎么会有这样的儿子？他竟然想强暴他的继母。尊敬的海神尼普顿，你像爱自己的儿子一样爱我，你答应过我会满足我的三个请求，现在我就请你不要让可恶的希波吕托斯活过今天。"说完，他伏在淮德拉的尸体前恸哭起来，希波吕托斯走进来，忒修斯没等儿子辩解就把他逐出了雅典。

夜幕降临的时候，一名仆人悲伤地来通知忒修斯："陛下，你的儿子希波吕托斯已经受了重伤，马上要离开人世了，正是你的诅咒害了他啊。"

忒修斯一阵苦笑，好像是在听人讲一个与他无关的人的故事："那你告诉我，他是怎么受伤的呢？"

仆人眼里含着泪继续说道："希波吕托斯从你这里走出去后，命令我们备好出行的马匹和车辆。在出发前，他对天祷告：'仁慈的朱庇特，如果我真的玷污了我的继母，你就把我消灭了，但你一定要让我的父亲知道他对我的处罚是不公正的。我知道，父亲平静下来之后会相信我的。'随后我们便出发了。当来到荒凉的海岸时，从大海的深处传来了一声巨响，一个巨浪蹿上天空，汹涌的海浪排山倒海般地向我们涌来，紧接着，一头硕大的公牛从海浪的最高处冒了出来。那几匹马一见到这么大一个怪物，便腾空而起，希波吕托斯顿时从马背上栽到了岩石上……"

仆人哽咽着再也说不下去了，而忒修斯依然面无表情，他呆呆地望着淮德拉的尸体，若有所思地说："希望我还能见他最后一面，我要亲口问问他是否对自己的行为感到后悔……"

忒修斯的话还没有说完，一个披头散发的老妇人就打断了他："可怜的国王，我实在不想再保持沉默了。你的儿子希波吕托斯并没有错，错的是他的继母，是她想勾引你的儿子。"

忒修斯抬头看去，原来是淮德拉的老奶妈。这一切来得都太突然了，还没等他回过神来，仆人们抬着希波吕托斯走了进来。忒修斯扑到了儿子身上，又开始痛哭起来。希波吕托斯用仅存的最后一口气问父亲："你一定知道我的清白了吧，我可怜的父亲，我并不怨你。"说完，闭上了眼睛。

妻子淮德拉和儿子希波吕托斯死后，忒修斯越来越觉得孤独，于是，他与年轻的英雄庇里托伯斯商议去抢一个妻子。当二人到达斯巴达时，被年轻美丽的海伦吸引住了。他们把海伦抢走，通过抓阄的方式，海伦归忒修斯所有。然后二人又继续远征，这次二人决定去冥界劫持冥后珀耳塞福涅。但这次的计划却失败了，他们不但没能掳走冥后，反而被罚永囚地狱。后来，赫丘利把忒修斯救了出来。庇里托伯斯却永远留在了那里。

在忒修斯囚禁在地狱的时候，海伦的两个哥哥——卡斯托耳和波吕丢刻斯进攻雅典，带走了海伦。雅典城内也发生了动乱，珀透斯的儿子墨涅斯透斯企图夺取王位。忒修斯回到雅典后，虽然镇压了墨涅斯透斯的政变，但已经不能使人心得到安抚。最后，他放弃了他的王位，去了斯库洛斯岛。斯库洛斯的统治者吕科墨得斯一直想除掉这个眼中钉，因为他不想把霸占的忒修斯的财产归还忒修斯。一天，吕科墨得斯带忒修斯来到岛上最高的岩峰上，让忒修斯从这里看忒修斯父亲留在这里的财产，当忒修斯高兴地向远方眺望时，吕科墨得斯从背后把忒修斯推下了万丈悬崖。

伟大的英雄消失了，他的人民很快就把他忘记了，墨涅斯透斯继承了王位。数百年之后，当雅典人在马拉松平原抗击波斯人时，忒修斯的神灵带领他的人民打败了敌人。这时候，他的子孙才对他表示出由衷的感激和崇敬。

## 英雄尤利西斯

尤利西斯是拉厄耳忒斯的儿子，是伊塔刻的国王。应斯巴达国王墨涅拉俄斯的邀请，他参加了攻克特洛伊城的战争。当幸免于难的希腊英雄们返回家园、尽享天伦之乐的时候，尤利西斯却不幸迷途，来到了俄奇吉亚岛。在俄奇吉亚岛上有一个叫卡吕普索的仙女，她把尤利西斯抢入她的洞里，希望尤利西斯能娶她为妻。虽然仙女美丽动人，但尤利西斯一直保持着对妻子珀涅罗珀的忠诚，所以他拒绝接受仙女的爱。

奥林匹斯圣山上的众神被尤利西斯所感动，决定让他重返家乡。墨丘利来到地面，向卡吕普索传达了朱庇特的决定。朱庇特的决定是不可违抗的，卡吕普索为尤利西斯准备了远行的筏子，依依不舍地看着心爱的人远去，不再受到约束的尤利西斯踏上了归途。

珀涅罗珀是卡里俄斯的女儿，她是一个忠于爱情的女人。特洛伊城已经被希腊人占领，而自己的丈夫却迟迟不见归来，珀涅罗珀陷入了巨大的悲痛之中，难道丈夫真的已经战死沙场了吗？那些嫉妒尤利西斯的人从四面八方涌来，他们借口向依然年轻的珀涅罗珀求婚，无耻而又蛮横地享用着尤利西斯的财产。这样的混乱持续了三年之久。

离开俄奇吉亚岛后，尤利西斯不敢闭上眼睛，他一直注视着天空，沿着卡吕普索在告别时教给他的识别记号前行。在茫茫的大海上航行了十七天之后，淮阿喀亚国的山影终于出现在尤利西斯的眼前。正当尤利西斯为此欢呼雀跃的时候，一阵波浪铺天盖地般地迎面扑来，竹筏被掀翻了，他跌落到海里。在大海中又漂泊了两天之后，尤利西斯才游上了岸，穷困潦倒的他连一件衣服都没有，只能赤身裸体。在智慧女神密涅瓦的安排之下，淮阿喀亚国王阿尔喀诺俄斯的女儿瑙西卡搭救了这个不幸的人。老国王和公主都被尤利西斯的苦难经历所打动，他们决定帮助这位希腊英雄回到故乡。

当淮阿喀亚人把尤利西斯送回到伊塔刻岛时，他已经认不出这块地方了。为了让那些胡作非为的求婚者得到惩罚，密涅瓦使用神力没有让伊塔刻的人们认出他们的国王。在密涅瓦的指导下，尤利西斯找到一直忠诚于他的牧猪人欧迈俄斯。在欧迈俄斯的家里，尤利西斯见到了年轻的儿子忒勒玛科斯。

"忒勒玛科斯，你一定已经认不出我来了，我是你的父亲啊。"尤利西斯忍不住泪流满面，一把抱住了儿子。但忒勒玛科斯却不敢相信眼前发生的一切，他呼喊着说："你是我的父亲吗？不可能的，一定是凶恶的魔鬼在欺骗我，让我感到大失所望。"

尤利西斯痛苦地对儿子说："我真是你返归故乡的父亲啊，我离家整整二十年了。我能回到家乡都是智慧女神密涅瓦的杰作，她使我变得干瘪得像个乞丐，使所有的人都认不出我，对神来说，这是举手之劳的事啊。"

这时，忒勒玛科斯才含着滚烫的热泪拥抱了父亲。尤利西斯向儿子诉说了自己在特洛伊战争后的遭遇和是怎么回到家乡的，然后对儿子说："忒勒玛科斯，我们应该商量一下怎么处死那些无赖的求婚者，如果我们两个人对付不了他们，我们可以去寻找同盟兄弟的帮助。"

父子俩商量了好久，决定让忒勒玛科斯返回宫殿，而尤利西斯继续装作乞丐到求婚者当中，直到惩罚了那些求婚者为止。

求婚者在大厅里对尤利西斯进行着辱骂，十分狂妄，他们已经看出了珀涅罗珀的诡计：她对所有的求婚者表示好感，可她心里想的却完全是另一个样子。她对求婚者承诺：等我为我丈夫年迈的父亲拉厄耳忒斯织好葬服，我就决定嫁给你们当中的某个人。珀涅罗珀的确是整天地坐在机前织布，但一到夜里，她就会把白天织成的布重新拆掉。这样，她才不会在这些求婚者中间作出选择。而此时，珀涅罗珀已经到了山穷水尽的地步，不能再用这个计谋摆脱这些求婚者了，她陷入了深深的苦恼之中。

乞丐模样打扮的尤利西斯走了进来，珀涅罗珀对他说："可怜的陌生人，你怎么也来到了这里呢？你看啊，自从我丈夫外出以后，我和我的儿子一直没有过上过好日子。外面那些人都是来向我求婚的，可我不想在他们之间做出任何选择。我深爱着我的丈夫，可我的父亲和儿子都已厌倦了这种生活，我实在不知道该怎么办了。"

尤利西斯有所隐瞒地向珀涅罗珀讲述了自己的故事，珀涅罗珀被感动得热泪盈眶，然后对他说："让忠实的欧律克勒娅为你洗洗脚吧。欧律克勒娅，你亲自把尤利西斯养大，这位陌生人和你的主人一样年龄，你去给他洗洗脚吧。"珀涅罗珀招呼着欧律克勒娅。

看到尤利西斯的那双脚，年迈的欧律克勒娅禁不住泪流满面："瞧这双脚，和尤利西斯的一样，人在不幸之中会更见衰老。你怎么会和我的主人尤利西斯长得一模一样呢？"

当欧律克勒娅触摸到尤利西斯右膝上那道疤痕时，惊愕地抬着头望着眼前的人："尤利西斯，我的孩子，我终于等到你回来了。"

"你没有看错，尤利西斯是回来了，但是，你要装成什么也不知道，否则我会被这些求婚者害死。"尤利西斯示意欧律克勒娅不要声张。珀涅罗珀正专心地想着别的事，并没有注意到主仆二人的对话。

"善良的陌生人,请你给我解一个梦吧,"珀涅罗珀对重新坐到她面前的尤利西斯说,"我在宫里养了二十只鹅,前几天我做了一个梦,梦到从远方飞来一只雄鹰,所有的鹅都被雄鹰拧断了脖子。那只雄鹰对我说:'伊卡里俄斯的女儿,你不是在做梦,这是一种预兆,求婚者是那批鹅,而我就是尤利西斯,我要杀掉所有的求婚人。'"

尤利西斯 法国 布格罗

英雄尤利西斯冒险偷偷回家,被老仆人欧律克勒娅认出,他无比激动。

听完珀涅罗珀的叙述,尤利西斯笑着说:"王后,我相信尤利西斯会回来的,而且正如你梦中所示,这些求婚者都难逃性命。"

"唉,可马上就到了决定我嫁给谁的日子,明天会有一场比赛,如果有人能使用我丈夫生前使用的硬弓穿过十二把依次排列的斧孔,我就嫁给他。"珀涅罗珀叹了口气。

尤利西斯鼓动着珀涅罗珀:"你要相信神的预言,还没等到飞箭穿过十二个斧孔,尤利西斯就会回来了。"

## 尤利西斯取得胜利

赛箭的日子到了,珀涅罗珀带着尤利西斯的硬弓和箭筒来到了大厅里。求婚者正热闹地喧哗着,看到美丽的珀涅罗珀,马上安静下来。珀涅罗珀扫视了一遍大厅里的人,然后拿过丈夫的那张硬弓说:"这是我丈夫留下来的宝物,那里立有十二柄斧子,如果谁能轻松地拉开硬弓,让箭矢穿过十二柄斧子的穿孔,我就会嫁给那个人。"

大家正要回话,忒勒玛科斯站起身来:"你们为了一个女人来进行一场比赛,这样的比赛在全希腊还没有先例。我也要参加这次比赛,如果我赢了,我的母亲将永远留在家里了。"他首次拉动硬弓,但却因为力气小而失败了:"我承认我是一位弱者,你们的力气都胜过我,那就请你们来试试吧。"

忒勒玛科斯的话音刚落,勒伊俄得斯就走了过来,无论怎么努力,他没能拉开那张硬弓。

"还是让其他人来吧,看来我不是合适的人选。"勒伊俄得斯把弓放在了地上,走进了人群。求婚者相继试着拉开硬弓,却没有一个成功的。最后,只剩下安提诺俄斯和欧律玛科斯这两位强壮的人。

□古罗马神话彩图馆

欧律玛科斯把硬弓放在火上翻动着,想使其在火的烧烤之下变得松软一些,但这张弓就是不听他使唤,依然纹丝未动。正当欧律玛科斯心灰意冷的时候,安提诺俄斯对大家说:"我们还是推迟比赛吧,先去喝酒,今天大家都在庆祝,张弓搭箭有点不合适。"

尤利西斯走上前去,面向骚动的人群:"是啊,经过一天的休息,太阳神福波斯说不定会把胜利的桂冠捧着送给你们的。不过,请容许我试试这张硬弓吧,说不定我能拉开这张弓。"

人群更加骚动起来,人们怎么也不会想到这么一位干枯的老乞丐会提出这样的要求。

忒勒玛科斯制止了骚乱:"至少这个时候,我还有权力做主,谁也阻止不了我把弓箭交给这位陌生人。母亲,请你到内房里去吧,射击本就是我们男人的事。"珀涅罗珀看着越来越成熟的儿子,顺从地走入了内房。

**英雄尤利西斯**

尤利西斯仔细地端详着自己二十年前用过的硬弓,心潮万般澎湃。他弯弓搭箭,沉着地射出了箭。箭从第一把斧子穿孔进去,从最后一把斧子的穿孔里飞了出去。

"第一轮比赛已经结束了,我们将举办一次节日的盛宴。"尤利西斯对惊愕的求婚者说,等一切安排妥当,尤利西斯又对求婚者说:"接下来进行第二轮比赛,现在该选择目标了。"

说完,尤利西斯拉开弓,瞄准了安提诺俄斯。可怜的安提诺俄斯正在把葡萄酒向嘴里送,根本没料到自己已经成了尤利西斯的箭把子。飞箭正中安提诺俄斯的咽喉,从脖子后面穿了出来。其他的求婚者看到安提诺俄斯倒了下去,都站起来寻找武器,但他们既找不到矛也找不到盾,只能以激烈的语言来发泄自己心中的怨愤。他们以为陌生人是不小心误伤了安提诺俄斯,但却不知道他们也面临着同样的命运。

"可恶的家伙们,你们挥霍我的财产,在我还没有死之前就向我的妻子求婚,多么可耻的事啊,今天我要让你们为此付出代价。"尤利西斯对所有的求婚者狂吼着,声震如雷。

顿时,求婚者吓得面如土色,各自寻找着逃跑的途径。但在强大的尤利西斯面前,所有的人都是跑不掉的。在儿子忒勒玛科斯和两个忠实的仆人——牧猪人欧迈俄斯和牧牛人非罗提俄斯的帮助下,在智慧女神密涅瓦的佑护之下,除了无辜的歌手和使者墨冬没有被尤利西斯杀死,其余的人都倒了下去。

尤利西斯环顾四周,没有再看到一个活着的敌人。他吩咐忠实的女管家欧律克勒娅把不忠实于他的女仆们都召集到一起,对儿子忒勒玛科斯说:"让她们把这些尸体扛出去,用海绵把桌椅都擦洗干净。等这一切完成以后,用利剑杀掉这些女仆。"然后,尤利西斯又对欧律克勒娅说:"用炭火和硫磺把大厅、宫殿内室和前院彻底用烟熏一遍吧,顺便把那些忠诚的女仆叫来。"

忠诚于主人的女仆蜂拥而来，她们围着主人，欢迎他的凯旋，尤利西斯激动得热泪盈眶。

当欧律克勒娅把尤利西斯已经回来的消息告诉珀涅罗珀时，珀涅罗珀怎么也不敢相信曾经的那个衣衫褴褛的乞丐就是自己英俊的丈夫，直到尤利西斯说出了只有他们两人才知道的秘密，她才激动地跑过去亲吻着尤利西斯，用眼泪诉说着二十年的想念。第二天，尤利西斯来到了父亲拉厄耳忒斯的庄园，与父亲相认后，向父亲诉说了这二十年的苦难经历。

当得知求婚者都被回来后的尤利西斯杀死之后，他们的家属从四面八方涌入了尤利西斯的宫殿。他们把亲人的尸体埋葬之后，聚集在广场上，举行了国民大会。被安提诺俄斯的父亲奥宇弗忒斯煽动起来的一部分人全身披挂，集合在城前的空地上，决心为死去的亲人报仇雪恨。

奥宇弗忒斯一马当先，站在队伍的最前列，带领大家向拉厄耳忒斯的庄园拥去。得知敌人的到来，拉厄耳忒斯、尤利西斯、忒勒玛科斯等组成了一个小的但却斗志昂扬的队伍。

尤利西斯和忒勒玛科斯及其他伙伴们像愤怒的老虎跃入了羊群，砍伤了大部分人。正在这时，受天公朱庇特的指点，智慧女神密涅瓦制止了这场战争，并把神的声音传入了每个人的耳中："退出这场不幸的战斗吧，你们已经流够了鲜血，你们最需要的是和平。"密涅瓦又对尤利西斯说："撤离战斗吧，不要再厮杀了，否则，你会惹怒宇宙之王的。"尤利西斯听从了密涅瓦的劝告，跟着密涅瓦进了伊塔刻城。

此时，所有的人都心平气和了，脱离了愤怒。尤利西斯和城里头人们的千年联盟得到了大家的承认。尤利西斯成为了这个国家的国王和佑护主。

## 引起战争的金苹果

一天，天公朱庇特在奥林匹斯圣山举行盛宴。所有的神都被邀请出席，除了一位叫厄里斯的女神。

厄里斯是不和女神，执掌着恶作剧和矛盾，她走到哪里，哪里就会失去太平，变得天无宁日。厄里斯经常耍一些手段使众神不和，深得众神的厌恶。最后，朱庇特只得将她下放人间改造，但厄里斯不知悔改，在人间四处游荡，频繁地制造战争。

虽然厄里斯被罚下凡，但她的神力并没有减弱，当她听到奥林匹斯圣上传来的欢笑声后，咬牙切齿地自言自语道："看来这些神早忘了我的存在了。哼，等着瞧吧，我会让你们后悔的。"厄里斯一阵冷笑，想出了一个恶毒的主意。

这时的奥林匹斯山正觥筹交错。席间，众神一边痛饮一边看太阳神福波斯的竖琴演奏，缪斯也在空场上翩翩起舞。正当大家都有些醉意的时候，一声尖叫声吸引了众神的目光。大家纷纷朝着发声源看去，原来是爱神维纳斯和智慧女神密涅瓦正惊慌地大喊着。维纳斯和密涅瓦的目光正紧张地望着天后朱诺，而此时的朱诺正拿着一个金光闪闪的苹果。这个金苹果正是维纳斯与密涅瓦惊叫的理由，这个金苹果上写着几个同样金光闪闪的大字："献

89

**帕里斯将金苹果判给爱神维纳斯**

帕里斯对权力和智慧不感兴趣，他只希望自己能娶到世界上最美的女人做妻子，因此只有维纳斯的许诺打动了他，于是他把金苹果判给了爱神维娜斯。

给最美丽的女神"。

"这是有人送我的礼物啊。"天后朱诺紧握着金苹果骄傲地说道。

"是吗？你是不是忘了我也在场啊，若没有我，这个金苹果属于你还行。可惜我每次都会在你面前。"维纳斯趾高气扬地对朱诺说，伸手就要去抢金苹果。

智慧女神密涅瓦也不示弱："你们都错了，我才是最美丽的，你们这些愚蠢的家伙，有哪一个有我的聪明才智呢？""可这个金苹果是送给最美的女神的，难道不是我吗？"维纳斯扭过头来反问密涅瓦。

众神都围观过来，看着这三位女神为了这个金苹果而相互争辩。三人各不相让，越吵越激烈。在争辩不下的情况下，三人要朱庇特为她们作出公正的判决。

朱庇特也不好对此加以评判，他本来觉得爱神维纳斯最美丽，但他又不想得罪妻子和密涅瓦。朱庇特看了看海神尼普顿，希望弟弟能帮自己拿个主意，但尼普顿假装没看见哥哥的示意。因为他也比较为难，他虽然也觉得维纳斯是最美的，但天后朱诺是他的姐姐，姐姐的脾气他是知道的，他可不想因这种事而惹恼天后。朱庇特拧紧了眉头，支吾了半天也没有说出个所以然来。

众神议论纷纷，以他们自己的标准评判着谁是最美的女神，有支持朱诺的，有支持维纳斯的，也有支持密涅瓦的。但他们清楚，金苹果只有一个。

"我看这样吧，让我一时挑出你们谁最美的确很难，在我眼里，你们都是最美的女神。如果让人类作评判，那才是最公正的。在伊达山有一个英俊的牧羊人，叫帕里斯，我相信他的眼光，就让他做你们的公证人吧。"朱庇特最后说。

三位女神都坚信自己最美，所以停止了争吵，在墨丘利的陪同下来到了伊达山。"亲爱的帕里斯，你是最英俊公正的人，请你为这三位女神作个公证吧。这里有一个金苹果，如果你认为哪位女神最美你就把它交给谁。"墨丘利向帕里斯解释说。帕里斯在朱诺、密涅瓦和维纳斯之间来回走动，他每个都端详了好长时间，可就是不知该把金苹果给谁。他觉得三位女神都是世界上最美的人，实在难以取舍。

三位女神也非常急躁，她们急切地想知道到底自己是不是最漂亮的女神。

朱诺走近帕里斯，高贵的气质使人一看就会动心，她对帕里斯说："我是天后，如果你把金苹果给了我，我会让你成为全世界的国王。"

密涅瓦也不甘示弱，对帕里斯进行利诱："我可是宇宙间最聪明的神，你要是认为我最美丽的话，我会让你成为天下最聪明的人。"

维纳斯甩了甩头发，温柔地说："亲爱的帕里斯，你是世界上最英俊的人，我相信你的眼睛是雪亮的。我是爱神，我不能给你权力，也不能给你智慧，但我能把天下最美丽的海伦嫁给你。"

帕里斯是一个与世无争的人，他并不喜欢权力，更不喜欢智慧，但他希望与天下最漂亮的女人结为夫妻。

在心里有数后，他又在三女神面前转了好久，当走到维纳斯眼前时，他把金苹果给了她。朱诺和密涅瓦虽然不服气，但金苹果只有一个，不可能再夺回来，二人只能悻悻离去。这场纷争到此结束，制造这一事端的不和女神得意地大笑起来。

维纳斯得到金苹果后，决定实践自己的诺言。她让帕里斯漂洋过海，到希腊去做客。斯巴达王墨涅拉俄斯殷勤地接待了他。可帕里斯回家时，却将墨涅拉俄斯的妻子——美丽非凡的海伦拐骗走了。当年海伦在选择夫婿时，所有的求婚者曾

**帕里斯的审判　德国　老卢卡斯·克拉纳赫**
帕里斯不会想到自己轻率的一个判决给祖国特洛伊带来了亡国的浩劫，而自己也未终生拥有海伦——这个世界上最美的女人。

经一致立下誓言，不管能否成为海伦的丈夫，在今后的日子里，只要海伦遇到危难，都要竭尽全力保护她。现在海伦被拐，墨涅拉俄斯便向希腊各地的英雄们（他们过去都曾向海伦求过婚）发出呼吁，请求他们出兵给予支援，夺回海伦，并给帕里斯最严厉的惩罚。

金苹果引发了一场旷日持久的特洛伊战争。

## 特洛伊城的由来

在爱琴海上有一个名叫萨摩特拉刻的小岛，岛上住着兄弟两人，哥哥伊阿西翁和弟弟达耳达诺斯。他们是天公朱庇特和普勒阿得斯七姐妹之一的厄勒克特拉的儿子。普勒阿得斯七姐妹是阿特拉斯和仙女普勒俄涅的女儿，在猎人俄里翁的围追之下，七姐妹逃亡了五年，最后朱庇特把她们安置在天上，做了七颗闪亮的星星。自恃是神的儿子，伊阿西翁竟然热情地追求奥林匹斯山上的谷物女神色列斯。为了惩罚伊阿西翁的胆大妄为，朱庇特用雷电霹死了他。达耳达诺斯对哥哥的死十分悲伤，于是，他离开了萨摩特拉刻岛，穿过亚细亚，到达了密西亚海湾。密西亚海湾是莫伊斯河和斯康曼特尔河的入海口，久而久之形成了一个平原，这里住着土著人克里特人，这个地区的牧民也被称为特拉人。

透克洛斯是这个地区的统治者，他非常热情地接待了这位远方来的客人，把一块肥沃的土地赠给了达耳达诺斯，还把自己的女儿嫁他为妻。达耳达诺斯在这块土地上建立了一块居民地，把分散的居民都迁到了这块居民地上。当时，这块居民地以他的名字命名，叫

作达耳达尼亚,居住在这个地区的人遂改叫达耳达尼亚人。后来,人们又把达耳达尼亚依达耳达诺斯孙子特洛斯的名字改为特洛阿斯,它的主要居住地则叫特洛伊。现在,人们把达耳达尼亚人也称为特洛伊人或特洛埃人。

王位传到达耳达诺斯孙子特洛斯后,他的继承人是他的大儿子伊罗斯。一次,伊罗斯到邻国弗里吉亚访问。当时,弗里吉亚国内正在进行一场赛事,伊罗斯也被邀请参加。勇敢的伊罗斯在这场竞赛中获胜,作为胜利的奖品,伊罗斯得到了五十名男人、五十名女人,还有一条带有花斑的母牛。当伊罗斯要离开时,国王给他讲了一个神谕:跟着这头花斑母牛走,在它躺下休息的地方建立一座城堡。

遵照弗里吉亚国王的吩咐,伊罗斯跟在母牛的后面。进入自己的国家特洛伊后,母牛在一块空地上停了下来,它回头看了看伊罗斯,便躺下来休息。伊罗斯亲吻着脚下的这片土地,心情激动万分,这就是神赐给他的土地啊。于是,伊罗斯决定在那块地方建立一座城市。取名伊利昂,有时也被称为伊利阿斯。这就是特洛伊有众多名称的原因。

在建城之前,伊罗斯对天公朱庇特进行了献祭,请求朱庇特降下神旨,看众神是否同意建立城堡。第二天,伊罗斯在住所门前捡到了一幅智慧女神密涅瓦的圣像,圣像足有六尺高,两脚靠拢,右手执一根长矛,左手拿着纺锤。其实,这并不是真正的密涅瓦的像,而是密涅瓦的朋友帕拉斯的像。密涅瓦误杀了好朋友帕拉斯,所以画了这幅画加以纪念。

朱庇特征得了女儿密涅瓦的同意,把这幅圣像降落到伊利昂境内,表示伊利昂将得到智慧女神密涅瓦的佑护。得到神佑护的特洛伊日渐兴盛,管辖范围也不断地向外扩展着。

伊罗斯死后,他的儿子拉俄墨冬执政。拉俄墨冬是一个生性狡猾的人,也是一个凶恶、残暴的人。他刚一继位,就打算把特洛依城封闭起来,在城的周围修建城墙,以加强他的

**战前的特洛伊城**

统治地位。

那个时候，海神尼普顿和太阳神福波斯由于触犯了朱庇特被赶出了天庭。当朱庇特看出拉俄墨冬的意愿后，便派福波斯和尼普顿帮助拉俄墨冬修建特洛伊城。在城墙刚修建时，海神和太阳神就与国王拉俄墨冬达成了协议，协议的内容包括所支付的报酬。二神与国王签订协议的期限是一年。

尼普顿直接参加了城墙的修建。在他的带领下，一道坚不可摧、高大威严的城墙拔地而起，特洛伊人民对此赞不绝口。太阳神福波斯则在爱达山区为国王放牧。

拉俄墨冬非常欣赏这道固若金汤的城墙，但却拒绝支付报酬，还下令将尼普顿和福波斯赶出特洛伊。二神气愤地离开了，他们发誓与拉俄墨冬不共戴天。连智慧女神密涅瓦也对拉俄墨冬的欺骗行为极为不满，不再佑护特洛伊。天公朱庇特对众神的这一行为也给予了默许，刚建好的高大城墙连同它的人民都被神诅咒着，特洛伊的毁灭在这时就已经萌芽了。

## 帕里斯和海伦

在拉俄墨冬之后，普里阿摩斯继承了特洛伊的王位。普里阿摩斯第一个妻子死后，又迎娶了弗里吉亚国王底玛的女儿赫卡柏。赫卡柏为普里阿摩斯生下的第一个孩子叫赫克托耳。在生第二个孩子时，赫卡柏做了一个可怕的梦，梦到自己生下了支火炬，它把特洛伊城烧成了一片火海。当她把这个噩梦告诉丈夫时，丈夫也惶恐不安起来。最后，夫妻两个决定把这个可能给特洛依带来灾难的儿子丢到荒山里。

当仆人把孩子丢弃在深山里后，一只母熊哺乳了这个婴儿。过了几天，一个牧羊人发现了这个孩子，便把它抱回家抚养，取名帕里斯。

长大后的帕里斯英俊健壮，他和养父一样以放牧为生。偶然的一次，天公朱庇特让他做天后朱诺、智慧女神密涅瓦和爱神维纳斯的公证人，评判出谁是最美的神。帕里斯选择了爱神维纳斯，因为维纳斯给他的承诺是：把世界上最美丽的女人海伦嫁给他。但爱神对他许下的心愿一直没有得到实现。

一次偶然的机会，帕里斯被他的姐姐卡珊德拉认出，从此他便留在了皇宫里，并与俄诺涅结婚。爱神的承诺已经在帕里斯心里播下了爱情的种子，他朝思暮想着海伦，最后竟决定去海伦的故乡。正好此时，普里阿摩斯希望能把被赫丘利掠走的姐姐赫西俄涅接回来，便派帕里斯率领一只强大的舰队去希腊，如果对方拒绝交出赫西俄涅，那么便用武力征服希腊。

海伦是朱庇特与勒达所生的女儿，长得如花似玉，当她还是个少女的时候，就被忒修斯抢走，又被她哥哥夺了回来。在继父斯巴达国王廷达瑞俄斯的挑选下，海伦嫁给了墨涅拉俄斯，后来墨涅拉俄斯继承了岳父的王位。当帕里斯在斯巴达海岸登陆的时候，墨涅拉俄斯正好不在国内，斯巴达暂由王后海伦主政。

当帕里斯进入斯巴达王宫看见海伦的第一眼，即被吸引住了，他相信这是爱神维纳斯对他的爱情许诺，眼前的海伦比他想象中的要美得多，他已经忘记了父亲交给他的任务，

**帕里斯和海伦　法国　大卫**

帕里斯本应该懂得拐走海伦会给自己的祖国特洛伊带来灭国的灾难，但他不以为然，最终成为特洛伊的罪人。

而认为带走海伦是他唯一的目的。同样，海伦也被这个东方男子的美所打动，帕里斯的一头长发，东方式的华丽服装使海伦心中的丈夫墨涅拉俄斯黯然失色。海伦毫不掩饰对帕里斯的好感，当帕里斯提出让海伦和他一起离开斯巴达去特洛伊时，海伦竟开始动摇了。

帕里斯对当年爱神维纳斯的许诺坚信不已，他命令他的随从冲入斯巴达的王宫，把墨涅拉俄斯的财产抢劫一空。然后，他带着这些财产和海伦离开了斯巴达，虽然各种现象都表明帕里斯的这一行为必将给特洛伊带来灾难，但帕里斯还是没有认识到自己的错误，他与海伦在克剌奈岛生活了好几年后，才返回了特洛伊。

当墨涅拉俄斯得知妻子海伦被劫走的消息后，与他的哥哥阿伽门农迅速召集了全希腊的君主们，要求他们参加征讨特洛伊的战争。

特洛伊人对一支巨大的希腊舰队的出发一无所知。这期间，帕里斯带着他抢来的海伦回到了特洛伊。对于海伦的到来，国王普里阿摩斯并不高兴，但他的 50 个孩子们由于收了兄弟帕里斯的礼物而未加以反对。特洛伊人民出于对国王的敬畏才没有更激烈地去反对海伦的到来。普里阿摩斯想把海伦交给希腊人，以和平解决即将爆发的这场战争，但海伦声泪俱下地请求特洛伊人的保护，并声称虽然是被抢劫到这里来的，但现在她已经深深地爱上了她的新丈夫帕里斯。

就这样，特洛伊战争不可避免地爆发了。经过激烈战争，双方损失惨重。最后，在众人的压力之下，帕里斯决定与墨涅拉俄斯单打独斗，由此来决定海伦到底嫁给谁。双方士兵都为这一决定而感到高兴，他们早就盼望着这次灾难性战争快点结束。众神的使者伊里斯化身为普里阿摩斯的女儿拉伯狄刻向海伦报告了这一消息。此时的海伦也充满了对她丈夫墨涅拉俄斯的愧疚和对儿女们的思念。她匆匆地来到城门口，普里阿摩斯忙招呼海伦坐到他身边。海伦给老国王介绍希腊的诸英雄，如尤利西斯、埃阿斯等。

在爱神维纳斯的保护之下，帕里斯没有在这场战斗中被墨涅拉俄斯杀死，但却败得相当狼狈。随即，帕里斯从战场上逃回了城里自己的宫殿里。当海伦看到丈夫从战场上逃回来时，对帕里斯咆哮着："我宁愿看到你被墨涅拉俄斯杀死，也不希望你活着逃回来。你可是说过你能战胜他的，去！重新回到战场上去。哦，我这是在做什么？你应该留下来，否则你会被他打得更惨。"

帕里斯气愤地回应着海伦："我们是为了你才战斗的，而你却如此对我，墨涅拉俄斯虽然胜利了，但这次是因为密涅瓦帮助了他，我相信下次他就不会有这么好的运气了。"

战场上，墨涅拉俄斯还在来回地奔跑着，他想在军队中找到消失了的帕里斯，但却不知道帕里斯的去向。

## 阿伽门农攻打特洛伊

阿伽门农是斯巴达国王墨涅拉俄斯的兄长。海伦被帕里斯劫走之后，兄弟俩跑遍了希腊所有的国家，用利害关系说服各国元首，使他们同意组成希腊联军。希腊联军组成以后，阿伽门农被选为联军总统帅。

为了缓解战前的压力，阿伽门农经常去奥里斯港口附近的森林里打猎。一天，阿伽门农射中了一只肥壮的梅花鹿，为此，他夸口说，即使是狩猎女神狄安娜也不一定比他箭法好。阿伽门农的这些话被狄安娜听见了，女神一怒之下通过神力使那些停泊在港口的船无法从奥里斯港驶出，无法开始对特洛伊的战争。

大预言家忒斯托耳的儿子卡尔卡斯对众人说："如果阿伽门农愿意把他的女儿伊菲革涅亚当作狄安娜供品的话，狩猎女神就会原谅你们，海面上才会刮起顺风，让希腊战船驶向特洛伊。"阿伽门农为了自己的出言不逊而悔恨，但为了顾全大局，他还是写信给在迈肯尼的妻子克吕泰涅斯特拉，说珀琉斯的小儿子阿喀琉斯向女儿伊菲革涅亚求婚，让妻子带着女儿到奥里斯来。但这封信刚发出，阿伽门农对女儿的愧疚之感就逼迫他又写了封信，信中他告诉妻子，他已经把女儿订婚的事推迟到了明年春天，让妻子不要带女儿来。但最后这封信却被弟弟墨涅拉俄斯所获，墨涅拉俄斯拿着信与兄长进行了一场激烈的争吵。正当他们争执不下时，克吕泰涅斯特拉带着伊菲革涅亚来到了他们面前。阿伽门农对妻子和女儿都充满了深深的愧疚，他心情沉重，却不得不对她们隐瞒真相。

一次偶然的机会，克吕泰涅斯特拉与阿喀琉斯相遇了。克吕泰涅斯特拉谈起女儿与阿喀琉斯的婚事兴奋不已，但阿喀琉斯却一头雾水："你是在说谁的婚姻大事？我可从来没有向你的女儿求过婚啊，我猜想一定是有人在和你开玩笑。"克吕泰涅斯特拉这才知道上了丈夫的当，当她从仆人那里听说阿伽门农是想把自己的女儿当作供品献祭给狩猎女神后，以一个母亲对女儿的爱来请求阿喀琉斯的帮助，英雄阿喀琉斯信誓旦旦地答应克吕泰涅斯特拉一定帮她救出伊菲革涅亚。

克吕泰涅斯特拉来到丈夫面前，疯狂地向丈夫咆哮着，伊菲革涅亚也向父亲哭泣着，她们想以此

**猎神和她的爱鹿**
狩猎女神即月亮神狄安娜，她是古罗马人祭祀较多的女神。

打动阿伽门农,但同样悲痛的阿伽门农却心如磐石:"我并不是向弟弟墨涅拉俄斯让步,而是面对整个希腊人的请求作让步。你们看,我周围有如此大的一支船队。我可怜的孩子,我是那么的爱你,可如果不牺牲你,特洛伊就不能被攻陷。"阿伽门农高昂着头离开了,以使自己的眼泪不至于流下来。

阿伽门农身后的母女俩哭泣着,阿喀琉斯走了进来:"你们跟我走吧,我将用生命保护你们。希腊人不会进

阿伽门农请阿喀琉斯返回战场

攻女神的儿子的,我的生命和特洛伊的命运息息相关。"

但伊菲革涅亚却改变主意,她走到母亲和阿喀琉斯面前,目光炯炯,如同一位女神一样:"亲爱的母亲,不要惹父亲生气了,他不能违反命运。我愿意去接受死亡,希腊人把眼光盯在我身上,如果我不死,战船就不能起航,特洛伊城就不能攻陷。我自愿为我的祖国献身。"说完,她毅然地走向了已经搭好的祭台。就在这时,奇迹出现了,祭台上的伊菲革涅瓦突然不见了,取而代之的是一只雄壮的梅花鹿。卡尔卡斯大声说:"看看这个牺牲吧,这是狩猎女神送来的,她不愿意牺牲那位姑娘,宁愿让这头梅花鹿代替。女神已经原谅了我们,我们今天就可以出港了。"整个军队沸腾了,他们看到船只在起伏的洋面上摇动。

当阿伽门农回到自己的住处后,妻子克吕泰涅斯特拉已经离开了,虽然他没有能得到妻子的原谅,但女儿获救的事还是让他备感欣慰。于是,他把全部的心思都放到了征伐特洛伊上。

在阿伽门农的率领下,希腊联军驶出港口,登陆特洛伊所在的岛屿。强大的希腊人在战车掩护中向前挺进。特洛伊方面的统帅赫克托耳也把特洛伊部队集合起来,迎战希腊联军的进攻。

希腊军和特洛伊人厮杀起来,中午时分,希腊军队突破了特洛伊人的防线,成批的特洛伊人倒下了,鲜血染红了河水。在赫克托耳的指挥下,特洛伊人重整旗鼓,返回来继续和希腊军队作战。正当阿伽门农想打败特洛伊人的反击时,手臂被一支长枪击中,他只好离开战场。没有了主帅的希腊军被特洛伊人打得落花流水,希腊最英勇的英雄尤利西斯、狄俄墨得斯受了伤,医神埃斯科拉庇俄斯的儿子医马卡翁也受了伤。

阿喀琉斯的朋友帕特洛克罗斯来到了先知老人涅斯托耳的军帐,听说希腊军伤亡惨重,忙回去向阿喀琉斯报告。

双方的激战仍在进行中,虽然特洛伊人也有死伤,但他们却占领了围墙旁边的一块高地。当特洛伊人在赫克托耳的带领下决定把希腊的舰船烧掉时,阿伽门农带领着乌利西斯、狄俄墨得斯又重新回到了战场上,希腊军队士气大振。这时,埃阿斯抛出的一块大石头正

好击中了赫克托耳的头部,赫克托耳生命垂危,然而,太阳神福波斯却使赫克托耳恢复了元气:"我会保护着神圣的特洛伊城,快去加入到战斗中去,把这群讨厌的希腊联军赶回希腊去。"赫克托耳精神抖擞,在战场上纵横驰骋。希腊人被特洛伊人杀得狂奔逃窜,特洛伊人取得了战争的初步胜利。

## 英雄阿喀琉斯的愤怒

当帕特洛克罗斯泪流满面地把希腊联军惨败的消息告诉阿喀琉斯后,阿喀琉斯气愤地说:"亲爱的帕特洛克罗斯,不要难过,我不会去参加这场战争的,因为那个人夺去我应得的奖赏。你穿上我那身银制的铠甲,保护好我们的船,把回希腊的路堵死,那样我们的军队就只有全力以赴了。"

帕特洛克罗斯穿上阿喀琉斯的铠甲,阿喀琉斯则去召集他的部队,让他们听从帕特洛克罗斯的指挥。队伍出发以后,阿喀琉斯回到他的住处,端起一杯酒,高举过头:"万能的神啊,请保佑帕特洛克罗斯和希腊人取得胜利吧。"

战场上,阿喀琉斯的队伍像饿狼扑食一样向特洛伊人扑去。当特洛伊人看到穿着阿喀琉斯铠甲的帕特洛克罗斯出现在战场上时,都以为是阿喀琉斯,顿时惊慌失措,溃不成军,赫克托耳指挥着特洛伊人边打边退,一直退到特洛伊城的西门处。赫克托耳把残余的战士重新组织起来,反击希腊人的进攻。帕特洛克罗斯两眼冒着寒光,挥舞着他的长矛指挥希腊军进行冲锋。当进行到第四次冲锋时,帕特洛克罗斯的背部被特洛伊人欧福耳玻斯刺了一枪。见帕特洛克罗斯受了伤,赫克托耳扑上去朝他的腹部又是一枪,勇敢的帕特洛克罗斯牺牲了,他身上的阿喀琉斯的珍贵铠甲被特洛伊人剥了下去。

赫克托耳穿上阿喀琉斯的铠甲,大声对特洛斯人喊道:"勇敢的特洛伊人,如果谁能把希腊人打败并把帕特洛克罗斯的尸体夺回来,我就把这闪亮的铠甲分一半给他。"赫克托耳的话音刚落,特洛伊人便旋风般地向帕特洛克罗斯冲去。希腊人见状,也一窝蜂似的拥向帕特洛克罗斯的尸体。两军为了争夺帕特洛克罗斯的尸体展开了一场厮杀。

当安提诺俄斯见到阿喀琉斯时,阿喀琉斯正一人站在战船上向战场方向眺望着,他对朋友的死一无所知。他甚至期待着他的朋友凯旋归来。"安提罗诺俄,你怎么到这里了?你应该在战场上才对啊,难道我们胜利了吗?"阿喀琉斯看到安提罗科斯时惊奇地问。安提罗诺俄一把扶住阿喀琉斯,眼泪又流了下来:"我给你带来一个痛心的消息,你的朋友帕特洛克罗斯不幸阵亡了。我们的队伍正在和特洛伊人争夺他的尸体,你的那套漂亮的铠甲被

**阿喀琉斯刺向赫克托耳**
赫克托耳是特洛伊英雄,他曾经杀死了阿喀琉斯的挚友帕特洛克罗斯,这引起了阿喀琉斯的极大愤怒,导致他出战并杀死了赫克托耳,也扭转了特洛伊战争的局势,使之向有利于希腊联军的方向发展。

赫克托耳穿在了自己身上。"

阿喀琉斯后退了好几步，差点跌坐到地上，他对他朋友的死还有点接受不了，可当他发现这一切都是真的的时候，坐到地上放声痛哭起来，一边哭一边撕扯着自己的头发。他的哭声惊动了他的母亲忒提斯，忒提斯来到儿子身边。

"母亲，我最好的朋友帕特洛克罗斯被赫克托耳杀死了，还抢走了我的那套铠甲，你要知道，我爱帕特洛克罗斯胜过了爱自己，对于他的死我真是太悲伤了，我一定要杀死赫克托耳，否则我活下去还有什么意义。"看到母亲的阿喀琉斯哭泣的声音更大了。"可是，孩子，如果你杀死了赫克托耳，你的末日也就不远了。"看到儿子眼中的坚毅，忒提斯补充说，"如果你执意要去，就等明天吧，明天早上我会给你送来一副新的铠甲。"

此时，双方对帕特洛克罗斯尸体的争夺仍在进行。日落前，希腊人终于把帕特洛克罗斯的尸体抢了过来。阿喀琉斯扑向朋友的尸体，他已经流干了眼泪，但眼睛里去充满了杀气："我的朋友，我发誓，一定把赫克托耳带来做你的祭品。"

第二天，忒提斯把一副火神伏尔甘打造的铠甲交给儿子，穿上铠甲的阿喀琉斯顿时精神倍增。

"阿伽门农、墨涅拉俄斯，我们之间的矛盾才使得希腊军连连败退，也导致了我朋友的牺牲。从现在起，我们要一起把特洛伊人从我们的船上赶出去。阿伽门农，下令全体希腊将士进攻吧。"说完以后，阿喀琉斯把他的队伍集合起来，准备打前锋。见威猛的阿喀琉斯参加到战斗中来，希腊将士备受鼓舞。

阿喀琉斯催动战马，大喝一声，扑向了战场。希腊人由于阿喀琉斯在他们的行列之中，显得信心十足，奋勇杀敌。特洛伊人也看到了英勇的阿喀琉斯，开始畏缩不前，战斗变得激烈、残酷起来。

为了给朋友报仇，阿喀琉斯一边战斗一边寻找赫克托耳，赫克托耳在太阳神福波斯的警告之下，一直拒绝与阿喀琉斯正面交锋，但当他的弟弟——普里阿摩斯的小儿子波吕多洛斯被阿喀琉斯杀死之后，他终于不顾神的警告，径直朝阿喀琉斯奔去。

阿喀琉斯见到杀死朋友的凶手，眼睛里都冒出了火花："帕特洛克罗斯，我终于可以为你报仇了，我内心的痛苦终于可以减轻了。赫克托耳，我会拿你的脑袋去祭祀我的朋友。"说完，阿喀琉斯挥动长矛向赫克托耳刺去，在太阳神福波斯的保护下，阿喀琉斯连刺三次都没有刺中赫克托耳，赫克托耳竟然逃脱了。

希腊人把特洛伊人赶到了城里，任何神和人都阻挡不了阿喀琉斯的进攻。到了特洛伊城下，赫克

**垂死的阿喀琉斯**

托耳正等在那里，虽然赫克托耳想和阿喀琉斯决一死战，但当他看到像战神一样闪着光辉的阿喀琉斯时，心不由自主地颤抖起来，于是，他开始逃跑。阿喀琉斯围着特洛伊城追逐赫克托耳跑了三圈。到第四圈时，在神的安排下，赫克托耳停了下来，毫无惧色地同阿喀琉斯进行决斗。

一想到帕特洛克罗斯的死，阿喀琉斯就把对朋友的悲痛化成了复仇的力量，他挥舞着长矛与赫克托耳拼杀到一起。

最后，赫克托耳终于败在了这个神的儿子的长矛下。

"阿喀琉斯，你胜利了，但我请求你，把我的尸体运到特洛伊城，不要让恶狗撕扯，我父亲会给你无数的黄金和青铜的。"奄奄一息的赫克托耳望着胜利的阿喀琉斯请求道。

阿喀琉斯摇了摇头："你的哀求不会起到任何效果的，你是杀害我朋友的凶手，我不会把你的尸体交给特洛伊人的，你放心吧，不会有人把撕扯你尸体的野狗赶走的。"

赫克托耳的眼睛里闪出了亮光，他呻吟着说："我知道你不会同情我的，但你知道，等到太阳神福波斯把你击倒在地，濒临死亡时，你会想到我的。我的死也意味着你生命快要终结了啊。"

说完，赫克托耳的灵魂离开了身体。

阿喀琉斯长叹了一口气："你只管放心地去死吧，不管神如何安排我的命运，我都会接受的。我的母亲早已经告诉过我，你死以后，我会死在太阳神福波斯的箭下，但杀死你我还是不后悔。"说着，阿喀琉斯从赫克托耳身上剥下了原来属于自己的那副铠甲。

## 木马计和特洛伊城的毁灭

希腊人围困特洛伊城十年不下，双方进行了无数次激烈的战争，但对战争的结束却没有任何成效。正当希腊人为不能攻占特洛伊城而苦恼不已的时候，他们收到了一则神谕：特洛伊的命运取决于特洛伊城建立时朱庇特赐给特洛伊的那幅帕拉斯圣像。

虽然尤利西斯和狄俄墨得斯化作乞丐从特洛伊城把帕拉斯圣像偷了出来，但接下来的攻城还是被特洛伊人击退了。

"难道我们偷得了帕拉斯圣像还是不能取胜吗？我们已经在这个地方耽搁了将近二十年，难道我们还要在这个地方待下去吗？"希腊众将士纷纷抱怨着。

预言家卡尔卡斯对骚动的希腊将士们说："我看到了一则预兆，如果硬攻可能难以奏效，我们必须想个万全之策进行智取。"

大敌当前，特洛伊人会那么容易中计吗？更何况，谁又能想出一个好的计策呢？大家都陷入了沉思之中。

"各位英雄，我倒想出了一个主意，不知你们觉得怎样。"尤利西斯环视着四周开始陈述他的计谋，"我们可以制作一匹木马，在它的腹内装许多的希腊士兵，其余的人离开特洛伊海岸前往忒涅多斯岛，让特洛伊人认为我们已经撤走，可以大胆地出城活动。最后，我们派一个士兵混进特洛伊城，就说是希腊人想用他向智慧女神密涅瓦献祭，他躲在这只同

古罗马神话彩图馆

样敬献给密涅瓦的木马的腹下才逃脱了厄运。不过，这一切都得逃过特洛伊人的眼睛，使他们相信。我们的人进入特洛伊城就好办了，摧毁特洛伊一定不成问题。"

尤利西斯眉飞色舞地叙述着，众将士们也都听得入了神。虽然阿喀琉斯的儿子和菲罗克忒斯心存异议，他俩希望通过光明磊落的拼杀来赢得这场战争。但神命不可违，天意如此，两位英雄不得不表示顺从。

木马计

既然已经定下了攻城的计谋，希腊人开始着手制作木马，在智慧女神密涅瓦的帮助下，希腊人仅用了三天时间就完成了赶制木马的任务。

"勇士们，现在已经到了显示真正力量的时候了。钻进马腹里所需的勇气远远超过了在战场上作战的勇气，只有最勇敢的人才敢于尝试，其余的人可以退到忒涅多斯岛上去。但我们要留一个胆大机灵的人进入特洛伊，谁愿意完成这项任务呢？"勇敢的西农挺身而出。墨涅拉俄斯、狄俄墨得斯、尤利西斯、埃阿斯等许多英雄都进入了漆黑的马腹中，大家静静地挨坐着，一声不吭。在阿伽门农指挥下，其余的希腊人放火烧掉了帐篷，拔锚起航，朝忒涅多斯驶去。

站在城墙上的特洛伊人看到海面上的希腊战船向远方撤退，忙向城内的人们报告了这一情况。他们以为希腊人放弃了对特洛伊的攻打，欢呼雀跃，纷纷跑出城去，当他们看到希腊人留下的巨大的木马时，对木马的去留进行了讨论。最后，特洛伊人在木马的腹下发现了西农，并把他带到了国王普里阿摩斯的面前。

西农按尤利西斯的盼咐编造了一个精彩感人的故事，普里阿摩斯和特洛伊人深信不疑，他们甚至同情起眼前这个希腊人来。特洛伊人把巨大的木马拉进了特洛伊城里。

为了庆祝希腊军队的撤退，特洛伊人在当晚举行盛宴，人们开怀唱饮，载歌载舞，一阵热闹之后，所有的人都沉入了梦乡。

看到特洛伊人都睡着了，假装喝醉了的西农悄悄地摸出了城，点着了一杆火把，向远处的希腊人发出了信号。

回到城里后，他又轻轻地敲了敲马腹，示意大家准备出去。英雄们这才小心地从马腹里下到地面。大家挥舞着长矛，对沉睡的特洛伊人进行了砍杀。他们还把火把扔进了特洛伊人的住处房，顿时，城里成了一片火海。

忒涅多斯岛上的希腊人看到西农发出的信号后，又疾风驶入了特洛伊港，与城内的希腊英雄们并肩作战。不一会儿，特洛伊城被希腊人占领了，整座城市成了废墟，特洛伊人

100

的尸体铺遍了每一条街道。他们中的很多人虽然手无寸铁,但仍旧顽强抵抗。战斗越来越残酷。

特洛伊国王普里阿摩斯和他的三个儿子都被阿喀琉斯的儿子涅俄普托勒摩斯杀死了,赫克托耳的小儿子阿斯提阿那克斯也被希腊士兵从塔楼上扔了出去。

特洛伊的英雄埃涅阿斯几天前还精神抖擞地从城墙上打退了围城的希腊军,但此时的特洛伊却火光冲天,经过多时的拼杀希腊军还是没有被击退。埃涅阿斯所做的,只能是扶着年迈的父亲安喀塞斯,背着儿子阿斯卡尼俄斯,在他的母亲爱神维纳斯的佑护之下逃出特洛伊。

燃烧,屠杀,宣告了这座不幸城市的彻底毁灭。

## 英雄埃涅阿斯寻找新乐园

埃涅阿斯一家逃离了一片火海的特洛伊后,来到了爱达山下的小城安唐特洛斯。在这里,已经聚集了一批逃难的特洛伊人,当他们看到埃涅阿斯到来后,纷纷向他围拢过来。

"埃涅阿斯,你是英雄安喀塞斯的儿子,带我们去寻找一块新家园吧。特洛伊已经毁灭了,但我们的信心并没有随之而去啊。"大家情绪昂扬,但却一脸茫然。

是啊,特洛伊消失了,但在这些逃出来的人心中特洛伊却永远存在着,因为那是一个神圣的族第啊。在埃涅阿斯的带领下,人们强打精神,从爱达山下砍伐了些树木,造成了一些大船。春暖花开的时候,埃涅阿斯率领船队扬帆击桨,载着哭泣的人们告别了故乡,驶入了茫茫的大海。船队鱼贯而行,在一望无际的大海上漫无目的地航行着。

人们已不记得船队在大海上漂泊了多少天,最后,船队来到了色雷斯地界。色雷斯曾是特洛伊的结盟国家,特洛伊国王普里阿摩斯把小儿子波吕多洛斯送给色雷斯国王波林涅斯托耳作养子。当特洛伊遭受劫难时,波林涅斯托耳毫无情义地把波吕多洛斯交给了希腊人,可怜的王子被希腊人当着父亲普里阿摩斯的面用乱石击死,色雷斯以此换得了和平。

这群逃难的人们并不知道眼前的国家就是色雷斯,当他们看到这片陆地时,欢呼着跳了起来,抛锚下船,准备在这里奠基新城。

"虽然现在不可能准备真正的祭坛,但我相信这样的天然祭坛众神会喜欢的,不过,我还需要把这块天然祭坛装饰一番。"埃涅阿斯一边想着,一边走上附近的

**意大利威尼斯市圣玛利亚永福堂附近的幸运女神**

埃涅阿斯是古希腊罗马神话中最受神宠爱的一位幸运人物,他的智慧、武功、威望都不是最高的,但却一直受神的庇护,最后幸运地在罗马重建特洛伊人政权。

一座山坡，打算给众神祭祀。

　　山坡上长满了灌木和杂草，偶尔的几株野花挺立其中，好美的地方！正当埃涅阿斯撼动一株矮树时，可怕的事出现了。从矮树的躯干上渗出了一滴滴黑色的污血，埃涅阿斯连忙缩回了手。"森林保护神巴克斯，请佑护可怜的特洛伊人吧，为什么会出现如此怪异的现象呢？难道这里不是我们的立足之地吗？"说着，埃涅阿斯又抓起另一株小树，用膝盖抵住地面，试图把小树连根拔起。

　　"不幸的特洛伊人，你为什么要折磨我呢？要知道，我和你一样的不幸啊。这个国度是色雷斯，我是普里阿摩斯的儿子，波吕多洛斯，我被希腊人用乱石击死，同情我的色雷斯人把我的骸骨捡了回来，埋葬在他们国土上。这里也曾经是我孩童时期的游玩之地，我的灵魂停留在这块土地上。我劝你别伤害这块土地，离开这片海岸吧，它被叛徒的家族所统治，在这里建造新城是十分危险的。"地下传来了一串抱怨似的呻吟。

　　埃涅阿斯停止了他的行动，对着这片树林祷告："可怜的波吕多洛斯，我们都是特洛伊的子民，保佑我们在不久的将来能顺利地重建家园吧。"

　　回到岸边，埃涅阿斯把波吕多洛斯的这番忠告告诉给大家，已经开始的工作立刻停止下来。大家拿出一些从特洛伊带出来的物品，作为祭供祭献给了波吕多洛斯，然后把船只推下海滩，一阵顺风又把他们送入了广阔无垠的大海。

　　不久，在这群逃难的人们面前又出现了一座美丽的小岛，它曾经是一座漂流的岛屿，名叫特洛斯，太阳神福波斯就出生在特洛斯岛上。福波斯把海岛固定在库克拉登岛屿中间的海底上，使它能够经得起狂风巨浪的袭击。埃涅阿斯的船队在特洛斯岛登陆，人们涌向了祭祀太阳神的庙宇。

　　"伟大的太阳神，给我们一块栖身之地吧，我们应该在哪里建立起第二座特洛伊城呢？"埃涅阿斯拜倒在神庙前。

　　"你们建立新城的地方是你们先祖诞生的地方，埃涅阿斯的子孙们将在那里成为世界的主宰。"敞开的神庙里传来了福波斯的声音。

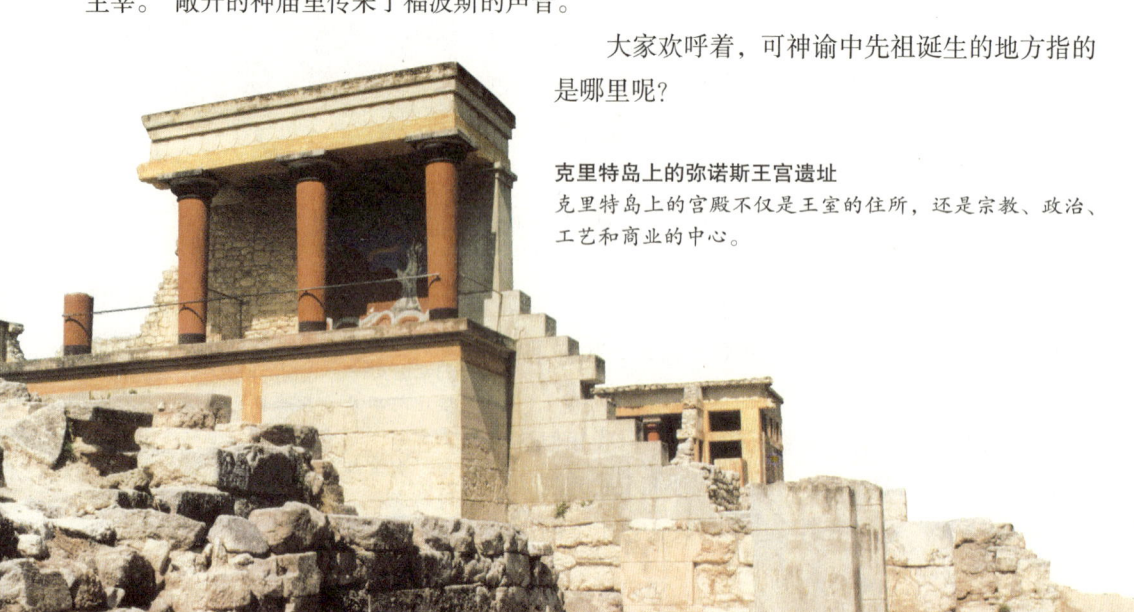

　　大家欢呼着，可神谕中先祖诞生的地方指的是哪里呢？

**克里特岛上的弥诺斯王宫遗址**
克里特岛上的宫殿不仅是王室的住所，还是宗教、政治、工艺和商业的中心。

"我们族第的摇篮叫克里特岛,那也是众神之父朱庇特诞生的地方,就让我们遵从神谕吧,从这里到达克里特岛只需要三天航程。"安喀塞斯提醒了大家。

果不其然,第三天清晨,逃难的特洛伊人航行到了克里特岛海岸。当地居民热情好客,用各种食物接待了难民们。埃涅阿斯率领大家努力开始建造新城的工作,不久,城墙和房屋从平地上耸起,人们把这座新城称为伯加马斯。

正当难民们为终于重建了家园而大肆欢庆的时候,一场新的灾难来临了。

当年夏天,克里特岛出现了少有的干旱,大地一片焦黄,颗粒无收。大批的特洛伊人死亡了,幸存下来的也陷入了绝望之中。有些人提议回到特洛斯岛重新聆听神谕,可又实在不忍心放弃这座几乎要竣工的城市。

在将要离开克里特岛的最后一个晚上,埃涅阿斯躺在床上毫无睡意:"真的要离开这座城市吗?神谕不是已经预示我们要在这里建造一座新的城市吗?"

正当埃涅阿斯左右为难的时候,特洛伊的几位家神来到他的床前:"你把我们从火海中抢救出来,带着我们转战南北,我们和你一起经历了惊涛骇浪。所以,我们将为你的子孙们寻找一块乐园,并让他们执掌统治世界的权柄,而你注定要为显赫的后代准备住址。福波斯派我们来告诉你,你的国家还在遥远的地方,那里被称为意大利,是根据当地的国王意大罗斯命名的。快去寻找意大利吧,朱庇特拒绝你们在克里特岛安身立命。"

埃涅阿斯从半睡半醒中惊醒,一骨碌从床上跳了起来,像是受到了极大的安慰。当他把家神的预言告诉给正做着开往特洛斯准备的人们时,人们高兴得大声欢呼起来,只要有确切的目标,哪怕再大的风浪他们也愿意往前闯。

没有病愈的一批人被留在了克里特岛上的伯加马斯城,另一批人则扬帆起锚,在埃涅阿斯的指挥下驶入大海。

## 朱诺的报复

在克里特岛,特洛伊的家神们为埃涅阿斯指点了迷津:幸存下来的特洛伊人将在一块古老的土地上——意大利居住下来,并且它将用武力建立一个强大的国家。但是,家神们也预言,意大利非常遥远,而且寻找的过程也相当艰巨。

难民们离开克里特岛后不久,踏上了斯特洛法登岛,在岛上,难民们遇到了半人半鸟的哈尔庇。特洛伊人吃掉了哈尔庇羊群里的几只羊,而哈尔庇则恶狠狠地预言说,只有当特洛伊人桌子上的面包被饥饿的人们一扫而光时,他们才能重建特洛伊。

不得已,难民们又进入了漫长的迷途航行中,又经历了很多的冒险。终于,特洛伊人看到了遥远的地方绵延着朦胧山脉的海岸线,他们站在船头呐喊起来,挥舞着手里的船桨,一定是到达意大利了。其实,他们看到的的确是意大利海岸,但是,当船开近海岸之后,人们首先看到的是四匹在海滩旁的草地上放牧的骏马。在特洛伊眼里,骏马意味着战争,于是,人们惊叫着离开了盼望已久的意大利海岸。

特洛伊人又驶过了很多岛屿,在西西里岛登陆时,埃涅阿斯的父亲安喀塞斯不幸遇难。

埃涅阿斯没有时间耽于对父亲的哀悼，神的意志驱使他率领他的臣民继续前行，去寻找祖先生活的土地，他要在那里建立一个新的国家。

埃涅阿斯的船队刚刚离开西西里岛，天后朱诺就急切地从奥林匹斯山上向下俯视。朱诺是特洛伊的宿敌，当她看到埃涅阿斯的船只经过无数次灾难依然在找寻着意大利时，不禁暴跳如雷："难道特洛伊不应该被彻底毁灭吗？普里阿摩斯的女婿和外孙真的要在意大利重建家园吗？那将是多么不幸的事啊，我做了这么多努力却还是没能彻底打败特洛伊人，作为诸神母，我是多么悲哀啊。我应该去想个好的办法，把从事战争的这一族第连根铲除才对。"

朱诺知道，丈夫朱庇特宠爱女儿维纳斯，而埃涅阿斯是维纳斯的儿子，自然这个特洛伊人得到了天公朱庇特的庇护，如果真的要消灭特洛伊人肯定会煞费工夫。于是，朱诺决定找各路风神帮忙。她来到风源的领地，寻找各路风神的国王埃洛斯的山洞。

"亲爱的埃洛斯，你是多么的伟大啊，你能驱使所有的风神为你服务。你的威力连海神尼普顿都与之无法相比。看啊，海面上航行的那些特洛伊人是多么地可恶，他们制造了战争，却从战争中逃脱，他们应该得到惩罚才对，而你应该承担起这一责任。"朱诺软硬兼施，还掺杂着许多诱人的许诺，埃洛斯终于招架不住了，他召来了各路风神，命令他们去执行天后朱诺交给的任务。

顿时，各路飓风冲出来，在陆地上掀起了飞沙走石。

"终于可以自由地施展我们的威力了，在海神尼普顿的管理下，我们哪里有表现的机会啊，而现在，瞧我们是多么的劲猛，我们可以在宇宙间任意驰骋了。"东风一边骄傲地说着，一边在陆地上卷起一层沙土。

西风和北风更加肆虐，他们把海岸当作跑道，一边跑一边大声叫喊，他们的喊声化作了雷，吓得地面上的动物躲进行了洞穴，海洋里的动物潜入了海底。

"各路风神们，瞧你们是多么的勇猛，测试你们能力的时刻已经到了。你们看，在海中航行的那只船队就是特洛伊人的船队，你们尽情地呼啸吧，你们的目标就是让那只船队从海面上消失。"朱诺向各路风神们作着解释。

有了明确的目标，各路风神争先恐后地表现自己，他们又从四面八方涌入大海，海面上腾起了万丈狂澜。特洛伊人虽然已经过了大风大浪，但他们还是被眼前的景象惊呆了，粗大的缆绳被风吹断，船橹摇断，船里灌进了海水，顿时，哭声、喊声混成一片。南风把一艘满载着粮食的船吹向了岸边的礁石，特洛伊人慌乱地向岸上搬运船上的粮食，但还是损失了大部分。北风卷起一汪海水，揉搓成一道巨浪扑向其中的一艘船，船顷刻间化成了碎片，船上的特洛伊人奋力地向岸上游去，没有来得及游上岸的则葬身鱼腹。

海神尼普顿本来正在海底花园散步，突然一阵动荡让他站立

**朱庇特与朱诺**

不稳,他从汹涌的波涛间伸出头,想看个究竟。海面上,埃涅阿斯的船队支离破碎,各路飓风则洋洋得意地进行着彻底的扫荡。尼普顿宠爱特洛伊人,他怎么能让他的宠儿遭受到如此不幸呢。他把各路风神唤到眼前,咆哮着让他们回到各自住所,随后,他用双手把起伏动荡的波浪抚平,把海面上的乌云撕碎赶走,大海上又阳光普照了。

**怒海上的舟楫**

尽管朱诺憎恨特洛伊人,千方百计甚至不惜借用自然的力量想把特洛伊人灭绝,但顽强无畏的特洛伊人在埃涅阿斯的带领下斗天斗地,百折不挠,终于脱离艰险,把握住了自己命运的主动权。

朱诺看到特洛伊人又化险为夷,不由得怒火中烧,但海洋是尼普顿的管辖范围,她这位天后也只能眼睁睁地看着埃涅阿斯和他的船队重整旗鼓而没有办法。

风平浪静后,特洛伊人登上了陆地,这是非洲的一个海岸,这里的人们善良朴实,像接纳亲人一样接纳了这批特洛伊难民。

特洛伊人现在只剩下七艘船了,他们把被水浸湿的粮食搬上岸来,燃起篝火烘干,用石磨磨成面粉,然后支起锅灶准备食物。

不大一会儿,埃涅阿斯和一批特洛伊猎手扛回了几只被射杀的梅花鹿。

"历经苦难的特洛伊人,准备美酒吧,祭祀完众神后我们便可以喝个痛快。虽然众多的苦难伴随着我们,但总会有一位神帮助我们度过这些苦难。应该相信,我们一定能到达意大利,而且我们将在那里建起第二个繁荣昌盛的特洛伊。"

## 朱庇特许下诺言

迦太基位于非洲,原是腓尼基农民居住的地方,那里保存着天后朱诺的盔甲和战车,所以朱诺极尽恩惠地保佑着这片土地。后来,腓尼基人茜克奥宇斯的遗孀狄多在那里扩建了新城和迦太基的城堡,统治着利比亚帝国。

当埃涅阿斯登上利比亚海岸的时候,天公朱庇特正站在奥林匹斯山的峰顶。

"高贵的主啊,我的儿子埃涅阿斯已经围着意大利转了一圈,受尽了种种苦难,可就是不能到达目的地,每当他瞅见和平的灯塔便又被推入战争的汪洋大海,请保佑我的孩子吧。你不是亲口告诉过我,说特洛伊祖先的血液会最终凝结形成罗马民族吗?自从特洛伊战争后,我一直担心我的儿子,是你的这番话才使得我放宽了心,可现在埃涅阿斯却面临着更大的困难,难道你又改变主意了吗?"爱神维纳斯眼眶里闪烁着晶莹的泪珠,她走近朱庇特身旁,十分悲伤地对父亲说。

**维纳斯雕像**

维纳斯是爱与美之神，是埃涅阿斯的母亲。在埃涅阿斯遭遇困境时，她总能及时出现帮助儿子渡过难关，埃涅阿斯才得以一步步接近胜利的彼岸。

朱庇特最宠爱这个女儿，怎忍心看到她如此伤心呢？他抚摸着维纳斯的头，吻去女儿脸上的泪珠："亲爱的女儿，不要为此担心，埃涅阿斯的命运不会改变的，我所答应你的一切都会实现的，只不过埃涅阿斯需要经过许多磨难。最后，他会在拉丁姆国的大平原上建造一座新城，即拉维尼乌姆，会驯服他的人民，制定法律，并统治那里三年。埃涅阿斯死后，他的儿子阿斯卡尼俄斯将把国都移上阿尔巴纳山，即阿尔巴·隆伽城。特洛伊的子孙将在那里统治三百余年，直到战神玛尔斯与一位女祭司的儿子洛摩罗斯在台伯河畔的七座山峰间建造新的居住地。洛摩罗斯将成为罗马民族的先祖，罗马则会成为世界的主人。不要为埃涅阿斯眼前遇到的困难而悲伤，当罗马民族强大起来时，连一直折磨你儿子的天后也会和他们和解的。"

维纳斯悲伤的脸上平静了许多，谢过父亲后，她缓缓地走下了奥林匹斯圣山。

埃涅阿斯和他的船队被风暴吹到了一片海岸上，这是一个陌生的国度，从这里怎么才能到达他们的目的地意大利呢？

第二天，天刚蒙蒙亮，埃涅阿斯就带着他的朋友阿赫脱斯动身去考察这块土地。他们背着两杆投枪，在海滩边的树林里漫无目的地走着，希望能遇到一个当地的居民。

正当埃涅阿斯和阿赫脱斯疲惫地坐下来休息时，从树林深处走过来一位姑娘，姑娘背上背着一张弓，头发随风飘拂着，一件长袍卷至膝盖处，显然是一个女猎手。

"你好，姑娘，你的美丽告诉我你是一个仙女，但不管你是谁，请你告诉我们，我们脚下的这个地方是哪里呢？我们被一场风暴送到了这里，但却不知道身处何处，我们已经在大海上迷航很久，幸亏有海神尼普顿的佑护，否则真不知道已葬身何处了。"埃涅阿斯一边说着一边陷入了往昔的回忆中。

姑娘大方地朝着两位陌生人笑了笑，盯着埃涅阿斯，说道："这里是腓尼基人的王国，是泰尔人居住的地方，我们泰尔姑娘都习惯于这样的装束。听说过非洲吗？你们靠岸的这个世界就是非洲，这个国家的名字叫利比亚，狄多是这里的女王。本来，狄多是一位富裕的腓尼基人茜克奥宇斯的妻子，她的弟弟皮格马利翁是泰尔国的国王，因贪图茜克奥宇斯的黄金而把姐姐的丈夫杀死了。茜克奥宇斯深爱着他的妻子，他的灵魂出现在妻子狄多的梦里，向妻子揭露了皮格马利翁的这一罪行，并把他埋藏黄金的秘密地点告诉给妻子，让妻子挖走，并迅速逃离泰尔国。狄多同样深爱着她的丈夫，她止住悲伤，按丈夫的指示把挖出的黄金装上船。许多因国王的不仁道而愤怒的人也随着狄多的船离开了泰尔国。就这样，狄多带领伙伴们来到了这里，买下了一块叫比尔萨的土地，后来，她凭着自己的财物赢得了越来越多的土地，直到建立了由她统治的强大王国。年轻人，我已经告诉你们这里是哪里了，不久以后你们将在这里看到迦太基高大的城墙和直入云霄的城堡。"

"感谢你告诉我们这么多，但是，我们要去的地方是意大利，这里又离意大利有多远呢？我们是特洛伊人，不知你听说过没有，一个曾经繁荣富饶的地方，却被希腊人毁灭了，只有这批幸运的人逃了出来。我们是多么不幸啊，神谕告诉我们，我们会在意大利重建家园，可是我们的船队经过了众多的苦难，却依然登不上意大利的土地。中途，我们迷失了方向，很多船只也不知了去向……"

姑娘打断了埃涅阿斯的话："让我告诉你关于失散的船只和朋友们的预言吧。你的一部分伙伴登上了海岸，另一部分则将要到达海岸。你们现在只需要在这块土地上等下去，直到你的伙伴们到来。"

姑娘说完，转身走向了森林深处。这时候，埃涅阿斯才发现，姑娘的身影、步履和他的母亲维纳斯一模一样，原来是母亲在为儿子指点迷津啊。埃涅阿斯奔过去，想把母亲留住，但维纳斯已布下了一阵迷雾，雾散后，维纳斯不见了，只留下在原地发呆的埃涅阿斯。

## 埃涅阿斯在迦太基

在母亲维纳斯的指点下，埃涅阿斯又恢复了以往的信心，他沿着树林里的小路信步往前走着。不大一会儿，他来到一座山坡前。埃涅阿斯登高远眺，耸立云天的迦太基城堡就在眼前，气势恢宏的宫殿、宽敞的街道、巨型的城门，无不让人惊叹。

埃涅阿斯带着阿赫脱斯走下山坡，走进了迦太基城。迦太基城还在扩建之中，每个泰尔人都显得非常忙碌，街上的泰尔人更是行色匆匆，没有人注意到两个陌生人正走在他们中间。

迦太基城中心是一片树林，泰尔人曾经在这个树林里挖出一个马头，那是天后朱诺送给迦太基的吉祥物，预示着迦太基将成为一个世界帝国。于是，女王狄多在这里给朱诺立了一座神庙。走进神庙，埃涅阿斯在壁画中看到了有关特洛伊战争的画面，不禁激动起来，眼睛里闪烁着希望之光，将来的特洛伊城也会像迦太基一样宏伟吗？也会有神的佑护吗？如果有，那么特洛伊人也一定会为众神们建造庙宇。

正当埃涅阿斯想着心事的时候，一位貌美的女子走了进来，女子身上散发着高贵的气息，身后跟着一群随从。女子坐到神庙中心的宝座上，吩咐身边的人传令，让建城的工匠们加快速度。

"如此美丽的女子，又具有如此的威仪，那她一

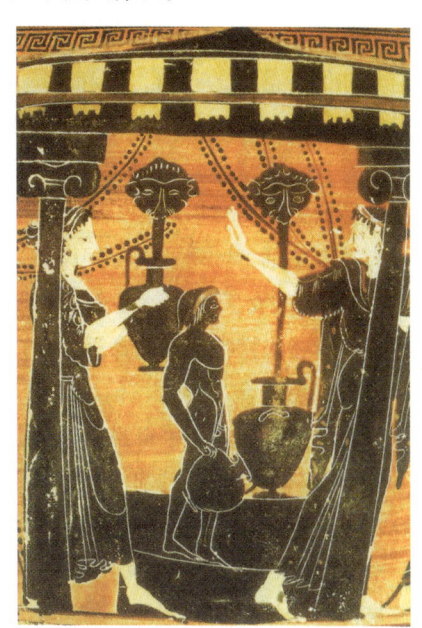

埃涅阿斯走进庄严的迦太基朱诺神庙，领略了女王的威仪，狄多女王为长途跋涉而来疲惫的特洛伊人摆下盛宴，热情款待了他们。

定是女王狄多了。"埃涅阿斯心里想道。

神庙前是一个巨型的广场，很多居民都聚集在这里，等候着女王为新的国家制订新的法令。

正如维纳斯所预言的那样，埃涅阿斯在广场上的人群中看到了失散的特洛伊人。这些人在航行的途中被风浪送到了其他海岸，而在这里，他们又相遇了。埃涅阿斯还注意到，这些特洛伊人都是从各个船上选出的代表，如塞尔盖斯托斯、克洛安托斯等。由于神庙前的人很多，他们并没有注意到他们的首领埃涅阿斯也在这里。

埃涅阿斯欣喜地看着不远处的特洛伊人，想等人少些以后再前去相认。那些特洛伊人也在人群里挤来挤去，好不容易挤到了神庙门前。

"尊敬的女王陛下，我们是特洛伊人，因为与希腊的战争失败而被迫逃亡。我们本是要到意大利去，但经过无数的灾难我们还是没有到达目的地。飓风把我们的船队掀翻，一些特洛伊人葬身海底，而我们则被抛到了暗礁丛中。可你们的民族是怎样一个民族啊，你们不允许我们上岸，还扬言要烧掉我们的船只，对于可怜的特洛伊人来说这是多么残忍啊。如果你们见到了我们的首领埃涅阿斯，一定会作出相反的决定的。他是一个多么伟大的英雄啊，只是他与我们失去了联系。高贵的女王，请允许我们靠岸，把我们支离破碎的船只修理好，让我们平安地到达意大利，我们将不胜感激。如果埃涅阿斯不幸被波浪吞没了，那我们的希望也破灭了，请护送我们回到西西里岛，我们会给你们丰厚的报酬。"一个特洛伊人的代表走到女王狄多面前请求道。

狄多看了看眼前的特洛伊人："外乡人，请原谅我的国民们带给你们的恐慌，他们只是为了保护国家而已。我们一直对特洛伊人心存敬仰，知道特洛伊英雄和他们的赫赫战功，对于你们所遭受的打击，我和我的臣民都深感同情。我们可以满足你们所提出的要求，只是不能让你们在我们的土地上居住繁衍。至于刚才你所说的首领埃涅阿斯，我会派我的臣民去寻找。如果他还没有上岸，我将同意让你们居住到他到来为止，也许他现在正迷失在迦太基的某个树林里呢。"

狄多的话音刚落，埃涅阿斯就迎着灿烂的阳光走到众人面前。

"尊贵的女王，我就是埃涅阿斯。我代表我的民族感谢你接受了特洛伊的这些不幸难民。不管将来特洛伊人的命运如何，你的恩德我们会铭记在心。让神保佑你们的民族吧。"

虽然历经众多磨难，但埃涅阿斯依然神采熠熠。失散的特洛人代表看到埃涅阿斯出现在他们面前，高兴得手舞足蹈。

女王狄多被英俊的埃涅阿斯吸引住了，微张着嘴巴，半天也没有说出话来。好一会儿，她才回过神来，为了掩盖自己的尴尬，她把盯在埃涅阿斯身上的目光转向了别处。

"埃涅阿斯，我从我父亲柏格洛那里听到过许多关于特洛伊的故事，你经历过如此多的苦难，这是怎样的命运啊。和你们一样，我也是被驱逐的人，好不容易才在这里找到了一块宁静的乐土，我尝到了什么是不幸，更知道如何帮助不幸的人们。特洛伊人，我们会尽我们所能帮助你们的。"

说完，狄多命人把特洛伊人引进馆舍，为英雄们摆下盛宴。

埃涅阿斯派阿赫脱斯回船队向其他的特洛伊人报告喜讯，并把儿子阿斯卡尼俄斯接到宫殿里来。

## 女王狄多之死

女王狄多虽然准许了特洛伊人各种特权，但是，泰尔人的两面派行为着实让维纳斯担心，而且迦太基地区的佑护女神是埃涅阿斯的宿敌朱诺，这怎么能让作为母亲的维纳斯放心呢？想来想去，她终于想出了一条计策。

"丘比特，你去变作埃涅阿斯的儿子阿斯卡尼俄斯的模样，看准时机走近女王狄多的身旁。当她抱起你的时候，你向她灌注爱情的迷毒，使她爱恋上埃涅阿斯。"维纳斯把儿子小爱神丘比特叫到身边。

**朱诺神庙　公元前 460 年**
奥林匹斯山上的朱诺神庙是多利克式神庙的杰作，朱诺是司婚姻和生育的女神，她的婚姻却因朱庇特习惯性的不忠而显得不幸。

维纳斯把阿斯卡尼俄斯催眠后藏在她的领地，丘比特便按母亲的意思变作阿斯卡尼俄斯，任由阿赫脱斯牵着他的手朝女王的宫殿走去。

宫殿的大厅里，女王正盛情款待着她的客人们。当阿赫脱斯带着阿斯卡尼俄斯进入大厅时，人们的目光都朝这位英俊的男孩投去。

一切都进展顺利，丘比特变成的阿斯卡尼俄斯把女王心中关于她死去丈夫的形象抹去了，在她心里注入了向往爱情生活的渴望。

狄多举起手中的酒杯，脸色微红地对在座的所有人说："让我们为泰尔人和特洛伊人的友谊干杯，我们两族人都会永远地怀念这一天的。天父朱庇特、迦太基的佑护神朱诺和赐人欢乐的酒神巴克斯，也为你们干杯。"说完，狄多从酒杯里抿了一口。

盛宴结束后，埃涅阿斯向泰尔人讲述了他的遭遇。狄多目不转睛地盯着她的英雄，心在剧烈地跳动着。

埃涅阿斯一行人离开宫殿后，狄多在床上辗转反侧，脑子里尽是埃涅阿斯的影子。

"安娜，这可怎么办呢？我不想破坏对我丈夫的忠诚，但我真的发现我已爱上了那个特洛伊英雄。"狄多把妹妹安娜找来诉说烦恼。

安娜爱她的姐姐胜过了爱她自己，她也非常同情狄多："狄多，既然女神朱诺把特洛伊人送到了这里，那就证明你的爱情是受神的保护的。勇敢的姐姐，向特洛伊人赠送礼物吧，让他们放弃继续远航的念头，让他们融入到我们的民族当中。"

狄多的热情被安娜煽动得迸出了火花，她放弃了作为国王的骄傲，带着埃涅阿斯参观迦太基的每一栋建筑，每天都举行盛宴招待她心中的英雄。特洛伊人除了感谢外，对远航意大利的概念也越来越淡泊。

天后朱诺看出了狄多对埃涅阿斯火热的爱恋，其实，朱诺并不是想置特洛伊人于死地，她只是不想看到一个强大的特洛伊民族再次崛起。如果能以狄多和埃涅阿斯的结合来使特洛伊民族消失，那样是最好不过的了。

一天，狄多组织了一场狩猎活动，当泰尔人和特洛伊人正竞相追赶着猎物时，天空突然下起雨来。在朱诺的牵引下，狄多和埃涅阿斯躲到一个岩洞下避雨。狄多勇敢地向埃涅阿斯表达了自己的爱恋，埃涅阿斯也早已被爱情迷惑得失去了方向。在隆隆的雷声中，两个人立下了山盟海誓，各自的心中都烙下了爱情的印记。

不知不觉中，冬天到来了，埃涅阿斯早已忘记了神的指示，再也不提航行的事了。

朱庇特在奥林匹斯圣山上看到发生在迦太基的一切，气愤地从宝座上站了起来："墨丘利，你去告诉埃涅阿斯，他还没有到达目的地，必须起航继续前行。当初我从希腊人手里救下他并不是为了让他能够在迦太基娶妻生子。"

墨丘利遵从父亲的吩咐，从奥林匹斯山直奔迦太基。此时的埃涅阿斯正在建造新的宫殿，他身上披着狄多亲手为他缝制的长袍，看上去已经和一个泰尔人没有什么分别了。埃涅阿斯招呼着工匠们加紧工作，根本没有注意到墨丘利的到来。

"埃涅阿斯，难道你忘记了自己的任务和国家了吗？你在陌生的国家建造城市，而把建造罗马的事忘记了吗？看来，你只是一个拜倒在女人裙下的奴隶。朱庇特命令你迅速离开这里。"

埃涅阿斯听到墨丘利的话后心中一阵悸动，他怎么会忘记建造罗马的任务呢？那是神交给他的，他也将因建造罗马而光耀史册，可自己为什么会在这里呢？埃涅阿斯赶忙把特洛伊人召集到一起，吩咐大家作好准备随时出发。

狄多还是发现了特洛伊人的骗局，其实，埃涅阿斯一直想找个合适的时机把命运的决定告诉狄多，但每每看到心爱的人脸上洋溢着的幸福，他就没有了这个勇气。

狄多发疯似的摇晃着埃涅阿斯的肩膀，埃涅阿斯咽下了巨大的悲伤，丝毫不为所动。

"只要我的身体里还有一丝气息，我就不会忘掉泰尔人的恩德。神命令我去意大利重建特洛伊，恢复普里阿摩斯家族。我必须离开，这一切都是神的旨意。"

狄多彻底绝望了："离开迦太基吧，去寻找你的意大利吧，但请你不要用神的命令来欺骗我。"

但是，当狄多看到埃涅阿斯的船队准备就绪、升起船帆的时候，她的心都在滴血。她知道，谁也无法改变埃涅阿斯的主意了，而她只能选择自杀的方式来捍卫她的爱情。

晚上，狄多命人用松树和栎树堆砌起了柴堆，她宣布要

**罗马神话中的天神朱庇特**
朱庇特相当于希腊神话中的宙斯。罗马人从希腊人那里继承了神话，并给每个神以罗马名。

举行一场祭祀仪式。祭祀仪式完毕后，狄多悲伤地回到自己的宫殿，登上屋顶的露台，透过东方的朝霞，看到海滨上特洛伊的船只已经离开了。爱情折磨着狄多的心，她痛苦地捶打着自己的身体，再次走到祭祀的地方，那里的柴堆上搁着埃涅阿斯的利剑、衣服和一张肖像。狄多抽出埃涅阿斯的剑，扑倒在柴堆上："解除我的痛苦吧，结束我的命运吧。我建造了一座美丽的城市，但是，这个特洛伊人却搅乱了我本来的幸福。"说着，她把利剑往胸口刺去。

## 登陆意大利

强烈的爱灼烧着埃涅阿斯的心，但却再也不能动摇他寻找意大利的意志。不过，他没有想到的是，他的离开造成了狄多以死来殉情。埃涅阿斯受着良心的谴责，他只能以再度迷航来抵偿自己的罪孽。

悲伤的埃涅阿斯站在船头，心里忏悔着，茫然地望着远方。远处出现了一片岛屿，埃涅阿斯认出了那是他们曾经到过的西西里岛。船队在西西里岛登陆，再次受到了岛上居民的热烈欢迎。

天后朱诺看到自己毁灭特洛伊民族的计划又失败后，不由得暴跳如雷。她盼咐她的女使伊里斯去挑拨特洛伊人的关系。特洛伊妇女受到唆使后，对长途航行表示了厌倦，她们暗中烧毁了四艘大船。埃涅阿斯并没有责怪她们，长期遭受的灾难怎么能不使人灰心丧气呢？最后，埃涅阿斯决定把年龄较大的特洛伊人留在西西里岛上。为此，他专门在西西里岛建造了一座城市，让这批人移居到城里，自己则带着一批年轻力壮的人前往意大利。

埃涅阿斯的这次航行非常顺利，平静的大海没有一点风波，特洛伊人烦躁的心情也变得舒朗起来。远处的海岸越来越清晰了。

"看啊，意大利，意大利，一定是意大利。"船上的特洛伊人高兴地跳了起来。

埃涅阿斯深情地望着即将停靠的陆地："真的是意大利吗？你让特洛伊人经历了多少苦难啊，我们要在这片土地上建立起新的特洛伊，保佑我们吧。"

船队驶入俄斯蒂亚港，特洛伊人走上海滩，进入岸边的一片树林里，他们决定先饱餐一顿再进城打听消息。大家把船上所有的食物都搬上岸来，然后席地而坐，在哄笑中，地上的食物被洗劫一空。

"半人半鸟的哈尔庇曾预言说我们把所有食物都吃完后就到达目的地了，这就是我们先祖的故乡，也是我们的新家园。"一个特洛伊人一边说着一边亲吻着这片神圣的土地。

"神预示我们已经到了意大利，但我们还需要打听清楚这里的居民到底是什么性格。"埃涅阿斯兴奋地盼咐着。

临近天黑，探听消息的人回到岸边："这儿的确是意大利，但它已经分裂成几个国家了，我们脚下所处的地方叫拉丁姆，是拉丁人生息的地方，现在由国王拉丁奴斯治理。由于拉丁奴斯在劳伦图姆宫殿执政，所以，他的臣民们也称自己为劳伦特人。我们还打听到，

□古罗马神话彩图馆

**登陆海岸**

在一度迷航后,埃涅阿斯率领的特洛伊船队终于找到了目的地——意大利,这里是神给他们安排的重建特洛伊的土地。

这条大河叫台伯河,是一位善神的居所。这块土地上还没有过屠杀和战争,拉丁人热情、善良,像招待亲人一样招待了我们。"

埃涅阿斯喜出望外,他带领他的臣民走上了这块陌生而又肥沃的国土,并迅速派出使者团,前去拜见拉丁国王拉丁奴斯。

使者们披着漂亮的衣甲,手中擎着作为和平象征的橄榄枝,在勇敢的伊里俄纽斯的率领下来到劳伦图姆。劳伦图姆是个热闹繁荣的城市,人们挤在街道上赛车赛马,投枪射箭,哄笑声不绝于耳。当他们看到排着长队的陌生人时,立即派人去通知拉丁奴斯国王。使者们被引进国王的宫殿大厅,宫殿宽敞华丽,摆设高雅,国王拉丁奴斯正坐在紫金宝座上。

"亲爱的拉丁奴斯国王,我们是特洛伊人,我们的家园被希腊人毁灭了,在天公朱庇特的指引之下,终于来到了意大利。我们的首领埃涅阿斯是女神维纳斯的儿子,我们带来了他的问候。尊贵的国王陛下,请施舍一块地方让可怜的特洛伊人安居吧。朱庇特曾预言,特洛伊人将在意大利的土地上找到自己的归宿。意大利不会后悔把特洛伊人收留在自己的怀抱里的,瞧,这是特洛伊人给你带来的礼物。"说着,伊里俄纽斯从怀里拿出一只金盏,"这只金盏是埃涅阿斯的父亲安喀塞斯祭祀神明的见证。"

拉丁奴斯接过伊里俄纽斯递过来的金盏,友好地对特洛伊人说:"我并不熟悉你们的种族,但我记得你们的先祖达耳达诺斯出生在这个地方。当你们还在大海上漂泊的时候,我已经从神谕中知道了你们的到来。拉丁人衷心地欢迎特洛伊人来到拉丁姆,拉丁人是农神萨图尔努斯的种族,比你们的种族还要古老,我们执掌公平,遵循古老而又虔诚的习俗。"拉丁奴斯注视着这群特洛伊客人,想起了一则神谕:"特洛伊人,我满足你们的愿望。但我的父亲法乌诺斯曾预言说,我的女儿不能嫁给当地的男子,而应嫁给一个外来者,而我的任务就是把我的王国交给特洛伊国王。回去告诉埃涅阿斯,让他亲自来见我,他将是我女儿拉维尼亚的丈夫。"

说完,拉丁奴斯命人挑选了百余匹良马,配上漂亮的马鞍,作为送给特洛伊人的礼物,他还给埃涅阿斯备下了一辆两匹神种快马拉动的战车。

使者们牵着满载礼物的骏马,神采飞扬地回到了岸边的营房。伊里俄纽斯把拉丁奴斯国王的话向埃涅阿斯进行了汇报,埃涅阿斯激动得半天没有说出话来,特洛伊人马上就要和拉丁人融为一体了,神圣的罗马将要在自己手里崛起,怎么能不让他激动呢?那将是怎样的一座城堡呢?埃涅阿斯憧憬着,久久不能入睡。

古罗马神话故事

## 拉维尼娅的婚事

拉丁姆国王拉丁奴斯膝下无子，只有一个女儿拉维尼亚。自然，国王的全部遗产将落在这个唯一的女儿名下。

拉维尼亚转眼就出落成了一个大姑娘，温柔、漂亮、落落大方。来自拉丁姆和邻近地区的求婚者络绎不绝。求婚者不仅艳羡于拉维尼亚的美丽，对拉丁姆王位和拉丁奴斯的财产更是垂涎三尺。拉丁姆王后阿玛塔是一个骄傲的女人，她一直想给女儿寻找一位中意的丈夫。

在拉丁姆国的南部，有一个城市叫阿尔特阿，这里的人们称自己为罗图勒人。阿尔特阿国王道奴斯有个儿子叫图尔奴斯，图尔奴斯虽然年少，却勇猛过人。当他得知拉丁姆国王有一个漂亮的女儿时，也来到拉丁姆求婚。

当图尔奴斯出现在宫殿里时，阿玛塔兴奋得差点跳了起来，图尔奴斯英俊的外表和高贵的血统，与自己的女儿是多么相配啊。但是，拉丁奴斯对这桩婚姻没有任何表示，他早就得到过神谕，他的女儿要嫁给一个外来的人，而在这个外来人身上发展起来的家族命中注定要掌管全球。但是，这个外乡人究竟何时才能到来呢？这个神谕是否准确呢？面对已经到了出嫁年龄的女儿，拉丁奴斯实在不知该如何作出决断。如果神谕中的外乡人一直不出现，难道让女儿等上一辈子吗？因此，拉丁奴斯只能以沉默来应对拉维尼亚与图尔奴斯的姻缘，不过，这些都是在埃涅阿斯还没有出现之前。

在拉丁姆国王的宫殿里有一棵桂树。一天，拉丁奴斯看到桂花树上的桂花开了，便命人把桂树祭供给太阳神福波斯，然后在桂树的根基处为福波斯建造起一座神庙。当奴仆们正打算伐倒桂树时，突然树冠上出现了一个硕大的蜂窝，蜜蜂们从蜂窝里嗡嗡地飞出来，叮满了桂树。

拉丁奴斯唤来占卜师，问这一迹象所指何意。占卜师围着桂树转了一圈，然后来到国王面前："依我所见，一个伟大的人和他的一支军队经过远涉重洋将要来到我们的国度，他最后将统治拉丁姆地区，繁衍起一支伟大的族第，最后他将统治整个世界。"

拉丁奴斯欣喜若狂，一个外乡人将要来到拉丁姆，难道是神谕中的那个人吗？老国王激动得一晚上不能入睡。

没过几天，图尔奴斯派使团来到劳伦图姆，并给未婚妻拉维尼亚带来一项王冠。在祭坛前，拉维尼亚把王冠戴到发间，正当她要对罗图勒人表示感谢的

**美好姻缘**
这幅画描绘了一位公主神色安详，端起一杯美酒向一位外族青年递了过去，二人遂喜结良缘。反映了作为古欧洲文明发祥地的罗马，外来移民和当地居民和睦相处的情景。这样的事例在当时其实并不多见。

时候，祭坛上的火苗猛地升腾起来，窜到拉维尼亚的头发上，拉维尼亚的卷发顿时像着了火一样。王冠里掣起了闪电，拉维尼亚很快被熊熊的烈火包围。瞬间，整个宫殿里都燃起了一片神火。

宫殿上下的人们都慌乱得不知所措，不知道这种现象是主吉还是主凶。占卜师急忙赶来，向拉丁奴斯详示："拉维尼亚和他的夫君将会建立起一个王国，但却也会带来一场可怕的战争，并且，这次战争将毁掉一个国王。"

拉丁奴斯陷入了沉思之中，陌生人将要登上拉丁姆这片土地了，他将建立一个统治全世界的巨大族第，神谕正一步步向这个国家走近啊。于是，拉丁奴斯对罗图勒人的使者说："尊敬的罗图勒人，你们回去告诉你们的国王，就说神已为拉维尼亚选定了丈夫，所以，拉维尼亚不能答应这门婚事。"

没有办法，罗图勒人只能垂头丧气地回阿尔特阿复命。

过了几个月，几名渔夫报告说他们看到一批海船正向拉丁姆驶过来。拉丁奴斯从宝座上站起来，微笑着："看来，神谕中的埃涅阿斯已经临近我们了，他正站在船上指挥着他的船队。不久，世界将会陷入黑铁时代，战争的火焰将永不熄灭，但却享受着永恒的赞誉。"拉丁奴斯像是占卜师一样自言自语。

埃涅阿斯和他的船队终于在拉丁姆登陆了，他们还派来了使者向拉丁奴斯叙说了特洛伊人的请求。拉丁奴斯欣然地同意了特洛伊人的要求，并给一路劳累的特洛伊人送去了礼物，还让特洛伊者告诉他们的首领埃涅阿斯，众神已预言，埃涅阿斯将成为拉维尼亚的丈夫，成为拉丁姆大地的统治者。

埃涅阿斯也接受了这一切，眼前似乎已经出现了新建的家园，他陷入了无限的憧憬之中。但是，谁也不知道，一场战争正悄无声息地迫近特洛伊人和拉丁姆人。

## 朱诺煽动一场战争

埃涅阿斯终于到达了意大利，并且将与拉丁姆国王拉丁奴斯的女儿拉维尼亚喜结良缘。多么幸运的埃涅阿斯啊，不久的将来，一个新的特洛伊将会再次崛起。

在天后朱诺眼里，特洛伊是怎样一个可怕的民族啊，它虽然战败了，但却永不服输，经历了众多苦难，却总是在寻找自己的第二家园。作为天后，朱诺怎能允许自己的敌人有如此的好运呢？

"特洛伊人怎能逃脱我的仇恨的惩罚？我绝不能让维纳斯取得最后的胜利，我身为天后，却斗不过朱庇特的一个女儿，众神该如何取笑我啊。阿勒克托，你速去拉丁姆地区，在特洛伊人、拉丁人和罗图勒人之间挑起争端，最好他们之间的战争能使特洛伊民族消失。"朱诺把冥府的复仇女神阿勒克托叫到眼前，恶狠狠地吩咐说。

阿勒克托面目狰狞，她头上盘曲的毒蛇似乎也听懂了朱诺的话，发出了吱吱的响声。阿勒克托驾起乌云，来到地面。她先在拉丁姆大地上游荡了一圈，然后潜入到拉丁姆王宫的宫殿里。阿勒克托从头顶上取出一条毒蛇来，把它变作王后阿玛塔脖子上的金项链，然

**仇恨火焰的燃起**
图尔奴斯本是一位理智的王子,但因为天后朱诺对特洛伊人的厌恶,使他成为这场战争的牺牲品。图为阿勒克托把毒蛇扔向了图尔奴斯,使他瞬间变成了一个充满对特洛伊人的仇恨的少年,完全丧失了理智。

后悄悄地把剧毒注入到阿玛塔的皮肤里。

剧毒传遍了阿玛塔的全身,刚才还平静着的阿玛塔开始放声大哭起来。

"拉丁奴斯,你到底是怎么回事呢?竟然把我们的女儿许配给一个无家可归的难民,你不同情我,难道也不同情拉维尼亚吗?难道你忘了图尔奴斯是一个如何英俊的人吗?可怜的女儿啊,快来惩罚你这个残忍的父亲吧。"

阿玛塔向丈夫抱怨着女儿的婚事,但拉丁奴斯丝毫没有动摇自己的决定。

"虽然图尔奴斯具有高贵的血统,但神的意志不可违抗。"

拉丁奴斯试图去说服妻子,但妻子哪里听得进去,她身体里的剧毒正发挥着作用。阿玛塔冲上去要撕扯丈夫的衣袍,被众人拉开了。之后,她便在城内大街小巷狂奔乱跑,诅咒着她的丈夫和那些刚来的特洛伊人。

在这之前,拉丁人不知道什么是战争,什么是厮杀,当阿玛塔的话提醒了他们,他们单纯的思维方式被王后恶毒的话语征服了。

阿勒克托满意地看着这一切,驾起乌云又飞落到阿尔特阿。此时的图尔奴斯正在睡觉,于是,阿勒克托变作一个年老的女人,走近酣睡的少年:"勇敢的图尔奴斯,美丽的拉维尼亚本该属于你,强大的拉丁姆也应该属于你,可特洛伊人的到来打破了这一切,难道你真的心甘情愿地把理应属于你的权杖拱手让给特洛伊人吗?你应该武装你的人民,去征讨特洛伊人,把应该属于你的都给夺回来。"

沉睡的图尔奴斯并没有像阿勒克托想象的那样充满仇恨:"是朱诺派你来见我的吧,可我并不希望出现你所说的那些是非。我早就知道特洛伊的船队驶进了台伯河,但这些又与我有什么关系呢?拉丁奴斯说了,这一切都是神的安排,难道你让我与神作战吗?"

阿勒克托见简单的几句话并不能煽动起图尔奴斯的仇恨,于是从头上抽出两条毒蛇:"我是复仇女神,专给人间制造灾难和死亡,难道你能违背我的意愿吗?"说着,她把两条毒蛇扔向了图尔奴斯的身体。

转眼间,刚才那个理性的图尔奴斯不见了,取而代之的是一个发了疯的少年:"拿武器来，我要去征服特洛伊人，给拉丁人一些教训，用他们的鲜血来洗刷我的耻辱。"图尔奴斯从床上一跃而起，一股疯狂的战斗欲望在他的胸腔里翻腾着，他甚至等不到天亮就武装起了一支罗图勒人，率领他们离开国土，朝拉丁姆奔去。

阿勒克托扬扬得意地看着她的杰作，眼前似乎出现了一场战争，而特洛伊人正是这场战争的牺牲品。这些还不能满足阿勒克托的复仇之心，她又趁着太阳还没有出来之前来到了台伯河畔。

此时的台伯河畔正进行着一场狩猎游戏，埃涅阿斯的儿子阿斯卡尼俄斯追逐着一只雄鹿。这只雄鹿远近闻名，拉丁奴斯的牧场总管蒂耳荷斯让孩子们亲自放牧它，总管的女儿西尔维亚尤其宠爱它。当这头雄鹿发现有人追赶它时，不由得惊慌逃窜，跳进了台伯河。阿斯卡尼俄斯猎兴正浓，哪里肯放过这么好的猎物，他弯弓搭箭，一箭射中雄鹿的腹部。雄鹿拼尽全力游上了岸，拖着鲜血淋漓的身体回到了主人的屋前。当西尔维亚看到眼前的景象时，禁不住大哭起来，她一边给雄鹿包扎伤口，一边呼唤着周围的农民。

不大一会儿，附近的农民就把西尔维亚的家围了个水泄不通。

"拉丁姆国的所有人都认识这只雄鹿，干出这种勾当的人一定是刚来的特洛伊人，而我们的国王却要把女儿许配给特洛伊人，我们一定要把这群恶毒的人赶出拉丁姆。"农民们愤怒了。阿勒克托抓准时机，使战斗的号角响遍全国。顿时，拉丁人从四面八方聚集过来，他们手里拿着各式各样的武器，摆开阵式要与特洛伊人决一死战。

阿斯卡尼俄斯看到一群拉丁人朝着自己跑过来，不由得大吃一惊，他引弓搭箭，这一箭不偏不倚正中蒂耳荷斯的儿子阿尔摩的咽喉。特洛伊人的暴行使拉丁人更加愤怒了，女人、孩子，连拉丁姆最富有、最年迈的老人伽莱索斯都加入到战斗中来。不幸的是，伽莱索斯也死在了阿斯卡尼俄斯的箭下。

这时，图尔奴斯的部队开进了拉丁姆城，拉丁人与罗图勒人合为一处，一路来到拉丁奴斯的王宫，请求国王批准对特洛伊发动战争。按拉丁人的规矩，当要对外进行战争时，国王应该身穿战争的衣衫，亲自打开亚奴斯神庙的大门。

拉丁奴斯痛苦地在宫殿里走来走去，他可怜他的人民，却又不能违背神意。

"不幸的拉丁人，这一切都是神的安排。如果我们对特洛伊人宣战，将会以自身的鲜血抵偿罪孽，图尔奴斯，你也会难逃上天的惩罚的。"

朱诺早已经等得不耐烦了，她亲自降临到亚奴斯神庙，举手撞击神庙石柱，神庙的铁门轰的一声被打开了，战争的火焰熊熊地燃烧起来。

## 埃汪特耳的救援

在特洛伊人没有到来之前，意大利众多国家之间没有发生过战争，人们生活在一片宁静、祥和之中。而现在，由于特洛伊人的到来，整个意大利陷于一片混乱。

拉丁姆的各条道路上尘土飞扬，原野中武器林立，各路军队从四面八方向劳伦图姆陆续挺进。

图尔奴斯一马当先,他头盔上饰着狮头羊身蛇尾的吐火女怪,上面镶嵌的三根羽毛迎风招展,好不威风。一批古老英雄族第的杰出代表率领着拉丁姆人、罗图勒人、西卡尼亚人、奥索尼亚人、奥龙克人的军队,他们后面是佛尔西安人的骑兵队。佛尔西安人的骑兵队由年轻的女王卡弥拉率领,卡弥拉是在与粗野的男人的战斗中长大的,她没有爱恋过任何一个男人,没有像其他女人那样蹲在织机前织过布,她喜欢和男人一样驰骋沙场,建功立业。此时的卡弥拉腰间佩着硬弓和箭袋,手上高擎长矛,她的威武一点也不比男人逊色。

**青铜吐火怪像**
在战斗中,一马当先的图尔奴斯头盔上饰着的就是此形的狮头羊身蛇尾吐火女怪。

早有人把意大利军队云集拉丁姆的消息告给埃涅阿斯,他忙命人构建工事。但特洛伊人如何能抵抗得了比它多出上百倍的敌人呢?于是,特洛伊人做出逃向大海的准备。

一天,忧心忡忡的埃涅阿斯沿着台伯河散步,他是多么希望占领陆地,建设新的特洛伊啊,可眼下,自身难保又怎能顾得上重建家园呢?要战胜骄傲的意大利人,除了获得援助别无他选,可特洛伊人刚刚到达拉丁姆,要想获得外援是多么困难啊。埃涅阿斯坐在河边休息,想着心事,不知不觉中竟睡着了。

恍恍惚惚中,一位身穿白色衣衫、头顶芦苇圈环的老者从台伯河中升腾而起,他声音洪亮地对埃涅阿斯说:"大英雄埃涅阿斯,不要害怕,我是河神台伯律奴斯,朱庇特已经给你安排好了将来,所以你大可不必为意大利人的进攻而烦恼。你一会儿可沿着台伯河向前走,在一丛橡树林中会发现一只大母猪,它生下了三十只小猪,那里将是三十年后你儿子阿斯卡尼俄斯建立罗马之母阿尔巴城的地方。你把母猪和小猪献祭给朱诺,以平息她对你的仇恨,然后接着往前走到一块山地为止,那里是帕朗图姆城,是亚加狄亚的珀拉斯癸人移居的地方,国王叫埃汪特耳。图斯克人与拉丁人有不共戴天之仇,你将从他们手上获得援助。"台伯律奴斯说完就不见了。

埃涅阿斯醒来后,按照河神的指示往前走,果然在一棵橡树底下发现了一窝野猪。把这些猪祭献给朱诺之后,埃涅阿斯赶忙回到营地,把神的预示对大家说了。然后他挑选了两艘大船,率领一部分人沿着台伯河向前航行。

夏天的台伯河像是一面镜子,沿途的绿树丛林给台伯河增添了不少神韵。特洛伊人的船只在台伯河上航行了一天一夜后,远处耸立在山坡上的城堡终于出现了。

这天,亚加狄亚国王埃汪特耳和儿子帕拉斯正忙碌着给赫丘利准备年祭。亚加狄亚人聚集在祭坛前正要献祭时,突然有人大喊道:"看啊,一队陌生人正沿着台伯河朝我们驶来,他们是送来战争的吗?听说拉丁姆上空已战云密布了。"

大家朝台伯河望去,不由得警戒起来。"尊敬的亚加狄亚人,我们是特洛伊人,意大利人正准备用明晃晃的武器击杀我们,可怜的特洛伊人遭受了特洛伊城的毁灭,如今又面临着巨大灾难。所以,在神指引下,我们特来向亚加狄亚求援。"埃涅阿斯高举着象征和平的

**河神**

在埃涅阿斯遭到全意大利当地民族挥戈相向时，台伯河神台伯律奴斯帮了他；他后来当上意大利新国王后对台伯河十分眷顾，台伯河也成了意大利的母亲河。

橄榄枝站在船头向城堡里问话的守卫高声喊道。

当守卫听到"特洛伊"三个字时，忙向国王埃汪特耳报告。国王的儿子帕拉斯兴奋不已，他一边整理着自己的衣衫一边激动地对父亲说："特洛伊人，特洛伊人来到我们这里了，那是多么勇敢的一个民族啊，能够结识这批闻名天下的英雄是多么的荣幸啊。父亲，我这就把他们接来。"帕拉斯不等父亲作答便走出了城堡来到台伯河岸边。

"欢迎你们，勇敢的特洛伊人，我是王子帕拉斯，我带你们去见我的父亲。"埃涅阿斯一行人被带上了岸，来到了国王的宫殿里。国王埃汪特耳的宫殿很简陋，亚加狄亚人是乡村牧民，他们并没有什么贵重的珍宝，所以这里的宫殿像是茅草房，城里居民的住所更不用说了，要多简单有多简单。

埃汪特耳坐在宝座上，仔细打量着陌生的客人。

"埃汪特耳国王，我是安喀塞斯的儿子埃涅阿斯，带领特洛伊人在神的指引下来到意大利，但意大利人像对仇敌一样对待我们。我们势孤力单，难以和他们抗衡，不得不来求助友好的亚加狄亚人。"埃涅阿斯向埃汪特耳陈述着自己的意图。

"高贵的特洛伊人，你们的名字我并不陌生。当我还是一名年轻武士时，你的父亲和普里阿摩斯曾路过亚加狄亚。特洛伊人都是英雄，我是怀着无比敬畏的心情迎接他们啊。当然，我更不能忘记你父亲安喀塞斯，因为他临别时曾把利箭赠送给我，他还送给我一件金丝质战袍和金辔具。现在这些都由我儿子帕拉斯保管。为了报答你们，我多希望和你们一起作战，可我老了，而我的国家非常穷困，连给你们添置锋利的武器都难以办到，不过，我倒是可以给你们出一些主意。离开这里后，你们可以前往伊特卢利阿的阿格拉城，那里的国王墨策提沃斯前不久被居民们驱逐，但这个被驱逐的国王却在图尔奴斯那里得到了友好的接待，图斯克人和图罗勒两族人因此结了仇恨，在那里，你们将得到一支强大的军队。"

离开了埃汪特耳的宫殿，特洛伊人走进了亚加狄亚人为他们布置的住处，美美地进入了梦乡。

## 埃涅阿斯的盾牌

特洛伊人与意大利各族人的战争一触即发。

一天傍晚,维纳斯走近丈夫火神伏尔甘的身边:"亲爱的伏尔甘,瞧你锻造的武器是多么精良啊,恐怕天底下没有一个人能锻造出像你这样的武器吧。父亲朱庇特宠爱的特洛伊人正面临着一场战争,而我的儿子埃涅阿斯正是特洛伊人的首领,他还没有一件像样的武器,你要是能替他打造一件那该多好啊。"维纳斯以少有的柔情对丈夫说。

对于天公朱庇特宠爱特洛伊人,伏尔甘也早有耳闻,而且他也知道特洛伊人埃涅阿斯是爱妻维纳斯的儿子。伏尔甘是多么想取悦岳父和妻子啊,这真是个绝好的机会。

伏尔甘答应了妻子的请求后,迅速动身前往埃得纳火山,那里有他的炼铁作坊。伏尔甘刚一走近埃得纳火山就听到铁锤打在铁砧上的声音当当作响,他纵身从火山口跳进去,看到作坊里火花飞舞,库克罗普斯巨人们正率领着无数奴仆们忙着炼铁,已经炼好的各式各样的兵器摆在旁边的兵器架上,其中有天公朱庇特的一把利剑,有战神玛尔斯的战车,还有太阳神福波斯的一把弓箭。

"把你们手里的工作都停下,"伏尔甘站在一个较高的位置上,以使大家都能看到他,"现在我交给你们一项新的任务,我们要给特洛伊人的英雄埃涅阿斯打造一件武器。战争马上就要开始了,我们必须在明天天亮之前完成它。"

众奴仆一听要给英雄打造武器,自然高兴得不得了,他们齐心协力,把自己最精的技艺都倾注到这件武器之上。不大一会儿,一块巨大的盾牌成形了,那是由七块烧红的铁板锻造而成,最后一层盾面上布满了美丽的花纹,它叙述了罗马的历史。此外,伏尔甘还为埃涅阿斯锻造了一把利剑、一条护腰的金带、一套铁铠甲。

在帕朗图姆城,国王埃汪特耳正对客人们进行盛情款待,亚加狄亚人端上了丰盛的饭菜和飘着清香的葡萄酒。大家围坐在一起,举杯痛饮。埃涅阿斯多么想与这位老国王多待几日,但神命在身,他不得不于第二天清晨来向埃汪特耳国王告别。

"亲爱的埃汪特耳国王,虽然特洛伊人很想在此与亚加狄亚人民共同享受这美好的太平盛世,但是,意大利人正虎视眈眈地准备向特洛伊人发动进攻。我们必须起航了,去寻求图斯克人求援,对于你给的这个主意我们将不胜感激。"

年迈的埃汪特耳国王望着眼前的英雄有些依依不舍:"特洛伊的勇士们,对于不能给予你们更大的帮助我表示遗憾。这些马匹就当我送

**维纳斯赠战甲给埃涅阿斯 法国 普桑**
维纳斯用往日少有的温情请求丈夫伏尔甘为她和安喀塞斯的儿子埃涅阿斯打了铠甲、利剑和坚盾,趁埃涅阿斯小睡的时候放在他身旁,盾牌上刻着记述古罗马未来历史的神谕。

给特洛伊人的礼物吧。埃涅阿斯，那匹最好的骏马应该属于你，当年你的父亲送给我那么贵重的东西，而我却只能以此来回赠你。"

这时，早有人牵过来数匹良马，其中有一匹马皮毛呈黄褐色，状如狮子，马蹄上还裹着黄金。埃涅阿斯对亚加狄亚人一再表示感谢，但神已经在命令特洛伊人加快前行了。

特洛伊人刚离开帕朗图姆城不久，就看到身后有一队人马朝这边跑来，原来是年轻的帕拉斯率领着四百名骑兵奔驰而来。

"埃涅阿斯，我父亲因不能出征，特命我带一队骑兵来支援你们。他还让我转告你，众神会保佑特洛伊人的，他会时刻为特洛伊人祷告。"帕拉斯向埃涅阿斯陈述着埃汪特耳的话。

埃涅阿斯感动得热泪盈眶，这四百骑兵对特洛伊人是多么重要啊！他紧紧抓住帕拉斯的手，回头望了望渐渐远去的帕朗图姆城，用庄严的肃目礼表示着对国王埃汪特耳的感谢。

这一天，经过紧张的奔波，特洛伊人来到了一个幽静的山谷，山谷四周是一片茂密的树林。埃涅阿斯命令大家坐下来休息，他也在一棵高大的桦树底下打起了盹。

自从埃涅阿斯从帕朗图姆城出来，维纳斯就一直跟着儿子，想找一个合适的机会把伏尔甘锻造的武器交给儿子，眼下正是个好机会。维纳斯走近埃涅阿斯，呼唤着他的名字，把盾牌、利剑和盔甲放在儿子脚下。

埃涅阿斯睁开眼，看到母亲维纳斯站在面前，眼里不禁闪出着幸福的泪花，张开双臂想要拥抱母亲，但维纳斯已化成一道云雾蓦地不见了，只留下一句话在空中回荡："孩子，不要害怕，拿起这些武器大胆地去战胜那些骄横野蛮的敌人吧，我会随时保护你和特洛伊人的。"

这时候，埃涅阿斯才看到了放在脚下的闪闪发光的武器，多么精良的武器啊！他忙用这些武器把自己武装起来，走到一条小溪边，对着溪水照了又照，爱怜得都不想脱下来。埃涅阿斯举着手里的盾牌，左看右看，上面布满的文字和图像到底是什么意思呢？那是伏尔甘根据天公朱庇特的要求画的神谕，是有关罗马未来历史的神谕，只有众神才能看懂，凡人是无论如何也不能知晓的。

## 图尔奴斯兵临营房

朱诺是个充满仇恨的女神，虽然埃涅阿斯已经用一头母猪和三十只小猪对她进行了祭供，但还是不能消除她对特洛伊人的怒火。朱诺把女使伊里斯叫到身边，眼里放射出凶狠的目光："去告诉图尔奴斯，埃涅阿斯已经到了帕朗图姆，已经得到了埃汪特耳的支援，现在正前去阿格拉城请求图斯克人的支援。愚蠢的图尔奴斯怎么还不开始行动呢？传达我的命令，让图尔奴斯乘虚袭击留在拉丁姆的特洛伊人。埃涅阿斯虽然只带走了少数人，但留下的却是群龙无首，是很容易被制服的。等埃涅阿斯一回来，看到特洛伊的营盘已被夷为平地，你猜他有什么样的表情呢？"朱诺边说边想，禁不住哈哈大笑起来。

伊里斯把朱诺的旨意向图尔奴斯进行了传达，他立即命部队向特洛伊的营地进发。图斯克前国王墨策提沃斯领兵先行，图尔奴斯的部队居中，蒂耳荷斯和他的儿子们次之。意大利军队浩浩荡荡地朝台伯河岸疾奔而来。

"伙伴们，快拿起武器来，意大利人来进攻我们了。"透过飞扬起的尘土，特洛伊哨兵终于看清了庞大的意大利军队。留在营地的所有特洛伊人都集合起来了，他们迅速进入战壕，按照埃涅阿斯临走时的吩咐封锁了各座营门。

图尔奴斯是个急性子人，他抛下大队人马，自己先率领一队骑兵，出其不意地出现在特洛伊人的营房前。图尔奴斯围着战壕转了一圈，希望能找到一个缺口冲进对方的阵营，但特洛伊人固守不出。图尔奴斯把手中的标枪朝敌人的方向投去，高声喊道："怯懦的特洛伊人，你们的勇气到哪里去了？是不是被意大利人的武器吓破胆了？为什么不到野外来拼杀呢？"但不管图尔奴斯怎么叫嚣，特洛伊就是不出战壕。

**严阵以待的特洛伊将士们**
早在特洛伊战争时，特洛伊人的勇敢和钢铁般的意志就为希腊人领略，而如今罗图勒和拉丁姆人也体味了特洛伊人的坚韧，尽管敌人人多势众，但特洛伊人毫无畏惧，站岗放哨毫不懈怠，密切注视敌人的动向。

猛然间，图尔奴斯眼睛瞥到了停泊在台伯河上的一排排船只，他高兴地命令着他的士兵们："快去拿火把把那些船烧掉，特洛伊人想从海上逃跑，看来连神都在帮我们，我要让他们逃跑的希望彻底破灭。"

此时，意大利的大部队也来到了台伯河畔，他们听到图尔奴斯的命令，迅速跑到附近找来一些木柴，点燃后扔向了特洛伊人的船只。

当年，埃涅阿斯造这些船只时使用的是爱达山脚下的神木，爱达山上的众神曾乞求朱庇特："万能的神啊，满足我们的要求吧，我们要把爱达山脚下的一片槭树和松树交给一个特洛伊人造船，可用这些神木造的船也会遭受到风浪的冲击啊，请保佑这些船只让它们免遭各种危险吧。"

朱庇特思考片刻："不遭遇任何风险是做不到的，但我可以答应你们，当这些船到达目的地后，它们可以成为神器，或是成为永远生活在大海上的仙女。"正是朱庇特的许诺保护了这些船只，否则，特洛伊人的船队将会被彻底烧毁。

当意大利人把手里的火把扔到船上的时候，天空突然出现了一道亮光，接着是一阵震耳欲聋的雷声，一个神奇的声音从空中传来："图尔奴斯，除非你先把大海烧着了，否则你是烧不毁这些船的。特洛伊人，你们不必急着去抢救船只，这些船是烧不毁的，因为朱庇特已经赋予了他们灵性。船只们，你们已经变成了海洋中的女神，去大海中试试你们的威力吧。"

□古罗马神话彩图馆

**纯真之泉　法国　古戎**
神赋予了特洛伊人的船只灵性，当图尔奴斯企图把这些船只烧毁时，这些船只却像有了生命一般，扯断缆绳后潜入水底，冒出水面后的船只竟成了一个个风姿绰约的少女。

雷声消失了，闪电也不见了，但眼前发生的景象让所有的人大吃一惊：船只像有了生命一般，扯断缆绳后潜入水底，冒出水面后的船只竟成了一个个风姿绰约的少女。

意大利人开始后退，战马吓得引颈长鸣，台伯河的水也停止了流动。意大利人相信这是神在保佑特洛伊人，人怎么可以与神作对呢？但图尔奴斯却保持着镇静："难道你们真的相信这是神在保佑特洛伊人吗？为什么不相信这是反对特洛伊人的吉兆呢？虽然特洛伊人的船只没有被我们烧掉，但它们已经不存在了，朱庇特已经剥夺了特洛伊人逃出拉丁姆的希望。成千上万的意大利人站在一起，难道还不能把特洛伊人打败吗？你们看啊，他们已经无路可逃了。"在他的安抚下，慌乱的人群稍稍平静了一些。图尔奴斯命令墨萨帕斯把特洛伊的各道营门包围起来，其余的人则在草地上驻营扎寨，等候战机。

特洛伊士兵们通宵达旦地站岗放哨，不敢有丝毫松懈，他们时刻注视着敌人阵营的同时，也不时地眺望着远方，埃涅阿斯的队伍怎么还没有归来呢？

## 勇敢少年尼素斯和欧律阿罗斯

大敌当前，特洛伊人轮流站岗放哨，这些放哨的特洛伊人当中有两个亲密无间的好朋友——尼素斯和欧律阿罗斯。尼素斯的年龄比欧律阿罗斯稍大一些，欧律阿罗斯还是个没有长胡须的少年，但他非常勇敢，凡是需要勇气和胆量的时候，他都会挺身而出。当然，这时候总也少不了他的朋友尼素斯。两人非常友好，并肩作战，在意大利人进攻特洛伊人时，他们又共同把守一座城门。

尼素斯与欧律阿罗斯留心地观察着敌人的动静，小声地议论着战事。

"欧律阿罗斯，你看那些图罗勒人，他们是多么盲目自大啊，竟敢在我们眼皮底下饮酒作乐，表明了一点都不怕我们，难道我们特洛伊人真的那么怯弱吗？想当年我们的祖先是多么勇敢啊。而我们为什么还要待在营房里呢？围墙外面的敌人只亮着几堆火，他们肯定是睡着了，我们应该采取一些行动了。"尼素斯脸涨得通红，眼睛瞄着外面的图罗勒人，咬着牙对欧律阿罗斯说。

"可是，尼素斯，埃涅阿斯出发前，命令我们只能坚守，我看还是不要冒险的好。"欧律阿罗斯紧张地望着他的朋友。

"欧律阿罗斯，我想冲出营去，跃过敌人的营房去帕朗图姆城迎回埃涅阿斯。我们不能老是死守，否则特洛伊人连尊严都失去了。埃涅阿斯还不知道他的臣民们被包围的事，我相信，埃涅阿斯回来后就会迎来特洛伊人的胜利。"尼索斯望着远方的眼神越来越坚定了，"我的这个愿望太强烈了，我要先去找姆纳斯透斯和塞勒斯图斯他们商量一下。不过，你要留在这里，我一个人已经足够了。"姆纳斯透斯和塞勒斯图斯是埃涅阿斯临行前任命的部队总管。

"尼索斯，难道你认为我是看重自己生命的人吗？你以为我比你年轻就怕死了吗？如果你真这样认为，我无话可说。可是我们同甘共苦，一起渡过了那么多艰难险阻，你还不了解我吗？在我眼中，荣誉也是高于一切的。"欧律阿罗斯脖子上的青筋暴起，举着胳膊，想以此向朋友证明自己的强壮。

尼索斯把脸转向欧律阿罗斯，激动地说："我知道你把特洛伊的平安看得比生命还重要，但是，你怎么就不明白我的心意呢？如果我被敌人抓走，你可以设法救我；如果我阵亡了，你可以替我收尸，那样我死后也会感到欣慰的。而且，在你母亲眼里，你是多么重要啊，我怎么能平添一个母亲的忧愁呢？"

"可是，尼索斯，如果我的母亲知道我苟且偷生，你想她会原谅我吗？如果你死了，我还有脸独活吗？尼索斯啊，难道你真的愿意丢下我吗？"

在欧律阿罗斯的请求下，尼索斯同意带着他一起去找首领们，当二人走进临时的会议大厅时，首领们正在进行移居的讨论。

"考虑考虑我们的建议吧，我们发现了一条岔路，那里敌人防守最薄弱，如果运气好的话，我们可以从那里爬出包围圈。我和欧律阿罗斯将愿意充当送信的人，用不了多长时间，我们就会等到埃涅阿斯的援兵了。"尼索斯热情洋溢地向首领们表达着自己的想法。

首领们被这两个年轻人的勇气折服了，对他们的这种想法也表示赞赏。经过商议，他们同意了这两个年轻人的提议。特洛伊人把尼索斯和欧律阿罗斯送到营门前，在众人的嘱咐中，两个年轻人越过壕沟，趁着夜幕的掩护来到了罗图勒的营房。

罗图勒的哨兵全睡着了，醉醺醺地躺在草地上，武器也散放在一旁。尼索斯查看了一下地形，然后小声地对欧律阿罗斯说："你在我后面跟着，我把这些敌人杀死后咱们从中间穿过去。"说着，尼索斯挥动着利剑，朝躺在草地上的敌人一剑一剑地刺去。可怜这些放哨的罗图勒人，没有一点反抗就成了刀下鬼。

尼索斯像一头饿狼扑进了羊群，一路砍杀。欧律阿罗斯也不示弱，他把尼索斯没有杀死的敌人又补上了一刀。

两人一路杀出了很远，草地上横尸一片，空气中散布着血腥味。

**古罗马步兵**
身披盔甲的重装步兵，左手持盾，迈着矫健的步伐参加操练。这种步兵是城邦卫队的主力。

"欧律阿罗斯，我们还是趁着敌人没有醒来赶快冲出去吧，不要忘了我们的主要任务啊。"尼素斯小声地对他的朋友说。

欧律阿罗斯已经杀红了眼，但尼素斯说得有理，他只好停下手中的剑，拾起地上一个闪闪发光的头盔戴在自己头上。

"瞧，这顶头盔我戴着正合适，看来这是罗图勒人专门为我设计的。走吧，朋友，我们马上离开这里到帕朗图姆去。"两个人离开了罗图勒人的营房，来到了野外的小路上。

突然，一队骑兵从小路上急奔而来。这只骑兵是从劳伦图姆城内开出来的，是专门去援助图尔奴斯的。骑兵首领伏尔斯肯斯看到一顶头盔在月光底下闪着亮光，顿时提高了警惕。

"喂，你们两个大半夜的要到哪里去？"两个年轻人没想到会遇上敌人，听到喊声后慌忙逃进了路旁的树林里。

伏尔斯肯斯心里马上明白了一二，他俩肯定是特洛伊人前去求援的士兵。于是，他命令骑兵们封锁了附近的出口。

尼素斯好不容易从树林中逃了出来，但他回头却不见了欧律阿罗斯。

"他去哪里了呢？难道他为了救我去送死了吗？这个傻瓜，他怎么可以放弃希望呢？我这不是跑出来了吗？可要到什么地方找他呢？"尼素斯向众神做着祈祷，一转身又回到了树林里。

一阵马蹄声传来，尼素斯从丛林的缝隙里看到了被制服的欧律阿罗斯正趴在马背上，腿部似乎受了重伤。

"欧律阿罗斯，你可是我最好的朋友，如果我救不下你，我怎么对得起自己的良心呢？众神啊，保佑我击败这只队伍吧，胜利后我将给你们献上最好的祭品。"说着，他竭尽全力地向敌人投出了自己的长矛，然后像猛虎一样冲出丛林，朝着驮着欧律阿罗斯的马奔去。

"看来只有用你的血才能为刚刚死去的拉丁人雪耻了。"伏尔斯肯斯举起手中的利剑朝着马背上的欧律阿罗斯砍去。尼素斯大声喊叫着，一个健步冲上前去，但朋友的脑袋已经滚到地上。尼素斯疯狂地把手中的长剑朝伏尔斯肯斯戳去，伏尔斯肯斯躲闪不及，长剑刺中了他的咽喉。尼素斯扑到欧律阿罗斯的尸体上痛哭起来，却不料身后的拉丁骑兵正朝着他的方向放箭。

可怜两个年轻英雄壮志未酬便进入了另一个世界，但他们的英名却将与日月同辉，与罗马的历史齐寿。

## 围攻特洛伊人

尼素斯和欧律阿罗斯没有能够完成他们的使命便牺牲了，特洛伊人哀悼着这两个遇难的年轻人，并传颂着他们的故事。而两个特洛伊人的死却给了罗图勒人极大的鼓舞，图尔奴斯命士兵吹响了号角，并带领罗图勒人冲向特洛伊人的战壕。

特洛伊人也不甘示弱，他们从长期的战斗中总结了足够的防守经验，看到敌人来势汹汹，他们把火器朝着冲向前来的罗图勒人的队伍中部投掷。只听轰的一声，火器在罗图勒人中部落地，被击中的罗图勒人被烧成了火球，周围的人慌作一团。特洛伊人还把石块砸向敌人的盾牌，罗图勒人左右闪躲，但依然伤亡惨重。

一批一批的罗图勒人向特洛伊人的战壕涌来，他们在特洛伊人防守稀疏的地段架起了云梯。云梯上爬满了人，攀悬上城头的人被城上的守卫用长矛扫落到地上。罗图勒人不断地向上爬，也不断地有人从城头掉下来。

**陶绘战斗图景**
迈锡尼时期的艺匠在这只器皿上用重彩浓墨精心描绘出了古代勇士的英姿。

特洛伊人的战壕内有一塔楼，通过浮桥与营房前的城墙相连。图尔奴斯在塔楼下转了好一阵子，心想：如果从高大的城墙攻进劳伦图姆城是相当不容易的，如果从这个塔楼入手，说不定会有所进展。想到此，图尔奴斯命令罗图勒人集中力量攻打塔楼。不过，特洛伊人早组织了弓箭手向城墙下猛烈射击。

罗图勒人的大量伤亡使图尔奴斯意识到这种攻城的方法难以奏效，于是他站到一块比较有利的地方，然后奋力地向浮桥上投掷了一根火把，火把烧着了板壁，火势迅速地蔓延开来。特洛伊人根本没有注意到浮桥着了火，他们正与敌人进行着激烈的厮杀。守卫的特洛伊人还没有来得及逃跑，塔楼便轰的一声倒塌了。罗图勒人一拥而上，踏过废墟，朝战壕猛冲过来。

阿斯卡尼俄斯最擅长使用弓箭，他曾射杀了蒂耳荷斯的大儿子阿尔摩和拉丁姆老人伽莱索，当他看到敌人涌向战壕时，弯弓搭箭，这一箭正中图尔奴斯妹妹的丈夫雷姆罗斯。当阿斯卡尼俄斯再次举起箭时，太阳神福波斯阻止了他："孩子，你该满足了，你已经射杀了罗图勒的一位英雄，太阳神命令你不能再战了。"特洛伊人看到太阳神显灵，忙叩首祈祷，并把阿斯卡尼俄斯送离了战场。

此时的图尔奴斯正在另一侧进行战斗，当他听到罗图勒人被击退的消息后，带领士兵冲了过来，在特洛伊人中杀出一条血路，一直来到特洛伊的营房大门前。

守卫大门的巨人兄弟潘达洛斯和皮梯阿斯是透克洛斯族人，兄弟俩为了寻找跟敌人面对面地进行搏斗的机会，作出了一个大胆的决定。图尔奴斯正在为不知怎么才能攻破大门而苦恼时，门吱的一声开了。发生的事实并没有像巨人兄弟想的那么简单，门打开后，敌人如潮水一样涌了进来，兄弟俩不由得开始后撤。

图尔奴斯一马当先，一枪把皮梯阿斯挑翻在地，皮梯阿斯大叫一声，伤口处顿时血如泉涌，眼睁睁地看着罗图勒人从他的身体上踩过。特洛伊人的防线彻底崩溃了，在敌人的逼迫下开始四散逃溃。图尔奴斯一路砍杀，朝特洛伊人的中心大营奔去。此时，增援的罗图勒人也正在向营门冲来。

潘达洛斯看到弟弟被敌人杀死，悲伤万分，他强忍住痛苦，用宽大的肩膀顶着敞开的大门，直到把大门重新锁起来。结果，许多特洛伊人被关到了门外，他们与罗图勒人激战

□古罗马神话彩图馆

不已。然后，满头大汗的潘达洛斯愤怒地挡住了图尔奴斯的去路，大吼一声："受死吧，在敌人的营房里，你休想活着出去，我要为我的兄弟报仇。"说着，他从地上捡起一根长矛，狠命朝图尔奴斯投去。

图尔奴斯并没有注意到眼前出现了一个巨人，如果不是朱诺把枪尖引开的话，这个罗图勒的英雄肯定早就毙命了。图尔奴斯

特洛伊城郊外的防御城墙遗址。在特洛伊战争期间，它起到了防御希腊人的作用，城破之后，希腊人彻底毁坏了这座著名的防御墙。现在，只剩下残墙在诉说着过去的历史。

腾身跳起，怒斥潘达洛斯："今天我就让你去普路托那里报到。"话到剑到，潘达洛斯的脑袋滚落到地上，吓得特洛伊人目瞪口呆。

战壕前的罗图勒人一直等待着里面的首领得胜后能打开营门，但此时的图尔奴斯完全被一股杀气笼罩。他一路向前，进入了特洛伊营房的纵深地带。

特洛伊人死伤惨重，一些人甚至被吓得浑身发抖。

"可是，我们应该往哪里逃呢？这里是我们的营房，我们的敌人只有一个，难道这么多人竟不能阻挡住一个敌人吗？我们辛辛苦苦才来到了意大利，难道我们要放弃重建家园的重任了吗？"特洛伊人姆纳斯透斯的一句话提醒了正在逃跑的伙伴们，他们停下了脚步，重新投入到战斗之中。

特洛伊人慢慢地与图尔奴斯拉开了距离，然后把手中的长矛和投枪投向了图尔奴斯。此时的图尔奴斯也感觉到了疲倦，他甚至没有力气杀回到门口。在朱诺的帮助下，他才不致让特洛伊人投过来的武器刺中。他一路躲闪，一路朝台伯河边杀去。

台伯河出现在图尔奴斯眼前，他转过身来，感到危险就悬在他的头顶，他朝着天空祷告着："令人敬畏的众神之母，在你的保护下我已经享有了太多的荣誉，对此我非常感激。看来结束战斗的时刻快要到了，我没有退路，也不想逃跑，既然没有了生还的希望，那么我将把自己托付给台伯河。"说完，图尔奴斯背朝敌人，纵身跳入了水流湍急的台伯河。

台伯河接纳了图尔奴斯，并用平稳的流水把罗图勒英雄救出了特洛伊人的营地。夜幕拉开了，冰冷的月光映照着台伯河，河岸两侧的尸体成了拉丁姆大地第一批用于祭祀的"牺牲"。

## 埃涅阿斯回到营房

正如亚加狄亚国王埃汪特耳所预言的那样，埃涅阿斯在图斯克国的阿格拉城受到了热情的款待。国王不仅把伊特卢利阿人的部队跟特洛伊人合在一起，还号召所有伊持卢利阿人的同盟城市共同参加到对意大利的战争中来。

埃涅阿斯再三对图斯克国王表示感谢后，便起程回拉丁姆的营房。他命令亚加狄亚的

骑兵和图斯克人的骑兵在陆地上先走，自己则率领一支巨大的船队驶入台伯河。

夜已经很深了，埃涅阿斯还是睡不着，他独自坐在船头，望着漆黑的夜幕不禁陷入了深思。

"怎么会出来一队少女呢？难道是在做梦吗？"埃涅阿斯揉了揉眼睛，他并没有看错，一队仙女正围着战船翩翩起舞。

"伟大的埃涅阿斯，我们是特洛伊的旧船啊，罗图勒人想把我们烧毁，由于神的怜悯，我们才得以逃脱，变成了海上仙女涅瑞伊得斯。快些航行吧，你的儿子阿斯卡尼俄斯正被罗图勒人包围着，你应该在天亮前赶到台伯河口，然后迅速投入到这场战斗中去。"一个长着卷发的仙女向埃涅阿斯诉说着。

埃涅阿斯大吃一惊，看来战争已经开始了，留在营地的特洛伊人一定面临着巨大的危险。埃涅阿斯向仙女们表示感谢，请求她们把船的速度加快些。听到埃涅阿斯的请求后，仙女们沉入水中，每人推动一只大船，船队竟在波浪间飞驰起来。

当晨曦初现时，船队驶入了台伯河口。埃涅阿斯想起仙女的盼咐，站到甲板上，高举金光闪闪的盾牌。特洛伊人从城墙上看到了航行的船只，看到了像是从大海中升起的闪着万丈光芒的盾牌，发出一阵欢呼声，不由得勇气倍增，又纷纷把投枪朝敌人掷去。

罗图勒人诧异特洛伊人为什么会突然变得如此兴奋，当看到台伯河上帆樯林立，倒吸了一口冷气。图尔奴斯倒是镇定自若："你们不是一直在盼望着杀敌的机会吗？争取荣誉的时刻已经到来，战争之神亲自把他们交到你们的手中，相信胜利是属于罗图勒人的。"在图尔奴斯的鼓舞下，罗图勒人一起朝海边拥了过去。

此时，准备登陆的特洛伊人和从埃涅阿斯船上下来的同盟兄弟们一部分穿过浮桥来到野外；另一部分拼命摇橹，他们不想在齐膝深的港道海水中登陆。

埃涅阿斯发现了前面有一块平坦的沙地，便命令大家："把船向前划，让我们的船靠岸，随时准备拼杀。"船只长驱直入，一直驶进海湾的碎石堆前。船只刚一靠岸，特洛伊人便呐喊着迎上前来，跟留在拉丁姆的部分士兵聚集在一起，然后准备迎战。

图尔奴斯看到特洛伊人登陆，急忙调集部队，沿着河岸布置防守。处于前后夹击下的罗图勒人已显得非常被动，他们想尽了一切办法去重创特洛伊人，但已不如先前那样得心应手了。

亚加狄亚人在帕拉斯的率领下在一条小溪边厮杀。亚加狄亚人是生活在马背上的民族，他们不习惯拉丁姆地区的高低不平，不善于陆地作战，因此他们难以抵挡拉丁人和罗图勒人的进攻，四散逃溃开去。

正在混战的帕拉斯看到了人群中的劳素斯，劳素斯是被驱逐了的伊特

**古罗马陶绘**

充满神话意义的战斗场面，常是艺匠着力表现的题材，部落间的战争，为罗马文明打上一道深深的烙印。

卢利阿人国王墨策提沃斯的儿子，也算得上一位少年英雄。好胜心强的帕拉斯大声吆喝着："劳素斯，你敢和我单独决战吗？亚加狄亚和伊特卢利阿都是勇敢的民族，让我们彼此都为了自己的族第获得荣誉吧。"

劳素斯也不示弱，提剑便朝帕拉斯奔来。

"住手，劳素斯，帕拉斯应该死在我的手下，可惜埃汪特耳不在，他应该亲眼看到他儿子的下场才对。"正当劳素斯快要与帕拉斯交战的时候，图尔奴斯驾着战车飞驰过来。

看着趾高气扬的图尔奴斯，帕拉斯毫无惧色："我宁愿光荣地死去，也不愿意退后一步，我父亲会为我的死而感到骄傲的。图尔奴斯，拿起你的武器吧。"帕拉斯手执长矛，坦然地步入拉丁人和罗图勒人的队列中。

图尔奴斯从战车上跳了下来，扑向帕拉斯。当两人相距只有一箭之遥时，帕拉斯奋力将手中的投枪掷出，投枪正好击中图尔奴斯的盾牌，只是由于盾牌坚硬，图尔奴斯的身上只划出了一道口子。

"难道你不觉得你还是一个吃奶的孩子吗？瞧，你是那么的没有力气。现在该轮到我了，可惜你看不到你身体被穿透的壮观场面了。"图尔奴斯一边说，一边把帕拉斯投过来的投枪拣起来，在手中掂了掂，然后加快速度向前朝着帕拉斯投了过去。投枪穿过了帕拉斯的盾牌、盔甲和胸膛，从他的背后露出了枪尖。帕拉斯忍着剧痛把投枪从身体上拔出来，枪是拔出来了，帕拉斯也倒下了。

图尔奴斯走到帕拉斯的尸体前，略带同情地对在一旁大哭的亚加狄亚人说："为这个年轻人修建一座坟墓吧，把你们的英雄运回到亚加狄亚去。"亚加狄亚人悲号着把帕拉斯的尸体抬离战场。

此时的埃涅阿斯正在另一侧进行激战，当他听到侧翼军队受损和帕拉斯牺牲的消息后，连忙带着勇敢的伙伴们赶了过去。埃涅阿斯像是获得了双倍的力量，手执利剑，在罗图勒人中间杀开一条血路，到处寻找着杀害帕拉斯的凶手图尔奴斯。

泪眼朦胧的埃涅阿斯已经杀红了眼，罗图勒人在他的剑下倒下了一片。他的儿子阿斯卡尼俄斯看到时机已到，率领着被包围的特洛伊人从营房里杀了出来。

## 埃涅阿斯扭转战局

帕拉斯的死激怒了埃涅阿斯，在他的鏖战下，战场上的幸运天平终于发生了偏移。众神之母朱诺看到她的宠儿受到了威胁，忙去请求朱庇特把图尔奴斯从埃涅阿斯的巨大压力下解救出来。

"如果你只是想延续他的生命的话，那你就去救他吧，但如果你想改变战争的结局，你的希望会落空的。"朱庇特想劝说妻子放弃继续与特洛伊人为敌的做法，但固执的朱诺哪里听得进去。她很快来到拉丁人的营房，用一把松散的云雾塑造出埃涅阿斯的幻影，这个幻影披着盔甲，能骑会射，只是没有埃涅阿斯的灵魂和声音。朱诺把这个幻影投入到战场中，并想方设法让幻影与图尔奴斯相遇。幻影朝着图尔奴斯又是射箭又是投枪，图尔奴斯也是个好胜的英雄，心中的愤怒像野火一样燃烧起来，他把利剑举过头顶，朝着幻影扑了过去，同时刺出一剑。幻影假意地大吃一惊，夺路而逃。图尔奴斯哪里知道这是朱诺的计谋，毫不犹豫地追了过去。

幻影和图尔奴斯一前一后，不大一会儿便离开了战场。幻影跳上了一艘停在海边的伊特卢利阿的大船躲藏起来，图尔奴斯紧接着上了大船。朱诺看到她的宠儿终于中计了，忙扯断缆绳，让大船飘入大海。

**将军之死**

战争是残酷的，在血腥的格斗中，总有一方将领被对方击败甚至杀死。战场上对敌人没有怜悯。而在那个崇拜英雄的年代，战死是一种无上的荣誉。

图尔奴斯在船上找了半天，可就是找不到埃涅阿斯，于是他跳入水中，想重新游回到战场，但波浪托着他顺流而下，一直把他冲到阿尔特尔城。朱诺终于成功地让他的宠儿避免了灭顶之灾。

此时，真正的埃涅阿斯正在苦战，他指名道姓要求图尔奴斯前来应战，但却不见图尔奴斯出现。眼看罗图勒人败局已定，不料，一直殿后的原伊特卢利阿国王墨策提沃斯率领部队赶到，罗图勒人不由得喜出望外。墨策提沃斯跃身杀入特洛伊士兵的行列，左冲右突，如入无人之境。顿时，战场上尸横遍野，血流成河。特洛伊人拼杀已久，显得相当疲惫，在敌人增援部队到来后更是节节败退。

墨策提沃斯一边砍杀一边寻找他的对手埃涅阿斯，埃涅阿斯看到墨策提沃斯，转过身子，大步流星地走了过来。墨策提沃斯冲着苍天喊道："众神啊，我现在就把这个可恶的特洛伊人送到地府去，而他那身闪闪发光的甲胄应该属于我。"说着，他向埃涅阿斯投出长矛。长矛呼啸着朝埃涅阿斯飞来，但特洛伊国王只轻轻地用盾牌一挑，长矛哐啷一声落到地上。墨策提沃斯看到对方躲过了长矛，竟愣在原地不知如何是好。

埃涅阿斯看准机会，向前猛跑几步，朝墨策提沃斯投去一根标枪。埃涅阿斯毕竟是神的儿子，标枪在空中划了一道弧形后深深地刺入了墨策提沃斯的下腹。这位凶狠的国王当场大喊一声倒在地上。"看你还口出狂言，今天应该是你的祭日才对。"埃涅阿斯看到对手的伤口血流如注，抽出宝剑朝他扑了过去。

眼看着埃涅阿斯就要冲到墨策提沃斯面前，突然，墨策提沃斯的儿子劳素斯冲上前来，舍身用盾牌挡住父亲。劳素斯举起手中的长剑朝埃涅阿斯刺来，罗图勒的一些士兵跟在劳素斯身后，纷纷投出长矛。埃涅阿斯只能举起盾牌掩护自己。"你这个疯子，我实在不忍心伤害你，你的孝心让你过高地估计了自己的力量。"埃涅阿斯冒着密如雨下的投枪对劳素斯喊道，他实在不愿伤害年轻的劳素斯。

此时的劳素斯只顾得救下父亲，哪里还听得进去敌人的劝告，他怒气冲冲地朝着埃涅阿斯又是一剑，结果却与埃涅阿斯挥舞着的利剑撞个正着。剑落地了，劳素斯也倒了下来，

临死前他的眼睛还在怒视着埃涅阿斯。

"可怜的孩子,像你这样身穿金线衬衣的人应该得到隆重的安葬。你可以和你的祖先们在一起了,你遇到的是一个多么慷慨的敌人啊,而我又是多么希望你不要做这种无谓的牺牲啊。"埃涅阿斯命令对方的士兵们把他们年轻英雄的尸体运送回去。

在儿子的掩护下,身负重伤的墨策提沃斯一直撤退到台伯河边,他疲倦地躺在堤岸旁的一棵树下,刚想闭上眼睛休息一下,就听到不远处的一群士兵哭泣着。

"难道我可怜的儿子被埃涅阿斯杀死了吗?"他实在不敢再想下去,用手撑着脑袋,虚弱地喘着气,向不远处的士兵们招手。士兵们悲伤地走上前来,哽咽着说不上话,墨策提沃斯终于看清他们拉着的担架上放着儿子劳索斯的尸体。

墨策提沃斯仰望苍天,欲哭无泪,然后抱住儿子的尸

**勇士**

体:"可怜的劳索斯,你的死能救活我吗?虽然我又一次看到了阳光和人群,但我更不愿意离开你。善良的太阳神福波斯,请保佑我为我可怜的儿子报仇吧,否则,我愿意和我的儿子一起阵亡。"说完,他强忍伤口的剧痛,飞身上马,重新奔向战场。

看到马背上的墨策提沃斯,埃涅阿斯高兴地大叫起来:"感谢朱庇特,难道你还不自量力吗?"一边说着,埃涅阿斯一边举着长矛冲了过来。

墨策提沃斯脸上悲愤的表情让人心惊胆寒,他向埃涅阿斯投去一杆投标,然后是第二杆、第三杆,但是,这一切都是徒劳的,对方闪着金光的盾牌戏弄般地迎接着这些无力的远击。突然,埃涅阿斯飞驰电掣般地围着墨策提沃斯的战马打转,然后一枪击中战马的太阳穴。战马腾空而起,把墨策提沃斯掀翻在地。埃涅阿斯上前一步,用利剑指着墨策提沃斯。

倒在地上的墨策提沃斯叹息了一声:"死在特洛伊人的手上我觉得非常荣幸,但我有一件事求你,把我埋葬在拉丁人的土地上,挨着我儿子的坟墓。如果把我送回我的故乡,图斯克人会把我的尸骨敲碎的。保护我吧,特洛伊英雄。"说完,墨策提沃斯引颈靠近了埃涅阿斯的利剑。

## 停战

墨策提沃斯和劳索斯都死在了埃涅阿斯的剑下,罗图勒人和拉丁人也四散溃逃,特洛伊人取得了巨大胜利。埃涅阿斯在一座山坡上竖起了胜利的信号:那是一棵巨大栎树的树干,枝叶已经全部脱落。埃涅阿斯把树干披上墨策提沃斯的战袍,一根枯枝上挂着沾满鲜血的头盔,墨策提沃斯那支被盾牌撞碎了的投枪丢在地上,另一根枯枝上挂着敌人的盾牌和宝剑。特洛伊人点起了火把,扔向了山坡,这些缴获的物品被充当了献给战神的祭物。

特洛伊人疲惫地回到营房，帕拉斯的尸体已经停放在中心大营的厅堂里，周围站着一群亚加狄亚和特洛伊人，大家沉默着，女人开始大哭起来，男人也抹着眼泪。

埃涅阿斯几步跨到停放尸体的担架旁，泪流满面，他抚摸着帕拉斯身上的伤口，哽咽着说："可怜的帕拉斯，你和你的父亲都帮助了特洛伊人。面对强大的敌人你没有退后一步，可你却看不到即将建立的新的特洛伊城，那里也有你的一份功劳啊。你的父亲也许正在为你祷告，希望你能凯旋返乡，而你却躺在这里，对任何人的呼唤都不作答……"埃涅阿斯扭过脸，实在说不下去了，眼前又出现了在亚加狄亚临行前老国王埃汪特耳期待的目光。

厅堂里已经哭声一片了，几个亚加狄亚人来到埃涅阿斯面前："伟大的特洛伊英雄，帕拉斯是死在图尔奴斯枪下的。他壮志未酬，我们怎么能就这样把他送回亚加狄亚呢？我们请求伟大的特洛伊英雄为帕拉斯报仇，一定要把图尔奴斯碎尸万段。否则，我们是不会甘心的。"

埃涅阿斯被亚加狄亚人的言辞所感动，他走到兵器架上，拿过一把长矛："你们大可以护送帕拉斯回帕朗图姆城，这个仇我一定要报，我相信，几日之后一定让图尔奴斯横尸沙场。"在埃涅阿斯的安慰下，亚加狄亚人才得以安心。

第二天，埃涅阿斯为帕拉斯举行了祭礼，帕拉斯的尸体被安置在长满青草的高坡上，他把狄多女王为他编织的一件镶着金丝银线的节日服装盖在帕拉斯的身上，并对这位少年英雄做最后的道别。一队亚加狄亚人抬起担架，背后跟着一队战俘和缴获的战马，马背上驮着各种武器和盔甲，后面还跟着亚加狄亚人的首领及特洛伊人组成的送葬队。埃涅阿斯依依不舍地望着远去的队伍，直到看不见了才回到营房。

接下来的几天，特洛伊人又进行了欢庆活动，埃涅阿斯也想趁机鼓舞一下士气。一天，正当埃涅阿斯想再次下达对拉丁姆城发动进攻命令时，一队拉丁奴斯国王派来的使者来到了特洛伊人的营房。

"尊敬的特洛伊国王，虽然我们之间发生了战争，但作为母亲、妻子和孩子的尚还活着的拉丁人是多么希望看到他们死去的儿子、丈夫和父亲啊。所以，拉丁奴斯国王派我们来请求你让我们把我们死去的士兵的尸体带走，他们的亲人正等着安葬他们呢。"一个拉丁姆使者擎着橄榄枝走上前来向埃涅阿斯说道。

埃涅阿斯脸上并没有出现敌意，他平和地对使者们说："拉丁人不屑于我们之间的友谊，难道拉丁人制造战争就是想死这么多人吗？这就是你们所谓的和平吗？你们是多么地

**殡仪图景的陶绘**
这是绘制在古陶器上的古罗马殡葬仪式，古罗马人崇拜英雄，为国家为民族牺牲的人会得到隆重的葬礼。

□古罗马神话彩图馆

**英雄的归宿**
亚加狄亚王子帕拉斯的尸体被停放在中心大营的厅堂里，周围站着一群亚加狄亚和特洛伊人，大家沉默着，女人开始大哭起来，男人也抹着眼泪，连他们的头发都悲哀地披散下来。

盲目啊。特洛伊人从一开始就企盼和平，但人已经死了，那就让我们把它提供给还活在世上的人们吧。如果不是命运指示我来到意大利，我绝不会踏上你们的土地。回去告诉你们的拉丁奴斯国王，为了避免更大规模的流血牺牲，他应该让他的好女婿图尔奴斯穿上战甲，与我单独决斗。如果图尔奴斯赢了，特洛伊人将继续漂洋过海，忍受流浪生活的巨大煎熬；如果图尔奴斯输了，我们将在这块土地上重建特洛伊。回去吧，把那些可怜的拉丁人和罗图勒人的尸体抬回去。"

使者们并没有想到埃涅阿斯会如此的通情达理，他们被深深地感动了。

"仁慈的特洛伊国王，拉丁人和罗图勒人破坏了和约，而你却以你的宽宏大量来对你的敌人进行惩罚，对此我们非常感激。回到拉丁姆后，我们一定尽力劝说拉丁奴斯国王，使拉丁人与特洛伊人再次缔结和约。"使者中最年老的得朗策斯恭敬地对埃涅阿斯说。其他使者也纷纷表示了感激之情。双方约定，停战十二天，各自处理丧葬事宜。之后，使者们回去向拉丁奴斯国王复命。

劳伦图姆城沉浸在悲哀之中，自从使者们出城以后，他们就走出家门，眼巴巴地看着城门口，希望使者们能把他们的亲人的尸体带回来。尸体终于被带回了，但失去儿子的母亲，失去丈夫的妻子，失去父亲的儿子，开始整天在劳伦图姆城里转悠，他们已经迷失了生活的路标，他们诅咒战争，甚至诅咒拉维尼亚的婚姻。

## 拉丁姆的民众会议

虽然胜利被众神判给了特洛伊人，多数拉丁人和罗图勒人也厌烦了这场战争，但图尔奴斯却并不甘心失败。被朱诺救走之后，图尔奴斯被海浪推到了家乡阿尔特阿的海岸，他在那里又招兵买马，重新杀回了劳伦图姆。

埃涅阿斯向图尔奴斯一人发起挑战后，一部分拉丁人开始仇恨图尔奴斯，甚至感激起他们的敌人埃涅阿斯来。但是，王后阿玛塔却极力为他中意的女婿作着辩护，这使得图尔奴斯所取得的一些荣誉和胜利在大多数人眼中成了光辉的象征。

为了继续扩大他的队伍，图尔奴斯还派使者前往希腊，请求国王狄俄墨得斯的帮助。使者们沮丧着回来说，狄俄墨得斯拒绝对特洛伊作战。消息传来，刚才还为准备战争而忙碌得热火朝天的拉丁人和罗图勒人顿时变得恐慌起来。

没有得到援助对图尔奴斯来说并没有多大影响，但对老国王拉丁奴斯来说，他最后的一个希望算是破灭了,开始后悔当初答应了图尔奴斯动用武力的要求。神谕早已经给他指明了道路,而他却违背神命,这又能怪谁呢?拉丁奴斯左右思量着,最后,他决定召开民众会议,让民众来决定是继续这场战争还是与特洛伊人再次签订和约。

国民会议开始了,拉丁奴斯高高地坐在王位上,周围聚集着他的子民。人们议论纷纷,持什么意见的都有。拉丁奴斯向大家挥了挥手,示意大家安静:"市民们,我们已经与特洛伊人进行了一段时间的战争,有胜有负。我们企盼和平,但和平却带给我们灾难。我希望通过召开这个民众会议能把我们今后的目标确定下来,到底是应该放弃战争还是继续战争呢?"

古特洛伊城的露天大剧场。它的总面积超过1.5万平方米,同时可容纳近4万名观众。它是特洛伊繁荣时期的主要公共活动场所之一。

拉丁奴斯国王的话音刚落,罗图勒人维奴鲁斯(曾经是前往希腊的使者)走到国王身边,面对看台底下的民众说道:"我刚从希腊回来,看到了大英雄狄俄墨得斯和亚各斯人的新城。当我把拉丁姆的名字向这位国王作了通报,并把礼品放在他的面前时,他友好地告诉我:'我知道你来自拉丁姆,也知道你们正和特洛伊人进行着一场战争。你们曾经是多么幸福的人啊,在善良的农神萨图恩的佑护下过着平静的日子,而你们的安宁是怎么被破坏的呢?你们一定知道,我们是战胜特洛伊的人,几乎成了最高贵的人,但是,我们的命运又能怎样呢?洛克里斯人埃阿斯葬身大海,阿伽门农被打死在自己家中,奥德修斯经历千辛万苦才回到了他的故乡,墨涅拉俄斯在埃及四处流浪,看啊,神又给了我们什么呢?如果普里阿摩斯看到我们的遭遇,他也一定会同情他的这些敌人的。还有我,因在战争中伤害了女神维纳斯,失去了幸福。回去告诉你们的国王,我实在不想再参加任何战争了。自从特洛伊城被攻陷以后,我发现自己并不是一个胜利者,更不愿意去回忆这场战争。把我的话转告给你们国王的同时,顺便劝告他,还是和特洛伊人握手言和吧。在特洛伊战争中我与埃涅阿斯交过战,深知他是一个强大的人。'市民们,我并不想发表我的看法,只是把狄俄墨得斯国王的原话向大家作个汇报。"维奴鲁斯表情严肃地又走进了人群。

**拉丁姆的民众会议**
在战争不能解决问题时,会议议和成了排解敌对双方矛盾的唯一形式。

会场上的气氛浓重起来,市民们开始交头接耳,诉说着这场战争的弊端。国王拉丁奴斯从王位上站了起来："看来，这场战争真的是一场不幸的战争啊，狄俄墨得斯国王曾经是多么伟大的英雄，他带领希腊人战胜了特洛伊人，但却为那场战争而悔恨，让我们也结束这场无谓的战争吧。埃涅阿斯是神的儿子，我们也看到了他的仁慈，难道我们还有必要对这样的人加以仇恨吗？在离台伯河不远的西部地区有一块土地，那里曾经是罗图勒人耕种的地方，我想把这块土地割让给特洛伊人，接纳他们为我们的同盟兄弟。如果他们不愿意留在我们的国家，我们可以为他们的远行提供帮助。"

听着拉丁奴斯的话，广场上的一部分人开始欢呼起来。

"英明的拉丁奴斯，你的这一决定真是好极了。不过，除了对特洛伊人给予帮助外，你还应该送上拉维尼亚的爱情。"人群中有人大声嚷道。

"你们就这样畏惧战争吗？既然埃涅阿斯向我挑战，我有什么理由不答应呢？时代要求战争，任何象征和平的语言都不会起作用了。拉丁人和罗图勒人是尊贵的族第，怎能任凭特洛伊人随便凌辱呢？你们应该紧紧地团结在我的周围，而不是去长敌人的志气。"图尔奴斯的一番话把那些好战的年轻人煽动得热血沸腾。

就这样，民众会议上群情激昂，一部分人主张与特洛伊人签订和约，一部人则主张血战到底。拉丁奴斯的意志也开始左右摇摆，实在不知道该怎么办才好。

## 卡弥拉之死

正当拉丁姆的民众会议处于胶着状态的时候，守卫劳伦图姆的士兵就前来报告："埃涅阿斯已经拔寨起营，朝着劳伦图姆的方向而来。"听到消息，图尔奴斯立即命意大利的各族士兵拿起武器，准备与特洛伊人决一死战。战争的号角被可怕地吹响了。

拉维尼亚算是这场战争的起因，为了补偿自己的罪过，她在母亲阿玛塔的陪同之下前往神庙，请求众神保佑这场战争的胜利。

为了伟大的爱情，图尔奴斯是多么希望这场战争能够取得胜利啊，他全副武装地从城堡走了下来，在城门口遇到了女王卡弥拉。卡弥拉正率领着一队佛尔西安人的骑兵在城墙边巡逻。当看到图尔奴斯正朝城门走来时，卡弥拉从马背上一跃而下，友好地向图尔奴斯问候："年轻的罗图勒英雄，你一定也听说了特洛伊大军正在翻山越岭地朝劳伦图姆而来。依我看，你可以率领罗图勒人和拉丁人到前面的山谷寻找歼敌的机会。特洛伊的骑兵队全是由精壮的特洛伊人和图斯克人组成的，但佛尔西安的骑兵足可以应付了，你就放心地把他们交给我吧。"

图尔奴斯对卡弥拉的提议也表示了赞同，他向这位巾帼英雄鞠了一躬："你完全享有整个族第的荣誉，应该在男人的议团里占有席位和发言权。从现在起，你可以和我共同承担全部的战争事务。我委托你担任城防最高指挥官，我将亲自前往城外的山谷，在空旷之处设下埋伏，占领狭隘山路的两头出路。"说完，图尔奴斯领兵出发了。

特洛伊的骑兵离劳伦图姆的城墙越来越近，突然，一阵喊杀声划破天空，原来城外不远的战壕里埋伏着墨萨帕斯、卡第鲁斯和库拉斯率领的拉丁姆人的步兵，还有卡弥拉率领的佛尔西安人的骑兵。

两支军队冲撞到一起，顿时尘土飞扬，投枪像雨一样落下，两方的士兵纷纷倒地。不大一会儿，拉丁人有点支撑不住了，他们把盾牌背在背上，掉转头向城门口跑去。特洛伊人以为拉丁人战败，赶紧追赶，当他们眼看要追上拉丁人时，拉丁人猛地又把队列逆转，冲向迎面扑过来的特洛伊人。特洛伊人根本没想到拉丁人的逃跑是伪装的，只得掉转身败逃。就这样，双方拼杀得难解难分，呈现出拉锯状态。

卡弥拉不愧为女中豪杰，她一身亚马孙女人的装扮，一会儿弯弓搭箭，一会儿扔出长矛，一会又手执利斧冲进敌阵砍杀。卡弥拉身后跟着一群勇敢的年轻妇女，她们也都是百里挑一的士兵。像卡弥拉一样，她们在敌人丛中肆意冲杀，丝毫不逊色于战场上作战的男人们。

"佛尔西安女王，你不必去追赶那些逃跑的士兵，你们这些佛尔西安人只会骑在马背上作战，如果有胆量的话为什么不到地面上来进行决战呢？"一个图斯克人嘲笑般地对正打算追赶特洛伊人的卡弥拉挑战。

图斯克人的话音刚落，卡弥拉就从马背上跳了下来，她扬扬手里的武器，向没有离开马背的图斯克挑战者示威。图斯克人惊呆了，他没有想到卡弥拉真的会接受他的挑战，不由得害怕起来，牵动马缰绳想逃出卡弥拉的视线。卡弥拉哪里肯放走挑战者，飞身向前，把一把利剑插入了图斯克人的前胸。

看到女王杀死了敌人的一个首领，佛尔西安人欢呼起来，把女王从地上高高举起。

阿尔隆斯是伊特卢利阿人的首领，他看到他的士兵们纷纷丧命于这位亚马孙女人之手，不由得怒火中烧，便提着标枪追逐着卡弥拉，寻找着下手的机会。卡弥拉身轻如燕，动作敏捷，疾风闪电般地在敌阵中出没，阿尔隆斯一直没有找到投枪的机会。

卡弥拉终于放慢了脚下的速度，原来她看到了不远处一个特洛伊人身上的铁甲，那副铁甲上编织着金丝，鳞光闪闪，多么像一件珍贵的羽衣啊。

卡弥拉目不转睛地盯着："如果把它挂在家乡的神庙里，那该是一件多么荣耀的事啊。"她似乎已经忘记了自己正身临战场，全然不顾地向穿着那件铁甲的特洛伊人走去，手中的利剑也显得不如先前锋利了。

卡弥拉弯弓搭箭，想把那个特洛伊人射死，然后把那副铁甲占为己有。阿尔隆斯看得真切，他默默地向太阳神福波斯祷告着，

**古罗马时期女子雕像**
意大利人对女性十分尊重，这与他们从祖先那继承下来的传统是分不开的。从罗马出土的雕塑不乏女性雕像这一现象可见一斑。意大利古老民族罗马人、佛尔西安人都很推崇女性，对女英雄更是顶礼膜拜，卡弥拉就是佛尔西安人的女王，她也得到了罗图勒的尊敬。

举起标枪向卡弥拉投去。卡弥拉的箭还没有射出去，阿尔隆斯的标枪已经正中她的胸膛，鲜血从伤口中喷涌出来。卡弥拉扔下手中的箭，痛得翻滚在地。女伴们奔到她的身边，企图把女王救走，但卡弥拉没有能够站起来，她凑到一个女伴耳前，用微弱的声音说道："亲爱的，快去向图尔奴斯报告，让他迅速撤兵，固守城池……"话还没说完，卡弥拉便气绝身亡。

失去女王的佛尔西安人顿时陷入了绝望，她们向劳伦图姆的城门跑去，刚才还英勇陷阵的妇女们为了他们的女王而失声痛哭起来。她们跑到城墙边，却不知道是该进城还是继续战斗。月亮女神狄安娜非常宠爱卡弥拉，她实在不忍心看到卡弥拉的族第为此遭受不幸，于是，她在半空中找到杀害卡弥拉的凶手阿耳隆斯，朝他射出了一只金箭，阿耳隆斯中金箭而死。

双方的战斗仍在进行着。

## 破坏和约

图尔奴斯听到卡弥拉阵亡的消息后，既悲伤又愤怒，急忙率领罗图勒人朝劳伦图姆城方面疾驰飞奔。图尔奴斯刚刚离开埋伏的地点，埃涅阿斯已经率领特洛伊人进入了山谷，特洛伊人也为此躲过了一场灾难。

特洛伊的骑兵中队和图斯克人正要催马进城，看到图尔奴斯率领一队人马从城外直冲过来，吓得一时间不知如何是好，竟然待在原地不敢动弹，图尔奴斯没费吹灰之力便打败了这支敌人。

埃涅阿斯停止了向劳伦图姆发动进攻，他希望与图尔奴斯单独决斗，以此来决定两支队伍的胜败。特洛伊使者来到劳伦图姆，向图尔奴斯重申了埃涅阿斯的建议。

士兵头盔

图尔奴斯来到拉丁奴斯的面前："拉维尼亚引起了这场战争，而我对拉维尼亚的爱使我也成为这场战争的主凶。今天，要么我把埃涅阿斯送入地府，要么丧身于他的剑下。亲爱的岳父，如果在这次决战中我不幸身亡，美丽的拉维尼亚就只能嫁给埃涅阿斯为妻了。"

拉丁奴斯爱抚地看着这个罗图勒青年："亲爱的图尔奴斯，你从你父亲那里继承了强大的王国，而且王国的范围也越来越大，我实在不忍心让你为此失掉这一切。我告诉过你，神曾经预示过我，拉维尼亚不能嫁给你，她应该嫁给是外乡人的埃涅阿斯。这场战争本来可以避免，结果却使几个族第遭受了不幸。现在的情况对我们很不利，放弃我的女儿吧，你的这种做法会得到众神的惩罚的。"

早有人把图尔奴斯要和埃涅阿斯进行决战的事报告给了阿玛塔和拉维尼亚，母女俩急忙跑到宫殿的正厅相劝，但图尔奴斯的决定是没有人能够改变的。他看着心爱的拉维尼亚，抚摸着姑娘的卷发："亲爱的拉维尼亚，正因为爱你我才接受了挑战，请不要用你的爱来干扰我的心绪，我已经别无选择了。如果我不幸牺牲，请也用同样的爱来爱我们的敌人吧。"

拉维尼亚泪流满面，她只能默默地祷告图尔奴斯能够凯旋。图尔奴斯深情地望着心爱的姑娘，脑子里出现了一阵混乱，他是多么希望能与拉维尼亚长相厮守啊，可为了赢得有尊严的爱情，他必须与敌人决斗。图尔奴斯一狠心，命一名使者前往特洛伊营房："告诉埃涅阿斯，他不需要前来攻打劳伦图姆，明天我将和他进行决斗，拉丁人和罗图勒人是不会向特洛伊人低头的。"

**刻有隆重祭祀场面的戒指**
戒指上所刻为朝拜肥沃与生命之母的仪仗队。

第二天，高大坚实的劳伦图姆城墙前划出了决战的场地，人们在这里设立祭坛，祭祀用的花环、牺牲都摆放齐全。意大利各族人从城内一涌而出，在指定的位置就座。拉丁奴斯坐在华丽的四驾马车上，头顶上镶着十二颗星星的王冠闪闪发光，人们看到受人尊敬的拉丁奴斯时，纷纷弯腰低头。图尔奴斯坐在两匹战马拉动的战车上，两只手各提一根标枪。埃涅阿斯从特洛伊营房走出来，他的盔甲和盾牌闪烁着金光，他的儿子阿斯卡尼俄斯站立一旁，算是给父亲充当助手。

祭祀过众神之后，拉丁奴斯和埃涅阿斯庄严祈祷，订立协议：如果图尔奴斯打败埃涅阿斯，特洛伊人撤出拉丁姆；如果不能取胜，意大利各族人自愿和特洛伊人联合，拉丁奴斯的女儿将嫁给埃涅阿斯为妻。

正在这时，一只金色的山雕从蔚蓝的天空盘旋而下，惊飞了台伯河间的许多飞鸟，山雕抓起正在河里游玩的一只天鹅。当飞鸟们从惊愕中回过神来的时候，遂聚集在一起，朝着山雕飞走的方向追去，山雕见人多势众，便扔下天鹅逃走了。

拉丁人被眼前发生的景象惊呆了，忙让资历最深的占卜师来解释这一预兆是主吉还是主凶。

占卜师激动地对大家说："这是给劳伦图姆城带来幸福的吉兆啊。意大利人可以放心大胆地进行战斗了。"人们并没有理解占卜师的意思，不是已经缔结协议了吗？难道不再是双方首领的决斗了吗？

图尔奴斯的妹妹朱图耳娜是一位仙女，此时，她正不知怎么才能把自己的兄长从这次失意的决斗中救出来。听到占卜师的预言时，朱图耳娜变成英雄迈尔斯的模样，混在罗图勒士兵中，小声地对罗图勒人和拉丁人说："我们怎么能够让我们的首领一个人面对危险呢？难道我们不感到羞耻吗？我们的军队要比特洛伊人更加强大，为什么要惧怕对方呢？图尔奴斯如果败在埃涅阿斯手中，我们将会遭到压迫，承受命运的灾难。所以，我们绝不能袖手旁观，而应该共同战斗。"说着，她用法力使占卜师拿起一根标枪向特洛伊人的阵营投去。

特洛伊的阵营一阵喧嚣，原来占卜师的标枪正好击中了亚加狄亚人吉里泼九个儿子中的一个，其他八个兄弟哪里能忍受得了这一打击，他们暴跳着提枪执剑朝意大利人冲过来。顿时间，祭坛前一片混乱，飞箭在空中呼啸着，投枪如冰雹一样纷纷落下。

埃涅阿斯找了一块高地，挥舞着双手说道："这是一场误会，请大家不要激动。协议已经签订，现在应该是两位首领进行决斗的时候了，大家安静，一切都会好起来的。"正说着，不知从哪里飞来一箭，正中埃涅阿斯没有武装起来手臂。埃涅阿斯只得在儿子阿斯卡尼俄斯的陪同下离开了战场。图尔奴斯把这一切看得真真切切，他挥动长矛，高声命令罗图勒人和拉丁人向特洛伊人发动进攻。

正当战场上两军厮杀到一起的时候，埃涅阿斯正试图把手臂上的箭镞拔下来，可是没有成功，不得已，只好求助于医生。众医生们平时都医术了得，可这次无论怎么努力，却无法把箭镞从伤口处取出。

维纳斯看到儿子受了箭伤，怜惜得眼泪都快出来了。她忙跑到爱达山上采集神药草，用一片云把自己包裹起来，悄悄地来到特洛伊军营，把神药草的汁液向药罐里挤了几滴。医生们哪知道有神的暗中相助，慌张地把药罐里的药一滴不剩地倒在埃涅阿斯的伤口上。奇迹出现了，伤口处不断向外流淌的鲜血立即止住了，外翻的肉自动地愈合。埃涅阿斯感到浑身上下充满了力量，一骨碌跳起来，稍一用力就把箭镞拔了出来。

"快把我的武器拿来，我要杀回战场。"埃涅阿斯拿过士兵递过来的武器，走出营房，朝敌人冲了过去。

## 媾和前的战斗

在维纳斯的暗中帮助下，埃涅阿斯的箭伤很快就痊愈了。重新恢复健康后的埃涅阿斯披上金甲，戴上头盔，威风凛凛的样子仿如战神玛尔斯。埃涅阿斯激动地拥抱着儿子阿斯卡尼俄斯："孩子，你看，众神是多么地厚待特洛伊人啊，我们应该感谢朱庇特，我马上要奔赴战场。你要从你的父亲身上学会在斗争中变得勇敢，还有你们，所有的特洛伊人，你们应该振作起来，投入到炽烈的战斗中去。"

特洛伊人欢呼起来，簇拥着他们的英雄来到战场。罗图勒和拉丁人恐慌了，面前的埃涅阿斯怎么越看越像个神呢？难道是太阳神福波斯附在他的身上吗？图尔奴斯也停止战斗，以烈焰般的眼神打量着这位不共戴天的仇敌。

"图尔奴斯，我们还是逃命去吧。"图尔奴斯的妹妹朱图耳娜早已被眼前神一样的特洛伊人吓得面无血色，她极力地劝她的哥哥。

图尔奴斯怒视着朱图耳娜："逃命？我们也是神的子孙，怎么能为我们的族第丢脸呢？图尔奴斯宁可战死沙场，也不后撤一

**一尊完整的维纳斯像**
维纳斯历来是雕刻家钟爱的表现主题，从这尊完整的维纳斯雕像中，我们虽可全视女神之美，但断臂的维纳斯似乎更多出一种神秘和尊贵的意味。

步。"埃涅阿斯大笑起来："自负的图尔奴斯，用我们两人的决斗来决定这场战争的胜负吧，你逃到哪里我就追到哪里，今天就是你的死期。"说着，埃涅阿斯挥舞着长矛朝图尔奴斯扑来。

图尔奴斯也不示弱，他一闪身，躲开了埃涅阿斯的长矛；但他身边正在暗中施放投枪的图洛姆奴斯就没有这么幸运了，埃涅阿斯的长矛正中他的要害，埃涅阿斯用力一抖，图洛姆奴斯的尸体从枪尖上摔落下来。

**攻克劳伦图姆城**

尽管劳伦图姆城坚固厚实，但勇敢无畏的特洛伊人并不把它放在眼里，他们来到城墙下一字排开，树起云梯攀上攻夺，虽然不断有人跌落，但他们并未放弃，最后，特洛伊人终于登上城墙，涌入城内攻克了这座坚城。

"图尔奴斯，难道你没有看到敌人已经被赋予神力了吗？我们还是赶紧逃命吧。"朱图耳娜声音颤抖地对她的兄长说。图尔奴斯哪里肯听妹妹的话，他像着了魔一样呆立战车上，目不转睛地看着埃涅阿斯战斗的场面，甚至开始赞叹起了对手："朱图耳娜，你瞧，特洛伊人多么勇敢啊，他那一身盔甲和盾牌一样是神的杰作。"

朱图耳那瞪着兄长，气急败坏地从驾驶副手手中接过缰绳，催动着战马驾车狂奔而去，不大一会儿就离开了战场。

埃涅阿斯紧追不舍。朱图耳娜不愧是一个驾车能手，战车时而向左，时而向右，时而又风驰电掣一样朝前飞奔。埃涅阿斯好几次都摸到战车的辕首了，但还是不能抓住它。埃涅阿斯与图尔奴斯的战车之间的距离越来越远了，最后，战车终于消失在他的视野之中。

这场徒劳的追逐使埃涅阿斯消耗了很多体力，他喘着粗气，在一处不太引人注意的地方坐下来休息。这时候，罗图勒的一名将领墨萨帕斯看到了疲惫的埃涅阿斯，举起投枪朝着眼前的特洛伊人扔了过去，可惜敌人闪身躲开了。

埃涅阿斯愤怒地狮吼般地大喊："可恶的罗图勒人，看来你射击的本领还需要练练，快来受死吧。"墨萨帕斯看到埃涅阿斯朝自己奔来，忙转身溜进了士兵队列里。埃涅阿斯哪里肯放过羞辱自己的敌人，冲进罗图勒人中，横砍竖杀，一会儿工夫，这片战场就剩下他一个人了。

埃涅阿斯用长矛撑地，站立着喘着粗气，他抬眼眺望着不远处的劳伦图姆城，不禁陷入了沉思中：一面是活着的图尔奴斯，一面是坚固的劳伦图姆城，我该继续追击敌人，还是该攻击城池呢？守城的拉丁士兵和国王拉丁奴斯早已厌倦了战争，厚实的城墙应该挡不住特洛伊人的进攻。

想到此，埃涅阿斯紧走几步，走到特洛伊人最集中的地方。他高高地站在人群中间，扫视了许久，然后提高嗓门对士兵大声说道："受朱庇特的佑护，我们终于来到了意大利，但意大利人却像对待仇敌一样对待我们。虽然我们已经和意大利缔结了协议，但他们却违背和约，所以我们要用手中的武器惩罚这些不守信义的恶棍。我们现在就向劳伦图姆城发动进攻,如果拉丁人不向我们投降,我们就把拉丁姆山城夷为平地。前进,攻城!"

说完,埃涅阿斯一马当先,率领着特洛伊人朝劳伦图姆的方向奔去。来到城墙底下,特洛伊人一字排开,一部分人拿着利斧劈砸城门,一部分人在墙边树起了云梯,云梯上布满了特洛伊人,虽然最上面的不断地跌落下来,但他们并没有放弃攀登。最后,特洛伊人终于登上城墙,城门也被特洛伊人劈开了。

特洛伊人涌进了劳伦图姆城。他们把燃烧着的火把扔进一座座塔楼,把长矛标枪投向拉丁人中间。顿时,劳伦图姆成了一片火海,熊熊的大火烧毁了许多房屋、弄墙,拉丁姆陷入混乱之中。

此时,王后阿玛塔正站在王宫的角楼上,她看到燃烧着的房屋和激烈的混战,听到凄惨的拉丁人的哀号声,心里充满了悔恨与自责:劳伦图姆城马上就要陷落了,而造成这一切罪恶的罪魁祸首就是自己。为了女儿的婚姻,拉丁人付出了多么大的代价啊。阿玛塔望眼欲穿,希望能看到图尔奴斯前来救援,最后,她终于绝望地悬梁自尽,结束了自己的一生。拉维尼亚也同样忍受着良心的谴责,当听到母后自杀的消息后,她惊叫着昏死过去。国王拉丁奴斯束手无策地望着快陷落的拉丁姆,哪里还有心情去哀悼死去的妻子。

"众神啊,可怜可怜我吧,可怜可怜我不幸的民族吧。"拉丁奴斯唯一能做的就是仰天做着祈祷。

## 图尔奴斯与埃涅阿斯的决斗

图尔奴斯一路砍杀,身上沾满了鲜血,但他却越战越勇,没有丝毫疲惫的迹象。

"图尔奴斯,快回到王宫里去吧,王后阿玛塔自杀了,可怜的拉维尼亚昏死过去了,国王拉丁奴斯正左右为难,他正打算把拉维尼亚许配给特洛伊的国王埃涅阿斯为妻,以平息这场罪恶的战争。"一个罗图勒的士兵跑过来向图尔奴斯报告说。

听到这个消息,一股钻心的痛楚涌上图尔奴斯的心头,吞噬着他的心灵。他是那么热烈地爱着拉维尼亚,而且拉维尼亚也对他情有独钟,可为什么特洛伊人会来此制造战争呢?为什么不让美丽的拉维尼亚成为自己的妻子呢?图尔奴斯转过头对和他一起冲杀的罗图勒人说:"幸福正在离我而去,我必须和埃涅阿斯决一死战,以此来赢得罗图勒人的尊严。"说着,图尔奴斯跳下战车,朝着被特洛伊人重重包围的劳伦图姆奔驰而去。

图尔奴斯好不容易才来到了城门前:"特洛伊人、拉丁人、罗图勒人,请放下你们的武器吧,请不要让这次战争造成太多人的不幸,如果能由我一个人来承担责任,就不要再让意大利人流血牺牲。"

拉丁人和罗图勒人听到图尔奴斯的吆喝声,不由得停住了手中的武器,埃涅阿斯也命令特洛伊人停止了攻城。

"图尔奴斯,你的建议很好,应该由我们两人的决斗来判断胜负,而不是以双方流血的多少来判断。我接受你的挑战,拿起你的利剑吧。"说着,埃涅阿斯朝着图尔奴斯扑过来。

图尔奴斯不甘示弱,也高喊着朝埃涅阿斯奔来。两块盾牌撞到一起,发出了巨响,大地颤抖了。双方的士兵为了给己方的首领鼓劲，高声呐喊起来。突然，图尔奴斯从盾牌后面站起，手中的利剑朝着埃涅阿斯的脑袋砍了下去，特洛伊人和图斯克人张大了嘴巴，胆小的甚至闭上了眼睛。结果却出乎人们意料，图尔奴斯的利剑刚碰到埃涅阿斯的衣甲时便被折成了几截。图尔奴斯满以为一剑下去会把埃涅阿斯的头砍下来，谁知道自己的剑却断了。这时候他才想起，这把剑只不过是随手从士兵手里拿来的普通的一把剑，而他父亲遗留下来的神剑却因为着急而被落在了战车上。

**勇士死去　法国　普桑**
图尔奴斯是罗图勒的勇士，但他的英勇善战为天后朱诺利用，最终神威不再保护他时，等待他的只有被众神佑护的埃涅阿斯刺死。

"这不是一个好兆头啊。"图尔奴斯心想。

图尔奴斯虚晃一招，然后夺路而逃，并招呼士兵回到前面的战场上把那把神剑取来，然而在慌乱的战场上士兵根本没有注意到他在说些什么。埃涅阿斯大步流星地追赶上来，图尔奴斯慌不择路，朝着附近的一片树林逃去。

埃涅阿斯追进丛林，突然，他看见前方的一棵树上露出一杆长矛柄，这根长矛也许是先前战斗时有人留下来的，埃涅阿斯不禁为自己的发现欣喜若狂。他紧跑几步，暂时放弃了对图尔奴斯的追逐，来到那棵树下，奋力把那根长矛向外拔。

图尔奴斯正向树林深处逃着，感觉身后没有了声音，回头一看，原来埃涅阿斯正在拔刺入树里的长矛。图尔奴斯停下脚步，乞求道："生活在意大利土地上的众神啊，图尔奴斯是多么虔诚地信奉你们啊，看在我一直给你们祭颂荣誉的分儿上，让埃涅阿斯手里的那根长矛深陷在树干里吧。"

意大利的诸位保护神果然听从了图尔奴斯的乞求，他们使用法力，尽管埃涅阿斯使出了浑身的力气，长矛还是拔不出来，埃涅阿斯急得满脸通红。

这时候，图尔奴斯的妹妹朱图耳娜也来援助她的哥哥，她扮作哥哥的驾车手的模样，从战场上来到丛林，把父亲遗留的神剑递给哥哥。图尔奴斯手握利剑，顿时信心百倍。他拎着利剑，转身朝着埃涅阿斯奔去。

埃涅阿斯此时还在试图撼动刺入树中的长矛，因为过于用力，自己的短剑不慎摔落到了草地上。

埃涅阿斯看到图尔奴斯朝自己奔来，不由得心急如焚，可他越是着急，树上的长矛越是拔不下来。站在半空中的维纳斯更是着急，她怎么能坐视儿子的生命受到威胁呢？而且，维纳斯对图尔奴斯妹妹朱图耳娜的行为也甚是恼怒，一个平凡的仙女怎么敢如此胆大妄为呢？于是，她使用法力让埃涅阿斯很轻松地拔下了长矛。

**朱庇特雕像**

这时候，图尔奴斯已经到了埃涅阿斯的近前，埃涅阿斯拿着长矛，转过身摆好了迎战的架势。

当图尔奴斯看到埃涅阿斯手里的长矛时，心里慌张起来，看来众神的保护已经离他而去了，难道特洛伊人真的是永远的胜利者吗？

站在奥林匹斯山上的朱庇特和朱诺此时正进行着一场争辩。

"是该结束这场战争的时候了，特洛伊人被你驱逐了，他们翻山越岭，漂洋过海，好不容易到了意大利，你又让他们遭受如此的不幸，现在该让他们稳定下来了。如果你还是一意孤行，那我只好让别人来取代你的位置了。"朱庇特铁青着脸对他的妻子朱诺说。

朱诺定定地看着朱庇特，看到丈夫严肃的表情，她只好作了让步："我可以把图尔奴斯的命运交给他自己，但我有一个条件，拉丁姆的名称、语言风俗习惯必须保留，特洛伊人只能融入到拉丁民族中，而不是拉丁民族融入到特洛伊民族中，只有这样我才能忘掉特洛伊这个名字。"

朱庇特向妻子摆摆手，接受了妻子的要求："图尔奴斯的大限已到，埃涅阿斯却应该活下去。此后，特洛伊人不再保护自己的语言和风俗，将来这里将行使罗马法律，使用的语言都是拉丁语。你觉得这样可以了吧。"

看到妻子没有再提出异议，朱庇特把复仇女神召到眼前："图尔奴斯死期已到，他今天应该前往冥界，去执行我的命令吧。"

复仇女神驾着风翼来到拉丁姆战场，其中一位骁勇善战的女神变成了一头小鸟，她围绕着图尔奴斯的头来回打转。图尔奴斯感觉到眼前昏花，一种不祥的感觉又一次涌上心头，他不得不停止了战斗，站在那里喘着粗气。

"你为什么在那里犹豫不决呢？难道你不想打败我吗？是不是已经被特洛伊人吓倒了呢？"埃涅阿斯看到图尔奴斯停止了进攻，也放下了刚要投掷的长矛。

图尔奴斯用利剑抵住地面，勉强直起身体："你以为我会向特洛伊人屈服吗？我并不畏惧你们，只是天意亡我，难道你没有看到死神的鸟儿在我头顶飞个不停吗？"说着，图尔奴斯从地上搬起一块大石头，准备把它扔向埃涅阿斯，但是，他刚把石头搬起来就感到浑身无力，石头顺着手臂掉落下来。图尔奴斯本能地想逃离此地，但他的腿却怎么也不听使唤，一步也不能挪动。

手里的石头刚刚落地，图尔奴斯还没有从惊愕中回过神来，一只长矛已经穿透他的胸膛，钻心的痛楚传遍全身，他倒在地上无力地挣扎着。埃涅阿斯走到近前，同情地看了看罗图勒的这位英雄，转身带领他的队伍进了劳伦图姆城。

## 拉维尼乌姆和阿尔巴·隆伽

图尔奴斯阵亡以后,处于群龙无首状态的罗图勒人和佛尔西安人纷纷逃回了他们的城市。胜利的特洛伊人并没有欣喜若狂的感觉,因为他们的同盟兄弟们,如亚加狄亚人、伊特卢利阿人,也都要回自己的故乡了。特洛伊人拉着同盟兄弟们的手,半天也舍不得分开。是啊,他们一起出生入死,而此时却面临着离别,怎么能不让人难过呢?特洛伊人与同盟兄弟们的友谊是多么地深厚啊。

埃涅阿斯眺望着远方,"神谕中的罗马城到底在哪里呢?特洛伊人虽然打败了意大利众族人,可真的会像神谕中说的那样,在这块地方上会出现了一个新的城市吗?"埃涅阿斯一边想着,一边在台伯河边上踱着步。

正在这时,一个特洛伊士兵跑了过来,兴奋地对埃涅阿斯说:"快回去看看吧,拉丁姆国王拉丁奴斯派人向特洛伊人求和来了。"

埃涅阿斯一听,忙快步走进了营房。进到中心大营后,拉丁姆的使者已经在那里等候了。使者一看到埃涅阿斯进来,忙从座位上站了起来。

"尊敬的特洛伊英雄,国王拉丁奴斯派我们来向特洛伊人求和,你要知道,拉丁奴斯并不赞成这场战争,他一再劝说图尔奴斯等的行为,但却没能阻止这场战争,拉丁奴斯国王让我们代表拉丁人向特洛伊人表示歉意。而且拉丁奴斯决定根据神谕,把女儿拉维尼亚许配给你。"使者向埃涅阿斯陈述着拉丁奴斯国王的指示。

"回去告诉你们国王,这场战争本来就是不可避免的,所以他不必为此自责。很谢谢他能把美丽的女儿嫁给一个外乡人。"埃涅阿斯命人把一部分战利品拿来,让使者转交给拉丁奴斯国王,以作为聘礼。

第二天,拉丁奴斯把埃涅阿斯迎入了劳伦图姆,为女儿举行了一场盛大的婚礼,并指定埃涅阿斯为王位的继承人。

埃涅阿斯执掌拉丁姆之后,在海滨的高坡上建造了一座美丽的城市,并根据妻子拉维尼亚的名字把该城命名为拉维尼乌姆。至此,苦难的特洛伊人终于建立起了新的家园。遵从神的旨意,特洛伊人很快放弃了自己的语言和风俗习惯,与拉丁人打成一片,并尝试着遵奉意大利诸神。

埃涅阿斯统治了拉丁姆很长时间,他在位期间,人们倒也是安居乐业,如果没有以后的战争的话,他

**决斗的少年**
特洛伊人入主意大利,并与当地各民族融合形成了新的民族——古罗马人,特洛伊人好斗的脾性也成为罗马人血液之一部分,注定了罗马人将对外扩张掠夺,建立一个庞大的国家。

的一生倒也完美。

在驱逐特洛伊人的战争中战败后，罗图勒人一直耿耿于怀，所以，罗图勒人暗暗地招兵买马，希望有一天能血洗当年之耻。终于有一天，罗图勒人觉得自己的军事力量已足以与拉丁姆抗衡了，便大举入侵拉丁姆。

闻听罗图勒人来到了拉丁姆边境，埃涅阿斯立即披挂上阵，亲自率领拉丁军队前往迎敌。双方部队在奴弥科斯河前遭遇。

埃涅阿斯威风凛凛地站在拉丁队列前，头盔在阳光下闪着金光，手中的长矛直指罗图勒人。罗图勒人也不甘示弱，他们呐喊着朝拉丁人冲来。拉丁人拿起手中的武器与敌人厮杀到了一起，战场上飞扬起的尘土把两支部队掩盖住了。

朱庇特在奥林匹斯山上看到了罗图勒人和拉丁人之间爆发了战争，遂亲自介入。为了能消除战场上方的沙尘，朱庇特从半空中晃动雷电棒，一时间电闪雷鸣，大雨倾泻而下。

"勇敢的拉丁人，你们看啊，这是众神在为我们照亮。我们将在这片土地上繁衍生息，怎么能容忍罗图勒人的入侵呢？我们将永远是这块土地上的主人。"埃涅阿斯举起他的长矛鼓舞他的士兵们。

借着电光，拉丁人横冲直撞，罗图勒人连连倒下。朱庇特还不罢休，他拉开雨水的闸门，奴弥科斯河顿时暴涨，河水咆哮着奔腾起来。罗图勒人似乎从天空中看到了神愤怒的身影，阵脚大乱，拉丁人乘胜追击，直追到罗图勒人的首府阿尔特尔。当拉丁人骄傲地举行凯旋仪式的时候，却不见了他们的国王埃涅阿斯，于是到处找寻着埃涅阿斯，几乎找遍了拉丁姆国的每一个角落。

后来，有个年轻的士兵向阿斯卡尼俄斯报告说，他看见埃涅阿斯被卷入了奴弥科斯河中。为了纪念伟大的埃涅阿斯，拉丁姆举行了一场盛大的祭祀仪式。

埃涅阿斯之后，阿斯卡尼俄斯登上了王位，这之后，拉丁人习惯把阿斯卡尼俄斯叫作尤鲁斯。尤鲁斯在拉丁平原中部的阿尔巴纳山上建造了一座城市阿尔巴·隆伽。

阿尔巴·隆伽高高地耸立在陡峭的山峦间，周围是茂密的树林，山间小溪潺潺，好一派欣欣向荣的景象。尤鲁斯把拉丁姆的首府迁到了阿尔巴·隆伽，并继续向外扩大国土。当然，尤鲁斯和他的父亲一样贤明通达，治理有方。

尤鲁斯执政后，埃涅阿斯的妻子拉维尼亚离开了国王的王宫，在劳伦图姆的树林中

**构建新家园**
当上拉丁姆国王的埃涅阿斯在海滨的高坡上建造了一座美丽的城市，并根据妻子拉维尼亚的名字命名为拉维尼乌姆，至此，苦难的特洛伊人终于建立了新的家园。

生活。不久，拉维尼亚生下了一个男孩，取名为西尔维乌斯，这个孩子成了拉丁奴斯的唯一孙子。尤鲁斯死后，拉丁姆国民推举西尔维乌斯为新的君主。西尔维乌斯执政期间，继续兴建城市，开创了一个辉煌的阿尔巴王国。拉丁姆大地上出现了以阿尔巴·隆伽为中心的三十余座城市间的联盟。后来，阿尔巴成了罗马的发祥地。

## 洛摩罗斯和雷姆斯

拉丁姆在拉丁奴斯、埃涅阿斯、尤鲁斯和西尔维乌斯的统治下过去了三百多年。随着黑铁时代的到来，拉丁姆开始动荡起来。

阿尔巴·隆伽的国王普罗卡斯死后，留下了两个儿子——奴弥陀耳和阿摩利乌斯。按照惯例，长子奴弥陀耳继承了王位，次子阿摩利乌斯继承了大片土地和财产。

阿摩利乌斯是一个贪得无厌的人，面对大片土地和堆积如山的财产他并不满足，而是觊觎哥哥的王位。为此他使用诡计和暴力，发动了一场宫廷政变，推翻了奴弥陀耳。但是，阿摩利乌斯没胆量杀死哥哥，而是把他流放到一片幽寂的树林里，让他过着生不如死的生活。

登上王位的阿摩利乌斯如坐针毡，他害怕哥哥的后辈会前来报复，于是，他残忍地杀死了哥哥的儿子，让哥哥的女儿瑞亚·西尔维亚当祭司，而且要她立誓永不得生儿育女。在阿摩利乌斯的迫害下，瑞亚·西尔维亚终日跟其他处女们看护着维斯太庙里的圣火，大多数时间她都是眼睛呆呆地盯着火堆，悲伤地想着自己及族人的遭遇。

一个偶然的机会，瑞亚·西尔维亚误闯战神玛尔斯的圣地，做了玛尔斯的新娘，并生下了两个男孩。当她抱着两个儿子骄傲地走进太庙时，遭到了祭司长和其他女祭司的嘲笑，女祭司把瑞亚·西尔维亚带到了国王阿摩利乌斯那里。面对曾经的侄女，阿摩利乌斯最关注的不是她的丑闻，而是怕这对尚在襁褓里的兄弟将来会来夺取他的王位，他们正是合法的王位继承者啊。

"难道我要与神作对吗？"但阿摩利乌斯马上又否定了自己这愚蠢的想法，"我怎么能与神作对呢？不过，维斯塔贞女的法律是完全可以把他们送到死神那里去的。"按照法律，瑞亚·西尔维亚和她的两个孩子被判沉水而死。

在行刑那天，当刽子手们把瑞亚·西尔维亚投入台伯河时，河神台伯律奴斯把这个可怜的女人接入了自己的怀里。刽子手们惊慌失措，把装有两个孩子的篮子扔入河中匆忙逃离了台伯河。

河水冲击着篮子，两个孩子哭了起来，正在此时，一头母狼经过这里，它打量着篮子里两个可怜的小东西，一种母性的怜悯油然而生，于是它把两个孩子一一叼回了狼窝，用自己的奶喂养着嗷嗷待哺的小家伙。

一天，一个叫福斯图鲁斯的牧人从这里经过，当看到狼窝里的两个孩子时，不禁欣喜若狂，他的小儿子刚刚夭折，他是多么希望能有一对这么乖巧的孩子啊，于是，他把两个孩子抱回了家，给他们起名叫洛摩罗斯和雷姆斯。

□ 古罗马神话彩图馆

**埃特鲁斯坎母狼青铜雕像**
该像铸造于公元前480年,是一只机敏、警惕的母狼,成为罗马的象征。据说,传说中罗马城的建立者双胞胎洛摩罗斯和雷姆斯就是靠吸狼奶获救。

看到洛摩罗斯和雷姆斯茁壮地成长,福斯图鲁斯很是欣慰,但也越来越感觉到,这两个孩子并不像凡人。他们的智力超过了他们的伙伴,渐渐成熟的脸型上显露出了已被废黜的国王奴弥陀耳的影子。当听到瑞亚·西尔维亚因与战神玛尔斯生下的两个孩子被扔下台伯河后,他更加坚信了洛摩罗斯和雷姆斯是神的儿子。在欣喜中,福斯图鲁斯也感到了悲伤,如果真是这样,两个儿子迟早会离开他而去。

福斯图鲁斯的担心并不是没有道理,不久之后他的话便得到了证实。

由于有健壮的体魄,每次因放牧与其他牧人发生争执时,洛摩罗斯和雷姆斯都会取得胜利。这种胜利对于拉文丁山上的牧羊人来说则是个极大的侮辱,牧羊人决定在卢泼卡利恩节上好好惩罚一下这两兄弟。

卢泼卡利恩节很快就到了,年轻人披着狼皮,载歌载舞进行狂欢,他们还要围着帕拉丁山赛跑。当然,洛摩罗斯和雷姆斯两兄弟又会在这次赛跑中充当胜利者,这也是牧羊人早已经料到的,所以牧羊人计划趁机向两兄弟发动攻击。

人们把祭供的牺牲摆放整齐,点燃火焰,在熊熊的烈火中,全部供品被天上的众神取走。人群欢呼着,祈祷着来年的风调雨顺。人们做着各种扮相,欢笑声、叫喊声、音乐声混成一片,好不热闹。

赛跑很快也拉开了战势,洛摩罗斯和雷姆斯像一阵旋风一样驰骋在跑道上,很快就把其他的人甩在了身后,但他们根本没有想到,一群牧羊人正躲在前面不远处的灌木丛中,伺机进行攻击。

时机已到,牧羊人从灌木丛中窜到跑道中央,洛摩罗斯和雷姆斯被眼前发生的一切惊呆了。尽管他们奋勇反击,但雷姆斯还是被制服,洛摩罗斯则逃离了危险。

在逃回家的途中,洛摩罗斯遇到了福斯图鲁斯。

"父亲,刚才在赛跑时,雷姆斯被埋伏在路旁的阿文丁山上的牧羊人抓住了,我怀疑那些人会杀害雷姆斯的。"洛摩罗斯向福斯图鲁斯讲述着刚才的遭遇,并建议用武力拯救雷姆斯。"孩子,让我去向他们解释吧,如果那些阿文丁人知道你们的身世,他们一定会顶礼膜拜。我不需要再向你隐瞒了,你们的母亲是瑞亚·西尔维亚,父亲是战神玛尔斯,而你们的外祖父则是阿尔巴·隆伽合法的但已被废黜的国王奴弥陀耳。"福斯图鲁斯脸上浮现出对神和君主的崇敬。

"你是说我们是战神玛尔斯的儿子,且是这个王国的合法继承人吗?"洛摩罗斯似乎有点接受不了这个现实。"是啊,所以你不用担心雷姆斯的安危,神会保护他的。"为了安慰洛摩罗斯,福斯图鲁斯带着他来到阿文丁山,建议正在不知如何处置雷姆斯的阿文丁人寻找被流放的国王奴弥陀耳以证实两兄弟的身份。

帕拉丁人和阿文丁人对所发生的一切都非常关注,他们相拥着来到森林深处的西尔瓦诺斯庙找到了老国王奴弥陀耳。奴弥陀耳一眼就看出了眼前两个英俊青年就是自己的继承人,因为他俩的脸庞、身躯与自己年轻时如出一辙。

了解了自己的身世,洛摩罗斯和雷姆斯当即立下誓言,进攻阿尔巴·隆伽,为母亲报仇。在两兄弟的带领下,那些早已痛恨阿摩利乌斯的人们纷纷拿起武器,向阿尔巴·隆伽进发。在与国王军队进行的激战中,阿摩利乌斯被洛摩罗斯所杀,群龙无首的国王军大败,奴弥陀耳又重新登上了阿尔巴的王位。

## 罗马的建立

奴弥陀耳重新登上阿尔巴王位后,对洛摩罗斯和雷姆斯十分宠爱,他希望两个孩子将来能够替他掌管阿尔巴的命运。正当奴弥陀耳为自己的想法而暗暗高兴的时候,洛摩罗斯和雷姆斯却来向他辞行,他们不打算继承王位,而希望白手起家,通过自己的努力一展宏图。奴弥陀耳还得知,两个孙儿想在台伯河下游建造一座城市,以纪念他们的母亲瑞亚·西尔维亚。奴弥陀耳被两个孩子的想法感动了,他把大片的土地赠给了两个孩子,帕拉丁和阿文丁牧人则成了这片土地上的第一批居民。此后,各地受迫害者纷纷来到这一地区,使这一地区的人口迅速得到了增长。

洛摩罗斯和雷姆斯的抱负得到了很多人的赞同,但是,真的要建造一座城池的话,到底应该以兄弟俩谁的名字命名呢?而这座城池是应建在帕拉丁山上还是阿文丁山上呢?为此,两兄弟开始起了纷争。最后,他们决定让上天来对这一纷争进行裁决。

一个星光灿烂的深夜,洛摩罗斯率人登上了帕拉丁山,雷姆斯则登上了阿文丁山。大祭司在他们中间画了一道界线,然后大家都静静地等候着神谕的出现。

**罗马建筑一角**
今天的罗马保留下的古罗马时期的建筑已然不多了,但这些为数不多的建筑里依然能显见古罗马人匠心独具的精巧细腻的建筑工艺。

拂晓时分,东方飞来了六只雄鹰,它们围着阿文丁山转了几圈后飞出了人们的视野。雷姆斯欢呼着,向对面的洛摩罗斯示意:自己是上天选中来管理这个城市的。正当雷姆斯为此沾沾自喜的时候,从西方又飞出了十二只雄鹰,且径直朝着帕拉丁山飞去,鸣叫几声后迎着初升的太阳飞去。

大家明白,这些雄鹰都是神派来的,但到底该由谁来建造这座城池呢?雷姆斯强调,虽然从东方飞向阿文丁山的六只雄鹰不敌从西方飞向帕拉丁山的十二只多,但却是在先,而洛摩罗斯则要与雷姆斯比雄鹰的数量。最后,两方的争执愈演愈烈。雷姆斯意

**古罗马城复原图**
从图中我们可以感受出当时建造罗马城是一项浩大的工程，罗马人充分发挥奇特想象，配以高超的工艺，建筑出一个富丽堂皇、雄伟坚固的伟大城市。

识到自己的力量不敌洛摩罗斯，不得不作出让步，允许洛摩罗斯建造城池。

洛摩罗斯把台伯河下游地区的所有青年男子召集在帕拉丁山的周围，给众神摆上祭品，宣布以雄鹰作为这座新城的城徽。

紧接着，帕拉丁人和阿文丁人开始建造自己的家园，他们先在地面上挖了一道浅沟，顺着浅沟搭起了低矮的围墙。

一天，雷姆斯看到人们建造的低矮的围墙，一边耻笑着这些围墙有多么地不起作用，一边从上面跨了过去。所有的人都惊呆了，看着扬扬得意的雷姆斯，他们不知所措起来。洛摩罗斯没有想到胞弟竟会以这种方式与自己对抗，他实在忍无可忍，拔刀刺向了雷姆斯。雷姆斯倒地的一刹那，洛摩罗斯虽然有些后悔，但他知道，只有这样才能给那些满怀期待的人们一个交待。在人们诧异的目光中，洛摩罗斯高声喊道："谁敢逾越这些围墙，下场和他一样。"欢呼声中，人们又投入到建城的劳动之中。

不久，城池竣工了，但洛摩罗斯并没有流露出一丝喜悦。为了惩罚洛摩罗斯杀了自己的兄弟，众神给这座新建的城池带去了灾难：在烈日的炙烤之下，田野上一片枯焦，而冰雹却由天而降。此外，城里传播着瘟疫，几乎所有的人都患上了重病。其实，洛摩罗斯也一直在为杀死自己的兄弟而感到内疚，他向人们宣布原谅雷姆斯的罪过，还在自己的宝座旁放了另一把宝座，以象征第二个王位。此外，他还把自己的权杖和王冠放在空着的宝座上，表示愿意与死去的雷姆斯共同管理这个城池。

人们对洛摩罗斯的做法看法不一，有的人反对这种死人与活人共同执掌的国家，认为这将是一个恐怖的地方，于是逃离了；而另外一些人则对洛摩罗斯的这一做法表示赞同，认为在这样一个大度的国王的领导下，这个国家必将有一个好的发展，于是留了下来。对留下来的人们，洛摩罗斯给予了奖励，从此后开始精心治理国家。瘟疫慢慢地在城内消失了，田野里也恢复了以前的绿意，留下来的人们欢呼雀跃。

洛摩罗斯根据自己的名字，将这个城市命名为"罗马"。为了使罗马固若金汤，在洛摩罗斯和他的后人的带领下，城墙不断地被升高，防范也越来越严密，为这座年轻的城市后来成为世界的中心奠定了基础。

## 劫夺萨比纳女人

在洛摩罗斯的经营下，罗马城日益繁荣，初建的小草屋早已经被高大结实的房屋所取代，收获的谷物堆满粮仓。随着手工业和商业的发展，人们把多余的粮食换成铁石，以制造兵器。如果说拉丁姆是台伯河流域的一条巨大的纽带，那么罗马城则是这条纽带上的一颗璀璨的明珠。

洛摩罗斯为自己的杰作感到骄傲，但他又是多么地悲哀啊！尽管罗马城的人们衣丰粮足，然而他们却没有欢乐，终日看不到笑容，听不到歌声。"作为罗马城的国王，自己又是多么失败啊！"洛摩罗斯这样想着，"可原因出在哪里呢？对，是因为这个城市缺少女人。"最后，洛摩罗斯终于想出了问题所在。是啊，这个城市缺少女人，更缺少孩子，一个男人的世界能有多少欢乐呢？

一天，洛摩罗斯把自己的烦恼告诉了他最宠爱的臣仆——年轻的荷斯特斯·荷斯梯利乌斯："荷斯特斯，去为罗马求取女人吧。"

"亲爱的国王，你给我的任务比出征打仗还要荣耀，听说萨比纳的女人是世界上最漂亮的，而且她们能纺出纤细、结实的纱线，请让我代表罗马去萨比纳求婚吧。"荷斯特斯高兴得有些忘乎所以。

"可是，荷斯特斯，你还是带上你的盔甲吧，让和你同去的男人也武装起来。萨比纳人应该是骄傲固执的，从他们那突起的前额、鹰钩似的鼻子就能看得出。"洛摩罗斯叮嘱着荷斯特斯。荷斯特斯并没有理会国王的劝告，但很快他就追悔不迭。

路过拉丁姆时，拉丁人的嘲笑在他们的背后洒了一路；到了萨比纳大地，荷斯特斯一直称赞的萨比纳人更是对这些罗马人唇舌相讥。萨比纳国王梯拖斯·塔梯乌斯在库埃斯城接见了罗马前来求婚的使者们，然后大笑着对他们说："我们这里的姑娘都会纺线，听说你们那里的羊毛非常便宜，回去告诉你们的国王，我们的姑娘不可能嫁给你们罗马人，但会到罗马去了解你们的市场。"

当洛摩罗斯听完荷斯特斯讲完在萨比纳的遭遇后，年轻的国王暴跳如雷："骄傲的萨比纳人，我一定会让你们为你们的行为付出代价的。亲爱的罗马男子们，我将邀请萨比纳女人来罗马欢度节日，你们要时刻注意我的举动，在恰当的时候我会暗示你们把这些美丽的萨比纳女人抢回家。"国王的话音刚落，罗马城就沸腾了，臣民们欢呼着国王的英明，幻想着将要到手的美丽的萨比纳女人。

罗马的使者奔赴到拉丁姆的各个城市，散布罗马将在台伯河畔举行游戏和比赛的消息，而且宣扬，拉丁姆各城市的商人都会在罗马一展自己的商品，这将是一次空前的盛会。萨比纳的女人们动心了，她们是多么希望能买到价格便宜的好羊毛啊，用那种羊毛纺出

**抢夺萨比纳女人　意大利　波罗纳**

这件巨大的雕像构思巧妙，动感强烈、突出，并且能够吸引观者从各个不同的角度观看。

来的线会是多么柔软啊，她们似乎已经感觉到了羊毛带来的温暖。女人们的丈夫和父亲拗不过女人们的纠缠，答应她们前去罗马参加节日。

集会的第一天，罗马城门庭若市，汇聚了拉丁姆各城市的男男女女，来的最多的是萨比纳人。为了表示罗马人的友好，洛摩罗斯接见了一些显赫的萨比纳人，并命人带领萨比纳人挨家挨户地参观漂亮的房屋。萨比纳人原本鄙视罗马人的心理顿时没有了，这个城市的建筑比他们想象的要好得多，萨比纳人，尤其是萨比纳女人，竟然有些流连忘返了。

第二天，罗马人腰系狼皮裙子，头戴盔甲，用丰盛的祭品祭祀诸神，向客人们炫耀罗马城的富有。然后人们载歌载舞，开始了激烈的比赛和游戏。

第三天是商人们大显身手的日子，他们纷纷摆开货摊，琳琅满目的商品尽显在人们面前。吆喝声、赞叹声、讨价还价声一阵高过一阵，好不热闹。萨比纳女人们穿梭在一堆堆细净洁白的羊毛中任意挑选，可挑到最后竟不知道该买哪种好。带有酒香味的橄榄油、浓浓的蜂蜜也赢得了不少女人的青睐。而男人们，则在刀剑堆里挪不动脚。

在人们抢购商品的混乱之时，罗马人已经退出了集会，结集在帕拉丁山后的灌木丛中，等候国王洛摩罗斯发号施令，这是罗马人精心策划的阴谋，可惜那些正醉心于采购的外乡人全然不知。洛摩罗斯刚一发出信号，罗马人就挥舞着利剑从灌木丛里冲出来，热闹的集市顿时变得更加慌乱。罗马人每人抓住一个女人，任由女人在如铁箍的手臂下尖叫咒骂，强硬地把这些女人拖回自己的家。女人的挣扎是徒劳的，被带进各家各户时她们已经精疲力竭，酸软地任由罗马男人摆布。

集市上摊棚倒翻，货物滚得满地都是，但这些以此为生的外乡人已经顾不了这些了，他们不敢久留，急于想离开给他们带来灾难的罗马城。罗马人要的只是萨比纳女人，他们并没有太多地为难这些远方的客人。这些客人对罗马人却是深恶痛绝，他们回到自己的城市，给亲人或左邻右舍讲起这段经历时甚至还会失魂落魄，尤其是萨比纳人，回到萨比纳后，他们披盔戴甲，准备跟罗马人决一死战，以抢回萨比纳女人。其他的拉丁姆城市也蠢蠢欲动起来。

## 洛摩罗斯的结局

洛摩罗斯早已经意识到抢夺萨比纳女人会给罗马带来灾难，但他更清楚自己臣民的勇敢和决心。不过为了稳操胜券，洛摩罗斯还是组建了一支三千人的军队，并把这支军队改称军团。

正当罗马人紧急备战的时候，赛尼娜人按捺不住了，在国王阿克隆的率领下向罗马城蜂拥而来。阿克隆本以为罗马人是一些只会袭击手无寸铁女人的家伙，但他很快就意识到自己的无知，赛尼娜人在罗马人的砍杀之下纷纷倒地，幸好洛摩罗斯制止了罗马人的进攻。

"亲爱的阿克隆，我不希望看到赛尼娜人的尸体横躺在罗马的土地上，我和你单独决斗，以决定罗马和赛尼娜的胜负，这样既可以速战速决，还可以不牵连到无辜的生命。"洛摩罗斯的建议得到了阿克隆的赞同，但阿克隆哪里是洛摩罗斯的对手，几个回合就败下阵来。赛尼娜人在家园被毁的情况下不得不迁来罗马。出乎意料的是，他们来到罗马受到了盛情款待，他们和罗马人一样，拥有了自己的居所和土地，甚至还可以从事他们喜爱的手工劳动，这是多么幸福的事啊。于是，罗马人和赛尼娜人变得亲密无间，情同兄弟。

不久，罗马城又面临新的挑战。克里斯蒂尼乌姆人和安忒姆纳人在城下叫嚣，不过，他们同样被打得落花流水。洛摩罗斯下令焚毁了他们的家园，他们也被迫迁到了罗马城，罗马城里的居民人数急剧上升，军队也逐渐壮大起来。

潜伏着危机的和平生活过去了，罗马人面前出现了更大的挑战。最仇恨罗马人的萨比纳人经过多年的备战对罗马虎视眈眈，战争一触即发。

**古罗马广场**
一把无情的大火几乎将罗马几百年惨淡经营的成果毁尽，但文明的种子还是流传下来并在当代世界结果。只是古老的都城，如今只剩断壁残垣供人凭吊！

虽然罗马城与初建时已有天壤之别，但面对强大的萨比纳，洛摩罗斯还是免不了有些担忧。经过勘察，他决定把沿着帕拉丁山向北延伸的萨图尼尼斯山并入城区，并在山上建造了城堡，作为内城的防御堡垒。这座城堡即卡皮托尔，于是，萨图尼尼斯山改名为卡皮托尔山。

正当罗马人为建成这座面临绝壁的城堡而兴奋不已时，一队人马来到了罗马城下。罗马人非常紧张，但很快守卫就给罗马人带来了好消息，原来这队人马是由伊特卢利阿人的将军策利乌斯率领的，策利乌斯无法忍受伊特卢利阿国君的残暴无礼，希望能到罗马城避难。洛摩罗斯收留了策利乌斯，并把一座山坡赐给他。从此以后，这座山坡被称为策利乌斯山。

萨比纳人浩浩荡荡地向罗马城开进，罗马人十分恐慌，因为他们看到萨比纳人经过平原时扬起的尘土遮天蔽日，在国王梯拖斯·塔梯乌斯的带领下，萨比纳士兵英姿飒爽，个个都有以一当十的架势。在占绝对优势的萨比纳人面前，洛摩罗斯决定以智取胜：罗马军队全部隐蔽到帕拉丁山后，任由萨比纳人进城，当萨比纳人围攻罗马内城时，罗马军队再从背后袭击他们。

萨比纳人毫无阻挡地进入了罗马城，国王梯拖斯·塔梯乌斯决定第二天再对内城发起进攻。正当萨比纳人休息的时候，从一条羊肠小道上走来了一个姑娘。梯拖斯·塔梯乌斯灵机一动，走上前去和姑娘搭话。原来这个姑娘是卡皮托尔城堡首领司泼利乌斯·塔尔泼尤乌斯的女儿塔尔佩亚。

"美丽的姑娘，如果你能趁天黑把城堡大门打开，你将得到价值连城的珠宝。"

151

塔尔佩亚被迷惑了，梯拖斯·塔梯乌斯手里捧着的那些珠宝是多么诱人啊，她怎么能不动心呢？卡皮托尔的城门被打开了，当塔尔佩亚向鱼贯而入的萨比纳人索要珠宝时，萨比纳人却把手中的盾牌压到她的身上："女叛徒，这才是给你的报酬。"塔尔佩亚在盾牌重压之下死了。从此以后，这座山坡改名为塔尔佩亚山。

　　萨比纳人轻而易举地进入了卡皮托尔城堡，罗马人并没有料到会出现这样的差错，于是撤到了卡皮托尔山前的平地上。萨比纳人乘胜追击，罗马人溃不成军。在洛摩罗斯的带领下，罗马人依然作着顽强的抵抗，夜幕降临时双方仍相持不下。

　　萨比纳人被天后朱诺称为库茵律特人。朱诺偏爱意大利，尤其是库茵律特人，她于当天夜里来到梯拖斯·塔梯乌斯面前，鼓励库茵律特人第二天重新开战，并许诺将协助他们取得胜利。

　　新的一天又开始了，最初，库茵律特人明显不敌罗马人，但不久他们便占了上风，罗马人纷纷溃败。就在这时，意大利的元始尊神亚奴斯显灵了，他让一座山坡裂开了一道缝，库茵律特人被眼前的景象惊呆了，罗马人则备受鼓舞，把库茵律特人赶到了两座山外的平原地区。洛摩罗斯命令弓箭手从两座山上向库茵律特人射箭，如蝗的飞箭中还夹杂着从两面滚来的石块，库茵律特人损失惨重。

　　正当双方杀得不可开交的时候，罗马城门打开了，从萨比纳来的女人们冲上战场，对两军撕心裂肺地大喊着："战争因我们而起，也因我们而结束吧，一边是我们的丈夫，一边是我们的父兄，任何一方伤亡，我们都会悲伤的。如果你们谁再动武，就是在残杀我们的爱情或亲情。"

　　国王梯拖斯·塔梯乌斯本不想原谅这些已经深爱上罗马男人的女人们，但他最后还是被这些女人的真诚感动了。于是，他带领库茵律特人也迁来了罗马，与洛摩罗斯共同掌管罗马城。但梯拖斯·塔梯乌斯偏好暴政，在不久后的一次祭供节上，被愤怒的人们当场打死，罗马又由洛摩罗斯独自治理了。

　　洛摩罗斯的确是一位贤明的君主，为了能给人们一种稳定的秩序，以使罗马在自己过世后依然欣欣向荣，他把长期以来形成的良好习俗用法律形式确定下来。他还创立了长老会议，即元老院，元老院自身享有豁免权，其成员大多是终身制的。

　　为了纪念妇女们对创建库茵律特联盟所作的贡献，洛摩罗斯给她们提供了更为优越的

**劫夺萨比纳女人**
好斗、高傲的罗马人信奉暴力即强权，尽管劫夺萨比纳妇女导致了后来两次罗马与萨比纳人的战争，但最终结果是：萨比纳妇女心甘情愿地做罗马人的妻子，而萨比纳人最终也融入了罗马民族。

条件，她们的个人财产不容侵犯；当她们走在街道上时，任何男人都必须向她们问候致意。在罗马，现在还保留着许多关于妇女的重大节日。

贤明而又富有智慧的国王统治了罗马三十七年，随着生命的渐渐老去，洛摩罗斯也开始意识到他的使命的结束。

一天，洛摩罗斯把他的臣民召集到帕拉丁和卡皮托尔山间的空地上，自己端坐在黄金宝座上，望着无可匹敌的辉煌，他感到了前所未有的欣慰。突然，一阵暴风刮来，乌云蔽日，雷电交加，大地陷入一片漆黑中。等到太阳从乌云背后再露出笑脸时，洛摩罗斯已经不见了，当众人回过神来后，女人们失声痛哭，男人们也默默地落着泪。后来，洛摩罗斯作为库依律奴斯，即罗马的保护神，一直守护着罗马城。

## 众神的考验

在罗马人沉痛悼念国王洛摩罗斯的时候，又一个问题摆在了他们面前：到底该将罗马王位交给拉丁族人还是库茵律特人呢？一时间，罗马的家族联盟难以统一意见，最后只能决定暂由双方轮流执政，六个时辰调换一回，这样的轮换整整持续了一年。最后，元老院决定先由库茵律特人执政，然后再由拉丁人执政，可是由谁来先执政呢？萨比纳国王的女婿努马·庞皮利乌斯成了最佳人选。

**古罗马壁画：祭献神祇**

在古代，由于人们对世界了解得不够深刻，他们往往把很多自然现象归结于神灵的作用，于是为了拥有安静和谐的生活环境，祭祀神灵成了一项隆重的仪式活动。

努马·庞皮利乌斯虽然被众人选中，但他不敢擅自做主登临王位，他决定询问天意。在祭司的陪同下，努马·庞皮利乌斯登上了卡皮托尔山，他用手中的权杖在空中比划着指示方向，严格地按照风俗习惯请示神的旨意。最后，努马·庞皮利乌斯向众人宣布，三大星辰，即朱诺、玛尔斯和库依律奴斯均表善意，人们欢呼雀跃，歌舞庆祝新国王的上台执政。

努马·庞皮利乌斯刚一上台就遇到了考验性的灾难。天空雷声隆隆，电光闪闪，暴雨成灾。人们为了防止雷电灾害，采用了先祖们疯狂的祭祀方式，用人血祭献天公朱庇特。

那是怎样的一幅惨不忍睹的场面，努马·庞皮利乌斯是多么希望找到一个既能取悦神又能阻止天火的办法啊，可他面对人们期待的目光只能沉默不语，他为他的臣民们的不幸遭遇而深感悲哀。

努马·庞皮利乌斯来到萨比纳山间的一条山涧旁，在这里，他曾认识了山涧女神埃格里亚，并与她结为夫妻。努马·庞皮利乌斯从妻子身上获得了许多天神的智慧，但自从他被选为国王后，埃格里亚就再也没有露过面。他是多么希望妻子能出现替他出出主意啊，可不管他怎么呼唤都是徒劳。

**多台依的玛尔斯**

玛尔斯是古罗马神话中的战神（即希腊神话中的阿瑞斯），但埃特鲁斯坎的这件作品却将其完全世俗化了，健壮的身躯与刚毅的脸庞无不显示出一个战士应有的勇敢与智慧，体态真实自然，是明显的写实风格。

但是，努马·庞皮利乌斯还是希望奇迹能够出现。一天深夜，他满怀忧愁地来到阿文丁山上的橡树林里，在迷雾中徘徊，陷入了沉思。突然，密林深处的一条山溪里腾起了一团白影，埃格里亚出现在努马·庞皮利乌斯面前。踌躇不决的国王顿时从困惑中惊醒，一把揽过心爱的女子，暂时忘记了刚才的烦恼。

"我会继续留在你的附近，你需要我时，可以在圣林或是在狄安娜的圣地上找到我。"埃格里亚早已看出了努马·庞皮利乌斯心中压抑着的问题，"有什么问题尽管问吧，我愿意帮助你。"

努马·庞皮利乌斯的沉重心情又被唤了回来，他低垂着头，像是在对大地提问又像是在问埃格里亚："为了阻止天火的灾难，人们在祭供的罐子里盛满了人血，这难道真的是神的意愿吗？我是应该以更加严厉的方式为众神服务还是应该对我可怜的臣民负责呢？"

埃格里亚脸色阴沉下来："朱庇特和玛尔斯都是十分可怕的，他们不会自愿放弃享受人血的祭祀，不过，"埃格里亚停顿了一下，然后接着说，"你可以趁朱庇特变做人的模样来到人间时，设计回绝他的要求，那样你就可以保护你的臣民了。"

说完，埃格里亚告诉丈夫，把朱庇特召唤到眼前的魔咒只有猎人皮库斯和他的儿子法乌诺斯通晓，埃格里亚还告诉丈夫如何才能让他们说出召唤朱庇特魔咒的方法。

在埃格里亚的指引下，努马·庞皮利乌斯终于把朱庇特呼唤到眼前，虽然朱庇特用一层薄雾遮住了脸，但从他那逼人的体气中还是能够让人感觉到神的存在。

"聪明的努马·庞皮利乌斯，在你的面前，我的朋友皮库斯和法乌诺斯是那么地愚蠢，现在让我试试你的智慧吧。"

努马·庞皮利乌斯敬慕地仰视着朱庇特："尊敬的父亲，请告诉我如何才能洗涤罪孽，以阻止天火呢？"

"很简单，只需要一颗头。"

"好的，一颗大蒜头。"聪明的国王立即回答。

朱庇特愣了一下，然后接着说："还得有活人身上的东西。"

"那我用一缕头发。"努马·庞皮利乌斯不假思索。

朱庇特生气地顿了一会儿，为了能得到活人祭祀，他跺了跺脚说："必须要有一样活的东西。"

努马·庞皮利乌斯沉着镇定地大声说："我伟大的父亲，你真是太英明了，我会从水桶里抓一条活鱼的。"

朱庇特瞪着眼睛半天说不出话来，然后消失了，努马·庞皮利乌斯终于改变了罗马人用活人祭祀的习惯。但是，取消祭祀活人仅仅是一系列考验的开始。

不久，一个维斯塔贞女因违反了处女贞洁的誓言而被判处死刑。努马·庞皮利乌斯很是同情被惩罚的女子，于是，他开始了一系列的宗教改革，颁布了维斯塔圣庙祭祀的新法则。为了鼓励维斯塔贞女完成神圣的使命，他赋予她们极高的荣誉，如果死刑犯在行刑途中遇到维斯塔贞女，犯人当即可以获得赦免。

努马·庞皮利乌斯还命人为双头双面的元始尊神亚奴斯造了一座祭坛，颁布改革历法，把元始尊神置于一年之中的第一个月，并决定让亚奴斯庙的大门始终敞开着，只有战争出现才关闭。

努马·庞皮利乌斯的历法改革触犯了战神玛尔斯。以前，都是由战神来作为一年的开始的，而如今，他只能屈服于元始尊神的权力之下。于是，战神玛尔斯制造了一场可怕的瘟疫。但在埃格里亚的帮助下，努马·庞皮利乌斯用一块圣牌平息了战神玛尔斯的怒火。

后来，努马·庞皮利乌斯打算把罗马王国的全部土地都转化为私有财产，虽然他知道这并不是一件容易的事，因为人类的自私犹如恶毒的精灵，时刻威胁着新的生活方式。最初的土地改革带来的只是一片狼藉，身陷绝境的国王只好又求助于埃格里亚，于是在法律中规定了私有财产的神圣不可侵犯，罗马城慢慢复苏了。

努马·庞皮利乌斯死后留给后人的是一番秩序井然的事业。

## 战争欲望和权力欲望

努马·庞皮利乌斯仙逝后，在萨比纳战役中不幸阵亡的荷斯特斯的孙子图卢斯·赫斯梯利乌斯成了国王的接班人。图卢斯是个野心勃勃的人，他希望能成为世界上地位最高的人，而这一切又必须诉诸武力，于是，努马·庞皮利乌斯时代的和平转眼即逝。在图卢斯的挑唆下，罗马人开始向四周不断地扩张，他们甚至敢闯进阿尔巴人的田地上去，流血事件不断发生。

努马·庞皮利乌斯曾谕示过，在爆发战争前必须关掉亚奴斯庙的大门，图卢斯并没有忘记他的谕示，提早和元老院打了招呼，而且扬言要想方设法进行一场正义的战争。元老院对新国王的决定给予了警告，但却没有起到任何成效。

图卢斯本打算派使者到阿尔巴去，要求对方为边境上的损失进行赔偿，如果罗马人的要求遭到拒绝，

**古罗马城遗址**

罗马城的历史可追溯到公元前12世纪。公元前27　公元476年，它是古罗马帝国的发祥地和首都；1870年，意大利统一后，它被定为首都。

罗马人则有理由堂而皇之地进攻阿尔巴。但图卢斯的如意算盘打错了，罗马使者还没离开罗马城，阿尔巴派来的使者已经到了罗马，阿尔巴人也不想成为发动战争的罪魁祸首，而想把这一"荣誉"让给罗马人。

图卢斯倒是显得相当镇静，他热情地接待了阿尔巴的使者，盛宴接二连三，各种赛车、赛马、祭拜活动更是持续不断，每当阿尔巴使者想要开口谈正经事时，图卢斯总是打岔说："诸位是罗马的贵客，理应受到隆重的欢迎，我们欢庆完再谈正事也不迟。"就这样，阿尔巴人一直被耽搁着。

一天，图卢斯终于盼来了等待已久的消息，罗马的使者在阿尔巴要求赔偿时遭到了粗鲁的拒绝。图卢斯马上召见阿尔巴使者，声色俱厉地让他们滚出罗马城，并正式向阿尔巴宣战。

意大利是个重视习俗的国家，其中一个习俗是赔偿要求遭到拒绝后必须预留30天的期限，之后才能开战。尽管图卢斯急切地想抓住黩武的机会，但他不得不考虑到民众对习俗的遵从。

阿尔巴人已经在30天期限里把军队推进到了罗马城下，但面对固若金汤的罗马城，阿尔巴人也不敢轻举妄动。战争的日子终于到了，图卢斯率领罗马军队直扑阿尔巴人。阿尔巴人也不甘示弱，摆开阵式迎敌。

正在大战一触即发的关键时刻，阿尔巴国王不幸死于行军途中，墨陀斯·富弗梯乌斯被临时任命为战时总指挥。而台伯河对岸的伊特卢利阿人也想介入战争，他们不想看到罗马人在阿尔巴·隆伽取得胜利。图卢斯陷入了困境，他怕在罗马人进攻阿尔巴人时，伊特卢利阿人渔翁得利，所以，迟迟没有吹响进军的号角。

墨陀斯·富弗梯乌斯看出了罗马人的顾虑，而且以阿尔巴人的力量，也很难在这场战争中取得胜利。

"亲爱的罗马国王，我们之间的这场战争其实只是因为一些边境上的小问题导致的，难道非得通过杀戮才能解决吗？罗马人和阿尔巴人本就是两个近亲的民族，一旦战争爆发，伊特卢利阿人会趁机削弱我们两方的力量，我建议从罗马人和阿尔巴人中选出几名英勇的武士，由他们来决定是由罗马统治阿尔巴，还是由阿尔巴统治罗马。"墨陀斯·富弗梯乌斯走出阵列向罗马阵营大声喊道。

鉴于形势，图卢斯只能答应了这一建议。经过筛选，这一决定民族命运的使命落到了库里阿梯尔和贺雷梯尔的两家三胞胎上。六青年受宠若惊，心中充满

**罗马亚奴斯庙的大门**

曾有前王谕示说，一旦罗马与外邦开战，在战争爆发前必须关掉亚奴斯庙的大门。好战的图卢斯这样做了，他扬言进行的是正义的战争，但疯狂的对外扩张最终使他遭到了严厉的惩罚。

自豪，但这是多么沉重的任务啊。

一场激烈的战斗开始了，最初，库里阿梯尔兄弟占了上风，贺雷梯尔兄弟中的一人很快便被击中，不久，第二个也倒地身亡。胜利似乎已稳属库里阿梯尔兄弟了，但就在这时，贺雷梯尔兄弟中的老三普泼利乌斯抓住有利时机，转败为胜。罗马人欢呼着走上阵前拥抱为罗马人争得荣誉的英雄。墨陀斯·富弗梯乌斯满怀凄凉地表示愿意服从罗马人的命令。

普泼利乌斯脸上一直阴沉着，要知道，在库里阿梯尔兄弟中，有他妹妹的未婚夫，是他亲手杀害了自己的妹夫，而使妹妹成了寡妇，这是多么不幸的事啊，但是，为了民族的命运，家庭的利益又是多么地渺小啊。

正当罗马人沉浸在庆祝胜利的欢乐中时，不甘忍受丧失特权煎熬的阿尔巴人蠢蠢欲动，他们图谋能恢复在拉丁姆大地上的霸权。墨陀斯·富弗梯乌斯秘密地向周边的其他城市派出了使者，希望联合一切可以联合的力量抗击罗马人。维几人和费特纳两个城市对阿尔巴人的建议做出了响应，并商定由墨陀斯·富弗梯乌斯带领阿尔巴人与罗马人共同作战，等到关键时刻阿尔巴人从罗马人的阵营退出，加入到与罗马人敌对的阵营中来。

图卢斯毕竟是一个熟谙战事的国王，他早已识破了墨陀斯·富弗梯乌斯的阴谋。在与维几人和费特纳人作战时，他冲到阵前，大声叫喊着，像是让自己的军队听到，其实是让对方也能听得清楚："瞧啊，墨陀斯·富弗梯乌斯是多么地勇敢，我相信他一定能把敌人打得落花流水，用不了多久敌人就会发现他们上当受骗了。"图卢斯的这一招真是起到了效果，维几人和费特纳人信以为真，于是争相逃跑，阿尔巴人为了掩盖自己的背叛行为则奋起追击。

罗马人又一次取得了胜利，图卢斯像是什么也没有发生过，为了表彰墨陀斯·富弗梯乌斯在这次战争中的功绩，图卢斯专门举行了一场盛大的宴会。墨陀斯·富弗梯乌斯带着将士毫无戒备地参加了宴会，当他们刚到达目的地时，罗马人便蜂拥而上，抓住了这个背叛联盟的人，并把他处以死刑。从此以后，阿尔巴这个城市消失了，阿尔巴人移居到罗马，拉丁姆地区的霸权转到了罗马人手中。

图卢斯的欲望并没有得到满足，他妄想着像努马·庞皮利乌斯那样把天公朱庇特召唤到自己面前，但他始终找不到正确的咒语，尽管他非常努力地去寻找。最后，图卢斯终于在一道闪电中结束了自己的生命。

## 塔尔库依尼乌斯当上国王

罗马的第三代君主图卢斯被闪电劈死之后，努马·庞皮利乌斯的孙子安库斯·玛尔策乌斯上台执政。这一时期，没有发生过大的战争，拉丁姆大地虽然潜伏着危机，但也相安无事。

塔尔库依尼的卢库摩是在伊特卢利阿生下的半个希腊人，他的名字是自己家乡的名字。在伊特卢利阿，他与美丽的姑娘塔娜库伊尔结了婚。塔娜库伊尔不仅美丽，而且相当有志气，由于她嫁给了外来人的儿子，在伊特卢利阿备受欺凌、侮辱。塔娜库伊尔满怀忧伤地

对丈夫说："亲爱的，我们离开这个城市吧，你瞧，这里到处充满着残暴与杀戮。听说罗马是个充满和平的国家，那里的一切都井然有序，你的才华在那里一定能得到施展的，那是一个多么有希望的民族啊。"

卢库摩深爱着妻子，他知道妻子因嫁给他在这个国家所受的委屈，同样，他也急切地想逃出去。自己是希腊人，聪明勇敢，在台伯河旁一定能寻找到幸福的。

经过长途跋涉，夫妻俩终于到了台伯河另一侧的亚尼库罗姆山坡，望着对岸的罗马城，卢库摩深感到它的伟大，但是，这个伟大的城市真的能给他们带来幸福吗？卢库摩正想着，一只雄鹰飞了过来，叼走了他头上的帽子。

"亲爱的，你瞧啊，我们刚踏上这片土地，上苍就给我们送来了骄傲的使者。不要去寻找你的帽子了，光着脑袋才是罗马人的习惯，让你就这样走向未来吧。"说着，塔娜库伊尔拉起丈夫的手朝台伯河走去。

"依我看，这种情况预示两种可能，或是我以后逢人必须摘下帽子，或是我将遇到杀头之灾，那可真是不需帽子了。"卢库摩半开玩笑地对妻子说。塔娜库伊尔也无法理解雄鹰最后的真谛，但探求这些已无多大意义："卢库摩，我们无需再犹豫。把你的头发按罗马人式样剪短，胡须剃掉，另外，你的名字太希腊化，从现在开始，你改名叫卢茨乌斯·塔尔库依尼乌斯。"后人习惯在塔尔库依尼乌斯的名字前再加上"普列斯库斯"，以与后世君主"傲王塔尔库依尼乌斯"区别。

塔娜库伊尔的话不容反驳，以前的卢库摩，现在的塔尔库依尼乌斯不得不承认妻子学识渊博，所以他从来都把妻子的建议当作命令。

趟过台伯河的塔尔库依尼乌斯和塔娜库伊尔回头张望着。

"伟大的罗马人，竟然连一座桥都没有。不过，我会给你建造的。"塔尔库依尼乌斯自言自语道。

正如塔娜库伊尔预见的那样，罗马给外来人提供了很多发展机会，塔尔库依尼乌斯就是一例，他凭着变卖土地挣到了一大笔钱，这笔钱使得夫妻俩能在这个城市体面地生活。塔尔库依尼乌斯还帮助罗马人建造了港口，在海里造了土坝和水塘，并学会了造三桨船的技术和如何根据太阳和星星的位置穿越大海的惊涛骇浪。

国王安库斯·玛尔策乌斯死后，他的两个儿子中的任何一人都可以继承王位，但此时的罗马人已经把慷慨大方、具有雄图大略的塔尔库依尼乌斯视为君主。元老们也顺应民意，引诱安库斯·玛尔策乌斯的两个儿子外出围猎，而当两个本可以登上王位的王子兴冲冲地打猎归来时，他们已经一无所有了，塔尔库依尼乌斯成了罗马第五代君主。

塔尔库依尼乌斯是个开明的君主，他努力抵制国家事务中的贵族特权，但由于天神的存在，他并没有进行彻底地变更。

在塔尔库依尼乌斯执政期间，罗马人与萨比纳人又进行了一场新的战争，萨比纳人大败。罗马人还取得了和拉丁部分城镇战争的胜利。此外，在库依律奴斯人和伊特卢利阿人

罗马时期的银币

的冲突中，罗马人渔翁得利，塔尔库依尼乌斯被任命为台伯河和亚平宁山脉间大帝国的总盟主。

稳定了罗马的局势后，塔尔库依尼乌斯开始着手进行和平建设，这些事业足已让他名垂千史，如修筑了排水渠排干了沼泽地的积水，建造了巨大的广场、庙宇和市政建设，在阿文丁山和策利乌斯山坡间造起了圆形的赛马场等。

在塔尔库依尼乌斯的王宫里有一个女仆，女仆有个叫图利乌斯的儿子，由于出身低微，女仆和孩子常会招致很多谣言，人们习惯便把图利乌斯的名字前加上"赛尔维乌斯"，即奴隶的意思。图利乌斯长得富态高贵，聪明过人，很得塔尔库依尼乌斯和塔娜库伊尔的喜欢。

一天，图利乌斯在宫殿的卧室里睡着了，有人想把他推醒时，图利乌斯的头上突然燃起了奇异的烈火，王宫里所有的人都惊呆了。当宫廷仆人准备提水灭火时，被赶来的王后塔娜库伊尔制止了："尘世间没有任何力量或元素可以熄灭精神的光芒的，这个孩子将给罗马带来巨大的荣誉，他将完成你的事业，继承你的王位。"塔娜库伊尔扭头对丈夫说。

从此以后，塔尔库依尼乌斯把图利乌斯当作自己王位的接班人来培养，让孩子接受各种智慧的教育，教给他主持国家事务的种种秘诀，还把许多神秘奇幻的宝物留给了他。

安库斯·玛尔策乌斯的两个儿子看到国王分外厚待图利乌斯，猜想塔尔库依尼乌斯一定是想让图利乌斯继承王位。他们哪里甘心让本应属于自己的王位被剥夺啊，于是，他们设计杀害了国王塔尔库依尼乌斯。王宫里早已乱作一团，只有王后塔娜库伊尔还保持着清醒。她命令祭司把国王的尸体保存好，封杀国王的死讯，对外只说国王身受重伤，不能亲临朝政，而由图利乌斯接管宫廷事务。玛尔策乌斯的两个儿子以为塔尔库依尼乌斯真的没有被杀死，急忙逃出罗马。

**加德塘三层引水渠**
跨越法国南部嘉顿河深谷，这座既实用又壮观的水渠是罗马工程最精湛的功绩。

## 出身低微的赛尔维乌斯·图利乌斯

赛尔维乌斯·图利乌斯是罗马唯一一位没有经过选举而登上王位的君主。塔尔库依尼乌斯刚去世时，图利乌斯只是奉王后命之执政，而并非真正的国王。后来，人们慢慢地适应了这位新君主，元老们也不得不承认图利乌斯为新国王。

图利乌斯上台后不久便实施了伟大的改革，即颁布"赛尔维乌斯宪法"。"赛尔维乌斯宪法"的目的首先是通过居民平等建立一支强大的平民军队。贵族在军队中的特权被取消了，不过，贵族的其他特权都还保留着。无论贵族还是平民，一律分成具有选举权的六个等级，每个等级都分成百人团，每个百人团在百人团会议中拥有一票。虽然图利乌斯为建立民主政治作了很大努力，但当时真正民主的条件尚未成熟，贵族们在实际生活中依旧充当着最重要的作用。

人们按财产决定地位和划分等级以后，图利乌斯把民众召集到罗马城与台伯河之间的空地上，举行宣布新宪法的仪式。祭供完女神卢阿俄以后，图利乌斯向围在空地中央的神坛周围的八千多民众宣布："这样的财产评估与等级的划分每五年举行一次，这将鼓励罗马人自强不息的精神。"图利乌斯环视了一下四周，接着说："我还将宣布，我将把自己的两个女儿嫁给已故国王塔尔库依尼乌斯的两个儿子，以表达我对老国王的仰慕。"罗马人对新国王的这一举动给予了热烈的掌声。图利乌斯还进行了一段煽情的演讲："罗马城建在五座山坡上，埃斯库依岭和维弥娜利斯山上则长着树木。这七座山，即阿文丁山、帕拉丁山、策利乌斯山、库依律娃利斯山、埃斯库依岭山、维弥娜利斯山、卡皮托尔山是罗马的全部，七座山城将坚如磐石，彪炳史册。"此后，"七座山城"成了罗马的代名词。

随后，罗马人为新国王图利乌斯的两个女儿与前国王塔尔库依尼乌斯的两个儿子举行了婚礼，但婚礼的不协调却造成了罪孽的爱情和冷酷的谋杀。

图利乌斯的大女儿图利亚是一个性情粗野、行为放荡的女人，而她的丈夫，塔尔库依尼乌斯的长子却是一位弱不经风的懦者。文静、柔弱的图利亚的妹妹却嫁给了野心勃勃的卢茨乌斯。命运使然，卢茨乌斯和图利亚对不如意的婚姻充满了抱怨，他们相信他们俩才是天造地设的一对，于是，他们经常偷偷地约会，做一些伤风败俗的勾当，最后，这两个阴险恶毒的男女开始设计谋害自己的配偶。当婚姻的障碍被移除后，他们又恬不知耻地另行结婚。虽然这消息在罗马的"七座山城"很快传开了，但由于卢茨乌斯组建了一支忠实于自己的卫队，使国王和居

**古罗马元老院议员浮雕**
古罗马元老院议员基本由青一色的贵族组成，元老们拥有极大的权力，新国王必须得到元老院的承认才能行使权力。元老院在限制国王独裁上起了积极作用，但它处处为贵族谋福利而漠视平民利益，经常使阶级矛盾激化。

民失去了直接联系，图利乌斯依然被蒙在鼓里。

卢茨乌斯与图利亚的野心并没有就此结束，而是越发膨胀，卢茨乌斯居然打起了罗马王位的主意。当一批因受到图利乌斯法律约束的人来投奔卢茨乌斯时，这两个不肖宫廷子女认为时机已经成熟。卢茨乌斯本打算通过元老院使国王让位，但图利亚却恶狠狠地对丈夫说："如果你重视我们的爱情，你就应该推翻我父亲，把他送到极乐世界，只要我父亲还活着，罗马人就会把他视为君主，他们会助他夺回王位。"女儿对父亲已经没有一丝的留恋，听到妻子大义灭亲的想法，卢茨乌斯坚定了信心，他带领他的卫队发动了一场宫廷政变。稍有抵抗或是提出异议的大臣都惨死在了卢茨乌斯的利剑下。一路上边砍边杀，卢茨乌斯来到了元老院的会议大厅，一个健步坐到了象牙宝座上。图利乌斯也来到元老院会议大厅，竟被眼前的一切惊呆了，他怎么也不会想到自己的女婿竟坐到了象征王位的宝座上。

图利乌斯召呼着比他还要慌张的大臣们把篡位的女婿赶下去，但却看不到一只援助之手。在卢茨乌斯利剑的威胁下，所有的人都失去了反抗的能力。图利乌斯彻底绝望了，他猛地朝象牙宝座冲过去，伸出一双曾经为罗马带来辉煌的瘦弱的手，想把卢茨乌斯拽下来，但他反而被女婿推下了台阶。图利乌斯挣扎着从地上爬起，望了一眼洛摩罗斯曾经坐过的象牙宝座，转过身走出了大厅。

**英雄不朽　意大利　莱奥尼**

对国家和人民有贡献的人，人民会永远记得他。为了纪念图利乌斯为罗马作出的贡献，罗马人在幸运女神庙内建立了图利乌斯的巨大雕像。

卢茨乌斯用武力成了名副其实的国王，他环顾大厅，向元老们宣布："从现在起，洛摩罗斯的法典取消，赛尔维乌斯宪法也被取消，我将成为全罗马至高无上的国王。"卢茨乌斯忠实的卫士们欢呼着。

走出元老院大厅的图利乌斯踉踉跄跄地走进狭窄的塞泼律斯胡同，那里有他在成为罗马国王之前的住宅，胡同里的人们都退避三舍，他们害怕篡权者的陷害。当图利乌斯已经看到自己的房子时，卢茨乌斯派来的密探从背后向这位可怜的国王刺了一剑，图利乌斯就这样被自己的女儿和女婿害死了。

一辆马车飞驰而来，图利亚端坐在车上，她紧抓缰绳，驱赶着马车一路狂奔，像是急切地想得到某种消息一样。当一具尸体挡住马车的去向时，图利亚才如释重负地发出胜利的呼喊，再度扬起马鞭，马车驶过图利乌斯的尸体向远方奔去。

为了纪念图利乌斯为罗马作出的贡献，罗马人在幸运女神庙内建立了图利乌斯的巨大雕像。图利亚害怕父亲的阴魂会缠着自己不放，决定把雕像投到祭祀的火焰中烧掉。当她面无表情地来到父亲的雕像前时，雕像抬起一只手遮住了自己的眼睛，图利亚被雕像的举动吓得瘫倒在地，忙命人用布把雕像遮盖起来。从此以后，罗马进入到了一段恐怖的历史时期。

## 驱逐傲王

卢茨乌斯·塔尔库依尼乌斯当上罗马的国君后,取消了百人团、元老院和政府最高机构。为了建造庞大的建筑,他提高税赋,四下搜刮。和所有的暴君一样,他以为用巨大的建筑、胜利的战争和隆重的节日就可以把人民对他的仇恨掩盖起来,就可以让人民忘却以前的自由。然而,人民对暴君的反抗与日俱增。不过,也正是这些卢茨乌斯时代的建筑给罗马留下了不少美丽的传说。

卢茨乌斯·塔尔库依尼乌斯为了得到大量的金钱,不断地袭击拉丁姆地区的其他国家,在被占领的地区,他派人对当地隐藏的珍宝进行调查,然后再进行掠夺。

罗马人占领了伽比城,卢茨乌斯也照例在伽比城安排了代表,愤怒的伽比人并没有向罗马人屈服,他们驱赶了罗马国王的使者,但他们对罗马联盟还是十分忠诚的。卢茨乌斯恼羞成怒,他没有想到连小小的伽比城也会不安分守己,于是率领罗马军队征讨伽比城,谁知道竟被伽比人打得大败而逃。卢茨乌斯哪里会善罢甘休,可怎样才能再次占领叛逆的伽比城呢?

"如果硬拼,只会让伽比人更加仇恨罗马,所以只能智取,可怎么个智取法呢?"最后,卢茨乌斯想出了一个冒险的苦肉计,他把儿子赛克思吐斯暴打了一顿,直到儿子的全身被皮鞭抽得皮开肉绽为止。然后,赛克思吐斯去了伽比城,对伽比人可怜地哭诉父亲的残暴和虐待,希望能骗得伽比人的同情与信任。起初,伽比人并没有被罗马国王儿子假惺惺的眼泪和无耻伪善的姿态所骗,他们极力地排斥赛克思吐斯,但在赛克思吐斯全力诅咒父亲和极尽诡辩之后,伽比人还是给他留下了一块栖身之地。

赛克思吐斯十分聪明,尽管伽比人对他处处防备,要求苛刻,但在他的"努力"之下还是步步高升,直到被任命为军队总指挥。而且,赛克思吐斯还对伽比人信誓旦旦说要推翻残暴的罗马国王的统治,至此,伽比人对罗马儿子的防备之心彻底放松了。

看到时机已经成熟,赛克思吐斯派心腹前往罗马。卢茨乌斯·塔尔库依尼乌斯听到儿子在伽比城的消息后十分高兴,他把儿子派来的使者领到罂粟盛开的花园里,把花朵统统割下来。当使者困惑地把国王的"无言指示"转告给赛克思吐斯时,聪明的儿子立即明白了父亲的用意,父亲是指示自己对待伽比城里的关键人物像砍罂粟花一样砍掉他们的头。

对于父亲的指示,赛克思吐斯丝毫不敢怠慢,他在城内散布谣

**伊特拉斯坎斗士**
公元前509年罗马贵族们推翻了专制的第三代伊特拉斯坎国王,图中的青铜武士象征他们。此后罗马人建立起一个崭新的共和制国家。

言，败坏那些头面人物的名声，然后再顺应群众的意思，把这些人抓起来判处死刑。就这样，伽比城里那些可以独当一面的人物不是被暗杀就是被赶了出去。

没过多久，在卢茨乌斯的率领下，罗马军队来到了伽比城下，赛克思吐斯打开城门迎接父亲的到来，伽比人再一次沦落到罗马的残暴统治之下，大批大批的金银珍宝被运往罗马。

一天，正当罗马人用抢来的财物建造宫殿时，一条巨蟒的出现吓得人们魂不附体，卢茨乌斯更是心惊肉跳，他对自己篡夺来的王位非常紧张，于是决定派人去当时世界上最有名的德尔斐神庙，问此蛇到底是主凶主吉。最后，卢茨乌斯的两个儿子梯拖斯、阿宏斯和他姐姐的儿子卢茨乌斯·尤斯梯奴斯·布鲁图被派去遥远的德尔斐神庙。

三个人顺利地完成了卢茨乌斯交给的任务。

"阿宏斯，我们何不问一下父亲死后该由我们三兄弟谁来继承罗马王位呢？"梯拖斯别出心裁地向兄弟建议道。

阿宏斯对此也极其地感兴趣，二人得到的神谕是："第一个亲吻母亲的人将获得罗马王位。"阿宏斯和梯拖斯不解其意，究竟谁会第一个亲吻到母亲呢？既然是神谕，那只有听天由命了，但兄弟俩发誓，绝不让留在罗马的赛克思吐斯知道这件事，这样，他们就少了一个竞争对手。

蹲在神庙角落的布鲁图在任何人眼中都是一个傻乎乎的人，他有着一副可爱的模样，胆小怕事，国王霸占了他的财产他却毫无反抗，宫廷里的所有人都认为他是一个微不足道、毫无妨碍的人。卢茨乌斯派他到德尔斐神庙去，也只是为了使他的两个儿子在半路至少有个取笑的对象。其实，布鲁图是个聪明的人，他对国王舅舅的暴行极端仇恨，只是躲过了每个人的眼睛。听到神谕后，布鲁图领会了其中的喻意，当三人离开神庙的时候，他故意从台阶上摔了下去，双唇贴到了地面。

回到王宫后，三人得到消息，国王率罗马军队去征讨罗图勒人了，并留下命令，让三人回宫后迅速到前线参战。

罗图勒是个强悍的民族，尽管罗马军队从四面八方把京城阿尔特尔包围了起来，罗图勒人还是没有向罗马人屈服，而是顽强地抵抗着，罗马人一时难以攻下城池。

在这种持久战面前，卢茨乌斯的三个儿子觉得无聊，开始寻找乐子。

"亲爱的卡拉梯奴斯，听说你的妻子对你非常忠诚，不如我们三兄弟来和你打个赌，我们现在立即返回罗马，看谁的妻子对丈夫忠诚，谁就赢得这场比赛的胜利，将来攻陷了阿尔特尔城，城里的珍宝就给谁，你说怎么样？"赛克思吐斯对罗马将领卡拉梯奴斯将军说。

卡拉梯奴斯将军本对这种事极其反感，他从来不怀疑自己的妻子，更没有必要怀疑别人的妻子，但在三兄弟尖刻的嘲笑下，他还是与三兄弟一起深夜回到了罗马。

在国王的宫殿里，三兄弟的妻子们正大摆宴席，乐师们来来回回地吹奏献艺，赛克思吐斯气得大骂一阵，驱散了宴会。然后四个人来到了卡拉梯奴斯家里。

卡拉梯奴斯的妻子卢克蕾茨亚正在客厅里纺线，国王的三个儿子只好认输，四个人又风尘仆仆地赶回了前线。

第二天深夜，赛克思吐斯悄悄地回到了罗马，他被美丽的卢克蕾茨亚迷住了。当他出现在卡拉梯奴斯的家里时，柔弱的卢克蕾茨亚惊呆了。卢克蕾茨亚是个善良贤惠的妻子，当被赛克思吐斯蹂躏后，她派人给丈夫、父亲和布鲁图送去消息，然后用一把尖刀结束了自己的生命。

三个男人赶到现场时，卢克蕾茨亚已经惨死。布鲁图颤巍巍地从卢克蕾茨亚胸口拔出尖刀，一改往日傻乎乎的模样，眼睛里充满了愤怒。他来到广场上，对早已围在那里的人们进行了一场伟大的演说，他号召人们起来反抗暴君的统治，"打倒暴君"的口号响彻宇宙。

起义开始后，人们占领了王宫，因为罗马城内的军队都在阿尔特尔前线，罗马城很快被起义军占领了。布鲁图还率军开赴阿尔特尔前线。卢茨乌斯见大势已去，带领两个儿子逃到了伊特卢利阿，赛克思吐斯则因罪恶累累被永久留在了伽比城。从此，罗马改制成共和制，经过元老院和百人团选举，布鲁图和卡拉梯奴斯成了罗马的第一批最高行政长官。

## 布鲁图之死

当罗马暴君卢茨乌斯·塔尔库依尼乌斯被推翻时，罗马人并没有夺取国王性命，使得他能够顺利逃脱。然而，卢茨乌斯并没有对罗马人民的宽容产生感激，相反，他在栖身国伊特卢利阿的克罗西乌姆城时刻都在关注着罗马国内的情况，甚至急切地想着复仇，想再次登上罗马王国的宝座，想成为意大利的主宰。

受自尊心的驱使，卢茨乌斯并没有煽动伊特卢利阿对罗马发动战争，尽管克罗西乌姆的国王泼尔塞纳对他非常支持。卢茨乌斯希望凭着自己的力量逐步实现自己的复仇大业。

卢茨乌斯虽然是个暴君，但在罗马国内他也有相当一部分追随者，这其中就包括布鲁图的儿子和卡拉梯奴斯的侄子们。卢茨乌斯正是想凭借这批力量以实施自己的计划。

一切都按着卢茨乌斯的计划进行着，看一切准备就绪，卢茨乌斯派使者到罗马城索要自己的财产。罗马人民和行政长官答应了归还国王的财产，甚至愿意尊重他的王国体制，把罗马王国还给他。

但是，使者来到罗马城的任务并不只是这些，这些只是明里的表象而已，卢茨乌斯交给他们的实际任务是暗地里进行密谋，以推翻行政长官的统治。

国王的使者很快与罗马城里的那些王国体制的拥护者取得了联系，并相约在一个拥护者的家里聚会议事。那天，那家的其他人员都被安排到田地里劳动去了。国王的拥护者聚在一起，排成一队人马向家里走来。事也凑巧，去田地里劳动的一个奴隶发现自己忘带了工具，

罗马军队战斗浮雕

当他回到家里取了工具刚要出门时，发现包括他的主人在内的一群人正要进屋。这个奴隶怕主人会因自己的疏忽而责备自己，忙躲进了一个衣橱里。

"大家都是国王的拥护者，我们的国王在奸人的陷害下背井离乡，但他却时刻关心着大家，希望我们大家共同努力，恢复以前的罗马辉煌。"奴隶从衣橱的缝隙里把外面发生的一切看得真真切切，布鲁图的几个儿子正把一些信件递到一些人的手上，这些人之中有卡拉梯奴斯的几个侄子，他们刺破手臂上的血管，让血滴到一只酒杯里，然后每人喝了一口。这个奴隶马上明白了这些人的企图，他们是想颠覆罗马共和国啊。

当这群人走了以后，这个奴隶在衣橱里发呆了好一阵子，怎么办呢？该不该把主人的这一计划说出去呢？最后，他走进了普泼利乌斯·法莱利乌斯的家。普泼利乌斯是一个律师，由于为民众赢得了很多官司，深得民众的爱戴，他的客厅里常常聚集着一群罗马的无产者。

**百人团执政官布鲁图青铜雕像**
古罗马人经常在公共场所或圣所为他们的首领塑像，以此来抒发敬仰之情。百人团第一任执政官布鲁图，在推翻傲王卢茨乌斯专制统治中功不可没，古罗马人为了表示对这位贵族的敬意特制作了此雕像来纪念他。

这个奴隶把自己的遭遇告诉了普泼利乌斯，希望他能为自己拿个主意。这个穷人的律师立即把这一消息向罗马最高行政长官作了报告。

得到消息的布鲁图立即派人搜查了国王使者的住所，在那里搜到了相关罪证。布鲁图的内心大为震惊，他没有料到自己的儿子竟会卷到背叛自己的事件中去。对国王的使者，罗马人没有裁决的权力，因为他们享有特别优待权，但布鲁图将如何对待自己的儿子们和背叛罗马共和国的罗马人呢？

第二天，谋反案件由两个最高行政长官——布鲁图和卡拉梯奴斯在罗马广场公开审理，罗马人很早就来到了广场，广场被围得水泄不通。人们争先恐后地向台上看，叫喊声、咒骂声、口哨声响成了一片。

布鲁图的脸阴沉着，面对两个儿子，他实在无法想象他们竟会背叛自己。他高高地举着手里作为罪证的信件，高声对台上的两个儿子说："梯拖斯和台伯里乌斯，告诉你们的人民，你们是自愿参与谋反的吗？"

没有听到任何回应，布鲁图的脸更加昏暗了，他直视着两个儿子，像是要把他们融化到自己的骨子里一样，片刻之后才缓缓地说："沉默即代表你们承认你们的罪行了，梯拖斯和台伯里乌斯，你们虽然是我的儿子，但我不能为了你们而对不起罗马的人民。你们先被判处斧劈刑，处死前先行鞭刑。请执行命令吧。"

台下的人们嘘成了一片，但他们并没有在布鲁图眼里看到悲伤，作为父亲的布鲁图瞪着眼睛，如同一尊僵硬的雕像。当他的两个孩子的脑袋滚落到石板上时，他没有低头看上一眼。多么无情的一个父亲啊，可又是多么伟大的一个父亲啊。

接着，布鲁图转过身，对其他的谋反分子说："你们知罪了吗？"

一阵沉默，没有任何声响。

人们已经意识到下面要发生的事，垂下目光，等待那一刻的到来。

卡拉梯奴斯并没有布鲁图的铁石心肠，他是多么希望能救下自己的侄子们啊，那是他姐姐的孩子啊，如果侄子们有个三长两短，他是多么无颜面对自己的姐姐啊。

"我希望能动用向全民请示的权利，请求最高行政长官宽恕我的侄子们，他们只是一时受国王体制的迷惑，被国王的花言巧语打动了，他们还只是个孩子，无能力辨别是非。而且，我们答应过归还国王的财产，这正好误导了他们，亲爱的布鲁图，请考虑到这一切，饶恕这些孩子们吧。"

广场上已经哭成了一片，人们同情这些年轻人，但并不是同情那些出卖国家的人。最后，关于宽恕的请求遭到了拒绝，谋反的叛徒得到了应得的下场。

一直如雕塑般的布鲁图终于抑制不住内心的悲痛，大滴大滴的眼泪顺颊而下。为了赢得罗马人的信心，他失去了仅有的两个儿子，在布鲁图看来，这又是必须割舍的。而卡拉梯奴斯则惭愧地辞去了最高行政长官的职务。普泼利乌斯作为罗马的有功之臣，接替了卡拉梯奴斯的职务，还被元老院接纳为平民委员。为了区别贵族委员，平民委员被称为"写上去的人"。

经过这一事件，国王的财产被民众瓜分了，土地归于国家，憎恨国王的人们再也不打算宽恕傲王卢茨乌斯。

卢茨乌斯也同样被罗马人激怒了，他不想求助于强大的泼尔塞纳，而是想方设法地说服塔尔库依尼人对罗马进行征讨。维几人曾数次输给罗马人，经过挑唆，便组成军队与卢茨乌斯招募来的军队汇合一处，浩浩荡荡地向罗马推进。

布鲁图率罗马军队迎战，然而，当他冲锋陷阵时，被卢茨乌斯的一个儿子杀害了。罗马人在普泼利乌斯的率领下继续战斗。夜幕降临的时候，双方还是不分胜负。

夜深了，一个洪亮的声音在战场附近的树林里回荡着："胜利是属于罗马的，卢茨乌斯的军队里多伤亡了一个人。"卢茨乌斯派人到树林里找寻声源，却怎么也找不到。

难道这是神的声音吗？难道是神又在保护着罗马吗？

卢茨乌斯的士兵们惊恐万分，他们不敢重上战场，怕触犯神威。维几人则趁着黑夜撤回了本国。

罗马人虽然再次取得了胜利，但却付出了巨大的代价，为了纪念罗马的第一任最高行政长官布鲁图，罗马妇女们穿了整整一年的孝服。

## 独眼人归来

卢茨乌斯企图恢复罗马王制的第一次战争失败了。在这次战争中，罗马失去了一位伟大的人物，自由的缔造者——布鲁图。卢茨乌斯对于这次的失败虽然很是气恼，但见群龙无首，于是又开始策划了第二次进攻，他决定请求克罗西乌姆国王泼尔塞纳的支持。泼尔塞纳本来不想与罗马人民为敌，不过还是禁不住卢茨乌斯的鼓动，最终决定投入战争。

克罗西乌姆人属于图斯克人，他们有一支庞大的军事力量，装备精良，号称永不战败之师。在波尔塞纳的率领下，这支军队浩浩荡荡地朝着罗马进发。看到来势汹汹的敌人，罗马军队没有正面抗击，而是隐藏在坚固的罗马城墙后面，以伺时机。

波尔塞纳命令图斯克人抢占台伯河对岸防守薄弱的亚尼库罗姆山的制高点。赛尔维乌斯墙在靠台伯河附近空出了一段，从亚尼库罗姆山脚下可以直通罗马城，如果克罗西乌姆的军队从台伯河左面合适的地方发动进攻的话，罗马城将很快被攻下，但他们没有。就这样，罗马城得到了片刻的喘息之机。

亚尼库罗姆山上的罗马守军面对强大的攻势毫不畏惧，可是，毕竟兵力相差悬殊，图斯克人很快就兵临罗马城下。只要波尔塞纳率兵过了城前的一座桥，那么攻克罗马城就如囊中取物了。

**古罗马酒壶**

为了保存实力，罗马军队争先恐后地从桥上撤向城内，波尔塞纳的军队趁机向桥上冲来。情况危急，眼看敌军就要上了桥，罗马人慌作一团。

这个时候，如果没有一位能担起责任的英雄出现，罗马将毁于一旦。罗马是受众神护佑的，所以，众神同样安排了这么一位能拯救罗马的英雄适时地出现。

贺雷梯乌斯是步兵队的老兵，他曾参加了罗马对伽比的作战。在战争中，他冲锋陷阵，英勇无比，在战争快结束时却不幸失去了一只眼睛。后来，人们习惯叫贺雷梯乌斯"库克莱斯"，即"独眼人"的意思。

看到声势浩大的敌军，贺雷梯乌斯也着实吓了一跳，但很快便镇静下来。他阻止住士兵的后撤，高声命令道："勇敢的罗马人，我们现在的唯一任务就是把台伯河桥拆掉。"

听到这位普通士兵的命令，很多人表示了怀疑。看到士兵们无动于衷，贺雷梯乌斯拔出刀，脸上出现了令人畏惧的神情："你们可以不服从我的命令，但你们不能不服从我这把刀的命令。"

"可是，可是，敌人会等我们顺利地拆除台伯河桥吗？他们会想方设法阻止我们行动的。"一个士兵胆怯地对独眼人说道。

贺雷梯乌斯哈哈大笑起来："你是多么地聪明啊，可我们必须在敌人过桥之前拆掉这座桥，你们只需按我的命令行事，如果谁妄想先逃进城，谁就会成为这把刀的试刀石。"

面对不是统帅的统帅，士兵们依然迟疑不决。

这时，两个士兵走到贺雷梯乌斯眼前，鼓足勇气说："好吧，库克莱斯，我们愿意听从你的命令，和你一起战斗。"

贺雷梯乌斯坚毅地点着头，没有露出半点怯敌之色。受独眼巨人的感染，他的两个伙伴也信心百倍。三个人调转头，把刀剑当利斧，用长矛做撬棒，不一会儿，台伯河前的小木桥被拆除了。

像罗马人预料的那样，敌人并没有眼睁睁地看着桥被拆除，克罗西乌姆的军队蜂拥而上，冲上台伯河桥。面对强大的敌人，贺雷梯乌斯和他的两个伙伴显现出了惊人的镇静。

167

□古罗马神话彩图馆

他们一字排开，奋力抵抗着敌人的进攻。克罗西乌姆军力虽多，但桥上的地势是一夫当关，万夫莫开，每排只能通过三四个人，而这三四个人刚走上桥来，便成了贺雷梯乌斯的刀下鬼。罗马人飞舞着利剑，闪电般地攻击着敌人。

图斯克人作了很大努力，一直没能占领台伯河桥，死在桥上的士兵已经堆成了山，后面的士兵更是难以靠近台伯河。泼尔塞纳命令图斯克人搬运死者的尸体，然后再向桥上冲。这样来来回回好几次，图斯克人还是没能冲上台伯河桥半步。

看到眼前又堆积如山的敌人的尸体，贺雷梯乌斯仰天大笑道："敌人的血才使得我的剑变得更加锋利。泼尔塞纳，命令你的士兵们冲上前来吧，我会让他们死得更痛快一些。"

贺雷梯乌斯的两个伙伴备受鼓舞，他们站在独眼巨人的身后，怒视着桥下的敌人。

"库克莱斯，我们还从来没有看到像你这样英勇的士兵，对天发誓，我觉得你应该被选为统帅。"两个伙伴中的一个高声对贺雷梯乌斯说。

贺雷梯乌斯没有转过头来，他的话语中带有命令的口气："伙伴们，我已经听到台伯河桥发出了报警声，如果你们相信我的勇气，赶快离开这里，再犹豫已经来不及了，这里有我一个人已经足够了。"

望着桥头迟迟不敢行动的敌人，两个伙伴欣然从命。虽然他们很想留下来与贺雷梯乌斯并肩作战，但他们相信独眼巨人对付这些已经丧胆的敌人绰绰有余。

敌人尸体再一次被清除了，又一轮激烈的进攻开始了。虽然这次的对手只有一个人，但图斯克人的运气并不比第一次好。一排排的人倒下了，一排排的人又冲了上来。

贺雷梯乌斯再勇猛，也抵挡不了万马千军的来回冲击。他一步步地向后退却，敌人一步步地向桥上逼来。突然，贺雷梯乌斯身后一声巨响传来，台伯河桥在罗马人的努力下终于断裂了，碎片随台伯河的急流瞬间消失了。

敌人沮丧着脸，贺雷梯乌斯却欢呼着，终于完成了任务。他朝敌人吹了声口哨，然后纵身跃进滔滔的台伯河中，在岸上迎接他的是孤军奋战的罗马人民。

罗马人崇拜英雄，他们以英雄强壮的体魄和矫健的身手为美。罗马人相信：罗马是受众神佑护的，在国家有难时，众神总会安排一位能拯救罗马的英雄出现。

## 莫茨乌斯和克雷利亚

对罗马速战速决的计划失败后，泼尔塞纳命令图斯克人攻打亚尼库罗姆的罗马部队，自己率领主力向北推进。图斯克人跨过台伯河和阿尼奥河，来到了罗马城下，把罗马城围得水泄不通。罗马与外界的联系被切断了，罗马城面临着生死存亡的时刻。

乱世出英雄，在七座山城最艰难的时刻，站出了英雄贺雷梯乌斯，同样也造就出了像莫茨乌斯和克雷利亚这样的英雄人物。

莫茨乌斯出身贵族，面对图斯克人的围势，他心急如焚，怎样才能迫使敌人后撤呢？最后，莫茨乌斯想出了一个大胆的计划，那就是刺杀泼尔塞纳国王。

勇敢的年轻人不知从哪里找来了一套克罗西乌姆士兵的军装，虽然穿起来小了点，但战场上衣不合身的士兵有的是，莫茨乌斯相信这一点并不会影响图斯克人对他的怀疑。他把一把匕首藏在胸前的衣服里，然后趁夜幕降临的时候悄悄来到克罗西乌姆的大营。

这天正好是图斯克士兵发军饷的日子，军营里乱哄哄的，人们相互拥挤着向布置华丽的中心大营走去，莫茨乌斯混杂其中，没有任何人会想到一个罗马人会在他们中间，否则那该是如何一个景象呢？

在中心大营，士兵们排成一队缓缓前行。最前方两把椅子上坐着两个人，一个人一边唠叨着一边把铜钱发给士兵，另一个人则在一旁一声不响地打量着领铜钱的士兵。莫茨乌斯毕竟还年轻，他认定了那个发铜钱的人就是国王泼尔塞纳。目标离莫茨乌斯越来越近了，他在心里祷告着。当他毫不犹豫地把匕首刺向那个发饷钱人的胸口时，他才知道自己是多么的愚蠢。自己那没有颤抖的手臂竟然因年少无知而没有完成使命，想到此，莫茨乌斯痛恨不已，但已经被束紧的双手没有办法再刺出第二刀了。

"年轻人，这计划是只有你一个人还是你只是其中之一呢？"泼尔塞纳对被捆在眼前的莫茨乌斯笑着问道，以此来缓和敌我矛盾。

"告诉你，还有很多像我这样的人准备行刺你，他们不会像我这么头脑简单，所以你要时刻提防你的脑袋。"为了吓唬泼尔塞纳，莫茨乌斯大声地叫嚣着。

泼尔塞纳显然很希望能了解更多的情况，他把身体向莫茨乌斯挪了挪："是吗？如果你能把更多的情况报告给我，我会当场让你获得自由。"

莫茨乌斯拒绝地摇摇头："克罗西乌姆国王，你想错了，既然我有胆量来刺杀你，就没有想过要活着回到罗马，为了罗马全城的自由而牺牲，我觉得值得。"

泼尔塞纳哈哈大笑起来，他端坐在椅子上，威胁说："是吗？我有办法让你把全部的秘密告诉我，如果你现在改变主意还来得及。"此时，早有士兵把一盆燃着的木炭端到中心大营里。

莫茨乌斯明白了泼尔塞纳所指，他毫无惧色地说："你可以把我活活烧死，但勇敢的罗马人不劳你大驾。"说着，莫茨乌斯伸出右臂。熊

**"兵营皇帝"君士坦丁**

古罗马是一个崇拜英雄的国度，历任国王都试图以文治武功让自己受万民敬仰，他们长年领兵征战，开边拓疆，不少国王都可以被称为"兵营皇帝"，君士坦丁是其中著名的一位。

□古罗马神话彩图馆

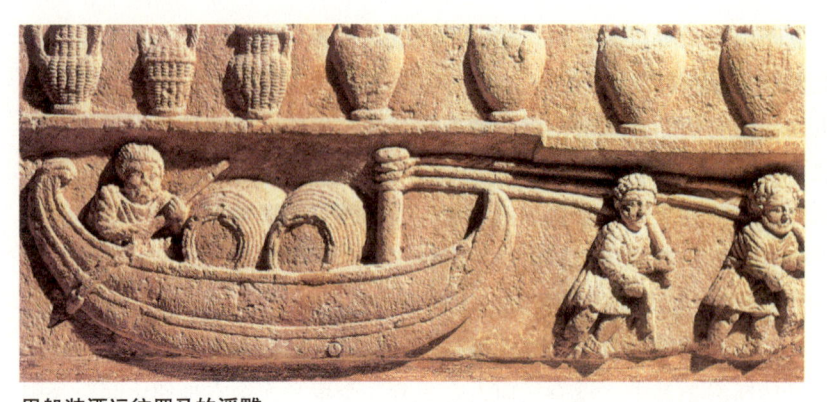

**用船装酒运往罗马的浮雕**
罗马人喜爱纵酒狂欢世所闻名,但他们的溃败真是因为铅中毒引起的吗?

熊的烈火窜到他右臂的衣衫上,最后他的右臂化成了一段残肢。莫茨乌斯脸上的汗大滴大滴地向下掉,却没有喊一声痛。中心大营里的图斯克人嘘成了一片,他们惊愕地张大了嘴巴,望着眼前这个为了自由而不惜献身的罗马人。泼尔塞纳也被眼前这个年轻人震撼了,这个乳臭未干的小伙子在没有国王命令的情况下,竟敢做出如此大胆的尝试,这是怎样的一个民族啊!

出于对莫茨乌斯的敬慕,泼尔塞纳把他送回了罗马,并愿意与罗马人进行和平谈判。莫茨乌斯受到了罗马人的热烈欢迎,罗马人还亲热地称莫茨乌斯为"斯策沃拉",即"左手"的意思。

根据最初的谈判,图斯克人撤出亚尼库罗姆,而罗马人需要向图斯克人送十二名贵族姑娘作为人质。为了表示诚意,罗马人把十二名贵族姑娘送到了对方的军营。

在这十二名人中,有一个姑娘叫克雷利亚,她不堪忍受被拘押的耻辱,说服了其他姑娘逃离敌营。在克雷利亚的带领下,姑娘们骗过了守卫,一起跳进了台伯河。当图斯克人发现她们的逃跑意图,威胁她们游上岸来,并不断地向台伯河里射箭、投掷石块,姑娘们不为所动,拼死向对岸游去。

罗马人纷纷赞扬姑娘们的勇敢,但元老院为了能取悦对方,以使谈判取得成果,最终还是把这十二个姑娘送了回去。

"难道你不怕死吗?"泼尔塞纳阴沉着脸问罪魁祸首克雷利亚。

克雷利亚正视着泼尔塞纳:"作为罗马的儿女,我有什么资格怕死呢?罗马将永远是一个伟大的民族。"

泼尔塞纳阴沉着的脸露出了笑意,愤怒的神情不见了:"勇敢的罗马姑娘,你的勇敢可以使你与许多男子相媲美。我宣布你将获得自由,而且你可以挑选几个人质,回到你神圣的国家去吧。"

没过多久,泼尔塞纳没有提出任何条件便率军撤出了拉丁姆地区。

卢茨乌斯企图依靠图斯克人帮助他重登王位的希望彻底破灭了,于是,他又求助于拉丁城图斯库罗姆的支持。在此执政的是卢茨乌斯的女婿,所以,他很快又组织了一支队伍征讨罗马。

双方在勒基罗斯湖旁展开激战,很长时间都相持不下,最后在神的介入下,战争才分出了胜负。此后,罗马时代的最后一个国王傲王卢茨乌斯败走库麦城,不久绝望而死。

## 和平演说

随着卢茨乌斯的死去，罗马的王权复辟势力被彻底消灭了，随之而来的却是另外一种更大的威胁。

布鲁图任行政长官期间，被傲王废除的赛尔维乌斯宪法又重新获得了尊重，贵族们在这一法律中找到了为自己服务的文字，其实他们并不注重宪法的精神实质。元老院与百人团的矛盾日益尖锐，百人团会议上颁布的每一项法律，如减轻赋税、取消债务法等都遭到了元老们的极力抵制。在罗马监狱内，严刑拷打和威胁逼供的情况比比皆是，元老们对此却熟视无睹，平民们因此怨声载道。像火山爆发前一样，平民们的怒气如同翻涌着的岩浆，只要开一个小口，他们便会喷薄而出。

一天，罗马广场上出现了一个衣衫褴褛的人，他大声地叫喊把一大群人吸引到了广场上。看到眼前的青年穷困到如此地步，人们纷纷向他投去同情的目光。

年轻人看到广场上的人越聚越多，似乎达到了他的某种目的，便站到广场上的最高点，高声说道："居民们，你们一定想问我为何会落得如此落魄吧。你们一定不相信，我曾经是一支军队的首领，我的军队在勒基罗斯湖畔打败了傲王卢茨乌斯的进攻，可结果又怎样呢？"

年轻人越说越激动，脸涨得通红，声调又提高几度："当我回到我的家乡时，看到整个村庄都被夷为平地，荒无人烟，我只得举债以维持生计。由于我没有能及时地归还债务，数次被送进监狱，你们看，这就是我在监狱留下的伤痕。"

说着，年轻人脱掉上衣，露出背上的累累鞭痕，围观的居民们开始喧哗了。

"但是，我还是以自己的劳动还清了所有债务，虽然我身无分文，但我是磊落的。不过，我要诅咒罗马的这些残酷的法律。"年轻人扬起他的右手接着说。

人群愤怒了，他们也开始用各种语言攻击这些残酷的法律。闻风赶来的贵族元老们看到群情激昂的人们吓得惊慌逃走。居民们的暴动很快发展为起义。他们冲进监狱，释放那些被拘押的人，债务人戴着脚镣和铁链也参加到起义中来。

从平民中选举出的最高行政长官普泼利乌斯·赛尔维利乌斯看到愤怒的势不可挡的民众起义时也震惊了，但他很快恢复了平静，走到民众中间，高声对自己昔日的同伴们说："居民们，任何人都不会再因债务而纠缠你们，你们只需要安静地等待元老院颁布的新指示，我相信元老院会给大家一个满意的答复的。"

由于普泼利乌斯出身平民，他的话使大家稍微平静了一些。

第二天，正当元老院举行会议讨论有关债务和刑罚时，佛尔西安人的军队迫近罗马。面对内外的困境，最高行政长官们号召人们参加到保卫罗马的战斗中来，并许下诺言，一切合理的要求在战争结束后都能得到满足。

善良的人们相信了最高行政长官们的话，而且他们也不能眼睁睁地看着罗马陷落到外族之手。但是，佛尔西安人被打退后，元老院没有做出任何改变现状的新指示，这也就意味着最高行政长官们的诺言等于零。

**演说者　法国　德拉克洛瓦**
本篇的演说者麦纳尼乌斯向平民演说目的是使他们以国家民族为重，和代表贵族利益的元老院协调矛盾，促进团结，致力于罗马的和平。

平民们又一次愤怒了，平民出身的士兵们也愤怒了，他们掌握着武器，但他们却不能把武器指向自己的同胞，虽然他们心里对那些出身高贵的同胞极其的不满。这时候，一个叫麦纳尼乌斯的人走到士兵队列的前方："我们深爱着罗马，但我们实在不能再待下去了。我们应该选择一个合适的地方建立一座更新、更好的罗马。我们还要把一切有益的东西带走，包括我们的妻儿、古老的传统法律，一切有害的东西则都留给库依律奴斯吧。"话音刚落，掌声雷动，更多的人聚过来，大家开始讨论迁移的地点，最后，阿尼奥河畔的圣山成了最佳选择。

平民离开了，罗马城内的街道顿时失去了往日的繁华，手工业和商业没有了，留下来的人的正常生活也被打乱了。元老们和贵族们大惊失色，如果这种情况被敌人发现，那么罗马将很快成为被食的猎物了。形势不由得紧张起来。

经过协商，元老和贵族们不得不对平民作出了让步，他们决定设立护民官，护民官不需穿官袍，但他们几乎拥有和最高行政长官一样的权力，如可以宣布任何针对平民的法律无效，可以介入正在审理的案件，阻止执行判决等。此外，元老会还决定降低利息，释放一切因债务被拘押的人。但是，由谁来把这些决议传达给已经移居圣山的平民们呢？而且，这个人要有足够的号召力把平民们从圣山上招回来。最后，演说人麦纳尼乌斯·阿克律帕成了元老和贵族们一致推举的最佳人选。麦纳尼乌斯来到圣山，看到丛林之中拔地而起的新建筑，不由得被平民们这种重建家园的惊人速度而折服。但人们对麦纳尼乌斯的到来却显得非常冷淡，无论他如何宣传新法律的优点，人们总是对此漠不关心。平民们相信，无论他们走到哪里，凭着勤劳的双手，他们都能打造出一片新天地。

不管人们是否在听他的演说，麦纳尼乌斯还是给大家讲了一个胃与其他器官的故事："身体上的所有器官都对胃非常反感，在它们眼里，胃只会接纳和享受它们通过劳动而获的成果，多么懒惰的家伙啊。于是，它们开始罢工，目的就是想使胃受到惩罚。腿、手、嘴甚至牙齿都停止了劳动。就这样，持续了一段时间后，它们发现各自的力气都变小了。这时候它们才意识到，如果把胃饿死了，它们也就随着消失了。胃并不是懒惰的家伙，而是它们共同的生命之源。此后，这些器官们开始理智起来，重新为胃供应食物，整个身体才又恢复了健康。"麦纳尼乌斯提高了声音，深有感悟地对居民们说："我们虽然痛恨元老院，但他们是治国中枢，而我们就是那些器官，只有我们大家相互协调，在积累经验的过程中不断进步，罗马才会有所进步啊。"

一番话，使平民们放弃了原来的固执，大家随麦纳尼乌斯重新回到了罗马。

## 母亲的力量

在与佛尔西安人的战斗中，罗马涌现出了一位出身贵族的英雄——伽尤斯·玛尔策乌斯。在他的带领下，罗马军队一举夺取了柯里奥利城。从此以后，玛尔策乌斯被称为柯里奥郎。

当柯里奥郎从战场上归来时，罗马人给了他至高的荣誉，人们围着他欢呼，把一枚枚的奖牌挂在他的胸前。而我们的这位英雄并没有因为这些荣誉而欣喜若狂，当他再次回到罗马城时，看到了护民官与最高行政长官并存的现象。要知道，这对他的心灵将是怎样的折磨啊。从他注定成为贵族的那一刻起，他就认定，贵族和所履行的职责不是为了顺应权力欲望，而是顺应了上天的意志。平民们不但违背了上天的意志，而且还把护民官的人数从四个升为六个，最后又上升到十二个。对于罗马这个众神保护着的国家来说，怎么会出现这样的现象呢？一切保持原样，那该多好啊。

不管事情怎么发展，柯里奥郎都无法接受这个事实。贵族是神任命的，他认为，谁如果破坏了传统，谁就动摇了罗马古老秩序的基础。更使他无法忍受的是，平民们竟敢以巨大的暴力冲击把贵族和平民隔离的神圣的围墙，甚至要求各阶级的居民可以自由通婚、设立平民祭司、选举平民最高行政长官等。

柯里奥郎心中充满了抱怨："神圣的古罗马已经被平民压倒了，这些可恶的人将会把罗马彻底毁灭。难道除我以外的贵族们都没有看到情况危急吗？"

其实，所有贵族都是以一种强抑的愤怒来静观平民们的各种活动。人民的力量是巨大的，虽然贵族手里掌握着政权，但他们并不能一味地按照自己的意愿行事，尤其是在人民觉悟的时候。

长年的对外战争，使罗马城内经济形势每况愈下，大片大片的土地荒芜，国库里虽然有成堆的铜板，但却不能求购到粮食。饥饿的人们开始在街道上大发牢骚了。

也许天上的众神在考验罗马的时候，也给了罗马解决的办法。这个时候，罗马出现了一位救星，他答应免费提供一个船队的粮食。对已经到绝望边缘的贵族和元老们来说，这无疑是雪中送炭。粮仓又注满了粮食。

柯里奥郎终于等来了机会，他向元老院建议，只有当平民放弃设置护民官时，他们才能得到粮食。为了重新实现他的信念，柯里奥郎还和他的拥护者来到大街上，向平民们宣传他的要求和主张。

好不容易才获得一些权利的平民们愤怒地涌到大街上，

**古罗马斗兽场遗址全景**

173

□古罗马神话彩图馆

古罗马斗兽浮雕

他们对正在张牙舞爪说服人们的柯里奥郎一顿拳打脚踢。这位在战争中屡立战功的英雄被自己国家的人们打得头破血流，悲哀啊。

在平民的要求下，柯里奥郎被元老院交给了护民官。元老们虽然也对平民恨得咬牙切齿，但他们也觉得柯里奥郎与平民为敌的倾向太过明显，如果对他太过袒护的话，元老院恐怕也会成为平民攻击的对象了。

作为平民的代表，护民官西策尼乌斯提出了对贵族们的控告，演说家麦纳尼乌斯·阿克律帕为被告担任辩护。在辩论中，西策尼乌斯并没有提到柯里奥郎关于取消护民官的提议，而是针对柯里奥郎侵吞属于国库的财产（征讨佛尔西安人所缴获的物品）进行起诉。

尽管麦纳尼乌斯曾以胃和身体各器官的寓言把平民们从圣山上招回，而且这次在辩护中的语言也相当精彩，但柯里奥郎最终还是被判决终身放逐。

贵族们为他们失去一位维护者而痛哭流涕，平民们则兴高采烈地庆祝又一个胜利。

柯里奥郎是可悲的，他告别了他的母亲、妻子和孩子，在平民的声讨中离开了罗马，来到了佛尔西安人的首都安提乌姆。虽然柯里奥郎曾以罗马统帅的身份打败了佛尔西安人，但佛尔西安人还是很乐意接受这个有着丰富战争经验的罗马人。在安提乌姆，他受到了热情的款待。

一个人，即使他恨所有的人，也不能恨他的祖国，而柯里奥郎的错误就在于，为了报复强加给他耻辱的罗马人，他决心毁灭罗马。在这个愤怒者眼里，罗马是他的祖国，更是他的敌人。

佛尔西安人对于柯里奥郎借兵讨伐罗马的请求没有半丝犹豫，他们是多么希望罗马能毁在罗马人的手中啊，他们似乎已经看到了神圣罗马被践踏得体无完肤。

机会是无处不在的。不久，罗马人因为柯里奥郎在安提乌姆住下来对佛尔西安人产生不满，在一次看表演的过程中竟然把佛尔西安人从舞台上赶了下去。

罗马人的这一行为大大激怒了佛尔西安人，在柯里奥郎的率领下，佛尔西安人开始发动了对罗马的进攻，并很快占领了拉丁平原上的许多村庄。身为贵族的柯里奥郎，对占领区的贵族区一律加以保护，而对平民区采取的措施则是夷为平地。

还没有来得及作战争准备的罗马人对柯里奥郎疾风暴雨般的进攻大为惊恐，抱有一线希望的罗马人派元老院的代表去游说曾经是罗马英雄的柯里奥郎。代表们费尽口舌，可最终还是没有动摇柯里奥郎推翻罗马的决心："滚回去吧，元老们和祭司们，我本想为你们讨回众神给你们的权利，但你们却和那些贱民沉瀣一气。不要以罗马是我的祖国而说服我，我相信，罗马必将消失在熊熊的烈火之中。而你们，也必将随着罗马而一起毁灭。"

174

元老们回到罗马,把柯里奥郎的回答向全体罗马人作了重复。

"请神圣的罗马宽恕我的儿子吧,让我去劝说他,我是他的母亲,同祖国站在一起的母亲一定会使儿子回心转意的。"柯里奥郎的母亲在众怒中向元老院发出请求,之后还有柯里奥郎的妻子和孩子。

柯里奥郎的面前站着两个女人,一个是养育他的母亲,一个是他至爱的妻子。

"孩子,难道你要用最后的行动破坏你的高尚吗?罗马并没有忘记你作为英雄为罗马所做的一切。如果你决意要占领罗马,那请你先从你母亲的尸体上踏过去吧。"母亲老泪纵横地对儿子说。

"还有我,如果你甘心做一个叛徒的话,你也将从我的尸体上踏过。"妻子深情地望着丈夫。

躲在母亲衣服下的儿子对父亲嚷道:"你是不会杀我的,等我长大了,我会跟你清算你的暴行。"

柯里奥郎并不惧怕流血和屠杀,但在爱和温情下却战栗得发抖。他弯下腰,把扑倒在脚下的母亲扶起来:"母亲,如果我撤兵,我就违反了与佛尔西安人立下的军令状,等待你儿子的只有死路一条,难道你真的愿意眼睁睁地看到自己的儿子客死他乡吗?"

"可是,孩子,我爱你,罗马的女人也同样爱她们的孩子,我只有一个儿子,可罗马城里这样的儿子还有很多很多。"母亲抚摸着儿子的头发,亲吻着儿子熟悉的脸颊。

柯里奥郎望着母亲、妻子和孩子,沉默了许久,然后绝望地地摇了摇头:"母亲,你救了罗马,可你却失去了你亲生的儿子。"

第二天,柯里奥郎指挥佛尔西安人撤离了罗马。

## 护民官之死

贵族们拥有大量的土地,而他们占有的这些土地无需缴纳赋税,于是财富越积累越多,这也正是贵族们的经济支柱。长此以往,就造成了严重的两极分化,贵族永远是贵族,平民则永远为平民。

在这一时期罗马的历史上,平民们曾取得一系列的辉煌胜利:护民官的设立、柯里奥郎的放逐……平民们几乎每天都在为各种胜利而进行庆祝。

在这一系列辉煌胜利的映衬下,平民们觉得夺取贵族权力的时机已经成熟,纷纷要求护民官采取行动。

当时,罗马的最高行政长官是斯波律乌斯·卡西乌斯,这是一个对新生事物十分开明的人,他虽然出身贵族,但对平民素来就有好感。在护民官的说服

**罗马执政官出行图**

□古罗马神话彩图馆

**元老院百人团会议**
随着贵族与平民在耕地法问题上矛盾的激化,同情平民的斯波律乌斯·卡西乌斯站在了平民一边,贵族们无法容忍出身贵族的最高行政长官的背叛,审判并罢黜了他,最后处死了他。

下,斯波律乌斯·卡西乌斯向元老院提出了耕地法的提案。耕地法规定,贵族们所占有的土地和平民的一样,必须缴纳使用税,如果不缴纳赋税,土地将被收归国有。

自从罗马有等级制度而来,贵族们还没有受到过如此的"礼遇",他们一直是高高在上的上等人。和柯里奥郎的想法一样,在他们看来,所有的平民都是为他们服务的,贵族与平民都是在还没有等级之前众神就已经安排好了的。而这种安排是生生世世的,是任何人任何权力都无法改变的。而这一切,却要因为一些微不足道的平民的言论而改变,对于那些享受着特权的贵族来说,是无论如何也接受不了的。

贵族们愤怒了,他们反对斯波律乌斯·卡西乌斯关于耕地法的提议,但并不敢太过于张狂。他们不想因挫败不忠诚于自己阶级的最高行政长官而再次引起平民起义,否则贵族占统治阶级的时代可真的要一去不复返了。

在百人团会议上,贵族们迟迟不对耕地法进行表决。他们知道,斯波律乌斯·卡西乌斯虽然在贵族中不占优势,但他那最高行政长官的表决权却具有相当大的效力,所以,贵族们的阴谋是先罢黜斯波律乌斯·卡西乌斯最高行政长官的职位,然后再对新法进行表决。

贵族们的阴谋得逞了,当斯波律乌斯·卡西乌斯遗憾地为没有替平民实施成耕地法的同时,他脱下了镶金长袍。这时候,一批早已经对他恨之入骨的高级财政官员,死死地抓住了他,这个可怜的人被投入了监狱。

第一步行动成功后,早已经作好准备的贵族们全副武装地占领了城市的各个重要地点。而等待被罢黜的最高行政长官的命运却和背叛祖国的柯里奥郎一样,斯波律乌斯·卡西乌斯被起诉的罪名是背叛祖国,这是多么可笑的遭遇啊。

提倡立法是不能构成犯罪的,在起诉斯波律乌斯·卡西乌斯的罪状里,跟起诉柯里奥郎的文字一样没有一句立得住脚,可代表贵族利益的辩护师却"挖掘"法律上的每一个字眼，希望能从中找到漏洞，以此来判决这个已经忘本的最高行政长官有罪，因此，案件审理得非常激烈。

"罗马人民可以作证，我所做的每一件事都是站在民族利益的角度上，我完全是着眼于罗马国内的幸福啊。"被拘押在被告席上的斯波律乌斯·卡西乌斯对他的同僚们诚恳的语气中带着希望。

"请不要以罗马人民的口气来为自己开罪，贵族的地位是上天注定的，是受天父朱庇特和洛摩罗斯保护的，而你却与众神为敌，难道你不觉得你已经触犯了天庭的法律吗？"贵族们强词夺理。

斯波律乌斯·卡西乌斯愕然地盯着自己昔日的同僚们，眼光和他的信心一样，没有半分动摇："如果罗马判我有罪的话，我也无话可说，但为了不让敌人乘虚而入，为了使罗马更加有条不紊地发展，调停罗马居民两大派别的矛盾势在必行。我并不为我的所作所为后悔，遗憾的是我没有完成这一使命。"

任何言论在贵族们耳中都成了辩解，最后，斯波律乌斯·卡西乌斯被判处死刑，而且，贵族们还把这一残忍的任务交给了他的父亲，围观者则是这位死囚的亲人们，因为行刑的刑场选在了他的家乡。

斯波律乌斯·卡西乌斯死了之后，他的房子被拆毁了，土地和财产被瓜分了。新上任的最高行政长官指示不得继续执行耕地法，这项法律随着它的创始人一起被处决了。

斯波律乌斯·卡西乌斯的儿子们对贵族们的做法非常气愤，他们自愿脱离贵族阶级，成为了平民中的一分子。除此之外，他们还带领平民们抗议元老院和百人团对父亲所犯的罪刑。

其他的护民官同样遭到了贵族们的打击，仅仅屈服了一段时间以后，护民官们又开始站在平民的立场上活跃起来。

战火很快烧到了罗马边界，护民官们号召平民不要加入部队，除非元老院和百人团先宣布实行耕地法。罗马城再一次陷入危机之中。

## 黑色的一天

法比尔人的祖辈曾是雷姆斯，雷姆斯死后，这一族人归顺了罗马的第一任国王洛摩罗斯。克索·法比乌斯是法比尔人中所涌现出的第一个最高行政长官。也许是老天有意在考验法比尔人，克索·法比乌斯执政时期，是平民与贵族矛盾最深的时期。克索·法比乌斯曾作为法官判处耕地法的创始人斯波律乌斯·卡西乌斯死刑。

维几是伊特卢利阿人的城市，位于罗马以北。维几城的首领们看到罗马城内矛盾重重，遂出兵罗马。

听到维几出兵罗马的消息，克索·法比乌斯极力去说服平民服从他的意志。但好不容易动员的由平民组成的步兵团在战场上却拒绝执行命令。迫不得已，克索·法比乌斯率领贵族组成的骑兵队向维几军队进攻。英勇的贵族骑兵在战场上冲锋陷阵，但平民步兵却袖手旁观，不理战事。

贵族骑兵虽然取得了胜利，但却无法扩大战果，在敌人撤退以后便也收兵回城。人们欢呼着迎接凯旋的英雄，但克索·法比乌斯下令不准举行任何欢迎仪式，他认为这次战争因为没有平民的参加只取得了一半的胜利。为了惩罚自己的失败，克索·法比乌斯把象征权力的棒斧交给了玛尔库斯·法比乌斯。

维几军队再次进攻罗马，声势比前一次要大得多。平民们与贵族间的矛盾依然存在，但当他们看到祖国面临灭亡的危机时，暂时放弃了实行耕地法的要求，不过他们要求作为独立的军队开赴战场。平民步兵在军团联盟中是由轻武器装备的部队，贵族骑兵是用重武器装备的部队，两支部队一旦分开作战，则是一边缺乏轻武器，一边缺乏重武器，这是多么危险的行动啊。所以，贵族们极力反对平民们提出的要求。

鉴于形势，平民们的要求得到了满足。于是，由平民和贵族组建的两支队伍投入了战场。平民军队由最高行政长官曼利乌斯指挥，贵族军队由最高行政长官玛尔库斯·法比乌斯指挥，两个最高行政长官心里都充满着忧虑。

一天，罗马军营里的神坛被闪电击毁了。士兵们议论纷纷，一致认为这是众神对罗马派别之争的警告。平民们也意识到了独立作战的危险性，便主动与贵族一方和好，恢复成统一的军队。

维几方面并不知道罗马方面的纷争已经消除，出兵叫阵。当罗马方面的贵族骑兵和平民步兵一起冲出来时，维几军队被打得落花流水。只可惜，曼利乌斯在战场上壮烈牺牲。

对于这次的胜利，玛尔库斯·法比乌斯和克索·法比乌斯一样，放弃了欢迎仪式的荣誉。他希望能通过他的努力为罗马赢得内部的稳定，但他的愿望并没有实现。刚刚恢复和平的罗马又出现了内乱，贵族与平民的仇恨和分裂像野火一样重新燃烧起来。

克索·法比乌斯觉得有必要对罗马争论不休的两个派别进行调停。他曾经极力地反对耕地法，并把耕地法的创始人送上了断头台，可现在，他却主张实行耕地法，这是多么大的转变啊。他曾经号称凯旋统帅，有众多的追随者，甚至能够抵挡得住平民的暴动，可为了罗马未来的幸福，这个法比尔人只能动摇自己的立场了。

贵族们没料到这个出身贵族的最高行政长官和前任斯波律乌斯·卡西乌斯一样，背叛了他的出身。他们冲上街头，冲到元老院的会议大厅，高声地叫嚣："这个法比尔人已经疯了，他竟然也向那些贱民屈服了，以往那个克索·法比乌斯哪里去了？罗马真的要成为平民的天下了吗？众神啊，瞧瞧你们护佑的罗马吧。"平民们则欢呼雀跃，他们对克索·法比乌斯的壮举竞相称颂。虽然这个最高行政长官曾是贵族制度的坚决维护者，但在历史车轮的运转下，他却一步步走向了平民的行列。

**罗马的强劲对手**
一位高卢人在杀死妻子后，宁可自杀也不愿向敌人投降。

但是，事实已经向克索·法比乌斯证明，贵族与平民之间的和解时机未到，这个时候实施耕地法，只会把局势越搞越糟。

维几城内的伊特卢利阿人侦探到罗马城内的派别矛盾进一步恶化，开始准备更大规模的进攻。贵族们战前的许诺在战后从没有兑现过，尽管几任最高行政长官都主张实施耕进法，可最终还是没有被元老院和百人团通过。

再一次面对强敌，平民们对最高行政长官们的抗敌号召充耳不闻，他们的条件只有一个，要想平民提供兵源，只有实行耕地法。

贵族一方对于战争准备也无动于衷，

**屠杀无辜　法国　普桑**
战争的野蛮就在于它制造屠戮、掠夺，人性在那一刻完全泯灭，在这种"不是你死，就是我亡"的血色搏斗中，人类历史显示了它最黑暗的篇章。

他们谩骂着。平民和贵族这次没有再像前几次那样在战争面前暂时和解，情况越来越严峻了。

内外交困，具有英雄气概和献身精神的法比尔人决定力挽狂澜。在克索·法比乌斯的率领下，法比尔族三百零六人单独出城抵御伊特卢利阿人的进攻。克索·法比乌斯没有再尝试去组成平民与贵族的联盟军，他率领着自己的族人，与数量超过自己数倍的敌人作殊死战斗。他非常明白这场战争意味着全族人的牺牲，但他别无选择，是法比尔人别无选择，他们希望能通过本族人的鲜血换回罗马两派的安宁。

很多罗马人都被法比尔人视死如归的精神所打动，他们聚集在一起，与法比尔人一起来到克莱梅拉河旁陡峭的山崖上。法比尔人在山上扎下营寨，趁维几人不注意不断冲下山去，这种小规模的战斗持续了很长时间，给维几军队造成了不小的损失。

法比尔人被不断的胜利冲昏了头脑，他们开始麻痹轻敌。在抢夺一个盆地里的牲口群时，当维几人从四面八方冲出来，法比尔人才意识到中了埋伏。法比尔人一个接一个地倒下去了，直到全军覆没，只有一个十岁的男孩逃了出去。

据说，法比尔人牺牲的那天是七月十八日，后来罗马在阿利阿河被高卢人打败的日子也是七月十八日，所以，这一天被罗马人称为"黑色的一天"。

## 农民辛辛那图斯

自从法比尔全族壮烈牺牲以后，厄运就不断地光顾罗马。埃库尔人不断地骚扰罗马北部，他们破坏农田，抢劫罗马人财产。处在埃库尔人威胁下的罗马人纷纷逃往附近的城市。贵族们逃到城里后同样可以过上安逸的生活，而平民们只能勉强度日。于是，瘟疫在七座山城蔓延开来。据说，两个最高行政长官、四分之一的元老、全部占卜师和全部护民官都在当年那场瘟疫中死去。埃库尔人本想攻打罗马，但听到台伯河畔的城市都在流行黑死病，死了很多人，便吓得逃了回去。

也许是众神为了惩罚罗马而故意布置的灾难，瘟疫还没有退去，地震、火山爆发又相继而来。人们相信，世界末日就要到了。

自然灾害使得台伯河城畔各城内的秩序一片混乱，贵族青年们成群结队，走上街头向他们痛

**载运粮食**

粮草是战争取胜必不可少的物质保障，睿智的统帅不只考虑战略和战术，影响、制约战争的其他因素也会兼顾，以使战争顺利进行。

恨的平民发泄怨气。克索·库茵克梯乌斯就是其中的贵族青年之一，他的父亲是贵族出身的贫困农民卢茨乌斯·辛辛那图斯。辛辛那图斯是一个谦逊朴实、受人尊敬的人，他曾经在与佛尔西安人的战争中屡立战功，具有良好的指挥能力。而他的这个儿子却脾气暴躁、性格粗野，虽然本性并不坏，但由于富有太多的幻想，整日里都在想如何找回罗马王国昔日的辉煌，到处为非作歹。

在护民官的提议下，最高行政长官同意把克索·库茵克梯乌斯送交平民审判庭。审判那天，辛辛那图斯陪同儿子来到法庭，他诚恳地请求法庭能宽恕他的儿子，他向法庭列举了儿子立下的赫赫战功，一些贵族和平民也都为这位朴实的农民证实被告曾为罗马立下的功劳。

就在这时，一个平民站出来坚持说他的兄弟遭到被告虐待后死去了，本可以无罪释放的克索·库茵克梯乌斯再度被起诉为故意谋杀罪。护民官命令官员为被告戴上镣铐，准备投入监狱。克索·库茵克梯乌斯的贵族朋友们愤怒了，他们不顾官员的阻挡，冲上审判台，朝着护民官和法官叫嚣着。一场殴斗眼看要爆发了。

护民官也没有料到形势会发展到这种地步，如果对被告的宣判不改变，贵族们肯定不会善罢甘休，可护民官的判决具有法律效应，是不能说收回就收回的。最后，护民官同意被告交纳三千阿斯钱币罚金便可以获得自由。

克索·库茵克梯乌斯被释放了，所交纳的罚金在父亲辛辛那图斯卖掉帕拉丁山上的房子后还清了。辛辛那图斯对儿子说："我替你还清这笔罚金是出于一个做父亲的义务，你按自己的意愿去塑造未来吧。我不能左右你的思想，你可以跟那些起诉人继续作对，也可以逃避他们。我是一个平常人，我只想过农民的生活，新的法律并未让我感到一丝欣慰。"说完，辛辛那图斯迁到了寂静的农村。

克索对父亲安于现状的行为难以理解，他认为自己所从事的才是伟大的事业。于是他开始举旗造反。不幸的是，他低估了民众甚至他自己阶级同伴的自由思想。很快他那一小

股力量被挫败了，没有人知道他是战死了还是上了十字架。

埃库尔人趁机发动了蓄谋已久的战争。罗马人并没有像埃库尔人想象的那样乱作一团，他们招募了一支强大的罗马联盟军准备应战。为了麻痹敌人，罗马军队故意被埃库尔人包围在营房里，打算给敌人来个出其不意的打击。

事情也并没像罗马人计划的那样发展，一直觊觎罗马的佛尔西安人也蠢蠢欲动。罗马根本没能力四面应敌，对付埃库尔人已很困难了。若能速战速决，各个击破，或许还有可能胜，但在这生死存亡之际，谁能委以重任呢？急难之中，人们想起了辛辛那图斯，人们甚至把他看成了罗马的救星。最高行政长官立即决定任命辛辛那图斯为独裁官。罗马的独裁官享有不受限制的至高权力，如果掌权超过十六天，按照法律，他可以进行六月独裁。一位高级官员被委托去向辛辛那图斯传达决议，官员走了很长的田间小路才在农田找到了他。辛辛那图斯正在犁地，他看到身穿官袍的罗马官员并未惊讶，他吩咐官员稍等，等犁完了地才走上前搭话。

"幸运的辛辛那图斯，你已经被任命为罗马独裁官，将拥有超过最高行政长官的权力。瞧，这是你的权斧，你将用它把威胁我们的敌人赶出拉丁姆。"高级官员挥舞着权斧宣布。辛辛那图斯并没有显现出一点激动之情，他撩起衣襟擦了擦额头的汗，面无表情地说："我的幸福就在这块土地上，我种出粮食养活士兵，同样是为祖国作贡献。对荣誉我从来都不感兴趣。"

高级官员没有想到这样的高官厚禄会被辛辛那图斯拒绝，惊讶得半天没有说出话来。看了看目瞪口呆的高级官员，辛辛那图斯笑道："你可能无法想象一个人会愿意放弃高贵的地位而心甘情愿地去当一个平凡的人吧，那是因为你还不知道平凡人所拥有的乐趣。可是，为了祖国我可以作出任何牺牲，战争胜利后我会重新回到我的土地上来。"

"战争胜利后你还会对权力如此淡然吗？到时说不定会抓住不放呢。"高级官员在心里嘀咕着。

临危受命，辛辛那图斯接过指挥权，全副武装，率领罗马兵团扑向埃库尔人。他命士兵趁天黑在敌军外围打起一道木桩，把敌人包围在木桩中间。拂晓时分，当埃库尔人走出营房准备战斗时，只能无奈地夹在罗马人当中两头挨打。罗马人赢得了辉煌的胜利。最高行政长官以隆重的仪式欢迎独裁官辛辛那图斯的归来。

辛辛那图斯执掌国家最高权力正好十六天，他完全可以进行六月独裁统治，但是毫无权欲的他在凯旋的当天即把象征权力的棒斧交还给了最高行政长官。

罗马人民永远称颂着辛辛那图斯的功绩和美德。为了纪念这位罗马农民，美国东北部的一个城市被取名为辛辛那提。

## 阿尔乌斯·克劳迪乌斯

罗马注定是多灾多难的，埃库尔人的进犯刚刚被打退，新的战斗号角又重新吹响了。一天，一名叫西策尼乌斯·丹塔图斯的老兵来到平民聚居地，对围观的平民们高声说道："罗马的平民们，我曾是一名参加过120场战役的军官，我的身体上留下了光荣的伤疤，为

此我曾获得过很多荣誉与桂冠。但是，当我从战场上回来后，发现自己竟然不能获得一片耕地，我冒死夺取来的全部土地都被贵族们占领了，多么可悲啊。平民们，我们应该遏制贵族们的傲慢，使罗马重返公正的时代。"

越听越激动的平民们随声附和着，他们要求颁布耕地法，但他们也意识到眼前最紧要的事就是把迄今为止的所有法律以文字形式全部记载下来。以往的法律都是口头相传的，很容易被任意扭曲，平民则成为其最大的受害者。

贵族出身的阿比乌斯·克劳迪乌斯为了满足自己疯狂的统治欲，以友好的姿态迎合平民们的要求。他提出建议，由十人团制定十二铜表法，十人团被授予全权，团中有五个平民的席位，以显示出民主自由。正巧，有三个罗马法律学者从雅典立法家梭伦处学成归来，也投入到制定十二铜表法当中。

最初，平民寄托在十人团身上的各种期望都基本实现了。虽然土地没有按平民的要求重新调整，贵族和平民间禁止通婚的条文又被列入法律当中，但大多数内容还是有利于低等阶级的。于是，平民们期待着十人团能够把职权交还给平民，并重新选举最高行政长官。

但平民们的计划又落空了。阿比乌斯·克劳迪乌斯利用职权把一切权力都抢占过来，使自己凌驾于一切权力之上，俨然罗马王制下的国王。

**公正女神**
古罗马人对公正女神推崇备至，反映了他们对当时诸多不合理现象的不满和对公正的企盼。

平民们愤怒了，要求阿比乌斯·克劳迪乌斯下台的呼声越来越高。但是早已权欲熏心的贵族首领撕下仁慈的假面具，把所有表示不满的人投入了监狱。在这种高压的统治下，平民们敢怒而不敢言。

老兵西策尼乌斯·丹塔图斯看到对平民越来越不利的局势，实在忍无可忍，他勇敢地站出来，对阿比乌斯·克劳迪乌斯展开尖锐的批评。

阿比乌斯·克劳迪乌斯对这个自恃有一身光荣伤疤的老兵非常痛恨，但却无可奈何。他不能像对待其他平民一样把西策尼乌斯·丹塔图斯交给他的执法者们，那样做的后果不堪设想。怎样才能消除眼前这个障碍呢？事出凑巧，跟埃库尔人作战的兵团需要一个久经沙场的老兵当参谋，十人团把西策尼乌斯·丹塔图斯送到战地大营，然后命令不知内情的将士们悄悄地把这一障碍杀害了。

西策尼乌斯·丹塔图斯被杀害的消息很快在罗马传开了，但没有人敢公开控告阿比乌斯·克劳迪乌斯。于是，这位独裁者更加肆无忌惮起来。

一天，阿比乌斯·克劳迪乌斯遇到了一个叫维尔吉尼亚的美丽姑娘，他心中的欲火顿时燃烧起来，姑娘的一举一动都会使这位暴君魂牵梦萦。当他向维尔吉尼亚表达爱情时，姑娘礼貌地拒绝了他。

"阿比乌斯·克劳迪乌斯,我非常感激你的爱情,但我已经订了婚,而且我父亲是平民营兵团的首领维尔吉奴斯,罗马法律规定,平民与贵族是不能通婚的。更何况,你已经是结过婚的人,当你和你的妻子共同吃下一个面包时,已经标志着你们是一个共同的整体了。"

阿比乌斯·克劳迪乌斯的爱散发着火热的力量:"在罗马还没有离婚的先例,但法律对离婚并没有禁止过,我将成为第一个用行动尝试新法的人。"说完,他走到广场上十二块铜表面前,想亲自把一些有阻于他与维尔吉尼亚爱情的条文抹去,但他此时才意识到他虽然拥有权力,但并不能实现一切愿望。连支持他的贵族们都扬言,如果他实现贵族和平民间的通婚,就要对他实施血的报复。

从广场上悻悻而回的阿比乌斯·克劳迪乌斯对维尔吉尼亚的爱丝毫没有减退,反而更加痴狂。他唤来手下的一名心腹:"你去控告维尔吉奴斯,说他的女儿是你的女奴所生。不久之后,维尔吉尼亚将毫无抵抗地属于我了。"

心腹依计行事,早已经为暴君卖命的十人团充当审判的法官,阿比乌斯·克劳迪乌斯作为旁听。维尔吉尼亚在父亲和未婚夫的陪同下走到法庭上,善良的维尔吉尼亚对公平的信念丝毫没有动摇。维尔吉奴斯以无可辩驳的证据来谴责原告纯属诬告,可是法官却颐指气使地宣布说:"任何一个明眼人都能看出,你的女儿维尔吉尼亚本是人家的女奴。罗马法律是公正的,现在我宣布,维尔吉尼亚为原告女奴。"

任何辩护都是无用的,维尔吉尼亚的未婚夫愤怒地拔出宝剑,冲向坐在法官旁边的阿比乌斯·克劳迪乌斯。贵族们蜂拥而上,捆住了还没有冲到暴君近前的已丧失理智的人。

维尔吉奴斯镇静地看了一眼被交给原告的女儿,似乎对判决的公正深信不疑,他请求阿比乌斯·克劳迪乌斯,希望能再和自己的女儿说上几句话。暴君答应了维尔吉奴斯请求。

维尔吉奴斯把悲伤的女儿拉到一边,平静地说:"我可怜的孩子,你的父亲要拯救你的自由和贞洁,不要怪我,这也是我唯一的选择。"一边说着,一边把一把匕首刺向维尔吉尼亚的胸口。女儿倒下的一刻,维尔吉奴斯飞身跳上拴在一旁的战马,摆脱了贵族和官员们的围追,顺利地回到了战前的兵团大营。

听到维尔吉奴斯从罗马带来的消息,士兵们义愤填膺。他们决定,如果不撤消十人团,便拒绝接受任何作战命令。这一

**阴谋下的审判**
暴虐成性的罗马最高执政者阿尔乌斯·克劳迪乌斯利用权力,滥施淫威,操纵审判严重践踏了罗马法律,平民成为最大的受害者。

拒命的行为在罗马整个军队中蔓延开来，没有任何一种行动能制止这股暴动了。

鉴于形势，十人团决定采取新的妥协以安抚平民，恢复稳定。十人团命两个与平民稍有交往的元老——贺雷梯乌斯和法莱律乌斯起草和解协议，这一协议被称为贺雷梯—法莱律法。新选举出的最高行政长官下令逮捕阿比乌斯·克劳迪乌斯和他的追随分子，但在开庭审判的前几天，深感罪恶深重的暴君在监狱中自杀身亡。

## 卡弥罗斯凯旋

罗马和维几是同时发展起来的两个城市，之间的摩擦不断加剧，双方不惜一切代价地兵戎相见。

在战争初期，维几人首先夺取了费特纳城；罗马人也不甘示弱，出兵费特纳城，彻底摧毁了这个城市，把维几的势力逼退到台伯河大后方。随后，双方进入了二十年的短暂和平时期。这时，罗马的宿敌——罗图勒人和佛尔西安人由于受到萨姆尼特尔人和高卢的威胁，改变了对罗马的敌视态度。维几人却未能获得另外十一个图斯克联盟城市的援助，罗马人抓住这一机会，对维几发动进攻。

战争并没有像罗马人想象的那样顺利，而是一直持续了十年。在罗马人与维几人艰难地迈入了战争的第十个年头，战争还没有结束的迹象，天地间的灾异现象使双方民众十分害怕，双方都徘徊于希望和恐惧之间。

那年的春天非常干旱，阿尔巴纳湖的湖水却暴涨。当湖水快要溢出湖面时，罗马人决定派人到德尔斐神庙向福波斯求神谕。神谕显示，阿尔巴纳湖的湖水必须引进田地，不能入海，一旦湖水漫溢，立即发动对维几的进攻。罗马人按照神的指示积极行动，夏季还未到盛季时，引湖水入田的工程已经全部完成了。

接下来，罗马最高行政长官任命玛尔库斯·富里乌斯·卡弥罗斯担任独裁官和围城指挥。卡弥罗斯是一个富有指挥艺术的人，在罗马士兵大营，他把各项任务布置完毕，并让大家明确地意识到冬天前必须攻陷维几城。在卡弥罗斯精心合理的指挥下，罗马士兵的情绪空前高涨。夏天结束的时候，对维几城发起攻击的各项准备都结束了。卡弥罗斯对胜利满怀信心，他甚至命令罗马人骑马推车一起来到大营，准备在战争胜利后搬运从敌人那里缴获的财物。

战争的号角终于吹响了，罗马士兵如暴风骤雨般地向维几城发起进攻。卡弥罗斯率领一支队伍从地道直通维几市中心的朱诺神庙，并把牲口的内脏祭供在众神的面前。罗马士兵们从地道口相拥而出，他们迅速地走上维几城的大街小巷，内外交困的维几城很快就放弃了抵抗，维几人的尸体铺满了每一条街道，只有很少一部分人向罗马投降才幸免于难。战争的喧嚣沉寂了，罗马人和士兵在维几城开始了大肆抢掠，他们把抢掠的财物源源不断地运回罗马，把俘虏择高价卖掉，把朱诺像也由维几运往罗马的阿文丁山。

罗马人为迎接独裁官玛尔库斯·富里乌斯·卡弥罗斯所举行的凯旋仪式也是空前的，当人们看到载着卡弥罗斯的战车出现在卡尔帕尼城门前时，人群立即爆发出了巨大的欢呼声。卡弥罗斯沿着铺满鲜花的地毯驾车一路驶向卡皮托尔山，在那里摆下感谢朱庇特神的祭供。

随后，罗马又和法莱利城发生边界冲突，法莱利城的居民自称是法利斯克人。他们的城墙和维几城一样位于陡峭的巴萨尔特山顶。元老院任命卡弥罗斯率领罗马军队攻占法莱利城。卡弥罗斯命令士兵迅速包围法莱利城，然后朝城堡内掘道前进。但攻打法莱利城并没有像攻打维几城那样大动干戈，一个小小的插曲化解了这场战争。

法利斯克人请了一个老师给孩子们上课。虽然战争在即，但这个老师还是习惯地把他的学生们带到草地上嬉戏。城外的罗马士兵对此也不加干涉。一天，这个老师来到离罗马围墙很近的地方，要求见罗马最高指挥官。

"尊敬的罗马独裁官，几乎所有法利斯克人的孩子都是我的学生，如果把这些孩子们交给罗马方面，也就等于把城市交给了罗马。我早已厌倦了这种生活，这样

**罗马卡斯托里神庙立柱**
该建筑庄严肃穆，被罗马人视为凯旋与不朽的标志。

做的目的只是希望你能赏赐我一点掠夺的财物。"这个老师唯唯诺诺地对卡弥罗斯说道。

卡弥罗斯是个正直的人，他对法莱利城的这个背叛者大喝道："罗马人的战争是同士兵们作战，不是跟手无寸铁的孩子们作战，你的礼物被拒绝了，哪怕你们在战争中战败了，罗马人也不会接受你的这种礼物。"

最后，这个老师被他的学生用树枝抽打着赶回了法莱利城。

法利斯克人被眼前的景象惊呆了，转而又沸腾了，他们对城门前敌人的仇恨立刻变成钦佩和敬畏，甚至希望同这些罗马人生活在一起。不久，连法莱利城元老院也接受了居民们的提议，在罗马人保证法利斯克人生命安全的前提下，他们主动交出了城市。

罗马崛起的最危险障碍被排除了，而罗马内部却又出现了动荡。为了给德尔斐太阳神置办一件大宗的祭祀礼品，卡弥罗斯要求罗马居民每人拿出十分之一的缴获品。而罗马居民认为，卡弥罗斯从维几缴获物中给自己留下的东西最多，祭祀礼品应该由卡弥罗斯自己出资置办。其实，卡弥罗斯在维几的缴获物中只留下了两扇铜门。

卡弥罗斯对那些诽谤自己的话完全不加理睬，儿子在此间病死更使他的情绪一落千丈。但是，罗马人忘恩负义的举动最终还是激怒了卡弥罗斯。

护民官要求元老院批准传讯卡弥罗斯，在被告缺席的情况下，护民官还是对卡弥罗斯进行宣判，卡弥罗斯被判处罚交一万五千阿斯。卡弥罗斯愤怒了，他决定离开他的祖国，自由流放到阿尔特尔去。

在作出最后决定之前，卡弥罗斯朝着罗马城的方向举起双手："不朽的神灵，让罗马人为他们的忘恩负义付出代价吧。他们马上会感到迫切需要卡弥罗斯，渴望得到他帮助。"当然，他的这一愿望很快便实现了，因为高卢人不久后便来攻打罗马。

## 高卢人在罗马

在卡弥罗斯离开罗马几个月后,有消息称"高卢人快要到罗马了",罗马人不知就里,元老院召集的会议也争执不出个结果来。这时,又有消息传来:"克罗西乌姆的使者来到罗马。"

罗马元老们立即接见了克罗西乌姆的使团。

"尊敬的罗马元老们,请接受我们的请求,然后再让我们马不停蹄地把消息带回去。高卢人的部队正像一群蝗虫一样进入我们神圣的国土。这些野蛮人一直前进到克罗西乌姆的城门前才停下来。"

克罗西乌姆使者们一见到罗马元老便陈述他们的请求:"以我们自己的力量已经无法打退他们的进攻了,所以,我们的国王派我们来向强大的罗马进行请求,请你们派出罗马军队前去援助吧。"使者们不停地喘息着,但非得要一口气把话说完。

元老们听到使者们的请求后兴奋不已,克罗西乌姆人在承认罗马的强大了。经元老院协商,决定先派出三个法比尔兄弟前往克罗西乌姆城前的高卢人的大营进行谈判。

高卢人和罗马人不同,他们不喜欢艰苦的农耕,性格不稳定,放荡不羁,喜欢掠夺,但他们虽威胁任何国家,却没有占领任何国家,他们战胜后会立刻撤出那个国家,以寻找新的地方抢劫。

进入高卢人大营的三个法比尔人惊呆了,他们眼前的营帐杂乱无章,士兵蓬乱的长发一直披到肩膀处,给人肮脏和可怕的印象。

"如果这群士兵与罗马人交战的话,肯定必输无疑。"三个法比尔人轻蔑地想。

法比尔人被带到了高卢国王不莱奴斯面前,这位野蛮的君主正摇晃着挂在脖子上的抢来的金链子哈哈大笑。等不莱奴斯安静下来,法比尔人向他陈述了罗马元老院的意愿,希望高卢人立即撤出伊特卢利阿地区。

不莱奴斯看着眼前的来自罗马的文明人,回答说:"既然克罗西乌姆请求你们的帮助,那就证明罗马人都是英勇的武士。我可以答应你们放弃攻打城市,但我会把克罗西乌姆抢劫一空,直到喝完最后一滴甜酒。"

法比尔人哪里见过如此张狂的人,他们愤怒地指着野蛮君主:"这里是意大利的土地,你有什么权利占领不属于你的一片土地?"

不莱奴斯也从来没有见到对自己如此无礼的人,他大声咆哮着:"回去告诉你们的国王,世界属于勇敢的人。"

法比尔人怒气冲冲地离开了高卢人的大营,他们没有回到罗马,而是到了克罗西乌姆,率领克罗西乌姆人直扑高卢人。

**高卢人的礼仪徽章和项圈**
高卢人是法国人的祖先,生活在欧洲西部地区,他们性格放荡不羁,长年过着游居生活,掠夺周围城邦却不占领任何国家。

虽然法比尔人英勇无畏，但他们阻挡不住高卢人的野蛮进攻，伊特卢利阿的大部分城市被攻陷了，三个法比尔人逃回了罗马。

高卢人马不停蹄地赶往罗马。听到高卢人迫近的消息后，罗马最高行政长官率领罗马兵团前来迎战。在拉丁姆地区，罗马是至高无上的霸主，一次又一次胜利的战争使罗马人沾沾自喜，所以根本没有把高卢人当一回事。罗马人没有建立稳固的后方大营，也没有组建后备队，甚至轻率地把中心大营驻扎在阿利阿河岸。

**波尔勾之火　意大利　拉斐尔**
野蛮的高卢人在罗马进行了疯狂的掠夺，最后又放火烧城，曾经有着荣耀历史的罗马城被毁于一旦，直到恺撒时期才重新振兴。

在高卢人的进攻下，罗马军队惨败。高卢人并没有立刻向毫无抵抗能力的罗马推进，两天后，这批胜利的野蛮人才开始朝着七座山城进发。

第一支高卢人的部队试探着进入了罗马城的大街小巷，看到没有任何抵抗后，发出一声呐喊，让等在外面的大队人马急流般地拥进来。高卢人从来没有看到过像罗马城这样多的财宝，他们用数辆马车载着无法估价的财富运回高卢，但仍觉得留下的无法运走的比运走的要多得多，于是，高卢人放火烧城，可怜经历七代国王和二百多个最高行政长官经营起来的城市毁于一旦。

高卢人沿着卡皮托尔山往上攀登，不莱奴斯国王决定对山城进行包围。罗马人在玛尔库斯·曼利乌斯的率领下，轻而易举地把高卢人从山上打退下来。

转眼秋天到来了，高卢军营里瘟疫流行，大批大批的高卢士兵死于非命，粮食也急缺起来。不莱奴斯决定把抢劫的范围扩大到拉丁姆地区，于是，高卢人又发动了对罗图勒人的进攻。

当高卢人迫近罗图勒人首都阿尔特尔时，生活在阿尔特尔的卡弥罗斯又被重新委以重任。卡弥罗斯率领着罗图勒人的一支训练有素的部队进行了一场漂亮的夜战。高卢人在伊特利阿地区第一次被打败了。

消息传到维几，此时的维几正聚集着一批被高卢人打败的罗马人。罗马人迫切地需要卡弥罗斯回到罗马，在祖国的危难时刻，不能让天才的首领无用武之地啊。不过，任命独裁官需要最高行政长官做出决定，而最高行政长官们都被敌人围困在卡皮托尔山上。经过商议，留在维几的人决定派人到卡皮托尔山上，把任命独裁官的消息再带回维几。人们把任务交给了一个年轻的士兵。年轻人从一条秘密的小道直达卡皮托尔山顶，带回了最高行政长官任命卡弥罗斯为独裁官的消息。

不幸的是，年轻人攀登山岩的足印被高卢人发现了，竟无意间发现了那条上山的道路。喜出望外的不莱奴斯马上命令高卢人当夜从小路直奔山顶，打算一举攻克卡皮托尔。

朱诺神庙里圣鹅的叫声惊醒了玛尔库斯·曼利乌斯，他一跃而起，发现高卢人已经登上了悬崖，便随手抓起武器，把冲在前面的高卢人推下了山崖。

高卢人立刻往山下退去，罗马人紧追不舍。在幸运地挫败了高卢人的进攻以后，卡皮托尔山上的情况并没有得到多大改变，粮食奇缺，饥饿已经达到了可怕的程度，卡弥罗斯的救援部队迟迟没有音信。最后，走投无路的罗马人决定拿出全部首饰，希望以此为条件让高卢人撤兵。高卢方面，不莱奴斯也早已获知卡弥罗斯在维几进行战争准备，同时他也感到指挥作战有些力不从心。最后，不莱奴斯同意了以一千磅黄金作为撤兵的条件。

但是，狡猾的高卢人在称黄金的秤上作了手脚，他们使用了假砝码。当罗马人发现时，不莱奴斯脸上露出一丝讥讽："战败者还有什么条件可言呢？"

他的话音刚落，卡弥罗斯率领的一队士兵便骤然而至："罗马人不用黄金赎买自由，而是用武器。我可以现在就杀死你，但罗马人不屑与一支没有首领的军队作战。你可以带领你的部队到前面的战场上去。"

不莱奴斯早已经被威风凛凛的卡弥罗斯吓得脸色煞白，他召集军队，朝卡弥罗斯扑了过去。这次高卢人是彻底失败了，野蛮国王不莱奴斯被罗马人活捉后判处死刑。

## 卡弥罗斯的归宿

在卡弥罗斯的率领下，罗马人终于把高卢人赶出了罗马。在罗马人眼中，卡弥罗斯成了罗马城的第二缔造者，人们举行了盛大的仪式欢迎首领的凯旋。

战胜高卢人的消息传遍了所有拉丁姆国家，散居在外地的罗马难民纷纷兴高采烈地回到罗马。他们满以为昔日那个神圣的罗马正在等待着他们的归来，然而出现在他们眼前的却是一片废墟，罗马城一片狼藉。人们失望着，有的人建议重建罗马，有的人则主张移居到维几去，认为维几的空房子虽然荒芜，但比重建罗马要方便得多。

正当罗马人不知所措的时候，卡弥罗斯再次站了出来："勇敢的罗马人民，众神赋予你们神圣的使命，我们应该让往日那个罗马再次屹立于世界的拉丁姆大地上。"首领的话唤起了大家几近瘫倒的精神，许多应该重建罗马的征兆出现了：有人在福耳图那庙的废墟中找到了一个木刻的国王赛尔维乌斯·图利乌斯像，有人在吉祥地找回了大祭司的权杖。

一天，一个军官率领一队士兵走到罗马广场时，大声命令他的马："停下，我们最好留在这里。"此时的元老院正在热烈地讨论罗马去留的问题，听到这一声叫喊，元老们喜出望外，这也是一个预兆啊。于是，元老院决定重建罗马。此外，元老们还决定恢复所有战俘的自由，让他们留在罗马，给这座新建的城市增添血液。

重建罗马需要很大一笔物资，而罗马在经过频繁的战争后早已经国库空虚，这些重建城市的费用只能通过提高赋税获得了。罗马人虽然对古老的城市怀有浓厚的感情，但对高额的税收还是怨声载道。

重建后的罗马城由于仓促、毫无计划，缺少了古罗马时期庄严宏大的建筑，更多的是狭窄弯曲的小巷。

罗马人民对卡弥罗斯的功绩进行了肯定，这一肯定的最大表现形式就是卡弥罗斯第三次当上了独裁官。卡弥罗斯出身贵族，他未担任护民官，但他却极力笼络民心，为了赎回因欠债而被拘押的平民，他甚至散尽了钱财。卡弥罗斯还公开发表言论要求铲除社会弊端。但在这一时期，罗马内部发生了一场凄惨的悲剧。

玛尔库斯·曼利乌斯·卡皮托利奴斯是一个并没有通过官方任命而拯救了罗马的首领，他曾经享受到无尽的荣誉。但是，恢复和平后的罗马人民又一次表现出了忘恩负义，他们围绕着玛尔库斯·曼利乌斯究竟是最大的叛徒还是最高贵的护民官展开了辩论。此时，有人说玛尔库斯·曼利乌斯是阴谋独裁统治的头子，这种谣言如雪上加霜，使这位英雄人物成了罗马的叛徒。

玛尔库斯·曼利乌斯被逮捕了，指控犯有叛国罪，判处从塔尔佩几山上推下去致死。这是一个多么具有讽刺性的游戏啊。不久前，玛尔库斯·曼利乌斯正是从这里被圣鹅惊醒，并亲自把第一批高卢人推下悬崖，而此时，这里竟成了他的埋葬地。

玛尔库斯·曼利乌斯的死激起了平民的极大愤慨，不少贵族也自愿沦为平民，贵族的势力日益削弱。这时候，又出现了一件改变贵族和平民力量的事。

一对姐妹，姐姐嫁给了富裕的平民利齐尼乌斯·斯陀罗，妹妹嫁给了一个贵族。一天，平民姐姐到贵族妹妹家做客，姐妹俩正谈着话，门外传来了一阵嘈杂声。

"妹妹，什么事这么热闹呢？"姐姐奇怪地问妹妹。

妹妹脸上一副得意的神情："不用理会这些人，那一批高级官员正用他们的权杖敲击大门，会有仆人为他们开门的。"

姐姐更加奇怪了："难道你丈夫每天都是那些高级官员护送回家的吗？"

妹妹的神情更加得意了："你可能还不知道，我丈夫是战争时的护民官，元老院给他安排了一队高级官员做随从。这样的荣誉我天天享受，早已经习惯了。看来作为平民的妻子真的是没办法享受到这样的待遇。你嫁的那个平民丈夫即使再有钱，也不能成为国家官员啊。"

姐姐像是受到了极大的侮辱，刚进家门，她就放声大哭，丈夫利齐尼乌斯·斯陀罗心疼地问她怎么回事。妻子委屈地说："我在妹妹家看到了一队执掌权杖的官员，那就是贵族与平民的区别啊。亲爱的，平民们也应该获得一切权利了，人们也应该给你一个国家官员的职务，你根本就不比那些贵族们差啊。"

妻子的话给了丈夫很大的震动，利齐尼乌斯·斯陀罗

这尊青铜骑士像位于意大利北部维尼托地区帕杜瓦市的圣人广场，是文艺复兴时期著名雕塑家东那太罗为缅怀古罗马英雄而制作。

开始勤奋上进。不久后，他就与平民卢茨乌斯·曼利乌斯一起被推选当上了护民官。在任期间，他们提出了许多法律建议，这些建议被称为"利齐尼法律建议"。

旧法被推翻，将意味着独裁官权力的消失，这些事实让卡弥罗斯产生了绝望，他背叛了他的人民，贿赂了八个护民官反对新法。这种新旧势力的斗争持续了十年之久，两位平民出身的护民官每年都在更新法律建议，并罢黜了被贿赂的护民官。最后，卡弥罗斯只得顺水推舟地劝告元老院批准已经由百人团会议同意了的法律建议。卢茨乌斯·曼利乌斯当选为第一个平民最高行政长官。

脸色凝重的卡弥罗斯在把象征权力的棒斧移交给卢茨乌斯·曼利乌斯前，为罗马建造了一座和睦庙。不久，他便去世了。

## 梯拖斯和玛尔库斯

卢茨乌斯·曼利乌斯是一个十分严厉的人，对他的人民严厉，对他的儿子也同样严厉。当得知高卢人又往南逼近时，这位最高行政长官对他的人民更是加紧了控制。罗马贵族愤怒了，他们本来就对平民出身的最高行政长官心存不满，而平民们对这位维护本阶级的首领也不满意。最后，卢茨乌斯·曼利乌斯被指控犯有虐待士兵罪被送上了法庭。

卢茨乌斯·曼利乌斯的儿子梯拖斯·曼利乌斯是个勇敢善良的孩子，但是他说话结巴，每句话都含混不清，让人难以理解。父亲不但对这个可怜的孩子不加以怜爱，反而经常打骂。在罗马，父亲是严厉而神圣的，所以，梯拖斯对自己蛮横的父亲从来没有怨言。

听到父亲将要接受审判的消息后，梯拖斯首先想到的是护民官给父亲带来的耻辱以及父亲面临的危险。一想到这些，梯拖斯就心急如焚，一定要以最快的速度对父亲进行救援。

梯拖斯身体健壮有力，剑艺精良，曾在各种赛事中取得过数项骄人的成绩，他相信以他的胆量绝对可以救出父亲。梯拖斯把一把锋利的匕首藏在胸前的衣服里，大清早就来到护民官玛尔库斯·蓬帕尼乌斯的家门口。

"去告诉你们的主人，就说最高行政长官卢茨乌斯·曼利乌斯的儿子求见。"梯拖斯对门卫说道。

梯拖斯很快就被唤了进去，玛尔库斯·蓬帕尼乌斯高兴地接待了这个在他眼里还是孩子的梯拖斯，他相信这个孩子是来揭发父亲的暴行的。

"护民官大人，有些话只能和你单独说，你的这些随从……"梯拖斯看了看四周。玛尔库斯·蓬帕尼乌斯会意，房间里的其他人都离开了，只剩下他们两个人。

突然，梯拖斯一个健步走上前去，从怀里掏出匕首，抵住玛尔库斯·蓬帕尼乌斯的脖子，狠狠地威胁说："是谁任命你担任审理父子纠纷案的法官的？你把耻辱强加在我父亲头上，起诉他虐待我，我请你当我的律师了吗？如果你不撤消对我父亲的起诉，不就此事召开国民会议，我就一刀杀了你。"

玛尔库斯·蓬帕尼乌斯吓得浑身发抖，他按照梯拖斯的意思把卢茨乌斯·曼利乌斯释放了。但是，这位护民官也公开声明，他只是屈服于梯拖斯的暴力才放弃起诉的。

残酷的卢茨乌斯·曼利乌斯被儿子解救的消息传遍了整个罗马。不满的、惊讶的，但最多的还是对梯拖斯行为的赞扬和称道。

"那么残暴的父亲怎么会有如此高尚的儿子呢？这个被父亲当作奴隶一般的儿子有着如此美好的爱心和孝道，具有这种高尚思想的年轻人难道不配享有最高荣誉吗？"人们纷纷评论着，早已经忘了要惩罚差点被送上法庭的孩子的父亲。

没过多久，一支高卢人的军队朝罗马扑来，在阿尼奥河的一侧紧靠桥头扎下大营。罗马军事首领梯拖斯·库茵克梯乌斯·彭奴斯率罗马军队驻扎在阿尼奥河的另一侧，与高卢人隔河相望。双方的部队相峙着，谁也不敢首先踏上桥去。

一天，一个魁梧的高卢士兵走出队列，大摇大摆地走到桥的中间，趾高气昂地对罗马人大声喊道："号称勇敢的罗马人，如果有胆量的话就出来和我较量较量吧，我们之中赢的那一方将为他的民族赢得荣誉，输的一方将退出战争。"

梯拖斯看到对方嚣张的神情气愤得直跺脚，他征得首领的同意，雄姿勃勃地冲上桥去。看到眼前站着个瘦弱的年轻人，高卢人哈哈大笑，他挥舞着长剑迎了上来，想凭着自己高大的身躯制服敌人。梯拖斯镇静地向后一退，高卢人的剑刺空了，剑尖进入了厚厚的桥板中。高卢人咆哮着想拔出他的剑，但为时已晚，梯拖斯的刀刺入了他的脖子，高卢人倒下了。

**勇士雕像**
该雕像存于罗马万国博览会罗马文明博物馆内，从雕像造型设计上可以让我们领略古罗马时期勇士的风采。

根据口头协定，高卢人承认了罗马人的神圣，撤回到波河平原去了。此后，梯拖斯又被称为"拖尔库阿图斯"，意为"戴项链的人"。

后来，一支高卢人又来侵犯罗马，两军在平原上驻扎下来。为了取得主动权，双方谁也没有轻举妄动。一天，一个高卢士兵举着长剑来到罗马人营前，要求罗马人跟他决斗，决斗的结果将决定出两个民族哪一个是最强大的。此时，一个叫玛尔库斯·法莱利乌斯的少年出营迎战。

决斗一开始，玛尔库斯·法莱利乌斯便觉得体力不支，而野蛮的高卢人则剑出如飞。围观的罗马士兵都痛苦地低下头来，他们料定法莱利乌斯会必输无疑。高卢人方面则为他们的勇士欢呼着，仿佛已经看到了罗马人战败的惨状。

罗马士兵的头盔外表像鳗鱼一样溜滑，它可以使高卢人砍在头盔上的刀剑滑到一边，否则的话，法莱利乌斯连高卢人一个来回合都招架不住。高卢人砍累了，气喘吁吁地站定身子，准备稍事休息后直取罗马人的性命。

法莱利乌斯也累得满头大汗，他趔趄着站立着，为参与这场即将给他的祖国带来耻辱的决斗而后悔不迭。正在这时，从天边飞过来一只乌鸦，不偏不倚正伫立在罗马少年的头盔上。高卢人也被眼前的景象逗笑了，他挥舞着长剑想把乌鸦吓走，但乌鸦不但没有飞走，反而用嘴和爪子扑啄高卢人。法莱利乌斯乘机攻击高卢人，高卢人一边还击一边后退。突

191

然，乌鸦猛地向前，一下啄出了高卢人的一只眼睛，正当高卢人哇哇乱叫的时候，法莱利乌斯的剑也刺穿了他的胸膛。

罗马人被天赐的胜利所鼓舞，冲向高卢人的军营，高卢人落荒而逃。此后，玛尔库斯·法莱利乌斯获得了一个"库尔乌斯"的绰号，意思为"乌鸦"。

## 玛尔库斯·库尔梯乌斯以身献祭

罗马人对神的笃信超过了其他任何民族的人，罗马人相信，众神时刻在护佑着罗马。而罗马人揣度神意则是方方面面的，每一件稍微有些离奇的事都会成为罗马人思考的对象。

一天，罗马广场突然动荡起来，一半的土地陷落到地底下去了，出现了一个可怕的裂口，正在游玩的人们和集会的国家官员顿时喧哗成一片，纷纷猜想着这一征兆带来的预示。难道这是罗马城陷落的前奏吗？或是火神伏尔甘在地下新建了一座工场吗？塌陷的裂口还能合拢起来吗？该不会从地下冒出火焰来毁灭一切生灵吧？罗马人想出了各种可能出现的问题和可能出现的答案。

"众神啊，难道你要抛弃你的宠儿了吗？难道你忘了这个你曾经护佑过的城市了吗？"罗马的男男女女都在心里祈祷着，并且以极大的热情填塞着这个深不见底的大洞。他们从城外运来一堆堆的沙土、石子，以至于城外的几座大山被夷为平地，但是黑洞洞的大口依然贪婪地张裂着。

**万神庙（内景）**
罗马万神庙是迄今保存最完好的一座古罗马建筑。建于罗马帝国哈德良皇帝在位时，用以献给所有的神，是西方建筑史上和谐与美的典型。

元老和祭司们开始绝望了，他们想不出任何解救罗马的方法，自责折磨着他们的内心，罗马真的气数已尽，要毁灭在这一代人的手里吗？

"何不派人去德尔斐神庙向福波斯求得神谕呢？"一个年老的居民的话使慌作一团的罗马人从噩梦中惊醒。

"对呀，去德尔斐神庙求神谕。"人们响应着。于是，元老会派了两名祭司去德尔斐神庙。祭司们带回的神谕让罗马人百思不得其解："罗马要避免这次毁灭，只能使用最宝贵的物品祭祀裂口。"

罗马人并不是舍不得最宝贵的东西，但什么是最宝贵的东西呢？他们试着把他们认为的最宝贵的物品扔下裂口，可丝毫不见反应。大家猜来猜去，最高行政长官、祭司、元老们终日商量来商量去，但谁也猜不出神谕所指的最宝贵的物品到底是什么。

一天，一个年轻人来到元老院外，求见最高行政长官和元老们。年轻人被带进元老院，元老和最高行政长官正为猜不出神谕而焦头烂额，当他们听说一个年轻人求见时，不禁迁怒于他，关于罗马生死存亡的思考怎么能随便被打断呢？官员们面露愠怒。

"尊敬的元老们，你们大可不必为神谕而如此烦恼，罗马是神圣的，英雄的罗马人打败了四周敌人的进攻，也打败了高卢人，细想一下，勇敢难道不是罗马最可宝贵的物品吗？我们必须把勇敢投入深渊去，而我，自愿充当最宝贵的牺牲。"年轻人神情严肃地说。

最高行政长官、元老们、祭司们和所有在场的罗马人都惊呆了，人们议论开来，有的赞同年轻人的观点："是啊，勇敢真的应该是罗马最宝贵的物品，我们猜了这么久怎么没能想到呢！"

有的人则反对年轻人的观点："我们怎么可能相信一个孩子的讲话？如果勇敢真的是最宝贵的物品，但他有什么权利称自己勇敢呢？我们甚至不知道他的名字。"

年轻人并没有理会人们的议论，他继续着他的讲话："我的名字叫玛尔库斯·库尔梯乌斯，参加过一些战斗，瞧我身上的伤疤，他们证明了我以前的勇敢，但我这次要以我的生命来诠释我的价值。"年轻人撩起上衣让人们看他身上的伤疤。

**罗马市伯尼尼的三音喷泉**
为国家利益以身献祭的少年英雄——玛尔库斯·库尔梯乌斯为罗马人永远铭记，在他以身献祭的地方形成一个喷泉，据说就是今天罗马大广场中心的库尔梯湖。

不等人们作出反应，年轻人便向拴在一旁的战马走去。他从马背上摘下一套金光闪闪的盔甲，穿戴完毕后翻身上马，回头望了望曾经生活过的让他自豪的罗马，随后一咬牙勒紧缰绳，两腿夹住马腹，在众目睽睽之下朝广场中心的洞口奔过去。战马飞身跃起的一刻，年轻人高喊："护佑罗马的众神，请接受玛尔库斯·库尔梯乌斯作为象征罗马最宝贵的祭礼，请宽恕罗马的罪过，护佑罗马母亲逃过这次灾难吧。"战马载着年轻的玛尔库斯冲进了张开着的大洞口。

所有的罗马人都低下了头，女人们、老人们和孩子们已经泪流满面。不管这个年轻人的牺牲是否值得，他们同样被这个年轻人的勇敢所折服。

"众神啊，看看罗马的儿子，为了母亲的永远年轻，他勇敢地献出了最宝贵的生命，即使罗马真的就此毁灭，罗马也不会怪罪他的人民。"人们拥到洞口，向里投掷着鲜花，以此来缅怀罗马英雄。

突然，奇迹出现了。洞口内传来了汩汩的流水声，瞬间，人们看到从洞里慢慢向外涌起了清水，随着水柱越来越高，大张着的洞口开始变窄，最后，洞口收拢到了一口井大小。

人们欢呼着，在广场上举行着各种欢庆活动，赞扬着给罗马带来新生的玛尔库斯。今天，在罗马大广场中心，有一个库尔梯湖，中央三角形的地方有一个灰色的熔岩井圈，据说那就是玛尔库斯·库尔梯乌斯当年以身献祭的地方。

# 第一次萨姆尼特尔人战争

最初，萨姆尼特尔人沿着阿伯鲁泽恩山谷往下迁移、扩张，当它的人口增加时，人们纷纷脱离族群，迁往富饶的康帕尼阿平原。迁入平原的萨姆尼特尔人夺取了图斯克人的领地卡波阿，萨姆尼特尔人与图斯克人在长久的融合中又组成了一个新的民族，康姆帕尼民族。

一百多年后，新的萨姆尼特尔人再一次拥入康帕尼阿平原。康姆帕尼人早已经忘记了他们的萨姆尼特尔人血统，奋起抵抗这些入侵者。但是，康姆帕尼人没有足够的力量击败萨姆尼特尔人。于是，他们向声誉已传遍整个意大利的罗马求援。

罗马在驱逐了高卢人以后，势力范围扩大到台伯河对岸，罗马统治者在占领的土地上围起一个安全的防御网，然后迁入居民。不久，佛尔西安人由于和邻国多年的战争而削弱了力量，在东部山区又受到了萨姆尼特尔人的骚扰，因此佛尔西安人自愿把大片土地送交罗马人。在康姆帕尼人和佛尔西安人的请求下，罗马人第一次接触到骄傲的萨姆尼特尔人。

康帕尼阿平原远离罗马，接到康姆帕尼人的请求后，元老院以罗马不能向陌生城市提供援助为由拒绝了康姆帕尼使者。康姆帕尼使者跪倒在地上，请求罗马把卡波阿收为附属国。元老们犹豫不决。

"罗马不能阻止任何人自愿成为罗马的属下，世界应该通行罗马法律，拥有罗马的习俗。如果我们拒绝了康姆帕尼人的请求，将会被世界人取笑的。"有人向元老们建议。

最后，卡波阿成了罗马的附属国，出于义务，罗马元老院派使者前往萨姆尼特尔人的首都萨姆尼欧姆。起初，罗马人受到了热情的款待，但当罗马人要求萨姆尼特尔人停止对卡波阿的敌对行动时，萨姆尼特尔人却愤怒地立刻对康姆帕尼人开战。

面对萨姆尼特尔人的反应，罗马人也积极备战。由军事首领科尔纳利乌斯·库索斯指挥一支军队直接向萨姆尼欧姆推进，最高行政长官法莱律乌斯·柯尔乌斯则率领另一支前往康帕尼阿平原，在距离库麦城不远的高卢斯山地扎下大营。

萨姆尼特尔人看到罗马的军队已经进驻康帕尼阿平原，遂骄傲地朝罗马人冲过来。身经百战的法莱律乌斯哪里会把萨姆尼特尔人放在眼里，他望着远方沸沸扬扬的尘土，回头向士兵们说："你们看，这些山民和羊倌们竟敢如此嚣张，他们的头盔和盾牌闪烁着金光，俨然一副胜利者的姿态，你们听到这些人取得什么成就了吗？他们怎么能战胜由萨比纳人、拉丁人、佛尔西安人、埃库尔人、赫尔尼克人组建起来的罗马军队呢？"

士兵们跟着最高行政长官哈哈大笑起来，挥动着手中的长矛，眼睛里喷吐出怒火，斗志昂扬地高呼着："罗马人是用坚硬的木头镂刻出来的硬汉子，马上他们就会领教我们的厉害了。"

罗马人太过于轻敌了，萨姆尼特尔人并不是只知道挤牛奶的家伙，他们的士兵训练有素，骁勇善战，对双方来说，这场战争成了一场激烈血腥的、毫无希望的搏斗。

罗马的骑兵们旋风般地扑向敌人，可萨姆尼特尔人的阵营坚若磐石，他们把长矛和短剑刺向罗马骑兵的战马，被刺中的战马痛得四蹄腾空而起，罗马士兵纷纷跌落。战马在狭窄的战场上嘶鸣，乱作一团。

法莱律乌斯想不到骑兵在这里失去了用武之地，他首先从马背上跳下来，一边指挥着骑兵撤出中心地带，一边高呼着："勇敢的罗马士兵，我们不能依赖马，只能依赖自己的双脚了，跟着我冲向敌人吧，敌人的刀剑下正是我们的丰收之地，胜利离我们只有一剑之隔。"

在法莱律乌斯的率领下，罗马士兵冲向敌人的阵地，萨姆尼特尔人纷纷倒下，但他们并没有退却，而是顽强地抵抗着。

萨姆尼特尔人终于有些支撑不住了，罗马人看准时机，冲入对方的阵营，猛砍猛杀，眼睛里喷射出火焰。萨姆尼特尔人在一瞬间误认为是和神在战斗，不由得向后撤退，罗马人紧追不舍，直到把敌人彻底击垮。萨姆尼特尔人从康帕尼阿平原上退出了。

在另一战场上，罗马人就没有如此幸运了。当罗马军队穿林越谷向前推进时，前沿部队遭到了一队萨姆尼特尔士兵的袭击。萨姆尼特尔人把滚木、山石等从两侧的山上向罗马人投掷，使其首尾不能相顾。首领们大喊着"撤退"、"前进"的矛盾口令，更使得罗马军队处于一片混乱之中。

此时，夜幕降临了，一个叫普泼利乌斯·特策乌斯·摩斯的战时首领还镇定自若。通过观察，他发现了一块还没有被敌人占领的高地。特策乌斯·摩斯向科尔纳利乌斯·库素斯汇报了这一情况，并要求带领一支重武装部队去抢占高地，以吸引敌人的注意力。

"当敌人主力朝高地的方向进攻的时候，你赶快带着大部队脱离险境。"特策乌斯·摩斯对最高行政长官说道。

特策乌斯·摩斯趁拂晓对分散在山上的萨姆尼特尔人发起进攻。此时的萨姆尼特尔人还在睡梦之中，他们怎么也没有想到，白天还在驰骋疆场此时却成了罗马人的刀下之鬼。

夜袭成功了，罗马人在萨姆尼欧姆本土打败了萨姆尼特尔人，但经过了在素埃素拉的第三次战斗之后，萨姆尼特尔人才接受了罗马的和平建议。

从那时候起，世界上许多的民族才开始知道了在台伯河流域有一个叫作罗马的城市。

**山间的交战**
萨姆尼特尔人把滚木、山石等从两侧的山上向罗马人投掷，使其首尾不能相顾。首领们大喊着"撤退""前进"的矛盾口令，更使得罗马军队处于一片混乱之中。

## 血战之后的一场滑稽剧

打败萨姆尼特尔人后,罗马与萨姆尼特尔人签订了合约,很长时间没有发生战争。康姆帕尼人把卡波阿交给了罗马人,留在卡波阿的罗马部队很快就过起了康姆帕尼人的生活:吃海鲜、蜗牛、鲜肉饼和夹心球糖,饱食终日。当罗马的最高行政长官要求军队撤回的消息传到卡波阿时,这些罗马士兵极不情愿地发起了牢骚,有些人背地里商量着不离开卡波阿的对策,甚至打算宣布城市独立。

最高行政长官得知留在卡波阿的士兵起了反叛心理,并没有大肆渲染地前去讨伐,而是悄悄地来到卡波阿召开军官会议。

"你们都是勇敢的人,为了使你们能够继续承担光荣的任务,元老院决定给你们放一些探亲假,你们可以马上出发,也可以带着你们的士兵回去。"最高行政长官语气中并没有责备的意思,像是不知道将士们的反叛行动。

军官们被迫离开了,士兵们全部留在了卡波阿,群龙无首。

一天,一个士兵来到队列前,对他的兄弟们说:"离开的时刻越来越近了,我们必须实现从前的计划了。"

"可是,我们没有指挥官,即使我们成功地接管了卡波阿的权力,我们还是不能占领它啊,而且,那样的话,我们将会受到罗马人民的惩罚。"一个士兵信心不足地说道。

"如果我们真的要实施行动,一定要委派一个指挥官。我听说在图斯库罗姆有一个年老的残疾老兵,叫作梯拖斯·库茵克梯乌斯,他曾在与高卢人的作战中受了重伤,战争结束后离开部队,我们可以去请他担任我们的首领。"

"会有人担任一批谋反者的首领吗?他一定深爱着神圣的罗马。"又有人表示了怀疑,而且顾虑重重。

"如果你们愿意,我可以带几个人去试试看,我相信一定能把他请来。"提出建议的人坚持道。

最后,士兵们同意了这个计划,并选派了几个人前去图斯库罗姆。

在图斯库罗姆,被选派的士兵找到了伤残老兵梯拖斯·库茵克梯乌斯的家,他们在拂晓时分包围了整个房子,然后使劲地敲门。

梯拖斯·库茵克梯乌斯不知缘由,从睡梦中惊醒,打开门刚想问个究竟,一群士兵蜂拥而上,把他围在中间。

提出建议的那个罗马士兵走近梯拖斯·库茵克梯乌斯,礼貌而又略带威胁地对他说:"我们想宣布卡波

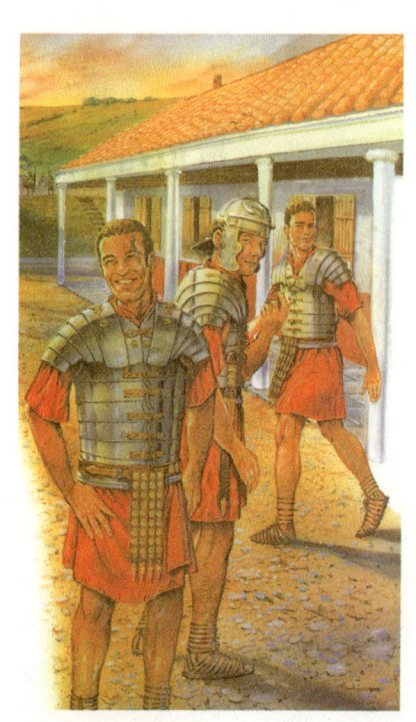

**血战之后的士兵们**

打败萨姆尼特尔人后,罗马士兵难得几天和谐愉悦的生活,脸上显露出舒心的笑容。

阿独立，却缺少一个首领，而我们选中了你，你应该感到骄傲。在你面前的选择只有两个，要么死在这里，要么和我们到卡波阿一起造反。"

梯拖斯·库茵克梯乌斯在对高卢人的战争中曾作为战时首领率领一个兵团，他虽然离开了部队，放弃了罗马人民给他的荣誉，但他深爱着他的祖国，他怎么能够背叛他的祖国呢？但是，在这种情况之下，他还有什么选择吗？最后，梯拖斯·库茵克梯乌斯只能违心地跟这些士兵来到了卡波阿，虽然他表面上答应会率领士兵们进攻罗马，以使最高行政长官同意让他们继续留在卡波阿，但他打算在恰当的时机规劝这些同胞们回心转意。

不久以后，梯拖斯·库茵克梯乌斯果真率领谋反的士兵们朝着罗马浩浩荡荡地进发了。

这时候，早有消息传到了罗马，最高行政长官立即组建了一支强大的军队，迎战造反的罗马士兵。梯拖斯·库茵克梯乌斯曾是罗马人民所熟知的英雄，最高行政长官不相信这位英雄会反叛他的祖国。

两部罗马军队摆开了阵势，战争一触即发。这时候，最高行政长官走到两军阵前，他高声地对反叛的罗马士兵喊道："我知道你们不愿意回家，都希望留在前方作战，你们是多么英勇啊，可我们已经和萨姆尼欧姆缔结了和约，不能继续留在那里了。经元老院商定，为了表彰你们，你们将获得双份的饷金。如果你们还有什么不满意，可以直接提出来。"

梯拖斯·库茵克梯乌斯本来就没有造反之心，听到最高行政长官的承诺，激动得热泪盈眶，他身后的士兵也十分感动。

"我们是多么愚蠢啊，罗马对我们这么仁慈，而我们却想着要离开它，多么不孝的子孙啊。幸亏我们的行为还没有危及到罗马的尊严，否则将会受到惩罚的。"大家纷纷扔下武器，与兄弟队伍相拥而泣。

全罗马都在为聪明的最高行政长官化解了一场流血冲突而高兴，美好的感情和幽默拯救了任何一方罗马士兵，使他们不致成为杀害同胞的凶手。

## 拉丁之战

结束了与萨姆尼特尔人第一次战斗之后，拉丁姆大地出现了短暂的和平时期。没多久，罗马统治下的拉丁人的城镇试图作最后的挣扎，以取得对外的独立，于是，"拉丁之战"爆发了。

为了平息拉丁城镇的反叛，最高行政长官普泼利乌斯·特策乌斯·摩斯和梯拖斯·曼利乌斯·拖尔库阿图斯率领罗马军队穿过康帕尼阿平原急速前进，但却在维苏威山脚下遇到了敌人。罗马军队与拉丁军队隔营相望。

梯拖斯·曼利乌斯被称为"戴项链的人"，他的儿子有和他一样的名字。年轻的梯拖斯·曼利乌斯在军队里率领一支骑兵，他经常外出执行任务，最初，他也时刻遵守着首领们的戒律，即没有命令不能进行战斗。作为最高行政长官的父亲也一再提醒他，拉丁人与罗马人之间有许多亲戚关系，这场战争最好能够化解，或是以最轻的代价结束，一旦发生战争，七座山城与它的近邻之间就会增添更多的仇恨。

但是，年轻的梯拖斯·曼利乌斯还是忘记了父亲的教诲。一次，他在外出侦察途中遇到了拉丁的骑兵巡哨。领头的骑兵对他说："罗马人号称是天底下最勇敢的人，可他们却害怕与我们拉丁人相遇。罗马人，你一定记得勒基罗斯湖吧，那是拉丁人战胜罗马人的地方。"说完，骑兵们哈哈大笑起来。

梯拖斯·曼利乌斯哪里受过这种窝囊气，他勃然大怒，对拉丁骑兵们说："先别得意，我们避免和你们冲撞并不是怕你们，而是罗马士兵要服从最高行政长官的命令。"

"是吗？不要找如此幼稚的理由了，你的父亲是个勇敢的人，难道你希望将来被叫作怯懦的梯拖斯·曼利乌斯吗？我现在就向你挑战，你不会被吓破胆了吧。"领头的骑兵耀武扬威地向梯拖斯·曼利乌斯挑战。

年轻人生怕辱没了他族弟的名声，而且他已经被挑拨得怒火中烧。他抖了抖长矛，催马朝拉丁骑兵冲去，一场决斗开始了。两个回合后，那个领头的拉丁骑兵被挑下马，其他的拉丁骑兵逃回了拉丁军营。

年轻的梯拖斯·曼利乌斯满以为自己的勇敢会得到父亲的夸奖，但父亲只冷冷地对儿子说："虽然你今天在决斗中杀掉了拉丁人，但你的行动和我曾经的行动有个巨大的区别：你是擅自行动的，而我是奉命战斗的。"事情并没有就此结束。

梯拖斯·曼利乌斯把全体部队集合到营帐前，然后转身对儿子说："你斩杀了拉丁人，现在我作为罗马最高行政长官授予你最高的荣誉。"说着，他把一顶桂冠亲手戴在儿子头上。士兵们欢呼起来，为罗马有如此勇敢的少年而高兴。

"但是，我的儿子，你也同样违背了必须服从的命令，所以，作为罗马最高行政长官的父亲必须把你的桂冠浸在你自己的血泊里。所有的罗马士兵都要记住，没有命令的行动即使再辉煌，也会带来无比残酷的结果。"所有的人都听出了梯拖斯·曼利乌斯话里的意思，他们屏住呼吸，本想大喊，但罗马军队铁一般的纪律使他们只能眼睁睁地看着即将发生的可怕事情。

队列前面的地上竖起了一根木桩，年轻的梯拖斯·曼利乌斯被绑在木桩上，他的父亲面无表情地向拿着斧头的刽子手打了个手势，儿子的头顿时滚落到沙地上。此后，罗马的年轻士兵都拒绝与这位铁石心肠的最高行政长官一起行军。

战争并没有因此而完结，罗马人面临着更大的牺牲。

在维苏威湖战斗的前一天，一位神曾向梯拖斯·曼利乌斯·拖尔库阿图斯和普波利乌斯·特策乌斯·摩斯宣布：两支对立的军队中，一方的首领如果愿意领死，那么他会把对方的部队引向失败。而且祭司解释，需要牺牲的必须是左翼部队的首领。按照原定的作战计划，罗马左翼部队由普波利乌斯·特策乌斯·摩斯率领。

**士兵胸甲**
罗马人制造的盔甲外形雄伟，质地坚固，有此种盔甲的士兵在战场上冲锋陷阵，奋不顾身，无所畏惧。

**战争**
看到像幽灵一般的罗马将士们,拉丁人慌不择路,四散溃逃,拉丁士兵的勇气和战斗意志彻底瓦解了。

  勇敢的普波利乌斯·特策乌斯·摩斯脸上并没有太多的悲伤,为了换取胜利,他随时准备服从众神的意志。

  战争开始了,普波利乌斯提着一根投枪立下了誓死的决心:"为了保证祖国的胜利,我愿意把自己祭献给大地母亲和阴司之神。从现在起,我已经不再是一个寻常人,而是一个死去的人,是一件祭供死神的祭品。勇敢的罗马人,在这里垒起一座坟墓吧,战争结束后,把我安葬在这里。"

  进军的号角吹响了,普波利乌斯率领罗马兵团发疯似的朝着拉丁人的军队扑过去。看到像阴灵一般的罗马将士们,拉丁人慌不择路,四散溃逃,拉丁士兵的勇气和战斗意志彻底瓦解了。但是,一队站在维苏威湖旁的拉丁射箭手实现了普波利乌斯·特策乌斯·摩斯以身献祭的要求。

  罗马人取得了辉煌的胜利,人们在堆积如山的拉丁人的尸体中找到了满身飞矢的普波利乌斯·特策乌斯·摩斯的尸体。

  素埃素拉战役结束了罗马和拉丁姆其他国家的公开战争,除少数几个城市还在抵抗外,大部分城市都与罗马签订了和平条约。

## 独裁官和他的副手

  自从罗马与萨姆尼特尔人签订和约后,双方在和平中度过了一段时间,但好景不长,倔强的萨姆尼特尔人从失败中崛起后,又开始表现出了反抗的一面。经元老会商议,罗马决定派出军队再次征伐萨姆尼特尔人。

□古罗马神话彩图馆

战争总指挥是独裁官卢茨乌斯·帕比里乌斯，这是一个与卡弥罗斯同样英勇的罗马人。他身材高大，行走如飞，人们给他起了个绰号"库尔索尔"，即会走路的人。帕比里乌斯对士兵要求严格，他的命令要无条件服从，如果敢有人违抗，那么这位首领一定会让他痛苦不堪。帕比里乌斯还有一个叫库茵拖斯·法比乌斯的副手，这是一个曾自愿为罗马献身的法比尔族的子孙，如他的前辈们一样，法比乌斯英勇善战，也深得士兵们爱戴。

罗马军队在萨姆尼欧姆扎下大营，与萨姆尼特尔人的营房遥遥相望。这时，从罗马方面传来消息，国内人民认为不该选帕比里乌斯当独裁官，认为他的当选会触怒众神，所以元老院希望独裁官能暂时回罗马安抚民心。帕比里乌斯临走前，命令法比乌斯坚守大营，在他没有回来前不能向敌人出击。

起初，法比乌斯对独裁官的命令并没有违背，他每天率领士兵外出侦察，然后在自己的营地里进行军事训练。一天，法比乌斯像平常一样外出侦察敌情，他发现，萨姆尼特尔人的一支部队在人数上处于劣势，而且防守也相当松弛，如果出其不意地袭击，一定会取得胜利。这个时候的法比乌斯早已经忘了独裁官的命令，吸引着他的是至高的荣誉。

法比乌斯率领步兵离开营地，前去偷袭敌人。此时的萨姆尼特尔人哪里会料到罗马人会出现在他们面前，顿时慌作一团。罗马的骑兵也趁机冲杀过来，萨姆尼特尔人惨败。法比乌斯命人把胜利的喜报送回罗马，然后把缴获的武器和物品送回罗马军营。

**英雄的卢茨乌斯·帕比里乌斯雕像**
卢茨乌斯·帕比里乌斯是一个与卡弥罗斯同样英勇的罗马人，他身材高大，行走如飞，人们给他起了个绰号"库尔索尔"，即会走路的人。帕比里乌斯对士兵要求严格，他的命令要无条件服从，如果有人违抗，那么这位首领一定会让他痛苦不堪。

当帕比里乌斯看到法比乌斯派人送来的喜报后，并没有惊喜之色，而是冲出元老院会议厅，愤怒地咆哮着："法比乌斯，你竟敢违抗独裁官的命令，虽然你取得了胜利，但如果大家都来效法你，罗马的法律制度还会存在吗？你一定会为此付出代价的。"帕比里乌斯搁下还没有举行完的元老院会议，一刻也不耽搁地奔向萨姆尼欧姆，他现在像一头发了疯的狮子。

这时候，早有人把这一消息告诉了法比乌斯。法比乌斯大吃一惊，他很了解帕比里乌斯，独裁官的命令如磐石一样坚不可摧，而且独裁官拥有生杀大权，怎么才能从暴怒的权力下救出自己呢？

"士兵们，我们擅自对敌作战，虽然取得了无限的荣誉，但独裁官正满腔怒火地向萨姆尼欧姆赶来。大家都知道，这位独裁官的脾气暴躁，他一定会用我的鲜血来惩罚我的过错。"法比乌斯把部队召集起来，向大家表明了自己的危险处境，希望跟他一起夺取胜利的士兵保护他。

"不用害怕，勇敢的法比乌斯，只要罗马兵团在，没有任何人敢伤害你，我们带给罗马的是多么光荣的胜利啊。"士兵们齐声高喊着。

士兵们对他们苛刻的独裁官向来怀有怨言，而对法比乌斯则显得亲善。尤其是一些年轻的士兵，他们喜欢和年轻的副手打成一片，而对那位战争总指挥更多的是畏惧。

帕比里乌斯来到中心大营，命传令官吹起集合的号角。士兵们很快聚集到一起，他们屏住呼吸，等待着预料中的场面的发生。

帕比里乌斯坐到审判的椅子上，把法比乌斯叫到眼前。

"法比乌斯，你只需要回答一个问题，是我命令你和敌人交战的吗？"独裁官眼睛里似乎已迸出了火焰。

法比乌斯不愧为光荣的法比尔人的后代，他脸色苍白，但目光坚定，以平静的口气回答了独裁官的问话："这个问题你比我更清楚。我战败了敌人，你可夺取我的生命，但夺不走我的荣誉。"

本以为法比乌斯能认识到自己的错误，没想到他却坚硬得像块顽石，帕比里乌斯更加愤怒了："看来你真的是需要尝尝苦头才对，来人！扒掉法比乌斯的衣服，用树枝鞭打。"

看到审判官员拥上前来，法比乌斯急忙向士兵们呼救，顺势逃到他们中间去了。士兵们保护着他们的英雄，对独裁官的怨声越来越大，军官们甚至绞着自己的双手请求独裁官开恩，但铁石心肠的独裁官无动于衷。士兵们做出威胁的举动，可帕比里乌斯丝毫反应都没有，铁青着脸命审判官员去执行他的命令。

法比乌斯害怕士兵们会保护不了自己，便趁着夜幕潜回了罗马。第二天，当他站在元老院的会议厅里陈述独裁官的残暴时，帕比里乌斯出现在大家面前，并立刻下令逮捕法比乌斯。

"帕比里乌斯，我的儿子打败了罗马的敌人，而你却拒不接受任何劝说和请求，不肯赦免你英勇的副手。在此，请求全体人民，为我的儿子伸张正义。"法比乌斯的父亲，玛尔库斯·法比乌斯，一个受罗马人尊敬的法比尔人，阻止了独裁官残暴的命令。

帕比里乌斯沉默了许久，然后他平静地注视着眼前这个严厉的父亲："玛尔库斯·法比乌斯，你的行为违反了法律，因为独裁官是位于人民之上的，但是，我愿意听听你的意见。"

一行人来到罗马广场，不大一会儿，聚集的人们就把广场围得水

**公正的审判　法国　普桑**
宽容明智的帕比里乌斯不固执于死板的法律教条，他顺应民意，不再追究法比乌斯擅自出战的责任。

201

泄不通。玛尔库斯·法比乌斯和他的儿子一起来到台前，父亲向人们夸耀儿子的荣誉，并诚恳地请全体人民宽恕他年幼的儿子。罗马人被玛尔库斯·法比乌斯的陈词感动了。

但是，独裁官的话让在场的人哑口无言，且心悦诚服。

"于情，法比乌斯值得原谅，可是于理，独裁官的权力不能受到任何践踏。如果都像法比乌斯一样，士兵不听军官的话，军官不听最高行政长官的话，最高行政长官不听独裁官的话，罗马还有什么希望可言？到时罗马只有灭亡。"

所有的人都不知道该如何处置这件事了，审判官坐在那里左右为难起来。

这时，一部分罗马人跪倒在独裁官脚下："帕比里乌斯，法比乌斯的确是做错了，他已经受到了惩罚，胜利的喜悦已彻底化作了折磨和畏惧，所以你的人民请求你饶他一命。"玛尔库斯·法比乌斯和他的儿子也跪倒在地。

帕比里乌斯脸上的怒气早已不见了，取而代之的是脉脉温情："勇敢而善良的罗马人，你们不曾向敌人低过头，而为了你们的孩子却向独裁官低头，你们胜利了。法比乌斯，我将不再追究你的责任，你要感谢全体人民，以后千万记住，无论在战时还是在和平时期，罗马士兵都要服从罗马的法律。"

广场上响起雷鸣般的掌声，人们从地上一跃而起，把赦免的法比乌斯和慷慨的独裁官举过了头顶。

## 考迪乌姆的枷锁和报应

在第二次与萨姆尼特尔人的战争中，罗马人连战连捷。萨姆尼特尔人企图与罗马人签订友好条约，但罗马元老院却拒绝了萨姆尼特尔使者的请求。绝望的萨姆尼特尔人只能困兽犹斗，作垂死的挣扎。

罗马军队在最高行政长官弗拖里乌斯·卡尔维奴斯和斯波律乌斯·帕斯拖弥乌斯的率领下向康帕尼阿平原挺进，封锁了从山区进入平原的重要通道。

一天，罗马士兵看到十几个牧民赶着羊群从军营附近经过。牧民们主动上前与罗马士兵攀谈。

"不知你们听说没有，卢策里亚城被萨姆尼特尔人包围了，你们怎么还在此按兵不动呢？"

罗马士兵赶忙把得到的消息向最高行政长官报告，两个最高行政长官根本没有考虑这则消息的可靠性，忙率部队赶往卢策里亚城。萨姆尼特尔境内山路居多，罗马军队只能排着长队前行，再加上他们带着辎重队，行军不便，很难进行遭遇战。

这一日，骄阳似火，罗马人进入了考迪乌姆关隘。山谷里树木成荫，溪水潺潺，精疲力竭的士兵到处寻找着树荫纳凉。傍晚时分，当罗马的前沿部队通过第一座关口进入第二座关口后，大块的山石和粗大的树木挡住了行军的去路，此时的后续部队也进入了关隘地带。罗马人正打算清除障碍，大批的萨姆尼特尔人出现在两侧的山坡上。最高行政长官忙命罗马部队后撤，可后路也已经被萨姆尼特尔人切断了，前不能进，后不能退，罗马人陷

**战场　意大利　萨尔瓦托·罗萨**
罗马人和萨姆尼特尔人进行了长年的战争，在第二次战争中，罗马人连战连捷，但顽强的萨姆尼特尔人拒绝屈服，进行了坚决的反击，一度使罗马人陷入全军覆没的境地。

入了困境之中。

当罗马人等待敌人毁灭性的攻击时，却迟迟不见敌人的动静。一连几天，萨姆尼特尔人始终没有采取任何行动。

"萨姆尼特尔人是想把我们活活饿死，可是我们宁愿战斗而死。"被围困的罗马士兵饥饿难忍。

其实，萨姆尼特尔方面的军事首领伽奴斯·彭梯乌斯正在内心里做着激烈的思想斗争："即使把这里的罗马人全部杀掉，这场战争我们还是输掉了，萨姆尼特尔人已完全陷于罗马人的包围中，就如我们包围这支罗马军队一样。我们不能通过残杀来赢得这次战斗的胜利，而应抓住形势，通过谈判来争取我们的利益。"于是，彭梯乌斯派人到罗马军营邀请罗马最高行政长官进行谈判。

"尊敬的罗马首领，你们已经看到，你们的这支军队没有办法逃出包围圈了，我们完全可以消灭你们，但我们希望通过一个慷慨的举动促成双方的和解。只要罗马人和我们签订一个条约，和我们和平相处，归还掠夺的土地，你们就可以自由地撤走了。"彭梯乌斯向罗马方面阐明了自己的意图。

最高行政长官脸色苍白地回答："难道你们不觉得对困在这里的几个人提出的要求过多了吗？我们等待着与你们做最后的战斗，哪怕是全军覆没。"

彭梯乌斯进一步对罗马人施加压力："这是你们的想法，可你们的士兵会同意吗？我们可以把你们从塔尔佩几山上推下去，但你们的士兵一定更愿意活着回到罗马城。这样吧，作为对你们战败的惩罚，你们必须钻过枷锁往回撤，你们有一天的考虑时间。"

最高行政长官的脸上满是愤怒，在那个年代，屈服于枷锁是最大的耻辱。虽然两个最高行政长官在萨姆尼特尔人面前异口同声地表示了反对，但是，当他们看到峡谷里一望无际的士兵行列时，他们的心收缩到一起了，他们怎么忍心看到这支部队浮尸他乡呢？如果能把它完好无损交还给罗马那该多好啊。

罗马的中心大营里，最高行政长官把萨姆尼特尔人的要求向全体士兵们进行了宣布。

"勇敢的罗马人怎么能忍受这样的屈辱？我们并没有想过要活着走出这里，让我们去战斗吧，我们要用鲜血证明罗马人的骄傲。"全体士兵跪倒在最高行政长官脚下。

然而，两个最高行政长官还是违背了士兵的意愿，他们向彭梯乌斯表示愿意接受萨姆尼特尔人的要求，甚至接受了对方提出的最高行政长官和六百名出身贵族的士兵当人质的要求。

萨姆尼特尔人在关隘中心搭建了两座门，中间横着大梁，搁着枷锁。罗马士兵们只穿着内衣内裤排着队从门下经过。稍有迟疑，屁股上就会挨上一脚。而萨姆尼特尔士兵在旁边像是看一场闹剧，肆意地侮辱呼喊着。

所有的罗马士兵都重新获得了自由，但却像是从地狱里钻出来一样，他们不愿意回头看上一眼，不知道该何去何从，是人不知鬼不觉地回到罗马，还是逃到没有人的地方去呢？他们不发一言，互不搭理，只是耷拉着脑袋往前走，好像背着沉重的枷锁，那是他们再也摆脱不了的耻辱。

但是，正是罗马士兵这种无言的愤怒透露出了一种烈火燃烧般的不能忍辱含垢的决心，这种决心必将爆发出巨大的冲击力，事实也正证明了这一道理。

这批罗马士兵偷偷地进入罗马城，钻进家中后再也不敢外出露面，两个最高行政长官的家更是安静得像坟墓一样。

罗马人对从前线带来的消息痛不欲生，他们义愤填膺，重新选举了最高行政长官。

一天，两个已经被罢黜的最高行政长官和所有戴罪的军官来到元老院，他们提出愿意用自己的生命为自己的过失承担责任："用我们的生命去赎回紧急之中接受的可耻条约吧，摆脱了条约的羁绊，罗马人又可以派部队挺进萨姆尼欧姆了。"

于是，元老院派祭司们把这些军官捆绑着送到萨姆尼特尔人的手里，但是，彭梯乌斯并没有接受这批自愿的牺牲者，而是把这些人送回了罗马。

愤怒的罗马人立即组织了两支部队，由两个新选出来的最高行政长官率领直奔萨姆尼欧姆。

从耻辱中爆发出的冲击力的确是巨大的，怀着报仇雪恨的决心，两支罗马军队誓死要夺回失去的荣誉。当萨姆尼特尔人被打得落花流水时，罗马人的心中才微微感到有些快意。

"萨姆尼特尔人，你们必须放下武器，赤膊从城门出来，列队从枷锁架下穿行而过，尤其是你们的首领。"最高行政长官对战败的萨姆尼特尔人派来的使者说。

考迪乌姆的耻辱终于被洗刷了，罗马人又重新恢复了昔日的荣誉。

## 仁梯努姆会战

卢卡尼亚是从萨比纳族发展起来的一个国家，统治着意大利亚得里亚海南部海岸，虽然是一个小国，但地理位置优越，一直是兵家抢夺的重地。

萨姆尼特尔是个骄傲的民族，在三次对罗马的作战中，虽均遭失败，但萨姆尼特尔人并不甘心，时刻寻找着崛起的机会。

当萨姆尼特尔人重新拿起武器，曾试图占领卢卡尼亚时，却没有成功。那个时候的卢卡尼亚与罗马签订了联盟条约，对卢卡尼亚的宣战等于对罗马的宣战。但此时的罗马，正沉浸在战争胜利的喜悦之中，罗马的雄鹰已经占据了地中海，它盘旋在亚得里亚上空，罗马人正为自己疆域的广阔而倍感自豪。

萨姆尼特尔人又开始到处行动了，他们试图去说服伊特卢利阿人和高卢人："难道你们忘记了你们的族人是怎么败在罗马人的长剑下的了吗？这种耻辱将会作为枷锁让你们背负一辈子。我们应该团结起来，用罗马人的鲜血去见证我们的勇敢。"最后，萨姆尼特尔人、伊特卢利阿人和高卢人联合起来一起进攻罗马。

起初，罗马人并没有把这支联盟军放在眼里，胜利的光环久久地围绕在罗马人的头上，这股乌合之众怎么会是勇敢的罗马人的对手呢？但是，当罗马人完全意识到敌人的意图和进攻目标时，不禁大吃了一惊。

此时的罗马最高行政长官是特策乌斯·摩斯和法比乌斯·马克西摩斯。特策乌斯·摩斯与父亲同名，在拉丁之战的维苏威湖战役中，他的父亲曾以身献祭，换回了罗马辉煌的胜利。儿子不但继承了父亲的名字，也继承了父亲的勇敢。

当萨姆尼特尔人和高卢人浩浩荡荡地向罗马挺进时，罗马方面迅速组建了一支约六万人的强大部队，两位最高行政长官担任战争最高指挥官。

**战前誓师　法国　普桑**

□ 古罗马神话彩图馆

**胜利女神**
罗马帝国的皇帝在庆祝战役胜利时，常常将胜利女神放在战车上。

"勇敢的罗马人，我们虽然取得了无数次的胜利，享受了无数的荣誉，但是，我们还有很多的敌人，他们正伺机打败我们，就连我们的属国也可能正存在着反叛之心，所以，我们要时刻提高警惕，再也不能只顾享受了。"在出发之前，特策乌斯·摩斯在誓师大会上对他的士兵们高喊着。

罗马人欢呼着，发誓要给来犯的敌人血的惩罚。

罗马人与萨姆尼特尔人和高卢人在仁梯奴姆相遇了，列阵对峙。特策乌斯·摩斯和法比乌斯·马克西摩斯骑着高头大马威风凛凛地位于队列的最前方，两人观察着对方的动静，打算随时发动进攻。

就在这时，奇怪的事出现了。一只母鹿从附近的山林里跳了出来，后面紧跟着一匹灰狼。母鹿与灰狼在众目睽睽之下穿过战场，然后分道而行：母鹿朝萨姆尼特尔人和高卢人奔去，灰狼朝罗马人跑来。

高卢人向来被称为野蛮人，当看到跑过来的母鹿时，高卢人首领举起手里的长矛，朝母鹿的咽喉戳去，母鹿惨死在高卢人队列之前，鲜血染红了一地，而高卢和萨姆尼特尔的士兵们却像是看一场游戏一样，没有任何人阻止这一暴行。

罗马方面，当灰狼奔到罗马的队列前时，罗马士兵们左右一分，一条大道出现在灰狼面前，灰狼穿过罗马人的队列向远方跑去。

罗马祭司看到这里，闭上眼睛自言自语道："母鹿是月亮女神狄安娜的圣兽，而高卢人却把它残忍地打死，月亮女神一定会让这个地方堆满尸体的。灰狼是战神玛尔斯的圣兽，罗马人对灰狼爱护有加，一定会取得胜利的。"

战争开始了，萨姆尼特尔人和高卢人勇猛地朝着罗马人冲来。特策乌斯·摩斯命令士兵们说："我们只管抵挡住敌人的进攻，当他们把体力消耗得差不多的时候，我们再发动进攻。"

看到罗马人只知道抵抗，萨姆尼特尔人和高卢人骄傲地以为罗马人畏惧于他们军队的强大，于是更加肆无忌惮地在战场上冲击。

罗马左翼部队面临的敌人是高卢人，由于防守不利，被敌人连连击败，但在关键时刻，罗马的后续部队发挥了作用，受到威胁的左翼阵地转危为安。罗马右翼部队面临的敌人是萨姆尼特尔人，在特策乌斯·摩斯的率领下，右翼阵地固若金汤，萨姆尼特尔人次次进攻都归于失败。

夜幕很快降临，敌人的冲击减弱下来，正像特策乌斯·摩斯所说的那样，萨姆尼特尔人和高卢人已疲倦不堪。于是，两位最高行政长官命罗马士兵进行反击。

然而，特策乌斯·摩斯并没有料到敌人的抵抗还会如此之强，罗马的反击依然未能奏效。

"亚奴斯神、朱庇特神、战神玛尔斯和亲爱的库依律奴斯，我将和我的父亲一样把自己献祭给你们，作为来自地府的可怕生灵参加这场战争，让我的祖国永远年轻吧。"特策乌斯·摩斯在阵地前举起双手向苍天高呼着。随后，罗马祭司举行了祭祀仪式。

果然，特策乌斯·摩斯冲向敌人时真的像是扫荡一切的幽灵，萨姆尼特尔人和高卢人慌忙撤退，他们的勇气和战斗意志似乎因难以名状的恐惧而彻底瓦解了，不得不向罗马屈膝投降。当然，特策乌斯·摩斯献祭的愿望也得到了满足，他的英名和他父亲的名字一样将光照罗马史册。

## 萨姆尼欧姆的结局

为了抵抗罗马人的进攻，萨姆尼特尔人在萨姆尼欧姆城中建立起了一支新的部队。其中的一个兵团是由从萨姆尼特尔人中挑选的最勇敢的人组成的，这个兵团是这支部队的核心。在战斗之前，这个兵团要在最高祭司的带领下在一幢由布幔盖起的小屋子里宣誓效忠。这个兵团的士兵也被称为"白长衫人"。

自从这支部队建立起来以后，萨姆尼欧姆就把希望放在了他们身上，最结实、最耐用的武器让他们使用，甚至用金子为他们铸造盾牌。萨姆尼特尔人想凭此战胜罗马人。

浩浩荡荡的罗马军队进入到阿库依洛尼亚城，并在那里扎下阵营。听说萨姆尼欧姆新建了一支军队，罗马的士兵们表示出了一副跃跃欲试的样子。

"如果现在就能开战那该多好啊，听说'白长衫人'的武器装备比我们的要精良得多，真想看看那些愚蠢的家伙拿着精美的武器是否能胜过我们。"有些士兵们甚至全副武装起来，只等最高行政长官的一声令下。

不远处，萨姆尼特尔人也希望着能马上开战，让自己的装备到战场上一试高低。萨姆尼特尔人的最高行政长官决定于第二天清晨发起进攻。

罗马人对神的崇敬程度已经到了痴迷的地步，他们做任何事之前都要进行占卜。在这次出征之前，罗马人也随军带着一只公鸡，以卜凶吉。第二天，作为圣物的公鸡拒绝进食。养鸡人马上派人去向罗马的最高行政长官报告。这种异常现象预示着如果交战的话会遇到厄运，祭司希望最高行政长官能放弃这次战斗，或是推迟战斗。然而，祭司派去报信的小伙子是一个年轻气盛的人，他很想在这次战争中大显身手，见到最高行政长官时，小伙子兴奋地说道："尊敬的长官，这

**萨姆尼欧姆武士**
这尊雕像象征萨姆尼欧姆人，就是这个民族使罗马遭受了"轭门下通过"之辱，在后来将近三个世纪的时间里，他们仍然坚持不懈地反抗古罗马人的统治。

真是天赐的良机啊,连那头公鸡都表现出了昂扬的斗志:它食欲旺盛,听完了就在它的圈里边跑边叫。老天注定我们该取得这场战争的胜利啊。"

最高行政长官也想尽早地结束这场战争,高举胜利品回到罗马去,听报信人如此一说,好像已经取得了胜利一样,脸上洋溢着喜悦:"真是神助罗马啊,明天我们将进行一场血战,不久以后我们就将凯旋。"

祭司本以为报信的那个小伙子如实地报告了情况,可当他看到士兵们急匆匆地穿过营房时,才知道报信人违背了天意,他抱着头痛苦不已地对天长叹道:"该死的家伙,他会把一支庞大的罗马军队送往地狱的。一切都完了,我又有什么办法呢?只能听天由命了。"

第二天,战斗的号角吹响了。白长衫人英勇作战,效忠的宣誓起到了效果,他们不愿意后退一步,倒下了,会有人补上来。罗马士兵虽然一次又一次地向萨姆尼特尔人的阵地发动进攻,但都被他们击退了。

正当罗马人进退两难的时候,一支卢卡尼亚人的小部队直冲萨姆尼欧姆人的腹地。这支小部队本在这次作战的计划之中,但因行军迟缓而延误了。不过现在来得正是时候,可这支队伍人数不多,如果遭到了白长衫人的进攻,肯定会被打得片甲不留。于是,卢卡尼亚人的首领命令辎重分队赶着运重物的驴子拖着成捆的带叶子的树枝,使得尘土飞扬,让对方觉得这是一支大部队在行进。

萨姆尼特尔人只看到路上扬起的尘土,根本看不清这支队伍有多少人,果真以为是一支大部队,士兵们的信心和勇气顿时大减。而罗马人则恰恰相反,勇气倍增,以摧枯拉朽之势扑向了萨姆尼特尔人。

罗马人在这次战争中取得了胜利,为了庆祝这次胜利,罗马的最高行政长官用缴获的白长衫人的武器铸造了两尊雕像,一尊是天公朱庇特的,一尊是他自己的,这是罗马第一次出现凡人和神的雕像并排而放。

罗马人和萨姆尼特尔人之间的战争持续了五十年之久,当萨姆尼欧姆的白长衫人彻底失败后,萨姆尼特尔人又组织起了一支大规模的队伍,并推举在考迪乌姆峡谷一战中获得胜利的伽奴斯·彭梯乌斯担任最高首领。但这并没有改变萨姆尼特尔人的命运,年迈的彭梯乌斯最终战死沙场。

战争给罗马人和萨姆尼特尔人都带来了极大的灾难,当玛奴斯·库里乌斯·丹塔图斯被选为罗马的最高行政长官以后,他积极地邀请萨姆尼特尔人前来缔结和约。最后,萨姆尼欧姆归顺了罗马。

## 比尔胡斯国王

塔伦在美丽的亚得里亚海湾,这里没有战争的硝烟炮火,人们过着富裕幸福的生活。萨姆尼欧姆被罗马人占领之后,罗马人武器的声响离塔伦越来越近了。在这种声响之下,以往平静的日子不见了,取而代之的是战争的喧嚣。

塔伦城里的梯纳人是希腊人的后裔,他们和拉丁人一样,把罗马人看作是野蛮人,梯纳人还和罗马的库茵律特人签订条约，禁止罗马的船只进入塔伦港。

在罗马人与萨姆尼特尔人交战期间，一支罗马的船队遇到暴风袭击后驶入了塔伦港，本来就怀有戒心的梯纳人冲上罗马船队，把战船凿沉，把船上的罗马人杀死，幸存的几只船迅速逃离了塔伦港。

罗马人虽然对梯纳人的暴行十分愤怒，但还是决定先派使者去塔伦谈判。结果，使者斯波里乌斯·帕斯图弥乌斯不但空手而归，而且还受到了塔伦梯纳人的羞辱，罗马元老院这才派出了一支军队攻打塔伦。塔伦的梯纳人根本没有经历过战争，他们不知道如何来应付罗马人的进攻。当然，他们也应付不了。

在塔伦的土地上，罗马军队破坏了他们的农田，烧毁了他们的房屋，但罗马人却把抓获的俘虏全部释放了。遭到节节败退的梯纳人向希腊的庇鲁斯城国王比尔胡斯求援。

**双头棒斧**
棒斧在古罗马是权力的象征，独裁官往往以手持棒斧来显示自己的权威。

比尔胡斯一直想拥有像亚历山大那样的荣耀，但他也深知，那样的荣耀只能通过战争才能取得。当梯纳人派使者来向他求援时，他毫不犹豫地率领船队向意大利方向进发。

到达塔伦的比尔胡斯马上投入到战争中去，他指挥着庇鲁斯国和塔伦国的两支希腊军队，迎战罗马骑兵，但初战不利，失去了大片土地。随后，希腊步兵迎战罗马兵团，希腊步兵开始失利，比尔胡斯忙放出大象参战，局势扭转了，比尔胡斯指挥骑兵一阵砍杀，罗马士兵纷纷倒下。

对罗马军队初次战争的胜利，使比尔胡斯明白了要想征服罗马比登天还难，因为在战后清理战场时，他发现那些死去的罗马士兵的伤口都在胸前，这使他对罗马人肃然起敬："如果我的士兵也能和他们一样勇敢，我一定能征服世界。"于是，他派出使者前去罗马，说服罗马元老院举行和谈。

由于战争失利，罗马元老院的几个元老对比尔胡斯国王的求和已经开始动摇，但前任最高行政长官、已双目失明的阿比乌斯·克劳迪乌斯的一番话却使和谈成为了泡影："罗马的英雄们，千万不要被狡猾的希腊人的甜言蜜语所迷惑。只要意大利的土地上还有希腊士兵，我们就不能接受和谈。"

听了这番慷慨激昂的话，古罗马传统的骄傲顿时又在元老们心中点燃，他们礼貌地拒绝了比尔胡斯国王的请和。使者回到塔伦向比尔胡斯报告了这一结果。

"哦，尊敬的国王，罗马城好像一座神庙，而每一个罗马人则都像一个国王。"使者还沉浸在奇妙的感觉之中。

比尔胡斯非常惊讶："希腊人永远也没有罗马人的这种骄傲，我倒很是希望亲眼看看这座神和国王的城市。"比尔胡斯命令希腊军向罗马城的方向推进。从塔伦战争上败退的罗马军也向罗马城方向尾随而去。

古希腊雅典卫城遗址

　　比尔胡斯命令希腊军在离七座山城八海里的地方扎营，并没有直接挺进到台伯河地区。一天，罗马的使者来见比尔胡斯，商量交换俘虏的事宜。比尔胡斯用最高的礼仪接待了使者并许诺送使者大量的黄金，希望他能说服元老院接受和谈的计划，但却遭到了使者的拒绝。比尔胡斯想试试这位罗马使者的胆量，便命人牵来了一头大象。当比尔胡斯和罗马使者会谈时，这头大象竟然把鼻子搁在使者的肩膀上，发出可怕的巨吼声。罗马使者吃了一惊，但马上就镇静了下来，微笑着对比尔胡斯说："你可以拿黄金来收买我，拿大象来恐吓我，但这是你的意愿，从我这里你是不能得逞的。我绝不会做出有损于国家的行为。"

　　比尔胡斯被罗马使者的勇气感动了，深鞠了一躬："勇敢的英雄，我被罗马人的骄傲所折服。我不能释放你们的俘虏，但我已经给他们放了长假，让他们回罗马过农神萨图恩节。如果元老会接受和谈的建议，那么这些俘虏就可以留在罗马了。否则，他们在节后必须回到我们这里来。"

　　结果，正如罗马使者所承诺的那样，罗马俘虏们过完萨图恩节后全部回到了希腊军营。比尔胡斯被罗马人这种高贵品质震慑了，他没有指挥他的军队继续向前推进，而是撤回了塔伦。

　　第二年，比尔胡斯率领希腊军向阿波里恩进军，在阿斯库罗姆城前，希腊军受到了罗马军的阻击。战斗持续了两天，以希腊军的胜利结束，但希腊军却同样付出了惨重的代价。

　　此时，岁拉库斯城受到了卡尔它各的攻击，岁拉库斯国王派人向比尔胡斯求援。比尔胡斯正要率船前去西西里岛时，罗马最高行政长官伽尤斯·法勃烈策乌斯的使者来到希腊军营，转交给比尔胡斯一封信。那是一封比尔胡斯的私人医生写给法勃烈策乌斯的信，私人医生在信中的意思是：希望以毒死比尔胡斯来换取巨额报酬。看完信，比尔胡斯被法勃烈策乌斯的正直所感动，更叹服于罗马人的高尚气节。但罗马人却依然没有接受和谈的建议。

　　从西西里岛回到塔伦后，比尔胡斯率军攻打萨姆尼欧姆的培纳文特城。在这次战争中，罗马人终于打败了希腊军队，而且还俘虏了大批的希腊士兵。经过这次的失败，比尔胡斯对征服罗马已经不抱任何幻想了，带着他的大部分军队离开了塔伦。曾经骄横一世的塔伦被罗马占领。

附

# 其他国家和地区神话故事

# 北欧神话故事

## 最早的天神

据说北欧人最早的世界，一切都是不可知的。宇宙这个东西只不过是一个名字，它没有实体、没有形状，看不见、摸不着，没有人知道它从什么地方来，会到什么地方去。那时的宇宙非常奇妙，到处都是一片黑暗，有一种奇怪的东西在里面孕育生长。这种东西也是看不见、摸不着的，但却是存在的，它的名字叫作奥尔劳格，即"万物的主宰"的意思。

在这最初的宇宙中，天、地、空气、雨水、云层等都是不存在的，只有在那没有起点也没有终点的浩瀚的太空中央，有一个巨大的、无底的深渊，这个深渊被称为"金恩加格"。

"金恩加格"是个可见的实体，因为它有起始和终止的地方。在"金恩加格"的尽头，有一个看不见但是能感觉到的世界。那个世界是黑暗的，根本找不到一丝光亮，但是其中却有细微的、淡淡的风和雾。这个奇妙的世界被称为"尼弗尔海姆"。

在"尼弗尔海姆"中有宇宙中最宝贵的东西——水源。那是一股永远不会枯竭的泉水，名叫"赫瓦格密尔"。它永不停止地翻腾着，把能够孕育生命的水顺着十二条道路输送到一座名叫"埃利伐加尔"的大山那里。

当那源源不断的水流向"埃利伐加尔"时，由于受到"金恩加格"无尽的寒冷气息的影响，结成了巨冰。久而久之，那些从"尼弗尔海姆"流出来的水，变成了许许多多巨大的冰山。有些处在边缘的冰山掉下深渊，发出巨大的、雷鸣般的响声。

**挪威的雪山**
北欧寒冷的气候，使得此地区的先民在试图解释世界的尝试中，也带有一丝寒气。只有在北欧的神话中，才会出现巨大的冰山、霜巨人等独有的东西。这些霜巨人的存在，也是人类童年时期对寒冷气候的另一种诠释。

212

慢慢地，世界产生了方向。在"金恩加格"的南方，出现了一个由熊熊火焰组成的世界，被称为"穆斯帕尔海姆"。熊熊的火焰不停地燃烧着，产生了一个巨大的火焰巨人，他的名字叫作苏尔特尔。苏尔特尔力大无穷，脾气暴躁。从出生起，他就无时无刻不在守候"穆斯帕尔海姆"。

**霜巨人伊米尔吸吮大母牛奥德姆拉的奶汁**
伊米尔与大母牛站在冰山上，左边的冰中产生了祖神勃利，在勃利的下面是天神勃尔。

水和火是不能相容的，因此苏尔特尔十分憎恨那些由水变成的巨大的冰山。他总是用那把由烈火变成的大剑去砍那些冰山。火焰神剑每砍一下冰山，巨大的响声就会响彻宇宙。久而久之，那些冰山在苏尔特尔的破坏下熔化了一大半。

冰融化了，产生的是带有温度的水蒸气。这些水气上升着，又一次回到了"金恩加格"的附近。寒冷的温度再一次把它们凝结在一起，不过这次不是冰，而是变成了寒霜。寒霜的体积是很轻的，因此它在广阔的宇宙中飘散。经过很长时间的积累，冰霜遍布了整个宇宙。

在"万物的主宰"奥尔劳格的支配下，宇宙发生了神奇的变化。一个庞大无比的巨人从"金恩加格"周围的冰山上产生出来。这个巨人因为是从寒霜中产生的，所以被称为霜巨人。他有一个响亮的名字，叫作伊米尔。

伴随伊米尔的出现，世界上第一个动物也出现了，那就是大母牛奥德姆拉。这一切都是奥尔劳格的意志，因为新生的伊米尔需要足够的食粮。奥德姆拉身材健硕、奶水充足。它有四个乳头，不时地喷射出四股极粗的乳汁。伊米尔跪在奥德拉姆身下，用那张巨大的嘴巴贪婪地吸食着奶水，他的身体成长得非常迅速。

为了满足伊米尔对食物的需求，大母牛奥德姆拉也必须不停地进食。不过，它的食物很简单，那就是盐。这些食物很容易就能得到，因为在母牛的身旁都是巨大的冰山。它用那粗壮的舌头舔舐这冰，然后从里面获得了足够的盐。

被奥德姆拉舔舐的冰也融化了，不过它们并没有简单地变成冰霜。由于奥德姆拉间接地把灵气输送给了这些冰山，因此从里面诞生出了一个有手有脚的天神来。这个巨人被称为祖神，他的名字叫作勃利，即"产生者"的意思。紧接着，勃利又生出了一个新的天神，名叫勃尔，即"生产"的意思。

伊米尔并不知道勃利已经出生了，此时正在熟睡之中。这是命运的安排，是奥尔劳格的意志。在伊米尔腋下产生了许多的汗水，而汗水中又生出了一对双胞胎兄妹。接着，又从伊米尔的脚上生出了一个长有六个头的可怕巨人，名叫瑟洛特格尔密尔。瑟洛特格尔密尔为了壮大自己的力量，不久后又生出了巨人勃尔格尔密尔。就这样，最原始的邪恶霜巨人集团成立了，他们注定要和勃利代表的天神集团进行战斗，而且这种战斗是永无休止的。

霜巨人们发现了勃利和他的儿子勃尔，憎恨从那时候就产生了。霜巨人与天神展开了战斗。以伊米尔为首的霜巨人是邪恶的代表，以勃利为首的天神是正义的代表。伊米尔对天神恨之入骨，他发下毒誓，除非他和勃利之间有一个人倒下，否则战斗就永远不会结束。

战斗持续了很长时间，双方虽然互有胜负，但是谁也没能彻底击败对方。后来，勃利在一次战斗中被伊米尔杀死。本来战斗可以结束，但是勃尔却发誓要为父亲报仇。他娶了女巨人贝丝特拉为妻，不久后生下了三个儿子，他们分别是：代表着精神力量的奥丁、象征着坚强意志的维利、具有神圣血统的伟。

这三个新生天神的出现，打破了僵持的局面。天神一方马上占领了战斗的主动权。最后，在天神们共同的努力下，霜巨人的首领、可怕的伊米尔终于被杀死。按照巨人族的誓言，伊米尔死时，他的鲜血将全部喷射出去。就这样，所有的霜巨人都被伊米尔的鲜血淹死，唯一幸免的只有勃尔格尔密尔和他的妻子。他们逃到了世界的边缘，并在那里建造了一个名叫"尤腾海姆"的巨人之国。虽然他们不能再像以前那样强大，可是却没有停止过对和平世界的骚扰。

胜者为王，天神们取得了最后的胜利，那么他们自然也就成为了世界的主宰。他们把自己一族统称为亚瑟神族，并且准备着手建造一个适合居住的、美丽的、充满生机的世界。

## 创造天地

第一次神族与霜巨人的战争结束了，霜巨人首领伊米尔被杀死。奥丁和他的兄弟以及其他的天神们经过商量，决定用伊米尔的尸体创造一个新的世界。

创造工作开始了，天神们把伊米尔的尸体丢进了"金恩加格"，然后用它身上的肉做成了坚实的大地，并把大地放在了"金恩加格"的正中央。就这样，这个世界先有了广阔的陆地。接着，天神们又把伊米尔的眉毛拔了下来，然后用它建造了一堵非常高的墙。这堵墙，就是大地与宇宙天空的分界线。

下一步是创造海洋。天神们选择了伊米尔的血液和汗水作为原料，使这些液体围绕在伊米尔肉体组成的大地的周围。伊米尔血液和汗水远远比他的肉体面积大，因此直到今天地球上的海洋面积依然要比陆地面积大得多。

虽然有了海洋的陪衬，但是世界还是显得单调，于是天神们又用伊米尔的骨骼创造了层层叠叠的山峰，用他的牙齿创造了坚硬的石头。大地开始变得有些形状了，不过就是颜色还是过于单调，所以天神们又用伊米尔的毛发创造了花草树木，使世界的色彩更加丰富。

与其他神话不同，在北欧人的创世神话中，天空被创造的时间是较晚的。当上述工作完成了，天神们取出了伊米尔的颅骨，把它放置在无垠的海面上，这就是天空。天神们又取出了他的脑子，做成了白色的、厚厚的云。

创造天地的工作到这里算是告一段落了，可是问题马上就出现了。用伊米尔颅骨造成的天空分量太重了，随时都有掉下来的危险。为了防患于未然，天神们决定造出四根"擎天柱"。就这样，支撑天空的四位矮人诞生了，他们分别是东方矮人奥斯特里、西方矮人威斯特里、南方矮人苏德里、北方矮人诺德里。这四个矮人从出生起就一直支撑着天空的四个角落，到现在也没有休息过。

新世界的雏形总算是完成了，不过天神们老是觉得缺点什么。哦！对了！是光明！没有光明的世界是可怕的、是没有生机的。于是，天神们来到了火巨人苏尔特尔把守的"穆斯帕尔海姆"，从那里取来了熊熊的烈火。

装点世界的时刻到了，天神们抓起一大把火，使劲把它们抛向空中。火团变成了无数的火星，布满了整个天空，那些火星就是我们今天看到的星星。现在还剩下两块较大的火堆，天神们决定用它们创造发光的天体。

**太阳马车**

在北欧神话中，太阳被装在一辆金色马车里。太阳马车穿过天空，白天就来临了。这与希腊罗马神话中解释白昼来临的神话相似。

他们挑选了一块较大的火堆，用他来做照耀白天的太阳。天神们找来了两匹健硕俊美的马，让它们拉一辆盛有太阳的金色的车。这两匹马十分高大，周身也没有一丝的杂毛，其中一个被称为"阿尔瓦克"，即"早醒者"的意思；另一位则被称为"阿尔维斯"，即"快步者"的意思。

这两匹天马平时十分听话，可这次不知怎么了，死活不肯套上缰绳。天神们很快就找到了原因，原来太阳的温度太热了，阿尔瓦克和阿尔维斯受不了它的热力。于是，众神在阿尔瓦克和阿尔维斯肩下装上两个很大很大的皮囊，这样它们就不会被烤焦了。此外，天神们又在金车前面加上了一个巨大的盾，这么做一是为了防止金车被烧坏，二是防止大地被太阳烤焦。

接着，天神们又用那块较小的火堆造出了月亮。月亮的温度远没有太阳热，因此处理起来也就比较容易。天神们也找了一辆车子用来盛月亮，然后让一匹名叫亚斯维德尔（意思是永远迅速者）的骏马负责拖拉。

马和车都有了，但是没有驾驶者。经过商量，众神选择了巨人蒙迪尔法利的孩子，一对双胞胎兄妹。其中，女儿苏尔是火焰巨人苏尔特尔的儿媳妇，抵御炎热的能力比较强，因此就由她担任太阳车的驾驶者，苏尔也就顺理成章地成了太阳女神；儿子玛尼则担任了月亮车的驾驶者，成为月亮神。

为了使白天和黑夜能够更好地区分开，天神们又创造出了两位新的天神。其中，黑夜女神名叫诺特，是巨人诺维尔的女儿。天神们给了他一匹黝黑的马，名叫赫利姆法克西，即霜之马的意思。诺特每天都会驾着它从天空飞过，给大地送去寒霜和晨露；白昼天神名叫达格，是诺特和黎明之神的儿子。天神们给他了一匹很白的马，名叫斯基法克西，即光之马的意思。达格每天也驾着它从天空飞过，给大地送去光明和温暖。

他们又把一天分成了清晨、上午、中午、下午、黄昏和子夜，并且派出了不同的天神掌管各个时段。同时，他们还把一年分成了四个季节，不过这四个季节是由两位天神掌管的，那就是夏之神斯瓦苏德和冬之神文德苏尔。

正当天神们忙得不亦乐乎的时候，意外的事情发生了。大地发生了奇妙的变化，从里面生出了很多像蛆一样的新生命。天神们知道他们是伊米尔的后代，但是并没有伤害它们，反而赐给它们形状和智慧。诸神把它们分成了两部分：一部分身材矮小、皮肤黝黑、性情狡猾，他们必须居住在地下，而且白天的时候不允许来到地面，这些小东西被称为"侏儒"；另一部分则身材轻盈、皮肤白皙、性格温顺，他们可以居住在山川大河，终日可以嬉戏玩耍，这些小东西被称为"精灵"。

创造工作完成了，天神们也该找个地方休息了。最后，他们来到了一块大平原上，在那里建了一座高大的城堡，奥丁神和十二位男神以及二十四位女神一起在那里生活着。这块广阔的平原被称为阿瑟加德。为了防止悲剧重演，奥丁神制定了非常严格的法律，那就是天神种族之间是不允许发生流血事件的。

从那以后，天神们过上了快乐的生活。

## 众神之王奥丁

奥丁神，北欧神话中的最高天神，人类的创造者，被称为"众神之王"、"天神之父"。他是智慧的象征，胜利的体现，北欧的英雄和贵族们都受到他的保护，所有居住在阿瑟加德的天神们都听从他的调遣。不管是谁，都不能违抗奥丁的旨意。

奥丁的形象是一个威严的老者，五十岁左右。他身材高大、灰须黑发，经常头戴一顶青色的大风帽，身披一件青灰色的大长袍，据说那是天空的象征。奥丁常持的武器是一支名为冈格尼尔的长矛。

**战马　青铜雕像**
北欧人将马看成神赐之物，不仅将它与速度联系起来，还将它与丰饶相联。在北欧神话中，原本是霜巨人族的洛基成为亚瑟神族的成员后，曾将自己的杰作当作礼物送给奥丁，如八腿神马、金戒指等。

这支长矛是世界上最庄严、最神圣的东西。不管是谁，只要对着它发了誓，那么就必须遵守，永远不能反悔。此外，奥丁的手指上还带有一枚名叫"德罗普尼尔"的戒指，代表巨大的财富。

每当战事来临时，奥丁就会骑上长有八条腿的灰色神马"史莱普尼尔"，手持冈格尼尔和一个白色的神盾，威风凛凛地冲向阵前，消灭那些企图给世界带来灾难的家伙。

关于奥丁还有一件非常有趣的事，那就是他有一个别名叫作"独眼老头"。当奥丁降临人间时，他总会用那大大的帽檐遮住自己的半边脸，为的是不让人类看到他少一只眼睛。那么，奥丁的那只眼睛到哪里去了呢？是谁把它毁掉了呢？是霜巨人？还是其他恶魔？这一切的谜底应该从创造人类说起。

天地创造完了，但是当时的世界上并没有人类。亚瑟神族的天神们觉得世界并不完整，因此决定创造最高级的动物——人类。这一天，奥丁神和他的两个兄弟维利和伟以及海尼尔、洛多尔一起走出宫殿，来到了一片海滩上。

突然，他们发现海面上漂浮着两根又黑又长的东西，从它们身上散发出灵气。奥丁觉得很奇怪，就把它们捞了上来。哦！原来是两棵树，一棵是梣树，另一棵是榆树。奥丁对着他的两个兄弟说："我还以为是什么呢？原来就是两棵树啊！没想到它们能有如此大的灵性……"

说到这，奥丁突然停了下来，眼睛一直盯着这两棵树。维利奇怪地问："怎么了？奥丁，发生什么事了？"

奥丁抬起头说："我有个主意，我们干嘛不用这两棵树来作创造人类的材料呢？它们的灵性完全足够了！"其他的亚瑟天神听后马上表示赞同。

创造工作开始了，天神们以自己为蓝本，把这两棵树削成了人形。然后，洛多尔给了它们生命所必需的血液，海尼尔赐给了它们生命特有的感觉和动作，主神奥丁则赐给了它们人类特有的、最有灵性的东西——灵魂。就这样，世界上有了人类，他们有智慧、有头脑、能说话、会使用工具。天神们把梣树做成了男人，把榆树做成了女人，并让他们结为夫妻，繁衍生息。

为了使宇宙和世界一切都井井有条地进行，奥丁又创造了一棵巨大的梣树，树中包含了宇宙中所有的精华，包括时间和生命。这棵大树被称为伊格德拉修。

这棵大树有三条根，其中有一条根一直延伸到了遥远的"巨人国"，那里有一条神秘的智慧泉不停地灌溉着伊格德拉修。在北欧神话中，当时世界上所有的东西都是没有最神奇的智慧的，包括亚瑟诸神在内。因为只有喝过了智慧泉水的人，才拥有通晓过去、现在和未来的能力，而智慧之泉的守护者不是别人，正是邪恶可怕的霜巨人的后代——巨人米默。

霜巨人和亚瑟神族势不两立。虽然米默没有坏到要去攻击亚瑟神族，但是他也不可能允许神族的成员饮用智慧之泉的水。因此，世界上除了他之外，没有任何人拥有那神奇的智慧。为了拥有无穷的智慧，奥丁决定去向米默讨要智慧泉水。

这一天，米默独自一人坐在智慧之泉旁边，手中拿着一个取水容器，从泉中舀出了清澈的泉水。突然，远处传来了一阵马蹄声，而且明显是向这里来的，米默马上警觉起来。

一个骑马的老人出现在米默的眼前，他穿着一件灰色的斗篷，头戴一顶蓝色的帽子。老人低着头，轻声地说："好心人！能帮我一下吗？我现在渴得要命，很想喝一口泉中之水。"

**宇宙生命之树**
众神之王奥丁曾在生命之树上待了七天七夜，以了解世界的秘密。

米默不是一个傻瓜，他知道眼前的这个老头不是凡人，而是亚瑟神族的主宰奥丁神。但是他没有拆穿奥丁，而是将计就计地说："是吗？你真的很口渴？对不起，不是我这个人狠心，是这泉水太过珍贵，我是不能随便给别人的。"

老人马上接过来说："没关系，我愿意出高价钱。你要黄金、白银还是珠宝翡翠，只要我有的都会给你。"

米默心想："一定要提出一个很难答应的条件，那样的话他就不会再纠缠了。"想到这，他大声说道："想要喝这泉中之水也可以，不过我要的东西却是非常珍贵的。恐怕如果我说出来，你是无论如何不会同意的。呵呵！我不要别的，只想要你的一只眼睛。"

老人为难地说："什么？要我的眼睛？难道就没别的办法了吗？"

米默大笑起来："奥丁神，别再演戏了！我早就知道是你了！如果你答应我的条件，我就给你智慧泉水；如果不答应，那就请回。"

为了得到无穷的智慧，奥丁神献出了他的右眼，从而得知了"诸神之黄昏"的可怕预言（亚瑟诸神会在特定的时间被推翻）。从那以后，奥丁开始积极准备，以便对付"诸神之黄昏"的到来，而他自己则永远失去了右眼。

## 众神之后芙莉嘉

芙莉嘉女神，黑夜女神诺特的女儿，大地女神乔迪的妹妹（乔迪也是奥丁的妻子），掌管婚姻的女神，奥丁神的正式妻子，为"众神之后"。

芙莉嘉美丽大方，而且气质非凡，她那特有的高贵气质足以让任何具有思维的东西臣服于脚下。芙莉嘉女神经常穿一件或是白色或是灰黑色的长袍，腰间挂着一大串奇特的钥匙。在亚瑟神族中，芙莉嘉女神有着特殊的权利。

按照奥丁的旨意，他的宝座是不允许其他人随便坐的，因为坐上宝座的人将会拥有通晓过去和未来的能力。其他天神都没有资格，也没有胆量坐在宝座上，只有芙莉嘉女神一个人享有这样的特权。因此，芙莉嘉女神和奥丁神一样，可以知道宇宙中所发生的一切事情，但是这位女神有一个很大的优点，那就是对什么事都守口如瓶，从没有泄露天机。

芙莉嘉虽然高贵美丽，但是也有自身的缺点。第一点就是她的记忆力简直差得惊人，刚刚告诉她的事，可能转眼就忘掉了。她之所以能够对什么事都守口如瓶，和自己的迷糊性格也有很大的关系。芙莉嘉女神的第二个缺点却是致命的，那就是贪图虚荣和财富。她经常用各种各样的金银财宝来装点自己的住所，并且从未满足过。直到有一次，她的虚荣心给她留下了难以忘却的记忆。

这一天，芙莉嘉女神正躺在床上休息，欣赏着自己富丽堂皇的卧室。这时，一向以调皮捣蛋闻名的火神洛基突然前来拜访。女神知道这个家伙准没什么好事，因此心中也设了一道防线。

火神洛基嬉皮笑脸地走了进来，然后毕恭毕敬地对芙莉嘉说："伟大的女神，尊敬的天后，您的宫殿简直太漂亮了。看！那些美丽的宝石我根本没看过，连我周身的火焰在它们面前都显得那么暗淡无光。您是阿瑟加德最美丽的女神，您的宫殿也是阿瑟加德最漂亮的宫殿。"

洛基的奉承话使得芙莉嘉心花怒放，内心的警戒也渐渐地消失。她心想："都说火神洛基十分调皮，我看也没他们说的那么夸张。我觉得他还是很会欣赏的，要不也不会说出那么多肺腑之言。"

火神偷偷看了芙莉嘉一眼，知道自己的计划已经很顺利地实施了，不免心中窃喜。接着，他马上开始实施第二步计划。只见洛基突然眉头一皱，脸上做出了一副欲言又止的表情。

芙莉嘉察觉到了洛基的变化，马上追问道："怎么了？亲爱的火神洛基，你觉得我这里有什么地方布置得不好吗？如果有请您说出来，我是很愿意接受他人意见的。"

洛基装作很为难地说："您这里的布置其实很好了，没有什么缺陷。不过……"火神说到这里故意停顿了一下，没有往下说。

芙莉嘉着急地问："不过什么啊？有什么话你就直说吧！"

火神洛基知道时机已到，马上说："我说了请您千万不要生气。我觉得您的宫殿中其他东西都非常非常的好，只有那些用金子打造的饰品还不够完美。我听说过两天有三位女巨人会来做客，到时候她们一定会嘲笑您的。"

**芙莉嘉**

芙莉嘉贵为天神，却与凡人一样有极大的弱点，她渴望占有世界上最美丽的珠宝，以便使她那无与伦比的美丽再添一分。画中她正在戴那条侏儒做的宝石金项链，项链发出的灿烂光芒使芙莉嘉从来不肯摘下它。

没想到芙莉嘉听完火神的话后居然大笑起来，说："别开玩笑了，亲爱的洛基！你要说别的我可能相信，可是我的金子都是最好的，怎么可能丢人呢？"

洛基不慌不忙地说："我并不是说您的金子不好，而是说它们的工艺不好！用粗糙手工打造出来的金首饰，是配不上您的金子的。"

果然，洛基的话触到了芙莉嘉女神的痛处，她的金首饰的手工确实不怎么样。女神的脸色马上晴转多云，不高兴地说："哼！那我能怎么办？有谁的手艺能满足我的要求呢？"

洛基慢悠悠地说："也不是没有办法！这个世界上最心灵手巧的要数住在地下的侏儒们，而在侏儒当中，又要数黑侏儒莫兹格纳最会打造首饰，所以……"

还没等洛基把话说完，芙莉嘉就大喊道："来人，快去地下把黑侏儒莫兹格纳请到我这里来！"

很快，莫兹格纳就来到了芙莉嘉的宫殿。他恭敬地说："尊敬的芙莉嘉女神，您叫我到这里来有什么事吗？"

芙莉嘉笑着说："没什么，只是有点事情请你帮忙。我想让你用金子给我打造几件世界上最漂亮的首饰。"

莫兹格纳的嘴撅得可以挂十个香油瓶子，心中一百个不乐意。可是眼前这位是众神之后，自己又不好推辞，于是就想了一条妙计。他说："尊敬的女神，我非常愿意为您效劳！不过要打造出您想要的首饰，需要很多很多的金子，光凭您拥有的那些是不够的。"

芙莉嘉一听，马上着急地说："怎么？我的那些金子都不够吗？我还有很多很多呢！"说着，她叫人拿来了自己所有的金子。

莫兹格纳看了看，说道："您的金子确实不少，不过还不能达到我的要求！当然，差得也不是很多，如果加上奥丁的金身像，那么就足够了。"其实，莫兹格纳这么说只不过是一种推辞的说法。因为所有亚瑟神都知道，奥丁的金身像是不能随便碰的。

此时的芙莉嘉已经失去了理智，心中只想要她的首饰。于是她走到神像面前，用魔法把神像打了个稀巴烂，希望神像不会告发她。可是她忘记了，奥丁神是具有通晓一切事情的能力的。这件事使主神非常愤怒，一气之下离家出走，来到了人间。

奥丁走后，他的两个兄弟维利和伟趁机夺权，成了阿瑟加德新的首领。因为他们和奥丁的模样完全一样，所以芙莉嘉在不知情的情况下失了身。后来，由于他们两个没有奥丁神的威望，而霜巨人又趁机捣乱，搅得天地间不得安宁。

七个月过后，奥丁终于平息了怒气，返回了阿瑟加德。亚瑟神族的成员在奥丁的带领下，又一次挫败了霜巨人的阴谋。而芙莉嘉女神也吸取了惨痛的教训，不再像以前那么虚荣了。

## 奥丁盗神酒

在一个叫作尼特堡的山崖里，有一个神秘的石窟。在石窟里，藏着三罐神酒。这种神酒有着特别的威力，喝了它的人不仅可以获得智慧，而且还可以变成满腹经纶的诗人。因此，无论是天上的神仙，还是人间的凡人，都渴望得到神酒。那么，神酒是怎样酿成的，它又怎么会被保藏在尼特堡山崖的石窟里呢？

事情还要从亚萨和华纳两大神族缔结和平的会议说起。由于众神的意见不统一，会议开了很久却始终没有结果。后来，众神达成一致，不再胡乱发表意见，尽快缔结和约。为此，每一位神仙都向一个小陶罐中吐上一口唾沫，以示不再浪费唇舌。就在最后一位神仙吐完最后一口唾沫的时候，奇迹发生了，陶罐里的唾沫中诞生了一个生命，众神为其取名卡瓦西。因为汇集了众神的力量和智慧，卡瓦西非常聪明，他能轻而易举地解决各种问题，没有任何问题能够难倒他。

卡瓦西喜欢四处云游，将智慧带到各个地方。可即使他聪明绝世，也还是没能逃脱小人的算计。当他云游到侏儒国的时候，碰到了两个阴险狡诈的侏儒。他们嫉妒卡瓦西的才学，于是设计谋害了他。杀死卡瓦西后，两个侏儒将卡瓦西的鲜血用两个蜜罐装了起来。接着，他们把两罐鲜血和一罐蜂蜜混合，酿造出了一种蜜酒。由于卡瓦西是众神智慧的结晶，因此他的血液也充满着智慧的力量，而用他的鲜血酿造出来的酒自然也非同寻常。这就是具有神奇力量的神酒。两个侏儒将它装入了三个罐子中，无论走到哪里，都将其带在身边。

一次，两个侏儒要出海办事，请一个名叫吉灵的巨人为他们掌舵。路上，吉灵无意中得罪了两个侏儒，于是在返航的途中，两个侏儒就设计将吉灵杀害了。船靠岸后，吉灵的妻子向两个侏儒追问丈夫的下落。两个侏儒一狠心，将吉灵的妻子也推向了大海。后来，吉灵的儿子苏特顿知道了父母惨死的真相，他四处寻找两个侏儒，要为他的父母报仇。两个侏儒不是苏特顿的对手，面对强大的苏特顿，他们跪地求饶，并亲手奉上他们视若珍宝的三罐神酒，希望能保住自己的性命。苏特顿早就对神酒有所耳闻，现在得此良机，就顺势接受了侏儒的请求。苏特顿得到神酒之后，就把它们藏到了尼特堡山崖的石窟里，并让自己的女儿守护神酒。

苏特顿是一个吝啬之徒，自他得到神酒之后，就把神酒严密地看守起来，任何人都无缘闻一闻神酒的气味。不过天上的众神也不甘心让神酒永远存封在石窟里，尤其是众神之王奥丁，更是不愿放弃任何一次增长智慧的机会。思来想去，奥丁决定亲自下凡去盗取神酒。虽然贵为众神之王，但若没有可靠之人的帮助，他也很难盗得神酒。奥丁将目光锁定在苏特顿的兄弟保吉身上。

在保吉的庄园里，九个仆役正在费力地割着稻草。奥丁见他们的镰刀非常钝，就走上前说他有一块磨石，可以将镰刀磨得非常锋利。九个仆役试了试，镰刀果然锋利了许多。他们都希望得到这块磨石，那样他们就可以干更多的活，得到更高的报酬了。奥丁装出很为难的样子，突然将磨石向天上一抛，九个仆役就争相抢了起来。为了得到磨石，九个仆役打得不可开交，最后全都倒在了血泊之中。

**众神之王奥丁像**
他是北欧神话中的最高天神，奥丁有两个忠实的奴仆——海尼尔、洛多尔，他们每天飞出去，为奥丁带来全世界的消息。

奥丁来到保吉的家中时，保吉正在为九个仆役的突然死去而苦恼。奥丁说："不必烦恼。我一个人就可以干九个人的活，我可以帮你把地里的农活干完。"保吉听了十分高兴，忙问奥丁要什么报酬。奥丁说："我什么都不要，只求能喝上苏特顿珍藏的一口神酒。"这下保吉可为难了。想了很久，他才开口说："苏特顿是个吝啬之人，你的要求确实很难办到。不过如果你能帮助我把地里的农活干完，我一定会帮你喝到一口神酒。"奥丁满意地离开了。

奥丁果然是个出色的农夫，保吉对他所干的农活非常满意。秋收过后，保吉带着奥丁来找苏特顿，希望苏特顿能赏赐一口神酒。结果不出所料，苏特顿看都没看奥丁一眼就断然拒绝了保吉的要求。无奈，保吉只好带着奥丁去盗取神酒。他们挖取了一个山洞，一直通往藏神酒的石窟。待石壁打通后，奥丁就一个人进了石窟。在石窟中，奥丁遇到了苏特顿的女儿。可是苏特顿的女儿却爱上了奥丁，两个人在石窟中过了几个甜蜜的夜晚。后来，苏特顿的女儿答应奥丁临行之前可以喝上三口神酒，可奥丁却在每个罐中都喝了一口，而每一口就是一大罐。喝完之后，奥丁就变成一只雄鹰，飞出了石窟。

苏特顿看到天空突然多了一只雄鹰，马上感到了异常，连忙起身去追。奥丁由于带着三罐神酒，行动有些迟缓，眼见苏特顿就要追上来了。天上的众神看此情景，知道奥丁已经成功盗取神酒，于是纷纷带酒器前去迎接。待奥丁将神酒吐入酒器之中，苏特顿知道一切已经无可挽回，他绝不是众神的对手，只好悻悻地回去了。奥丁将神酒分发给众神和人类中的智者享用，于是便有了很多才华横溢、出口成章的诗人。

## 雷神托尔

雷神托尔，北欧农民最崇拜的天神，因为当第一声天雷响彻北欧上空时，寒冷的冬季行将结束，大地将从沉睡中苏醒，万物将迎来期待已久的春天。

托尔是奥丁主神的第一个儿子，是他与大地女神乔德结合所生。他身材魁梧，力大无穷，刚刚出生就能举起十大包熊皮。在阿瑟加德诸神中，他的地位仅次于奥丁。托尔为人耿直、嫉恶如仇，凡是自己看不顺眼的事都要反对。此外他食量非常大，又很能喝酒，而且吃东西的时候也没有什么文雅可言，所以用"粗犷"两个字来形容他是再合适不过了。

托尔在诸神中是出了名的脾气暴躁，他的母亲自认为无法抚养，就把他托付给维格尼尔和赫萝拉这两位天神。他是天神中唯一一个被允许不走那虹桥的神，因为奥丁怕他沉重的脚步把桥毁掉。正是因为托尔的脾气火爆，所以所有天神都让他三分。不过，托尔也是天神中最有法力的神。雷神锤是托尔的武器，也是雷霆的象征，凭借它托尔击退了霜巨人多次的进攻。

虽然霜巨人们一直没能打败亚瑟诸神，但是却常常将凛冽的寒风刮遍世界，于是托尔决定前往霜巨人的老巢——尤腾海姆，断了这个可恶的祸根。火神洛基自告奋勇与托尔同去，希望能助托尔一臂之力。在路上，两位天神投宿在一户农民的家里，机缘巧合收了一位新的随从——提亚尔菲。

托尔、洛基和提亚尔菲这主仆三人很快就踏入了尤腾海姆的地界。傍晚到了，三位天神发现在路旁边有一所高大的房子，于是他们决定在这里过夜。

清晨的阳光刺开了托尔的双眼，他站起身来，察看了一下周围的环境。突然，托尔大声喊道："洛基、提亚尔菲，快起来，你们看，这房子简直太奇怪了！"

洛基的脸上写满了不情愿，嘟囔着嘴说："什么事大惊小怪的啊？这不过是一座房子而已，有什么奇怪的！"

托尔白了他一眼，说道："你们有没有发现，这所房子只有门口，没有大门，而且找不到一扇窗户。"

提亚尔菲也发现了这奇怪的现象，接过来说："是的！我的主人说的一点都没错。我看这个房子一定有古怪，我们还是快出去吧！"

当三位天神从房子里走出来时，突然听见一声炸雷般的问候："早上好，三位天神，昨晚睡得好吗？"

托尔吓了一跳，赶忙拿起雷霆锤。他们发现刚才的炸雷声是从一个身材异常高大的巨人口中发出的。托尔警惕地说："你想做什么？这个房子是你的吗？对不起，我们并不知道那是你的。"

没想到巨人却哈哈大笑起来，说："房子？什么房子？那是我手套的大拇指！别害怕，我不会伤害你们的。我叫斯克利密尔，是尤腾海姆的巨人，很高兴引导你们前往我们国王的宫殿。"

天啊！三位天神着实吃了一惊。托尔在亚瑟神中是出了名的个头足，可是在斯克利密尔面前简直连个孩子都不是。托尔定了定神，然后说："谢谢！很高兴认识你！我们愿意接受你的好意。"就这样，三位天神加一位巨人，一起踏上了前往巨人之王宫殿的路程。

傍晚到了，斯克利密尔一屁股坐在地上，大声说道："好了！我们该休息一下了！这个包袱里面有食物，解开它你们就能享用美味的晚餐了。"说完，他把一个巨大的包袱扔给了托尔，然后倒地睡着了。

托尔接过了那个包袱，打算把它解开。尽管托尔使出了浑身解数，但依然没能打开包袱。洛基和提亚尔菲也都试了，也没能打开它。其实，只要叫醒斯克利密尔，他们就能享用晚餐了。可是碍于面子，他们只好忍饥挨饿，熬到天亮。

夜很深了，斯克利密尔睡得非常香甜，可是托尔却无法入睡。原来斯克利密尔的鼾声太大了，和火山爆发时所发出的声音不相上下。托尔恼羞成怒，拿起雷霆锤，重重地向斯克利密尔的脑袋砸去。可是他连砸了三下，不但没伤到斯克利密尔一丝一毫，反而使他的鼾声更响。没办法，三位天神只好忍到天亮。

第二天早上，斯克利密尔并没有感觉有什么地方不对。吃过早饭后，斯克利密尔指点托尔去往国王宫殿的道路，然后与他们分了手。就这样，托尔他们终于见到了霜巨人的国王——乌特加德罗基。

乌特加德罗基的嘴角都快和肚脐连上了，眼皮抬都不抬一下，傲慢地说："这就是所谓的天神？哼！真是太可怜了！我们这里的婴儿都要比你们身材高大！可怜的小矮人，别在这里丢人现眼了。"

火神洛基第一个按捺不住，站出来说："是吗？既然你如此轻视我们，敢比赛吗？"

**雷神托尔的力量**

托尔的力量及他的神锤，象征着神族对霜巨人威胁的抵抗。尽管托尔有限的力量不足以抵抗霜巨人及魔鬼的进攻，最终托尔还是消灭了巨人族的首领，使巨人族无法再威胁世界的和平。

□古罗马神话彩图馆

**雷神与霜巨人**
雷神托尔拿起雷霆锤，重重地向霜巨人斯克利密尔的脑袋砸去。

乌特加德罗基的表情更夸张了，说道："好啊！比就比！说吧！比什么？"

"比吃饭，"洛基大声说，"找一个很大很长的盘子，里面放满肉，我们分别从两头开始吃，看谁吃得多。"

比赛开始了，霜巨人的代表是厨子罗吉。火神吃得很快，一会儿的工夫就吃到了盘子的中央。可这时他发现，那名不起眼的厨子罗吉早已将肉、骨头和盘子一起吃光了。这样，第一场比赛洛基输了。

第二场比赛开始了，这次是提亚尔菲和一个名叫修基的小孩子比赛跑。结果不用说，当然是修基取得了胜利。

轮到托尔出场了。他首先提出要和巨人们比喝酒，乌特加德罗基命人取出一个盛满酒的牛角杯。托尔的酒量是很大的，可是这次不管他怎么喝，牛角杯中的酒都不见减少。没办法，托尔又提出比力气，乌特加德罗基唤来了一支灰色的猫。托尔使出了吃奶的劲，可是最终也只能把它的一只脚抬离地面。最后，托尔提出比赛摔跤。乌特加德罗基居然派出了老乳母爱莉。尽管托尔使出了所有的劲头和技巧，但最终还是失败了。他们只能选择离开。

第二天，乌特加德罗基亲自送他们出城，临别前道出了秘密。原来，斯克利密尔就是乌特加德罗基，手套、包袱以及打不烂的头，都是魔法。至于比赛，罗吉是可以烧尽一切的野火，小孩修基是思维，牛角杯直接与大海相连，灰猫则是大蛇米德加德，至于老乳母爱莉，其实是任何人都不能抗拒的衰老。

听了乌特加德罗基的叙述，托尔觉得受到了莫大的屈辱，愤怒地把雷霆之锤扔向他。可是，锤子划过天空落到了地下，乌特加德罗基也不知所踪。

## 战神提尔

北欧人生性好战，因此战神提尔理所当然地成为他们崇拜的偶像。提尔是奥丁主神与众神之后芙莉嘉的儿子。他有两件法宝：一件是侏儒德瓦林所铸的宝刀，另一件是坚硬的白盾。通常，提尔的形象是左手持刀，右臂处挂着盾牌。可能有人会问，战神为什么不用手拿盾牌啊？因为这位北欧人的战神是没有右手的。那么提尔是怎么失去右手的呢？这一切又是那个爱捣蛋的火神洛基造成的。

火神洛基生性风流，有一次他竟然私自与尤腾海姆的女巨人安格尔波达结合，结果生下了三个可怕的怪物。它们分别是巨型苍狼芬利尔、世界大蛇尤蒙刚德以及死亡女神赫尔。

世界很快就被他们搅得不得安宁。

奥丁主神知道了这件事后，非常生气。他害怕如果放任它们胡作非为，将来会控制不了它们的邪恶法术。于是，主神冒着危险来到了巨人之国尤腾海姆，把这三个怪物抓回了阿瑟加德。接下来的任务就是如何处置它们三个了。碍于火神洛基的面子，杀了它们肯定是不行的。可是又不能把它们留在阿瑟加德，那样天界肯定会大乱。最后，奥丁主神想出了一个两全其美的办法。

赫尔的模样非常奇怪，她一半是美丽的女神，另一半则是可怕的骷髅。奥丁派她前往死亡地下，在那里掌管死人的灵魂，因此赫尔也就成了死亡女神。至于那条令人生厌的毒蛇尤蒙刚德，奥丁则把它扔进了大海里，让它永远镇守在那里。

现在只剩下巨型苍狼芬利尔了，这可是个难缠的家伙。芬利尔不仅凶猛强悍，而且野性十足，不服任何人的管教。不过它的这股野劲倒是得到奥丁的另眼看待，奥丁决定把它留在阿瑟加德，希望有一天能使它"皈依正果"，成为有用之才。

其他的天神可犯起了嘀咕，这个芬利尔可不好惹，谁要是靠近它准会倒霉。因此当奥丁询问有谁愿意喂养芬利尔时，没有一位神表示愿意接受任务。

奥丁对他们的做法十分生气，怒吼道："你们这些胆小的家伙，一个芬利尔就把你们吓成这个样子，平时你们一个个不都是挺神气的吗？"

一个英武的少年高声叫道："父神奥丁，请您不要生气好吗？我愿意接受这项艰巨的任务，因为它充满了挑战性，而我战神提尔则是无所畏惧的。"

奥丁满意地看着战神，说道："很高兴能有你这样的儿子。从今以后，芬利尔的喂养工作就由你担任了。"

就这样，战神提尔每天都按时地给芬利尔送来食物。不过这头苍狼似乎并不领情，吃过食物后依然对着战神狂啸。芬利尔的身体一天天地强壮起来。这种情况使得其他亚瑟天神十分害怕，因为他们担心有一天芬利尔会挣断铁链，然后把他们一个个都咬死。

于是，天神们召开了一次会议，商量如何除掉芬利尔。杀了它是不行的，因为奥丁订下过法律，不允许在阿瑟加德境内发生流血事件。天神们决定用一条坚硬的铁链把芬利尔捆住，那样它就不会作恶了。于是，天神们制了一条又粗、又结实的铁链，来到了芬利尔的面前。

还没等天神们靠近芬利尔，它已经张开血盆大口，对着他们叫了起来。天神们都被芬利尔可怕的样子吓住了，谁也不敢用铁链去捆它。

正在尴尬的时候，有一位聪明的天神说道："嘿！芬利尔！先别激动，我们是来看你的。"

**战神提尔像**

□古罗马神话彩图馆

被锁链拴住的芬利尔狼

芬利尔知道诸神不怀好意，大声说道："你当我是三岁小孩子啊！你们来看我？哼！你们想杀我才对吧！"

那位天神笑了笑说道："开什么玩笑，你是主神奥丁最喜爱的宠物，我们怎么会伤害你呢？"

虽然对天神的话半信半疑，但是芬利尔已经有些放松警惕。那位天神又说："芬利尔，我们听奥丁神说，你是世界上力气最大的动物，任何绳索都不能把你捆住！我们不相信，因此我们合力打造了一条非常结实的铁链，想看看你能不能把它挣断。"

芬利尔一向狂妄，根本没把天神的话放在心上，轻蔑地说："是吗？那就来吧！我就不相信有什么东西能捆得住我。"

天神们见芬利尔上了当，心中窃喜，可是这种喜悦之情很快就消失了。原来，芬利尔根本没费什么力气就把那根在天神们看来根本无法挣断的铁链挣断了。

后来，天神们又找来几根铁链，但都没能困住芬利尔。没办法，天神们只好再一次求助于黑侏儒，求他们打造一条世界上最结实的绳索。很快，这条绳索就完成了。不过它并不是想象中的又粗又壮，相反却是一条又细又滑的线。

天神们故伎重施，当他们拿出那条细绳时，芬利尔这次却拒绝了。因为它觉得天神们是要加害自己。为了让芬利尔相信，天神们答应可以满足它提出的任何条件。芬利尔想了想说："如果我不答应你们，你们肯定会说我胆小如鼠的！但是为了保险起见，你们必须有个人把手臂放进我的嘴里，那样的话我才能放心。"

芬利尔太狡猾了，这道题的确是把天神们难住了。正在为难的时候，战神提尔表示愿意把手臂放进它的嘴里。事情进行得很顺利，芬利尔终于被捆住了。细绳越来越紧，几乎要勒得芬利尔断气了。正当它想呼救时，突然看到了天神们幸灾乐祸的表情。芬利尔知道上当了，于是它一口下去，就把战神的胳膊咬掉了。

从那以后，提尔就成了独臂战神。

## 光明及黑暗之孪生神

光明神与黑暗神是奥丁与芙莉嘉所生的一对孪生子。虽是亲兄弟，但是在外貌和性格上却截然相反。光明神巴德尔相貌英俊，性格开朗。他的脸上永远挂着那迷人的微笑，任何人看见他都会产生倾慕之情；而黑暗神霍德尔双目失明，且终日阴沉着脸，沉默寡言，不愿意和任何人打交道。

不知从何时起，一向快乐的巴德尔变得不爱说话，脸上的笑容也不知所踪。奥丁和芙莉嘉都很担心他，就问是什么原因。原来，巴德尔最近一直被噩梦侵扰，老觉得自己会被人杀死。奥丁和芙莉嘉隐约感到了事态的严重性。为了预防万一，芙莉嘉让宇宙万物发誓永远不会伤害巴德尔。因为巴德尔十分讨人喜欢，所以这件事办起来并不困难。不过，芙莉嘉忘记了让瓦尔哈拉宫外一棵橡树上的槲寄生发誓，她认为槲寄生又小又弱，是不可能伤害到巴德尔的。

奥丁也没闲着，他骑上自己的神马，来到了死亡的国度，希望从长眠在那里的女预言家伐拉口中得到一些消息。当他经过赫尔的宫殿时，发现里面正在大摆宴席，好像是在准备迎接什么贵客似的。

当伐拉被咒语唤醒时，奥丁对她说："尊敬的女预言家伐拉，我是一个世间的普通人，我想请问你，今天冥界为什么举行宴会，他们是在迎接谁呢？"

伐拉没有察觉眼前这个人就是奥丁，坦诚地说："既然你不辞辛苦地来到这里，我就把一切都告诉你！赫尔知道，在不久的将来，阿瑟加德的光明之神巴德尔将会来到地府。这里所有的一切，都是为了迎接巴德尔准备的。"

奥丁吃了一惊，继续问道："是吗？天上的神也会死吗？您能告诉我谁会杀死光明神巴德尔吗？"

伐拉依然没有察觉，说道："天上的神也会被杀死，世界就是这么创造出来的！凡人是不能伤害天神的。杀死光明之神巴德尔的，不是别人，正是他的孪生兄弟，黑暗之神霍德尔。"

伐拉的回答大大出乎奥丁的意料。奥丁又问："真是太可怜了，居然被自己的兄弟杀死！难道巴德尔就那么白白地死去吗？难道就没有人为他报仇吗？"

伐拉已经被问得有些不耐烦了，但还是耐着性子回答说："不！巴德尔不会白白死去，将来会有人替他报仇的！巴德尔死后，奥丁神会和一个名叫琳达的女神结合，然后生出一个男孩，名叫伐利。他从出生起就肩负着复仇的使命，他将不洗脸、不梳头，这一切都会在他杀死黑暗之神霍德尔之后结束。"

奥丁神穷追猛打，继续问道："那么这件事是因什么而起的呢？是什么让霍德尔杀死巴德尔的呢？谁又不会为巴德尔的死伤心呢？"

啰嗦的奥丁引起了伐拉的怀疑，她睁眼看了看，才发现眼前这个人就是奥丁。于是，伐拉不再回答奥丁提出的任何问题，重新躺进了棺材里，再也不起来了。

奥丁把自己知道的一切都告诉了妻子，当他得知宇宙万物已经发过誓不会伤害巴德尔后，悬着的心总算落了下来。巴德尔的心情也异常的高兴，重新回到天神中间，与大家一起嬉戏玩耍。玩耍时，众神提议见识一下巴德尔的本领，因为大家都知道万物的誓言了。巴德尔也是一时兴起，就答应了诸神的要求。

**光明神巴德尔像**
一个充满爱心，具有温柔灵魂的神，无论他到哪里就把光明与善意带到哪里。由于火神洛基的嫉妒，他不幸死于亲兄弟之手。

□古罗马神话彩图馆

**光明神巴德尔之死**
洛基嫉妒光明神巴德尔的灿烂光芒，于是他设下圈套，借助黑暗神之手，利用槲寄生没有发誓的机会，导致了光明神的死亡。

果然，不管是刀枪剑戟，还是长矛弓箭，都不能伤害巴德尔一丝一毫。当那些武器掷向巴德尔时，都会自动坠落下来。天神们一个个玩得非常开心。但是有个人却躲在角落中，恨得牙根痒痒，这个人就是火神洛基。

洛基早就对巴德尔不满，因为他的光芒盖过了自己。他不相信巴德尔没有弱点，于是就变成一个老妇人的模样，来到了芙莉嘉女神身旁。洛基试探着问："真是恭喜您了！您看你的儿子多神勇啊，任何东西都不能伤害他！不过我觉得您应该好好想想，看看有没有什么东西没有起誓！"

芙莉嘉并不知道他就是洛基，笑着说："没什么可担心的，所有东西都发过誓了！只有殿外橡树上的槲寄生除外。它太弱小了，没有能力伤害巴德尔。"

洛基得到了想要的答案，于是就退出宫殿，把槲寄生摘了下来。火神施展了一种神奇的魔法，槲寄生很快就变得又粗又大，而且十分坚硬。洛基把他制成了一个小小的木棒，然后来到了黑暗神霍德尔那里。

火神对霍德尔说："怎么了？你为什么不去参加游戏呢？你看他们和你的兄弟巴德尔玩得多开心啊！你也应该参加的。"

霍德尔一脸阴沉地说："对不起，对那种无聊的游戏我没兴趣，而且我觉得你是在挖苦我，明知道我是瞎子，怎么能去玩那种投掷游戏呢？"

洛基笑了笑，接着说："看你说的，谁规定看不见东西就不能玩投掷游戏了！你看……"说着，洛基把那根木棒塞进了霍德尔的手里，接着说："这根木棒怎么样？你可以用它投掷啊！你不要担心会伤害你的兄弟，因为世间万物都起过誓了，谁也不会伤害到巴德尔的！怎么样？扔出去吧！让其他神看看你的本事。"

霍德尔没有禁得住火神洛基的引诱，也许在他心中也十分渴望能参与到游戏中去，只不过平时他太自卑了。黑暗之神拿起了木棒，然后毫无目的地，使出全身力气把它抛了出去。伐拉的预言实现了，木棒不偏不倚地插进了巴德尔的要害，光明之神死了。

本来，巴德尔还有机会复活，但是在洛基的阻挠下没有成功（赫尔答应芙莉嘉，如果世间万物都为巴德尔的死哭泣的话，就让他返回阿瑟加德，但是洛基化身的女巨人索克却不肯流一滴眼泪，因此巴德尔就永远留在地府）。后来，奥丁和琳达结合，生下了伐利。最后，伐利杀死了霍德尔，替光明神报了仇。

# 丰饶之神弗雷尔

丰饶之神弗雷尔并不属于亚瑟神族,他是伐纳神族的后裔,因为弗雷尔的父亲涅尔德是伐纳神族的成员,而他自己也是出生在伐纳海姆的,但是这一切并不影响弗雷尔拥有高贵的地位。

当初按照约定,他和家人一起来到了阿瑟加德,作为伐纳神族献给亚瑟神族的人质。所有的天神都被弗雷尔英俊的外表和爽朗的性格征服。天神们把很多美好的东西都赐给了他。首先是一把无敌的、代表胜利的神剑,弗雷尔经常拿着这把神剑与霜巨人战斗;其次是居住在地下的侏儒的礼物,那是一头闪闪发光的金毛野猪,名叫古林布尔斯提。这头野猪象征着农业的丰收,也代表了无限灿烂的阳光。

丰饶之神弗雷尔的妻子名叫吉尔达。她既不是亚瑟神族的成员,也不是伐纳神族的后裔,而是可怕的霜巨人盖密尔的女儿。我们的丰饶之神是怎么爱上这位吉尔达的呢?霜巨人又怎么会嫁给亚瑟神族的朋友呢?来听听下面的故事吧!

由于弗雷尔生性活泼开朗,而且相貌俊美,所以很快就得到了阿瑟加德诸神的认同。奥丁神更是对他宠爱有加,甚至超过了对自己儿子的喜爱。

这天,弗雷尔在奥丁的宫殿中陪着他聊天。突然,弗雷尔提出了一个问题:"奥丁神!我听人说如果坐上您的宝座,那么就可以看到很远很远的地方,是这个样子吗?"

奥丁神笑了笑,说:"是的!一切和你听到的都是一样的!"

弗雷尔接着说:"那我能不能坐一下呢?我实在是很想试试!"

如果这话是从别人口中说出,准会遭到一顿严厉的训斥,因为那个宝座除了众神之王奥丁和众神之后芙莉嘉以外,任何人都不能坐。可是这次奥丁居然答应了弗雷尔的请求。

弗雷尔坐上了奥丁的宝座,被眼前出现的奇妙景象吸引住了。那是东方,那是西方,那是南方,天啊!原来有那么多美丽的地方自己都不知道!当弗雷尔要往北方望去时,他犹豫了一下,因为那里是霜巨人居住的地方。不过,在好奇心的驱使下,弗雷尔还是向北方望去。辽阔的北方一片荒凉的景象,到处都被冰霜覆盖。弗雷尔心想:"这个地方太荒凉了,根本不好玩,还不如不看呢!"

正当他要从宝座上下来时,突然愣住了。弗雷尔的心跳得越来越厉害,脸红得像一个红苹果,他想:"我以奥丁神的长矛起誓,我从来没有见过这么漂亮的女孩!她的眼睛像大海一样清澈,她的头发闪烁着太阳般的光芒,她那魅力四射的青春气息简直可以溶化掉北方所有的冰川。这个女孩子是谁?我一定要娶她为妻。"

可是,他的美梦很快就破灭了。这位美丽的女孩居然是亚瑟神族的死敌霜巨人盖密尔的女儿。他知道,不管是神族还是

丰饶之神弗雷尔像

□ 古罗马神话彩图馆

**雕花银罐**
北欧的国王们用以祭献丰饶之神的祭器。

霜巨人,都不会同意这桩婚事的。弗雷尔垂头丧气地走出了奥丁神的宫殿。

从那以后,丰饶之神弗雷尔患上了相思病,他每天都坐在窗前发呆,面容也越来越憔悴。涅尔德看到儿子如此憔悴非常担心,于是就派出使者史基尔尼尔前去询问。

起初,弗雷尔不愿意说出实情,但是史基尔尼尔一再坚持。没办法,弗雷尔只得告诉他自己喜欢上了霜巨人盖密尔的女儿吉尔达。史基尔尼尔想了想,然后对弗雷尔说:"主人!请您不要伤心,我愿意为您解除相思之苦!"

弗雷尔眼睛一亮,马上说:"真的!史基尔尼尔,太谢谢你了!你要怎么帮我呢?"

史基尔尼尔回答说:"其实你不用担心神族那边,他们会理解你的!现在难办的是霜巨人那边,必须得到他们的同意。要想办成此事,您必须要借给我几样东西。"

弗雷尔说:"说吧!你需要什么,只要我有的都可以给你!"

史基尔尼尔说:"首先要把您的马借给我,因为那样我才能尽快赶到盖密尔的家;其次您要把您的宝剑借给我,因为如果她不同意我就用宝剑吓唬她;第三我要带上您在泉水中的倒影,因为那样才算是相亲;最后我需要您的十一颗金苹果和聚金指环德罗普尼尔,作为提亲的彩礼。怎么样?您答应我的条件吗?"

为了能够娶吉尔达为妻,弗雷尔答应了史基尔尼尔的所有要求。就这样,史基尔尼尔骑着马,挎着剑,怀中揣着弗雷尔的影子和彩礼,来到了霜巨人盖密尔的家。

当得知史基尔尼尔是来为伐纳神族的丰饶之神弗雷尔提亲时,吉尔达说:"你是不是脑子不清醒了!我是霜巨人的女儿,怎么可能会嫁给神族呢?那个弗雷尔真是太异想天开了,怎么会有这样的想法?你别费力气了,我是不会嫁给他的!"

史基尔尼尔马上拿出了弗雷尔的影子和彩礼,希望能够打动吉尔达。没想到吉尔达连看都不看一眼,口气很硬地说道:"我说过了,请不要白费力气了,我是不会嫁给他的。"

史基尔尼尔见此计不成,就拿出了弗雷尔的神剑,恶狠狠地对吉尔达说:"看到没有,这是一把威力无穷的神剑,能杀死所有的人。如果你不答应,我将会砍下你的头。"

本来史基尔尼尔只是想吓吓吉尔达。可不想她不吃这套,反而更加强硬地说:"就算你杀死我,我也不会答应的。"

看来只有使出最后的杀手锏了,史基尔尼尔举起了魔杖,对吉尔达说:"如果你再不答应,我就在你的身上施下魔法,要么嫁给弗雷尔,要么就嫁给一个又老又丑的霜巨人,否则你将独守闺房。"

这下可把吉尔达吓坏了。没办法,她只好选择同意与弗雷尔成亲。听到消息的弗雷尔简直高兴极了,为了感谢史基尔尼尔,把自己随身的宝剑赐给了他,而自己则和吉尔达过上了幸福的生活。

# 建造众神之家

诸神们知道，虽然世界已经创造出来，霜巨人也被打到遥远的北方居住，但是这并不意味着一切都可以高枕无忧，因为邪恶恐怖的霜巨人随时都在寻找时机，以便向阿瑟加德发起进攻，夺回他们失去的世界。为了保障世界和阿瑟加德的安全，诸神决定建造一座既高大又坚实的城堡。当霜巨人来犯时，就可以用城堡来作为屏障。

天神们虽然法力无边，但是他们并不懂建筑。有人提议找住在地下的侏儒们帮忙，他们心灵手巧，一定可以完成任务。这个提议很快也被否定了，因为侏儒虽然善于建造，可是他们的身材太过矮小，根本不能建造出合乎要求的城堡来。就在天神们着急的时候，一位神秘人物出现了。

这个人有着高大的身躯，但他并不承认自己是霜巨人一族。他对焦急的天神们说："尊敬的亚瑟神们！我是一个建筑师，我知道你们如今正想建造一座城堡，所以前来帮助你们！"

天神们都不认识他。奥丁主神首先发话了，说道："哦！你真的能为我们建造出坚实的城堡吗？我对你的能力表示怀疑。还有，如果我们接受你的帮助，那么你想要从我们这里得到什么呢？"

神秘的建筑师笑了笑，说道："我建造出来的城堡绝对是最结实的，可以抵挡住任何霜巨人的进攻，这一点我可以保证。至于报酬嘛！呵呵，我不要金，不要银，只希望你们能把太阳、月亮和美之女神芙蕾雅赐给我。"

建筑师的话惹恼了所有天神，他们愤怒地叫嚷着："你这个家伙简直太狂妄了，居然还敢提出要太阳、月亮和美之女神芙蕾雅，我们坚决不能容忍这样的事情发生。"

这时，火神洛基站了出来，大声喊道："这个人是不是有那么高的能力，我们只有看过才知道！我提议，不如就让这个狂妄的家伙试一下，说不定他真的能建造出我们所要的城堡呢！"

其他天神马上反对，说道："怎么？真的答应他！如果真的建成的话，岂不是要答应他的要求吗？"

火神洛基笑了笑，说道："不要着急，我还没说完呢！我们可以让他建造，但是必须遵守两个条件：一是这项工程必须在夏季来临之前完成；二是除了自己以外，建筑师不能找任何帮手。"

天神们听后都笑了，因为在这样的条件下，要完成建造城堡的任务简直是不可能的。不想，建筑师却回答说："好的！我愿意接受这个挑战。我只有一个条件，那就是允

**众神之家的建造**
霜巨人帮助亚瑟神建一座坚固的城堡，条件是以美神芙蕾雅作交换。图中霜巨人的马正在运巨石，城堡已建好，唯独缺一扇拱门。

231

许我的马斯瓦迪尔法利做我的助手，因为我要用它来搬运石头。"

天神们觉得这个要求并不过分，于是就答应下来。建筑师满怀信心地说："我一定不会让所有的天神失望的。不过，希望诸位天神不要在我完工的时候反悔。"说完扭头走了。

本来，这一切都应该是不可能的，可是这位神秘的建筑师偏偏地把它变成了可能。夜间，建筑师让斯瓦迪尔法利往阿瑟加德搬运石头，那石头简直就和山一样大。到了白天，建筑师则施展神奇的功力建造城堡。很快，一座高大结实、富丽堂皇的城堡就要落成了。

过了今晚就不再是冬季了，阿瑟加德的城堡也已经快完工了。那座城堡其实已经落成，唯一缺少的就是一扇拱门而已。可是，此时的天神们却高兴不起来，因为他们为了那份报酬感到担忧。

一位天神叫道："他居然真的办到了，这个人到底是谁啊？如今马上就要夏天了，城堡仅仅剩下个拱门没有完成。按照那个建筑师的速度，建造这个拱门简直就是小菜一碟，难道我们真的要把太阳、月亮和美之女神芙蕾雅给了他吗？我真的不敢想象。"

另一位天神插话说："其实谁又愿意答应他的条件呢？可是又有什么办法呢？我们和他是事先约定好的，亚瑟天神是不能没有信用的！虽然我们不愿意，但是也必须答应他的要求！"

众神你一言，我一语，都认为这件事当初就不应该答应那个建筑师。这样，矛盾理所当然的就转移到了当初那个自作主张的火神洛基身上。诸神开始埋怨他。

洛基却是一脸的无辜，委屈地说："这……这怎么能全怪我自己呢？当初你们也没有提出异议啊！"

天神们才不管呢，反正就是洛基的错。诸神威胁洛基说："听着，洛基，你这个出了名的捣蛋鬼！你自己捅的娄子必须自己解决。现在，你必须阻止那个建筑师按时完成工作。如果办不到的话，我们会杀死你！一定会的！"

洛基只得硬着头皮想办法。不过，这件事并没有难倒洛基，因为他是以狡猾而著称的，很快就想到应对办法。他趁着黑夜，来到了即将落成的城堡面前。

洛基施展法力，变成了一匹俊俏的母马。他站在远方，像那匹正在辛勤劳动的公马斯瓦迪尔法利发出了求爱信号。公马没能抵挡住诱惑，丢开了自己的工作，追随母马而去。建筑师发现事态不妙，赶忙在后面追赶。经过一夜的时间，斯瓦迪尔法利是追上了，可是最后的时限也已经过了。

建筑师对诸神的做法十分不满，现出了原形，来找诸神算账。原来，这个建筑师是一名太古时代的霜巨人。亚瑟诸神迎来了厄运，很多神都被他杀死。不过幸好雷神托尔及时赶回，才用雷霆之锤打死了这个霜巨人。

## 火神洛基

火神洛基，亚瑟诸神中最令人头疼的天神，喜欢恶作剧、捣蛋、制造麻烦，是一位具有善恶双重性格的天神。在前面的故事中，我们不止一次提到了火神洛基，而他的出现总是会和各种各样的麻烦联系在一起。不过，那时的洛基还只是顽皮，很多过错也是无心之失。直到光明之神巴尔德死后，火神洛基变成了一个不折不扣的恶神。

由于洛基从中作梗，光明神巴尔德再也不能返回阿瑟加德了，所有天神都因为巴尔德的离去而感到伤心。海神埃吉尔也知道了这件事情，虽然他平时和亚瑟诸神的关系并不是非常好，但是看到这种情景，他也十分难过。为了让诸神尽快从悲痛中走出来，埃吉尔在自己的海底宫殿中举办了一场丰盛的宴会，邀请了所有的亚瑟天神。

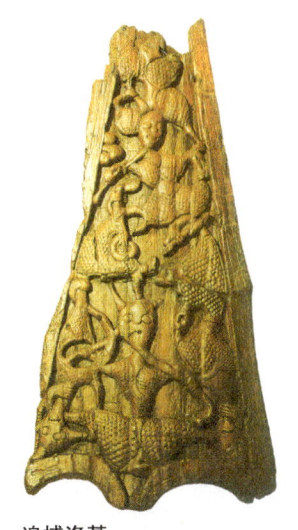

宴会在欢乐的气氛中开始了，这多多少少减轻了大家对巴尔德的思念。突然，大家发现有一个影子在他们前后左右来回地晃动，定睛一看，原来是火神洛基。洛基的出现重新勾起了天神们对巴尔德的思念。

**追捕洛基**

在这个发现于9世纪的船尾装饰木雕上，刻的是混在动物里正在逃亡的火神洛基。狡猾的洛基靠这样的伪装一次又一次逃脱天神的追捕。

天神们很生气，大声斥责洛基，说他是一个"不义的天神"。洛基被诸神的话激怒了："好了！你们骂够了没有，如果再这样，我可不客气了！"

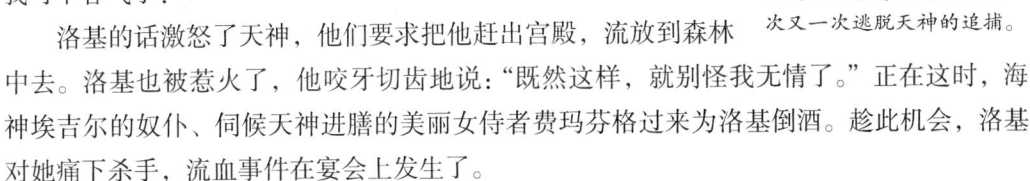

洛基的话激怒了天神，他们要求把他赶出宫殿，流放到森林中去。洛基也被惹火了，他咬牙切齿地说："既然这样，就别怪我无情了。"正在这时，海神埃吉尔的奴仆、伺候天神进膳的美丽女侍者费玛芬格过来为洛基倒酒。趁此机会，洛基对她痛下杀手，流血事件在宴会上发生了。

天神们被突发的事件惊呆了，继之而来的是更大的愤怒。他们愤怒地叫嚷着："洛基！你这个混蛋，你看你都干了些什么？滚，马上滚出去，如果不滚的话你将会受到最严厉的惩罚的！"

虽然洛基被赶走了，可费玛芬格也不能复活了。天神们都为这件事感到遗憾，本来挺高兴的宴会，如今又蒙上了一层凝重的气氛。突然，火神洛基又从宫殿外跑了进来。众神发现，洛基的眼神发生了变化，充满了邪恶的气息。

还没等众神开口，洛基就开始大骂。先是艺术美神布拉琪，然后是主神奥丁，总之所有在场的天神都被洛基骂个遍，最后连众神之后芙莉嘉也没能躲过。洛基越骂越起劲，越骂越难听，气氛也越来越紧张。天神们一个个恨得不行，真想冲过去，让这个可恶的家伙永远闭上嘴巴。可是奥丁神说过，在亚瑟神族中是不允许发生流血事件的，因此大家也只能默默忍受。

这时，脾气暴躁的雷神托尔按捺不住了。他跳了起来，手中高举着雷霆之锤，大声喊道："洛基！你给我听好了，我的脾气你是知道的。如果你再敢如此放肆的话，我一定会让你尝尝雷霆之锤的滋味的。我才不管什么阿瑟加德法律呢！相信你清楚，我是说到做到的。"

洛基傻了眼，知道眼前这位雷神爷什么事都做得出来，如果自己再骂下去，肯定没什么好下场。想到这，洛基头也不回地跑出了宫殿。

洛基心中很清楚，这件事绝不会这么简简单单地结束。自己已经没有重返阿瑟加德的希望了，亚瑟诸神也绝不会放过自己。为了保险起见，洛基必须想一个万全之策，以便脱身。

他逃到了一座高高的大山上，并在那里建了一座四面有门的大房子。这四扇大门终日敞开着，为的是有朝一日天神追杀到这里，方便自己逃走。不过，光有这四扇大门还是不够的，洛基还需要更周详的计划。他实地勘察了四周的环境，发现不远处有一条大河。于是洛基决定，如果众神追到这里，自己就变成鳜鱼，在河中藏身。但是，洛基转念一想，如果天神们发现自己变成了鳜鱼，一定会用渔网来捕捉自己的。为了万无一失，洛基决定自己先编一只渔网，把自己网住，然后再考虑如何从渔网中逃脱。

正当渔网制成一半时，洛基的噩梦来了。远远的，只见主神奥丁带领着托尔和克瓦希尔正怒气冲冲地朝着洛基的房子赶来。火神知道再不逃跑就会有大麻烦了，于是他把那张半成品渔网丢进火里，自己变成鳜鱼躲在了大河之中。

**雷神托尔坐像**

奥丁、托尔和克瓦希尔闯进了房子里，找了一圈也没有发现洛基的影子。这时，克瓦希尔在火中发现了那张渔网。聪明的他很快就明白了，对奥丁和托尔说："看！这是什么？渔网！洛基这个家伙一定躲在河里。"

于是他们一起来到河边，开始寻找洛基。可是狡猾的洛基此时正藏在河底的一块大石头下，因此很难被发现。克瓦希尔又想到了一个办法，说道："没关系，我知道他躲在什么地方！我们在下游放上一张巨大的渔网，然后慢慢向上游拉！在拉渔网的过程中，逐渐地清理掉河里的大石头。那样的话，洛基就跑不了了！"

这个方法果然奏效，洛基很快就沉不住气了。他不能坐以待毙，必须马上想办法逃脱。于是，他使出全身的力气，想要跳出渔网。前两次都没能成功，第三次他跳得很高，几乎就要看见胜利的曙光了。突然，洛基觉得浑身一紧，抬头一看，原来托尔的大手已经把他牢牢抓紧，正面带微笑的看着他。

洛基受到了应有的惩罚，他被众神囚禁在了地下洞穴之中。更加令他伤心的是，捆绑他的锁链居然是用自己的儿子纳尔弗的内脏做成的。

祸不单行，洛基的死对头女巨人斯卡蒂也趁机报复。她把一条毒蛇绑在了洛基头顶的岩石上，让毒液滴在他的脸上。要不是有希格恩（洛基的妻子）用盘子接住毒液，洛基恐怕早就和他的女儿赫尔团圆去了。当盘中的毒液滴满时，希格恩就会把它倒掉。火神洛基就会因为毒液的侵蚀而不停地抖动自己的身体，发出巨大的惨叫。这时世界上就发生了令人心惊胆寒的地震。

## 爱神芙蕾雅

　　爱神芙蕾雅是整个神族中最为美丽和性感的女神，她的风情万种在天上和人间都是大家公认的，没有哪个男人可以抵御她的魅力。好在这位女神并没有那样高不可攀，相反，她倒是极为风流，因此与很多神仙和凡人都有过肉体关系。在众天神之中，芙蕾雅的人缘是最好的。因为天神们都不想断了与芙蕾雅的来往，同时他们也深知芙蕾雅是不属于他们中的任何一个的，所以他们从不争风吃醋，只是以他们的方式与芙蕾雅保持着暧昧的关系，并适时满足一下他们的情欲。

　　尽管芙蕾雅风流成性，但却十分眷恋自己的丈夫。与其他男神不同，芙蕾雅的丈夫奥度尔对芙蕾雅并没有太大的兴趣，也没有因为芙蕾雅是自己的妻子而倍感骄傲。其他男神恨不得每天都让芙蕾雅相伴左右，只可惜他们都没有这样的资格，毕竟芙蕾雅不是属于他们的。然而丈夫奥度尔却并没有表现出对芙蕾雅的依恋，反倒是芙蕾雅十分依恋奥度尔。比较常见的情景是：早上，当芙蕾雅睁开惺忪的睡眼时，却已经不见了奥度尔的身影。

　　奥度尔对芙蕾雅的热情是有限的，只要与芙蕾雅在一起的时间一久，他就会感到厌倦，厌倦到他想逃离的程度。

　　奥度尔对爱情也并不专一，但他逃离芙蕾雅的主要原因不是要寻找其他的情感寄托，而是与芙蕾雅相比，旅游和探险对他的吸引力更大一些。可是只要芙蕾雅在他身边，他就不能做自己想做的事，所以他必须逃离。这也许是爱神芙蕾雅最大的悲哀，她的身体让无数天神垂涎不已，但却无法留住自己的丈夫。

　　每当奥度尔逃离以后，芙蕾雅都会到处寻找他，直到找到他为止。芙蕾雅既然有无数情人，为什么会对自己的丈夫如此痴情呢？这或许与奥度尔在情爱施舍上的特殊能力有关。因为奥度尔给予她的快乐是别人无法给予的，所以奥度尔在她心目中的地位也是无可替代

**美丽的芙蕾雅女神**

的。为了获得那绝无仅有的快乐，她必须要找到奥度尔。每次出门，她都会乘着两只猫拉着的金车前行，那是她特有的交通工具。在寻找奥度尔的途中，她也为各地百姓带去了黄金和珠宝。因为芙蕾雅的眼泪可以化为黄金和琥珀，而由于对奥度尔的思念和埋怨，她的眼泪总是流个不停，这样就将财富带到了各个地方。

寻找奥度尔的过程常常是很漫长的，而芙蕾雅又是耐不住寂寞的，所以她也会与路上遇到的一些年轻武士逢场作戏，让这些武士为她效劳。芙蕾雅的风流是出了名的，但大家似乎并不介意，仍然以得到芙蕾雅为荣。这种心理恰恰被芙蕾雅利用。有些时候，芙蕾雅会违背自己的意愿与某些人或神发生肉体关系，其目的就是为了得到自己想要的东西。她有一条著名的金链子，就是利用美色从四个黑侏儒的手里骗来的。

女人都是爱美的，被称为爱神的芙蕾雅更是如此。她总是精心地打扮自己，好让自己看上去更加与众不同。一天，她在四个黑侏儒那里看到了一个金链子，顿时被吸引住了。虽然她也有无数珍贵美丽的首饰，但却没有哪一件可以与这条金链子相比。爱美的欲望驱使她走进黑侏儒，她必须要得到这条金链子。黑侏儒对芙蕾雅的出现都有些惊喜，他们也是爱芙蕾雅的，只是平时他们根本就没有接近芙蕾雅的机会，这次芙蕾雅主动出现在他们面前，自然让他们激动不已。

侏儒们首先开口说话了："多么美丽的女神啊！您一定是爱神芙蕾雅吧！世界上再没有谁的美丽可以与您相比了。我们精心打制的这条金链子，如果能戴在您的脖子上，一定会让您更加美艳，相信普天下的所有神魔都会被您迷倒的。"芙蕾雅本就是虚荣之人，自然爱听奉承之语，黑侏儒的话对她很是受用。她笑着说："既然如此，你们就将这条金链子卖给我吧！说吧，无论多少金子都行。"黑侏儒说："不，这条金链子是无价之宝，我们是不会卖的。而且我们也知道您的眼泪就是金子，我们又怎么忍心让您流那么多眼泪呢？我们只会把它送给别人。"芙蕾雅说："那就送给我吧！"黑侏儒说："我们只会把它送给同时爱上我们四个人的人。"芙蕾雅有些为难，这四个黑侏儒样子实在不怎么好看，不过为了得到金链子，她豁出去了。

芙蕾雅以自己的身体换得了黑侏儒手中的金链子。她对此并不介意，在她看来，这是非常值得的。戴上金链子的芙蕾雅果然显得更加妩媚迷人，连她自己都有些惊呆了。不过她也许没有想到，这条金链子后来却惹了祸，并挑起了一场旷日持久的战争。

## 一条项链引发的战争

芙蕾雅自从在黑侏儒手中得到金链子以后，整个人都容彩焕发，虽然她尽量装出一副若无其事的样子，但火神洛基还是看出了异常。洛基试探地问芙蕾雅金链子是从哪得来的，芙蕾雅当然不会和他说实话，只说是奥度尔送给她的。可洛基一眼就看出，这样精美的金链子必定出自黑侏儒之后，而芙蕾雅为了得到金链子，想必也定然与黑侏儒发生了关系。他跟芙蕾雅也有着肉体关系，所以有些嫉妒黑侏儒，而更让他气愤的则是芙蕾雅对他的态度。于是，他开始到处散播芙蕾雅与黑侏儒之间的丑事，希望引起众神的共愤。

洛基的算盘打错了。众神根本就没把芙蕾雅和黑侏儒的事当回事。奥丁虽然也不愿过问，但作为众神之主，他也不能任由传闻满天飞。他找来洛基，说道："不要随便散布谣言，除非你把金链子偷来，让我们看到实物，我们才能相信你。"洛基懊悔不已。偷芙蕾雅的金链子谈何容易，况且他也不想断了与芙蕾雅的关系，这下可真是搬起石头砸自己的脚了。

事已至此，洛基已经没有退路了。他必须偷来芙蕾雅的金链子，尽管那样会得罪芙蕾雅，但如果不做，他就连在天上立足的颜面都没有了。趁芙蕾雅熟睡之际，洛基潜入了芙蕾雅的睡房，悄悄摘下了金链子。得手之后，他便匆匆离去找奥丁复命了。芙蕾雅醒来后，发现自己的金链子不见了，马上想到定是洛基搞的鬼，于是也去找奥丁说理。事情闹到这种地步，奥丁也不能不管了。他对芙蕾雅说："我可以将金链子还给你，但你应该名正言顺地拿回它。你必须让两个强大的王国打一场直到世界末日才罢休的战争，否则我没有办法将金链子还给你。"芙蕾雅爽快地答应了。

挪威和丹麦是两个强大的国家，芙蕾雅决定在它们之间发起战争。挪威的国王赫汀是一位年轻有为的国王，他带领军队东征西讨，使他的国家越来越强大富有。赫汀喜欢打猎，常常带着随从到森林中打猎。一次，赫汀又外出打猎，在追逐猎物的过程中与随从走散了。他一个人向着森林的深处走去，走到一个小木屋前面，忽然见到一个绝美的女子。赫汀正当青春年少，对爱情也有着自己的憧憬。这一刻，他觉得爱情降临了，他已经完全被眼前的这个美丽女子迷住了。他忍不住走上前去，与女子攀谈起来。

这个女子就是爱神芙蕾雅，不过芙蕾雅并没有告诉赫汀她的真实身份，只说自己是这座森林的主人。善于调情的芙蕾雅很快就把赫汀迷得神魂颠倒。赫汀也向芙蕾雅讲述着自己的种种功绩，称自己是世界上最强大的人，以博得芙蕾雅的芳心。芙蕾雅轻笑着说："你真的是世界上最强大的吗？我听说丹麦的国王比你还要强大。沉迷于爱情中的赫汀马上向芙蕾雅保证，自己一定会证明给她看自己才是最强大的。一夜春宵之后，赫汀依依不舍地告别了芙蕾雅。他让芙蕾雅在这里等自己回来，芙蕾雅也说只要他证明他是最强大的，就会嫁给他。

受到爱情鼓励的赫汀回国后立刻着手准备，前往丹麦国，要与丹麦国王一较高下。丹麦国王远远地看到赫汀的船队，虽不知其来意，但还是决定以礼相待。在丹麦国王的盛情迎接下，赫汀进入了丹麦的王宫。席间，丹麦国王问赫汀为何远行至此。赫汀说："早就听说国王陛下英勇无比，是世界上最强大的人，我想与你一较高低。"丹麦国王听了，哈哈大笑，称自己也正有此意。

**被缚的火神洛基**

第二天，赫汀与丹麦国王进行了一对一的较量。两个人从枪比到剑，从地上比到水下，几乎比尽了所有男人应该具备的技艺和本领，但却始终未能分出胜负。后来，随着两个人了解的加深，不禁有些英雄惜英雄，于是断然决定结成兄弟。两个人都为找到一个知己而高兴，他们决定拿出自己的一切与对方分享。但他们不能就此止步，他们应该有更远大的志向。两个人一商量，决定由赫汀把守海岸，丹麦国王则外出征讨领土。可早已被芙蕾雅俘获的赫汀又怎么可能安安分分地把守海岸呢？

丹麦国王走后，赫汀就按捺不住对芙蕾雅的思念之情，于是借打猎之由又跑去与芙蕾雅相会了。芙蕾雅问赫汀是否证明了自己就是最强大的人，赫汀说他与丹麦国王一样强大，两个人未能分出胜负。芙蕾雅就说："丹麦国王比你强，他已有妻子和女儿，而你却一无所有。"赫汀说："如果我愿意，我也可以有妻子和女儿。"芙蕾雅说："那不一样，丹麦国王是依靠男人的魅力争取到了自己的妻子，而我现在还看不到你的魅力。"赫汀忙问芙蕾雅怎样才能证明他的男人魅力。芙蕾雅说："除非你将丹麦国王的妻子绑在船头，任海浪冲击淹没她，并掠走国王的女儿，才能证明你是真的很强大。"赫汀被芙蕾雅激得已经失去理智，他急于想证明自己的强大。当晚，赫汀喝了芙蕾雅手中的美酒，又醉倒在芙蕾雅的温柔乡中，对芙蕾雅更加言听计从。

迷失了心性的赫汀果然设计带走了丹麦国王的妻子和女儿，并将王后绑在船头，任由公主怎么哀求，他都没有醒悟。王后被无情的海水吞噬了身体，而公主也被赫汀强占了。当他再回到森林找芙蕾雅的时候，芙蕾雅又给了他一杯美酒。喝过之后，赫汀便醉倒了。当他醒来时，芙蕾雅已经不见了，而此时的赫汀也开始清醒了。想起自己的所作所为，他忍不住把自己骂上了成千上万遍。他已经无颜再见丹麦国王了，于是带领军队逃到一个小岛，希望在那里了却余生。然而芙蕾雅是不会成全他的，丹麦国王很快得知了妻子被杀的消息，他开始四处搜寻赫汀的下落，并发誓要将其碎尸万段。

在芙蕾雅的指引下，丹麦国王很快找到了赫汀藏身的小岛。赫汀请求丹麦国王原谅自己的过错，他愿意为此付出任何代价。可丹麦国王已经听不进去了，杀妻之痛已经让他失去了理智，他必须要为妻子报仇。赫汀见求和无望，就开始准备应战。两个人毕竟势均力敌，因此很难分出胜负。他们白天作战，晚上休息，就这样一直持续到世界末日来临之前。芙蕾雅兑现了对奥丁的承诺，终于得回了自己心爱的金链子。

## 亚瑟神族与伐纳神族的战争

始祖巨人伊米尔被后起的神族消灭后，霜巨人也被赶到了遥远寒冷的北方，以奥丁为首的诸神组成了一支神族，那就是亚瑟神族。亚瑟神族虽然是世界上最早的神族，但是并不代表他们就是唯一的神族。在整个北欧神话中，还有另一支天神种族，他们就是由海和风神组成的伐纳神族。

伐纳神族掌管着与大海有关的一切事宜。伐纳神族的主神名叫涅尔德，他的一双儿女名叫弗雷尔和芙蕾雅。不管是生活在海洋中的各种生物，还是靠打鱼为生的海边渔民，又或是漂洋过海做生意的商人，都受到伐纳神族的保护。就连那些以抢劫杀人为生的海盗也同样受到他们的照顾。正因为这样，与亚瑟神族比起来，伐纳神族是比较富有的。

在很长一段时间里，伐纳神族和亚瑟神族都相处得不错。虽然两个神族说不上有什么交情，但也一直相安无事。然而一位女巫师的出现，却打破了这种平静的局面。

一天，人类居住的王国米德加德来了一个神秘的女巫师。所有人都不知道她是从哪里来的，也不知道她到这里是来做什么的，更不知道她的姓名。不过，这个神秘的女巫师很快就取得了人们的信任，因为她有着各种各样神奇的魔法。

女巫师可以满足人的一切要求，还能施展法术将人送上天与和精灵们玩耍。人们对她神奇的魔力十分崇拜，纷纷追问她的姓名。最后，女巫师终于道出了自己的姓名，原来她叫高尔法伊格。不过，当人们问及她神奇的法术是从什么地方学来的时候，高尔法伊格却只是淡淡一笑，闭口不谈。

接下来的事更加神奇了，高尔法伊格在人类面前显示了他们从未见过的法术。人们可以从高尔法伊格那里知道自己的命运将会如何，因为她具有通晓过去和未来的法力；人们还可以从高尔法伊格那里获得自己的命运，因为她具有改变未来的能力。正因为高尔法伊格有求必应，所以人们都对她顶礼膜拜，俯首称臣。

**亚瑟神族**

这个神圣的家族站在彩虹桥前，最前面的是天后芙莉嘉，她长长的金发飘展着，在画面左上方，戴着闪闪的有角头盔的是主神奥丁，奥丁身后是雷神托尔，他举着雷电之锤。

渐渐地，高尔法伊格的邪恶本性暴露出来了。人类在她的诱惑下，变得越来越贪婪，越来越无耻，整个米德加德被她搞得乌烟瘴气。终于，这件事情被高高在上的亚瑟诸神得知了。奥丁神非常生气，下令将这个可恶的女巫抓起来，然后宣布要当着所有神和人的面处决她。

惩罚仪式开始了，高尔法伊格被串在长矛上，然后放在熊熊的烈火上焚烧。但是，那些烈火居然对她不起作用。高尔法伊格虽然被烧成了灰烬，但是很快她就又获得了重生。亚瑟诸神这才知道，眼前这个女巫并不简单，她具有重生的法力。

经过细心观察，亚瑟诸神终于知道了高尔法伊格的秘密。原来她这一身神奇的魔法，全部出自伐纳神族。为了铲除这个祸根，奥丁神以亚瑟神族的名义向伐纳神族发出了通牒，希望他们尽快处理此事。

伐纳神族的首领涅尔德很快就得知了这个消息。他不但没有怪罪高尔法伊格，反而把一切罪行都推到了亚瑟天神的身上。他召集了所有伐纳神族的成员，对他们说："诸位伐纳天神们，一直以来我们都被人所忽视。人们崇拜和景仰的，是那些自命不凡的亚瑟天神。如今他们居然对我们伐纳神族的弟子下手，这种行为简直是对我们的侮辱。我决定带领你们前往亚瑟神族的居住地（那时阿瑟加德还没建成），向他们讨回一个公道，要让他们称臣于我们，年年向我们纳贡。"伐纳诸神马上表示赞同。就这样，伐纳诸神浩浩荡荡地开往了亚瑟神族的居住地。

奥丁神很快就知道了这一切，马上召集了所有亚瑟天神，在一起商讨如何应对。

一位天神首先开口了，说："我觉得我们应该迁就他们，这些年来他们的地位确实是太低了。如今我们惩罚了高尔法伊格，这就已经足够了，何必再闹得那么僵呢？还是和平解决比较好！"

雷神托尔马上提出反对意见，气呼呼地说："胡说八道！我们是亚瑟天神，不是街上的乞丐！我们怎么可以随便就妥协了呢？如果真的是我们办得不对，我是同意向他们道歉的。但是事实上是他们无理在先，我们为什么要妥协，我坚决主张以武力击败他们。"

就这样，天神们你一言我一语地发表着自己的观点，有主战的，也有主和的。不过，主战派的天神占大多数，因为他们觉得这是对亚瑟神族尊严的挑战。奥丁神也认为，亚瑟神族的尊严是不能受到挑衅的，绝不能对伐纳神族狂妄行为姑息，必须给他们以沉重的打击。最后，奥丁决定，放弃求和的想法，对伐纳神族宣战。

亚瑟神族和伐纳神族之间的战争开始了，这是一场可怕的战争，一场让世界都为之变色的战争。亚瑟神族的武器主要是高山上的巨石，而伐纳神族的武器则主要是冰山上的巨冰。一时间，风云变色、天昏地暗，到处都是喊杀声，随处可见两个神族成员的鲜血。巨石和巨冰相互碰撞的声音响彻了宇宙，亚瑟诸神和伐纳诸神拼杀的呐喊声震惊了世界，这场战斗打了很长很长时间，但一直没分出胜负，战争的结果是双方互有胜败。

这时，亚瑟神族的首领奥丁和伐纳神族的首领涅尔德都作了冷静的思考。双方都觉得，当初自己的做法太过冲动，是不理智的。如果这场战争还不停止的话，那么不管是亚瑟神族还是伐纳神族，都会迎来可怕的灾难。因为不管这场战争的胜利者，还是失败者，最后的结局都是要付出惨痛的代价。于是，奥丁和涅尔德决定举行和平谈判，商讨如何解决这件事情。

最后，双方达成协议，互相派出重要人物作为人质，居住在对方的领地。亚瑟神族派出的是奥丁的兄弟海尼尔和智慧之神米弥尔；伐纳神族派出的则是涅尔德自己和他的孩子弗雷尔和芙蕾雅。就这样，亚瑟神族和伐纳神族开始和平相处。

## 诸神之黄昏

在前面的神话中我们已经提到，奥丁以右眼为代价，喝下了智慧之泉的水，因此奥丁有了知晓过去、现在和未来的能力，从而也得知了"诸神之黄昏"的预言。

所谓"诸神之黄昏"，实际上是指诸神遇到的灭顶之灾。按照预言的显示，亚瑟诸神和伐纳诸神会经历由兴起到繁盛、由繁盛到衰落、最后再到死亡的过程，这是不可改变的。亚瑟诸神虽然已经知晓这个预言，但是并没有引起高度的重视，所以他们才会放任火神洛基胡作非为。最终，光明神巴尔德离开了世界，"诸神之黄昏"的预言马上就会实现。

恐怖的气息已经笼罩了整个阿瑟加德，亚瑟诸神心中都忐忑不安。他们已经看到了一些迹象，一些代表"诸神之黄昏"即将到来的迹象。日神和月神变得越来越害怕，因为他们已经感觉到芬利尔苍狼的力量正在日趋强大，随时都有把他们吞下去的可能。天地间失去了往日的繁荣，大地也没有了生机。寒冷、狂风、干旱、枯萎，这一切可怕的东西都降临了世界，天空和大地都在发出痛苦的呻吟。

那些一直被压抑着的邪恶势力此时也开始蠢蠢欲动。女巨人安格尔波达加紧了对芬利尔苍狼的后代斯库尔、哈梯和玛纳加尔姆的喂养。这三头凶恶的狼的身体越来越强壮，日神和月神马上就招架不住了。

**奥丁之头盔**
两只长长的角是其独特的标志。

"诸神之黄昏"来临了。最先张狂的是原为天神的火神洛基和他的后代苍狼芬利尔、死亡女神赫尔以及毒蛇尤蒙刚德。

洛基诡计多端，又是叛军主力的父亲，是邪恶势力的领袖。死亡女神赫尔则带上地狱恶犬加尔姆和双翼上挂满死尸的毒龙尼德霍格前来助阵。苍狼芬利尔挣开了那条束缚它太久的细绳索，张着血盆大口，嗷嗷狂啸。大蛇尤蒙刚德则在海洋中激起巨大的波浪，冲断了命运之船纳吉尔法的缆索，赶来充当叛军的战车。

更加可怕的事情发生了。以前被打败的霜巨人此时也得知"诸神之黄昏"到来的消息，他们拿起武器，杀气腾腾地前往阿瑟加德，与洛基的队伍汇合。同时，一直镇守在火焰之国穆斯帕尔海姆的火焰巨人苏特尔特，此时也举着可怕的火焰剑，带领着全体火焰巨人前来助阵。阿瑟加德危在旦夕。

亚瑟诸神早就觉察到事情不妙。原来，盘踞在宇宙之树旁边的毒龙尼德霍格已经咬穿了树根，耸立在众神之殿顶上的红雄鸡费雅勒已经发出了警报。一直守候在那虹桥的天神守望者海姆达尔听到了警报，也看到了种种不祥的预兆。现在不是害怕和哭泣的时候，唯一能做的就是唤醒亚瑟诸神的斗志，让他们拿起武器，争取摆脱命运的安排，打破"诸神之黄昏"的预言。想到这，海姆达尔立即吹响了号角，刺耳的声音响彻了宇宙。

此时的阿瑟加德已经乱成一团，亚瑟诸神已经听到了海姆达尔的报警声。奥丁对所有的天神说："诸位亚瑟天神、伐纳天神以及那些英雄的武士恩赫里亚们（奥丁一直在为这一天的到来作准备，恩赫里亚实际上就是人类当中英勇的武士的亡魂），那个可怕的预言终于实现了。是的！'诸神之黄昏'到来了。我们不能逃避，也逃避不了。现在，我们应该拿起我们的武器，穿上我们的盔甲，骑上我们的坐骑，与那些可恶的邪恶势力进行战斗。不管结局是什么，我们都要努力战斗。因为我们是天神，我们身上流的是亚瑟神族的鲜血。"

奥丁的话使得每一位亚瑟天神都热血沸腾。他们一个个精神抖擞，全副武装。奥丁神的长矛冈格尼尔显得比平日更加光芒四射。雷神托尔更是威风凛凛，他手持雷霆之锤，摩拳擦掌，准备与邪恶军队决一死战。战神提尔失去了一只手，但是他勇猛的个性并没有失去，神剑在他的左手一样可以斩妖除魔。伐纳神族的弗雷尔虽然没有了宝剑，但是一只鹿角也可以作为武器，它一样会将那些叛徒杀死……突然，整个天空都变红了，从远处传来了一阵巨大的轰鸣声。诸神知道，虹桥已经毁了，决战时刻已经到来了。他们呐喊着，冲向了战场维格利德平原。

最后的战斗开始了，双方都拼尽了全力。他们知道，这是一场你死我活的战斗。天、地、冥三界都已经卷入了战争，人类在这里只能扮演羔羊的角色，他们能做的只是等待战争的结束。

虽然亚瑟诸神非常尽力地战斗，但是预言的力量实在太强大了，所有的天神都将失去生命。首先遇害的是主神奥丁。他的对手是他一直想驯服的芬利尔狼。芬利尔还算是有"良心"，没有把奥丁撕碎，只是将他一口吞了下去。

其他天神的结果也好不到哪里去。弗雷尔被火焰巨人苏特尔特杀死；海姆达尔和提尔也双双战死；雷神托尔虽然杀死了毒蛇尤蒙刚德，但自己也被它的毒血毒死。天神们一个一个倒下了，为那个可怕的预言付出了代价。

邪恶军团也没占到什么便宜。火神洛基被海姆达尔杀死；地狱恶犬加尔姆也被提尔杀死；芬利尔狼被维达尔撕成了两半，只有火焰巨人苏尔特尔还在那里硬撑着。

战斗进入了白热化，双方都杀红了眼。火焰巨人苏尔特尔挥舞着火焰神剑，使整个世界都充满了熊熊大火。生命之树烧毁了，诸神宫殿没有了，阿瑟加德也不存在了，大地变成了一片焦土，海水因沸腾而蒸发，善和恶都在烈火中消失。世界又回到了一片混沌。

很长很长时间以后，世界将会迎来新的开始，那也是第二代神族的开始。

**奥丁的恩赫里亚骑士们**
诸神之黄昏来临，奥丁率领着亚瑟神族与恩赫里亚武士们，冲向邪恶军团。这幅油画上，海姆达尔吹响了战斗的号角，英勇的恩赫里亚武士冲锋在最前面，充满了昂扬的战斗激情。下方的那只渡鸦，是奥丁的信使。

# 美索不达米亚神话故事

## 恩利鲁创造天地和人类的出现

距离现在很远很远的年代,到处都是一片黑暗和混沌,没有一丝的光亮,世界上没有任何具有思维的东西。那时候天和地是一样的,它们紧紧地连在一起。因为那时的天和地都是水,一片片白茫茫的、死气沉沉的水。

几亿年的时间过去了,世界终于迎来了创世的年代。无边的水在不停地搅动着,世界上最早的东西从那里产生了。广阔的陆地脱离了它的母体,自那茫茫的大水中升起。之后,陆地自身又发生了微妙的变化。

**恩利鲁创造河流还有山羊、绵羊、麦子与牛犊**

过了很长时间,天从陆地中升起了。从那以后,世界上有了天和地,但是那时的天和地还是连在一起的。

天和地并不单单是一种物质,同时还是世界上最早的两位天神。天是一位男神,名字叫作安;地是一位女神,名字叫作启。按宇宙的意愿,他们两个必须结合。于是,宇宙中第一桩婚姻产生了,而第一个爱情的结晶也很快出现了。

大气之神恩利鲁从母亲的体内出来了,世界因为他的出现而变得美丽。恩利鲁大神一出生就具有非凡的法力,这种神力是从父母那里继承来的。接下来,恩利鲁作了一件让现在的人很是不能理解的事情,他把他的父亲举了起来,然后远远地推向高处,使他和母亲启分离。就这样,我们今天所看到的天和地才算真正形成。

后来,恩利鲁找到了一位十分美丽女神,名叫宁里尔。恩利鲁被宁里尔美丽的外表所吸引,马上提出要与她结合,女神答应了他的请求。这样,世界上第二桩婚姻产生了。不

**幼发拉底河**

幼发拉底河两岸曾一度被沟渠分割为块田。在人类没被创造出来之前，开发幼发拉底河的工作是由一些天神做的。

久后，宁里尔生下了月神纳那和许许多多的星辰。

月神纳那光亮无比，每当夜晚降临的时候，他都会在天空中游历，和兄弟姐妹们一起把无限温柔皎洁的光亮洒向大地。后来，月神和一位名叫南卡尔的女神结合，生下了一位新的天神——太阳神乌多。

乌多的神力比他的父亲更加强大，因为他所发出的光亮要比月神纳那耀眼得多。太阳神非常顽皮，缠着父亲要和他一起巡游世界。月神纳那拗不过儿子，只得答应他的请求。不过，为了让太阳神乌多能够独立生活，月神决定每天让他先出发，然后自己尾随其后。这样做得目的一是为了保护乌多的安全；二是怕乌多闯下什么大祸。

每天清晨的时候，太阳神乌多都会从东方升起，向西方飞去。当傍晚来临的时候，乌多将会落下山去，而他的父亲月神纳那则会从东方升起。

越来越多的天神产生了，世界也变得越来越热闹了。为了防止骚乱，天神恩利鲁和他的母亲大地母神启制定了一系列的规矩，每一位天神都要遵守。就这样，世界上的星星都有了自己特定的轨迹。

恩利鲁是个十分孝顺的孩子，为了不让母亲寂寞，他给大地带去了生机。他创造了各种花草树木，又创造了具有生命的飞禽走兽。启神再也不会觉得寂寞了，因为有那么多的生物陪她解闷。世界因为恩利鲁和所有天神的努力变得丰富多彩，天神们和大地上的生物相处得十分融洽，一个崭新的时代开始了。

在最初的一段时间里，天神们生活得非常开心，因为恩利鲁神没有停止造化之功。他先后创造出了植物神乌图、谷物神伊十南和畜牧神哈尔等天神。

烦心事很快就来了。虽然植物神乌图、谷物神伊十南和畜牧神哈尔不断地努力，但是因为天神的数量太多，所以他们创造出的那点食物根本不够享用的。没办法，天神们只好自己动手。天神们开始抱怨，牢骚，想要摆脱这些繁重的工作。于是，他们一起来到了智慧和水神恩基的住所，希望从他那里得到帮助。

恩基倒是吃得饱，睡得着，根本没把这事放在心上。当众神来到他的府邸时，他居然还在睡觉。恩基的母亲南马赫女神走到他的跟前说："亲爱的儿子，快起来吧！所有天神都来到这里了！他们需要你的帮助。"

恩基不情愿地睁开眼，问道："到底是什么事啊？"

当他得知事情的真相后，也觉得应该为天神们做点什么。他想了想，对母亲说："母亲，我到有个办法。不如我们造出一些新的生命来，可以为我们服务，送上食物。我打算管这些新的生命叫作'人类'。"

南玛赫觉得儿子的建议非常好，就一口答应了。不过问题又来了，怎么才能创造出人类呢？用什么东西创造人类呢？

恩基笑了笑，神秘地对母亲说："我们不能像创造天神那样创造人类，因为那会使人类也具有法力。我要去深海的海底挖一些泥土，然后用他们来做材料。我会把生命的气息吹进泥土中，那样他们就会拥有生命了！当然，创造的具体工作还要您来做，因为您是知道的，我这个人笨手笨脚，说不定我捏出的人难看死了。"

就这样，最伟大的创造工作开始了。

所有的天神都聚集在了一起，他们为恩基母子举行了一个盛大的仪式。他们供奉最好的食物和美酒，给恩基和南马赫唱最美的赞歌，衷心祝愿他们能创造出一批优秀的仆人来。南马赫女神不负众望，很快就捏出了很多的泥人。当恩基把生命的气息吹进泥人时，他们活了，变成了人类的始祖。就这样，越来越多的人被创造出来了。

可是，当创造工作要结束时，恩基突然提出他也要捏几个泥人。恩基的手艺真的是太差了，他捏出了几对没有生殖器的男女，同时还捏出很多残疾的、畸形的人来。南马赫斥责恩基，因为他的任性，人类有了不可避免的灾难。

从那以后，世界上有了很多人类，不过其中有肢残者、盲人、聋人等残疾人，那些人都是由恩基天神捏成的。

## 人类和农牧的开始

天神安独自在宇宙中生活了很多年后创造出了很多天神。这些天神组合在一起，成为了美索不达米亚的众神集团——亚恩纳基。就这样，最初统治世界的天神全部出现了。

天神安在不停地创造，宇宙也没有停止对世界的改造。大地上出现了万物生灵的生命源泉、人类文明的发源地——底格里斯河以及幼发拉底河。后来，在这两条"母亲河"的周围，众神又开凿了很多运河，并在河两岸筑造了很多堤防。自那以后，整个苏美的国土有了自己模样，开始蓬勃发展。

一天，天上的众神们聚在了一起，商讨一下如何为这个已经井然有序的世界做点有意义的事。其中最有发言权的神包括天神安、大气之神恩利鲁、太阳神乌多以及水神恩基。

无处不在的、拥有无边法力的大气神恩利鲁首先发表了意见："万能的天神安，诸位宇宙的天神们，世界已经按照自己的意愿创造出了天和地，之后它又为生命的出现创造了底格里斯河和幼发拉底河这两条母亲河。如今该看我们的了，我们应该为这个神奇的世界做点什么，尽一下我们的义务，你们觉得怎么样？"

恩利鲁的提议马上得到响应，太阳神乌多对他说："伟大的恩利鲁啊！你所说的其实也是我们所想的！我觉得我们应该为那些人类做些事情，因为他们和我们一样有智慧。人类是地上生物的主宰，可以说是代替我们统治着大地。"

水神恩基马上接过乌多的话，说道："是的！人类已经出现了。你们还记得吗？在天和地的连接处有一座名叫尼布鲁斯的圣殿。这座圣殿就坐落于一处名叫乌斯姆拉的地方。很久以前，两位天神创造出了和我们一样的人类，然后把过去我们所做的一切工作都交给了他们。人类代表了我们的意志，代表了我们的形象，我们应该帮助他们，赐福给他们。"

众神都同意他的说法，水神恩基又接着说："人类是非常聪明的，更重要的是他们将来一定会懂得如何敬重我们。如今，人类还不知道如果通过开凿运河而把土地分开；在耕种时如何使用锄头等工具来挖地；如何用陷阱、绳索、笼子等工具来捕获猎物。同时，他们还不知道应该为我们建造很多住所。"

天神安打断了水神恩基的话，说道："是的！水神恩基说的一点都没错。"天神安顿了一顿，接着说道："人类慢慢地繁衍出了很多后代。不过，他们是居住在水里的。他们不知道世界上有一种美味叫面包，也不知道世界上有一种琼浆叫美酒。大地上没有大麦、谷物，更没有面粉。此外，人类生活的很辛苦，因为他们没有可以圈养的牛羊。因此，我们要帮助他们，使他们过上幸福的生活。我相信，我们亚恩纳基的土地通过他们的开垦，会使整个苏美的国土变得丰裕。就像水神恩基说的，人类一定不会忘记我们对他们的恩典，一定会对我们顶礼膜拜的。让我们为这个世界做出自己的贡献吧！"

众神对天神安的提议表示一致赞成，马上开始了各自的工作。最先做出贡献的是天神乌努神以及女神宁乌努神。这两位天神赋予了人类无穷的智慧，而且还教会了他们认识各种事物。

之后是调皮的亚鲁努女神。她可以用泥土捏出各种各样的东西来。为了让人类能够获得足够的猎物，亚鲁努首先给人类送去了羊。这样，成群的羊来到了苏美尔的土地上。人们知道这是天神赐给他们的礼物，就用栅栏把这些羊圈了起来，作为自己的家畜。接着，亚鲁努女神又创造出了诸如牛、鸡、鸭等其他家禽以及各种兽类、鸟类和鱼类。同时，她还带领着人们昼夜不停地在神殿里为天神们举行祭祀活动。

接下来是充满智慧的女神妮达法。她被天神们任命为人类的守护神。这是因为，妮达法女神掌管着人类最重要的农作物——谷子。更重要的是，她脑子里存有各种各样的人类所需的知识和学问。人类只有在她的庇护和保佑下，才能朝文明时代发展。

最后一个，也是十分重要的就是掌管农业的天神亚修南。他知道人类没有一种固定的食物，而且人类找到的那些野草、野菜之类的东西既难吃又没有营养。于是，亚修南赐给了人类大片的田园和草原，以供他们耕种和放牧。此外，为了能够提高耕种效率，天神亚修南还赐给人类很多耕种所必需的工具。

就这样，人类和农牧才从真正意义上开始了。天神们赋予农作物所需要的阳光、雨水，使所有的植物都繁荣地生长，人类获得了丰富的谷物和牛羊。后来，在亚鲁努女神的帮助下，

**牛头竖琴　苏美尔**

乌尔王陵墓出土，这是一件制作精美的苏美尔乐器，装饰有金制牛头。公牛象征着丰收和力量，表明这是一件用于宗教仪式的乐器。用天青石制成的成缕胡须，为这把竖琴增添了几分神圣感。

人类又开始用黏土建造家园。当然，这些人类并没有忘记天神们的恩惠，他们也为天神们建造了很多住所，并不时地献上他们的祭祀。

从此，世界变得越来越美丽有序，人们的生活也越来越幸福。

## 伊南娜·多姆基的神话

伊南娜·多姆基，金星神，太阳神乌多的女儿，多姆基的妻子。她掌管着美丽、爱情、富饶以及生产。伊南娜生性活泼，脑子里总是冒出一些奇怪的想法。有一天，伊南娜突然想去由她姐姐亚莉修姬达鲁统治的地界去玩一圈。于是，她马上着手准备。

按照天界的规定，天神是不能随便到地界去的。如果非要去，则必须到人间各个神殿毁掉自己的神像，放弃自己女神的地位。伊南娜为了满足自己的好奇心，就到乌鲁克、沙巴拉姆、亚达布、尼布鲁等地把自己的神像拿走了。之后，她穿上漂亮的衣服，戴上各种华美的首饰，做好了去往地界的准备。

不过，伊南娜女神并不糊涂，对闯入地界也是心存顾虑的。于是，她对自己的女仆修布鲁女神说："你是我最忠实的仆人，我对你的忠心十分清楚。现在，我要去往地界，到那里去看一看。不过我担心会在那里受到屈辱，因此我希望我走之后，你到天神恩利鲁、南纳鲁以及恩基那里为我祈求保护。你要好言相求，求他们保佑我在地界平安。"说完，伊南娜转身离去。

**伊南娜神庙里的还愿像**

伊南娜是美丽、爱情、丰饶及生产之神，也是战神。作为战神，她以男人形象出现，凶狠残暴、嗜血好斗。作为美爱之神，则是窈窕迷人的女人形象。

当伊南娜来到地界入口时，碰到了守门人尼帝。他很客气地对她说："尊敬的伊南娜女神，您到这里来有何贵干？"调皮的伊南娜回答道："哦！没什么，只是过来看看！请把大门打开吧。"

尼帝一脸为难地说："对不起，尊敬的女神。这里是由您的姐姐亚莉修姬达鲁女王统治的。我知道您想去地界，不过我没有权利放您过去。我必须要向女王通报，只有她批准了，您才能从这里通过。"伊南娜知道姐姐一向和自己不合，不过如今有求于她，也就不得不答应。

亚莉修姬达鲁得知伊南娜来到地界，恨得牙根痒痒，恶狠狠地对尼帝说："好！谁叫她是我妹妹呢！你就放她过去。不过，你是知道的尼帝，地界的大门共有七道。当伊南娜通过每道门的时候，你都要摘去她身上的一件饰物或衣服。等到她走过第七道门时，你要让她赤身裸体。"守门人听后很是害怕，刚想争辩，只见亚莉修姬达鲁脸色一沉，说道："还不快去，这是地界的规矩，所有人都是赤裸裸地来到这里的。"守门人见女王主意已定，只得领命而去。

□古罗马神话彩图馆

**豹蛇斗器皿**
古代两河流域在雕刻艺术方面有许多代表作。如乌尔王陵出土的金盔、金牛头木琴及豹蛇斗器皿。神话中的豹或狮是战神伊南娜的象征。

伊南娜听到姐姐允许自己通过地界之门，高兴地差点飞起来，毫不犹豫地跟随守门人走进门内。不过，她的这股高兴劲很快就没了，因为守门人按照亚莉修姬达鲁吩咐，把她所有的饰物和衣服全部拿走了。伊南娜对守门人无礼地行为十分生气，大喊道："你疯了吗？你怎么可以这样对我呢？你看我现在已经是赤身裸体了。"守门人一脸无辜地说："对不起，这是规矩！所有的人都是一样的。"

伊南娜马上知道了是姐姐亚莉修姬达鲁捣的鬼，于是气汹汹地跑到姐姐的宫殿找她理论。不料，亚莉修姬达鲁女王却以伊南娜下地界没有充分的理由为借口，判定她有罪。愤怒的伊南娜大骂姐姐公报私仇，结果被恼羞成怒的亚莉修姬达鲁女王夺取灵魂，连尸体也被挂在宫殿的墙壁上。

修布鲁女神很快就知道了主人被害的消息，赶忙去找天神帮忙。可是，恩利鲁和南纳鲁都对伊南娜任性的做法感到生气，谁也不愿意搭救她。最后，还是水神恩基答应了修布鲁的请求。

恩基从自己的指甲缝中抠出一些污垢，然后把它们变成了两个人：一个叫克鲁卡奴拉，一个叫卡拉多鲁。接着，恩基把生命之能给了克鲁卡奴拉，把生命之水给了卡拉多鲁，并告诉他们想办法把这两样东西洒在伊南娜的尸体上。

克鲁卡奴拉和卡拉多鲁来到了亚莉修姬达鲁的宫殿，正赶上女王卧病在床。于是他们两个治好了女王的病。亚莉修姬达鲁为感谢他们的救命之恩，就答应把伊南娜的尸体还给他们。就这样，伊南娜终于找回了自己的灵魂，获得了新的生命。

不过，此时的伊南娜已经不是女神了，因为她自己放弃了神的地位。她请求克鲁卡奴拉和卡拉多鲁帮助她重新返回天界，成为受人尊敬的女神。克鲁卡奴拉和卡拉多鲁点了点头，对伊南娜说："伊南娜，你的要求可以实现，因为你本来就是天神。不过，当初是你自己放弃了女神的地位，如今要想回到天界，你怎么也要给众神一个交代吧！"

伊南娜听说有机会可以回到天界，毫不犹豫地回答说："好！你们说！只要能重做女神，你们提出什么条件我都愿意。"克鲁卡奴拉和卡拉多鲁微微一笑，说道："别那么痛快地答应，也许你做起来不是那么容易呢。如果想回天界，你必须找一个人代替你，做你的替身。只有他留在地界，你才能重返天界。"伊南娜满口答应了他们的要求。

三个人首先来到了伊南娜忠实的仆人修布鲁女神面前，克鲁卡奴拉和卡拉多鲁问道："你是选择修布鲁女神做你的替身吗？"伊南娜摇头说："不！她对我是那么忠诚，我怎么忍心牺牲她呢？"接着，他们又来到了夏拉神的面前，克鲁卡奴拉和卡拉多鲁问道："是这个人做你的替身吗？"伊南娜又摇头说："不！因为我的离去，你看她是多么伤心啊？我怎么忍心牺牲她呢？"就这样，他们走了很多地方，也没有找到一个合适的人选。

最后，他们来到了克拉布草原，看到了伊南娜的丈夫多姆基。伊南娜发现，她的离去非但没有使丈夫伤心，反而让他更加快活。女神气得火冒三丈，对克鲁卡奴拉和卡拉多鲁说："恩基神的使者，你们看，这个人是多么的无情无义啊！我决定让他做我的替身。"

后来，太阳神乌多因为可怜自己的女婿，就把他变成了一条蛇。可是即使这样，多姆基也没有逃脱厄运。最后，克鲁卡奴拉和卡拉多鲁在草原上找到了多姆基，把他带到了可怕的地界。多姆基永远留在了地界，受地狱女神亚莉修姬达鲁支配与管辖。

# 吉尔甘尼斯的故事

人类和农牧的时代已经开始了，在很长一段时间里，整个世界呈现出一片繁荣的景象。有一年，幼发拉底河畔长出一棵柳树。在幼发拉底河的孕育下，这棵平凡的小柳树茁壮成长，变成一棵参天大树。可惜好景不长，一天，狂风暴雨在幼发拉底河的上空肆虐，无情的大风一次次从柳树的身上掠过，最后把它连根拔起。大雨使幼发拉底河暴发了洪水，而那棵可怜的柳树则漂流在河面上。

一天，女神伊南娜来到幼发拉底河畔游玩，发现了这棵柳树。伊南娜心想："多漂亮的柳树啊！让它漂在河面上简直太可惜了。看！它的木质是那么好，如果再长大一点的话，完全可以做一把漂亮的椅子和一张结实的床架。"想到这，女神施展法力，把这棵柳树移到了自己神殿所在地乌鲁克，并把它种在自己培育各种花草树木的圣园里。

因为这个柳树已经有了特定的用途，所以受到了女神伊南娜特别的照顾。伊南娜每天都会亲自给它浇水、施肥、除草，希望能够早一天得到心中理想的椅子和床架。也许，因为女神的眷顾，柳树也沾上了很多灵气。随着柳树的不断成长，也招来了很多邻居和它为伴。

第一位邻居是一对鹫鸟夫妇。它们在这棵柳树的树梢上安了家，把这里作为它们的安乐窝。第二位邻居是毒蛇一家。它们在树根底下挖了个很大的洞穴，把那里作为它们的安身之处。最后一个邻居是远在沙漠的魔女莉妮多。她到这里来的原因是想离开荒凉枯燥的沙漠。

当女神伊南娜想要砍伐掉这棵柳树时，发现了这些"可爱"的邻居。她知道，凭借自己的力量是根本不可能办到的。于是，女神四处求助，希望有人能够帮她完成这个心愿。可是伊南娜求了一圈，居然没有一个人愿意站出来。正当伊南娜犯愁时，乌鲁克城的首领吉尔甘尼斯得知了这件事，马上披盔戴甲，手持利斧来到女神面前，表明愿意帮助她砍伐这棵柳树。

女神对吉尔甘尼斯的到来表示欢迎，马上允许他进行这项工作。于是，吉尔甘尼斯挥动起巨大的利斧，不一会就把这棵柳树砍倒了。至于那些倒霉的邻居，则只能四散奔逃，

**爱情、美丽与丰饶之神伊南娜**
两河流域的人非常喜爱爱神伊南娜，他们常常去伊南娜神庙乞求女神保佑他们的神圣爱情与婚姻。

□ 古罗马神话彩图馆

**苏美尔项链**
这条美丽的苏美尔项链可以追述到公元前2600～前2400年之间，具有独特的圆筒印章式风格。苏美尔人喜欢将印章做成首饰佩带在身上。在神话中，伊南娜女神被迫逐步脱下她戴的首饰，才能通过地狱七重门。

另寻他处。女神非常感激吉尔甘尼斯，为了表示感谢，她挑出树上的一部分枝权送给了吉尔甘尼斯，告诉他可以用这些东西制作一个布克（一种大鼓）和密克（打鼓棒）。吉尔甘尼斯高兴地接受了女神的礼物。

吉尔甘尼斯回到了乌鲁克城，用那些枝权制成了布克和密克。他召集了全城的所有年轻人，举行了一场盛大的宴会。宴会过后，所有的人都沉浸在欢乐之中。人们互相传递布克和密克，谁都想尝试一下敲神鼓的滋味。也许是他们的欢呼声惊动了地界，大地突然裂出了一条巨大的缝隙。可是人们此时太过兴奋了，根本没有留意可怕的危险。最终，由于一个年轻人的失手，布克和密克掉入了地界。

吉尔甘尼斯对失去女神赐予的神物十分伤心，悲伤地说："天啊！都怪我，我不该拿出女神的圣物在众人面前炫耀。如今，因为我的过失，布克和密克再也不能回到我的身边了。"

这时，吉尔甘尼斯最好的朋友，也是他最得力的助手恩基多说道："亲爱的吉尔甘尼斯，请不要如此责怪自己，事已至此，还能有什么办法呢？"

没想到，吉尔甘尼斯居然大哭起来，他叫喊着："谁能帮帮我啊？谁能帮我从那黑暗的地界取回布克和密克呢？我看是没有人了，所有人都是那么地懦弱，包括我自己。"

恩基多看到吉尔甘尼斯如此伤心，就对他说："我的朋友，我的主人，请不要再这样下去了，不要在发出如此的叹息了。我，恩基多，您的朋友、仆人愿意为您效劳，前往黑暗的地界，替您拿回布克和密克。"

听了恩基多的话，吉尔甘尼斯破涕为笑："谢谢你，恩基多，你是我最好的朋友。不过在下地界之前，我有几件事要跟你说，你一定要听仔细，而且要牢牢记住：首先，黑暗的地界是不喜欢人间美好的事物的，所以你不能穿华丽的衣服，更不能往身上涂上好的香油；其次，地界的天神不喜欢有敌意的人，所以你不能带任何武器，就连拐杖也不行。同时你也不能穿拖鞋；第三，你不能和你家人有任何的联系，不管是你的孩子还是你的妻子。最重要的是，地界的天神不喜欢被人打扰，你绝对不要在地界大声喧哗，更不要看尼亚斯神母亲的身影。"

恩基多虽然点头称是，但根本没往心里去，心想："哪有那么多麻烦啊？我只是去一下，很快就会回来的。"就这样，粗心的恩基多来到了地界。由于他没有按照吉尔甘尼斯的嘱咐去做，所以触怒了地界的众神，被抓了起来，永远不能返回人间。

吉尔甘尼斯为失去恩基多放声大哭，后悔让他去冒险。他来到大气之神恩利鲁的神像前祈祷，希望他能让恩基多返回人间。可是恩利鲁对他和恩基多的做法十分生气，所以根本没有理睬他。没办法，吉尔甘尼斯又来到水神恩基的神像前祈祷，希望能得到他的帮助。

恩基被吉尔甘尼斯的诚意打动了，决定帮助他。

恩基知道，凭自己的力量是办不成这件事的。于是，他亲自前往太阳神乌多的住所，求他帮忙。因为乌多是地界女王亚莉修姬达鲁的父亲。乌多同意了恩基的要求，但他能做的只是让恩基多的影子从地界出来，至于恩基多的肉身必须还留在地界。无奈，吉尔甘尼斯只得同意。

乌多在地界上挖了一个洞，恩基多的影子从洞中爬了出来。吉尔甘尼斯为能够再一次见到朋友非常高兴，而恩基多则把自己在地界的所见所闻一一告诉了吉尔甘尼斯。

## 伊修达鲁·丹姆斯的神话

地界，一个可怕的地方，一个被称为黑暗之家的地方，那里居住的是死人的亡魂。在通往地界的大门口，竖立着一块大木牌，上面写着：所有从这里走进去的人将永远不能回头。

天神和凡人都知道，如果谁走进了地界，那么他享受光明的权利从那一刻起就被剥夺了，因为地界是没有一丝光亮的。如果有谁想从那里返回人间，那更加是异想天开，脾气暴躁的地界统治者亚莉修姬达鲁女神坚决不会允许这种事情发生。

一天，月神欣的女儿、亚莉修姬达鲁女神的妹妹伊修达鲁女神来到了通往地界的大门前，笑呵呵地对守门人说："亲爱的守门人，你辛苦了！为我打开这座大门好吗？我想去地界看一看，请不要问我为什么，即使你问了我也不会回答。"

守门人知道眼前这位女子的来历，不敢怠慢，赶忙解释道："尊敬的伊修达鲁女神，我很乐意为您效劳。不过，地界是有规定的，如果天神想进入地界，必须得到亚莉修姬达鲁女王的允许。如果您没有女王的允许，我是不能放您进去的。"

其实，伊修达鲁到这里来根本没有告诉任何人，更不会通知她的姐姐，因为她知道姐姐一直不喜欢她。她不过是想来地界玩玩。于是伊修达鲁假装生气地说："什么？你知道我是谁吗？难道连我都得要吗？识相点！要不我就把门砸烂！"

守门人知道这位调皮的女神什么都做得出来，心中十分害怕。没办法，他只能对伊修达鲁说："请您等一等好吗？我马上就去向尊贵的亚莉修姬达鲁女王请示。"说完，守门人转身来到了女王的宫殿。

亚莉修姬达鲁听到警卫的描述后大发雷霆，怒吼道："她以为她是谁？她以为这里是什么地方？难道说我统治的地界就容她如此放肆吗？马上把她给我赶走。"

突然，亚莉修姬达鲁又叫住了守门人，一脸狡猾地说："等

**地狱门前的伊修达鲁女神**
这是她在第七重门前的形像，她已经脱下了首饰及外层的衣服。如果她想进入第七重门，必须脱光全部衣服。

251

**地狱精灵帕鲁鲁头像**

精灵帕鲁鲁通常被描绘成狗头蛇身的样子。尽管他是作为冥界精灵而出现的，但是女人们常把刻有他头像的项坠戴在孩子的身上，以保佑孩子平安。同时帕鲁鲁也是帮助女神逃离地界的十四位精灵之一。

等！好吧！你可以让她进入地界，不过必须穿过那七道门，而且我们地界一向都是最公正的，尽管她是我的妹妹，但一样要遵守地界的规定。知道了吗？"守门人领命后，回到了地界门口。

伊修达鲁迫不及待地问道："怎么样？我姐姐同意了吗？"守门人回答说："是的！女王同意了，不过她还说您也必须遵守古老的规矩。""规矩？什么规矩？"伊修达鲁疑惑地问。守门人没有直接回答，只是神秘地说："您马上就会知道了。"是的，伊修达鲁马上就知道了可恶的规矩。原来，不管是天神还是凡人，如果想进入地界，都必须除去身上所有的衣服和饰物。就这样，赤身裸体的伊修达鲁被带到亚莉修姬达鲁女王的面前。

亚莉修姬达鲁傲慢地问道："伊修达鲁，我亲爱的妹妹。你来到我这可怕的地界做什么啊？是不是要搞什么阴谋诡计啊？"伊修达鲁赶忙回答："不，亲爱的姐姐！我来这里只是好奇，根本没有什么其他想法。"亚莉修姬达鲁露出了凶相，恶狠狠地说："你当我是三岁小孩子吗？你觉得这些话我会相信吗？告诉你，你已经犯了擅闯地界罪，必须受到应有的惩罚。"女王向两边看了看，然后说道："南牧达鲁，我的侍从，去把这位可爱的女神关进地界的监牢里。还有，要好好关照她，让那六十个可怕的恶灵来侍奉她。那样的话，她身体所有的部位都将受到疾病的侵蚀。"

就这样，伊修达鲁被囚禁在地界，并且被六十个恶灵折磨得奄奄一息。由于伊修达鲁的离去，人间从此不再有繁衍的迹象，不管是动物还是植物。同时，由于伊修达鲁身体虚弱，导致地上所有的植物和动物都失去了活力。整个世界都失去了生机。

天界的众神为这件事十分头疼，可又没有办法。因为谁都知道地界女王亚莉修姬达鲁是个不好惹的家伙。最后，大家来到智慧之神耶亚面前，希望他能想办法救出伊修达鲁。

耶亚神很愿意帮助他们。他想了一会，变出了使者阿斯亚士修纳米路。耶亚对天使说："去吧！阿斯亚士修纳米路，你肩负着我和众神的使命。你要去往黑暗的地界，那里的七道大门将会为你敞开。"阿斯亚士修纳米路点了点头，表示愿意接受。他问道："伟大的智慧神，我应该怎么做呢？"耶亚回答说："你的任务是从亚莉修姬达鲁手中救出女神伊修达鲁。女王会因为你的到来感到高兴，你要对她念出众神的名字，那样她的心情就会愉快。你要求喝她的'生命之水'，女王一定会拒绝的，不过你可以施展我的法力，让她接受。最后，你把生命之水浇在伊修达鲁的身上。这样她就得救了。"

一切都像耶亚所想的那样，当亚莉修姬达鲁女王对阿斯亚士修纳米路的到来确实很高兴，不过当听说使者要喝她的生命之水时，却愤怒地说道："你怎么能忘记自己的身份？你怎么能说出如此破格的话呢？我会给你恶毒的诅咒的。"这时，阿斯亚士修纳米路施展智慧神的法力，控制了女王的思想，使她产生了想要释放伊修达鲁的想法。于是，她命令南牧达鲁把伊修达鲁从牢房中带出来,并且赶走附在她身上的六十个恶灵,然后把可怜的伊修达鲁女神交给了阿斯亚士修纳米路。

最后,生命之水终于被浇到伊修达鲁的身上,女神也得以重返天庭。

## 阿托拉·哈希斯神话

最初,世界虽然被创造出来,但是大地上并没有人类居住。那时候,世界上所有的工作都是由众神来承担的。开始的时候,每位天神还都能任劳任怨、专心做自己的工作,可时间一长,很多神对这些枯燥无味而且永无休止地工作感到厌倦。最先挑起事端的是大气之神恩利鲁的儿子们。

恩利鲁的儿子们被亚奴天神派去做一些挖掘和搬运工作,已经整整做了四十多年了。这天,他们终于忍受不了这种辛苦的工作。一位天神扔掉了自己的工具,大声骂道:"我们是天神,而且还是恩利鲁的儿子。我们是应该受到所有生物顶礼膜拜的,怎么可以做这些粗重的活呢?这是对神的亵渎,我不干了。"话音刚落,就有很多人跟着响应。在他的煽动下,他们把挖掘和搬运的工具烧掉,气势汹汹地来找他们的父亲恩利鲁,并包围了宫殿。

此时的恩利鲁并不知道危险已经降临,正躺在自己舒适的大床上睡觉。突然,鲁斯科跑了进来,慌张地喊道:"尊敬的恩利鲁,快醒醒吧!出大事了!"恩利鲁睁开睡眼,很不满地问道:"慌什么?怎么了?是什么事让我们一向镇定的鲁斯科如此慌张?"

鲁斯科赶忙回答说:"不好了,一群愤怒的天神包围了您的宫殿。""啊!"恩利鲁马上从床上爬了起来,大声问道:"快去看看,是怎么回事?是谁这么大的胆子?"鲁斯科看到恩利鲁慌张的表情心中暗笑,不紧不忙地说:"不过您不用担心,因为围住宫殿的是您的儿子。"

听到是自己的儿子包围了宫殿,恩利鲁又恢复了以往的尊严,慢条斯理地说:"不用担心,他们不敢乱来的。这样吧,鲁斯科,你去把亚奴神、恩基神等所有亚恩纳基的成员都叫来,一起商讨一下对策。"

恩利鲁的宫殿里灯火通明,所有的天神都集聚在一起。天神亚奴首先发话:"我现在唯一关心的,是他们为什么要包围恩利鲁的宫殿,是什么原因使他们如此愤怒。"这时,鲁斯科自告奋勇,对亚奴说:"伟大的亚奴神啊!请您把这个任务交给我吧!我愿意为您去打探消息。"亚奴神同意了他的要求。

不久,鲁斯科从外面回来了。他对亚奴和众神说:"我已经知道了原因,这些天神是因为

**水神恩基的眺望**

在这块公元前3000年的石头上,苏美尔人雕刻了水神恩基的像,他处于一群动物中间,向远处眺望。其含义或许表明了水神恩基与大地生物之间的亲密关系,这是其他天神所没有的。

**刻有史诗的泥版**

世界上最早的英雄叙事诗《吉尔伽美什》中记载了一次大洪水。这是残留的史诗泥版，记载的就是这次大洪水的神话。据史学家考证在希腊文化之前，存在着东方文化时期。此时期，美索不达米亚文明传入希腊半岛，其中包括两河流域的创世神话，挪亚方舟的故事即从阿托拉故事中衍生。

不能再忍受那些无聊的、枯燥的、没有尽头的工作才会做出这种事来的。"刚说完，脾气暴躁的恩利鲁大喊道："这帮小混蛋，这是想要造反，应该好好收拾他们。伟大的亚奴神，请您惩罚他们吧，让他们永远从这个世界上消失掉。"

可是，亚努神却摇了摇头，说："你怎么可以这么说呢？难道出现今天这种局面我们就没有一点责任吗？是的！他们说的没错，那些枯燥的工作是不应该由天神来做的。"恩利鲁一脸不高兴，嘟囔道："天神们不做由谁来做？难道还有什么拥有和我们一样的智慧？"

这时，水神恩基在旁边说："我倒是有个办法。我们可以按照我们的样子创造出一种新的生物，就把他们叫作人类吧。我们赐予他们智慧，给他们力量，让他们代替我们的工作。"恩基的提议马上得到众神的响应，纷纷表示赞同。当然，除了天神恩利鲁以外。

就这样，人类被创造出来了。他们拥有强壮的体魄、灵巧的双手，更重要的是，他们拥有其他生物所没有的东西——智慧。从那以后，世界上所有的工作都交给了人类，天神们终于可以休息了。

好景不长，天神们开始的时候对这种舒适的生活十分满意，可时间一长，他们开始厌烦人类的所作所为，嫌他们太过吵闹了。于是，天神恩利鲁召集了一大批神，商讨如何给人类一点颜色。恩利鲁气势汹汹地说："诸位！你们都看到了！人类是多么的讨厌啊！他们不停的工作、交谈、争斗，搞得连天界都不得安宁。是时候了！该给他们点颜色看看了！"

恩基神一直以来对人类都很照顾，如今听到恩利鲁要惩罚人类，慌忙劝道："尊敬的恩利鲁天神，你是高高在上的，何必和那些渺小的人类过不去呢？"

恩利鲁才不吃他这一套，反驳道："是吗？那你有什么办法能让那些人类安静下来呢？不要再说了，我已经决定了。"恩基吃了闭门羹，也不好再说什么。恩利鲁见最大的障碍已经铲除了，继续说道："七天之后，我会让大洪水冲刷整个大地，所有的人类都将会在这场灾难中死亡。这是我的决定，任何人都不能改变。"说完还狠狠地瞪了恩基神一眼。

恩基神对恩利鲁的做法十分不满，可又不能劝说他。不过，明的不行，就来暗的。一天晚上，恩基托梦给自己忠实的信徒阿托拉·哈希斯，对他说："我最忠实的仆人，你要仔细听我的话。由于你们人类的过错，天上的恩利鲁神要惩罚你们。七天以后，无尽的洪水将从天而降，所有的生物将在这场灾难中死亡。"恩基顿了一下，接着说："不过，你是最纯洁的人，我会救你的。你要把你这件芦草盖的房子拆掉，用那些材料作一艘大船。然后，你要在船上建造一个大的舱，并用沥青固定。接下来，你把所有种类的生物一公一母都放进船里，记住你们家族的所有人都不能落下。时间不多了，抓紧办吧！"

阿托拉·哈希斯从梦中醒来，马上按照恩基神的旨意去办。果然，七天之后洪水从天而降，地上所有的人类都消失了，只有阿托拉·哈希斯一家幸免。

后来，天神亚奴介入了此事。他认为恩利鲁神的做法有些过激，不过幸亏恩基神的帮助，否则这个世界真的没有人类了。恩利鲁也觉得自己的做法有些过分，于是他去找多女神宁多，让她帮助人类繁衍后代。从那以后，新一代的人类逐渐出现在地球上的每个角落。

## 亚达巴的神话

很久很久以前，居住在耶里多市的天神是被人们称为智慧和水之神的耶亚。耶亚虽然居住在人间，但是一样拥有无穷的法力。起初，耶亚神是一个人住在耶里多市的，时间一长，渐渐地感觉很孤独。于是，耶亚神施展法力，创造出了一个人作为他的儿子，并给他取名为亚达巴。

亚达巴备受耶亚神的宠爱，从他那里学到了很多生存的技巧，而且还拥有了最有力的武器——智慧。不过，耶亚神虽然喜欢这个儿子，但并不想让他也成为天神，所以一直没有赋予他神力。当然，亚达巴并不知道真相，他每天都在耶亚神殿前的大海中捕鱼，然后把大部分的鱼都贡献给耶亚神。

一天，亚巴达像往常一样驾驶着帆船出海捕鱼。突然，一阵猛烈的南风从海面上掠过。由于亚巴达的船帆年久失修，所以被大风吹折，就连船也被掀翻。亚巴达落入了大海中，成了狼狈的落汤鸡。

耶亚神的儿子十分生气，心里暗暗诅咒南风："你这可恶的南风，仗着你有一双鸟一样的翅膀，居然胆敢欺负我亚巴达。我要诅咒你，因为你的行为太过无礼。从现在开始，你那无形的翅膀将会折断，你再也不能像以前那样在天空中飞翔了。"

可怜的南风失去了翅膀，耶利多市的海面上再也没有刮起大风。亚巴达感到非常满意。但他不知道，一场祸事马上就要降临到他的头上。

原来，南风的主人就是最高天神亚奴。这天，亚奴问自己的侍从、巨人伊拉布拉特："我的仆人，为什么这几天我总感觉有些不对劲呢？"

伊拉布拉特深施一礼，回答说："我尊敬的主人，究竟是什么事让您那么苦恼呢？请您告诉我，也许我能帮助您。"

亚奴紧锁双眉，说："真是奇怪，都已经七天了，为什么南风一直没有再刮起来？难道出了什么事吗？"

伊拉布拉特回答道："伟大的亚奴神，这件事我知道。居住在耶里多市的耶亚神有一个儿子名叫亚巴达，是他诅咒了南风，使它失去了鸟一样的翅膀。"

亚奴听后十分震怒，说道："可恶的家伙，渺小的凡人，他怎么敢这样做？我一定要让他吃点苦头，让他得到应有的惩罚。我要派使者把他带来，让他承受因为触怒我而获得的灾难。"

耶亚神很快就知道了亚奴神的命令。他害怕失去爱子亚巴达，就对他说："傻孩子，你看你都做了什么？你怎么可以贸然地诅咒南风呢？现在最高天神亚奴神已经知道了这件事，他还十分愤怒，说一定要让你得到应有的惩罚。"

亚巴达非常害怕，赶忙祈求自己的父神："伟大的智慧之神耶亚，我的父亲，我知道自己当初太鲁莽。可是，事情已经做出来了，后悔也来不及了。请您帮帮我，因为我是您的儿子啊！"

耶亚神对亚巴达的认错态度还算满意，轻声对他说："别怕，我有办法让你躲过亚奴神的惩罚。在亚奴神的使者到来之前，你要脱去现在的衣服，换上一身丧服，表示你在服丧。"亚巴达刚想插话，耶亚神马上又打断了他，继续说道："别多嘴！放心，亚奴神的使者是不会有什么疑问的，倒是亚奴神宫殿门口的塔姆斯神和基斯济达神会问你为什么要穿丧服。那时你要装作不认识他们，然后回答说，是为了耶里多市和整个国家失去塔姆斯神和基斯济达神这两位贤明的天神而穿上丧服的。这样一来，他们会非常高兴，一定能帮助你渡过难关。"亚巴达赶忙表示已经牢记了父亲的话。

但耶亚神并不希望自己的儿子亚巴达成为天神，所以他又补充道："当亚奴神撤销对你的惩罚时，他还会试探你是不是真的悔过了。他会拿出可怕的死亡面包，记住你不能吃；他还会拿出死亡之水，记住你也不能喝；他也许会拿出天神的衣服，记住你也不能穿；他也有可能拿出天上的神油，记住你更不能要。总之，亚奴神赐给你的一切你都不能接受，否则你将失去性命。"亚巴达牢记了耶亚神的话。

不久后，亚奴神的使者就把亚巴达带到了天上。亚巴达果然在亚奴神宫殿的大门口遇到了两位天神。他们很奇怪地问亚巴达为什么要穿丧服。亚巴达心想："这两个人一定就是父亲口中的塔姆斯神和基斯济达神。"于是，他低着头回答说："因为耶里多市和整个国家失去塔姆斯神和基斯济达神这两位贤明的天神，我感到很悲伤，所以穿上了丧服。"塔姆斯神和基斯济达神非常高兴，心中暗想一定要帮帮这个有孝心年轻人。

亚巴达来到了亚奴神的面前，跪倒在地。亚奴神阴沉着脸，问道："你就是亚巴达吗？你为什么要折断南风的翅膀呢？"

亚巴达一脸无辜地说："对不起，伟大的亚奴神。我所做的一切其实都是为了我的父亲，我的主人天神耶亚，因为我要捕捉好多鱼献给他。南风吹翻了我的船，使我不能给耶亚神送去海里的鱼，因此我才诅咒了他。"

这时，塔姆斯神和基斯济达神也趁机说好话，这个说亚巴达如何如何有孝心，那个说南风如何如何不对。最后，亚奴神也被他们说动了心，觉得贸然把亚巴达带

**人面有翼公牛像**
这尊具有人的头像、长着翅膀的巨大公牛，于公元前710年由亚述国王萨尔贡二世建造，用来守卫在雄伟的王宫门口。

到天界是错误的。于是，亚奴决定给这个可爱的小伙子一点补偿。

亚奴神先拿出了可以长生不老的生命食物，但是亚巴达没有要；接着他又拿出了生命之水，亚巴达依然没有要；亚奴神又拿出了天神的衣服，可亚巴达没有穿；最后亚奴神拿出了拥有神力的香油，但亚巴达依然拒绝了他的好意。

亚奴神感到很奇怪，就问亚巴达："亲爱的孩子，这些东西可以使你成为天神，你为什么要拒绝它们呢？"亚巴达说："是我的主人让我这么做的。"亚奴神很快就明白了耶亚的用意。他没有拆穿他的诡计，而是把亚巴达放回到了人间。不过作为奖励，亚奴神赐给了亚巴达很多福，让他可以从耶亚神那里获得别人没有的特殊权利。

## 耶达纳神话

恩利鲁天神用可怕的洪水惩罚了人类。事过之后，他也对自己的行为感到后悔。于是，恩利鲁召集所有的天神商量，准备为人类建一座坚固的城市。天神对恩利鲁的提议表示赞同。就这样，人类第一座城市——基修城建成了。

很多年过去了，居住在基修城的人类的数量已经增长了许多。渐渐地，人们之间开始出现矛盾、争吵甚至斗殴，秩序越来越乱。天神们决定为人类选一个领袖。于是，亚奴神找到了伊修达鲁女神，让她在基修城内选出一位国王。最后，伊修达鲁选中了一个名叫耶达纳的聪明牧人，把王冠和王座赐给了他。

**众神像金项链**

这条金项链呈左右对称，最中间的大坠饰代表太阳神，太阳神两边刻有花饰的代表女神伊南娜。月牙形的代表月神，交叉闪电状的是大气神。

耶达纳没有辜负众神的期望，把基修城治理的很好。不过，身为国王的他也有自己的烦恼。那就是虽然他有一个美丽温柔的王后，但是多年以来王后一直没有给他生个孩子。耶达纳非常苦恼，为了能够有一个继承人，他举行了盛大的祭祀活动，向伟大仁慈的太阳神夏马修求助。

太阳神夏马修被耶达纳的诚信打动了，决定帮助这个国王。夏马修问他："说吧！耶达纳，我会帮助你的。虽然你是基修城的国王，但也是我太阳神的子民。你所提的要求我都会答应的。"耶达纳悲伤地说："伟大的太阳神啊！我的确需要您的帮助！您看，都已经好几年了，我依然没有一个孩子！您总不能眼睁睁地看着我后继无人吧！我听说天上有一种神奇的草药叫作'送子草'，您能告诉我怎么得到它吗？"

夏马修点了点头，说："其实很简单，你只要走出基修城，一直往北走。在翻越一座高山后，你会在一个洞穴里看见一只没有毛的鹫鸟，它会告诉你如何得到送子草的。"耶达纳听后千恩万谢，马上出城。

耶达纳费了很大的力气才翻过了那座高山，终于看到了太阳神所说的那只鹫鸟。鹫鸟

**大气神恩利鲁**
美索不达米亚神话中天界的管理者大气神或气候神恩利鲁，凭着一个雷槌与一个锯齿形的闪电棒，存在了9个世纪。

见到他非常高兴，说道："亲爱的国王，英明的耶达纳，是太阳神叫您来的吧！快救救我吧！"耶达纳回答说："你说的没错，是太阳神叫我来的。我可以救你，不过你必须答应我一个条件。"鹫鸟痛快地回答说："说吧说吧！只要我能做到的。"耶达纳走到它跟前说："我想要送子草。"鹫鸟脸上闪过一丝惊讶的表情，不过马上就消失了，然后严肃地说："只要你想好了，我会帮助你的。"

耶达纳把鹫鸟从洞穴中救了出来，还给他吃了些食物。看着鹫鸟狼吞虎咽的样子，耶达纳笑道："你家在哪里？"鹫鸟咽下了嘴里的食物，说："我的家？呵呵！基修城内有一座供奉太阳神的神殿，神殿后面有一个大树，我就住在那棵树上。"

耶达纳接着问："那你怎么会变成这个样子？"鹫鸟一脸哀伤地说："都怪我自己贪心。"于是，鹫鸟诉说起自己可怜的遭遇。

原来，鹫鸟确实住在太阳神神殿后面的那个树上。不过它是住在树梢上，在树底下，还住着他的邻居大蛇。开始的时候，蛇和鹫鸟的感情非常好。为了见证这段坚贞的友谊，他们两个来到太阳神的神像面前发了誓，宣称谁也不会破坏这段友谊，谁违反了誓言，就要受到惩罚。

一段时间过去了，蛇和鹫鸟都产下了自己的孩子。天下的母亲都是那么地辛苦，动物们也不例外。这两位母亲每天都外出打猎，哺育自己的孩子们。在母亲的精心照顾下，小蛇和小鹫鸟都长得非常快。

这一天，鹫鸟不想飞很远的地方捕猎。于是，它违背了誓言，把自己的朋友蛇的孩子们做了小鹫鸟的点心。蛇回到家后，发现孩子不见了，马上就明白是怎么回事。于是，它痛哭流涕，跑到太阳神夏马修那里告了鹫鸟一状，请求太阳神惩罚这个背信弃义的家伙。

夏马修对鹫鸟的做法也十分反感，于是他让蛇隐藏在一只死牛的肚子里。等鹫鸟来吃牛肉，就拔掉它所有的毛，并把它关进洞穴里。鹫鸟对自己的行为也很后悔，请求太阳神的宽恕。最后，太阳神答应了它的请求，告诉它有一天耶达纳会来救它的。

几天后，在耶达纳的照顾下，鹫鸟长出了失去的羽毛，恢复了原来的力量。这时，耶达纳再一次提出寻找送子草的事情。

鹫鸟点了点头，说："放心，我会帮助你完成心愿的，你先听听我的梦吧！"耶达纳对鹫鸟的做法很不满意，责怪它借故推辞。鹫鸟却装作没听见，继续说："昨天晚上我梦见我们两个去了天界。在那里我们看到了亚奴神、恩利鲁神、耶亚神、夏马修神等天神，并向他们恭敬地行礼。之后，我们来到了女神伊修达鲁的宫殿。我看到女神正端坐在一张华丽的王座上，一只威武的狮子躺在她的脚下。正当我注视那只狮子时，它却突然向我扑来，就这样我被吓醒了。"

耶达纳忍不住了，喊道："你被吓醒了还说什么？你能帮我做点什么啊？"鹫鸟赶忙说："你别着急啊！这个梦告诉我们，那个送子草就在女神的王座下面。"耶达纳一听有理，马上要求鹫鸟带他去天界。鹫鸟迟疑了一下，问道："你不怕吗？天界可是很高的。"耶达纳不屑地说："怕什么？我是基修城的国王，还不知道什么是怕呢？"鹫鸟看到耶达纳如此自信，只好说："好吧！你不怕就好！你骑到我的背上，抱紧我的脖子，我马上把你带上天界。"

就这样，鹫鸟驮着耶达纳飞上了天空。可是，在距离天界还有一半距离的时候，耶达纳害怕了，他请求鹫鸟把它带回地界，说他再也不想要什么送子草了。鹫鸟拗不过他，只得往下降落。突然，不知从何处刮来一股飓风，一下子把鹫鸟和耶达纳吹向了远方，再也没回来。

## 尼鲁卡路与亚莉修姬达鲁

整个世界被分成两个部分：天界由最高天神亚奴神掌管，而地界则由女神亚莉修姬达鲁统治。所有居住在地界的神都拥有很高的权利和地位，天界的众神在进入地界时都要向他们行礼，而且每年还要在特定的时间里派使者给地界送去食物。其实，亚奴神非常厌恶这个规矩，打算借个机会把它废除。

这一年，又到了该给地界送去食物的日子了，天神亚奴把众神召集在一起，说："尊敬的天神们，很多年以来，都是由我们派使者给地界送去食物的。但是我们是天神，是宇宙中最尊贵的。我觉得，这个规矩需要改一下，应该叫地界的神自己来取食物。"亚奴的提议得到众神的认可，于是他就派卡卡充当信使，前往地界。

信使卡卡通过了地界的七道大门，来到了地界女王亚莉修姬达鲁面前。女王对他很客气，笑呵呵地说："你好啊！亲爱的卡卡！很长时间没见了。亚奴神还好吗？恩利鲁神、耶亚神和其他众神都还好吗？"

卡卡深施一礼，回答道："谢谢女王的关心，天上的众神都非常快乐。"

亚莉修姬达鲁笑了笑，说："那就好！你这次是给我送食物来的吗？为什么我看不到那些东西呢？"

卡卡回答说："尊敬的亚莉修姬达鲁女神，我是奉最高天神亚奴的旨意来的。他让我转告您，从今年开始，天界将不再派使者给地界送食物，所有的事情都需要地界亲自去办。"

亚莉修姬达鲁脸上闪过了一丝不愉快，但很快就消失了。她依旧笑眯眯地说："好的！亲爱的卡卡！既然是最高天神亚奴的决定，我一定会服从的。"说完，她转过头，对身边的仆人南牧达鲁说："我最忠实的仆人，看来今年要辛苦你一趟了。"

南牧达鲁心计颇深，一向不苟言笑，冷冰冰地回答道："是，女王，我一定会完成您的使命。"就这样，南牧达鲁跟随着卡卡前往天界。

几天后，南牧达鲁回到了地界，把食物带了回来。他对亚莉修姬达鲁说："尊敬的地界女王，按照您的吩咐，我已经把食物带回来了。"

亚莉修姬达鲁冷笑着说："我的吩咐？哼！不如说是亚奴的主意。这帮可恶的家伙，居然敢这样对我。我一定要给他们点颜色看看。南牧达鲁！你在天界的时候有没有谁对你很不尊敬，你告诉我，我一定会夺走他的性命。"

这个问题可把南牧达鲁难住了，他虽然有心计，但当时只顾挑选食物，根本没留意谁尊敬不尊敬他。所以，南牧达鲁支支吾吾了半天也没回答上来。

亚莉修姬达鲁马上明白是怎么回事，接着说道："我知道你当时专心办事，肯定没有留意。不过，这口气我实在咽不下。这样，你再走一趟，到天界去看看，有没有谁敢对你不敬。"就这样，南牧达鲁再一次去往天界。

几天后，南牧达鲁面带怒色返回了地界，亚莉修姬达鲁知道他肯定带回了"好消息"，兴奋地问："南牧达鲁，肯定是谁惹你生气了？快告诉我，我替你出气。"

南牧达鲁余怒未消，恶狠狠地说："尊敬的女王陛下，所有的天神都对我非常的尊敬，只有耶亚神的儿子，可恶的战神尼鲁卡路对我不敬。他不仅瞧不起我，还说我是一个丑陋的没有感情的怪物。"

亚莉修姬达鲁也表现出一脸的愤慨，说："是的，他太可恶了，我将会夺去他的性命。"

**地狱精灵像**

与地狱女王亚莉修姬达鲁不同，地狱精灵往往是善良的，尽管他们狗面人身，有的还有四只翅膀帮助飞行。他们已不是死亡的象征，而具有了避免死亡与灾难的保护神意义。他们也是帮助尼鲁卡路的得力人选。

消息很快就传到了尼鲁卡路的耳朵里，他非常害怕。因为他知道，这个地界女王可是说得出做得出。于是，尼鲁卡路就跑到自己的父神耶亚神那里求助。

耶亚神生气地说："你这个孩子，怎么可以做出如此愚蠢的事呢？真应该让你受到惩罚。"不过，话虽这么说，但耶亚神还是很疼爱自己的孩子。他对尼鲁卡路说："你要自己去向亚莉修姬达鲁赔罪，我会派出十四个精灵跟随你，每当你通过地界的一道大门时，你都要留下两个精灵把守，这样的话地界之门就不会关闭，你也能返回天界。你要记住，你只能在地界待七天。"

这时，慌张的尼鲁卡路插嘴道："可是父亲，如果我见到了亚莉修姬达鲁，她会马上夺走我的性命的。"

耶亚神瞪了他一眼，骂道："没用的东西！你到了那里之后，要诚心诚意地道歉，不可有任何狂妄举动。如果她给你椅子，你不能坐；给你面包，你不能吃；给你美酒，你不能喝；给你清水，你不能洗，因为那样会要了你的命。还有，如果亚莉修姬达鲁在你面前脱衣服洗澡，你千万要把持住，否则后果不堪设想。"

尼鲁卡路亲自前往女神亚莉修姬达鲁的宫殿道歉，一切都和耶亚神所说的一样，七道大门、椅子、面包、美酒、清水，所有的问题尼鲁卡路都遇到了。不过他牢记了父亲的话，没有做出丝毫犯忌讳的事。亚莉修姬达鲁对尼鲁卡路的表现还算满意，笑着对他说："好吧！就算我接受了你的道歉，请原谅我刚才无礼的待客方式。现在我要沐浴更衣，然后再正式接受你的歉意。"

可怕的事情发生了，当亚莉修姬达鲁脱去外衣时，尼鲁卡路完全被她迷住了，一把上去就把地界女王抱在怀里。尼鲁卡路和亚莉修姬达鲁坠入了爱河。七天很快就过去了，尼鲁卡路必须返回天界。

尼鲁卡路的离去使亚莉修姬达鲁非常痛苦，她哭喊道："为什么啊？尼鲁卡路！你为什么要离开我啊？你知道，你对我是多么重要吗？"但是不管她怎么哭，尼鲁卡路也不会再回来。这时，南牧达鲁凑了过来，对女神说："女王，我有个办法。我愿意再去一趟天界，把尼鲁卡路接回来，如果他或是其他天神不肯，你就报复他们，把地界所有的死灵放出去，让世间的人类受尽苦难。"亚莉修姬达鲁破涕为笑，同意了他的建议。

天神们因为害怕亚莉修姬达鲁的威胁，只得同意让尼鲁卡路去往地界。从那以后，尼鲁卡路和亚莉修姬达鲁结为夫妻，生活得还算幸福。

## 德利比鲁的神话

在美索不达米亚神话中，天神们虽然高高在上，有着无边的法力，但是他们和凡人一样，也有喜怒哀乐等感情，有的天神甚至还很小心眼。风暴之神提修布的儿子，掌管农业丰收的丰饶之神德利比鲁就是一个十分小气的天神。

有一次，天上的众神和他开玩笑，说他在人间没有什么地位，根本没有人会把他放在眼里。德利比鲁对众神们的话非常生气。于是，他狠狠地对天神们说："是吗？真的如你们所说的那样吗？那好吧！那我就走，永远地离开这个鬼地方，你们将不会找到我。我倒是要看看，可怜的人类离开我到底能不能活？"说完就走了。

众神们被德利比鲁恶狠狠的话吓呆了，不过转念一想，德利比鲁的小气是出了名的，他说的不过是气话而已，过不了几天他就会回来的。

可是，天上的众神这次错了，德利比鲁果真一去不回。人间迎来了可怕的灾难，农作物不再生长，所有的植物都出现枯萎的现象，谷物收获的少得可怜。人类、动物以及一切有生命的东西都停止了繁衍，整个世界陷入了前所未有的恐慌。人们将自己仅有的一点食物和水作为贡品献给了天神，祈求他们把这可怕的灾难带走。

天神们为当初的一句戏言感到后悔，觉得不应该那么侮辱小气的德利比鲁。于是，所有的天神聚

**祭神仪式**
这是刻在雪花石膏花瓶上的装饰图案，描绘的是美索不达米亚先民在丰收季节向丰饶之神德利比鲁献上食物与美酒的情景。

集到了一起，商量如何找回德利比鲁，让大地重新获得生机。

德利比鲁的父亲，风暴雨神提修布首先发言："诸位天神们，你们要负一定的责任，明知道我的德利比鲁不喜欢开玩笑，为什么还要那么说他！"

一位天神笑嘻嘻地说："尊敬的提修布，我们知道错了。不过现在不是埋怨的时候，我们应该做的是找回您的儿子。"

太阳神说道："是啊！生气有什么用呢？只要德利比鲁能回来，我们愿意向他道歉。我看，还是先让我来试着寻找他吧。"说完，太阳神就唤来一只鹫，让它去远方寻找德利比鲁神。

过了很久，鹫回到了太阳神身边，但并没有带来什么好消息。这时，提修布又一次开口了："你们是不可能找到德利比鲁的。现在，我们只能依靠我的妻子、德利比鲁的母亲韩娜韩娜女神了。只有她知道如何找到我的儿子。"

提修布去求她，希望她能指点迷津。韩娜韩娜说："伟大的风暴神，亲爱的夫君，德利比鲁的父亲，我知道你也深爱着我们的儿子。不过，这次那可怜的孩子是真的生气了，我看什么人都不能把他找回来。"

提修布很是着急，说："我亲爱的妻子，伟大的韩娜韩娜女神，你难道不想再见到我们的儿子吗？一定有办法可以找到他的，而且这个办法只有你知道，请告诉我好吗？"

女神没有办法，只得对丈夫说："现在只有一个办法可以找回德利比鲁，那就是必须由他的父亲，你——风暴雨神提修布亲自去找。除此之外，根本就没有办法找回德利比鲁。"提修布听取了妻子的建议，飞向远方寻找德利比鲁。

提修布走遍了世界每个角落，也没有看到德利比鲁。这一天，风暴雨神发现了一座城堡。他想自己的儿子很可能就躲在这座城堡里。于是，他施展法力，使天空中刮起了强大的暴风，把上了锁的城堡大门吹了开来。提修布走进城堡，找遍了所有的地方也没有发现德利比鲁。提修布非常沮丧，垂头丧气地回到了韩娜韩娜女神身边。

女神知道丈夫的遭遇后，一脸不悦地说："我知道那个臭小子一定就躲在城堡的某个地方，你没有找到他，是因为他根本不想见你。这个家伙，怎么可以这样呢？连自己的父亲都要欺骗。我一定要好好惩罚他。"说完，女神召来了千万只小蜜蜂，对它们说："去吧！我可爱的孩子们！你们拥有灵巧的身体和坚韧的翅膀，一定可以找到我的儿子德利比鲁。"

在韩娜韩娜女神的帮助下，蜜蜂们很快就找到了德利比鲁。可不管这些小东西如何在德利比鲁面前扇动翅膀，他就是不理睬，最后居然索性睡起觉来。小蜜蜂们一看没办法，就用刺蜇他。德利比鲁被蜜蜂蜇得实在受不了了，叫喊着跑出了房间。

天神们很快就得到了消息，赶忙派鹫给德利比鲁送去新鲜的椰子、美味的橄榄和上等

**山羊与树雕塑**

在美索不达米亚地区，人们认为羊羔与公牛作为祭祀品最受众神欢迎。在遇到干旱雨涝灾祸时，人们往往以为是得罪了神灵，必须献上最好的祭品。

的葡萄酒,又给他带去了最好的香油,让他止痛。可惜,德利比鲁对天神们的殷勤并不领情,嘴里嘟囔道:"干什么啊?难道凭这点东西就想收买我?哼!不管他们怎么做,都无法抹去我心中的怒气。"

没办法,天神们只好去求女神卡姆露少巴。卡姆露少巴答应了众神的要求,说道:"我十分愿意效劳。首先,太阳神的鹫要再次飞到德利比鲁那里,扇动它的翅膀来减轻德利比鲁的疼痛。然后,天神使者要带上十二只洁白的羔羊,代表所有的天神献上纯洁的羊血。最后,我会亲自赶到那里,施展法力,平息德利比鲁的怒气。"就这样,德利比鲁终于答应返回天界。

众神为德利比鲁的归来举行了盛大的欢迎仪式。他们穿上整洁漂亮的衣服,一起站在哈达奴基修纳树下迎接德利比鲁。此外,众神为了表示诚意,还特地为德利比鲁修建了一座华丽的、有七扇大门的宫殿。其实,众神这么做一方面是为了讨好德利比鲁,另一方面也是想通过这七道大门把他软禁起来,使这个小气的家伙不再出走。

德利比鲁回来了,大地又重获生机,人们又过上了幸福的生活。

## 克马鲁迪的神话

宇宙形成之初,世界是由一位名叫阿拉鲁的天神掌管的。他拥有无穷的法力,所有天神都听从他的吩咐。阿拉鲁神身边有一位贴身大臣,负责照顾阿拉鲁日常的饮食起居。这位贴身大臣就是后来的天界主神——天神亚奴。

阿拉鲁的统治维持了九年以后,他的那个亲信、自己的贴身大臣亚奴神背叛了他。亚奴神率领着天界众神攻入了阿拉鲁的宫殿,而他自己则直接面对阿拉鲁神。最后,阿拉鲁神战败,失去了对天界的支配权。阿拉鲁只能躲进黑暗潮湿的地界,永远不能返回天界。也许有人会问,亚奴神为什么要背叛自己的主人?其实很简单,天界和人间一样,权力的斗争一直都存在。

亚奴神作了天界的最高统治者,此时的他可谓是春风得意。当然,作为天界之王自然要有气派。于是,亚奴神从天神中选出一位做自己的贴身大臣,当然也是他的仆人。最后,众神之王亚奴神选中了克马鲁迪天神,由他来照顾自己的饮食起居。

最初,克马鲁迪神对亚奴神可谓是俯首贴耳,毕恭毕敬,每天都小心翼翼地伺候亚奴神。在亚奴神眼里,克马鲁迪神是最忠诚的仆人。

好景不长,在亚奴神当了九年天界之王后,他最亲近的人、自己的贴身大臣——克马鲁迪神叛变了。当克马鲁迪神拿着武器站在他面前时,亚奴神简直不敢相信自己的眼睛,

这个角状雕像被认为是天神亚奴的象征。发现于巴比伦,历史可追溯到公元前1120年。

□古罗马神话彩图馆

这件垂饰是1987年在尼姆鲁德一处皇后的墓中发现的。产于公元前8世纪。垂饰四周由精美黄金颗粒镶边，中间是一幅天青色棕榈树拼图，由次等宝石镶嵌而成。这种棕榈树在亚述艺术中常常作为天神的象征，是圣树。

他叫道："为什么？克马鲁迪！你为什么会拿着武器？我的亲信！你为什么会有那样的想法？我的仆人！你为什么会背叛我？我的朋友！难道我对你不够好吗？"

克马鲁迪神冷笑了几声，说道："不！亚奴神，你对我很好，就像对待亲生儿子那样！其实我应该很满足的。"亚奴神不解地问："那你为什么还要谋反？"克马鲁迪神说道："为什么？那我问你，以前的阿拉鲁神对你不好吗？你为什么还要谋反？其实你背叛阿拉鲁神的原因，也是我背叛你的原因。谁叫那闪烁着无限光芒的王冠那么诱人呢？"

亚奴神终于明白是怎么回事了，其实他早该知道有这一天。当初他为了当上天界之王赶走了阿拉鲁神，如今克马鲁迪神为了夺走那至高无上的权力也要赶走他。为了捍卫自己的尊严，为了捍卫王权，亚奴神拿起武器与克马鲁迪神展开了殊死的搏斗。

经过几天的战斗，亚奴神渐感体力不支，一不留神被马鲁迪神刺伤了胳膊。身负重伤的亚奴神没办法，只好败走，飞向远方。不过，克马鲁迪神比他的主人更加狠毒，懂得什么叫斩草除根。他不打算放任亚奴神逃走，而是在后面紧追不舍。

受伤的亚奴神不一会儿就被克马鲁迪神赶上。兴奋的克马鲁迪被胜利冲昏了头脑，居然忘乎所以，一口咬下了亚奴神的生殖器，还把他的精子吞进了肚子里。

亚奴神觉得受到了极大的屈辱，他愤怒地吼道："你这个卑鄙的家伙，你这么做简直是太无耻了。你将会受到可怕的诅咒。"

克马鲁迪却不以为然，反而讥笑说："是吗？那我倒要听听，看看你这个失败者如何诅咒我。"

亚奴神恶狠狠地说："是的，你现在是胜利者，而且是高傲地把我打败了。但是你吞下了我的精子，它们会在你体内生长，变成三位拥有无穷法力的、给你带来灾难的天神。他们分别是天候神、大修米修神以及底格里斯河神。这三位天神将会让你体验到真正的恐怖，会给你带来无尽的痛苦。"说完，亚奴神转身飞向远方。

被吓坏的克马鲁迪神此时已经没有心情追赶，心想："虽然亚奴不再是天界之王，但是他依然拥有无穷的法力，那么他的诅咒还是会实现的。"于是，为了摆脱亚奴的可怕诅咒，克马鲁迪神施展法力，想要把亚奴的精子吐出来。

努力还是有成效的，大部分精子已经从克马鲁迪的身体里排了出来，大修米修神以及底格里斯河神落到了地面。不过，还有一部分精子留在了他的体内，这些精子将会孕育成天候神。克马鲁迪知道自己无能为力，只好逃回众神居住的坎斯拉山，以便从长计议。

日子一天天过去，不管克马鲁迪怎么努力，遗留的精子都没能从他体内排出。天候神在克马鲁迪的身体内渐渐长大，等待着他的主人亚奴神的召唤。

七个月后，时机终于成熟了，亚奴神盼来了自己复仇的日子。他施展法力，告诉天候神如何从克马鲁迪的身体出来。一天晚上，当克马鲁迪熟睡的时候，天候神悄悄地从他口中跳了出来。亚奴神见自己的孩子终于出世，高兴得不得了，马上赐予他无穷的力量和勇气，并教他与克马鲁迪战斗。

对于克马鲁迪来讲，这可能也算是一种解脱，他再也不必终日担惊受怕了，终于可以面对面地和天候神战斗了。不过，在亚奴神和其他天神的帮助下，克马鲁迪最终被这个新生的天候神打败了。他不得不把自己刚刚抢夺过来的天神之王的位置重新让给亚奴神，自己则只能开始亡命生活。

像很多故事一样，克马鲁迪神并不甘心自己的失败，总是找机会报仇。后来，他生下了一个儿子——山岩巨人乌鲁里克牧尼（就是打败克牧米亚人的意思，因为天候神居住在克牧米亚城）。乌鲁里克牧尼也在战斗中被杀死，克马鲁迪的复仇计划失败了。

## 龙神伊路鲁亚卡修的神话

龙族，一个强大的种族，虽然他们不属于天神的行列，但是他们的力量却是非常强大，有时候甚至让天神都有所畏惧。龙神是龙族的首领，他的法力更是足以让所有的天神都望而生畏。在他的眼里，只有天神亚奴等几位为数不多的神可以和他相提并论，其他的则根本不值一提。由于龙神傲慢无礼，因此招来很多天神的不满。

终于有一天，风暴神再也忍受不了龙神的傲慢了。于是，他来到龙神的住处，大声斥责龙神无礼，并扬言向他挑战。龙神根本没把这小小的风暴神放在眼里，对他的挑战不屑一顾。这下更激起了风暴神对龙神的不满。他二话不说，拿起武器与龙神战在一处。

不出几个回合，风暴神就被龙神逼得只有招架之功，没有还手之力了，最后只得以失败收场。看着风暴神逃跑时的狼狈样子，龙神发出了狂妄的大笑。

惨败的风暴神心里知道，如果想依靠武力打败龙神，那简直就像是天方夜谭。但是他不甘心失败，发誓一定要报仇。他决定向众神求助，希望他们能够帮助他报仇雪恨。

可是结果让他很失望，所有的天神都不愿意去惹那些扎手的家伙。他们对风暴神的遭遇爱莫能助。可怜的风暴神心情非常沮丧，心中大骂天神们胆小怕事。

正当他发愁的时候，美丽妖娆的、掌管空气的女神伊娜拉修出现在他面前，温柔地问道："怎么了？我亲爱的风暴神，是什么事情使你如此生气呢？看！你的脸气得都红了！"说完，女神咯咯地笑了起来。

风暴神一看是她，心想："我怎么把她忘了？她可是最迷人、最有法力的女神啊！也许她能帮我实现心愿。"想到这，风暴神把脸色变得更加难看，眼里含泪说："尊敬的伊娜拉修女神啊！您真是宇宙中最美丽、最善良的天神！您不知道，那个可恶的龙神欺负我，辱骂我！本来这一切，我都可以忍，但是她还说您的坏话。您知道，您是我心中最美丽的天神，我的偶像，我怎么能容忍他侮辱您呢？于是，我就和他理论。谁知龙神不但骂得更加

□古罗马神话彩图馆

**巴比伦城墙上的龙像**
有着龙头、龙颈与龙爪，却长着豹身豹尾。世界各地如美索不达米亚、古希腊、古罗马以及印第安、中国神话中，均有龙的形象出现。

难听，而且还出手伤人。我法力有限，结果被他打败！可是我真的咽不下这口气啊！因为他辱骂的是我的偶像！"

女神伊娜拉听完后很是气愤，狠狠地说："是吗？那个可恶的家伙真的对我不敬吗？风暴神，你不应该在这里哭诉，而是应该振作起来找他报仇。你应该为你自己的尊严讨个说法！你为什么不去找众神帮忙呢？"

风暴神见自己的激将法成功了，心中窃喜，继续说道："伟大的女神啊！我找过了，可是所有的天神都不愿意帮我，您说我该怎么办呢？"气急了的女神想都没想就回答说："放心！那帮家伙不帮你，我帮你！你说吧！让我怎么帮你？"

风暴神说道："其实很简单，您只要运用您的法力，制作出世界上最美味的美酒来，然后再引诱龙神一族前来饮用就可以了。不过，那里面还有我特制的毒药。"女神答应了他的要求。

为了保险起见，风暴神再一次找到众神，把自己的想法告诉了他们。众神也早就厌烦龙神的做法，都想除掉他，只是没人敢。如今，他们见有人愿意替他们出气，自己又不会招惹麻烦，自然答应。就这样，在众天神的帮助下，天底下最美味的美酒酿造出来了。

不过，伊娜拉修女神冷静下来后，突然觉得自己的行为过于鲁莽。因为龙神确实是个不好惹的家伙，如果这次的诱杀计划失败了，搞不好自己要受到牵连。可是已经答应人家的事，又不好反悔。想来想去，女神伊娜拉修决定为自己找一个替罪羊，那就是人类。因为如果计划失败，龙神要找的是风暴神和人类，而不是她伊娜拉修女神。最后，女神伊娜拉修选中了一个名叫乎巴夏修的人。

乎巴夏修十分聪明，当他听完女神的陈述后，欣然答应了女神的要求。不过，他接下来又向女神提出了一个条件："尊敬的女神啊！您是知道的，这项任务是相当危险的。老实说，没有人愿意接受这么危险的工作，可是我接受了，因为我十分向往天神的生活。我希望您能答应我一个条件，如果这次计划成功，请您允许我拥抱您一下，这样我就可以成为天神了！"为了实现自己的诺言，为了除掉龙神，伊娜拉修同意了乎巴夏修的要求。

女神伊娜拉修把乎巴夏修带到了一片空地上，在那里举行一场特别的仪式。仪式过后，女神送给了乎巴夏修很多美丽的装饰物，然后让他躲在一间小木屋里见机行事。接下来，女神施展法力，使酒香飘向远方，一直飘到龙族居住地。

龙族的成员一个个都是馋嘴的家伙，虽然他们心里觉得这酒香很可能是个陷阱，但是还是不由自主地来到仪式场地。龙神看到了站在场地中央的女神伊娜拉修，心里放松了警惕，因为他觉得自己和女神并无仇怨，她没有理由害自己。于是，以龙神为首的龙族成员一杯一杯地喝、一碗一碗地喝、一坛一坛地喝，直到最后不省人事。

躲在后面的乎巴夏修见时机成熟，马上冲了出来，用绳子把龙神捆了个结结实实。这时，风暴神也赶来，把龙神杀死，报了一箭之仇。可怜的龙神到死还不知道是怎么回事。

按照事先的约定，乎巴夏修得到了伊娜拉修女神的拥抱，成了天上的天神。不过后来，由于他思乡心切，没有遵守女神制定的规矩，结果被女神杀死。

## 巴比伦的创世记

宇宙尚未形成的时候，到处都是一片混沌和黑暗，没有一丝生机。在那个让人无法想象和理解的宇宙中，只有两位天神浑浑噩噩地蜷在里面，他们就是纯净之水阿普苏和涩咸之水提亚马特。

这两位被巴比伦人称为世界上最古老的天神不知道自己该做什么，也没有想过要做什么，只是彼此互不往来地生活着。他们的命运，就连他们自己都不清楚。

几亿年的时光过去了，宇宙内部发生了一些微妙的变化，世界也随之产生了变化。也许是因为寂寞难耐，也许是因为命运的驱使，在一些后人无法知晓的原因的驱使下，阿普苏和提亚马特结合了。他们的结合方式非常简单，那就是一大片淡水（阿普苏）与那一大片的咸水（提亚马特）融合在一起，然后彼此搅拌。就这样，最早的生命气息在他们的体内酝酿着，用不了多久世界就将迎来很多新的天神。

最先出来的是一对双胞胎，阿普苏给他们取名叫拉赫姆和拉哈姆。这两位小天神从父母那里继承了非凡的神力，在很短的时间内就长大成人。他们相貌俊美，身材健硕，单单从外表看就能判断出他们是天神的儿子，而并非凡夫俗子。

第二个出生的是一对兄妹。他们就是英明神武的天神安沙尔和美丽聪明的基什瓦尔。虽然他们比拉赫姆和拉哈姆晚一些来到这个世界，可是他们的力量却大大超过了两位哥哥。他们的身材更加高大，法力更加高强。最重要的是，这两位天神后来结为夫妇，而他们的儿子就是以后最有名的天神之王——安努。

就这样，阿普苏和提亚马特不停地互相搅拌，越来越多的天神来到了这个世界上。原来冷冷清清的、混沌黑暗的世界因为这些新生命的出现而变得热闹起来。阿普苏和提亚马特也不再孤独和寂寞，孩子们给他们带来了很多欢乐。

可是，好景不长。也许是阿普苏和提亚马特赋予这些小天神的力量太多了，也许是他们天生就是这样的性格，总之，阿普苏和提亚马特越来越不能忍受这些调皮的小家伙了。因为他们不停地追逐打闹，到处搞恶作剧，更加过分的是，就连最伟大的母神提亚马特也被他们骚扰了。终于，父神阿普苏再也无法忍受孩子们的顽皮了。

这一天，阿普苏神把提亚马特神和一位名叫穆穆的心腹叫到身边，怒气冲冲地对他们说："好了！闹剧该结束了，是教训一下那些可恶的孩子们的时候了！这些可恶的家伙没有一刻不给我们惹祸，整个宇宙都被他们搅得不得安宁。我决定把他们全部杀死。"

这个穆穆可不是省油的灯，他早就看不过小天神们的所作所为，如今见阿普苏有除掉

**伊什塔尔之门**

在弗德哈西亚提舍博物馆第九展厅，陈列着重建的伊什塔尔之门，雕刻的龙和牛代表巴比伦的神灵。巴比伦，意为众神赐福之都。在巴比伦的伊什塔尔之门前是典仪大道，新年到来时，巴比伦的诸神之像在此经过。

他们的意思，立即在一旁煽风点火说："是啊！伟大的阿普苏神，他们简直太可恶了。您完全有权力这么做，也应该这么做，因为他们是您创造出来的，您当然有权力把他们消灭。"

世界上最伟大的就是母爱，这一点对天神也不例外。提亚马特神对丈夫的决定十分不满，哭泣着对他说："亲爱的阿普苏，你怎么能做出这样的决定呢？要知道那些孩子还小啊！我们应该教导他们如何做，而不是因为他们做错了事就毁掉他们。是的，你有权力消灭他们，但是如果你要消灭他们的话，那么当初为什么要制造他们呢？"

阿普苏被提亚马特劝得有些心软，想改变自己的想法。可是，穆穆却不想放过这个机会，赶忙在一旁添油加醋，结果阿普苏的心又硬了起来，吼道："好了，提亚马特，别再浪费唇舌了！那些可恶的家伙根本不听教训，只有消灭他们才能还世界清静。"

提亚马特见阿普苏决心已定，知道没有办法挽救了。没办法，她也只得参与了进来。就这样，一个诛杀亲子的计划制定下来。

可是，这个恶毒的计划在实施以前就被那些小天神们知道了。也许他们是从母亲提亚马特那里得到的消息吧！小天神们聚集在一起，商讨如何应对。他们知道，现在根本不能讲什么父子情深，因为即使他们想讲，他们的父亲阿普苏也不会讲。小天神们非常明白，现在最要紧的是先下手为强。

在小天神当中，最有智慧的应该算是水和智慧之神埃阿，所以他理所当然地当上了军师的职位。埃阿神采飞扬地说："各位兄弟姐妹们！我已经对现在的局势进行了精确的分析。我认为我们面临的问题虽然很严峻，但是还没有发展到无法挽救的地步。虽然我们的父神阿普苏想要杀死我们，但是我们完全可以凭借自己的力量推翻他。不过有一点要注意，这次斗争不能以武力进行，而必须使用智慧。你们不要担心，我已经有办法了。"

埃阿一番云山雾罩的演讲把所有天神都听呆了，他们迫不及待地问："埃阿！你就别卖关子了！你到底有什么办法啊？你需要多少人做帮手，都需要那些人？你现在快说出来吧！"

埃阿笑了笑，说："放心，你们不必为这件事负责，因为这次行动只需要我一个人就可以了。至于是什么方法，我还不能告诉你们。不过我有个条件，如果我办成此事，那么我们的父神阿普苏的尸体将归我所有，我可以任意支配他。"众神们想都没想就答应了他的条件，他们想知道的是埃阿的计划到底行不行得通。

几天后，结果出来了，埃阿的计划成功了。原来，他趁阿普苏不注意，悄悄地施展法术，把能让人昏睡的咒语灌入他的耳朵里，使他一睡不醒。之后，埃阿又拿起一把宝剑，把他们的父神阿普苏的头砍了下来。

所有的小天神都欢呼雀跃，因为他们不仅躲过了一场灾难，而且从今以后再也不用接受谁的管教了，他们可以随心所欲地做任何事情。按照事前的约定，埃阿得到了阿普苏的尸体，并在他的上面建立了一座华丽的宫殿。

从那以后，埃阿居住的那片土地就被巴比伦人称为圣地。

## 大母神复仇

阿普苏死了，而且是被他的亲生子女杀死的，失去了丈夫的痛苦让提亚马特伤心欲绝。可怕的事情发生了，也许是太过伤心了，提亚马特心中的悲伤竟然变成了愤怒。她的形态本来是一大片水，可是因为愤怒却变成了实体——一条长有七个脑袋的可怕的毒蛇。

老一辈的天神们发现了提亚马特的变化，他们知道是来劝劝她的时候了。其中一个天神说："可怜的提亚马特，你怎么变成这个样子了呢？哎！丈夫的离去使你太伤心了，你要振作一点。"另一个人接过来说："是啊！你要坚强！不过我对你的做法真的很失望，那些浑小子们杀死阿普苏。那是他们的父亲，也是你的丈夫啊！你看你，只知道整天躲起来，你为什么不去找他们报仇呢？你是他们的母亲，你一定有能力除掉他们的……"

就这样，老天神们你一言我一语，纷纷指责起提亚马特，责怪她不采取行动为阿普苏报仇。终于，提亚马特被众神劝服了，那颗曾经善良仁爱的慈母之心此时已经完全被狂热的仇恨所吞噬了。提亚马特大声吼道："住口！不要再多说了！我明白我应该做什么了，等着瞧吧，我会让那些可恶的小鬼受到惩罚的。"老天神们欢呼雀跃，纷纷表示愿意奉她为首领。

刚刚平静的天界又大乱起来，以大母神提亚马特为首的天界魔军组成了。提亚马特召集了以前阿普苏神的旧部，并从里面挑选出一个法力最强的人做自己的丈夫，他就是被称为魔怪的金古。为了表示对他的信任，提亚马特把至高无上的命运簿交给了他，而且还让他做这支复仇军队的统帅。此外，为了给自己的部队补充有生力量，提亚马特还特意制造了十一个可怕的蛇妖，并让他们做了先锋。如此，这支强大的魔军浩浩荡荡地出发了。

最先得知这一可怕消息的是埃阿，因为魔军第一个进攻的目标就是他。谁叫他杀死了阿普苏，还用父亲的尸体做了自己的领地呢。此时，埃阿已经没有往日的镇静，而是惊慌失措地跑到了天神安沙尔那里，向他汇报情况。

安沙尔皱了皱眉，对埃阿说："这件事很难办，不过我觉得他们是冲你来的，因为是你杀了我们的父神，所以一切责任都要由你来承担。"

埃阿知道他要过河拆桥，生气地说："什么？我那么做还不是为了大家，要知道他们这次来的目的并不仅仅是找我，他们还要杀死所有的人，重新恢复阿普苏时代。"

安沙尔觉得埃阿说的有道理，连忙道歉说："对不起！不过，我认为提亚马特再怎么说也是我们的母亲，我觉得她未必想杀死我们。你是我们当中最聪明的，去劝劝他们也许会管用。"

埃阿没办法，只好硬着头皮走出安沙尔的城堡，来到了魔军阵前。愤怒早已经充斥了魔军队伍中每一个人的心，他们根本不会听任何人的劝告，再加上埃阿心里非常害怕，以前那股伶牙俐齿的劲头早已无影无踪。结果可想而知，劝降没有成功，可怜的埃阿还险些丢了性命。

没办法，由于事情紧迫，安沙尔只得找来了所有的天神，一起商讨如何才能平定这次叛乱。众神一个个都变成了哑巴，没有一个人愿意出面，因为他们谁也不想得罪大母神。

这时，埃阿神悄悄走到他的儿子马尔都克身边，对他说："孩子！该看你的了！其实我早就可以举荐你，但是我没有。我就是要让所有的天神都感谢你，让他们把你奉为新一代的天神之王。如今，我已经老了，也没有那么多的雄心壮志了，只希望你能够成功！"

其实，马尔都克早就想请命出战，因为没有父亲的允许所以没敢有所行动。如今听到父亲的鼓励，他马上挺身而出，表示愿意接受这项任务。安沙尔打量了年轻人，点了点头说："好！我相信你一定可以完成这次平叛的任务。说吧，你需要什么，只要你说出来，我们都会满足你的！"

马尔都克笑了笑，回答说："其实很简单，安沙尔天神。我要你召开众神大会，然后你要在会上宣布，从今以后我就是天神最高的领袖，任何人都不能违反我的命令。因为是我拯救了新一代的天神，是我打败了那些可怕的叛军。同时，只有你们赐予了我无穷的力量，我才能彻彻底底地除掉那些魔军。此外，从今以后，我的命令是不能更改的，不管是对是错，而且我所说的话都要变成现实。"

安沙尔犹豫了，因为马尔都克的条件太苛刻了。不过，眼前的危险才是最可怕的，让他当众神之王，总比让叛军杀死要好，所以安沙尔答应了马尔都克的条件。于是，众神聚集在一起，举行了一场盛大的宴会，并在宴会上把马尔都克扶上了王位。

第二天一大早，马尔都克带上众神的法宝，乘坐由"毁灭"、"无情"、"践踏"和"飞驰"四匹神马拉的风暴战车，来到了叛军面前。威风凛凛的马尔都克吓坏了所有的叛军，此时他们已经头晕目眩，四肢无力，完全丧失了抵抗能力。

马尔都克冲到阵前，质问大母神提亚马特，指责她谋反、叛乱，有失母神的身份。提亚马特笑了笑，说："谋反？叛乱？这些词应该是说你们的吧，要知道是阿普苏和我创造了你们。如今你们杀死了他，还抢夺了他的政权，却在这里大谈什么谋反？真是可笑。"

马尔都克知道多说无益，于是采用了激将法，对她说："提亚马特，你是他们的母亲，但不是我的！你既然有胆子叛变，为什么没胆子和我决斗呢？"

果然，提亚马特忍受不了这样的讥讽，冲上前去与马尔都克战斗。由于得到天神们的赐福，马尔都克很快就把大母神提亚马特生擒活捉了，而那帮可怜的叛军也都沦为了天神的阶下囚。

**天神之王马尔都克**
马尔都克是巴比伦的守护神，当地人民将其奉为诸神之首。他头戴王冠，手执权杖。他的象征物是半蛇半龙动物。

# 马尔都克创世

平叛战争结束了，按照事前的约定，埃阿神的儿子，天神马尔都克成为新的众神之王。

所有天神都拜倒在马尔都克的脚下，向他行最重的礼。这时，一位天神问道："伟大的马尔都克天神啊！如今提亚马特已经被你杀死了，你打算怎么处理她的尸体呢？"

马尔都克想了想，然后回答说："这个你们不要担心，我已经有了想法！以前那些思想顽固的天神已经彻底被我们打败了，如今这个世界是属于我们的了。我决定以提亚马特的尸体为材料，创造出一个全新的世界，一个更加适合我们新一代天神生活的世界。"马尔都克的提议得到了所有天神的赞同。

创世工作开始了，首先要有天空和大地。马尔都克先用锋利的宝剑把提亚马特的头割了下来，流干鲜血。之后，马尔都克抓起了提亚马特的双脚，然后用力一撕，尸体就被生生地撕成两半。接着，马尔都克使出全身力气把一半尸体抛向上方，天空就这样出现了；他又把另一半尸体踩在脚下，用力踩了几下，大地就这样出现了。

天和地都造完了，下面的工作就是保护大地不受侵害。马尔都克先是派出几个人驻守在大海里，目的是防止海水泛滥淹没了大地。后来，马尔都克又觉得不够保险，于是又在大地的周围砌上了一圈栅栏，这样即使海水泛滥了，也不会轻易地冲到大地上。

接下来是划分领地的时候了，众神之主马尔都克决定让天神们居住在天上，大地留给那些平凡的生灵居住。马尔都克按照地位的高低，在天空中给所有的天神划分了各自的领域。他是众神之主，地位是最高的，因此他要居住在天空的正中央，而且领地的面积也是最大的。安沙尔天神是前任众神之王，他的位置也不能太偏，而且领地的面积也不能太小。而另一位天神埃阿神，他是众神之王马尔都克的父神，那么他

**马尔都克的象征**
这只长着角的蛇龙是巴比伦的神——马尔都克的象征。相传他能从口中喷火，在天神中是最有本领的。

的位置和领地自然也是很好的。马尔都克依然把阿普苏赐给了埃阿神，并且在原来的基础上，扩大了阿普苏的面积，使它与安沙尔神的领土面积相持平。就这样，每一位天神都得到了自己的位置和领土。

胜利的果实分配完了，下面该布置工作了。马尔都克望了望天空，然后把太阳、月亮和许许多多的星星放在天空上。他把天上的星星分为十二个星座，规定每一位天神都要找一个自己的星座，而且要时刻监督他们，使他们都按照各自固定的轨道运行。马尔都克又把一年分为十二个月，并规定了每个月的天数。

马尔都克把月神叫到了跟前，对他说："你掌管无尽的黑夜，我们将会根据你的变化来确定时间。你要记住，你每天必须按照特定的时间从山中升起。你要以十五天为一个周期，其中在每个月的第一个周期，你的形态是要从小变大的，到了十五那天，你将变成最圆的

形态；而在每个月的第二个周期，你的形态是要从大变小的。你要记住我的话，不能有一点差错。"月神点头领命。

接着，马尔都克又把太阳神叫到了跟前，对他说："你掌管耀眼的光明，月神是你的引导者。每天，当看到月神下山时，你就要马上接替他的工作，从山顶上升起来。你是以半天为周期的，其中一天的第一个周期，你的光芒和温度是要逐渐增强的，到了正中午的时候，你将会发出最热和最强的光；而在一天的第二个周期，你的光芒和温度是要逐渐减弱的。你也要记住我的话，不能有一点差错。"太阳神也接受了这项任务。

世界的创造工作完成了，但是并没有出现具有生命的物质。于是，马尔都克把天神们召集在一起，商量如何给世界带来生机。众神之主首先开口："诸位天神，你们也看到了！这个世界已经创造出来了，我是最公正的，根据每个人的需要和特征，分配了各自的任务和领地。不过，现在有个很重要的问题，世界太大了，如果什么事都要我们来做的话，恐怕很难办到。因此，我想要创造出一种具有智慧和头脑的生物。他们虽然没有神力，但是他们可以代替我们完成一些简单的工作。他们会为我们效力，会服侍我们的饮食起居，而且他们还会非常崇拜我们，对我们的话唯命是从。我打算给这种生物叫人类，你们觉得如何？"

这样的好事打着灯笼都找不着，天神自然不会拒绝。天神安沙尔先开口了："伟大的马尔都克啊！你的决定真是太英明了！我们都一致赞同你的想法！不过，想要创造出具有生命和智慧的东西，必须用天神的血和大地的钙，那么我想知道您准备牺牲谁？"是啊！享福谁都愿意，可是谁想为了别人白白牺牲掉自己的性命呢？

还是埃阿神心计深，他早就知道天神们会来这手，这一点在当初提亚马特发动叛变时就已经领教过了。埃阿神笑了笑，对马尔都克说道："马尔都克天神，我的儿子，你不要为这件事发愁，我有一个很恰当的人选。"

众神一听埃阿神说有人选，一个个面面相觑，提心吊胆，生怕他说的那个人是自己。埃阿神心中暗笑，不过他并没有表现出来，继续说："我觉得，我们不应该让一个善良的天神做出这种牺牲，因为他应该享受到最好的待遇。你们记不记得上次提亚马特的叛变，她一定是受到坏人的唆使才会做出那样糊涂的行为的。因此，我们该杀的，是那个唆使她的人。"

众神马上领会了埃阿神的意思，叫喊着说："对！杀了他！杀了金古这个可恶的家伙！"就这样，那位可怜的金古成了牺牲品。马尔都克用他的血、泥和钙创造出了大地上的人类。

从那之后，天神们过上了舒适的生活，因为人类完成了他们的工作，而且经常给他们送去各种祭品。人类也从天神那里获得了祝福，世代繁衍下去。世界变得越来越热闹了。

## 伊什塔尔女神的地狱之行

伊什塔尔女神是巴比伦的爱神和丰收之神，是人们极为尊敬的女神。不过伊什塔尔却对自己的职务并不满意，她希望自己能够成为宇宙间的女王，统管一切。当她得知姐姐艾尔卡拉成为地下王国的统治者后，心里十分不服气。于是，她决定到那有去无回的地下王

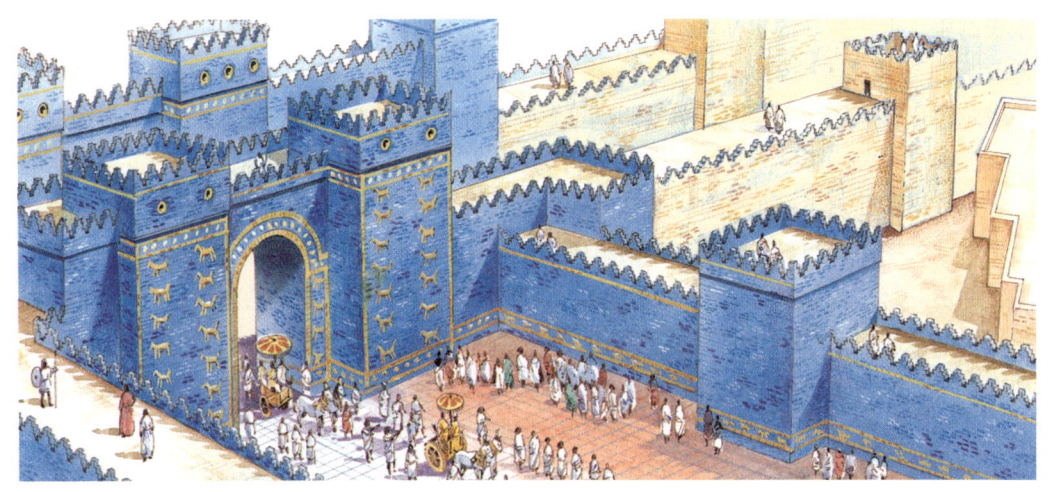

巴比伦的伊什塔尔城门，用镶以蓝玻璃的砖块砌成。

国走一趟，从艾尔卡拉的手中夺过地下王国的统治权。

当伊什塔尔来到地下王国的时候，守门的卫士拦住了她的去路。当她要求卫士放她过去时，卫士好像没有听见，仍然坚守着自己的岗位。伊什塔尔很是生气，心想一个小小的卫士竟然敢拦她。她对着卫士叫骂道："大胆的卫士，你知道我是谁吗？我是天上的女神伊什塔尔，你竟然连我的路都敢拦，看我不砸烂你的大门！"说着，伊什塔尔就要冲过去砸门。卫士见情况不妙，连忙恭敬地对伊什塔尔说："尊敬的女神，请您不要生气。所有进入地府的人都要经过艾尔卡拉女王的同意，否则我是不敢放人进去的。这样吧！您在这儿稍等，我进去通报一声！"说着，卫士就进去通报了。

艾尔卡拉得知自己的妹妹伊什塔尔到来后，料想她必定不怀好意，于是命把守各门的卫士们作好准备，灭一灭她的威风。过了一会儿，守门的卫士出来了。他对伊什塔尔说："尊敬的女神，我们的女王听说您的到来非常高兴，她要好好地款待您。您现在可以进去了，不过您需要留下您的王冠。"伊什塔尔马上面露不悦，问道："既然请我进去，为什么还要卸去我的王冠？"卫士答道："请您不要生气，这是地府的规矩，希望您能够遵守！"无奈，伊什塔尔只好卸下王冠，交给卫士，这才进了第一道门。

到了第二道门，卫士又要求伊什塔尔摘去耳环。伊什塔尔怒斥卫士道："你算什么东西，竟然敢要求我摘去耳环？"卫士不温不火地说："请您不要动怒，这是地下王国的规矩，所有进来的人都要遵守。"伊什塔尔还想与卫士再理论些什么，但转念一想，小不忍则乱大谋，还是忍一忍吧！于是便任由卫士摘去了她的耳环。地下王国共有七道大门，而要见到女王艾尔卡拉，就必须经过这七道大门。为了见到艾尔卡拉，伊什塔尔接连通过了七道大门，而每通过一道，她的身上都会少一样东西。当她通过第七道大门的时候，身上已经一丝不挂了。

伊什塔尔已经忍气吞声了太久，她还从未受过这样的屈辱。当她一丝不挂地站在艾尔卡拉面前的时候，心中的怒火更是直冲上来。在那一刻，她完全爆发了。她发疯似的冲向艾尔卡拉，欲将她拉下宝座。艾尔卡拉忙令身边的祭司奈姆塔尔拦住伊什塔尔。奈姆塔尔很快制服了近乎疯狂的伊什塔尔,并将她捆绑了起来,带到艾尔卡拉面前。艾尔卡拉命令道:"将这个疯女人关到地狱中去,再用鞭子狠狠地抽打她,并用疾病折磨她的全身。"奈姆塔尔将伊什塔尔拉了下去,关到监狱里狠狠地抽打,直打得她遍体鳞伤。接着,他又用六十多种疾病来惩罚伊什塔尔。没过几日,伊什塔尔就已经被折磨得不成样子了。

伊什塔尔在地下受苦受难,地上的人们也因为伊什塔尔的消失而叫苦不迭。自伊什塔尔走后,公牛不再与母牛相配,公狗不再与母狗谈情,男人不再对女人动心,丈夫不再与妻子同房,整个人间都陷入了混乱之中。眼见生命不能繁殖,正常的生活秩序无法维持,巴比伦的最高祭司巴布苏卡勒非常着急。他找到了父亲月神,请求父亲的帮助,可是月神却说自己无能为力,让他再去寻求其他神仙的帮助。他又找到了天神埃阿,向埃阿哭诉人间正在经历的苦难。埃阿也意识到了事情的严重性,于是决定亲自处理此事。

埃阿用了一天的时间造了一个中性人,取名艾苏舒纳米尔。他决定让艾苏舒纳米尔去地府完成拯救伊什塔尔的重任。艾苏舒纳米尔按照埃阿的吩咐来到了地府,见到了女王艾尔卡拉。他用自己英俊的外表和大量的甜言蜜语完全征服了艾尔卡拉,将她迷得神魂颠倒。他哄骗艾尔卡拉许下诺言,一切都按照神的旨意行事。意乱情迷的艾尔卡拉对艾苏舒纳米尔言听计从,毫不犹豫地立下了重誓。直到艾尔卡拉得知神的旨意是让她放过伊什塔尔时,她才知道自己上了当。但誓言已出,反悔已经来不及了。她只能硬着头皮释放了伊什塔尔,并用生命之水帮助伊什塔尔恢复了健康。

艾苏舒纳米尔将伊什塔尔带出了地下王国,在经过七道大门的时候,守门的卫士将她的东西又分别还给了她。爱神重返人间,人们都非常高兴。生物继续繁衍生息,丈夫和妻子也恩爱如初,人间的危机解除了。然而对于伊什塔尔来说,这次地狱之行却是一次惨痛的经历。在地下王国,她受尽了皮肉之苦,还差点丢了性命。幸好有神的使者拯救,否则她就真的长留地府了。

## 降临人间的灾难

人类被创造出来以后,就开始在大地上辛勤地忙碌着。自从有了人类,天神们可比以前自在多了,因为所有的苦活累活都有人类帮他们干,他们只需要在天上等候人类为他们奉上的美食就行了。天神们都为他们的这一创举而感到自豪,生育之神南吐更是受到了众神的尊敬。转眼几百年过去了,人类在大地上迅速地繁殖着,地面上很快就布满了大大小小的村落。眼见着人口越来越多,嘈杂声越来越大,天神们开始厌烦起来。他们觉得人类制造的噪音已经严重影响了他们的生活,他们就快要受不了了。

在众神之中,恩里尔的脾气是坏得出了名的。他已经无法忍受人类的喧闹了,于是,在一次众神的集会中,他首先开了口:"我实在受不了那些讨厌的人类了,他们整天吵个不停,吵得我心烦意乱,连觉都睡不好。我们不能再任由他们继续下去了,我看干脆把他们消灭一些,我们也好清静清静。"众神对恩里尔的建议很是赞同,便一起研究消灭人类的办法。最后,他们决定用瘟疫消灭一些人。瘟疫之神尼姆塔拉接受了众神的委托,他要到人间去走一走，将瘟疫带到人间。

尼姆塔拉的到来果然给人间带来了瘟疫，一时间，瘟疫横行，人们一个接着一个地倒下去，景象极为凄惨。埃阿神见到人间的凄惨景象，心中很是不忍。作为人类的创造者之一，他可不希望人类就此灭绝。于是，他决定想办法救救人类。他找到自己在人类中的忠实奴仆阿特拉哈西斯，将众神降灾难于人间的事说了一遍。阿特拉哈西斯听后十分震惊，他请求埃阿神帮助他们逃过此劫。埃阿神对他说："你回去告诉人们不要再信仰地方神了，赶快到尼姆塔拉的住处拜祭他，说不定他会因为你们送上的祭品而手下留情。"

得到埃阿神的指点，阿特拉哈西斯一刻也不敢耽误，急急忙忙地将埃阿神的话带给了人们。按照埃阿神所说的，人们不再信仰地方神，而是准备了丰盛的祭品到尼姆塔拉的住处拜祭尼姆塔拉。尼姆塔拉见人们如此厚待他，便十分高兴地在住处享用美食，不再出去散布瘟疫了。就这样，人间的瘟疫停止了，人类躲过了一劫，但这场瘟疫中死去的人也不计其数。因此，人间的喧闹也停止了。天神们见人间已经平静下来，就不再想办法将灾难降到人间了。

转眼间又过去了六百年，人间又恢复了往日的喧闹，这让天神们很是心烦。恩里尔认为，只有再次给人间降下灾难，才能让他们安静下来。众神表示同意。这次，他们决定将干旱降到人间，让人们因为没有食物而饿死。很快，大地开始干旱，庄稼全部枯死了，田野一片荒芜。阿特拉哈西斯意识到可能是天神再一次降灾难于人间，便向埃阿神祈求。埃阿神不忍人类遭受如此灾难，就告诉阿特拉哈西斯："你们不要再信仰地方神了，赶快到雨神的住处拜祭，说不定他会帮助你们的。"

埃阿神再一次拯救了人类。雨神见人们送来的丰厚祭品，悄悄降下了雨露。庄稼被救活了，人类又躲过了一劫。不过恩里尔却并没有就此罢手，他知道人类之所以能躲过灾难，必然有天神相助。因此，这次他决定一面派人降下灾难，一面派人监督天上的天神。因为监督严格，这次灾难持续了两年，每天都有很多人死去。埃阿神实在看不下去了，他绝对不能让人类遭受灭顶之灾，所以他私自帮助了人类，停止人间的灾难。恩里尔很生气，不过看到人类已经所剩无几，不再影响天神们的生活，也就没有追究。

人类的繁殖速度真的很快。天神们仅过了几百年的平静生活，就被人类的喧嚣打破了。恩里尔气愤地对众神说："看来仅仅消灭一部分人是没有用的，我们应该想办法将他们全部消灭，只有这样才能免除后顾之忧，否则我们就别想一直清静地活下去。"埃阿神当即表示反对："既然我们创造出了人类，为什么还要消灭他们呢？他们使我们摆脱了沉重的负担，帮助我们做了很多事，难倒就因为他们的吵闹就要将他们赶尽杀绝吗？"对于埃阿神的抗议，支持的寥寥无几，大多数天神都站在恩里尔一边，同意降下一场大灾难，将人类全部毁灭。

埃阿神孤掌难鸣，他无力阻止这场大灾难的发生，但是他也做不到袖手旁观。他连夜托梦给阿特拉哈西斯，告诉他天上发生的一切，并让他打造一艘大船，准备好食物及要带走的各种飞禽走兽，在六天后的傍晚就带着家人进入船舱，以躲避洪灾。埃阿神没有办法拯救所有人，但他绝不能让人类就此毁灭，所以他要留下人类的种子，以便他在灾难过后能再次生根发芽。

阿特拉哈西斯在接到埃阿神的指示后，就开始着手准备。他告诉长老们自己要远行，人们为他举行了盛大的告别仪式，并预祝他一路顺风。阿特拉哈西斯的内心十分矛盾，他多想把一切都告诉大家，让所有人都能躲过这场灾难，可是他不能，他不能泄露天机，更不能辜负埃阿神对自己的信任。那个晚上终于到来了，阿特拉哈西斯将家人都带到了船舱里，静静地等候着那最可怕的一幕随时上演。

那天晚上，人间发生了一场毁灭性的大灾难，凶猛的洪水冲毁了所有的房屋，卷走了无数生命。除了阿特拉哈西斯一家，地面上已经再没有一个人了。这场灾难实在太可怕了，它不仅毁灭了人间，也毁掉了人间的一切。前几天还口口声声说要惩罚人类的天神们，现在都傻了眼，不少天神已经开始懊悔自己当初的决定。尤其是生育女神南吐，更是声称自己中了邪才会作出那样的决定。局面一下发生了扭转，大多数天神都站在了埃阿神一边。当天神们知道埃阿神私自救了阿特拉哈西斯一家时，几乎没有一个天神责备他，反倒十分赞赏埃阿神的做法。见到这种局面，恩里尔也只能与埃阿神握手言和。

## 塞米拉米斯女神

在古巴比伦的历史上，曾发生过多次洪水。一次，幼发拉底河发了洪水。在这场洪水中，很多乡镇和房屋被毁，不少人还失去了生命，只有天上的飞禽和水中的鱼儿安然度过了这场灾难。在一处水流相对缓和的角落，两条大鱼发现了一个巨大的鸟蛋漂浮在水面上，它们将鸟蛋推到了岸边，使得鸟蛋也躲过了这场浩劫。

被两条大鱼救下的鸟蛋在岸边度过了一些时日，后来，一只鸽子飞到了岸边，它用自己的身体来孵鸟蛋。几天后，蛋壳破了，一个人面鱼身的女神诞生了。这位女神就是迪丽基吐神。女神为了感谢两条大鱼对自己的救助，就将它们送到了天上。南鱼星座中最明亮的两颗星，就是这两条大鱼变成的。

迪丽基吐神是公正、美德和聪慧的化身，只要是她许下的心愿，很快就会变为现实。女神觉得自己一个人太孤单了，就许愿怀了身孕。不久后，女神生下了一个和她一样漂亮的女孩。只是这个女孩并没有鱼的身子，完全就是人的模样。女神对这个孩子很不满意，她认为神和人应该有明显的区别，而自己的女儿竟然和人别无二致，反倒与自己相差甚远，这必然会受到其他天神的猜疑。她越看越不喜欢这个孩子，一狠心就将她扔到了荒郊野外。

尼尼微的主神巴亚维斯发现了这个被遗弃的小生命，对她很是喜爱。他派使者到人间保护小女孩，并让一群鸽子负责喂养。鸽子们用自己的翅膀为小女孩遮风挡雨，用嘴衔来甘甜的奶酪为小女孩充饥。在鸽子们的精心照料下，小女孩健康地成长着。只是她一直都没有一个家，她的家就是鸽子们用翅膀为她遮起的狭小空间。直到牧人将她抱走，她才有了真正意义上的家。

原来，牧人发现自家的奶酪每天都会丢。起初，他还没有在意，但天天如此，他就不得不留神了。一天，他决定留下来看个究竟。当他看到鸽子们衔住奶酪并不是自己吃而是迅速飞走时，好奇心驱使他跟去看个究竟。就是这个猎奇之旅，牧人发现了小女孩。他还没有子女，见到这个异常美丽的小女孩，不由得爱怜起来，于是决定把他带回家中抚养。就这样，小女孩在牧人家中一天天长大了，很快就长成了一个亭亭玉立的少女。牧人给她取名塞米拉米斯，就是小白鸽的意思。

塞米拉米斯很讨人喜欢，所有见过她的人无不为她的美丽所动容。一天，牧人带塞米拉米斯到集市上去，恰好看到了王家的骑兵卫队长西玛。西玛十分喜爱塞米拉米斯，他膝下也无子女，就想把塞米拉米斯收为养女。他给了牧人一大笔钱，之后便带走了塞米拉米斯。牧人虽然舍不得，但无奈对方官高权重，也只好认命了。塞米拉米斯在西玛家中很受宠爱，养父养母都对她百依百顺，尽量满足她的所有要求。后来，军机大臣米努吐斯来到西玛家中，对塞米拉米斯一见倾心，执意要娶塞米拉米斯为妻。西玛不敢违抗米努吐斯的命令，只能眼睁睁地看着塞米拉米斯被米努吐斯带走。

因为塞米拉米斯的美丽，米努吐斯对她恩宠有加，将她视为珍宝一样用心呵护着。他一直以拥有塞米拉米斯为荣，不管走到哪里都要带着她，整日与她形影不离。城中的百姓也都知道米努吐斯有一位美若天仙的新娘，他们都将塞米拉米斯视为心中的女神，对她十分崇敬。

一次，国王让米努吐斯随他一起出征，这就意味着他将与自己心爱的妻子分别很长一段时间。米努吐斯很想把塞米拉米斯带在身边，但是他不能。一方面随军打仗风餐露宿，他不忍心妻子受这样的苦；更重要的是他害怕国王看到塞米拉米斯，他知道国王只要看到塞米拉米斯就一定会喜欢上她，而自己作为臣子，显然是不能拒绝国王的。所以，他宁愿自己饱受相思之苦，也没有将塞米拉米斯带在身边。然而时间一长，米努吐斯还是耐不住寂寞，就悄悄让人接来了塞米拉米斯。

如果塞米拉米斯一直留在米努吐斯的帐中，或许还不会被国王发现，但她却做了一件异常抢眼的事。当时，军队进攻屡屡受挫，对方的城池久攻不下，所有人都非常着急。聪明的塞米拉米斯看出了其中的端倪，想出了一条破城之计。她让丈夫允许自己带领一队兵马从后面迂回进攻，由于对方的主力都集中在前面，所以她一定会得手。米努吐斯当然不想让她去，可塞米拉米斯坚持要去，他也只好依了。

**尼尼微城的巨型浮雕**

塞米拉米斯果然取得了成功，帮助国王攻下了城池，但这样一来，也让国王不得不注意她了。米努吐斯最担心的事情终于发生了，国王见了塞米拉米斯之后就决定将她留在后宫之中。为了补偿米努吐斯，他同意将自己的女儿嫁给米努吐斯。可是在米努吐斯心中，任何人都是无法和塞米拉米斯相比的，就算是国王的女儿也不例外。失去了爱妻，米努吐斯痛不欲生，他已经失去了生存的勇气和信心，于是到河边上吊自杀了。

得知丈夫自杀的消息后，塞米拉米斯并没表现出一丝悲痛。虽然丈夫这些年来对自己极为宠爱，但她并不爱丈夫，之所以会嫁给米努吐斯，那也完全是被逼无奈。当然，如今她奉命入宫，也是被逼的。国王对塞米拉米斯也是千依百顺，很快就封她为王后。但塞米拉米斯却对国王有很大的成见，因为国王太过残忍，总是屠杀很多无辜的生命。尽管如此，她还是必须屈从于国王。长期的压抑让她迫切希望拥有权力，只有大权在握，才能摆脱被人摆布的命运。

塞米拉米斯凭着国王对她的宠爱，向国王提出了一个近乎无理的要求。她要求国王退下王位，让她做三天的国王。国王以为她只是在开玩笑，就满口答应。当塞米拉米斯真的要求国王下令的时候，国王还是不忍拒绝。就这样，塞米拉米斯利用手中的权力杀死了国王，成为了新的女王。她带领军队东征西讨，打了无数场胜仗。但在征讨印度时，她受伤了。逃回尼尼微后，她的儿子开始策动篡位。为了讨儿子欢心，她不惜嫁给了儿子。可即使这样，也仍然没能保住她的地位。失去王位的塞米拉米斯独自一个人住在荒郊野外，日夜祈祷着能飞到天上去。最终，她的愿望实现了，成为了天上的一位女神。

## 灾难之神艾拉

灾难之神艾拉喜欢到处搞破坏，给人间带来了不少灾难，因此人们都不喜欢他。看到人们对其他的神灵都是毕恭毕敬，而对自己却爱搭不理，艾拉心里很不平衡。他觉得人类太不把他这个神灵放在眼里了，必须要让人们尝尝他的厉害。究竟该怎样教训那群不知死活的人类呢？

艾拉一时想不到什么好办法，就找来了他的得力助手塞巴。塞巴有着怪异的身体，可以散发出死亡的气息，所有人见到他都难逃一死。见到主人坐在那里唉声叹气，塞巴忍不住说道："不要想那么多了，现在就行动起来吧！只要你愿意，我们可以毁掉一切，让那些该死的人们都见鬼去吧！"塞巴已经迫不及待地想要出去杀个痛快了。听塞巴这一说，艾拉也不再犹豫，决定马上出发去毁灭人类。

除了塞巴之外，艾拉身边还有一个谋臣，那就是伊布舒姆，负责为艾拉安排一切相关的事情。与塞巴不同，伊布舒姆对人类有着深深的同情，他不希望人类遭受灾难，更不希望人类被毁灭。当得知主人又要出发的时候，他马上意识到人类又要遭殃了，而且从这次出行的架势上看，人类所要面临的这场灾难将是空前的。他开始为人类的命运感到担忧，试图劝说艾拉放弃这次行动。可艾拉却把他大骂了一顿，无奈，他只好跟随着艾拉出发了。

艾拉知道，要带给人类毁灭性的灾难，必须先把众神之主马尔都克支走。因为只要有马尔都克在，他就不会让灾难横行人间。怎样才能让马尔都克离开巴比伦城呢？艾拉想到了一个鬼主意。他来到马尔都克所在的艾札吉拉神庙，对马尔都克说道："我的主神啊！您快离开这里吧！有人正在对您的王权虎视眈眈，您快去看看吧！晚了恐怕就要被人窃取了。"马尔都克半信半疑，他担心王权被夺，但也担心自己的离开会给人间带来动乱。

看到马尔都克犹豫的样子，艾拉又接着说道："我的主神，请您不要再犹豫了，再迟了恐怕就来不及了。如果您是担心您走后人类的安危，那么我可以向您保证，在您离开的这段时间，人间大地不会有任何灾难降临，人类会平安地等待着您的归来。"听到艾拉的保证，马尔都克不再犹豫了。他轻信了艾拉的话，离开了巴比伦城。他并不知道，他这一走，人类就难逃被毁灭的厄运了。

**马尔都克**
像龙的样子的马尔杜克是巴比伦的最高神。巴比伦人供奉许多神，除了马尔杜克，还包括战争与爱神伊什塔尔。

眼见着马尔都克离开，艾拉露出了邪恶的笑容。他决定马上采取行动，毁灭所有的城市和村庄，杀光所有的居民。伊布舒姆非常着急，他劝说艾拉不要赶尽杀绝，否则众神都不会饶恕他的。可无论伊布舒姆说什么，艾拉都是一句话也听不进去。他已经决定的事，就是任何人都无法改变的。在艾拉的号令下，塞巴开始对人间进行了毁灭和杀戮。很快，人间大地一片狼藉。曾经繁华的城市转眼间就变成了废墟，刚才还在嬉笑的人们现在已经倒在了血泊之中。喧闹的人间完全失去了生机，景象凄惨得连艾拉神自己都有些战栗。

伊布舒姆对着正在发呆的艾拉说道："这就是你想要的结果吗？你杀死了所有人，毁掉了所有的城市，这样你满意了吗？做了这些你能得到什么呢？只能让众神谴责你，主神惩罚你。难倒你到现在还没有后悔自己的所作所为吗？"伊布舒姆的话说到了艾拉的心里，此时此刻，他已经开始后悔了。他确实想报复人类，可那完全都是因为人们不尊敬他，他一时生气才想要毁灭人类。如今当他做了这一切以后，他才觉得这样的结果并不是他想要的，他也不希望看到人间如此凄惨的景象。

艾拉真后悔自己没听伊布舒姆的劝告，可现在说这些已经太晚了。他问伊布舒姆："我现在该怎么办？还有什么补救的办法吗？"伊布舒姆说道："你现在要做的就是尽力去帮助阿卡德人，与他们成为朋友，并保证以后再不去祸害他们。"艾拉连连点头，保证自己一定做到。

众神知道艾拉所做的一切之后，都非常恼怒，他们找到众神之主马尔都克，要求严厉地惩罚艾拉，让他为自己造成的恶果付出代价。马尔都克也为艾拉对自己的欺骗十分恼火，惩罚艾拉也是他的愿望。可是当他们找到艾拉的时候，艾拉已经真心悔过，并热心地帮助阿卡德人对付临近的敌国。见艾拉确有悔改之意，众神也不再追究，允许艾拉戴罪立功。艾拉向众神发誓，自己一定会痛改前非，并多做好事，以弥补自己的过错。

之后的几年，艾拉帮助阿卡德人重新强大起来，荒废的巴比伦城又繁荣起来，人们再次过上了幸福安乐的生活。从那以后，人们对艾拉也开始尊敬起来。虽然这位灾难之神曾犯了不可饶恕的错误，但他却将功补过，帮助阿卡德人重新建立了自己的国家，让曾经毁灭的一切又重新出现在人们面前。人们没有忘记艾拉以前的过激行为，但同时也开始歌颂他之后的功德。对于人们的评价，艾拉很满意。灾难之神从此不再祸乱人间，而是成为了人类真正的朋友。

## 英雄吉尔伽美什

在人类被创造出来以后，天神们的负担减轻了。人们辛勤地劳作，并将劳动成果都用来贡献神灵。起初，人间秩序井然，所有人都安分守己地做着自己的工作。但随着人口数量的逐渐增多，人间开始出现争斗和杀戮，这让天神们很是忧心。因为争斗愈演愈烈，将影响到那些辛勤劳作的人们，那时天神们的衣食恐怕就供应不上了。众天神都意识到了事态的严重性，因此纷纷前往天神安努那里商量对策。

苏美尔人的雕刻印章

坏脾气的恩里尔首先发表了意见："我看干脆把那些喜欢斗殴的人全部杀掉，看他们还怎么闹事！就让我去完成这项使命吧！我一定狠狠地教训他们。"安努不以为然地说："你只能解决一时的问题，难倒你能永远留在人间吗？等你回来以后，人间还是会再次乱起来。"恩里尔不说话了。

这时，智慧之神埃阿开口了："依我看，人间之所以会陷入混乱，是因为那里没有权威，没有秩序。如果我们能像在天界一样建立权威和秩序，那么人间就不会动乱了。"安努点点头，说："这倒是一个解决根本问题的好办法，你有什么在人间建立秩序的良策吗？"埃阿说："我们可以为人类创造一个拥有无上权威的国王，由他去统治和管理人类，在人间创建秩序。"

众神都对埃阿的建议表示赞同。安努把这件事情交给了恩里尔，让他去创造这个人间的统治者。恩里尔高兴地接受了任务，表示自己一定会完成这项伟大的杰作。

恩里尔请来了生育之神南吐、太阳神沙玛什、雷神阿达德、智慧之神埃阿和大神乌鲁鲁帮忙共同造人。大神乌鲁鲁用深海海底的上等泥团捏造出了一副高大魁梧的身躯；生育之神南吐赋予他男性的性别和魅力；太阳神沙玛什赋予他英俊伟岸的外表；雷神阿达德赋予他无穷的力量和勇气，并给予他坚强不屈的英雄性格；智慧之神埃阿让他的头脑充满了智慧；恩里尔给了他超凡的武力和气魄，同时也将自己肆虐急躁的脾性传给了他。在众神的努力下，人间的统治者诞生了。

这位人间的统治者有着三分之二的神性和三分之一的人性，这可以确保他在人间的统治地位。不过安努还是为他设置了在人间的寿命，以区别于神灵们。安努给了他灵魂，并为其取名吉尔伽美什。在将他送到人间之前，安努还为他设置了一个显赫的身世。他被认为是伟大的鲁卡班达的后代，圣牛拉曼特·南松的儿子。在一切安排妥当之后，吉尔伽美什就带着众神的嘱托来到了人间。

吉尔伽美什降临在了乌鲁克城，那是幼发拉底河下游东岸的一座城市。因为超凡的武力和智慧，吉尔伽美什很快征服了这里的居民，成为了乌鲁克城的国王。很快，他就成为了远近闻名的英雄。在他的统治下，人间秩序井然，没有人敢再生事端，所有人都老老实实地工作。起初，也有人试图反抗吉尔伽美什的统治，但这些人没有一个有好下场的。渐渐地，没有人再敢反抗他了，所有人都被他管得服服帖帖的。人间的秩序终于建立起来了，众天神们都很高兴。尤其是恩里尔，更为他的得意之作而沾沾自喜。

论勇气、论武艺、论智慧，吉尔伽美什都是当之无愧的英雄。他在人间所向披靡，没有一个人是他的对手。但作为国王，吉尔伽美什却并不是一个贤明的君主。这主要是因为当初众神灵在创造他的时候，恩里尔将自己肆虐急躁的脾性传给了他。所以，人们惧他而不敬他。他常常仗着自己的权势欺压士兵和百姓，甚至公然嘲弄士兵，并要求所有的男子都为他日以继夜地干活。士兵打不过他，百姓更不敢违逆他，所以只能忍气吞声。此外，他还将所有美丽的女子据为己有，供自己享乐。就算是已经嫁为人妇，他也绝不放过。

吉尔伽美什的残暴统治很快激起了民愤，人们怨声载道，纷纷指责吉尔伽美什的不是。可无奈这个国王勇武异常，没有人是他的对手，所以人们尽管怨恨，却无力反抗。后来，压抑的人们开始向天神安努告状，将吉尔伽美什的一切罪状都说给安努听，并请求安努救救他们。人间的怒气直冲上天，安努已经没有办法不管了。

## 吉尔伽美什与恩启都

吉尔伽美什在人间的肆意妄行惹起了众怒，天神安努知道他必须尽快平定民怨，否则人间又要不太平了。他连夜叫来了大神乌鲁鲁，对乌鲁鲁说："当初你曾创造了英勇无畏的吉尔伽美什，现在我要求你再创造一个与他同样出色的人，让他成为吉尔伽美什的对手。这样，他们俩在人间就可以互相牵制，吉尔伽美什也就没有多余的精力去虐待百姓了。"

乌鲁鲁回到家后，用一块湿泥捏造出了一个像野牛一样健壮的怪物。那个怪物全身都长满了毛，披着一头及肩的长发，就像谷物神纳萨帕一样。他不认识人，也没有家，就像妖怪一样与猛兽们生活在一起，样子十分可怕。乌鲁鲁为给他取名为恩启都，并赐给他如吉尔伽美什一样的勇气和力量。乌鲁鲁将他送到了人间，与一群猛兽共同生活在荒郊野外。

在恩启都降临人间的那晚，吉尔伽美什做了一个梦。他梦到天上的一颗星星突然降临到他的身边，他想要把星星拾起来，可无奈怎样用力都搬不动它。就在这时，乌鲁克的居民们赶来了，他们将星星围个水泄不通。吉尔伽美什着急了，他改变姿

**星空**

势，俯身下去用力抱起了星星，一下将星星举过了头顶。接着，他带着星星去找自己的母亲南松神。与星星站在一起，他们倒显得极为般配。

梦醒后，吉尔伽美什还在回想刚才的梦，一切都是那样真实，仿佛真的发生过一样。他想不通梦的含义，就去找自己的母亲南松神。母亲为他解开了谜团，告诉他那个星星非同凡响，将与他成为患难中的知己。他们俩都是非常英勇的人，都是英雄式的人物。吉尔伽美什听了十分高兴，他正愁没有对手、没人懂他呢！他真希望马上就见到他的这个好伙伴，可是这个与他势均力敌的人物现在在哪呢？

恩启都整日与猛兽们生活在一起，出没于深山野林之中。一次，有个猎人无意中看到了恩启都。只见恩启都面色僵冷，目光逼人，看得猎人胆战心惊。更可怕的是，他力大无穷，将猎人设好的陷阱全都扯掉，并从猎人手中救出了很多猎物。好在他似乎并没有想伤害猎人的意思，转身跟随猛兽们回到山林中去了。接连几天，猎人都看到了恩启都。他很害怕，甚至不敢再去捕杀猛兽了。之后的几天，他都没有出门，一直把自己关在家里，整日心不在焉，精神恍惚。

猎人的父亲见到儿子的情景很是担心，就问儿子到底发生了什么事。猎人将事情如实告诉了父亲。父亲对儿子说："别害怕，我倒是有一个办法可以对付他。你到乌鲁克去找一个名为吉尔伽美什的英雄，将你看到的一切都告诉他，然后向他讨要一名神妓。你带着神妓回来后，就到池塘边去等那个怪物。待怪物出现，你就让神妓脱光衣服，尽情展现她的魅力。怪物必定会被神妓所吸引，这样他们就会离开了。"

猎人听了父亲的话，连夜赶往乌鲁克拜见了吉尔伽美什。吉尔伽美什很乐意帮忙，慷慨地送给他一名神妓。按照父亲的嘱咐，猎人叫神妓去引诱恩启都，恩启都果然被神妓迷住了，日夜与神妓纠缠在一起。几日之后，恩启都发现自己有了很大的变化，他不再像以前那样粗野狂暴，但思路却比以前开阔了许多，比以前更有智慧了。野兽们不再与他亲近，而是看见他就跑。恩启都有些失落，他坐下来开始沉思。

神妓也坐到恩启都的身边，劝恩启都说："您是如此伟大的人物，怎么能在这里一直与野兽们生活在一起呢？您还是跟我到乌鲁克去吧！那里有跟您一样伟大的吉尔伽美什，我们到他统治的地方去吧！"恩启都听说有人与自己一样伟大，不禁兴奋起来，对神妓说："我答应和你一起到乌鲁克去，我在这里没有任何对手，我想见见那个与我旗鼓相当的吉尔伽美什，我要向他挑战，与他一较高下！"

一路上，在神妓的指点下，恩启都开始习惯人类的生活。他身上的兽性慢慢退去，人性渐渐彰显。当他到达乌鲁克的时候，已经是一个人性十足的人了。这天，乌鲁克的街头特别热闹。大街小巷聚满了人，不少人都在朝一个地方赶。恩启都很是纳闷，就让神妓叫住一个经过的男人。神妓把男人带到恩启都身边，恩启都问男人："你们这是要去哪儿呀？是不是有什么热闹看？"男人说："我们的国王吉尔伽美什又在大张旗鼓地娶亲了。他已经娶了很多妻子了，就连已婚妇女都不放过，听说这次这个也是已经结了婚的，哎，真是……"男人说不下去了，尽管他有满肚子的怨言，但在大街上抱怨他的国王总归不太好。

恩启都听了男人的话，已经气得脸色发青了。他愤慨地对神妓说："这个吉尔伽美什也太不像话了，看我不去教训教训他！"说着，他也随着人流向广场的方向走去。在广场上，已经聚集了不少人。当人们发现恩启都的时候，都觉得这个男人与他们的国王很是相像，只是个子稍微矮了些。有人不禁欢呼起来："看哪！我们的国家来了一个和吉尔伽美什一样的英雄！"这一句话，使得全场人的目光都聚集在恩启都的身上。人们议论纷纷，有人说拯救乌鲁克人民的人出现了，也有人说一场异常激烈的较量即将在两个英雄之间展开。

吉尔伽美什发现了恩启都，恩启都也看到了吉尔伽美什。人们很自然地让出一条通道来给两位英雄，似乎在等待着他们的较量。可奇怪的是，吉尔伽美什与恩启都的眼睛里全然没有怒火，更没有想要厮杀的样子。那一刻，他们反倒有一种英雄惜英雄的默契。两个人缓缓地走到一起，没有争斗，没有打骂，而是紧紧地抱住了对方的手，接着拥抱在一起，仿佛两个多见未见的老友。吉尔伽美什知道，恩启都就是他梦中的那颗星星。他们果然成为了患难中的知己。

## 征讨洪巴巴

恩启都与吉尔伽美什一起回到了乌鲁克的王宫，成为了吉尔伽美什最得力的助手。吉尔伽美什听说森林中住着一个无恶不作的恶魔，名叫洪巴巴。他到处兴风作浪，搞得大地上生灵涂炭，而且他还绑走了女神伊什塔尔。吉尔伽美什决定去征讨洪巴巴，消灭人间的罪恶，救出女神伊什塔尔。他向恩启都征询意见，毕竟恩启都是从森林里出来的，比他更了解森林中的情况。

恩启都对吉尔伽美什说："那个恶魔十分可怕，没有人敢靠近它。只要它一声怪叫，山洪便会爆发；大口一张，便会喷出烈火。任何人只要沾了他吐出的一口气，就会马上死去。为什么你要去征服他呢？我劝你还是不要去了。"吉尔伽美什却说："我的朋友，难道你害怕了吗？我们都是勇敢的人，不要让自己身上的英雄气概丢失。跟我一起去讨伐那个恶魔吧！哪怕是战死，也可以流芳百世。"

恩启都确实是有一点担心，因为他刚做了一个十分不吉利的梦，这让他对这次出征充满了担忧，或许他会遭遇不测。不过他不愿打消吉尔伽美什的积极性，也不愿放弃征讨恶魔的机会，所以他答应同吉尔伽美什一起出征。

吉尔伽美什知道，他们此去充满了艰险，很可能一去不回。因此，在临行之前，他必须见见自己的母亲。他希望得到母亲的帮助和祝福，这将给他信心和力量。南松神向神祈祷了一番，接着对恩启都说："孩子，你虽然并非我的亲生骨肉，但我现在愿意收你为义子。从此以后，你就是我的孩子了。我将我的儿子吉尔伽美什交给你，你一定要保证他的安全，让他平安回到我的身边。"恩启都点了点头，表示自己一定会保护吉尔伽美什的安全。

吉尔伽美什是古代苏美尔的一个强权王者。他与恐怖的生物，诸如巨人洪巴巴进行战斗，以求创造一个永生不朽的个人传奇。

吉尔伽美什举起斧头向洪巴巴挥去。

南松神又对自己的儿子吉尔伽美什说:"你们此去必定困难重重,森林中的情况你不熟悉,所以你要听恩启都的,让他走在你的前面。"吉尔伽美什答应了母亲。接着,南松神又一一祝福了吉尔伽美什和恩启都,请求太阳神沙玛什一路上保护他们。吉尔伽美什和恩启都告别了母亲,就开始准备出征了。

吉尔伽美什命工匠为他打造了一把大斧和一柄长剑,恩启都也让工匠打造了几样武器。两个人各准备了六百镑的武器,准备刺杀恶魔洪巴巴。出发那天,乌鲁克的人民都来送行。一位德高望重的长老对吉尔伽美什说:"此去充满了凶险,你性情又急躁,凡事不可鲁莽行事,多听听恩启都的意见,他比你更有经验,也更了解情况。听说洪巴巴十分凶恶,你们一定要多加小心,希望神保佑你们平安归来。"吉尔伽美什与恩启都热泪盈眶,告别了乌鲁克的人民,他们就上路了。乌鲁克的人民翘首以盼,都在等待着他们的英雄凯旋。

吉尔伽美什和恩启都日夜兼程,仅用了三天的时间就走完了常人要走一个半月的路程。当他们到达森林入口时,遇到了第一道障碍。洪巴巴手下的士兵正在入口处放哨站岗,他们个个都手拿尖枪,凶神恶煞地看着前方。吉尔伽美什有些心慌,在原地站了半天,丝毫没有要进攻的意思。恩启都见此情景,忙激励吉尔伽美什说:"现在才仅仅是个开始,你就已经退缩了吗?难倒你连洪巴巴的影子都没见到就想要回去吗?想想出发前你的豪言壮语吧!"

吉尔伽美什果然备受鼓舞,他挥起大斧,向哨兵走去。经过一番激烈的较量,吉尔伽美什和恩启都取得了胜利。通往森林的大门敞开了,他们离洪巴巴又近了一步。进入森林,他们觉得有些晕。森林如此之大,究竟该到哪里去找洪巴巴呢?恩启都说:"别着急,我们仔细找找,洪巴巴所行之处必然留有印迹。我们只要循着印迹去找,就一定可以找到洪巴巴。"果然,他们在森林中发现了一些特殊的印迹,比如说大路变得笔直、小路变得平坦等。

在杉树山前,吉尔伽美什做了个梦。他梦到天塌地陷、电闪雷鸣,整个世界都陷入了一片黑暗之中。吉尔伽美什被噩梦惊醒了,他连忙把自己的梦说给恩启都听。恩启都听后,觉得杉树山定会对他们不利,于是拿起斧头将杉树砍倒。随着杉树的倒下,恶魔洪巴巴出现了。他愤怒地叫骂:"是谁这么大的胆子,竟敢将我的杉树砍倒?"吼声冲天,吓得吉尔伽美什和恩启都连连后退。

就在危急时刻,太阳神沙玛什出现了。他对吉尔伽美什和恩启都说:"不要害怕,快逼近他,千万不要被他的吼声吓住了。"吉尔伽美什与恩启都定了定神,勇敢地向洪巴巴冲去。太阳神沙玛什用狂风吹向了洪巴巴,刮得洪巴巴张不开眼睛,进退不得,只好向吉尔伽美什投降。洪巴巴为了脱身，故意低三下四地讨好吉尔伽美什："我的英雄吉尔伽美什啊！您是最伟大的，我已经屈服在您的武力之下。我愿意做您的仆人，从此后一心一意地伺候您，请您放过我吧！"

吉尔伽美什举起的斧头停在半空，似乎在犹豫什么。恩启都连忙劝道："吉尔伽美什，你可千万不要相信他的甜言蜜语，那些话都是哄你的。如果你在这个时候手软，我们就前功尽弃了。"听了恩启都的话，吉尔伽美什不再犹豫，迅速地落下了斧头。随着斧头的下落，洪巴巴的头颅被砍掉了。接着，他们又救出了被困的伊什塔尔女神。一场征讨恶魔的行动终以胜利告终，所有人都由衷地感到高兴。

## 吉尔伽美什与伊什塔尔

吉尔伽美什杀死了洪巴巴，拯救出了伊什塔尔女神。可这位多情的女神却看上了英俊的吉尔伽美什，甚至要求成为吉尔伽美什的妻子。

伊什塔尔在吉尔伽美什面前尽情卖弄着她的万种风情，希望能打动吉尔伽美什。她柔情款款地对吉尔伽美什说："伟大的吉尔伽美什，我心中的英雄，是你从恶魔的手中拯救了我，让我重新获得自由。自我见到你的那一刻起，我的心就已经完全属于你了。请接受我的爱意，让我成为你的新娘吧！"

吉尔伽美什没有说话，只是一直低着头保持沉默。对于眼前的这位女神，他是有一些了解的。在众神之中，伊什塔尔的风流是出了名的。她有过一个丈夫，还有过无数情人。这些与她有关系的男神，没有一个有好结果。她的丈夫绿色和春天之神坦姆兹被她送到了地狱之中；她的情人伊舒兰努因为不肯屈从于她，竟被她点化成青蛙，至今还半死不活；她所钟情的牧人也被她点化为狼，受尽了折磨。此外，这位女神的残暴也是出了名的。她曾折断了花斑三宝鸟的翅膀，并将它打得体无完肤；她曾将用计将雄狮骗入陷阱之中；她曾将骏马溺死在粪便之中，等等。

如今，这位臭名昭著的女神竟然要嫁给吉尔伽美什。吉尔伽美什觉得心中一阵好笑，他是断然不会答应的，可他也没有马上拒绝伊什塔尔。他故意对伊什塔尔说："做你的丈夫，我何德何能呢？我又能给你什么呢？"伊什塔尔见吉尔伽美什没有拒绝她，心中一阵欢喜，忙对吉尔伽美什说："我心中的英雄，只要能跟你在一起，我什么都不要。我不需要你给我什么，相反，我倒可以给你很多。我愿意为你付出一切，哪怕让我受尽苦难，我也是心甘情愿的。"

吉尔伽美什已经厌倦了伊什塔尔的虚伪，他不冷不热地说："成为你的丈夫？难倒你想害死我吗？你的旧情人个个死于非命，下场凄惨，你的专横跋扈也是出了名的，我才不会选你这样的人

**女神雕像　古巴比伦**

做我的妻子呢!"

伊什塔尔睁大了眼睛,她万万没有想到吉尔伽美什会这样对她说话。吉尔伽美什见伊什塔尔惊呆的样子,就把伊什塔尔过去曾经做的坏事都数落了一通。伊什塔尔十分恼怒,这个人竟敢公然揭她的老底,让她无地自容。她必须要惩罚这个狂妄的人,否则难消她心头的怒火。

愤怒的伊什塔尔找到了父亲安努,对安努大声控诉吉尔伽美什的罪状:"我亲爱的父亲啊!您知道您所创造的人间统治者吉尔伽美什在人间都干了些什么吗?他竟然出恶言侮辱您的女儿,让我十分难堪。父亲啊,他这样侮辱您的女儿,就是对您的不敬。您可不能让他再这样放肆下去了,否则他必将会成为您的心腹大患。"面对暴跳如雷的女儿,安努显得很平静。他问伊什塔尔:"你是不是招惹了吉尔伽美什,所以他才会对你出言不逊?"伊什塔尔辩解道:"当然不是,我并没有招惹他。"

安努知道女儿的脾气,心想定是她招惹了吉尔伽美什,否则吉尔伽美什也不会羞辱她。所以,他并没有理会女儿的吵闹,转身就要离开。看到父亲要走,伊什塔尔急了。她上前拦住父亲,对父亲说:"父亲,这件事您可以不管,但你必须答应我为我制造一头天牛,让我去收拾吉尔伽美什。"安努说:"我不能答应你的要求。你应该知道,如果我为你制造一头天牛,那么人间就将歉收七年,没有粮食和青草,你让人类和兽类如何生存呢?"伊什塔尔说道:"这点您不用担心,我会储存好七年的粮食和青草,保证在这七年里,人类和兽类都不会被饿死。"

安努推脱不掉,只好答应为伊什塔尔制造一头天牛。天牛造好之后,伊什塔尔就命令天牛来到乌鲁克城,寻找吉尔伽美什报仇。来到乌鲁克城的天牛到处寻找吉尔伽美什,乱闯乱撞,伤了很多人,损坏了很多建筑。

百姓们纷纷跑到王宫告状,请吉尔伽美什制服天牛。吉尔伽美什得知情况后,马上与恩启都商量对策。他们一起到街上找到了天牛,与天牛厮打在一起。天牛虽然也很勇猛,但终究不是吉尔伽美什和恩启都的对手,很快就败下阵来。恩启都杀死了天牛,并把它的心肝献给了太阳神。

看到自己的天牛惨死,伊什塔尔更加痛恨吉尔伽美什。她对着吉尔伽美什大喊:"你这个该死的,竟然杀死了我的天牛,我诅咒你不得好死!"吉尔伽美什对伊什塔尔的辱骂根本不予理会,恩启都则掰下了天牛的一条大腿朝伊什塔尔扔去。他大声对伊什塔尔说:"快给我闭嘴,你这个疯子!要是让我抓到你,我一定会像整治天牛一样整治你。"伊什塔尔不再叫骂了。她悲哀地坐在天牛腿上,日夜不停地叹息。

## 恩启都之死

恩启都帮助吉尔伽美什杀死了伊什塔尔女神的天牛,这件事很快就传到了天上。天神们议论纷纷,商量着如何惩罚吉尔伽美什和恩启都。

其实,恩启都自征讨洪巴巴之前,就已经有了不祥的预感。他不知道在征讨洪巴巴的过程中会发生什么事，他甚至想过自己可能会死在路上。然而直到杀死天牛，他都没有发生任何事。这让他几乎忘了临行之前的不祥预感，可就在杀死天牛之后，这种不祥的预感又来了，而且比上一次来得还要强烈。他隐隐感觉到，可能真的有什么不幸的事要发生在自己身上。

这天晚上，恩启都做了一个梦。在梦中，他来到了天国，看到众天神正聚集在一起开会，而他们开会的内容就是对吉尔伽美什和恩启都的惩罚。一手创造出天牛的安努认为，吉尔伽美什与恩启都杀死了天牛，他们已经触犯了天条，应该被判死罪；恩里尔认为吉尔伽美什虽然有罪，但他是国王，不能就这样死去，因此可以由恩启都来承担所有的罪过；太阳神沙玛什则认为，吉尔伽美什与恩启都都是按自己的旨意办事，他们都不应该受到惩罚。三种不同的意见中，恩里尔的意见占据主流，大多数天神都同意对恩启都进行惩罚。尽管太阳神沙玛什拼命地为他辩护，但无奈寡不敌众，众神最终作出了处死恩启都的决定。

梦醒之后，恩启都只觉得全身无力，很快就卧病在床。看到好友患上怪病，且无论如何医治都不见效果，吉尔伽美什十分着急。恩启都将自己做的梦告诉了吉尔伽美什，并对他说："我想这必定是神的旨意，你不要为我难过，即使我到了地下，我也会祝福你的。"

当天夜里，恩启都又做了一个梦。梦中他一个人独自走在荒原上，忽然，迎面来了一个面目狰狞的怪兽。怪兽用利爪紧紧抓住恩启都的衣服，恩启都只觉得一阵窒息，随后便晕倒过去。

待恩启都身体恢复直觉，他已经变成了另外一副模样。他的两只手臂变成了一对翅膀，且身上已经长满了羽毛。那个怪物又将恩启都带到了地下世界，在那里，他见到了许多已故的人。

第二天，恩启都似乎已经感觉到自己大限将至，忙拉住吉尔伽美什的手，向他讲述了昨晚的梦境。

吉尔伽美什虽然不懂其中的含义，但他和恩启都一样都感到有什么可怕的事就要发生了。吉尔伽美什连忙去找自己的母亲南松神，请她来解恩启都的梦。南松神的解释证实了吉尔伽美什的不安，他的好友已经时间不多了。他急奔回王宫，守在恩启都旁边，希望能多看好友几眼。

可是此时的恩启都已经看不到他了。在吉尔伽美什走后，恩启都便昏了过去，而且这一昏迷就是十几天。

在恩启都昏迷的这十几天里，吉尔伽美什几乎寸步不离恩启都的身边。他要守护着好友，不让恶魔将好友带走。

到了第十二天的时候，恩启都终于睁开了他的眼睛。他微弱地喘着气，对吉尔伽美什说："朋友，我可能要先行一步了。那可怕的诅咒落在了我的头上，我必须到地下王国报到了。可我真的不愿就这样死去，大丈夫不能战死沙场，干一番轰轰烈烈的大事，真是人生最大的遗憾。只可惜，我没有办法再实现我的理想了。"说完，恩启都便带着遗憾永远地闭上了眼睛。

吉尔伽美什大声呼喊着恩启都的名字，希望好友不要睡去。他多希望恩启都能够再次睁开眼睛，他多希望恩启都只是睡着了。可是无论吉尔伽美什怎样呼唤，恩启都的眼睛都是紧紧闭着，没有丝毫要睁开的迹象。

吉尔伽美什在恩启都的床边大声地哭号，哭声惊天动地，所有的人都为之动容。可一切都已经来不及了，恩启都已经走了，再也不会回来了。吉尔伽美什从没受过如此大的打击，他就这样失去了自己唯一的知己。他甚至还来不及对恩启都论功行赏，就再也见不到这位好友了。

自恩启都死后，吉尔伽美什整日都处在极大的悲痛之中。他日夜守在恩启都的尸体旁，哪儿都不去。他幻想会出现奇迹，让恩启都死而复生。他不愿将恩启都下葬，因为一旦下葬，他就真的再也见不到恩启都了。

直到恩启都的尸体已经开始腐烂，并散发出怪味，吉尔伽美什才在众人的劝说下为恩启都举行了隆重的葬礼，让好友入土为安。此后，他仍然不能忘记好友，常常回想起与恩启都在一起的日子。他不想再见任何人，不想再问任何事，独自一个人离开了乌鲁克，到原野上游荡去了。

## 达伊里

古代的巴比伦人非常崇拜彼勒神。上到王公贵族，下到平民百姓，都将彼勒神视为偶像。除了每天的朝拜以外，还常常为彼勒神敬献贡品。在巴比伦人的心目中，彼勒神是至高无上的神。任何对彼勒神不敬的行为都会遭到人们的唾弃和指责，哪怕只是说一句对彼勒神不敬的话，也是不允许的。

巴比伦的国王居鲁士有很多得力助手，其中最受器重的是亚伯的儿子达伊里。与以往的国王一样，居鲁士对彼勒神也十分崇敬，可是他的宠臣却对彼勒神十分不敬。在巴比伦人的传统中，还没有不崇拜彼勒神的先例。因此，当居鲁士得知达伊里不崇拜彼勒神时，他十分生气。他绝不允许在他统治的国家里有人对彼勒神不敬，即使是自己最宠爱的臣子也不例外。

这天，居鲁士把达伊里叫到身边。虽然他对达伊里不崇拜彼勒神的行为很不满，但他也不想公然处置达伊里。他责问达伊里："你身为巴比伦人，怎么能不崇拜最最伟大的彼勒神呢？你知道自己在干什么吗？"达伊里不紧不慢地说："尊敬的国王陛下，我只是不愿意去崇拜一个人们用手捏造出来的偶像。"居鲁士反驳道："虽说如此，但他却是有生命的，你没有看到他每天要享用多少美食和美酒吗？"达伊里答道："不，陛下，他只是一个不能吃喝的废物。"

居鲁士本来是想耐心地说服达伊里崇拜彼勒神的，可没想到达伊里竟如此固执，而且还说出如此大逆不道的话来。居鲁士彻底被达伊里激怒了，他将彼勒神庙中的祭司全部叫来，当面质问他们："你们如实地告诉我，彼勒神前面的东西是被谁吃掉了？"祭司们吓了

古巴比伦城墙遗址

一跳，不知国王为什么会这样问，连忙答道："当然是最伟大的彼勒神吃掉的。"居鲁士看向达伊里，说："听到了吗？我们最崇拜的彼勒神每天都会将他面前的大量食品吃掉，你还敢说他是不吃不喝的吗？"

达伊里镇定地说："不，国王陛下，他们说的不是实话。供奉在彼勒神前面的食物并不是被彼勒神吃掉的，而是被人偷吃的。"

达伊里的话激起了祭司们的愤怒，他们大声指责达伊里对彼勒神不敬，并向国王保证食物确实是被彼勒神吃掉的。居鲁士为了让达伊里心服口服，就当众宣布："这样吧！我们明天就到神庙去验证一下。如果食物不是被彼勒神吃掉，而是被人偷吃的，那么神庙的所有祭司们都难逃一死；相反，如果食物确实是被彼勒神吃掉的，那么达伊里就要接受死刑。"

达伊里和祭司们都表示赞同。从表面上看，双方都是信心满满的样子。但事实只有一个，究竟什么才是真相呢？

当天，居鲁士与达伊里带着随从一起来到了神庙。在神庙中彼勒神像的前方，居鲁士亲手献上了贡品，然后命人将神庙的门封起来。在退出神庙之前，达伊里说他要先做一件事。他让随从在地面上洒满了木屑，屋内的各个角落都不要遗漏。一切布置妥当之后，才与国王一起退了出来。随从将神庙的门用居鲁士钦赐的封条封好，然后便离开了。国王对达伊里说："现在我们已经将门封好了。如果明天早上食物没有动，那就说明彼勒神没有吃过；如果食物已经被吃，那就说明确实是彼勒神吃了，你就该受到惩罚。"达伊里笑了笑，没有说话。

第二天早上，当众人再次来到神庙时。神庙门上的封条还完好无损，说明并没有人破门而入。接着，居鲁士让人打开封条。推开大门一看，桌案上的食物已经全部被吃光。居鲁士忙命人将达伊里抓起来，要治他的罪。达伊里镇定地说："国王陛下，在您降罪之前，请先看看神庙的地面吧！"

国王低头一看，只见屋内的木屑上印着大大小小很多脚印，有的像男人的，有的像女人的，有的像小孩的。

289

居鲁士马上明白了一切，命人将神庙的祭司们全部召来，问他们是何缘故。祭司们一看吓傻了眼，将事情原原本本地向居鲁士交代了。

原来，在神像的下面有一条密道，直接通往神庙之外。每天夜里，祭司们都会拖家带口地从密道进入神庙，将神像前的食物吃个一干二净，然后再由密道返回。日复一日，年复一年，始终如此。人们误以为是彼勒神吃了前面的食物，就不断供奉美酒佳肴。现在事情败露了，祭司们知道终究难逃一死，还是说出真相吧！得知真相的居鲁士怒不可遏，他命人将祭司及其家人全部斩首，并当场砸毁了彼勒神的神像。从此，居鲁士不再要求达伊里信奉彼勒神，连他自己也不再信奉了。

虽然居鲁士不再要求达伊里信奉彼勒神，但对于达伊里信奉上帝的做法，居鲁士还是很不满。巴比伦人除了信奉彼勒神外，还很崇拜当地的一条大蛇。居鲁士想让达伊里也信奉这条大蛇，就对达伊里说："我们崇拜的大蛇是活灵活现的，它能吃能喝，你为什么不崇拜它呢？"达伊里说："虽然它是活生生的，但它却不是永生的，只有上帝才是永生的。"居鲁士不服气地说："你凭什么说大蛇不是永生的，它已经陪伴我们这么多年了。"达伊里说："我将亲手杀死大蛇，证明给您看。"

**巴比伦宝塔式建筑遗迹**

其实，要杀死一条大蛇并不难，只要稍稍动点脑筋，就可以将它送入地狱。达伊里很轻松地做到了。

居鲁士看到大蛇果然不堪一击，就相信了达伊里的说法，从此不再信奉大蛇。不过国王的意见并不能代表所有巴比伦人民的意见，在达伊里相继砸毁神像、杀死大蛇神之后，很多巴比伦人都对他非常不满。

有些极端的人开始策动叛乱，他们组织了一条军队，逼向了居鲁士的王宫。在攻入王宫之时，他们要求居鲁士交出达伊里，否则就杀死他和他的全家。无奈，居鲁士只好将达伊里交到了叛军的手中。

这些人缴获达伊里后，将他投入了森林中的狮子洞。狮子洞中有七头凶猛无比的狮子，所有被投进去的人都会被它们瞬间撕成碎片。

可是达伊里有上帝的保佑，在狮子洞中，狮子们都安静地趴在他的身边，没有丝毫要伤害他的意思。

不过达伊里还是饥渴难耐，这时，他所信奉的上帝向他伸出了援助之手，为他送来了食物和水。

当居鲁士来到狮子洞悼念达伊里的时候，马上被眼前的情景惊呆了。他简直不敢相信自己的眼睛，达伊里不但没有死，而且还与狮子们待在一起。这次，他彻底相信达伊里所信奉的上帝了。他命人放出了达伊里,将叛军首领投进了狮子洞。这些叛军刚被投入狮子洞,狮子们就一起上去,将他们撕扯成了碎片。而被放出的达伊里,则又成为了居鲁士的爱臣,受到了居鲁士的重用。

## 菜豆男孩

有一对老夫妻,一直都没有孩子。看着别人家的孩子在外面玩耍,老婆婆常常偷偷地掉眼泪。她多希望自己也有一个活泼可爱的孩子啊!可是她如今已经年纪一大把,是不可能再有孩子了。

一天,老婆婆正要烧火做饭,忽然听到一个清脆的声音在叫她:"妈妈,妈妈!"

老婆婆一愣,这是在叫自己吗?自己并没有孩子呀!谁在叫妈妈呢?可声音出现在她家,如果不是叫她,那又是叫谁呢?老婆婆循着声音找去,在炉膛里发现了一个可爱的小男孩。

老婆婆真是又惊又喜,她只记得自己将一罐菜豆放在这里,如今怎么变成一个小男孩了呢?这究竟是什么回事呢?不管这些了,一定是伟大的安努赐给她的。因为小男孩的出生与菜豆有关,所以老婆婆就给他取名为菜豆男孩。

菜豆男孩一天天长大了,也能跟其他孩子在一块玩耍了。老婆婆高兴极了,以前,望着那群嬉笑玩耍的孩子,她总要伤心半天。如今,那群孩子中也有一个是属于自己的了。跟邻居们在一起,她也不再觉得有什么不如人的了。因为有了菜豆男孩,她的生活发生了很大的变化,整个家也变得更加温暖起来。

一天,菜豆男孩和伙伴们一起到森林中玩耍,玩着玩着就忘了时间,结果没能在天黑前赶回家。

森林中有一个魔鬼,只要夜幕一降临,他就会出来活动。眼见天已经黑了下来,伙伴们都很害怕,只有菜都男孩镇定自若,带领着大家往前走。走着走着,魔鬼忽然挡住了他们的去路。

一下子见到这么多孩子,魔鬼高兴极了,他已经很久没有饱餐一顿了。他没有露出凶恶的面孔,而是装出一副慈祥的样子,热情邀请孩子们到他的家中做客。

菜豆男孩代替大家接受了魔鬼的邀请,因为他知道除此之外,他们别无选择,与魔鬼来硬的肯定是不行的。

魔鬼将孩子们带到家中,就催促他们赶紧睡去,他也好动手。过了半个小时,魔鬼问:"孩子们,你们都睡了吗?"

勃然大怒的魔鬼。

菜豆男孩答道："没有，菜豆男孩没有睡。"

魔鬼就问："你为什么不睡觉呢？"

菜豆男孩说："每天晚上，妈妈都会在睡前给我做些好吃的，不吃东西，我睡不着。"

魔鬼没有办法，出去准备了一些好吃的。菜豆男孩让大家赶紧吃些东西，补充一下体力。吃完东西，魔鬼又催促孩子们睡觉。

一个小时之后，魔鬼又问："孩子们，你们都睡了吗？"

菜豆男孩说："没有，菜豆男孩没有睡。"

魔鬼有些生气了，问："你怎么还不睡？"

菜豆男孩答道："每天晚上睡觉之前，妈妈都用喂月亮海中的水给我喝，喝不到月亮海中的水，我就睡不着。"

魔鬼没有办法，只得去月亮海打水。去月亮海的路途可不近，往返一次至少要花费两个小时的时间。魔鬼走后，菜豆男孩连忙叫醒了伙伴们，让伙伴们穿上衣服赶紧回家，自己留在这里等魔鬼回来。伙伴们让菜豆男孩一起回去，菜豆男孩没有同意，他要留下来将魔鬼除掉。

魔鬼打水回来，看到只有菜豆男孩一个孩子，其余的孩子都跑了，不由得勃然大怒。他将菜豆男孩装进袋子里，将袋口封好，自己则出去寻找树枝，他要好好地收拾一下这个可恶的孩子。

菜豆男孩趁魔鬼离开的时间钻出了袋子，将魔鬼的猫抓来放在袋子里，然后封好袋口，自己则躲在一边等魔鬼回来。

魔鬼找寻树枝回来，对着口袋狠狠地抽打，口袋中不时发出猫叫声。魔鬼以为是菜豆男孩搞的鬼，并没有在意，继续抽打。直到打得口袋鲜血直流，他才住了手，可打开袋口一看，却看到自己的爱猫躺在里面。

魔鬼气得暴跳如雷，恨不得将菜豆男孩碎尸万段。当魔鬼在角落里找到菜豆男孩时，张口就要吃了他。

菜豆男孩大喊："先别吃我。"

魔鬼住了口，他想听听菜豆男孩说些什么，反正现在他已经逃不脱自己的手掌心了。

菜豆男孩接着说："您这样将我吃掉多没滋味呢？如果您能烙一张大饼，将我卷着吃，那一定会非常美味的。"

魔鬼觉得很有道理，就按菜豆男孩说的做了。可就在魔鬼烧火的时候，菜豆男孩趁其不备，在背后猛踢他一脚。魔鬼被踢入了炉膛，一声惨叫后便无声无息了。

菜豆男孩除掉了可恶的魔鬼，以后孩子们再也不用害怕到森林里面玩了。村里的人都称赞菜豆男孩是勇敢智慧的小英雄，对他非常尊敬。

# 印度神话故事

## 梵天创世

尚未形成的世界是一片黑暗的，到处都是混沌的景象，所有的地方都是空荡荡的。整个世界显得那么地孤寂，没有天、没有地、没有水、没有火，也没有日月星辰、云雨雾风、花草树木、鸟兽鱼虫。当然，此时的世界上，更不会有后来作为万物之灵的生物——人。

不知过了几亿年，世界上有了第一种物质——水。浩瀚的大水是自发产生的，传说它是由至高无上的存在创造的。大水无边无际，充斥了世界的每一个角落。

又过了几亿年，世界上第二种物质出现了，那就是火，这种物质产生于无边的大水之中。起初火只不过是一颗小小的火星。火星在水中越来越大，甚至于到最后居然在大水中熊熊燃烧起来。火不断对水释放热力，渐渐地，水中居然冒出一枚蛋，那是一枚金色的蛋。这枚金蛋在水中漂流着，没有任何东西阻碍过它的漂流。过了不知多少年，金蛋突然裂开了，最伟大的神、宇宙的主宰、世界的创造者——大梵天从中诞生了。

伟大的梵天从一出生就施展了他无边的法力，开始创造整个宇宙。他把孕育他的金蛋的蛋壳分为两个部分。他把蛋壳的上半部分变成了无边的天空，下半部分变成了无尽的大地，就这样宇宙间的天地形成了。梵天使天和地永远地、彻底地分开了，他要为自己创造一个可以活动的空间。

虽然宇宙已经具有了雏形，但是它依然是混沌的，因为此时的宇宙没有方位。于是梵天就创造出

**婆罗门教主神梵天**
梵天创造世界，有四脸四臂，能眼观四面八方，是至高无上的神。图中的他骑在一只野鹅上，飞翔的野鹅象征着灵魂的解放。

**印度教诸神神像**

诸神围绕的是毗湿奴及其妻吉祥天女。在人类遭遇危机时，诸神会出现在地面上帮助人们。

了东、南、西、北四个方位，然后又确立了时间概念，出现了年、月、日以及小时。自此，宇宙才得以真正形成，成为了可以孕育生灵的摇篮。

过了一段时间，伟大的梵天开始苦恼。虽然他创造了宇宙，虽然他是宇宙的主宰，但是每当他环望天空、俯视大地的时候，一切是那么地黑暗，那么地沉寂，因为此时的宇宙中没有任何的生物，没有一点生机。梵天感到寂寞了，感到孤独了，他想："这个世界为什么一点生机都没有呢？我一个人简直是太孤独了，我应该找一个或几个伴侣，那样一者可以让我不再觉得寂寞，二者也可以让他们无限地繁衍后代，使这个由我创造出来的世界变得有生气。"

梵天这个想法刚刚冒出，马上就有六个儿子从他身体的各个部分诞生出来。其中，老大名叫摩里质，产生于梵天的心灵。他是创造了天神、妖魔、人类、禽兽以及所有生物的著名仙人伽叶波的父亲。老二名叫阿底利，诞生自梵天的眼睛。他是正义之神达摩和月神苏摩的父亲。老三名叫安吉罗，出自梵天的嘴巴。他是安吉罗仙人家族的祖先。老四名叫补罗私底耶，出自梵天的右耳。相传他是恶魔罗刹的祖先。老五名叫补罗诃，诞生于梵天的左耳。相传他是半人半神的小精灵夜叉的祖先。老六名叫克罗图，产生于梵天的鼻孔。这六个儿子是最早的神，都是宇宙中伟大的造物主。

梵天创造完这些伟大的、崇高的造物神以后，决定再创造出能够繁衍后代的神。他先从自己的右脚大拇指生出了第七个儿子——达刹，然后又从自己的左脚大拇指生出了一个女儿——毗里尼。达刹和毗里尼在梵天的庇护下生长得非常快，最后还结为夫妻。

达刹和毗里尼是我们的始祖，繁衍了我们后世的人类。在他们结为夫妇后不久，就生下了五十个女儿。这些女儿都嫁给了他们的哥哥或是哥哥的儿子们。其中，有十三个女儿嫁给了摩里质的儿子伽叶波，二十七个女儿嫁给了阿底利的儿子月神苏摩。

在达刹和毗里尼所有女儿中，最为有名的是大女儿底提、二女儿檀奴以及三女儿阿底提。底提是巨魔底提耶族的母亲，檀奴则是巨魔檀那婆族的母亲，她们的儿子被后人统称为阿修罗。三女儿阿底提一共生有十二个儿子，被后世的人们统称为天神。他们个个都是英明的神，比如守护之神毗湿奴、雷电之神因陀罗、海神婆楼那、太阳之神苏里耶等，特别是守护之神毗湿奴和雷电之神因陀罗更是声名显赫。

梵天在创造完世界后，感觉非常疲惫，不想再去管理宇宙了，就将整个宇宙的统治权交给了他的后代——阿修罗以及天神们。

起初，整个宇宙的领导权是归阿修罗们所有的。他们法力无边，拥有极其强大的军队。他们有着数不清的财宝，而且还能随心所欲地变成任何形态。为了能够更好地统治世界，巩固住他们对世界的统治权，阿修罗们在天地之间建起了由金、银、铁构成的三个要塞，并把它们连接起来，统称为"特里普拉"，即"三连城"的意思。

慢慢地，这些作为天神长兄的阿修罗们开始忘乎所以。他们目空一切，骄傲自大，不把任何东西放在眼里，甚至于众神。天神们再也不能忍受阿修罗们的胡作非为，他们与阿修罗之间展开了一场争夺宇宙控制权的战争。

阿底提的十二个儿子勇猛异常，他们在国王因陀罗的领导下，与阿修罗展开了激烈的战斗。最后，在这场战争中，无数的阿修罗被天神的队伍杀死，使得他们元气大伤，就连特里普拉也在斗争中被湿婆摧毁。没办法，阿修罗们只得认输，将宇宙的控制权交给了自己的弟弟。

从那以后，整个世界就一直由英明的、崇高的、法力无边的天神们领导。

# 天帝因陀罗

天帝因陀罗刚强勇猛，他杀死旱魔夫利特，夺回被盗走的奶牛，从而成就了一系列的丰功伟绩。他的妻子舍质温柔善良，美丽大方，尽管她是阿修罗的后裔。

因陀罗是阿底提的第七个儿子，也是阿底提十二位天神中最勇猛的一个。他威风凛凛，所向披靡，曾率领天界众神们打败了不可一世的阿修罗们，夺回了宇宙的统治权，最后被天神们奉为统领，成为天帝。

他的武器是一个金刚杵，坐骑是一头战象。他是雷电之神，也是人类的保护神。他给大地送去甘露，让农田获得丰收，一直受到凡间的顶礼膜拜。

但是，伟大的天帝因陀罗曾经被无情的命运捉弄过，差点无法返回天界。故事还要从天神和阿修罗的战争说起：

在那场争夺宇宙统治权的斗争中，所有的天神都尽心竭力地加入战斗。但是，在天神中也出现了一个叛徒，那就是创造与建筑之神陀湿多的儿子，天神们的大祭司。他暗中勾结阿修罗，企图消灭所有的天神。天帝因陀罗知道了这件事后，愤怒至极。他骑上战象，拿起了金刚杵，解决了这个叛徒。

这次战斗后，有一个人要找他算账，那就是因陀罗的亲哥哥、大祭司的父亲——陀湿多。但为了平息他的怒气，因陀罗不得不自我流放。于是，他离开了天界，离开了他的妻子，躲在莲藕的藕节中度日。

失去统帅的三界开始

**因陀罗率领正义之师战败阿修罗**
画中间骑着一头战象的是天帝因陀罗，在因陀罗的左边是骑着南迪牛的毁灭之神湿婆。画面右边的是兽头人身的阿修罗。

**因陀罗受刑镏金铜像**

变得混乱起来。天地间昼夜更替没有规律，世界上的江河湖海也开始断流，大批的生物在可怕的混乱中死去。最后，天神们觉得不能再这样下去，必须找出一位新的领袖。

选来选去，天神们最后决定，让地球的统治者、月亮家族的国王——友邻王来统治三界。因为只有友邻王才有着和因陀罗一样的力量、一样的品德和同等的名声。只有他做天帝，才能让所有的人信服。于是，友邻王在众神们的一再坚持下，坐上了天帝的宝座，并得到了所有天神的赐福。天神们以为从此天下就太平了，却没想到等待他们的将是一场更大的灾难。

一开始，友邻王还能严格要求自己，但渐渐地那无边的权力助长了他的贪念，他变得飞扬跋扈，目空一切，就连梵天都不放在眼里。天神们开始为他们当初的决定后悔，但是如今也没办法，因为友邻王的力量是他们赐予的，给出去的东西是收不回来的。

更加让人难以忍受的事情发生了。一天，友邻王外出时看到了因陀罗美丽的妻子舍质，被她的外表迷住了，并动了邪念，要占有她。于是，他下令让舍质进宫觐见，好趁机行不轨之事。

舍质看出了友邻王的心思，宁死也不进宫。天神们也对友邻王卑鄙无耻的做法感到愤怒，决定帮助舍质渡过难关。可商量来商量去，谁也没想出一个合适的办法。最后，众神决定去找毗湿奴大神。

天神们先把舍质藏起来，然后来到了毗湿奴的住处。他们请求大神为因陀罗洗刷罪行，让他能够重返天界。毗湿奴对天神们说："你们要找到因陀罗，让他为我举行一次盛大的马祭。只有那样，我才能为他洗刷掉罪行，让他重新归位。"天神们找遍了世界的每个角落也没有找到因陀罗。

舍质见众神没有找回自己的丈夫，很是伤心。她虔诚地向夜神祈祷，祈祷他能够帮助自己找到因陀罗。最后，夜神被舍质的诚心打动了，化成一个美丽的仙女，带领舍质找到了因陀罗。

舍质看见久别的丈夫悲喜交加，向他哭诉了自己的思念之情。之后，她又痛陈友邻王的昏庸，希望因陀罗能够振作起来，打败友邻王。此时的因陀罗已经没有了斗志，他只是对妻子说："算了吧！我能怎么办呢？他可是拥有众神的力量啊！"

舍质知道丈夫已经失去了斗志，赶忙告诉他说毗湿奴大神会为他洗刷掉罪行。因陀罗听说他的罪行可以被洗刷掉，十分高兴，对妻子说："我会去的，我一定能够打败这个可恶的、昏庸的友邻王。现在你要委屈一下，答应友邻王的亲事，并且告诉他，你们的婚车必须是由圣洁的修行者来拉。"

舍质按照因陀罗的话去做，答应友邻王做他的妻子。友邻王高兴万分，根本没想到里面会有圈套。他找来了天界的仙人，让他们做他的车夫，为他唱赞歌。仙人们感觉受到了莫大的屈辱，但慑于友邻王的淫威，一个个都是敢怒而不敢言。

在去往舍质家的路上，仙人们和友邻王发生了争吵。友邻王一脚踢在了阿竭多大仙的头上。这时，梵天的儿子苾力瞿从阿竭多的头里飞了出来。他诅咒友邻王说："你是个魔鬼！你将永远地失去你的力量，你将从宝座上掉下来，变成一条可恶的毒蛇，将会在地面上爬行一千年。你的后代也要因为你的罪行而受苦。一切都无法改变，因为这是我苾力瞿，梵天的儿子对你的诅咒。"话音刚落，友邻王就从宝座上掉了下来，落到人间后，变成了一条蛇。

因陀罗得知这个消息后，返回了天界。他为毗湿奴举行了马祭，使自己从罪行中解脱出来。于是，因陀罗再一次成了天界的领袖，重新成为受人景仰的天帝。

## 莎维德丽和加耶德丽

在创世之初，伟大的梵天虽然创造出了六个造物主及达刹和毗里尼，但依然不能使他摆脱孤独和寂寞的侵扰。他觉得，需要找一个人陪伴他，需要有人能够和他共同分享快乐，一起承担痛苦。于是，大梵天就用自己的身体一部分创造出了一个女人，世界上第一个女神。梵天给她取了个美丽动听的名字，叫作莎维德丽。

梵天创造的这个女人太美丽了，她的美貌是无法用言语来形容的。莎维德丽的出现让伟大的梵天痴迷了，他忘记了自己是世界的造物主，丝毫不顾及作为宇宙主宰的身份，被这个自己创造出来的女人莎维德丽俘虏了，目不转睛地盯着她。

莎维德丽被梵天的举动搞得不好意思，开始四处躲避梵天的目光。可是梵天为了能够欣赏这位美人，居然让自己长出四个脑袋来。后来莎维德丽飞到了天空，梵天又在自己的头顶上长出一个脑袋。莎维德丽无处藏身，就做了梵天的妻子。

莎维德丽是聪敏贤惠女神，即辩才天女。她是天神、仙人以及那些忠于梵天的信徒们的庇护者。在很长一段时间里，她和梵天的感情非常好，相处也很融洽。但是，也许是由于梵天的过分宠爱，莎维德丽开始变得越来越傲慢无礼。

这一天，至高无上的梵天把所有的天神聚集到一起，要举行一次非常隆重的献祭仪式。天神们应梵天的召唤赶来了，但当一切都准备就绪的时候，他们发现梵天的妻子莎维德丽还没有到场，于是不免开始抱怨。

**梵天之妻辩才天女**
辩才天女曾被当作一条河流崇拜，被赋予孕育生命的母亲角色。后来逐渐与语言相联系，而被看作是诗歌、音乐和一切知识的象征。

**毗湿奴玉像**

梵天觉得很丢脸，为莎维德丽做出如此无礼的行为感到愤怒。于是，他派了一名祭司前往莎维德丽的住处，催促她赶快来参加献祭仪式。

祭司进了女神的房间，发现她不慌不忙地在镜子前化妆。祭司把梵天的话告诉给了她。没想到莎维德丽却傲慢地说："是吗？难道他们已经等不及了吗？你都看到了，我还没有准备好呢！我莎维德丽，梵天的妻子，宇宙中的第一女神，难道不应该让他们在那里恭候我的出现吗？"

祭司碰了一鼻子灰，将莎维德丽的话转达给了梵天。梵天大发雷霆，对天帝因陀罗说："我要教训一下这个无礼的女人，让她得到应有的惩罚。去！把你在路上见到的第一个女子带过来，她将成为我新的妻子。"因陀罗按照梵天的旨意出发了。不久，他就在湖边碰到了一个年轻漂亮的牧羊女加耶德丽，并把她带回了天界。

梵天对加耶德丽十分满意。他对众神说："加耶德丽，这个牧羊女，将是我梵天的新娘，她会成为新的女神。"众神都开始欢呼雀跃，因为他们早就看不惯莎维德丽的傲慢。于是，天界的祭司们开始装扮加耶德丽，给她佩戴上最好的饰品。

这时，那位高傲的女神也来到了献祭的现场。当她看到加耶德丽拥有了和她一样的待遇，甚至要取代她的时候，十分愤怒。她对梵天喊道："你是世界的主宰，宇宙的天神。可你都干了些什么？你居然要抛弃你的妻子，和一个出身如此卑微的牧羊女结婚。难道你就不怕被天上的众神和凡间的人类耻笑吗？"

梵天这时也觉得自己做得有些冒失，只好对她说："美丽的莎维德丽，平息你的怒气好吗？如果不是因为你的傲慢和无礼，我怎么会做出这样失德的行为呢？不要怪罪因陀罗，一切都是我的错。因为我不能没有夫人出席这盛大的、隆重的仪式，我以后再也不会让你受委屈了。"

莎维德丽已经被嫉妒和愤怒冲昏了头脑，她开始诅咒，甚至连梵天都没放过。她对梵天说："你永远都不会得到我的原谅，你将不再拥有你现在的荣誉。以后，你每年只能接受一次婆罗门的祭奠。"然后，她又对因陀罗说："你是那么地无耻、卑鄙，你永远无法抹去我对你的怨恨。你对宇宙的统治权将被敌人夺走，你还会沦为阶下囚。"之后，她又把矛头指向了毗湿奴："你将会投胎为凡人。你的妻子将会被牧人掠走，你将饱受离别之苦。在你第二次投胎的时候，你会成为牧童，而且还要与牧羊女纠缠不清。"最后，她把怒火转嫁到了那些苦行者的身上："从现在起，你们将不再纯洁，你们只是出于贪婪的目的而去祭奠，你们会成为贪心的家伙。"说完这些话，莎维德丽扬长而去。

天界的众神们十分害怕，因为莎维德丽是庇护者，她的诅咒一定会应验的。正在这时，加耶德丽站了出来，开始为众神化解诅咒。她说："凡是崇拜梵天的人，都会得到世人的承认，人们都会尊敬他。因陀罗的苦难将是短暂的，他终会重返天庭。毗湿奴虽会受尽离别之苦，但总有一天会和妻子团圆。他虽然会成为牧童，但总会重返天界。那些苦行者们，你们不必担心。因为你们是圣洁的，只有那些人间的祭司才是贪婪的。"

加耶德丽的话让众神们感到欣慰，盛大的献祭仪式又重新开始。这时，梵天又派毗湿奴再一次去请莎维德丽出席仪式。此时莎维德丽也开始为自己刚才的过激行为感到懊悔，于是她终于又一次出现在会场当中。

梵天见到了莎维德丽很高兴，希望她能与加耶德丽和好。温柔善良的加耶德丽丝毫不把莎维德丽的傲慢行为放在心上，依然向这位女神行跪拜大礼，请求她能够原谅自己的行为。莎维德丽被加耶德丽的真诚感动了，愿意和她成为姐妹，她说："亲爱的加耶德丽，这不是你的错。我以前的做法是有些过激。你将成为第二个我，我们会一起让梵天快乐的。"

从那以后，莎维德丽和加耶德丽和睦相处，互相尊敬。她们携起手来，为天界和人间带去了很多的幸福和欢乐。

## 日神和月神

日神苏里耶是天神迪亚乌斯和众神之母阿底提的第八个儿子。与他的几位兄长不同，苏里耶刚出生时丑陋无比，不但无手无脚，而且身材矮小，体态臃肿，就像一个雪球一样，可以滚动起来。正因为如此，苏里耶才没有像他的几个哥哥一样刚一出生就被确认为天神，至于其成为日神，则是以后的事了。在成为日神以前，苏里耶还在几位哥哥的改造下成了人类的祖先。

在苏里耶还是凡人的时候，陀湿多就将自己的女儿萨拉尤尼嫁给了他。不过心高气傲的萨拉尤尼并不甘心嫁给一个凡人，只是由于父亲的一再坚持才不得不委身下嫁。嫁给苏里耶的萨拉尤尼并不开心，虽然苏里耶对她很是宠爱，但她仍然不愿留在凡间。不久，萨拉尤尼为苏里耶生了一对双胞胎，取名阎摩和阎密。萨拉尤尼觉得自己已经尽到了妻子的义务，就决定离开苏里耶，回到父亲家中。可她怕苏里耶发现自己不在后到父亲那儿寻找自己，就造了一个自己的影子桑吉娜，替自己留在凡间。

安排好了一切，萨拉尤尼就悄然离开了。陀湿多见女儿回来，以为她是回来探亲，非常高兴地与女儿闲话家常。当听说女儿是偷着跑出来的时候，陀湿多十分生气，他将女儿赶出了家门，命其马上回到苏里耶的家中。倔强的萨拉尤尼哪肯听父亲的劝告，她出门后就化作了一匹母马，消失不见了。陀湿多虽然生气，却也拿女儿没有办法，只希望苏里耶暂时不要发现事情的真相。

起初，苏里耶确实没有感到任何异常，将影子桑吉娜视为自己的妻子萨拉尤尼。可时间一长，苏里耶也觉得有些不对，虽然他自己也说不上究竟有什么不对。直到有一天，他的儿子阎摩找到他，向他控诉母亲对自己和妹妹的种种不公，苏里耶才如梦初醒。原来，自萨拉尤尼走后，桑吉娜也为苏里耶生了几个儿女。她对自己的亲生儿女与对阎摩和阎密完全是两种态度，甚至还恶毒地诅咒阎摩和阎密。试问亲生母亲又怎么会如此不公呢？理

**死神铜像**

阎摩受到后母的诅咒而死去，伟大的梵天将这第一个死去的凡人带入天界，使其掌管死亡之域。阎摩又称正义之神，也是正义的化身，在印度教诸神中最受崇敬。

由只有一个，那就是眼前的这个萨拉尤尼是假的，真的萨拉尤尼在生下阎摩和阎密后就已经离开了。

苏里耶十分生气，他找到桑吉娜，责问其事情的真相。桑吉娜见到盛怒的丈夫，吓得浑身发抖，毫无隐瞒地将一切都告诉了苏里耶。苏里耶决心找回自己的妻子。他来到岳父陀湿多的家中，陀湿多极为热情地接待了他。对于自己亲自选定的这个女婿，陀湿多是非常满意的。况且也确实是自己的女儿做得不对，他自觉心中有愧，对苏里耶更为热情。苏里耶对岳父和妻子都没有责怪之意，只是一心想找回自己的妻子。当他得知妻子化作一匹母马逃走之后，也化作一匹公马去追赶妻子了。

在遥远的北国，苏里耶终于找到了自己的妻子萨拉尤尼。萨拉尤尼见苏里耶不远万里来寻找自己，心中一阵感动。当苏里耶走近她时，她主动投入了苏里耶的怀抱。他们再一次结为了夫妻，只是这一次他们是以马的面目结为了夫妻。后来，苏里耶成为了日神，与众天神并驾齐驱，再也不用回到人间了。

月神苏摩也被称为酒神，各天神饮用的苏摩酒就是由苏摩供给的。相传苏摩是一个好色之徒，只要是被他看上的女神，他就一定会想方设法将其弄到手。一次，苏摩看上了祭主的妻子陀罗，竟不择手段地将其诱拐了过来。失去妻子的祭主悲愤异常，他亲自来找苏摩，要求苏摩归还自己的妻子。可苏摩根本就不把祭主放在眼里，任其怎样威逼恳求都无济于事。无奈，祭主找到了梵天，希望梵天出面化解此事。不过梵天的求情也没有起到作用，苏摩仍然不肯将陀罗还给祭主。于是，一场大战一触即发，双方都摩拳擦掌，作好了战争的准备。

战争终于爆发了，双方争得你死我活，随处可见战死将士的尸体，景象惨不忍睹，就连大地女神都看不下去了，请求梵天结束这场残酷的战争。梵天知道事已至此，劝说已经解决不了问题，于是干脆下令让双方停止战争，并缔结和约。至于战争的导火索——陀罗，则被送还给祭主。

重新见到爱妻，祭主十分欣喜，可意外的是陀罗竟然怀孕了。这个孩子是谁的呢？祭主和苏摩都宣称孩子是自己的，但孩子的父亲只有一个，究竟是祭主的还是苏摩的呢？在众人的一再追问下，陀罗才羞涩地说出孩子的亲生父亲。原来，这个孩子并不是祭主的，而是苏摩的。这让苏摩大喜过望，不过可惜的是陀罗再也回不到他的身边了。

为了弥补失去陀罗的遗憾，苏摩连续娶了二十七个妻子。这二十七个女子都是达刹的女儿，是天空中的二十七个星座。这二十七个妻子都很美丽，其中尤以罗希妮最为漂亮，因此也最得苏摩的宠爱。因为对罗希妮的特别宠爱，苏摩常常会冷落其他二十六位妻子，这让她们很是不满。她们也曾向父亲抱怨苏摩的不公，达刹也劝过苏摩要一视同仁，不能厚此薄彼。可苏摩每次都是答应得好好的，回去后就仍然我行我素。终于，达刹被苏摩的无礼激怒了，他决定惩治苏摩。

因为受到了达刹的诅咒，苏摩开始变得消瘦起来，夜晚也因为月亮的黯然失色而变得更加黑暗。这让众天神们都感到不安，他们一起向达刹求情，请他收回对苏摩的诅咒。达刹答应了天神们的求情，饶恕了苏摩。而受到惩罚的苏摩在身体康复以后，再也不敢像以前那样傲慢无礼、我行我素，而是一视同仁地对待二十七位妻子。不过从那以后，月亮每个月都有圆有缺。前半个月，天神们会来吸收月神身上的苏摩酒；后半个月，太阳又会为其补充能量，使其重新丰满起来。

## 风神之子

在印度的须弥山上，居住着一个由猴子组成的王国。国王有一个十分美丽的妻子安吉那。她本是天上的仙女，因为犯了天规，所以被贬下界来，变成一只母猴，成了猴子国的王后。

有一天傍晚，安吉那像往常一样，独自在森林中散步。这时，四处游荡的风神看到了她，被她的美貌吸引住了。他爱上了漂亮的王后，在安吉那背后抱住了她，轻轻地对她说："不要害怕！我对你的爱是真诚的。我不会伤害你的。我会在你的头脑里吹入生命之风，你将会生出一个强壮的男孩。他会拥有我的一切力量，他的威名将传遍天下。"

那天晚上以后，安吉那就怀孕了。不久，她就生下了一个健康的金色小毛猴。整个猴子王国为王子的诞生而欢呼雀跃，把一切最美好的祝愿都给了这个新的生命。风神也赶来了，把自己的神力赐给了他，并说要在他长大的时候，带他去周游世界。

有一天，安吉那带着小毛猴去森林中采摘野果。她把孩子放在林中的草地上，自己独自去寻找野果。过了一会，强壮的小家伙有点饥饿，就大哭起来。他的哭声太大了，以至于把太阳都引来瞧热闹。小毛猴看到太阳后，居然把它当成了一个又大又圆的熟透了的果子。他纵身一跳，飞了起来，想要抓住那个馋人的大果子。

太阳一看小毛猴朝他飞了过来，心想："这个小家伙真是不知天高地厚，如果再靠近我的话，他会被烧成灰的。不过，这个淘气的小鬼将来一定会成为一个大人物，所以我不能伤害他。"于是，他就收起了热气。这时，风神也看到了。他吓坏了，赶忙从后面追赶小毛猴，一边追还一边往他的身上吹冷气。

这一切，都被另一位天神看在眼里，那就是天帝因陀罗的儿子，专门以日月为食的罗睺。罗睺心里很是气愤，他想："怎么能够这样呢？太阳和月亮只能是我的食物，这是上天定下的规矩。什么时候轮到这个小鬼了？"于是，他跑到天帝因陀罗的面前，装出一副可怜兮兮的样子告了小毛猴一状。

因陀罗听后非常气愤。他骑上战象，拿上金刚杵，打算教训一下这个小家伙。小毛猴

**猴神哈奴曼**

哈奴曼被奉为英勇和坚强的象征。在印度史诗《罗摩衍那》中，他是助罗摩战胜斯里兰卡魔王罗婆那的大功臣，是印度完美侍者的典范。

看到因陀罗的战象那圆圆的耳朵，以为又是什么美味佳肴，于是就冲上前去，抓住象耳朵就啃。这下可激怒了因陀罗，他骂道："小小的毛猴，居然连我因陀罗都敢冲撞。"说完，他就放出了一道霹雳雷，扔出金刚杵，打中了小毛猴的脑袋。小毛猴一下子就被打死了，从天上摔了下来。

风神看到因陀罗打死了自己的儿子，非常气愤。他对天帝说："你的做法我永远都不会原谅，我将停止我的工作，这是我对你的报复，也是对世界的惩罚。"

从那以后，整个世界没有了一丝的风。空气不再流动，树枝不再摇摆，鸟儿不再飞翔。人们汗流浃背，没有一丝的凉意，到最后几乎不能呼吸。整个世界都没有了生机，一切生物都感受到了风神那可怕的惩罚。于是，众神一起来到了伟大的梵天面前，希望他能够劝说风神，消除他的诅咒。

梵天出现在风神的面前，对他说："请不要再伤心了，你知道我是无所不能的。我会让因陀罗向你道歉，还会让你的孩子死而复生。"说完，梵天抓起了小毛猴，用手在它的身上轻轻地抚摸了几下。奇迹发生了，小毛猴复活了。风神非常高兴，马上恢复了他的工作。

众神都松了一口气，感谢梵天的恩惠。梵天对他们说："这个孩子将来会成为一个伟大的人，他会创造出一系列的丰功伟绩。你们以前对他的做法实在是太过分了。你们都要爱这个孩子，赐福给他。只有这样，才能真正平息风神的怒火。"

天帝因陀罗首先赐给了小毛猴一个莲花花环，并说金刚杵永远都不会再伤害到他。然后，其他各神也都对他进行了赐福。最后，众神又给小毛猴起了个名字叫哈奴曼，即大颔猴的意思。

在众神的保佑下，哈奴曼渐渐地长大了。但是，哈奴曼非常顽皮，经常搞出一些恶作剧来。终于有一天，他的行为激怒了两位仙人，他们抹去了哈奴曼的记忆，夺走了他的智慧，还说这一切都要等到他能靠自己的力量为正义事业效力为止。

从那以后，哈奴曼过上了苦行者的日子。他在森林里潜心学习各种知识，同时还练习武术，盼望有一天能够摆脱那可怕的诅咒。

后来，另一个猴子王国被放逐的国王须羯哩婆来到森林中。须羯哩婆见到哈奴曼仪表非凡，就拜他为大将军。哈奴曼在自己修行的同时，还为猴王操练兵马，等待报仇的机会。

有一天，猴王国里来了两个年轻人。他们是人间阿逾陀城的国王十车王的儿子，老大叫罗摩，老三叫罗什曼那。他们告诉须羯哩婆，十首罗刹王罗波那贪恋罗摩妻子悉多的美貌，把她抓走了。他们是来寻找悉多的。须羯哩婆和两兄弟定下盟约：两兄弟帮助他夺回王位，他则帮助他们寻找悉多。

后来，罗摩和罗什曼那帮助须羯哩婆夺回了王位。哈奴曼则飞越了漫漫大海，来到了楞伽城，探知悉多被囚禁于罗波那的老巢楞伽岛。最后，罗摩两兄弟在哈奴曼的帮助下，带领着大批的猴子军队，经过一番恶斗，终于消灭了魔王，救出了悉多。而哈奴曼，风神之子，也因此摆脱了诅咒，成就了一番大事业。

# 湿婆

梵天在造物之初，创造出了世界上第一位女神——莎维德丽。他为了能够欣赏莎维德丽的美貌，居然一口气长出了五个脑袋。

这时，一位天神对梵天如此失态的做法很是气愤，就用剑砍下了他的一个脑袋。梵天虽然因此而清醒，但也开始怨恨这位天神。于是梵天诅咒他，让他永远流浪，同时还要在恶劣的环境中苦修。这位天神，就是印度教三大主神之一，毁灭和再生之神——湿婆（另外两个主神是创造之神梵天和保护之神毗湿奴）。

湿婆，也叫大自在天，据说产生于梵天的额头，是梵天愤怒的产物。他的前身是鲁陀罗，红色的风暴和闪电之神。"湿婆"的意思则是"仁慈"，也是人们对这位天神的希望。

湿婆大神独自居住在荒凉险峻的喜马拉雅山上，不管是天界的众神还是世间的凡人都畏惧他那具有极大毁灭性的无边法力。他能传播可怕的疾病和死亡，所有的人都必须以好言抚慰，以此来得到他的庇佑。

据说，湿婆的额头上长有能喷出毁灭之火的第三只眼睛。当整个宇宙面临周期性的毁灭时，他就会用这只眼睛消灭掉所有的神和生物。在天神和阿修罗们争夺宇宙控制权的斗争中，湿婆就是用这只神眼毁灭了由金、银、铁组成的三连城。此外，他还用神火把妄图引诱他、使他脱离苦行的爱神化为灰烬。

作为毁灭之神，湿婆有着极其恐怖的形象。他骑着青色的神牛，颈上带着由蛇和骷髅组成的项链，身上涂满了死人的骨灰，散发着让人窒息的恐怖气息。他的出现总是会有成群的魔鬼相伴。

湿婆拥有四件武器，包括一把名叫阿贾伽瓦的神弓、一柄称为比那卡的三叉戟、一根称作卡特万伽的棍棒以及一口削铁如泥的神剑。此外，湿婆的身上还有三条神蛇缠绕：一条盘在他的头发上、一条缠在他的脖颈上，另一条则构成了他的圣线。毁灭之神拥有的这一切，让所有具有思想的生物都对他望而生畏。

此外，湿婆还被称为"舞蹈之神"。他在快乐的时候会跳舞，在悲伤的时候也会跳舞。湿婆所跳的舞蹈并不是简单的、供人欣赏的肢体语言，它还

**舞王湿婆像**
这个雕像中，恒河水从湿婆头发中流到人间。湿婆——毁灭与再生之神，同时也是艺术的护佑者，又被称为舞蹈之神。

代表了宇宙永恒的运动。当他跳起坦达瓦之舞时，宇宙的一个时代就会结束。湿婆就是通过坦达瓦之舞来毁灭旧世界，创造新世界的。

湿婆性格孤僻、脾气暴躁，和任何人都不能融洽地相处。他不买任何人的账，不给任何人留面子，就连伟大的造物主梵天都要让他三分。

这位可怕的天神也有自己的爱情故事。达刹的女儿萨蒂对湿婆很有好感，一心想嫁他为妻。但是父亲达刹却坚决反对这门亲事，因为他对湿婆没有一丁点的好感。为了让女儿打消这个念头，达刹在为萨蒂举行的选婿大会上，没有邀请毁灭之神湿婆。萨蒂看到自己的心上人没来，非常伤心。她向湿婆祈祷，祈祷他能够出现。

萨蒂扔出了决定自己命运的花环，所有到场的天神都争相抢夺。这时，湿婆突然出现了，接住了这个花环。此时的达刹尽管心中有万分的不满，但也只能接受这个现实。而讨到老婆的湿婆，也在内心种下了怨恨的种子。

有一次，梵天邀请众神参加祭典。当威风凛凛的达刹走进会场之时，所有的天神都站起来向他致敬，唯独他的女婿——毁灭之神湿婆一动不动。达刹对湿婆无礼傲慢的举动十分生气，认为这是在侮辱他，是在向他的权威挑战，并在心里发誓一定要报仇。

不久，达刹举行了一次盛大的祭典。他邀请了天界所有的神，就连那些平时不被人注意的小神也被列入宾客名单之中。达刹故意没有邀请自己的女婿，那个傲慢无礼的湿婆。

萨蒂知道这件事后，甚是恼火。她跑到会场之中，对父亲做出如此小肚鸡肠的行为提出严重的抗议。而达刹非但没有后悔，反而借此机会重重地挖苦了湿婆一番。愤怒的萨蒂失去了理智，她在父亲的祭典上，当着众神的面引火自焚。

湿婆得知妻子的死讯后，愤怒至极。他带上了自己所有的武器，骑着青色神牛赶到了会场。湿婆的出现让所有的天神都感到了从未有过的恐惧。他们中有人试图劝说湿婆，让他不要在这盛大的祭典上大动干戈。可被愤怒填满心窍的毁灭之神已经完全失去了理智，根本听不进任何人的话。他用黑色的神箭射飞了祭品，用三叉戟和木棒打败了所有的天神。最后，湿婆与至高无上的达刹展开了战斗。

虽然达刹也有无边的法力，但他终究敌不过湿婆。最后，达刹的脑袋被愤怒的湿婆砍了下来。这时，保护神毗湿奴出现了。他劝告湿婆就此收手，不要因为妻子的死而毁灭整个天界。湿婆根本不理会毗湿奴的话，拿起他的神剑迎战毗湿奴。就在他们两个打得难解难分之时，伟大的造物主梵天出现了。在梵天的一再劝说下，湿婆总算罢手，不再搅闹这可怜的祭典了。

但是，梵天的话并没有使湿婆从失去爱妻的痛苦中清醒过来。他从火堆中拿出了萨蒂的尸体，悲伤地呼唤

**南迪像**
湿婆的坐骑，是他的忠诚侍者。南迪像往往能在湿婆庙前发现。

着她的名字，然后带着他妻子的身体在人世间流浪了七年。

后来，梵天和毗湿奴觉得这样下去也不是办法，于是下令让所有天界的神仙和阿修罗们都要向湿婆献祭，要永远歌颂和称赞这位毁灭之神。同时，萨蒂的尸体被分割成五十块散落到人间。凡是落有萨蒂尸体的地方，都将会成为圣地，人们每年都要在那里举行盛大的祭典。

## 雪山神女

毁灭之神湿婆在失去了爱妻萨蒂之后，心中再也没有一丝的爱情。他离开了天界，离开了那个让他伤心的地方，独自一人过着清苦的修行生活。

在湿婆苦修的同时，天界出现了一个名叫塔卡拉的阿修罗，也过着极其艰苦的修行生活。不过他比湿婆幸运，因为他的诚心感动了所有的天神，就连梵天对他的举动也大为赞赏。于是，梵天出现在塔卡拉的面前，问他有什么愿望。

塔卡拉要求梵天赐给他长生不老之身。但梵天没有答应，因为天界所有的神仙和凡人一样都要经历生死。然后，塔卡拉要求梵天让自己拥有战无不胜的力量。梵天虽然答应了他的请求，但也在恩典中加上了他能够被湿婆的儿子打败的旨意。

塔卡拉成了阿修罗的国王。有恃无恐的他带领阿修罗们，把天界的众神打得四散奔逃。天神们再也忍受不了塔卡拉的恶行，一起来到梵天面前哭诉。

造物的梵天此时也没了主意。因为塔卡拉无穷的力量是他赐予的，他不能杀死这个阿修罗。于是，梵天对众神说："你们必须去请求伟大的天神湿婆！因为只有他的儿子才能杀死这个可恶的塔卡拉。"

**湿婆与其妻帕尔瓦蒂**

湿婆（左）是时间之神，同时是创造者、破坏者和保护者。帕尔瓦蒂（右）是雪山神女，也是湿婆妻子中最谦逊温和的一位，她常与湿婆及她的儿子象头神一起出现。

天神们听到梵天的话后又一次犯难了。自从萨蒂死后，湿婆就已经心灰意冷。何况萨蒂的死和他们或多或少有一些关系，如今去求湿婆结婚，恐怕是难以办成。这时，一位天神突然说道："雪山神女，只有雪山神女才能让湿婆重新点燃心中的爱。"

原来，这位天神口中的雪山神女名叫帕尔瓦蒂，是众山之王喜马拉雅的女儿。她是湿婆的妻子萨蒂的转世。帕尔瓦蒂倾慕大神湿婆，一心想嫁给他做妻子。于是，她和父王喜马拉雅一同来到了湿婆修行的地方进行朝拜。

喜马拉雅为湿婆唱了许多赞歌，希望他允许自己每天都能来这里朝拜，同时还希望他能答应把自己的女儿雪山神女留在身边侍奉他。湿婆没有答应喜马拉雅的第二个请求，因为他觉得女人是进行苦修的最大障碍。站在一旁的帕尔瓦蒂听了湿婆的话后很是不满，就站起来和他辩论。

我们这位湿婆大神虽然有无边的法力，可是他看起来并不善于辩论之道。几个回合下来，就被帕尔瓦蒂辩得无话可说。没办法，湿婆只好答应让帕尔瓦蒂留下来侍奉他。但不管帕尔瓦蒂如何努力，湿婆始终不为她的美色所动。

天帝因陀罗对爱神说："伟大的爱神！这次必须劳烦你了。你必须要想尽一切办法让湿婆大神停止他的苦修，让他彻彻底底地爱上这位雪山神女。你能做到，因为你拥有任何人都不可以抗拒的力量。更何况雪山神女本来就是他的妻子。去吧！我们在这里等待你的好消息！"于是，爱神带上自己的妻子和助手春神，来到了湿婆修行的地方。

爱神看到湿婆正在专心坐禅，四周一边荒凉，没有一丝生机。他决定先要创造出一个春意盎然的环境，然后再找机会用那支"爱心"之箭射中湿婆的心。他让春神把大地铺满鲜花绿草，将那凛冽的寒风变成了柔和的春风。这时，月神也前来助阵，将那皎洁的月光洒在了草地之上。爱神看到一切都布置妥当，就躲在一边，等候机会。

这时，雪山神女像往常一样，从远处走来朝拜湿婆。大神停止了坐禅，睁开眼看了一下帕尔瓦蒂。爱神赶紧抓住了这个机会，射出了爱之箭。湿婆的心灵受到了震撼，开始动摇，不禁赞美起神女来："看啊！多么美丽的女子啊！她的眼睛就像天上明亮的星星，她的脸庞就像皎洁的月亮，伟大的梵天居然能造出这样的美人来。为什么我以前就没有发现呢？"而帕尔瓦蒂也被湿婆暧昧的眼神看得满脸羞色，低下了头。

但是，湿婆毕竟是修为极深的大神。他很快就注意到了自己反常的现象，心想："我是怎么了？我怎么会有这样的想法呢？一定是有人在搞鬼，让我原本平静的心起了波澜。"他开始环视四周，寻找那个家伙。此时的爱神早把危险抛之于脑后，高兴得手舞足蹈。

湿婆发现了他，明白了一切。他愤怒到了顶点，打开了他的第三只眼睛，把还没来得及躲藏的爱神化为了灰烬。然后就从雪山神女的面前消失了。

雪山神女很是悲伤，她回到父亲的身边，告诉他自己要进行艰苦的修行，希望以此来打动湿婆的心。喜马拉雅不同意帕尔瓦蒂的做法，认为她不应该遭受如此大的磨难。但帕尔瓦蒂决心已定，不顾父亲的反对，独自一人来到湿婆坐禅的地方，开始了苦行。

雪山神女的修行十分艰苦，甚至于到了惊人的地步。但她从没有叫过苦，也没有退缩过，足足修炼了三千年。三界的众神都为她的做法感到震惊。

一天，一个年轻的婆罗门来到了雪山神女的面前，好奇地问起她苦修的原因。帕尔瓦蒂如实地将自己的想法告诉了他，并表示希望得到他的支持。不想，年轻的婆罗门听后哈哈大笑，他说："可怜的人啊！你别那么傻了，那个叫湿婆的有什么好的。他长着三只眼睛，而且面貌丑陋。他身上充满了死亡之气，而且他只是个苦行者。为了这样一个人如此糟蹋自己，你真是太不值了。你的这种做法是在浪费自己的青春和生命。"

雪山神女听后非常生气，对他说："我对大神的爱是纯洁的，不是你想象的那么卑劣。不管湿婆是什么样子，我都会永远爱他。"

婆罗门笑得更加大声，并把湿婆形容得更加难看。最后，雪山神女终于忍不住了，她大吼道："请你离开这里，我的地方不欢迎你这样的人。"奇怪的是，天空中响了一声炸雷。雷声过后，日思夜想的湿婆居然出现在自己的面前。湿婆笑着说："你的真诚打动了我，你的苦行让我成了你的奴隶。"

湿婆向喜马拉雅正式求婚，然后就和帕尔瓦蒂在喜马拉雅山上举行了盛大的婚礼。众神都来表示庆贺，祝他们幸福美满。当然，他们更希望帕尔瓦蒂能够早一天生出一个儿子来，好打败阿修罗王塔卡拉。

## 战神出世

湿婆大神和雪山神女结为夫妻，天界的众神们每天都在为这对新人祈祷，不停地为他们唱颂赞歌，希望他们能够早一天生出儿子来。

但是，刚刚脱离苦海的湿婆似乎并没有把众神赋予他的使命放在心上。他和雪山神女找了一处僻静的地方，日夜不停地欢爱，丝毫没有要生孩子的意思。

众神开始发愁了，因为湿婆的儿子晚出世一天，天界就要多受一天阿修罗王塔卡拉的折磨。天神们来到了大神毗湿奴的面前，希望他能够劝说湿婆停止那无休的欢爱，早一天生出众神的保护者来。可是，毗湿奴的回答却又一次扑灭了天神们心中的希望之火，他说："男欢女爱的事情是宇宙中的真理，任何人都不能阻止这真理的进行，不管他是凡人还是天神。我不会去阻止大神湿婆的。你们相信我，再过一千年，他们的欢爱就会停止了。"

天神们很是沮丧。他们想到还要再忍受塔卡拉一千年的折磨，心里很是害怕。他们决定一起去找湿婆。天神们虔诚地跪倒在湿婆的脚下，不停地赞颂着他，不停地为他唱着赞歌。他们眼中充满了对这位天神无比的崇敬，同时也含着泪水。

湿婆被天神们的举动感动了，答应了他们的请求。他说："并非我不想生下一个孩子，但是我的生命之精是很难承受的。如果你们能够接受它，我会毫不吝惜地赐给你们。因为我也希望能够早一天消灭掉塔卡拉。"说完，湿婆就将自己的精液赐给了众神。

众神知道湿婆所说的话并不是危言耸听，他的生命之精的力量确实是太过强大。于是，他们决定让火神阿耆尼变成一只鸽子，吞食湿婆的精液。但是，尽管火神阿耆尼法力很强，可依然无法承受生命之精带给他的痛苦。他飞到了湿婆面前，请求给他帮助。湿婆又一次发了善心，他允许阿耆尼将精液注入到一个女人的体内。于是，火神就把生命之精注入到六个仙子体内，因为他觉得这样可以减轻她们的痛苦。就

**战神出世**
战神躺在雪山神女的怀里，旁边是湿婆与象头天神，这个神圣的家族坐在豹皮上，山洞外面是众神，皮肤暗蓝的是毗湿奴，他后边是梵天。众神在顶礼膜拜着神圣的一家。

这样，这六个女人怀孕了。过了一段时间，众神们盼望的时刻终于到来了。他们的保护神，拥有无穷力量的、战无不胜的战神鸠摩罗（又称塞健陀）出世了。

整个天界都为战神鸠摩罗的出世而欢呼。在战神出世后不久，所有的天神都来到他面前，要给他送去最美好的祝愿。就在这时，刚出世的鸠摩罗说："你们要为我举行一场圣礼。我会赐福给你们，让你们成为婆罗门，然后再由你们行使婆罗门的权利，为我进行圣礼。"所有的天神都对鸠摩罗的话感到惊奇。他们按照他的指示，为战神做了一场盛大的圣礼。

这时，湿婆大神的坐骑南迪神牛出现了。它告诉众神，湿婆已经知道了自己的儿子鸠摩罗出世的事情。他和他的妻子十分想看看这个孩子。于是，战神鸠摩罗坐上华丽的车子，来到了自己的父母亲面前。

湿婆看到自己的儿子非常高兴，雪山神女也十分喜爱这个不是自己亲生的孩子。这对夫妇为儿子举行了最盛大的典礼。他们用世界上所有具有灵性的水为他洗礼，把他们无边的力量赐给了他。同时，湿婆大神还把自己最得意的武器——三叉戟送给了鸠摩罗。

天界的众神们也赶来参加典礼。天帝因陀罗把自己的战象送给了他，毗湿奴也把自己的神盘送给了他，其他天神也都把自己的贴身宝物送给战神。他们的目的只有一个，就是让鸠摩罗拥有强大的力量，好打败塔卡拉。

天神们拜倒在湿婆面前，唱了无数的赞歌，请求他允许鸠摩罗出任天神的统帅。湿婆同意了他们的请求。众神们欢呼雀跃，再一次为鸠摩罗举行了盛大的仪式，让他成为天神的领袖。战神鸠摩罗带领着神军，浩浩荡荡地来到了阿修罗王塔卡拉的城堡前。塔卡拉听见天神们的叫骂声，马上带领阿修罗们出城迎敌。

塔卡拉此时并不知道神军的统帅是湿婆大神的儿子。

第一个出战的是天帝因陀罗。他举起金刚杵，与塔卡拉交战。不出几个回合，因陀罗就力感不支，败下阵来。毗湿奴见状，赶忙上前解围，但不久也被塔卡拉打败。天神们一个一个地冲上去，又一个一个被打败，形势相当危急。

鸠摩罗催动战象，来到了塔卡拉的面前。阿修罗王见来的这个娃娃虽然年纪轻轻，但是威风凛凛。他不敢怠慢，拿起武器迎战鸠摩罗。这一战杀得天昏地暗，所有的天神和阿修罗都被这场激烈的战斗惊得目瞪口呆。

鸠摩罗和阿修罗王战了无数个回合依然没有分出胜负。战神开始着急了，因为再这样打下去，恐怕打到世界毁灭也分不出输赢。他在心中默默地向父亲湿婆和母亲雪山神女祈祷，希望他们能够赐给自己更强的力量。在父亲和母亲的帮助下，鸠摩罗的力量不断地增长。最后，他看准了机会，朝着塔卡拉的胸部来了重重的一击。这位曾经战无不胜的阿修罗王就这样倒下了。

**战神鸠摩罗像**
鸠摩罗在没有出世之前便被赋予拯救神界的责任。战神作为湿婆的儿子出现与湿婆在诸神中地位提高有关，同时也是因为战争具有的巨大破坏力，使得人们把战神与毁灭之神联系起来。

天界的众神们已经无法用言语来形容此时的心情。他们唱着赞歌，把无数的鲜花赠送给他们的英雄——战神鸠摩罗。

## 象头天神

象头天神是破坏之神湿婆和雪山神女帕尔瓦蒂的儿子。他是印度神话中与世俗关系最为密切的天神，有着非常好的人缘。因为印度人认为，象头天神是最重义气的，只要对他虔诚，他一定会降福给你。象头天神性情友善、定力非凡，而且具有超凡的记忆力。有关象头天神出世的传说有很多的版本，最为有名的是下面这个传说：

雪山神女的相貌十分美丽，虽然她已经嫁给湿婆大神为妻，但是依然得到很多天神的青睐，所以经常有人在她沐浴的时候偷窥。雪山神女对他们的这种做法十分不满，以至于到最后对她自己的丈夫湿婆观看她洗澡都感到厌恶。于是，雪山神女决定生一个只服从自己命令、能够保护自己的儿子。

金色皮肤的雪山神女像

一天，湿婆大神外出了。雪山神女就从自己的身上取下了一些污垢，造出了一个强壮俊美的小男孩。她对男孩儿说："我亲爱的孩子，你必须牢记我是你的母亲，我的命令胜过所有人的话。你必须而且只能听从我一个的话。你是我最可爱的儿子、最忠实的仆人。你的母亲要在这里沐浴，为了不让那些可恶的天神们偷看，你要一直守在洞口。记住！没有我的命令任何人也不能够进来。"说完，就给了小男孩一根木棒，让他站在了洞口。

不久，湿婆回来了。他看到这个英俊的小男孩很是诧异。但他没有多想，依然径直朝洞口走去。小男孩见湿婆要往里闯，就说道："站住！这是雪山神女的住所，任何人都不能够进入，除非得到她的允许。"

湿婆一愣，心想："什么时候来了这么个小毛孩，真是不懂事。管他呢！反正这是我的家。"想着想着他就要往里走。这小男孩居然大吼道："这里不许任何人进，你马上给我走。"湿婆这下生气了，他对这小孩叫道："你搞什么鬼！这是我家，我为什么不能进？你是哪里来的毛头小子？"可是，不管湿婆怎么说，小男孩就是不让他进。

这下可把湿婆难住了。他心想，自己作为至高无上的天神，总不能和一个孩子动粗吧。于是，他叫来仆人，让他们去告诉小男孩自己是谁，让他别再做蠢事。

仆人到了小男孩跟前，笑嘻嘻地说："小弟弟！你知道你自己做了一件多么愚蠢的事吗？你知道站在你面前的那个人是谁吗？他不仅是这个家的主人，更是世界的主人。他是伟大的天神湿婆，要是把他激怒了可不得了啊！"小男孩回答道："我只知道雪山神女的命

古罗马神话彩图馆

**湿婆聪明的象头儿子迦奈什**
在印度，大象可用于战争、拖运沉重的货物、游行或参加庆典，令人敬畏。而且，大象在很多地域的民俗中都被认为是智慧的象征。

令就是我的一切。"不管仆人怎么软磨硬泡，小男孩就是不同意让他们进去。到最后，小男孩居然拿起木棒赶走了仆人。湿婆很生气，派出所有的仆人前去和小男孩打架。可打了半天，没一个人能打得过他。仆人们一个个都被木棒揍得鼻青脸肿的。这时，天上的众神都赶来了，就连梵天也来凑热闹。因为所有的神都想知道，究竟是谁能把那可怕的、让人生畏的湿婆搞得如此狼狈。

当他们看到只不过是个小孩时，心里都偷偷地笑了起来。梵天走了出来，他觉得自己的名声一定要比湿婆大得多，小男孩肯定会马上让路的。可小男孩反而把他的胡子揪下一大把来。紧接着，天帝因陀罗、保护神毗湿奴还有很多天神都来劝说小男孩，可没有一个成功的。

这下可激怒了湿婆，他大发雷霆，叫嚷着："我一定要让你这个臭小子吃点苦头。"小男孩拿起木棒迎战湿婆。湿婆真的生气了，他举起了三叉戟，一下子就把小男孩的头给切了下来。

正在这时，沐浴完毕的雪山神女从洞中走了出来。她被眼前的情景吓呆了。当知道事情的前因后果之后，她对着湿婆哭诉道："你怎么可以这样呢？他是我的儿子，也是你的儿子。你怎么忍心亲手杀害了自己的骨肉呢？"余怒未消的湿婆回应道："是他不听我的话，才会有这样的结果。要知道，我才是这个家的主人。"雪山神女也生气了，她叫道："你还好意思说出这样的话？我在沐浴的时候经常被别人偷看，却从没有得到你和你的仆从的保护。如今你还杀死了这个对我最忠诚的孩子！"

自知理亏的湿婆无话可说，只好开始哄他的妻子："我的妻子啊！美丽的雪山神女啊！我知道我错了，但事情已经是这个样子了，又能怎么办呢？我究竟该怎么做才能平息你心中的怒气呢？"雪山神女擦了擦眼泪，坚定地对他说："除非我的儿子复活，否则我永远都不会原谅你。"

为了讨好妻子，湿婆决定为小男孩再找一个头。他对雪山神女说："你的愿望一定会实现的。我降临凡间把我见到的第一种生物的头作为这个孩子新的头颅，让他获得新的生命。"于是，湿婆骑着南迪往北方走去。不久，湿婆就撞见了第一种生物，那是一头大象。他走上前去，用那把削铁如泥的神剑，砍下了大象的头，带了回来。

湿婆把象头安在了小男孩的身上，小男孩复活了，而且精力比以前更加旺盛。为了让妻子高兴，湿婆赐给了他很强的法力，还让他做了自己仆从的首领。同时，湿婆还给小男孩取了个名字，叫迦奈什，即"群主"的意思。

# 杜尔迦女神

天帝因陀罗虽然带领着天界的众神们将阿修罗们打败，夺回了宇宙的统治权，但是并没有消灭他们。

阿修罗们游荡在人间和地下，不甘心失败。他们很有耐心，可以一直等待。只要稍有机会，他们就会联合起来，向天界发起可怕的夺权斗争。

有一次，阿修罗们有了一个新的首领，一位伟大的英雄，至少所有的阿修罗是这么认为的。

他骁勇善战，法力无边，可以变成一头健壮的水牛，因此有人也把他称为牛魔王。牛魔王带领着阿修罗们，把天界的众神们打得四散奔逃。最后，连天帝因陀罗都被赶下了宝座，拱手将三界的统治权让给了牛魔王。

天界的众神们不得不像以前那些被他们打败的阿修罗们一样，在人间和地下不停地游荡，没有一处安身之地。

过惯了安乐生活的天神们再也忍受不了了，他们一起来到了梵天、毗湿奴和湿婆这三大主神面前，哭诉这段时间所受的痛苦，恳求他们铲除这些可恶的阿修罗。

在造物主梵天心中，所有的阿修罗和天神一样，都是他的子孙后代。因此，梵天对天神们的请求并没有表态。但是，保护之神毗湿奴和破坏之神湿婆却是气愤至极。他们不能宽恕阿修罗们如此狂妄的行为。毗湿奴和湿婆的眉毛被怒气冲得竖了起来，一股神火自他们口中喷出。天神们见状，也学着两位大神的样子从口中喷出了神火。

这些神火中充满了天神们的怒气，聚结了他们的怨恨之情。当所有的神火聚在一起时，变成了一座燃烧的火焰山，照耀着整个宇宙。然后，从那炙热耀眼的神火中，生出了一位美丽勇敢的女神，那就是湿婆大神妻子的转世、拥有无边法力的以降妖除魔为己任的女神——杜尔迦。

天神们看到了杜尔迦的出世，高兴得欢呼起来。因为他们知道，这个在所有天神怒气中产生的女神，一定可以打败那个可恶的阿修罗牛魔王。于是，他们纷纷向女神进献兵器，希望能为女神的强大贡献一份力量。

湿婆大神将自己的兵器三叉戟送给了杜尔迦，毗湿奴大神则将自己的神盘送给了她。其他天神也纷纷献宝，天帝因陀罗把自己的武器金刚杵以及战象爱罗婆多脖子上的神钟给了她，水神伐楼那将自己的神螺作为礼物。

杜尔迦觉得仅仅有两只手拿不了这么多的武器，就又变出了八只手臂，来接受天神们的兵器。

最后，喜马拉雅神送给了杜尔迦一匹坐骑，一

**强有力女神杜尔迦**
据说杜尔迦由几位神的愤怒之力结合而成。图中她手持阿耆尼的标枪、湿婆的三叉戟及毗湿奴的神盘，骑着狮子，常以战胜威胁世界安定的牛魔王时的形象出现。

头勇猛非凡的雄狮。杜尔迦女神拿着众神们的兵器，背负着天神们的使命，骑着雄狮，带领着神军，来到了牛魔王的城堡。

牛魔王正和阿修罗们商量如何把天神们彻底消灭干净。忽然有人来报，说是城堡外来了大批的神军，为首的是一个从未见过的女神。

牛魔王感觉事态严重，因为那些被他打败的天神们是没有胆量到这里来讨敌骂阵的。他赶忙拿起武器，出城迎敌。

牛魔王看到了威风凛凛的杜尔迦女神，心中不免产生了一丝恐惧。但这种恐惧感很快就消失了，因为他觉得所有的天神都打不过他，包括眼前的这个女人。他变化成一头足以让在场的天神都丧胆的水牛，咆哮着朝杜尔迦冲了过去。

女神见来势凶猛，催动雄狮闪在一旁。她找准机会，掏出了一个名叫巴希（一种具有法力的绳索）的法宝，将他牢牢套住。

牛魔王愤怒了，他喘着粗气，用巨大的蹄子在地上刨着，嘴中的咆哮声更加巨大。他不断地挣扎，希望能够从巴希中解脱。

但是，不管他怎么弄，都没能挣断绳索。牛魔王见势不妙，马上变成了一头狮子，咬断了绳索。

女神见状，拿起了湿婆的三叉戟向他砍去。牛魔王变回人形，手拿利剑迎战杜尔迦。杜尔迦不想和他短兵相接，就放出万只神箭，直刺牛魔王的各个要害。牛魔王马上又变成一头大象，以粗厚的象皮抵挡住了神箭。女神这时又拿出神剑，直冲大象的鼻子砍过来。牛魔王不敢怠慢，马上又变回水牛。

牛魔王的行为激怒了杜尔迦女神。她挥动着所有的武器，迅速地朝水牛冲去，牛魔王被她的举动吓呆了。女神抓住这个机会，举起三叉戟，直插入水牛的肋下。就这样，那位阿修罗的英雄一命呜呼。众神们欢呼雀跃，冲进了阿修罗城堡，把那帮可恶的兄弟们再一次打入了凡间。

战斗结束了，不管是天界的众神还是世间的凡人，都对杜尔迦女神顶礼膜拜。众神祈求杜尔迦能够在他们遭遇灾难的时候帮助他们。

## 大神化身黑天

摩吐罗国的国王刚沙异常凶狠残暴，国中的百姓苦不堪言。大神毗湿奴在得知这一情况后，决定亲自下凡结束刚沙的统治。在大神毗湿奴未投胎之前，刚沙就获知将有人来结束自己的生命，而这个人就是堂妹提婆吉和牧人富天的第八个儿子。在得知这一消息后，刚沙将提婆吉看得十分紧。每当提婆吉生下一个孩子，刚沙都会第一时间赶到，并亲手将其杀害。就这样，提婆吉的前六个孩子刚一出生就全都惨遭不幸。第七个儿子由于得到了睡眠女神的护佑，被临时转移到富天另一个妻子的子宫里，所以才幸存下来。这个孩子就是大力罗摩。

接下来就是第八个孩子了，也就是大神的化身黑天，提婆吉和富天都异常紧张，他们害怕自己的这个孩子再次遭到刚沙的毒手。不过既然是大神的化身,又怎么可能轻易丧命呢?在提婆吉生黑天的时候,恰好牧人难陀的妻子耶雪达也生下了一个女儿。富天用耶雪达的女儿替下了自己的儿子黑天,将黑天交给了耶雪达。幸运的是刚沙并没有察觉到孩子已经被调了包,当他杀了耶雪达的女儿时,以为自己杀的就是提婆吉的孩子,于是他再次满意而归了。

不过刚沙很快就知道自己上了当,他决定在黑天未长大前将其除去。

一天,刚沙派身边的恶魔阿修罗沙迦塔苏儿去刺杀黑天。这天,碰巧耶雪达要去沐浴,临时将黑天放在牛车下面。沙迦塔苏儿认为这是天赐良机,于是钻到车底,用力劈向车身,准备砸死

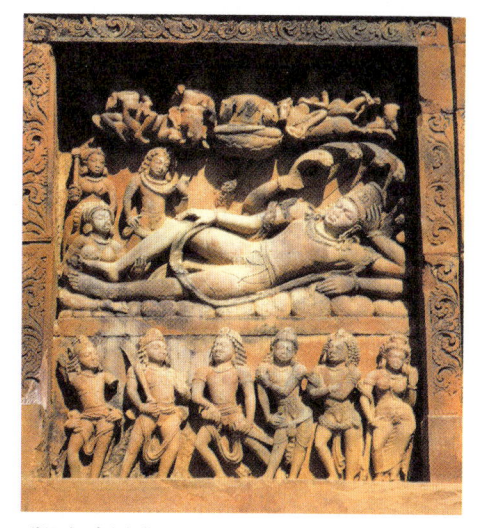

**毗湿奴寺浮雕**
毗湿奴寺南面的浮雕,浮雕主要表现毗湿奴侧卧的形象。

黑天。可他的手掌还没有碰到车身,就被黑天一脚踢了起来,等他落到地上,已经粉身碎骨了。

耶雪达归来,看到零碎的牛车,以为黑天出了事,忙奔向前去。当她看到黑天仍然安稳地睡在摇篮里时,才放下了悬着的心。

一计不成,刚沙又心生另一计。这一次,他决定派自己的奶妈普塔纳去杀死黑天。普塔纳化作一只大鸟飞向了黑天的家,她站在窗外向屋内望去,耶雪达正在喂黑天吃奶。喂完奶后,耶雪达便转身离开了。

普塔纳趁机钻了进去,将自己的乳头塞进了黑天的嘴里。小黑天闭着眼睛贪婪地吮吸着,似乎并没有发现什么不妥。普塔纳暗中得意,心想自己有毒的奶水一定可以毒死这个小家伙。可黑天吸啊吸啊,吸得普塔纳的奶水都快干了,却仍然没有出现任何中毒的迹象。普塔纳开始心慌意乱,就在此时,黑天忽然用力,迅速吸干了她的乳汁,接着又开始吸她的元气和精髓。

当普塔纳想要抽出乳头保全自己的时候,已经太迟了。随着黑天的再一次用力,普塔纳的命根被吸了出来,而普塔纳也随之奔赴黄泉了。

在黑天七岁的时候,他随着牧人们搬到了沃伦达森林居住。其间,黑天过了一段平静的日子,但这并不意味着刚沙已经放弃了他的追杀行动,他只是在寻找时机而已。当他听说黑天搬到了沃伦达森林,脸上随即浮现出了阴险的笑容。原来,刚沙的一位好友——蟒王迦梨耶就住在那里。他找到迦梨耶,将一切都告诉了好友。迦梨耶让刚沙尽管放心,自己一定会帮助他除掉黑天这个心头大患。

年少的黑天非常贪玩,他常和伙伴们一起到河边玩耍,而迦梨耶就住在河对岸的一个深潭中。迦梨耶决定趁黑天到河边玩耍时将其杀死。一天,黑天仍然像往常一样和伙伴们到河边玩耍。正当他们玩得高兴的时候,忽然见到河水沸腾,从河中出现了一条长着五个

头颅的巨蟒。巨蟒的出现吓得伙伴们四处逃散，黑天见状非常生气，他纵身一跃，跳进了深潭之中。迦梨耶见黑天自投罗网，忙用蛇身将黑天紧紧地缠住，可这又怎么能奈何得了大神的化身呢？黑天很快就从巨蟒的缠绕中挣脱出来，他跳到巨蟒的头上，在上面跳舞。迦梨耶承受不了黑天的重量，身体随之下沉，头颅也开始流血。他忙向黑天求饶，并保证此后做一条无害之蟒，再不祸乱人间。黑天见其确有悔改之心，就饶恕了他。

刺杀行动再一次失败，这让刚沙十分懊恼。他必须抓紧时间，否则就真的来不及了。他将恶魔波罗兰钵叫到身边，嘱咐他要杀死黑天，只宜智取而不宜强攻。波罗兰钵想到一个接近黑天的好办法，即化身为他的伙伴。在一群玩耍的少年之中，波罗兰钵的化身就在其中，黑天似乎并没觉得这个少年有何异常，这让波罗兰钵非常高兴。在游戏中，波罗兰钵背着黑天一直向前跑，跑着跑着忽然现出其狰狞的面目，其身体马上变得像大山一样沉重，妄图将黑天压在下面。不过机敏的黑天很快从他的身上跳了下来，并冲着他的脑袋给了他重重的一击。波罗兰钵脑浆迸裂，真的如大山一样永远地倒在了那里。

此后，刚沙又派了很多恶魔去杀害黑天，可都无功而返。屡屡受挫的刚沙开始变得烦躁不安，他似乎预感到自己的末日即将来临，但他不能坐以待毙。这次，他决定亲自出马，将黑天召到身边来，伺机杀死他。他命人到黑天所在的村落去请黑天和牧人们前来献祭，顺便让他们参加摔跤比赛。黑天等人在接到命令后，就开始筹备贡品。待一切准备妥当，他们就向着马图拉出发了。

对黑天的到来，刚沙显然早有准备。他为黑天设置了重重关卡，每一道关卡都足以要他的性命。不过黑天既然是大神毗湿奴的化身，自然有办法化解种种危险。在摔跤场，刚沙认为这是杀死黑天最后的机会，于是他召来国内最勇猛的两位武士，让他们与黑天格斗。在场的人都在议论比赛的不公，哪有成年武士与孩子对阵的？可黑天却表现出一副无所谓的样子，欣然接受挑战。当他将两位武士全都击倒时，刚沙知道自己彻底完了。黑天没给刚沙任何反抗的机会，果断地结束了刚沙的性命，完成了他的使命。

## 大神化身侏儒

大神毗湿奴拥有众多的崇拜者，而所有虔诚崇拜毗湿奴的人，都会得到他的护佑和帮助。大神曾多次化身去解除苦难，惩治罪恶。值得一提的是，大神的护佑并不盲目。如果有人做了错事，那么即使这个人是自己虔诚的崇拜者，他也一定会伸张正义，使这个人得到应有的惩罚。

伯力是大神毗湿奴虔诚的崇拜者，他的虔诚感动了大神，于是大神决定赐给他几件宝物，使他能够建立自己的神威。这几件宝物分别是刀枪不入的宝铠甲，无坚不摧的神弓箭以及疾驰如飞的神战车。在这几件宝物的帮助下，伯力所向披靡，取得了一场又一场战斗的胜利，很快就在人间和地界建立了自己的神威。不过伯力并不满足于此，在征服人间和地界之后，他又将目光瞄准了天界。他决定征服天界，做三界的主人。

当伯力率领着大军向天界杀来时，天神之主因陀罗随即陷入了恐慌之中。伯力的强大让他十分畏惧，而其日益逼近的脚步更是让他寝食难安。慌乱之中，因陀罗想到了祭主，于是连忙赶到祭主那里，向他讨求生存之道。祭主劝因陀罗暂时离开天界，虽然他归为天界之主，但此时却并非伯力的对手，因为时间之神正站在伯力的一方，所以不宜与伯力开战。如果强行出兵，非但无法取胜，而且还必然损失惨重。与其如此，倒不如暂且回避，待时间之神抛弃伯力后再重返天界。

因陀罗接受了祭主的建议，带领众天神离开了天界。伯力不战而胜，占领了天界，成为了三界的主人。当伯力尽情地享受其三界之主的荣耀时，众天神们却愁苦不堪。自离开天界之后，他们居无定所，只能四处飘荡。看到儿子们无处安身，天神之母阿底提十分心疼，她希望帮助儿子们重返天界。在迦叶波仙人的指引下，阿底提知道只有大神毗湿奴才能战胜伯力，而大神又是十分仁慈的，他会护佑所有虔诚膜拜他的人。

为了寻求大神毗湿奴的护佑，阿底提开始虔诚地膜拜大神。她甚至不吃不喝，一心膜拜。大神毗湿奴看到了阿底提的虔诚，就问她有什么要求。阿底提流着泪将儿子们的遭遇说给大神听，希望大神能够帮助儿子们摆脱困境。大神是公正的，他不能因为伯力是自己的崇拜者就任其胡作非为。他安慰阿底提不必忧心，自己将化身侏儒去解救他的儿子们。第二天凌晨，大神就借阿底提的身体化身侏儒降生了。

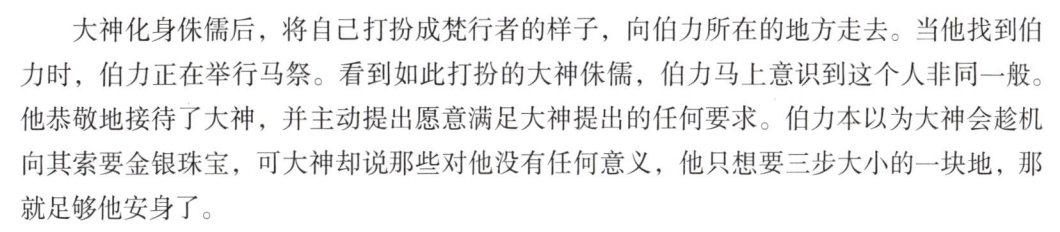

女神赤陶像　印度

大神化身侏儒后，将自己打扮成梵行者的样子，向伯力所在的地方走去。当他找到伯力时，伯力正在举行马祭。看到如此打扮的大神侏儒，伯力马上意识到这个人非同一般。他恭敬地接待了大神，并主动提出愿意满足大神提出的任何要求。伯力本以为大神会趁机向其索要金银珠宝，可大神却说那些对他没有任何意义，他只想要三步大小的一块地，那就足够他安身了。

听了大神的要求，伯力不免觉得十分可笑。面对三界之主，竟然只有这么小的要求，三步大小的地方能干什么呢？大神看出了伯力的不屑，谦和地对伯力说："我知道三步大小的地方对您不算什么，可我只是一个凡人，只有这么大的需要，您即使能给我一切，我又有什么用呢？人不能要求超过自己需要的东西，更不能贪得无厌。"伯力懒得跟他争论，反正他只要求三步大小的一块地方，这个要求对自己来说简直是易如反掌，干脆答应他就算了。

得到了伯力的应允，大神开始丈量自己的三步之地。接下来，不可思议的一幕发生了。大神刚刚丈量了两步，就已经超过了伯力所统治的三界。那么第三步应该如何丈量呢？看来伯力是要失信了。见此情景，伯力惊讶得目瞪口呆，可他仍不愿失信于人。当伯力问他第三步应该放在哪里时，他说踏在伯力的头上，这样就兑现了诺言。伯力知道，大神的脚一踏下，自己就再难活命了，可他如果不能实现自己的施舍，那就连地狱也难容自己。所以，为了实现施舍，他甘愿一死。

听了伯力的话，大神毗湿奴果然将脚向伯力的头顶踏去，可结果是什么都没有发生。

对于如此虔诚的人，大神又怎么忍心结束他的生命呢？即使他曾经有过非分之想，做了错事，但却并非不可救药。仁慈的大神决定给伯力一次改过自新的机会，他命伯力将天界还给众天神们，但将地界赐给了伯力，使其成为那里永远的主人。

## 恒河女神下凡

很久以前，印度甘蔗族有一个名叫萨竭罗的国王，他统治着印度境内的阿逾陀城。

萨竭罗的身世充满传奇色彩。在没出生以前，他的父亲就已经死了。在他出生的那一天，奥尔瓦仙人出现在阿逾陀城。他要带年轻的王子走，和他一起到净修林修炼。王后为自己的儿子能够由仙人抚养非常高兴，欣然答应了奥尔瓦的要求。

在萨竭罗离开的这段时间里，整个阿逾陀城处于群龙无首的状态。由于没有国王的领导，阿逾陀城很快就被周边的野蛮部落所侵占，人民的生活陷入水深火热之中。后来，修行期满的萨竭罗回到了自己的国家。他带领着阿逾陀城的军队和百姓，齐心合力，不仅把入侵的敌人赶出国门，而且还兼并了很多周边的领土。在萨竭罗英明的领导下，阿逾陀城日益强大。

有件事却始终困扰着国王。原来，萨竭罗虽然早就娶了一对姐妹为妻，但是过了很多年，这对姐妹也没有给他生下个一男半女。萨竭罗王很是着急，担心国家没有后继者。于是，他放下手中的国事，带上两个妻子，来到吉罗婆山苦行。

一百年后，萨竭罗王的虔诚终于打动了湿婆大神。他出现在萨竭罗的面前，高兴地对他说："你是虔诚的信徒，我一定实现你的心愿。你的一个妻子将会为你生下六万个儿子，另一个则只会生下一个。"得到湿婆赐福德后，萨竭罗带着两个妻子回到了阿逾陀城。

不久大王妃为萨竭罗生了一个英俊健康的男孩，被萨竭罗封为太子。而妹妹则生出了一个大南瓜。国王认为这是不祥的预兆，要把那个南瓜毁掉。天神告诉他，他的六万个儿子就是从南瓜中出生的。果然，阿逾陀城又多了六万个王子。

萨竭罗王以为从此可以安心了。没想到，这个太子从小就不学无术，经常仗势欺人。长大后，他更是变本加厉，经常以残害百姓的生命为乐趣。萨竭罗知道后，非常生气，就废了他的太子之位，把他流放到荒漠中。

伤心的萨竭罗希望能从剩下的六万个儿子中挑选出一个贤明的人，来做自己王位的继承者。可是他发现，这六万个儿子与前任太子

**恒河女神**
恒河化身为恒河女神。据说她也是湿婆的妻子，因而受到雪山神女帕尔瓦蒂的忌妒。

比起来，不仅在残忍程度上有过之而无不及，而且还十分傲慢，连天神都不放在眼里。

萨竭罗六万个儿子可恶的行为却激起了天神们极大的不满。他们来到梵天的面前，请求他制裁这些可恶的人。梵天对众神说："你们回去吧！我答应你们的请求。我已经想好了一个办法，他们不久就会消失的。"

果然，在不久后的一次马祭活动中，萨竭罗的六万个儿子因为追赶逃跑的祭马，钻进了干涸的海底（在天神和阿修罗的战斗中，海水被阿竭多大仙全部吸走）的地下。他们在那里找到了祭马，还看见了毗湿奴大神的转世——迦毗罗大仙。他们对迦毗罗大声辱骂，触怒了毗湿奴。于是，他张开双眼，将这六万个王子烧为灰烬。

**圣河**
尽管孔雀王朝时期，恒河边没有庙宇，但是对印度人来讲，恒河是神圣的，人们相信在水中洗浴可以洗去罪恶。

萨竭罗听到消息后悲痛万分。但他知道，儿子们触怒的是天神，凭借凡间的力量是不可能让他们的灵魂升天的。于是，他把孙子安舒曼叫到了跟前，让他完成王子们没有完成的任务——找回祭马。

这个安舒曼是前任太子的儿子，但他与他的父亲在性格上截然相反。他为人忠厚善良，待人诚恳大方，十分受百姓们的爱戴。这次他接受了祖父的命令，沿着他叔父们的足迹，找到了那匹逃跑的祭马。

此时，迦毗罗依然在那里修行。安舒曼见到大仙后，虔诚地拜倒在他的面前。他低下头，双手合十，告诉了大仙自己此次前来的目的。毗湿奴被他的虔诚打动，答应可以帮他实现两个愿望。安舒曼没有要金山银山，更不要权力和美女。他只想要回祭马，让他的叔叔们升入天国。

迦毗罗对安舒曼的要求很是满意，对他说："你所想要的都会得到的，祭马你现在就可以拿回去。而你叔叔们的灵魂也将升入天国。不过，这件事并不是你能办成的，得由你的孙子来完成。恒河女神是喜马拉雅王和须弥山的女儿，你的孙子必须使她下凡。因为只有恒河的水才能洗刷掉你叔叔们的罪行，净化他们的灵魂。"

后来，安舒曼继承了王位。他告诫后人，要他们牢记为祖先洗刷罪行。安舒曼的孙子跋吉罗陀英武盖世，受到百姓们的称颂和爱戴。他始终没有忘记祖父留下的遗训。最后，他将国家交给了别人，自己来到喜马拉雅山上苦修，希望能够让恒河神女下落凡间。

他不怕艰苦，想尽各种办法来磨砺自己。一千年后，他的行为终于打动了恒河女神。女神答应为他的祖先和世间的凡人洗刷罪行。

但是，恒河女神担心从天而降的恒河水会淹没整个世界。所以，跋吉罗陀必须想办法让恒河水从天降下时得到缓冲。

于是，跋吉罗陀又来到湿婆大神的修行处，请求他帮助自己完成心愿。湿婆被这个凡人坚定的信念和意志所感动，表示愿意帮助他。他们来到了喜马拉雅山，跋吉罗陀对着天空大喊："伟大美丽的恒河女神啊！请你发发慈悲吧！降落到那充满罪行的人间，为我的祖先，也为这世人洗刷罪孽吧！"

这时，只见天空中倾泻下无尽的大水，犹如瀑布一般。湿婆大神见状，赶忙冲过去，用自己的前额缓解了恒河水的巨大冲力。恒河水落入了干涸的海底，冲刷掉了跋吉罗陀祖先们的罪过，使他们升入了天国。

从那以后，恒河之水就留在凡间，湿婆也成为恒河的保护神。直到现在，印度人们还认为，在恒河里面洗澡可以净化灵魂把一切罪过都洗掉；如果将死者的骨灰撒入河里，那么他就可升入天堂。

## 恒河女神和她的孩子

都说母亲是最疼爱孩子的，但却有位母亲残忍地将刚刚出世的孩子抛到了恒河里，这又是怎么回事呢？原来，这位母亲并非凡人，而是人神共敬的恒河女神。被她抛入恒河的孩子们也绝非凡夫俗子，而是天上的神仙。

恒河女神正是因为受托于众仙人，所以才会将他们在凡间的化身抛入恒河之中，让他们尽快死去，好恢复神身。

事情是这样的：天上的八位神仙带着妻子到极裕大仙的修道地游玩，忽然见到一头漂亮的奶牛正在草地上吃草。八位仙人对这头奶牛赞赏不已，言语中尽是对它的喜爱之情。

神光仙人的妻子对丈夫说："我们把这头奶牛带走吧！"神光仙人虽然也很喜欢这头奶牛，但他们要这头奶牛除了观赏之外并没有什么实质性的用途，况且得罪极裕大仙可不是闹着玩的。他一口回绝了妻子的要求。

可妻子仍然不依不饶，称自己要这头奶牛并非为了自己，而是为了凡间的一位朋友。如果凡人喝了这头奶牛的奶，是可以长生不老的。神光仙人拗不过妻子，只好与众仙一起将奶牛带走。

极裕大仙回到修道地后，发现自己的奶牛不见了，掐指一算便知道是八位仙人带走了奶牛。这八位仙人竟然如此大胆，完全不把他极裕大仙放在眼里，他决定要狠狠地惩治这八位仙人。

他诅咒八位仙人降落尘世，沦为凡人。极裕大仙的诅咒是非常灵验的，当八位神仙得知极裕大仙的诅咒后，全都慌了神，忙赶到极裕大仙那儿承认错误，请求他收回诅咒。见他们确有悔改之意，极裕大仙的气也消了一半儿，但已经发出的诅咒又怎么能收回呢？不过他答应减轻诅咒，只让神光仙人长期生活在尘世中，其他七位仙人则可以投胎后便马上死去，恢复神身。

虽然得到了极裕大仙的宽恕，但八位神仙都知道，他们要顺利地重返天界，必须得到其他人的帮助。他们想到了慈爱善良的恒河女神，于是赶到恒河请求她做他们的母亲，帮助他们在降落凡间后迅速恢复神身。恒河女神被他们的真诚所打动，答应了他们的请求。接下来，她要做的就是在凡间找一位夫婿，生下八位神仙，然后在第一时间将他们杀死。可这样的行为就一位母亲而言，却显得过于疯狂。而她那不明真相的丈夫，又怎么可能理解她这种疯狂的行为呢？

恒河女神化身为一位美丽绝伦的女子，当她出现在象城的福身王面前时，马上吸引了对方的注意。

象城的福身王是天下国王中的佼佼者，恒河女神决定选择他作为自己在凡间的丈夫。福身王果然为恒河女神的美丽所动，对其日思夜想，终于有一天，福身王挨不过相思之苦，向恒河女神表述真心，希望能娶其为后。恒河女神并没有马上答应福身王的求婚，而是提出了一个条件。如果福身王答应她的条件，她就马上嫁给他。如果福身王无法接受或者将来有违誓言，那么她就会离他而去。

恒河女神提出的条件就是不过问她的来历、出身，也不干涉她所做的任何一件事情。福身王此时只是一心想娶到恒河女神，哪怕让他付出再大的代价也心甘情愿，更何况只是这小小的要求呢！他一口答应了恒河女神的条件。就这样，恒河女神成了福身王的王后。

婚后不久，恒河女神便怀上了孩子。得知恒河女神怀孕的消息后，福身王非常高兴，他天天祈祷上天赐给他一个儿子。

结果确如福身王所愿，恒河女神果然生下了一个儿子。可正当福身王要为喜得贵子而大摆酒宴的时候，他的王后却带着他的儿子来到了恒河边，毫不犹豫地将孩子扔了进去。

刚刚的喜悦马上化为了巨大的悲痛，王后怎么可以这样残忍，连自己的亲生骨肉都要杀害呢？福身王的心中是有埋怨的，但一看到自己心爱的王后，他又不忍心责怪，况且自己当初也答应不干涉她所做的任何一件事。

这件事虽然在福身王的内心留下了一道阴影，但却并没有影响他对恒河女神的爱，他仍然像以前一样深爱着自己的王后。可是接下来的第二个孩子、第三个孩子……直到第七个孩子，恒河女神都对他们做了同样的事。接连失去七个儿子，这是任何人都无法承受的。福身王一忍再忍，总觉得妻子只是一时任性，下一次就不会这样了。

可当他的第七个孩子也命丧恒河之时，他开始绝望了。

没过多久，恒河女神又怀上了第八个孩子。福身王抱着最后一丝希望，希望妻子能够留下这个孩子。可当孩子出世之后，妻子却仍然抱着他向恒河走去。福身王终于忍无可忍了，这次他说什么也要阻止妻子，绝不能再失去这第八个孩子了。就在恒河女神将孩子举起的刹那，福身王制止了她。

恒河女神知道这一切都是天意，这第八个孩子就是神光仙人转世，他必须要长时间留在尘世间。她将一切都告诉了福身王，包括自己的真实身份以及下凡和杀子的原因。福身王顿时惊呆了。

恒河女神称福身王已经违背了誓言,所以她必须离开了,她会暂时带走这第八个孩子,过段时日便会归还。

此后,福身王开始节食减欲,以苦行的精神来治理国家。几年后,福身王在恒河边看到了自己的孩子。这几年间,恒河女神带着这个孩子到处拜师学艺,使他学得一身的本领,如今已然是一个英武少年了。

恒河女神为他们父子做了引荐,之后便回到了恒河之中。恒河女神和福身王的这个孩子长大后并没有继承王位,但却成为了王国里最有学问的人,受到了全族人的尊敬。他在人间活了很久才死去,在多年后终于回到了大界,恢复了神身。

## 阿普莎拉丝下凡

从前,有一位英勇贤明的国王,在他的治理下,国家富强,百姓安乐,可是在国王的心头却始终有一块心病,那就是他的女儿。公主天生丽质,美若天仙,可是自她出生以来,就从来都没有高兴过,连国王都难得见她笑上一笑。眼见公主已经到了出嫁的年龄,可无论是谁来提亲,公主都断然拒绝。倔强的公主始终都坚持她的条件,那就是她未来的丈夫必须能讲出维夏拉布里的故事。

对于国王的臣民来说,维夏拉布里是一个连听说都未听说过的地方。如此还要他们讲出那里发生的故事,岂不是强人所难吗?

因为公主的条件太过苛刻,所以一直都没有人能如愿娶到公主。渐渐地,主动上门提亲的人也越来越少了。

国王几次都想劝劝女儿,可公主却一句也听不进去。看来,女儿是要老死宫中了,国王心想着。就在国王一筹莫展的时候,有个年轻人走进宫来,称其知道维夏拉布里的故事。

国王将信将疑,但只要有一线希望,他都不会放弃。虽然眼前的年轻人不太如意,可总比女儿老死宫中要强得多。如果他能让女儿满意,倒也不失为一件好事。

国王忙命人带着年轻人去见了公主。公主见到这个自称去过维夏拉布里的人,只问了他一个问题,即城门口有什么醒目的东西。如果他能答对这个问题,那么他所说的就是真的了。年轻人马上答出了"大象"。

公主点点头,说道:"看来你真的去过维夏拉布里,好了,我相信你说的是真的了,但是现在你不需要把一切都告诉我,等我需要你说的时候再说吧!"终于找到一个符合条件的人,国王暗自为女儿高兴,而公主也终于露出了迷人的笑容。

国王本以为女儿的幸福生活即将开始,可没过多久,却传来了女儿香消玉殒的噩耗。年迈的国王一时瘫软在地,他怎么也不敢相信女儿竟然如此短命。他忙找来了自称知道维夏拉布里故事的年轻人,问他公主到底发生了什么,怎么会忽然死去?年轻人此时也懊悔不已,他痛苦地说:"都怪我,是我被幸运冲昏了头脑,以为自己发现了不为人知的秘密,就总想着拿出来炫耀。公主曾多次制止我说出维夏拉布里的故事,可我偏要说出来。没想到,当我将一切都告诉公主的时候,她便香消玉殒了。这是上天对我的惩罚。"年轻人痛苦地回忆着,已然泣不成声。

原来,公主并不是凡间的普通女子,而是天女阿普莎拉丝的化身。阿普莎拉丝本是天界众舞女之中极为出色的一位,她的体态轻盈,舞姿曼妙,赢得了众神的盛誉。一次,她奉命为众神之主因陀罗献舞。舞毕,因陀罗看得如痴如醉,对阿普莎拉丝十分喜爱,于是将一座美轮美奂的都城维夏拉布里指派给她。阿普莎拉丝忙感谢因陀罗的恩赐,在她到达维夏拉布里后,每天都不忘对因陀罗顶礼膜拜,以示崇敬。可是有一天,阿普莎拉丝却忘记了膜拜因陀罗,这让因陀罗十分生气,他决定惩罚阿普莎拉丝的不敬。

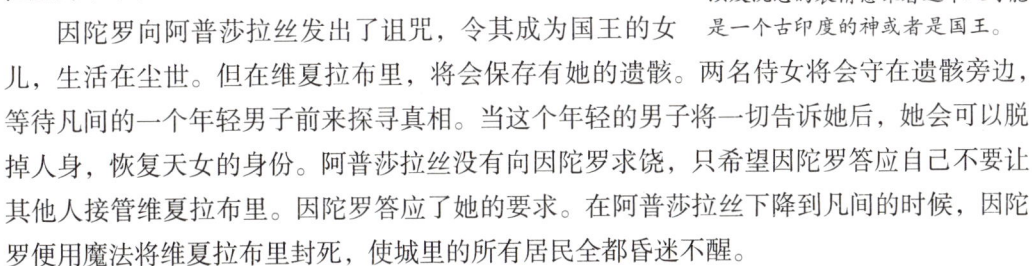

**古印度石像**
一个半身石头像显示了一个人戴着带花纹的发箍。这个石刻的质量以及沉思的表情意味着这个人可能是一个古印度的神或者是国王。

因陀罗向阿普莎拉丝发出了诅咒,令其成为国王的女儿,生活在尘世。但在维夏拉布里,将会保存有她的遗骸。两名侍女将会守在遗骸旁边,等待凡间的一个年轻男子前来探寻真相。当这个年轻的男子将一切告诉她后,她会可以脱掉人身,恢复天女的身份。阿普莎拉丝没有向因陀罗求饶,只希望因陀罗答应自己不要让其他人接管维夏拉布里。因陀罗答应了她的要求。在阿普莎拉丝下降到凡间的时候,因陀罗便用魔法将维夏拉布里封死,使城里的所有居民全都昏迷不醒。

至于那个幸运的年轻人,则是因为得到了幸福女神的指点,并在她的帮助下到达了维夏拉布里,听两位侍女讲述了那里所发生的一切。可惜的是这个年轻人并没能留住幸运,他本可以和公主度过一段幸福的时光,但他却急于将一切说出。得知真相的阿普莎拉丝已然解除了诅咒,自然不会再留在人间。随着公主的香消玉殒,维夏拉布里的灵魂复苏了。阿普莎拉丝重新回到了天界,重新成为了维夏拉布里的掌管者。

## 搅乳海

在高耸的须弥山上,坐落着很多富丽堂皇的宫殿,所有天神都居住在那里,也包括他们的兄弟阿修罗。

有一天,所有的天神和阿修罗聚集到了一起。这一次他们并不是为了争夺宇宙的统治权,而是要讨论一个一直以来都困扰着双方的问题。原来,在印度神话里,神仙虽然有着无穷的法力,寿命要比凡人长得多,但是他们和人类一样,都要经历从生到死的过程。

看来,神仙和凡人一样,都对死亡有着莫名的恐惧。天神和阿修罗聚在一起的目的,就是商量如何远离疾病和死亡,如何获得长生不老之身。保护神毗湿奴首先发言,他说:"诸位天神和阿修罗们,我已经向伟大的梵天请示过了。他告诉我,凭他的力量是不能让我们获得不死之身的。如果我们去搅动乳海，不仅可以从中获取长生不老的甘露，而且还会得到很多宝贝。但是，不管是神族还是阿修罗族，单凭自己的力量是不能完成这项任务的。因此，我们必须团结起来，才能获得珍贵的甘露。"毗湿奴的建议马上得到所有人的响应。天神和阿修罗们有史以来第一次站在了一起。他们订下盟约，要联合起来搅动乳海，然后把长生不老甘露平分。

他们首先来到了高大的曼陀罗山，准备用它作为搅乳海的工具。这曼陀罗山不仅十分高大，而且地基很深。他们请求梵天和毗湿奴给予他们帮助。于是，毗湿奴施展无穷的法力，将整座山都搬了起来，放到乳海的边上。然后他们又找来了蛇王瓦苏基，让他充当搅海的绳索。

接下来的工作是要征得乳海的主人伐楼那的同意。天帝因陀罗来到伐楼那面前，恳请他同意他们搅拌乳海。海神伐楼那同意他们搅拌乳海，但是要求必须分给他一份长生不老甘露。因陀罗答应了他的条件。

他们需要找一个巨大的硬物作为支点。天帝因陀罗再次出马，找到了龟王阿拘跛罗。龟王二话没说就沉入了海底。搅乳海的工作开始了，天神们抓住蛇王的尾巴，阿修罗们则抓住蛇王的头部。他们不停地旋转瓦苏基的身体，然后带动曼陀罗山转动，浩瀚无边的乳海开始出现巨大的漩涡。

几百年过去了，那份长生不老甘露还没有被搅拌出来。但是，天神和阿修罗却受到了不同的待遇。原来，在搅乳海的过程中，蛇王瓦苏基会不时地从口中喷出烟雾和火苗。这下可苦了阿修罗，他们一个个被熏得筋疲力尽，狼狈不堪。而这些火苗和烟雾升到空中后变成了乌云，然后顺着蛇身飘到尾部，最后化成雨水降落到了天神身上。因此，在整个搅乳海的过程里，天神们的精神和体力都十分饱满。

**乳海搅拌图**
他们用千头蛇做绳索，蛇头是阿修罗们，蛇尾是天神们。中间坐在曼陀罗山上的是保护神毗湿奴，龟王在海底稳稳顶着曼陀罗山。当搅拌海时，海先变成牛奶，然后变成奶油。最后，从海里升出太阳、月亮、战象、酒神、飞马、神牛等宝物。

又过了几百年，乳海已经被搅拌成油脂。

这时，神奇的事情发生了。从乳海中升起了一轮明月，它放射着皎洁的柔光，向远方飘去。之后，乳海里又冒出了一位美丽异常的神女。她就是著名的吉祥天女，也就是毗湿奴大神的妻子。然后从海中又出现一颗光彩异常的魔石。它后来成了毗湿奴大神胸前的装饰品。紧接着，宝物一样一样地从乳海中冒了出来，包括尊贵的酒神、圣洁的乳牛、神奇的如意树、矫健的白

附 其他国家和地区神话故事

马以及威武的战象。天神和阿修罗们虽然一个个欣喜若狂，但还是没有得到长生不老甘露。

正在这时，海面发生了变化。从那巨大的漩涡里，冒出了一股黑黑的液体。天神和阿修罗们面面相觑，谁也不敢肯定这东西是不是长生不老甘露。突然，毗湿奴大神喊道："不好！那是一种可怕的毒药。它的威力十分巨大，可以杀死所有的天神和生物。我们必须阻止它。"可谁能做到呢？拥有无边法力的天神和阿修罗此时都没了主意。

这时，伟大的破坏之神湿婆出现了。湿婆大神张开嘴，把那可怕的毒药吞入喉咙，结果他的脖子被毒药烧成了黑色。因此，湿婆也被称为尼拉坎陀，即"青颈"的意思。

毗湿奴与其妻吉祥女神

危险总算过去了，天神和阿修罗又开始继续搅拌。这时，乳海中冒出了一位捧着酒碗的仙人。那碗中盛的，就是神仙们梦寐以求的长生不老甘露。

看到这不死之药，阿修罗们马上就露出本来面貌。什么攻守同盟，什么一诺千金，他们都抛之脑后。此时的阿修罗眼里只有长生不老甘露。他们疯狂地冲了过去，你争我夺，都想把酒碗抢到手。毗湿奴大神看到这里十分气愤，于是他变成了一个绝色的美女来到了阿修罗中间。

原来，阿修罗们十分好色。他们见到了这位美人后，马上停止抢夺长生不老甘露，转而争先恐后和她调情。毗湿奴看准机会，从他们手中夺过酒碗，然后化作一阵风飞去，把长生不老药交给了天神们。

阿修罗们发现美女突然不见了，而且长生不老甘露也不知去向。于是他们哇哇大叫，大呼上当，开始互相埋怨，指责他人不该如此好色，丢掉了到手的宝贝。只有一个人没有出声，那就是罗睺。他看准了毗湿奴逃走的方向，化妆成天神，悄悄地尾随而至。天神们轮流饮用甘露时，他一声不响地站在一边。罗睺知道迟早会轮到他的，因为他们是天神，不是阿修罗。

可是，正当他饮用长生不老甘露的时候，太阳神和月亮神揭穿了他的伪装。毗湿奴一气之下砍下了他的脑袋。由于罗睺已经喝了一点长生不老甘露，药还卡在喉咙里，所以他的头变成了不死之头。

在"搅乳海"事件以后，阿修罗和天神又陷入了无休止的战斗，阿修罗们因为被毗湿奴欺骗，所以更加气恨天神。可怜的罗睺则发誓要报仇。他不停地追逐月亮和太阳，想把他们一口吞下去，从而制造出我们所看到的"日食"和"月食"。

323

## 罗摩的故事

十首罗刹王罗波那通过刻苦修行获取了梵天的信任，梵天答应赐给他一个恩典。罗波那要求梵天赐给他金刚不坏之身，任何天神和魔怪都不能打败他。梵天答应了他的请求，赐给了他无穷的力量。但是，梵天的恩典中并没有说罗波那不能被世间的凡人打败。

悲剧再一次上演了。罗波那仗着梵天的恩典四处惹是生非，搞得天界不得安宁。于是，天神们聚到毗湿奴的面前，请求他除掉这个祸害。毗湿奴听完天神们的哭诉后，很是气愤。但是因为梵天的恩典，所以他不能以神的面貌打败罗波那。于是，他决定投身转世为凡人，杀死十首王。最后，毗湿奴大神选中了拘萨罗国国王十车王的王妃。

十车王是一位英武贤明的国王，深受百姓的爱戴，可是他的三个王妃却一直没有给他生下一男半女。十车王举行了隆重的祭典活动，祈求上天赐给他一个孩子。毗湿奴见十车王十分虔诚，于是，他手托金碗，出现在了祭典之中。

毗湿奴对十车王说："你是我最虔诚的信徒，你的愿望一定会实现的。这只金碗里面盛有牛奶，你的王妃们喝过之后，就会怀孕了。"十车王赶忙照办，把牛奶分给了三个王妃。

果然，三个王妃在不久后都怀了孕。后来，大王妃生了长子罗摩，二王妃生了次子婆罗多，三王妃则生下一对双胞胎罗什曼那和沙多卢那。十车王很是高兴，把长子罗摩封为太子。

十几年过去了，这四个王子不仅个个仪表堂堂，而且品德高尚。尤其是太子罗摩，更是深受百姓们的爱戴和拥护，人们都希望他能早一天登基为王。后来，罗摩因为拉开了毗湿奴的神弓，娶到了大地女神的女儿，美丽的弥提罗城公主——悉多。

十车王看到罗摩已经长大成人，而且也有了自己的王妃，就决定将整个国家交给罗摩管理。但消息还没有宣布，二王妃就要求十车王让她的儿子婆罗多继承王位，同时还要求把罗摩放逐森林十四年。十车王对二王妃一直都疼爱有加，曾经许过诺言，要达成她的两个愿望。如今，二王妃提出这个要求，十车王虽然心里一百个不乐意，可有言在先，也没好说什么。

罗摩知道了这件事后，毅然放弃王位，离开了阿逾陀城。跟随他一起流浪的还有妻子悉多和弟弟罗什曼那。十车王对儿子的孝心十分感动。在罗摩走后不长时间，他因为思念罗摩，郁郁而终。

一直住在舅舅家的婆罗多回国参加父王的葬礼。当听说这件事以后，他谴责了母亲这种卑劣的行为，而且还要去寻找自己的哥哥，把王位让给他。

婆罗多在森林中找到了罗摩，但罗摩宁死也不肯回国。没办法，婆罗多只好把哥哥一双木鞋带回国，放在王位上，表示他并不是国王，只是代出行的哥哥执政。

婆罗多走后，罗摩依然过着流浪的生活。有一天，他们在树林里遇见了十首王罗波那的妹妹——女罗刹舒罗潘卡。舒罗潘卡见罗摩十分英俊，就向他求欢。她不但遭到罗摩的拒绝，还被他割掉了耳朵和鼻子。舒罗潘卡为了报复，就跑到哥哥那里。她添油加醋地诉说罗摩怎样不敬重至高无上的十首王，又说了很多难听的话。最后，她又抓住罗波那的弱点，不住地称赞罗摩妻子悉多的美貌。

好色的十首王被妹妹说得动了心。于是，他耍了一套阴谋诡计，把罗摩和罗什曼那骗走，然后趁机抢走了悉多。罗摩和罗什曼那发现悉多不见了，便四处寻找，最后他们在树林里发现了一只金翅鸟。

金翅鸟告诉他们，它是天上的金翅鸟王，刚才他看到罗波那抢走了悉多。他想救出悉多，可由于年老体衰，反受重伤。罗波那在打伤他之后带着悉多朝南飞去了。要想救出悉多，需与猴王哈奴曼结盟。说完，金翅鸟就死了。罗摩兄弟安葬了金翅鸟，踏上了寻找悉多的征程。

罗摩在神猴哈奴曼的帮助下，知道了悉多被囚禁在楞伽岛。他通过艰苦的奋战，终于杀死了十首罗刹王罗波那，救出了妻子悉多。

但是，罗摩看到悉多后，并没有热情地拥抱她，而是冷冰冰地说："我不会再接

**毗湿奴化身罗摩**
作为毗湿奴第七个化身，罗摩令人喜爱且极具才智。在史诗《罗摩衍那》中，他击败了恶魔罗婆那。据说在他之前无人能拉开他手上的弓，罗摩轻易拉开，因此赢得被罗婆那掠走的悉多为妃。

受你了。我所进行的这场战争是为了整个拘萨罗国，为了王室的荣誉。并不是为了救你，一个被恶鬼罗刹玷污过的女人。如果我再接受你做我的妻子，那将是我们家族最大的耻辱。"

悉多听了罗摩的话后，悲痛万分。她决定以行动来证明自己的清白。于是，她纵身跳入了熊熊大火之中。这时，火神阿耆尼救了悉多。他痛斥了罗摩一顿，告诉他悉多是清白的。罗摩接受了妻子。但是，事情并没有这样结束。

罗摩回国后，在婆罗多的一再坚持下，重新做了国王。拘萨罗国在他的治理下更加繁荣。但是，有一件事却是他的心头病，那就是百姓们一直认为，王后的贞操早就已经被十首罗刹王玷污了。最后，国王和家族的荣誉战胜了爱情，罗摩将妻子悉多遗弃在恒河边上。而他不知道，悉多已经怀有身孕了。

十几年后的一天，罗摩在城堡里举行一次盛大的祭典活动。这时，蚁蛭仙人突然出现在了会场，还带着两个孩子。蚁蛭仙人在祭典活动中朗诵了一首长诗，名叫《罗摩衍那》。诗中歌颂的就是罗摩的英雄事迹。

罗摩这才知道，眼前的这两个孩子是自己的亲生骨肉，而自己当年是那么愚蠢，为了所谓的尊严而冤枉了自己的妻子。他赶忙派人把悉多接回王宫。

但悉多已经心灰意冷，她对罗摩说："除了你之外，我的心和我的身体从来没有给过任何人。请大地母亲敞开胸怀，证明我的清白吧。"刚说完，大地就裂开了一个大口子，悉多头也不回地跳了进去。而罗摩，这位伟大的英雄，此后一生都生活在愧疚之中。

## 班度五子的故事

班度五子的故事取自印度史诗《摩诃婆罗多》。据说，这部巨著是由湿婆的儿子大圣欢喜天所写的，被称为印度史上唯一一部由仙人撰写的史书。故事的开端，要从恒河女神下凡说起。

恒河女神为了解救被极裕仙人诅咒的八位神仙兄弟下凡到人间，嫁给俱卢王的后裔福身王为妻。婚前，女神和福身王定下誓约，不许他询问自己的身世，不许他干涉自己所做的任何事情。陷入爱河的福身王满口答应了恒河女神的要求。

在婚后的七年里，女神按照与神仙八兄弟的约定，将自己所生的前七个儿子全部扔进恒河里面淹死。到了第八年，当她正要把最后一个孩子扔进恒河时，福身王出面阻止了。女神对福身王违背誓言的行为很是生气，告诉了他自己这么做的原因，然后愤然离去。福身王非常后悔，就把第八个儿子立为王子。

后来，福身王爱上了渔夫的女儿贞信，希望能够娶她为妻。但是，渔夫表示，除非贞信的孩子能够继承王位，否则绝不答应这桩婚事。福身王为此十分懊恼。为了能让父亲开心，王子毅然放弃了自己的继承权，并发誓永不争夺王位。同时，他还将自己的名字改为毗湿摩（恐怖的誓言）。就这样，贞信成了福身王的第二任王后。

婚后，贞信为福身王生了两个儿子，大儿子名叫花钏，小儿子名奇武。但是，这两个人命浅福薄，在福身王死后不久，他们也相继去世。贞信为整个国家考虑，希望毗湿摩能够继承王位。但是毗湿摩却坚守自己的诺言，誓死不登基。没办法，贞信只得请来了广博仙人，让他与儿子的两个王后结合。

广博仙人面貌十分丑陋。大王后在与他同房时不敢睁眼，生下了瞎眼的孩子，名叫持国；二王后则因为害怕广博仙人的容貌，生下了面色苍白的孩子，名叫班度。后来，持国生下了以难敌为首的一百个儿子，被人们称为"持国百子"；而班度因为得罪仙人而受到诅咒，所以没办法与妻子生下孩子。

后来，班度的妻子使用了仙人赐给她的求子咒，为班度生下了五个儿子。他们分别是：正法之神阎摩的儿子坚战、风神伐由那的儿子怖军、天帝因陀罗的儿子阿周那以及双马童的儿子无种和偕天。这五个孩子被人们称为"班度五子"。

古往今来，不管是在哪个国家，王权的争斗都是最为惨烈的，也是最为恐怖的。持国百子和班度五子从记事开始，就从没有停止过争斗。由于以难敌为首的"持国百子"人多势众，所以在争斗的一开始就

古印度城市文明的遗址

附 其他国家和地区神话故事

占尽了上风。

难敌为了能够让自己的兄弟独占江山，想尽办法要除掉班度五子。有一次，他命人在城堡北方建了一座涂满树胶的房子，请班度五子到里面居住。然后，他派人在夜里放起大火，想要烧死五兄弟。幸亏有人早早告诉五兄弟，他们才得以从事先挖好的地道逃出。从那以后，班度五子开始了漫长的流亡生活。

后来，流亡在外的五兄弟听说般遮罗国的木柱王要为他美丽的女儿黑公主选婿。于是，他们乔装成婆罗门来到了那里。经过几轮的较量，阿周那终于赢得了比赛，成了木柱王的女婿。有了强大的般遮罗国作后盾，班度五子的力量很快就强大起来。在好朋友大英雄黑天的帮助下，他们所向披靡，消灭了很多邻近的小国，建立了一个强大的帝国。

在仙人的帮助下，班度之妻喜得贵子。

这时，班度五子觉得是去讨回自己应得东西的时候了。于是，五兄弟向难敌提出要求，让他分一半国土给他们。难敌当然不会同意他们的要求。他让五兄弟和他玩掷骰子，如果他们赢了就把一半国土分给他们，如果输了就要在森林中流放十二年，而且到第十三年还不能被认出来，否则就会再被流放十二年。结果可想而知，在难敌的亲舅舅印度赌博之神沙恭尼的帮助下，难敌赢得了比赛。可怜的班度五子再一次开始了流亡生活。

光阴似箭，十三年转眼就过去了。在这期间，难敌发动所有的力量，找遍全国的各个地方，都没有发现班度五子。到了第十四年，班度五子按照当初的约定来到了皇宫，要求难敌归还他们应得的那一半国土。难敌再一次拒绝了他们的要求，而且还重重地侮辱了他们。班度五子真的愤怒了。他们知道，要想夺回自己的东西，只有通过一种手段，那就是战争。

印度历史上有名的俱卢之野大战开始了，参战双方都联系了很多的国家。当时，在整个印度半岛，几乎所有的国家都加入了这场王权争夺战。

战争把人类变成了魔鬼，血腥使人成为野兽。亲情、友情、爱情，所有一切人类美好的东西都被战争吞噬。这场残酷的战争共持续了十八天，死伤的人数无法用数字计算。难敌一方失去了自己的九十九个兄弟，还包括自己的祖父毗湿摩；坚战五兄弟虽然没有死伤，但也失去了很多爱将。这场惨绝人寰的战争最终以班度五子的胜利而告终。

失败的难敌成了孤家寡人，求生的本能使他拼命逃亡。但是，杀红了眼的班度五子在后面紧追不舍。难敌在恒河边上的一个池塘里躲了起来。但他受不了五兄弟的挑衅，最终也被杀死。傍晚时分，难敌的儿子马勇带领着残余部队溜进了班度五子军队的帐篷，杀害了所有的将士。在这场最后的浩劫中，只有班度五子、黑公主和黑天逃脱噩运，侥幸活了下来。

所有的争斗结束了，班度五子终于得偿所愿，坚战理所当然地登上了王位。虽然赢得了整个国家，但是班度五子为这场残酷的战争给人民和福身王家族带来灾难愧疚不已。不

327

久后，坚战将王位传给了后人，和阿周那带上黑公主来到喜马拉雅山上修行。最后，坚战五兄弟，声名赫赫的班度五子，结束了他们凡世间的生活，升入天国，成为神祇。

## 那罗和达摩衍蒂

尼奢陀国的国王那罗英勇非凡，且相貌十分英俊，在众多国王之中异常显眼。如此出类拔萃的国王，要什么样的女子才能与其相配呢？在毗德尔跋国，国王毗摩有一位绝美的公主达摩衍蒂。无论是天上的神仙，还是人间的勇士，无不为她的美貌所倾倒。那罗和达摩衍蒂虽然都对对方有所耳闻，但无奈两国相距甚远，这对金童玉女始终都无缘相见。

一天，那罗在树林里偶然捕获了一只天鹅。就在他打算带回去美餐一顿的时候，天鹅忽然开口说话了。天鹅说："尊敬的国王，请不要伤害我！如果您能放我离开，我一定会报答您的。"那罗问道："你要如何报答我呢？"天鹅说："我将把您的英武非凡说给达摩衍蒂听，让她对您朝思暮想，一心一意地爱恋着您。"听到这里，那罗情不自禁地放开了抓着天鹅的手，目送着天鹅向毗德尔跋国的方向飞去。

天鹅没有食言，它果然将那罗的一切带给了达摩衍蒂，并称他们是天造地设的一对，是最为般配的爱人。天鹅的话深深打动了达摩衍蒂，她开始思念那罗，后来竟思念得茶饭不思，连身体也消瘦下来。看着日渐憔悴的女儿，国王十分心疼，他意识到女儿已经到了婚嫁的年龄，是时候为她找一位如意的郎君了。于是，国王向其他各国国王发出邀请，称自己要为女儿举行选婿大典，希望有意者准时参加。

听闻天上人间最美丽的女子要公开招纳夫婿，各国国王纷纷备好礼物，着盛装前往，这其中也包括尼奢陀国国王那罗。一时间，奔往毗德尔跋国的车马、队伍不计其数，景象蔚为壮观，就连天上的神仙也被惊动了。很多天神都对达摩衍蒂的美貌垂涎已久，如今遇此良机，又岂有错过之理？天帝因陀罗带着他身边的火神、水神和死神向着毗德尔跋国的方向出发了。

路上，天神们心里都在想着如何赢得达摩衍蒂的芳心。他们并不知道，达摩衍蒂的心早已被那罗完全占据，再也容不下别人了。此时，她正在等待着那罗来将她带走，而那罗也正满心欢喜地奔赴自己的心上人。可就在那罗马上要赶到毗德尔跋的时候，天神们却给他出了一道难题。

原来，天神们看到那罗以后，都为他的英俊所震撼。在那罗面前，天神们都有些自惭形秽，如果他们共同参加选婿大典，那么达摩衍蒂定然会选择那罗。所以，天神们决定在选婿大典召开之前就为自己扫清障碍。他们降临到那罗的面前，请求那罗做他们的使者，那罗欣然应允。可天神们交给那罗的使命却让他十分为难。天神们让那罗传话给达摩衍蒂，请她务必在四位天神中选一位做丈夫。他们当然知道那罗也是为达摩衍蒂而来，但他们更知道那罗向来言而有信，既然答应做他们的使者，就一定会完成他的使命。果然，那罗信守了自己的诺言。尽管他根本就不想这样做，但他终不愿做个言而无信之人。

那罗在天神的帮助下顺利见到了身处后宫的达摩衍蒂。眼前的达摩衍蒂是那样美好而又光彩照人，让那罗没有办法不心动，而那罗的出现也陡然催生了达摩衍蒂的爱情。难道这就是自己日思夜想的那罗吗？达摩衍蒂迫不及待地想要知道答案。那罗强掩自己的思恋之情，对达摩衍蒂说："美丽的公主，我是那罗，是天帝、水神、火神和死神四位天神的使者。我很高兴地告诉你，这四位天神都非常喜欢你，请你务必在他们之中挑选一位做你的丈夫。"得知自己爱恋的人如今就在眼前，达摩衍蒂喜不胜收。她看出了那罗眼中的悲伤和无奈，知道那罗必有难言之隐，故安慰那罗说："尊敬的国王，我对您仰慕已久，我的心早已被您占据，此次选婿大典也是专为您设的。如果不能嫁给您，那么我一天都活不下去。请您准时参加选婿大典，到时我会亲自选择您，这样您就不必背负责任了。"听了达摩衍蒂的话，那罗十分感动。他依依不舍地告别了公主，回来向天神们复命。

接到天神们的任务后，那罗皱起了眉头。

那罗将达摩衍蒂的话如实说给天神们听，天神们有些生气，但也不能有失风度，就决定再考验一下达摩衍蒂。到了选婿大典那天，达摩衍蒂急于在众人中找到那罗。终于，她见到了那罗的身影。可她还来不及高兴，就被接下来的情景吓呆了。原来，达摩衍蒂看到的并不是一个那罗，而是五个那罗。五个人长得一模一样，根本就看不出有什么差别。究竟哪一个才是真正的那罗呢？达摩衍蒂急得团团转，她虽然想到了另外四个那罗一定是天神们的化身，可是他们根本就没有显现出任何天神的特点，让她无从分辨。

达摩衍蒂在五个那罗身边转了无数个来回，却始终无法找到真正的那罗。最后，她不得不向天神们祈祷，请求天神们为她指一条明路。天神们被眼前的这个善良而又忠贞的女子感动了，他们决定成全她的心愿。当达摩衍蒂再次睁开眼时，她看到五个那罗的容貌虽然没有改变，但是有四个却显现出了明显的不同。他们双脚离地，眼睛一眨不眨，且身边都环绕着光鲜的花环。依据这些特征，达摩衍蒂很容易找到了真正的那罗，而天神们也给了这对金童玉女最真的祝愿。

在一片欢天喜地的呐喊和喝彩声中，那罗轻轻牵起了达摩衍蒂的手，向着他们所向往的幸福继续前行。毗德尔跛国国王虽然对自己的女儿有几千几万个不舍，但看到英武非凡的那罗，他也是满心的欢喜。在为两位新人举行了盛大的婚礼之后，那罗就带着达摩衍蒂回到了尼奢陀国，在那里他们开始了的新生活。

## 莎维德丽节

在印度，妇女们每年都要过一个特别的节日，这就是莎维德丽节。提到莎维德丽节，不明就里的人很容易想到莎维德丽女神，但莎维德丽节并不是为纪念莎维德丽女神设立的，而是为了纪念一位叫作莎维德丽的印度女子。这名女子贤良淑德，聪慧机敏，堪称印度妇女的楷模。当然，这位女子也与莎维德丽女神颇有渊源。

在摩德罗国，国王马主谦和公正，敬畏神灵，爱护百姓，是一位贤明的君主。在马主的统治下，国家富强，百姓安乐，社会秩序井然。可这样一位人人爱戴的国王，却连一个后代都没有，这成了马主国王的一大心病。为了求得一个子嗣，马主决定修炼严厉的梵行。为此，他整整守了十八年的戒期。

在马主守戒期满的那天，进行了盛大的祭祀活动。在祭祀的神火中，莎维德丽女神显灵了，她告诉马主，不久后，他将得到一个女儿。虽然不是一个儿子，但马主终于要有后代了，所以他非常高兴，连忙向莎维德丽女神谢恩。

几个月后，马主果然得到了一个聪明美丽的女儿。因为女儿是由于莎维德丽女神的恩典才降生的，所以马主为其取名为莎维德丽，提醒自己时刻不忘莎维德丽女神的恩典。

渐渐地，莎维德丽长大了，长成了一个亭亭玉立的妙龄少女。风姿绰约的莎维德丽很讨人喜欢，这让马主十分骄傲。

不过却没有一个人上门求亲，眼见女儿的年龄越来越大，马主开始坐不住了。他不能看着女儿错过了青春芳龄，既然没有人主动上门求亲，那就让女儿出门去寻找自己的夫君吧！

莎维德丽有些害羞，也不愿离开父亲，但婆罗门教有一条箴言，如果父亲不将女儿嫁出去，就会受到天神的斥责。为了使父亲免于被天神斥责，莎维德丽踏上了漫长的寻夫之路。

世界如此之大，该到哪里去找寻自己的丈夫呢？莎维德丽相信，有缘自会相见，所以她并不急于去拜访什么名门之后。她只是按照自己的方式，参拜了一处又一处修道院。在修道院森林中，莎维德丽见到了自己的真命天子。那是一位名叫萨谛梵的落魄王子。他的父亲耀军本是夏鲁阿人的国王，只因其双眼不幸失明，给了仇人可乘之机，将其赶出了故土，被迫到大森林中修炼苦行。

在选定目标之后，莎维德丽就踏上了返乡之路。

当莎维德丽回到摩德罗国的时候，她的父亲马主国王正在会见那罗陀大仙。马主见女儿回来，十分高兴，忙问其是否找到了自己的意中人。莎维德丽将萨谛梵的情况说给了父亲听，称自己已经决定嫁给萨谛梵为妻。马主正准备问女儿更详细的情况，坐在一旁的那罗陀大仙插言道："亲爱的国王，公主将要大难临头了！"马主和莎维德丽都被吓了一跳。马主忙问那罗陀："大仙何出此言？难倒这个萨谛梵是个不务正业、游手好闲之徒？"那罗陀摇摇头："非也。萨谛梵英俊伟岸，勇武过人，智慧超群，性情温和，是一位德才兼备之人。可以说，他具备一切优秀的品德，与公主也十分般配，只是……"马主听了更糊涂了，问道："只是什么？难倒他已有妻室？"

那罗陀又摇摇头，说道："不，他至今尚未娶妻。我想说的是这位王子是一个短命之人，仅有一年的寿命了。"

马主听后，沉默了很长一段时间。他回过头来看了看女儿，说道："我的女儿啊，虽然这个萨谛梵是你亲自挑选的丈夫，你们也确实很般配，可他即将不久于人世，我又怎么能把你嫁给他呢？你还是另寻他人吧！"可莎维德丽却坚定地说："父亲，我已经决定嫁给他为妻，任何困难都不能成为我嫁给他的障碍。父亲，请您成全我吧！"见女儿如此坚决，马主也有些动摇，他问那罗陀大仙："大仙，您觉得这桩婚事怎么样？"那罗陀说道："我也是赞成这桩婚事的，毕竟再也没有人能像萨谛梵那样具有一切美好的品德。"马主想了想，对女儿说："既然你意已决，那么父亲就只有祝福你了，希望你能在婚后得到幸福。"那罗陀大仙也对莎维德丽表达了自己的祝愿。

几天后，马主亲自带着莎维德丽以及厚重的嫁妆，向着森林修道院出发了。当耀军得知马主此次前来是要将女儿嫁给他的儿子时，几乎激动得说不出话来。耀军没有想到，在他们落魄之时，马主竟然毫不嫌弃，不但愿意将女儿嫁过来，而且还亲自备重礼送女儿过来。在马主和耀军的主持下，莎维德丽与萨谛梵结为了夫妻，开始了他们的婚姻生活。

莎维德丽十分贤惠，孝顺公婆，体贴丈夫，待人有礼，修道院中的所有人都很喜欢他，萨谛梵更是庆幸自己得到了一位好妻子。可是随着时间一天天地过去，丈夫的死期也越来越近，这让莎维德丽十分忧虑。很快，离丈夫的死期就只剩下四天的时间了，莎维德丽决定为丈夫做些什么。她绝食三天，虽然身边的人都劝她不要这样难为自己，萨谛梵更是心疼自己的妻子，可是莎维德丽还是坚持，虽然连她自己也不确定究竟能不能帮上丈夫。

三天过去了，莎维德丽靠着自己的毅力坚持了下来。可莎维德丽却连用早饭的心思都没有，她只要一想到丈夫即将离开自己，就痛苦不堪。这天，她特地要求和萨谛梵一起上山砍柴。萨谛梵看着憔悴的妻子，心疼地说："我的好妻子，你已经绝食几日了，还是在家好好休息吧！而且山中的路太艰难，你怎么受得了呢？"可莎维德丽坚持要去，她必须陪丈夫走完最后一程。见莎维德丽如此坚持，萨谛梵也不忍再拒绝，就带着她一起出发了。

两个人说说笑笑，时间过得很快，忽然，萨谛梵觉得头痛欲裂，随即昏倒在莎维德丽身边。抱着丈夫的头，莎维德丽痛苦不已。这时，死神出现了，他要亲自将萨谛梵的魂魄带走。莎维德丽并没有舍弃自己的丈夫，她紧紧跟随着死神，誓死也要跟丈夫在一起。莎维德丽的坚贞和善良感动了死神，他决定满足莎维德丽的一个愿望，但不能是萨谛梵的生命。莎维德丽说："我希望我的公公能够重见光明。"死神答应了，可莎维德丽并没有回去，仍然跟随着死神。就这样，死神又满足了莎维德丽的三个愿望，其中包括他的公公重建国家、他的父亲拥有一百个健壮的儿子以及她

印度庙宇都装饰有非常华丽的神像。

331

自己拥有一百个健壮的儿子。

死神以为莎维德丽的愿望已经都得到满足了，应该回去了，可是莎维德丽还是没有回去，她仍然紧紧跟着死神。死神说："你已经做了自己可以做的一切了，现在你可以回去了。"莎维德丽说："天神啊，我无论如何都不能与我的丈夫分开。如果您真的怜悯体恤我，那么就请把我的丈夫还给我吧！如果没有他，那么您许给我的其他幸福就都是空无的，我也不会再活在这个世界上。为了不让您的恩惠落空，请您让萨谛梵复活吧！"这次，死神没有拒绝莎维德丽的要求，他放开了萨谛梵的生命，转身离去了。

莎维德丽用力跑回丈夫身边，唤起沉睡的丈夫。当他们回到家中时，发现耀军的眼睛已经复明了。不久后，耀军果然光复了国家，而马主国王和莎维德丽也都得到了一百个勇武健壮的儿子。

## 美娘

芦箭国王有着众多嫔妃，但在后宫之中，最受宠的女子却并不是哪一个嫔妃，而是公主美娘。芦箭国王年逾半百，却只有这一位宝贝女儿，因此对她倍加宠爱。只要是女儿的愿望，芦箭王就都会想办法帮其满足。即使美娘犯了什么过错，他一般也不会苛责。可以说，芦箭王对美娘几乎到了有些纵容的地步。

一天，芦箭王带着公主美娘和众多军士一起到湖边狩猎游玩。美娘从没来过这么美丽的地方，不觉得越走越远，渐渐离开了陪伴她的宫女。走着走着，美娘忽然看到前方有一个巨大的蚁垤，远远望去就有如一个端坐的人。在蚁垤上，有两个圆圆的东西一闪一闪发出耀眼的光亮。美娘被吸引了，她随手拿起一根荆棘，刺向那两个闪动的东西。结果，亮光消失了。美娘被吓了一跳，此时的她还没意识到自己闯了什么祸，只是赶紧跑回到父亲身边。

美娘回去之后，军中发生了一件怪事，所有军士都被同一种疾病困扰着。此病虽不是什么大病，但却异常折磨人。或者说不是什么病，就是大小便不通。军士们都很痛苦，随行的军医却找不出病因。这时，芦箭王忽然想到了在附近修行的行降大仙。这位行降大仙是婆利古的儿子，一直都在附近苦修。如今，他年事已高，想必是有人冒犯了他，所以他才会降此惩罚。想到这儿，他连忙询问军士们是否有人无意中得罪了正在苦修的行降大仙。可是问遍了所有的军士，却一点儿消息都没有。

美娘听说了军中的情况，又想到自己在湖边做的荒唐事，莫非那个得罪行降大仙的人就是自己？她有些害怕，连忙将一切都告诉了父亲。芦箭王觉得蚁垤很可能就是行降大仙，而美娘用荆棘刺中的则是行降大仙的眼睛。想到这儿，他不由得打了一个冷战。父亲的沉默让美娘更加害怕，她连忙向父亲承认错误。芦箭王本想责备女儿几句，可一看到女儿楚楚可怜的样子，又不忍心责备，于是安慰女儿先回去休息，并说自己会处理好这件事情的。

第二天，芦箭王在美娘的带领下，来到了蚁垤。果然不出他所料，这个蚁垤就是行降大仙。他连忙向行降大仙忏悔，请求大仙的原谅。行降大仙答应了芦箭王的请求，但他也有一个要求,那就是将公主美娘嫁给他。芦箭王觉得将女儿嫁给大仙也是一件不错的事,就欣然答应了。美娘意识到自己的冒失,在嫁给行降大仙后,变得非常贤惠,无微不至地照顾着行降大仙。夫妻两个人十分恩爱,生活美满幸福。

  一次,美娘到湖中沐浴,恰巧被天上的一对双马童看见了。双马童虽然只是天神中的小神,连喝苏摩酒的资格都没有,但却精通医术,被称为医药之神。美娘的卓越风姿深深迷住了双马童,于是主动走上前去搭讪。美娘忙穿好衣裙,彬彬有礼地向两位天神说明了自己的身份。双马童听说美娘是行降的妻子,都为她感到惋惜,他们劝美娘说:"你如此年轻貌美,与行降那个老头在一起真是太委屈你了。你还是选择和我们在一起吧,那个老头根本就没有能力让你感受爱情,更没有能力让你得到幸福。"双马童的话虽然让美娘很生气,但她还是礼貌地表达了自己对丈夫的忠贞和敬重。

  看美娘如此坚定,双马童有些失望,但他们仍然不愿意放弃拥有美娘的机会,就对美娘说:"你知道吗?我们是天上的医神,可以让你的丈夫变得年轻力壮,但当他恢复青春以后,我们三个人会变得一模一样,到时候你选中谁,谁就是你的丈夫了。"美娘虽然很想让丈夫恢复青春,可在未经丈夫同意的情况下,她也不能贸然答应她们,所以就推脱说回去与丈夫商量后再做答复。

印度步兵像

  行降听了美娘的话,深感这是自己恢复青春的大好时机,他也希望自己可以配得上美娘。商量过后,两个人决定试一试。双马童果然让行降恢复了青春,不过之后出现在美娘面前的却是三个行降。美娘一时难以分辨出他们的不同,于是向天神祈祷,希望天神帮助自己找到自己的丈夫。最终,美娘凭借自己的忠贞和善良找到了行降。两个人含情脉脉地对视着,深感幸福的来之不易。

  双马童也被美娘的忠贞所感动,给予他们最真诚的祝愿。恢复青春的行降对双马童很是感激,决定让他们享有饮用苏摩酒的权利,以此来报答他们。双马童听后十分高兴,这一直都是他们梦寐以求的,现在终于实现了。行降恢复青春后,不仅外表变得英俊,而且法力也有所提高。他没有忘记自己对双马童许下的诺言,在一次祭祀中,他第一次拿起酒杯给双马童敬苏摩酒。

  行降的行为让天帝因陀罗很是生气,他忙上前去阻止行降,称双马童没有饮用苏摩酒的资格。但行降仍然坚持自己的行为,并请因陀罗不要小看双马童。无论因陀罗怎样劝说,行降仍然我行我素,不肯听他的劝告。最后,因陀罗被激怒了,他决定用武力制服行降。可此时的因陀罗已经不是行降的对手,被行降打得连连求饶。无奈,因陀罗只得承认了双马童的地位,让他们享有饮用苏摩酒的权利。而行降则与美娘继续在山林中苦修,过着平淡而幸福的生活。

古罗马神话彩图馆

## 巴达利普特拉城的由来

　　巴达利普特拉城位于印度北部的恒河中游一带，是印度繁荣的文化中心。关于该城的由来，有很多动人的传说，但流传最广的还是由魔法而生的传说。

　　在很久以前，恒河上游有一个叫作卡特卡那的地方，那是一个巡礼者聚集的圣地。南方德干高原的一个婆罗门和他的妻子来到这儿后，就在这里定居了下来。他们共生育了三个儿子，眼见着三个儿子一天天长大，夫妻俩都觉得十分满足。可就在他们计划着送三个儿子外出求学的时候，夫妻俩却双双发生了意外，撒手人寰了。父母的过世让兄弟三人悲痛万分，他们不愿再留在卡特卡那。料理了父母的后事，他们就决定回到父母的故乡德干高原去。

　　在返乡之前，他们到神庙去参拜了斯堪神，祈求一路平安。接着，他们就收拾行囊，踏上了返乡之路。途中，他们来到了一个叫作清丘的城镇。在那里，他们拜访了一位名叫波吉卡的婆罗门。波吉卡热情接待了这三位年轻人，并让他们住在了自己的家中。波吉卡见这三位年轻人相貌非凡，举止不俗，断定他们日后必定会有一番大的作为，就将自己的财产平分给他们兄弟三人，并将自己的三个女儿许配给他们。交代好一切，波吉卡便离家苦修去了。

　　三个年轻人受此大恩，自当感恩图报，振兴家业。可遗憾的是，这三个人在得到巨额的财富后，便开始贪图享受，坐吃山空。眼见着家产越来越少，三姐妹也是越来越着急，可却都拿自己的丈夫没有办法。一年，天降大旱，家中的财物已经无法维持生计了。在这种情况下，三个婆罗门想的不是如何与妻子共渡难关，而是如何自保。他们竟然抛下自己的妻子，独自逃出城去了。

　　三姐妹对自己的丈夫都非常失望，可她们毕竟出身名门，要恪守妇道，而且此时三姐妹中已有一人怀有身孕。所以，尽管她们吃尽了苦头，也从未想过另嫁他人。可是三个女人的生活毕竟不好过，于是她们决定去投靠父亲的老友——耶朱尼亚连答。在耶朱尼亚连答的家中，三姐妹迎来了她们共同的希望，一个如天使般的男孩降生了。三姐妹都非常疼爱这个孩子，视其为掌上明珠。

　　三姐妹的忠贞被湿婆大神和他的妻子多卡女神看在眼里，他们决定向这三姐妹施以恩惠，让她们的生活好起来。既然这个刚刚出生的孩子是她们的希望，那就让这个孩子来改变她们的生活吧！湿婆大神托梦给三姐妹，让她们为孩子取名普特拉卡，这样他每天早上醒来的时候，枕头底下就会有数不尽的黄金。用不了多久，这个孩子就会成为国王。三姐妹按照湿婆大神的指示给孩子取名为普特拉卡，果然在其枕底收

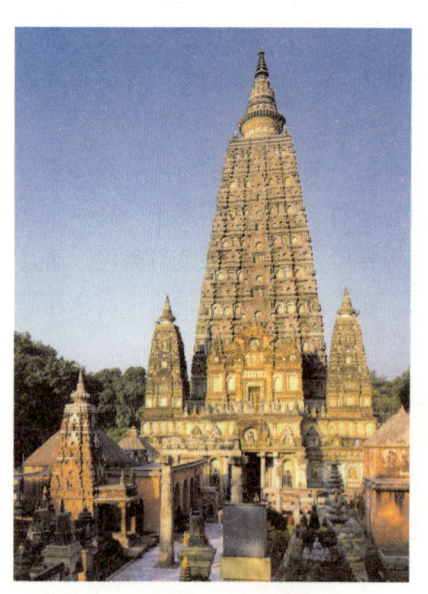

**建于公元 6 世纪的印度大菩提寺**

334

获了黄金。普特拉卡很快成为了远近闻名的大富翁，不久便登上了国王的宝座。

成为国王之后，普特拉卡偶然听说了父亲和两位伯伯的事。耶朱尼亚连答建议他将三位婆罗门请回来，并厚赠他们。普特拉卡接受了耶朱尼亚连答的建议，马上叫人去

印度笈多时期的石头寺庙

办。三个婆罗门听说此事，自是喜不胜收，忙赶回来投奔普特拉卡。普特拉卡赠给他们大量的金银珠宝，并盛情接待了他们。可三个婆罗门却仍然恶性难改，他们竟然眼红普特拉卡的地位，试图谋害他取而代之。

一天，三个婆罗门假意要与普特拉卡一起参拜多卡女神，可到了神庙前，却让普特拉卡一人先进去参拜。毫不知情的普特拉卡没有多想，一个人走进了庙中。当凶恶的刺客站在他的面前时，他才知道自己被暗算了。他恳求刺客放过自己，他将会给他们大量的财宝，并永远消失在这里。刺客们本就是为钱而来，既然可以拿到更多的钱，为什么不拿呢？他们答应了普特拉卡的请求，私自放走了他，并谎称已经杀死了他。三个婆罗门以为大权即将落入自己的手中，可不想其奸计却被大臣们识破，结果自然是不得好死。

普特拉卡信守诺言，独自一人去了很远的地方。在一片森林中，他看到两个巨人正在进行殊死搏斗。他走上前去问二人为何争斗，得知他们是为父亲留下的三样宝物而争斗。这三样宝物神通广大，神器可以盛装任何你想要的食物，神棍可以让其书写的一切变成现实，神鞋可以将你带到任何你想去的地方。普特拉卡心生一计，称自己有分出胜负的好办法。两个巨人忙问是何方法。普特拉卡让他们赛跑，跑得快的人就可以得到这三样宝物。两个巨人连称好方法，于是一溜烟地跑没了影儿，而普特拉卡则不费吹灰之力就得到了这三样宝物。

普特拉卡穿着神鞋，在天空中飞呀飞呀，忽然见到下面有一座异常美丽的城镇，就决定在这里停下来。在这里，普特拉卡听闻了国王的美丽女儿巴达利。不知为何，他竟然有一种强烈的想见见这位公主的冲动，连他自己都不知道为什么。夜里，湿婆大神出现在他的梦中，告知他巴达利公主本是他前生的妻子，今生也将会成为他的妻子。他们前生都是虔诚侍奉湿婆大神的人，所以今生都会得到善报。

得到湿婆大神的指点，普特拉卡决定趁着夜色去会会巴达利公主。两个人一见倾心，整整谈了一夜。此后，每天晚上，普特拉卡都会穿着神鞋去私会公主。时间一长，就被宫中的卫士看出了端倪。卫士向国王禀报了一切，国王决定找到这个与公主私会的年轻人。一天晚上，普特拉卡像往常一样来到公主的房中与其私会，趁他们在房中睡觉的时候，早就守候在门外的宫女在普特拉卡身上做了一个记号。第二天，国王依据记号很快就找到了普特拉卡。不过普特拉卡有神鞋，所以他可以轻易逃脱，但他知道这里已经不能久留了。

普特拉卡找到公主，告诉公主他们的事情已经被国王知道了，问公主是否愿意同自己

一起离开。

公主羞涩地点头应允。普特拉卡带着公主飞出了王宫，一直飞到恒河岸边才降落下来。他们都累了，所以决定休息一会儿。这时，公主看到了普特拉卡的宝物。她让普特拉卡用魔棒画出城池、士兵和人民。

普特拉卡照办了，结果画中的城池变成了真正的城池，而普特拉卡也理所当然地成为了这座城池的国王，巴达利则成为了王后。

后来，这座城池便以国王和王后的名字命名为巴达利普特拉城。又因为这座城完全是由魔法变出来的，故而也有魔法城之称。

## 大鹏救母

创造主梵天有两个美丽多姿的女儿，姐姐名为迦德卢，妹妹名为毗娜达。梵天把这两姐妹都嫁给了迦叶波仙人。

迦叶波十分喜爱这两姐妹，就答应满足她们每个人一个愿望。姐姐迦德卢希望生一千个健康的蛇子，妹妹毗娜达则希望有两个英勇非凡的儿子。迦叶波点点头，称她们的愿望自会得到满足，然后便到山中修炼去了。

没过多久，姐姐迦德卢果然生下了一千个蛇蛋，妹妹毗娜达也产下了两个卵。又过了很久，蛇蛋中的小蛇破壳而生了，迦德卢终于得到了她的一千个蛇子。可是毗娜达产下的两个卵却一点儿动静都没有。

这可急坏了毗娜达。该不会是出什么问题了吧！是不是他们自己没有力量挣脱出来，而需要外力的帮助呢？想到这儿，毗娜达忍不住敲开了其中的一个蛋。这一敲可把毗娜达吓坏了。

在裂开的蛋壳中，一个男孩的上半身已经长好，但下半身却还未成形。此刻，男孩正气愤地瞪着自己的母亲，他恶狠狠地对母亲说："母亲啊，你怎么可以因为自己的一时贪心而使我陷入永远的痛苦之中。我变成这个样子，完全是你的错，为此你要付出代价，受到惩罚。你将会成为迦德卢的奴隶长达五百年之久，直到你的另一个儿子来拯救你。不过你一定要吸取教训，千万不要再敲开另一个蛋壳，否则他也将和我一样，而你所受的苦难必然会加倍，到时也无人再去解救你了。"

说完，男孩便消失不见了。

这幅浮雕刻画的是古典印度教诸神中的三大主神：梵天、毗湿奴、湿婆。

附 其他国家和地区神话故事

有了这次教训,毗娜达再也不敢去触碰另一个蛋。她耐心地守护着自己的另一个儿子,静静地等待他的出生。一天,迦德卢和毗娜达外出散步,忽然看见一匹白马从她们眼前一闪而过。姐妹二人于是就马的颜色打赌,并约定输的人将成为另一个人的奴隶。毗娜达亲眼看到马是纯白色的,她以为自己这次一定赌赢了。可她没想到的是,姐姐迦德卢从中做了手脚,让自己的蛇子附在马尾上,使马的尾巴变黑。如此一来,毗娜达自然是赌输了。虽然她看到了附在马尾上的蛇子,可却没有办法否认这一事实。就这样,毗娜达成为了迦德卢的奴隶,受尽了迦德卢的屈辱和折磨。

*直冲云霄的大鹏金翅鸟。*

时间就这样一天天过去了,毗娜达每天都处在痛苦之中,可她并没有绝望,因为她知道自己尚未出世的儿子将会解救自己。终于,毗娜达盼到了儿子降生的那一天。随着蛋壳的破裂,一只大鹏金翅鸟展翅高飞,直冲云霄。见到自己的儿子如此英勇非凡,毗娜达十分高兴,就连自己沦为奴隶的痛苦也霎时减轻了许多。

可就在这时,迦德卢命令毗娜达背自己出去游玩,并要求她的儿子背着自己的蛇子。毗娜达不得不照办,大鹏金翅鸟见母亲没有反抗,也只好照办。

一路上,大鹏金翅鸟看到了母亲所受的屈辱,很为母亲不平。在到达目的地后,他不解地问母亲为何要听命于迦德卢。毗娜达将自己与迦德卢打赌以及被其所骗的经过都告诉了儿子。

听母亲讲完后,大鹏金翅鸟既悲愤又难过,他决定救母亲脱离苦海。他对着正在玩耍的蛇子们喊道:"你们要怎样才肯放过我的母亲?"

蛇子们回答说:"只要你能将众仙人从乳海中搅出的仙露交给我们,你的母亲就可以摆脱她的奴隶地位。"

大鹏金翅鸟回头拜别母亲,叫母亲等自己取仙露回来。毗娜达虽然十分担心儿子的安慰,但也为他的孝顺而感动。

大鹏金翅鸟在飞往三十三重天的途中遇到了自己的父亲迦叶波仙人,他向父亲讲述了母亲的不幸遭遇,并表明了自己的救母决心,希望父亲为其指一条明路。

迦叶波告诉他,前面的河中有一头大象和一只乌龟正在打斗,它们都是受了诅咒的仙人之子。只要你吃掉它们,就可以马上变得无比强大,到时就没有人能阻止你去完成自己的心愿了。

大鹏金翅鸟按照父亲的盼咐吃了乌龟和大象,确实觉得浑身热血沸腾,充满了力量,于是一鼓作气飞到了三十三重天。

三界之主天帝因陀罗早就知道大鹏金翅鸟要来劫取仙露,提前做好了周密的布置。可是无论多么勇猛的天神,都不是大鹏金翅鸟的对手。

没费多大力气,大鹏金翅鸟就扫清了前进的障碍。天神退去,摆在大鹏金翅鸟面前的是一片熊熊的大火,使得他根本不能靠近。他忙变出八千一百张嘴,到下界吸干河水,终于将这片大火扑灭。

大火虽然熄灭了,可一个旋转的飞盘又挡住了大鹏金翅鸟的去路。这个飞盘是众天神的得意之作,专为保护仙露而设。不过神勇的大鹏金翅鸟还是找出了它的破绽,将其击碎。

仙露近在眼前了,只是它还有两条巨龙守护着。大鹏金翅鸟抓起一把土撒向两条巨龙的眼睛,趁机撕碎了它们,盗走了仙露。

仙露终于到手了,大鹏金翅鸟现在真想马上飞到母亲身边,使母亲摆脱奴隶的身份。虽然经历了多场厮杀,他也已经口渴了,但他却并没有私自品尝仙露。返回的途中,大鹏金翅鸟遇到了大神毗湿奴。

大神很欣赏大鹏金翅鸟的真诚和仁孝,主动提出要满足他的一个愿望。而大鹏金翅鸟也决定满足大神的一个心愿作为回报。最后,他们约定由大鹏金翅鸟做大神的坐骑,并以其为旗徽,高踞在大神的上面。

拜别大神之后,大鹏金翅鸟又遇到了前来追赶的天帝因陀罗。天帝因陀罗知道自己并非大鹏金翅鸟的对手,再做纠缠也是无济于事,倒不如与其结为朋友,恳求其归还仙露。大鹏金翅鸟本就正直,见天帝因陀罗释真心相交,自然愉快地接受。他告诉天帝因陀罗,自己是因为某种特殊的重要缘由才不得不盗取仙露,但他可以保证绝不让任何人吸吮一口。他会将仙露放在某个地方,让天帝因陀罗伺机取走。天帝因陀罗听后十分感动,表示愿意满足大鹏金翅鸟的一切要求。

大鹏金翅鸟对蛇子恨之入骨,只求以它们为食。天帝因陀罗对大鹏金翅鸟的这一要求欣然应允。

大鹏金翅鸟将仙露放在了拘舍草丛中,告知蛇子们在祈祷沐浴之后便可以享用了,但他的母亲从此刻开始就已经不再是他们的奴隶了。蛇子们见到仙露早已忘乎所以,齐声称他的母亲此后再也不是奴隶了。

大鹏金翅鸟成功地救出了母亲。

至于那些蛇子们,自然是不可能得到仙露的。当他们赶去吮吸仙露时,却发现仙露已经不见。可他们并不甘心,贪婪地吮吸刚才放置仙露的拘舍草,结果将舌头舔得分叉开裂,成为了两条。而天帝因陀罗也按照大鹏金翅鸟指定的地点取回了仙露,捧着仙钵回到了三十三重天。

# 埃及神话故事

## 法罗创世

最早的世界是看不见也摸不着的,没有任何可以称得上物质的东西存在,只是一个不停运动的空洞。那时世界的名字叫作格拉。

格拉经过几亿年的运动后,生下了一个能发声的物质,名叫双体。双体自身又经过不断的运动,然后一分为二,变成了一对格拉格拉。之后,过了很长时间,格拉格拉又生下了一个名叫佐苏马莱(凉的铸铁块)的物质,这是世界上第一个具有实体的东西。

佐苏马莱不停地运动,来回在两个格拉间摩擦,最后发生了巨大的爆炸,一种坚硬无比的特殊物质从爆炸中产生。伴随着剧烈的震荡,这种物质在宇宙中不停地降落。突然,物质中间出现一条很大的缝隙,一种意识从中分裂出来。这种意识在宇宙中飘荡,最后移到了一种具有灵性的物体上,使它具有了自我意识。最后,宇宙中出现了第一位天神——约神和他的二十二个螺旋。

当螺旋围绕着约神旋转时,世界产生出了根本的物质,包括声音、光线、行为、感觉等。之后,约神又从自身生出两位天神——佩姆巴和法罗。

佩姆巴比法罗早些时候下凡。经过七年不间断地旋转,佩姆巴把自己变成一棵神奇的种子落在了地上,然后长成一棵参天大树。为了能够在大地生活得更好,佩姆巴还特意给自己取了一个新名字——巴兰扎。巴兰扎按照自己的意愿开了花,结了果。熟透了的果子从树上掉了下来,埋住了巴兰扎的根,大树因

象形文字意味着神圣的雕刻。每幅图都代表一样东西、一个主意或是一种声音。圣甲虫的图案在埃及神话中非常重要,它意味着"诞生"。

为得不到应有的养分而枯死，只留下一棵光秃秃的树干。

佩姆巴只得用这棵树干做了自己的化身。后来，佩姆巴用泥土创造出了世界上第一个女人——穆索·科罗妮·昆迪耶，并娶她为妻。在妻子的帮助下，佩姆巴获得了新生，重新变成了大树巴兰扎。

法罗的长相很像鱼，他降落到了尼日尔河里，做了水神，掌管世界上所有的水域。为了把大地和天空隔开，法罗在天地间创造了七层大地。后来，他生下了一个儿子名叫泰利科，并让他成为掌管空气的天神。

泰利科的身影遍及世界，他把自己化成水降落到大地上，为地上的生物送去生命的源泉。他巡视世界，发现有很多地方是没有物质的。为了填补创世的不足，泰利科又把许许多多的水注入到空虚之处，从此世界上就有了江河湖海。

法罗发挥从约神那里继承来的神力，使自己的身体产生巨大的震动，生出了一对孪生子，并使大地长出青草和蝎子，让它们保护新生的孩子。而这对孪生子就是人类的祖先。之后，法罗又变出两条鱼，一条用来引导水流入特定的领域；另一条则作为自己和孩子的坐骑，每天驮着他们来往于陆地和海洋之间。为了让世界更加丰富多彩，法罗还创造出许多具有生命的东西，那就是我们今天看到的各种鱼类和爬行动物。

当法罗认为自己的创造工作完成得差不多的时候，就把那对孪生子留在地上繁衍后代，自己则回到天界中居住。因为法罗是人类的创造者，所以人们对法罗非常崇拜，无意间忽视了巴兰扎。

巴兰扎觉得自己的尊严受到了挑战，心中盘算着如何报复法罗。有一天，法罗的一个后人来到了巴兰扎的面前，被这棵充满神奇生命力的大树吸引了。他马上判断出这是一棵神树，对它非常崇拜。

巴兰扎见时机已到，立刻展开蓄谋已久的计划。巴兰扎对那个人说："我会赐福给你们的！你们现在的生活实在是太野蛮了！因为你们不懂得如何运用火来烧烤食物，要知道只有懂得怎么运用火才能算得上是真正的人类。"之后，巴兰扎就把击石取火的技术教给了那个人。

那人回到部落后，把自己的神奇经历告诉了其他人。大家一致认为应该对神树表示感谢，于是一起来到巴兰扎面前，对他进行膜拜。巴兰扎见到人们已经对他产生了信任，说道："人类啊！你们从我这里学会了如何使用火，那么就应该为我献上祭品，只有那样才能获得更多的赐福。"

人类答应了巴兰扎的要求，给他送来了最好的坚果油。可是，巴兰扎对人类的祭品不屑一顾，坚持要人类以活人的鲜血作献祭。为了让人类甘心献上自己的鲜血，巴兰扎还许诺，愿意保佑人类拥有无限的生命。人类答应了巴兰扎的要求，当然也从他那里获得了不老的青春。

虽然长生不老是人类一直追求的梦想，可是如果真的人人都能长生不老，那么世界将变得非常可怕。由于没有人死去，人口数量急速上升，大地承受不了如此沉重的负担，历史上最大的饥荒爆发了。土地所产的粮食根本满足不了人们的需要，每个人所分到的粮食还不够塞牙缝，再加上要不时地给巴兰扎献血祭，人们的生活痛苦不堪。

法罗看到自己的后代经受如此深重的磨难非常伤心。为了把人类从水深火热中拯救出来，法罗与巴兰扎展开了一场较量。最后巴兰扎成了失败者。

法罗首先要解决的就是饥饿问题，他指导人们吃野生的西红柿，因为它能补充人体内的血液。可是人们看着那些鲜红的果子很害怕，没有人敢去尝试。最后，一名胆大的妇女吃下了七颗西红柿。人们见她并没有什么异常，马上效仿起来。

法罗决定以这个妇女作为母体，创造出新一代的人类。他把妇女的肚子剖开，从她的肚子里拿出西红柿果肉变成的七粒种子。然后，法罗把这些种子扔到了河水中，使饮过河水的妇女都怀孕。法罗又把八粒粮食种子撒向人间，还教会人们种植的技巧。就这样，新一代的人类开始在大地上繁衍。

战败的巴兰扎在暗处偷偷地给人类施下了可怕的诅咒。从那以后，人类再也不能长生不老，死亡变成了每个人都必须面对的事情。

## 伊西斯女神的阴谋

伊西斯女神，最高天神拉神的女儿，一个野心勃勃的女神。虽然伊西斯有着"一人之下，万人之上"的地位，但是并不满足。

"是啊！为什么我就不能拥有和父亲一样的地位和权力呢？我是伊西斯，拉神的女儿，他有的一切我也都应该拥有。我应该是宇宙中最伟大的女神。"伊西斯心中经常这样想。在这种想法的驱使下，伊西斯虽然表面上对拉神毕恭毕敬，但是心中却在盘算着如何夺取他的权力。

伊西斯知道拉神一个秘密，那就是虽然拉神有几百个

袭击拉神的毒蛇。

名字，可是只有一个名字代表着至高无上的权力。如果谁从拉神那里得到了这个名字，谁就会拥有拉神的力量和地位。长久以来，拉神对这个秘密一直守口如瓶，不管伊西斯怎么花言巧语，就是不肯透露。

一万年过去了，拉神虽然每天依旧巡游大地，可是他的身体已经渐渐衰老了。伊西斯觉得，她盼望已久的时机终于到来了，如果现在不下手的话，恐怕就会被别人抢先。于是，她心里盘算着如何逼拉神说出秘密来。终于，伊西斯想出了一条狠毒的妙计。

这天，拉神像往常一样，带着他的随从自东方升起，向西方游去。当他走到一半的路程时，天空中突然出现了一条巨大的毒蛇，张着血盆大口向拉神扑来。拉神根本没有任何思想准备，毒蛇咬住了拉神的胳膊，把全身的毒液注入了他那衰弱的身体内，拉神倒下了，发出了凄厉的惨叫声。这一切来得太突然了，所有的天神都惊呆了，一个个吓得魂不守舍，赶紧把拉神抬回宫殿。

就在所有天神都为拉神的安危担心的时候，伊西斯女神却在暗地里偷笑。原来这一切都是她搞的鬼。她昼夜不停地跟在拉神的后面，拉神走到哪里，她就跟到哪里。伊西斯在一旁观察着，等待着，希望拉神自己犯下致命的错误。

由于拉神年老体衰，因此口水时常从他的嘴中流出来。伊西斯看准了拉神口水掉落的地方，然后飞快地跑过去，抓起了一团带有口水的泥土。伊西斯如获至宝似的捧着那团泥土，脸上露出了诡异的笑容。她用手指轻轻地在泥土中搅拌，使拉神的口水与泥土充分地融合。然后她取出一块最好的泥土，把它捏成了一条毒蛇的形状。虽然伊西斯没有对泥蛇施加任何魔法，但是由于它含有拉神的口水，所以立刻就活了，而且体内还带着很多毒液。伊西斯偷偷地把毒蛇放在拉神每天的必经之路，等待着事情的发生。

这就是整件事的来龙去脉，此时拉神已经奄奄一息。天神们围在拉神的旁边，用关切的眼光注视着众神之父。拉神醒了，睁开了那双疲惫的双眼，嘴中发出了轻微的声音："我的孩子们！我不知道发生了什么事？要知道，世间的万物都是我创造的，都是我赋予他们生命的。可是我并没有创造出蛇这种可怕的东西，你们中间有谁背着我创造了蛇呢？"

众神听后非常害怕，赶忙解释说："最伟大的拉神、最威严的父神、最受人崇拜的太阳神，我们都是您的孩子，也是您的仆人，您的意志就是我们的生命，我们怎么敢背着您去创造毒蛇呢？"

拉神痛苦地说："我创造了世间万物，每天都赐予他们无限的光明和热量，所有的东西在我的照顾下茁壮成长。自从我创造天地以来，从来没有懈怠过！为什么要让我受如此大的痛苦呢？"

众神听后，赶忙说："尊敬的拉神啊！我们相信您的痛苦很快就会消失。"

拉神脸上露出了无奈的表情，说道："不！我现在感觉体内好像在着火，这真是太痛苦了！我还不想死去，因为有很多事还需要我去做，请你们来帮助我吧！"

天神们不敢怠慢，马上去各个地方找来了"神医"。可是，没有一个人能够清除掉拉神体内的蛇毒。最后，天神们想起了被称为"魔幻女神"的伊西斯，认为如今只有她能帮助拉神了。如果连她都束手无策，恐怕真的是没有别的办法了。

天神们的请求正中伊西斯的下怀，她走到拉神的面前，假惺惺地说："哦！我的父神，您怎么了？您告诉我，我会竭尽全力帮助您的！"

拉神也知道她很有本事，满怀希望地说："我的女儿啊！快救救我吧！我在巡游的路上被一条毒蛇咬伤了！如今我觉得生不如死，请你帮我把体内的毒液清除掉吧！"

伊西斯点了点头，然后对众神说："你们先出去吧！我需要安静！"伊西斯靠近了拉神，

**生命与健康之神伊西斯女神像**
她是埃及的生命与健康之神，同时也是美神与战神的合一。

用一种带有威胁和挑衅的语气对拉神说:"我的父神,伟大的拉神,告诉我您的名字好吗?"

拉神从伊西斯的眼神中看出了邪恶,知道她这是趁火打劫。于是,他不露声色地说:"我有很多很多名字,比如海比尔、瓦拉尔、瓦土木……"

"够了!"伊西斯打断了拉神的话,恶狠狠地咬着牙说,"父神!我看您还是告诉我吧!您知道我要的是什么,如果没有您的那个名字,我的咒语是不能去除掉您体内的蛇毒的!您也不想再受它的煎熬了吧!"

拉神无奈之下只得将自己的真名字告诉了伊西斯。拉神体内的蛇毒被清除了,而伊西斯也如愿以偿,成为了最强大的女神。

# 拉神退位

拉神,埃及神话中的太阳神,也就是非洲神话中的赖神。拉神是埃及神话中最有名的天神。

在最初的时候,拉神年轻力壮,头脑灵活,整个世界都被他治理得井井有条。天神、人类以及其他一切动物相处得都非常融洽,到处都是一片繁荣的景象。

拉神虽然拥有不死的生命,但是他的外表却会衰老。一万年过去后,拉神老了。他的头发已经变得很稀疏了,牙齿也已经脱落得差不多了,眼睛里也没有往日的光芒了。他佝偻着身体,步履蹒跚,口水还时不时地从嘴里流出来。

当人类看到这些情景时,内心的卑劣和自私开始作祟,渐渐地他们不再像以前那样崇拜拉神了,甚至还嘲笑和讥讽拉神。

有的人说:"你们看啊!我们的拉神怎么了?他现在已经是一个糟老头了!我觉得他根本没有能力来领导我们了,因为他只不过是个老糊涂罢了!"

另一个接过来说:"说得对啊!快看看这个老东西!他的牙齿间的缝隙可以塞进一条鱼,他的头发简直就像刚被烧过的草地,还有他的眼睛简直就是两个黑球,哪有一点神采可言?我们干嘛还要听这个家伙的支配?我们有智慧,完全可以凭借自己的力量管理自己。"

所有狂妄和讥讽嘲笑的话语都被拉神知道了,他的自尊心受到了伤害,他觉得人类的做法简直伤透了他的心。但是,拉神对人类还是宠爱有加的,所以他决定再观察一阵,希望人类能够改过自新。

人类再一次让拉神失望,他们不但没有停止这种可恶的行为,反而变本加厉。终于有一天,当

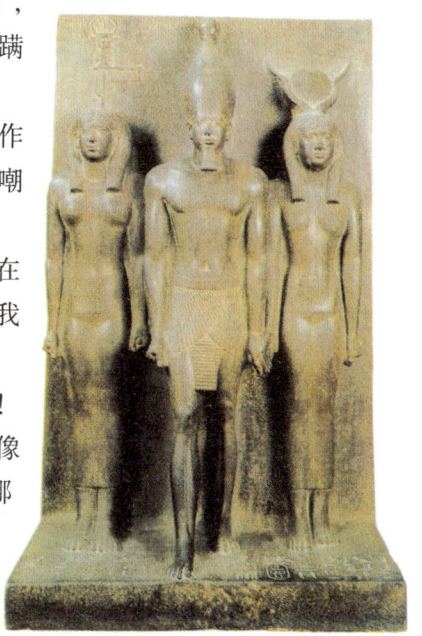

**阿蒙神立像**

阿蒙神即拉神,旁边是他的两个女儿,头戴太阳圆盘头饰的是伊西斯女神。传说拉神坐着天牛拽拉的神车在宇宙中穿行。到后来,他的天牛车变成了船。拉神每天架着太阳船,从东到西,到达地下,然后同恶魔决斗,通过十二道关隘。

□古罗马神话彩图馆

**哈托尔女神**
哈托尔是嗜血之神，即战神伊西斯。她来到人间，使人类遭受战争、残杀的灾难。图中哈托尔狮头人身，正在扼杀人类，脚下是成堆的尸体。

他巡游到天空的正中央时，又听到了人类对他的咒骂声，积蓄已久的怒火终于爆发了，拉神对着他的随从说："你们全部都听着，我的孩子们！马上把天神召集到这里来，舒神、努特神、盖布神……我有一件很重要的事情要宣布！还愣着干什么，快点，马上去！"

随从们全都傻了眼，不知道拉神今天是怎么了。但是看到他如此愤怒，也不敢多说，马上执行了命令。一会儿的工夫，所有的天神都来了。他们面面相觑，谁也不知道发生了什么事。在他们的记忆里，拉神还从来没有发过这么大的脾气呢。

拉神怒气冲冲地说道："所有的天神听好，是我创造了你们，我是你们的父亲，也是你们的国王。你们应该尊敬我，崇拜我，不能对我有一点的亵渎。"

听到拉神的话，天神们一头雾水，胆战心惊地回答说："怎么了？我们的父亲，伟大的拉神！我们一直都很尊敬您、崇拜您啊！我们从来也没有过亵渎您的举动啊！我们不明白您说这些话是什么意思！"

拉神回答说："是的，我知道你们一直做得都很好，我对你们的行为也是非常满意的！但是，那些比你们地位低微的人类，他们居然对我不敬，而且出言侮辱！现在我决定给他们一个重重的惩罚！"

天神们终于知道拉神生气的原因了，他们也早就对人类的做法十分不满。这时，伟大的阿图姆神发表了自己的意见，说："伟大的太阳神啊！我们最最崇拜的拉神啊！您的想法是正确的，必须让人类知道，不尊敬天神是要受到惩罚的！我有一个主意，您可以派您的女儿哈托尔女神前往人间。她知道如何做才能平息您的怒火！"

拉神想了想，回答说："是的，哈托尔确实是很合适的人选，可是如果人类预先得知了消息，他们会逃走的。"

天神们知道，拉神这么说其实是在找借口，他不想让人类迎来灭顶之灾。于是，他们一起跪在拉神面前，用恳求的口吻说："万能的拉神啊！您怎么能如此心慈手软呢？人类已经无可救药了，您必须硬起心肠来，派您的女儿前去。"

这时，哈托尔也走到了拉神面前。她是一个残暴的女神，吸食人血是她的唯一嗜好。哈托尔说："父亲，请您派我前去吧！我一定会用人类的鲜血抚平您的创伤。"

拉神只好同意了天神们的请求。哈托尔兴高采烈地来到了人间，开始执行拉神的命令。

人类迎来了最可怕的灾难，叫喊声、求救声响彻了整个宇宙，鲜血染红了大地，空气中弥漫着浓重的血腥味，到处都是被杀者的尸体。哈托尔兴奋极了，她还从没有杀得这么痛快过。她叫喊着，笑着，嘴中只有一句话："杀！杀！杀！把所有的人都杀光！"

拉神看到这种情景非常痛心，虽然人类以前那么对他，可是他不想看到人类毁在自己的手里。于是，他在天空大喊道："哈托尔，够了！人类已经受到了惩罚，不要再滥杀了！"

此时的哈托尔已经杀红了眼，哪里还听得进去，她对拉神说："父神啊！请您不要干预我了好吗？我要把您交给我的任务完成，请您放心。"

拉神只好开始帮助人类对付哈托尔。他教会人类酿造香甜的大麦酒，然后诱使哈托尔饮用。这样，人类这场灾难才算结束。人类终于反省了，知道以前的做法是愚蠢的。他们把那些辱骂拉神的人抓了起来，然后当着他的面全部杀死。

经过这场变故，拉神也厌倦了做世界的主宰。他把天神们召集到一起，将自己的王位传给了儿子天神舒。然后，他骑在女儿努特的背上，和她一起来到了天界，定居在那里。

## 太阳神赖的故事

太阳神赖是海洋之神努的儿子，宇宙中的最高天神。当他出生的时候，世界才刚刚被创造出来。那时候天和地是连在一起的，世界的每一个角落都充斥了无尽的海水。太阳神赖决定创造一个丰富多彩的世界。因为他是众神之王，拥有最强大的法力，所以只要他说出自己的要求，那么世界上就会出现什么东西。

太阳神赖对着世界说："天和地必须分开。只有那样，世界才能有广阔的空间。"话音刚落，蓝蓝的天就从大海上升了起来，而大地则依然留在底下。当海水退去时，那些裸露出来的土地就变成了我们今天看到的陆地。

太阳神赖觉得天空太过单调了，就对着天空说："要有云。"于是白云就出现在天空；他又说："要有星星。"于是众多的繁星就出现在天空。太阳神赖觉得大地也是空荡荡的，于是他先创造出了各种植物，然后又创造出了飞禽走兽，当然他也没忘了创造出万物之首——人类。最后，太阳神赖决定把海洋变得热闹一些，于是就创造了很多鱼类、植物等生物。

当一切工作都完成以后，太阳神赖对自己创造的这个世界非常满意。他是天神之王，也是世界的创造者，因此由他来统领世间万物自然再合适不过。太阳神把自己变成了人类的模样，来到人类中间，成了世界上第一个国王。

人们并不知道自己的国王就是伟大的创世主太阳神赖。因为有了太阳神的庇护，人类社会一天比一天繁荣，人们的生活也一天比一天富裕，所有人都对这个法力无边的国王十分敬佩。

似乎在每一个神话里人类都有着卑劣的本性。天神创造了他们，赐给了他们很多福，一旦天神不再像以前那样强大、那样有威严，那么人类总会做出一些愚蠢的举动。由于太阳神赖是变成人的模样来到大地上的，虽然他不会死去，但最起码他从外形上会衰老。

很多年过去了，太阳神老了。他再也没有以前那么精神抖擞了，说话也不那么铿锵有力了。他经常斜斜地坐在宝座上，面无表情地注视前方。长长的唾液从嘴角里流了出来，但他根本不知道去擦。人类看到自己的国王老了，不中用了，不像以前那样有求必应了，

**穿越白天与黑夜的旅行**

太阳神赖是最高级别的神。据赫尔摩坡里斯的太阳学说，认为海洋是努神，为诸神的创造者，创造了永生的黑暗，最后创造了太阳神。古埃及人崇拜水与太阳，这体现了河水与阳光是人类生命的源泉。

于是开始咒骂自己的国王，说他是个老糊涂，根本没有多大本事，让他做国王简直是荒谬。更有一些可恶的人居然违抗太阳神的命令，偷偷地反抗他，而且还想找机会干掉他，好让自己当上国王。

太阳神赖虽然老了，但实际上他的法力丝毫没有减弱。太阳神对忘恩负义的人类失望到了极点，觉得自己创造他们是个错误。于是他决定对人类实施惩罚。他把天界的众神召集在一起，商量如何给人类些颜色。

众神都乐意帮太阳神这个忙。耳朵天神（太阳神赖的耳朵变的）说："主人！您可以让我去，因为我可以使人类失去听觉。他们再也不会听到那些有辱您威名的话了。"

嘴巴天神接过来说："伟大的太阳神啊！我觉得您派我去是最合适的。因为我会让那些卑微的人类从此再也不能说您的坏话！"天神们都争着为太阳神效力。

可是，太阳神赖都觉得这些人不是合适的人选。这时，眼睛女神站了起来，说道："最最伟大的太阳神，您创造了人类，可是他们却那样的对您！我觉得应该让那些渺小的人类受到最大的惩罚，他们没有资格存活在这个世界上！我愿意为您效劳，没有人敢直视我的眼睛，我会让他们永远记住惹恼天神的后果。"太阳神赖觉得眼睛女神说的有理，就同意由她下凡惩罚人类。

人类的厄运来临了。眼睛女神是一个嗜血的天神，在她的脑子里只有三个字——杀！杀！杀！大地上血流成河，尸体遍地可见，到处都能听见人类的哀号。眼睛女神不停地追杀，哪管什么男女老幼，只要让她看到，结果只有死路一条。地球上的人类已经被她杀得还不足原来的十分之一了。

这时，太阳神赖觉得自己当初决定惩罚人类是没有错的，但只是想让人类悔改，并没有要消灭他们的意思。可如今，眼睛女神已经完全失去了理智，她的做法会毁了自己亲手创造的世界。创世主发了善心，决定停止对人类的惩罚。不过，眼睛女神正杀得眼红，现在让她停下来，恐怕是不可能的。不能强攻，那么就要智取，太阳神赖想出了一条妙计。

太阳神派出使者来到一个名叫爱利芬坦的地方，让他们把长在那里的"美德之草"摘回来。然后太阳神让天神把这些草碾碎了，放进混有大麦的人血里面。人类历史上第一次出现了啤酒。

天神们共酿造了七千坛啤酒，并把这些酒放在眼睛女神经常休息的地方。女神闻到了酒的香气，立刻忘记了屠杀人类的使命。当她喝得醉醺醺时，天神们就把她接回了天界。

人类躲过了这场灾难，恢复了对太阳神赖的崇敬之情。人类社会恢复了安定团结的局面。

# 奥西里斯统治埃及

奥西里斯被选为人间的统治者，他正等待合适的时机降临人间。而在他降临之前，底比斯城中便已经传开了这个振奋人心的消息。消息是从一个叫作巴米里斯的水夫口中传出的，这个水夫并没有什么特别之处，他只是幸运地被神选作了传达信息的使者。

这天，巴米里斯仍然像往常一样到井边打水。这不是一口普通的水井，它位于拉神庙中，每当人们祭拜完毕，都会捧起井中的水喝上几口。在当地人看来，这口井是万能的拉神赐给他们的，因此也是十分圣洁的。当巴米里斯来到井边的时候，忽然听到有人叫他的名字，可回头一看却什么人也没有。开始，他还以为是自己听错了。后来，声音越来越清晰，巴米里斯有些害怕。声音并没有停止，但却很柔和："别害怕，巴米里斯，大地的主人奥西里斯就要诞生了，快将这个消息传给乡亲们吧！"这时，巴米里斯才发现声音就来自神庙前的雕像。不过在说完这句话之后，神像就恢复了原状。

恐惧袭透了巴米里斯的全身，他迅速跑回家，连打水的皮囊都扔在了井边。回到家中，他还久久不能平静。妻子忙问他发生了什么事，他就将自己的离奇遭遇跟妻子说了一遍。房中的老父亲听到后，忙起身对巴米里斯说："儿啊，这是神的旨意，你快按照神的吩咐办吧！"说完，老人便闭上了眼睛。巴米里斯忽然觉得不再害怕，而是全身充满了力量。他很快就行动起来，四处奔走向人们传达着这个好消息，以这种方式迎接奥西里斯降临人间。

第一个见到奥西里斯的人是一位老祭司。当他看到在田间休息的奥西里斯和伊西斯时，马上就认出了他们。老祭司向他们施以大礼，并尊称他们为国王和王后。虽然当时埃及是有法老的，但他知道，奥西里斯才是埃及大地的真正主人。他以自己能成为第一个迎接奥西里斯的人而感到荣幸，并盛情邀请奥西里斯和伊西斯到他的家中做客。奥西里斯和伊西斯见老者已识破了他们的身份，就答应了老者，但嘱咐老者千万不能把他们的真实身份泄露出去。

人们对老祭司带回的这两个陌生人都感到十分好奇，因为他们从没见过如此高贵的男人和如此美丽的女人。当人们向老祭司询问两位陌生人的来历时，老祭司一直守口如瓶，不肯泄露半句，只说是从这里经过的外乡人。因为奥西里斯和伊西斯出色的外表，人们认定他们非比寻常，所以都对他们非常尊敬。当人们遇到困难的时候，就会到老祭司家中找他们帮忙，而奥西里斯和伊西斯也总是热情地帮助他们解决各种

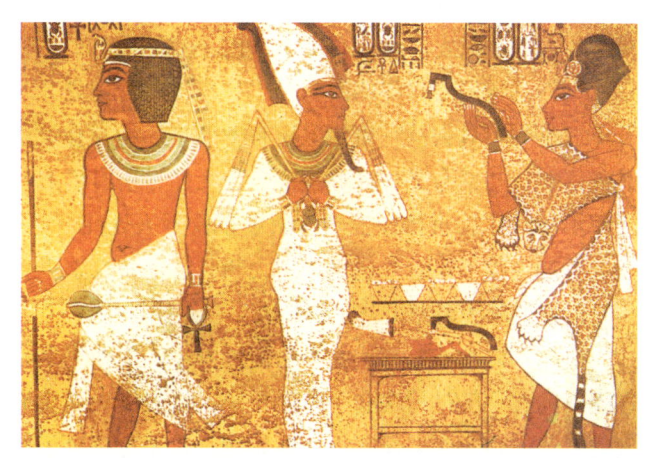

在古埃及民俗中，有一个"开口"的殡葬仪式，即用一种有铜刃的扁斧打开棺材盖。人们相信，这样可以使人在死后说话。如下图的壁画来自法老图坦卡蒙的墓穴，展示了朝臣阿伊为生病的法老举行仪式的过程。

困难，这让人们更加尊敬他们。奥西里斯指点大家农耕生产，伊西斯则帮人们解除疾病之苦。在人们心中，他们俨然神一样的人物。

当时，埃及大地已经有了统治者。当法老听说这两个陌生人的神奇传说以后，很是嫉妒，他更担心这两个陌生人的出现会削弱自己在人们心目中的地位。他决定亲自会会奥西里斯，看看这个人们口中的活神仙究竟有什么过人之处。当奥西里斯真的站在法老面前时，他顿时惊呆了。世界上竟有如此高贵俊美的男子，真让他有些自惭形秽。法老出了一会儿神，马上又恢复了常态。就算在外表上输给对方，他也要在气势上赢回来。他故意表现出对奥西里斯的轻蔑，言辞中甚至不乏讽刺挖苦之词，但奥西里斯始终不卑不亢，让法老无可奈何。最后，法老希望奥西里斯能搬到宫里来住，奥西里斯答应了。

奥西里斯和伊西斯住进了王宫，他们教给宫里的工匠和巫师很多技艺本领，获得了宫中所有人的尊重。人们甚至觉得奥西里斯要比他们的法老强得多，法老只会对他们严词喝令，而奥西里斯却平易近人，而且法老也没有真才实学，奥西里斯才是真正具有大智慧的人。渐渐的，宫中形成了一种崇拜奥西里斯的风气，这让法老很是不安，他决定找机会灭灭奥西里斯的威风，为自己找回一些面子。

冥王奥西丽斯石像

宫中有一个叫作胡泰布的军队首领，向来少言寡语，但与奥西里斯却十分亲热，有什么话都会跟奥西里斯说。此人对法老极为忠诚，尽心尽责地保卫着王宫的安全，但由于性格耿直，不善于谄媚，平时也得罪了不少人。于是，朝中就有人一心想要除掉他，这些人开始在法老面前搬弄是非，谎称胡泰布意欲叛变，请法老治他的罪。法老正看胡泰布与奥西里斯的亲热不顺眼，眼下借此机会，恰好可以给其他试图亲近奥西里斯的人一个警戒，于是不问青红皂白就将胡泰布拘押了起来。

虽然法老恨不得将胡泰布马上处死，但宫中处死一个军队首领也不是小事，没经过公开审理是说不过去的，更何况还有奥西里斯的存在。法老将胡泰布的罪状一一罗列，问其是否认罪。胡泰布义正言辞地称自己无罪，所有的罪状不过是有人故意栽赃陷害。法老已经很不耐烦了，直接让卫队将胡泰布拉下去处死。这时，奥西里斯及时出面制止了卫队。法老更加气愤了，对着奥西里斯大叫，让他快快退下，否则就将他一同处死。奥西里斯面不改色，要求法老做出公正的判决，否则他是绝对不会离开的。

法老彻底被激怒了，在自己的王宫中，奥西里斯竟然敢以这种口气跟自己说话，让自己颜面何存。于是他拿起手中的长矛，欲刺向奥西里斯。奥西里斯连躲都没有躲，只对法老大叫了一声，法老便吓得瘫痪如泥，长矛也扔到了地上。此时的奥西里斯就像一个庄重威严的神，在场所有的人都看呆了。奥西里斯在警告了法老之后，便愤然离开了王宫。

胡泰布得救了，而法老则被吓出了一场大病。没过多久，法老便命归西天了。由于法老生前作恶多端，膝下并无一子，因此王位的继承人就被空置了下来。众人一致推举奥西里斯做他们的新国王，奥西里斯推辞不过，最终接受了王冠。从此，开始了奥西里斯统治埃及的伟大时期。

## 美丽的金丝雀

奥西里斯成为埃及的统治者让他的兄弟塞特很是不服，为了取代奥西里斯，他竟然设计害死了兄长，并将兄长的尸体装入箱子扔进了河里。

凶残的塞特还想霸占奥西里斯的妻子伊西斯，他带领军队向伊西斯施压，如果不敞开大门欢迎他，他就会带领军队踏平王宫。

伊西斯没有屈服，埃及的军士们也不肯屈服，他们同塞特的军队进行了一场殊死较量。不过由于军力悬殊，埃及军队最终失利了。

当塞特冲入宫中寻找伊西斯的时候，却早已不见了她的踪影。在伊西斯的窗口，只看到有一只美丽的金丝雀破窗而出，向着远方飞去了。

那只美丽的金丝雀就是伊西斯的化身，她要飞到河边，去寻找她的丈夫奥西里斯。她不停地飞呀飞呀，不知疲倦地一直向前飞着，终于飞到了河边。

她看到河边有一位老妇人，连忙变回人的模样。也许老妇人可以为她提供一些有用的信息，伊西斯这样想着。

可是老妇人却说她从未看过什么箱子从河里漂过，这让伊西斯非常失望。就在伊西斯转身想要离开的时候，老妇人忽然叫住了伊西斯，说她丈夫遇到的一些怪事或许能帮到她。伊西斯的眼睛又放射出希望的光芒，她忙问老妇人是怎么回事。

老妇人说，她的丈夫是一个牧人，每天都跟着其他牧人到远处的河谷放羊。一天，他们忽然发现河谷里有许多长相怪异的小生物。这些小生物长着人一样的脸庞和身子，但却长着山羊的腿和脚，而且它们的头上也像山羊一样长着犄角。牧人们对这些怪物是有所耳闻的，它们是生长在山中的精灵，是羊群的守护神，它们的首领叫作贝斯。尽管听说过，但谁都没有亲眼见过。

这次亲眼所见，牧人们被吓坏了。这时，精灵们似乎也发现了他们。一个精灵起身向他们走来，牧人们吓得拔腿就跑，只有她的丈夫没有跑。因为她的丈夫相信，这些精灵是不会伤害他的。精灵果然没有伤害他，只是告诉他装载着埃及国王的箱子将随激流漂到异国他乡。

老妇人说到这里，伊西斯已经泣不成声了。老妇人生活的地方距底比斯很远，她还不知道他们的国王发生了什么，所以当丈夫提起时，她并没有在意，甚至还想国王怎么会在箱子里呢？今天听伊西斯问起箱子，她才又想到了精灵的话。看着伊西斯痛哭的样子，老妇人忍不住问："莫非我们的国王真的被装进箱子了吗？"伊西斯点了点头。她谢过了老妇人，又化为金丝雀飞走了。

伊西斯飞呀飞呀，她不敢有丝毫的松懈，她必须尽快找到那个箱子。可是她哪飞得过湍急的水流呢？当她飞到尼罗河三角洲的时候，两大支流摆在眼前，该往哪个方向去呢？

如果追错了方向，那就真的没有希望追上了。就在伊西斯犹豫之时，忽然看到了在河边哭泣的小男孩。伊西斯很喜欢孩子，她走上前去问小男孩发生了什么事，小男孩的话让伊西斯很是惊喜。小男孩说自己昨天看到一个会发光的箱子，可是当他回家找来父亲之后，箱子却不见了。伊西斯忙问小男孩箱子漂向了哪里，小男孩用手指指了指。伊西斯安慰孩子不要哭，明天他就会得到一个漂亮的箱子，然后便急匆匆地离去了。

已经过去了一天的时间，自己还能追上丈夫的脚步吗？伊西斯也不确定，但她必须努力追赶。飞了很久很久，伊西斯实在是太累了，她决定停下来休息一个晚上。也许明天会出现什么奇迹，她默默安慰着自己。可是时间一天天过去了，伊西斯所盼望的奇迹却始终没有出现。她开始有些茫然了，难倒自己追逐箱子的行为是错误的吗？就在这时，树林里传来了歌唱的声音。伊西斯忍不住好奇走上去一看，原来是贝斯又在带领精灵们歌唱了。伊西斯希望得到贝斯的帮助，毕竟他曾经见过那个箱子。

当伊西斯向贝斯询问箱子的下落时，贝斯坦诚地说："箱子已经漂走很长时间了，尽管您有那么伟大的力量，但也不可能追上它了。"伊西斯绝望地说："难倒我真的没有办法再见到我的丈夫了吗？"贝斯忙安慰伊西斯说："别难过，伊西斯女神。那个箱子一直漂到了远方的一片树林中，并完好地躺在树洞里，只是它已经被比布里斯的国王带回了王宫，用来支撑客厅的屋顶。到那里去吧！你会找到奥西里斯国王的。"伊西斯如释重负，她十分感激贝斯为她带来如此重要的消息，于是决定满足贝斯的一个愿望。贝斯说只希望人类不再奚落他，不再用异样的眼光看待他。伊西斯满足了他的愿望，使贝斯也成为了一位受人尊敬的神。

告别了贝斯之后，伊西斯开始满怀期待地飞往比布里斯。她的内心终于不再六神无主，因为她已经知道丈夫的确切下落。当她从比布里斯的上空落下来的时候，终于有了些许的轻松感。想到她的丈夫就在王宫之中，与自己近在咫尺，她就激动不已。她用双眼注视着王宫，思考着该如何进入王宫解救丈夫。

## 奥西里斯复活

伊西斯在一片树荫下停下了脚步，她已经飞得太久了，早已经劳累不堪了。此刻，她需要短暂的休息以恢复体力。虽然爱人已经近在咫尺，但她还不能急于求成，否则很可能会产生相反的效果。她需要等待时机，在此之前，她只要保证丈夫是安全的就足够了。

美丽的伊西斯吸引了很多过往行人的目光，有些人还忍不住上前询问伊西斯的状况，可是伊西斯好像根本听不见任何声音，只是陶醉在自己的沉思之中。直到一个宫女出现在她的面前。宫女清脆的声音打破了伊西斯的沉默，她抬起头来注视着宫女，开始与宫女攀谈起来。她们似乎很投缘，在一起聊了很多。当宫女得知伊西斯可以为人治病以后，眼睛忽然闪出了光亮，因为她们的小王子病了，急需找人医治。不过宫女没有马上邀请伊西斯为小王子治病，她还需要征得王后的同意。伊西斯很喜欢这个名叫密里塔的宫女，她亲手为密里塔编结了漂亮的头发，将密里塔打扮得分外迷人。黄昏时分，密里塔才依依不舍地告别了伊西斯。

密里塔本来是和宫女们一起出门的,可是当其他宫女都回到宫中的时候,密里塔却还在树林中与伊西斯闲谈。因此,当密里塔踏入王宫大门的时候,宫女们就告诉她王后要找她问话。密里塔战战兢兢地来找王后,王后刚想责备密里塔,忽然看到她的漂亮发辫,就问是怎么回事。密里塔将自己在树林中偶遇伊西斯的事一五一十地告诉了王后,并兴奋地对王后说伊西斯可以治好小王子的病。王后也正为小王子的病发愁,找了无数个医生都不见效。虽然她对这个伊西斯的治病能力也心存怀疑,不过她确定伊西斯不是个一般的女人,她好奇地想要见一见这个女人,于是就命令密里塔将伊西斯带到王宫中来。

伊西斯随密里塔进了王宫,她没想到一切竟会这样顺利,她离自己的丈夫更近了。当她穿过王宫大厅时,看着那根被装饰得富丽堂皇的柱子,想着自己的丈夫就躺在里面,不由得停下了脚步。密里塔并没有感到伊西斯的异常,以为她只是和其他人一样被这根特别的柱子所吸引。密里塔热情地为伊西斯介绍柱子的来历,她说的这些伊西斯早已知道,可伊西斯心里的秘密却是她无法知晓的。伊西斯强忍着内心的激动,跟着密里塔穿过厅堂,向王后的寝宫走去。

筋疲力尽的伊西斯。

王后本来是准备难为一下这个女人的,可当她看到高贵美丽的伊西斯时,却再也说不出一句难听的话语。她很喜欢伊西斯,将伊西斯亲切地拉到自己身边,恳求伊西斯治好小王子的病。此时的她对伊西斯的能力已经不再有丝毫的怀疑,她相信伊西斯一定可以治好小王子的病。伊西斯笑着答应了王后的请求。只见她抱着小王子,轻轻地抚摸了两下,小王子就奇迹般地睁开了眼睛。众人都惊呆了,她们开始崇拜伊西斯,尤其是王后,更是对伊西斯礼待有加,她还将小王子交给伊西斯抚养。在她看来,只有在伊西斯的呵护下,小王子才能健康地成长。

小王子与伊西斯相处得很愉快,她们整天待在一起,晚上也要睡在一起。渐渐地,宫中开始出现一种传言,说伊西斯的房间每天晚上都会发生一些奇怪的事,有时还会发出可怕的声音。传言越来越厉害,宫女们开始劝告王后要回小王子,以免遭到伊西斯的伤害。王后最初是懒于相信这些传言的,毕竟伊西斯治好了小王子的病,而且她对小王子的疼爱自己也看在眼里,又怎么会伤害小王子呢?可是传言越传越真,连奶妈都声称见到了伊西斯房间里的诡异现象。王后有些怀疑了,她决定亲自到伊西斯的房间去看个究竟。

那天晚上,王后果然在伊西斯的房间见到了令她怵目惊心的一幕。当她看到伊西斯伸着舌头舔着小王子的身体时,不由得大叫了起来。随着王后的叫声,屋里又恢复了平静。转眼间,伊西斯已经抱着小王子站在了王后的面前。王后早已被吓得魂飞魄散,惊恐地望着伊西斯。伊西斯无奈地向王后吐露了自己的真实身份,并说自己本来是想施展魔法帮助小王子渡过死亡关,让他获得永生的,这下全都被搅乱了。

王后被伊西斯吓得大病了一场,此时恰好出门远征的国王回来了。国王一回来就去看望了王后，听王后讲完宫里的怪事之后，国王非常想见见这个会施展魔法的女人。虽然王后被伊西斯吓得不轻，可她仍然是感激伊西斯的。因为如果没有伊西斯，小王子的病就不会好，所以她仍然请求国王赏赐伊西斯。国王安慰了王后，就转身前往伊西斯的住处。他已经迫不及待地要见伊西斯了。

国王转达了王后的话，并称自己愿意满足伊西斯的任何要求。伊西斯见时机已到，就向国王提出了自己的请求。国王怎么也没有想到，伊西斯竟会向他讨要那根柱子，那可是他耗费了巨大的人力和财力才搬运到宫中的。尽管心中有几万个舍不得，但既然已经答应了伊西斯，他也不能言而无信。伊西斯从树干中取出了箱子，并交代国王一定要妥善保存剥落的树皮。因为那树皮保护了神的身体，所以也具有神奇的力量。说完，她就带着装着自己丈夫的箱子，离开了王宫。

伊西斯终于找到了自己的丈夫，她要找一个安静的地方，帮助丈夫死而复生。虽然伊西斯具有特殊的消灾祛病能力，可她却从未尝试过让一个已经死去的人重生。这次，为了自己的丈夫，她决定做一次大胆的尝试。在一个寂静的小岛，伊西斯将丈夫的身体平放在柔软的细沙上，接着她开始祭拜拉神，一遍遍地念着咒语。当太阳下山的那一刻，奇迹发生了。躺在沙滩上的奥西里斯睁开了双眼，他伸出手来拉住伊西斯的手，眼神里尽是无限的柔情。此时的伊西斯早已热泪盈眶，她的爱人终于复活了。

## 何露斯

奥西里斯复活后，与伊西斯在山林中度过了两年的快乐时光。期间，他们还有了自己的孩子——何露斯。何露斯的到来让两个人更加幸福，只可惜这种幸福没能持续多久就被一场突如其来的变故打破了。

那一天，奥西里斯仍像往常一样外出狩猎，可是傍晚却没能按时回来。伊西斯有些心慌，似乎有一种不祥的预感笼上心头。一天过去了，两天过去了，三天过去了……奥西里斯还是没回来。伊西斯彻底绝望了，她预料到丈夫很可能又遭遇了不测。

塞特的出现验证了伊西斯的猜想，这个恶魔再一次杀死了她的丈夫。此时的伊西斯真想与塞特进行一场殊死搏斗，可是看着小何露斯，她忍住了这种冲动。她担心这个丧心病狂的家伙会伤害她的孩子，不禁用手紧紧地抱住小何露斯。小何露斯并没有流露出任何恐惧的神情，这个孩子在父亲奥西里斯的教育下从小就英勇过人。此时，他反倒站起来要保护自己的母亲。伊西斯看着懂事的小何露斯，露出了会心的微笑。她意识到，要为丈夫报仇，要除掉塞特这个恶魔，只有小何露斯能够办到，所以她必须把孩子抚养成人。

伊西斯在塞特的要挟下上了船，她不知道自己会被带往哪里，但她知道自己必须和孩子在一起。她再一次祈求拉神的帮助，希望神能带她脱离塞特的魔爪。一天夜里，她见到了智慧之神透特。透特将他们母子带到了安全的地方，并安排七只蝎子护送他们到南方的城市去。伊西斯本以为他们真的安全了，可没想到上天却再一次捉弄了她。一只蝎子背叛了他们，趁伊西斯不在蛰死了何露斯。刚刚失去丈夫，现在又失去儿子，伊西斯悲痛不已，发出了痛苦的哀号。她哭着向拉神祈祷，请求拉神将她的孩子还给她。拉神听到了伊西斯的祷告，派透特唤醒了何露斯。

何露斯的死而复生虽然让伊西斯兴奋不已，但她同时也意识到自己和孩子处境的危险。她必须要为何露斯寻找一个安全的地方，而她也要去寻找她的丈夫奥西里斯去了。想来想去，她最终决定将何露斯交给神秘岛上的女祭司照顾。神秘岛是一个很少有人知道的岛屿，附近的居民也因为岛上可怕的传说而不敢前往，因此可以说是一个非常安全的地方。伊西斯带着小何露斯来到神秘岛，拜见了女祭司。女祭司在询问了伊西斯的来意后，当即表示非常愿意收留小何露斯，且一定会保证他的安全。得到女祭司的保证，伊西斯才放心地离开。

伊西斯这次的寻找过程要比上一次艰辛得多，因为凶残的塞特为了防止奥西里斯再次复活，已经将他的尸体大卸八块，扔到了不同的地方。伊西斯若想让奥西里斯复活，就必须将奥西里斯的尸体拼凑完全。艰苦的寻觅过程开始了，伊西斯不辞辛苦，走遍了任何她所能想到的地方。最终，伊西斯终于找到了丈夫的所有残骸。她将残骸拼凑在一起，用她的坚贞和善良再一次让奥西里斯获得新生。眼下，他们只想去神秘岛接回何露斯，一家团聚。

小何露斯在神秘岛上得到了很好的照顾，塞特也一直没有来伤害他。他不愧是奥西里斯的儿子，不仅外表十分英俊，而且其勇武和力量也无人能敌。当奥西里斯和伊西斯再次见到他的时

**王权的守护神何露斯像**

候，他已经长成了一个杰出的青年英雄。奥西里斯和伊西斯带着何露斯离开了神秘岛，来到一个小山村中隐居。村民们没有人知道这家人的来历，只知道这家的孩子勇武过人，因此纷纷猜测他们必定出身名门，甚至有人认为他们具有神的血统。其实，对于自己的身世，何露斯也并不清楚。伊西斯带着他逃亡的时候，他还太小，不明世事。现在，他长大了，他需要知道自己的真实身世。

奥西里斯和伊西斯看着儿子一天天长大，心中自是不胜欢喜，他们同时也意识到该把一切都告诉儿子了。当何露斯找到奥西里斯询问自己的身世时，奥西里斯毫无隐瞒地全部告诉了他。何露斯听着塞特的种种卑劣行径，气得浑身发抖。他当着父亲的面发誓，一定要除掉塞特这个恶魔。奥西里斯很是欣慰，但在他的眼神中却也透露着一丝悲伤。何露斯不解其故，问父亲有何忧虑。原来，奥西里斯已经被拉神选为冥王，做了地府的判官，不久就要追随拉神左右。他此刻的悲伤正是为即将到来的分别，也是为他不能亲手除掉塞特。何露斯忙向父亲保证，自己一定会替他除掉塞特，也会替他照顾好母亲。

分别的时刻终究还是到来了，望着奥西里斯远去的背影，伊西斯和何露斯都流下了伤心的泪水。但他们都相信，他们一家人还会再次团聚的，此刻他们最应该做的就是除掉塞特，将那些被他塞特奴役的埃及人民解救出来。何露斯带着自己组织的军队向着他们久违

353

□古罗马神话彩图馆

埃及王奥西里斯头戴白色王冠，手持勾头杖和连枷。形如牧羊人的拐杖的勾头杖象征着统治集团的力量，而连枷彰显了法老王的权力。奥西里斯的儿子何露斯有着猎鹰的头。而女神伊西斯则手握生命的象征——T形十字章。

的故乡出发了。塞特听说了何露斯前来讨伐他的消息后，忙组织军队应战。可是何露斯的军队勇猛过人，再加上城中百姓对塞特的统治早已不满，于是纷纷支持何露斯。就这样，塞特兵败如山倒，只得连连后退。塞特知道，眼前他的敌人已经不再是奥西里斯了，而是更为英武的何露斯。尽管他的心里已经开始畏惧，但却不愿束手就擒。两军阵前，塞特与何露斯进行了最后一次生死较量。开始时，两个人打得不可开交。但时间一长，年轻的何露斯就占据了上风。随着何露斯的长矛重重地刺向塞特的心脏，这个恶魔终于停止了呼吸。

何露斯激动地拥抱着母亲伊西斯，全城的百姓也在欢庆胜利，整个底比斯城陷入了一片欢乐的海洋。此时，天上的奥西里斯也在看着他的妻子和儿子，看着如此激动人心的场面，他也忍不住热泪盈眶。

## 法老和魔法师的故事

　　古埃及的法老们都很尊敬法力高强的魔法师，每一位法老都与当代的魔法师有着许多动人的故事。埃及最大金字塔的创建者胡夫法老也很痴迷于魔法，他生平最大的愿望就是找到智慧之神的《魔法书》，只可惜一直都未能如愿。就在胡夫以为这辈子都找不到自己梦寐以求的《魔法书》时，他的小儿子赫勒达迪夫王子为他带来了好消息。

　　赫勒达迪夫对胡夫说："尊敬的父王，看到您每日郁郁寡欢，我非常着急。我听说在比勒悉尼鲁夫，居住着一位一百一十岁高龄的魔法师。据说他的魔法已经到了登峰造极的地步，不仅可以让割下头颅的动物死而复活，而且还能驯服一切凶猛的动物。更为重要的是，他知道您最想得到的东西的具体下落。"胡夫连忙打起了精神，问儿子："这位魔法师是谁？怎么以前从没听说。你说他知道我最想得到的东西的下落，难倒他知道智慧之神的《魔法书》藏在哪里吗？"

　　赫勒达迪夫说："没错，他确实知道智慧之书的下落。他只是您的千万忠实的奴仆中的一个，他的名字叫作泰迪。"胡夫的脸上露出了久违的笑容，他兴奋地对儿子说："我亲爱的儿子，你为父亲带来了一个天大的好消息。现在我就命你到比勒悉尼鲁夫去寻找泰迪，到了那儿，你一定要礼貌地对待他，且一定要把他带到宫中来。"

　　"放心吧，父王！您就在宫中等着我的好消息吧！"说完，赫勒达迪夫就准备出发了。

　　在比勒悉尼鲁夫，赫勒达迪夫王子见到了大魔法师泰迪。站在他眼前的是一位安详的老人，虽已一百一十岁高龄，但仍然步履轻盈、精神饱满。赫勒达迪夫礼貌地转达了胡夫法老的问候，并盛情邀请老人去面见胡夫法老。老人谦逊地说："请王子殿下稍候，待我收拾一下就随您同去。"泰迪带几个仆人跟随赫勒达迪夫王子上了路，几天几夜之后，他们平安抵达了王宫。

胡夫早就在王宫中等待他们的归来，听说魔法师就在殿外等候，忙叫人将其带了进来。胡夫法老恭敬地走下宝座亲自迎接泰迪，将泰迪带到了宝座一边落座。他想试试泰迪的本领，就对泰迪说："我听闻您可以让割取头颅的动物死而复活，不知是否确有其事？"泰迪点点头。胡夫命人带上来一只鹅，示意泰迪表演给他看。泰迪抓起鹅，用刀迅速砍下了鹅头。接着，他将鹅头和鹅身分别放在王宫的两边，之后便开始念咒语。随着咒语响起，鹅头和鹅身开始慢慢地向一起靠拢。当泰迪的咒语声停止时，鹅头和鹅身恰好已经走到了一起。只见鹅头一下跳到了鹅身上，随即这只鹅便扑打着翅膀离开了王宫。

众人看得目瞪口呆，胡夫法老也暗暗佩服泰迪的功力。可能是看得不过瘾，胡夫又命人送上了一只鸭子和一头牛，让泰迪继续表演。泰迪的表演和之前一样精彩，获得了众人的阵阵掌声。这下，胡夫彻底相信了世人的传言。表演过后，该切入正题了。他命其他人退下，只留下泰迪一人。他问泰迪说："我也听闻您知晓智慧之神的《魔法书》的确切位置，不知是否属实？"泰迪诚恳地答道："是的，我确实知道。"胡夫高兴地问："在什么地方？"

"在赫里尤布里斯神庙记录室下的地道里。"胡夫已经迫不及待了："那我如何才能找到地道的入口呢？"泰迪无奈地摇摇头："恐怕您无论如何也找不到。这世上只有一个人能够找到它，我多么希望那个人就是我，可惜事实并不是这样的。"

胡夫仿佛被人从山顶摔下了深渊，他失望地说："为什么会这样？那个能找到智慧之神《魔法书》的人究竟是谁？"泰迪说："他是三胞兄弟中的老大，是一位祭司的儿子。拉神让这位祭司的妻子生下三个男孩，并要让他们成为未来的统治者，而他们之中的老大将是国家的主宰。"胡夫听说自己的江山将要被他人取代，不由得悲从中来。泰迪忙安慰胡夫说："尊敬的陛下，请您不要担心。这一切都是命中注定的，他们不会马上取代您的位置，而是在您的孙子之后建立一个新的王朝。"

胡夫沉默了片刻，忽然抬起头来问泰迪："那个女人是谁，她什么时候生下那三个孩子？"泰迪掐指一算，对胡夫说："那个女人叫作莉第吉特，将在冬季第一个月的15日生下三个孩子。"胡夫冷静而坚决地说："我绝不会让任何人来篡夺我的王朝，我必须找到那个女人，阻止威胁我王朝统治的事发生。"泰迪连忙劝告说："请不要做这些没有意义的事。那三个孩子是拉神创造的，他们的到来是不可避免的，朝代的更替也是不可扭转的。"无论泰迪怎样规

吉萨高原上的胡夫、哈佛拉、孟卡拉三座金字塔。

劝，胡夫都不肯听。他已经下定了决心，必须在他生前为祖先辛苦创下的基业做些什么。

胡夫命人四处打听那个叫作莉第吉特的女人的下落，并下令将所有在冬季第一个月分娩的女人都集中到王宫里来。然而，他所做的一切都只是徒劳，该发生的终究还是会发生了。莉第吉特躲过了胡夫的追捕，在冬季第一个月的15日，她在神的帮助下顺利生下了三个男孩。胡夫一直也没能找到莉第吉特和她的三个孩子，直到他去世也未能找到。后来，魔法师泰迪的预言实现了，在胡夫的孙女赫尼特卡伍丝统治之时，三个孩子之中的老大推翻了女王的统治，并建立了古埃及历史上的第五王朝，彻底结束了胡夫家族的统治。

## 白何露斯与黑何露斯

埃及和埃塞俄比亚之间的战争曾爆发过无数次，而在双方的交战之中，胜利的天平大多都倾向了埃及一方。在吐特摩斯法老统治埃及期间，他又带领埃及人民与埃塞俄比亚进行了几场大战，且战战告捷。这边，吐特摩斯正在与埃及军民喜庆胜利；那边，埃塞俄比亚国王却愁眉不展。既然在刀枪上占不了上风，那么不妨采取一些特殊的手段。埃塞俄比亚国王想到了魔法，他可以用魔法制服埃及法老。于是，他开始下令在全国搜寻有智慧的魔法师，并将他们都集中到宫里来。

在埃塞俄比亚，最富有智慧的是一位叫作何露斯的魔法师。碰巧，在埃及，最伟大的魔法师也叫何露斯，他就是冥王奥西里斯和伊西斯女神的儿子。两位魔法师一黑一白，人们为了区分他们，就将他们分别叫作黑何露斯和白何露斯。

黑何露斯对埃塞俄比亚国王说，他可以将埃及法老带来，让他接受鞭打，之后再将他送回去。国王听了很是高兴，让黑何露斯快快做法。黑何露斯回到自己的住处，用一截蜡烛做成了一顶轿子和四个小人，接着念了一段咒语，轿子和小人就变成了真的。黑何露斯对四个小人下了命令，让他们深入埃及皇宫将埃及国王带来。在黑何露斯的魔法掩护下，四个小人悄无声息地将正在熟睡的吐特摩斯带到了埃塞俄比亚。

埃塞俄比亚国王见到被捆绑带来的吐特摩斯，心中很是畅快。他命人狠狠地抽了吐特摩斯一百鞭子，这一切都是在众多民众的见证下进行的。吐特摩斯被打得皮开肉绽，埃塞俄比亚国王厉声说："可恶的埃及法老，虽然在战场上你逞尽了威风，但现在你还不是卑微地被我践踏在脚下。从今往后的一个月，你每天都将遭受这样的惩罚，这是我对你的回敬。"说完，国王命人将吐特摩斯带走了。黑何露斯又施展魔法，让四个小人将吐特摩斯又送回了埃及王宫。

第二天醒来的吐特摩斯觉得浑身酸痛，尤其是背部的疼痛尤为剧烈，他想到了昨晚发生的那可怕的一幕。可是他现在又怎么会躺在自己的王宫之中呢？他忙招来众大臣，将自己昨晚的噩梦说给他们听。众大臣安慰法老说那不过是一场梦，可当他们检查法老的背部时，却全部惊呆了。法老背部的伤痕已经说明了噩梦的真实，可是这些事如何在一夜之间完成的呢？答案只有一个，那就是魔法。大臣们马上想到了这定然是黑何露斯施的魔法，于是有人建议请白何露斯来破解魔法，拯救法老。

白何露斯告诉法老不必担忧，他有办法让埃塞俄比亚国王也接受同样的惩罚。吐特摩斯此时更担心的是自己今夜还要遭受同样的痛苦，他请求白何露斯说："伟大的魔法师，在您惩罚埃塞俄比亚国王之前，请您一定要保证我今夜不再遭受昨夜的痛苦。"白何露斯笑着说："放心吧，尊敬的法老，我会安排好的！"他将一个项圈戴在法老的脖子上，嘱咐法老无论何时都不能摘掉它，这样就可保他平安。听了白何露斯的话，吐特摩斯总算放心了。他绝对相信白何露斯可以制服黑何露斯。

白何露斯也用一截蜡烛做了一顶轿子和四个小人，并对他们施了魔法。轿子和小人都变成了真的，他让小人去埃塞俄比亚王宫将他们的国王抓来。没有任何保护的埃塞俄比亚国王很快就被白何露斯的小人带到了埃及，而当黑何露斯派来的小人再次前来抓吐特摩斯的时候，吐特摩斯颈上的项圈却发挥了威力，它瞬间变成一条巨蟒，将轿子和四个小人全部吞噬。黑何露斯的魔法被破解了，吐特摩斯将埃塞俄比亚国王狠狠地抽了五百鞭子，之后才交由白何露斯送回埃塞俄比亚。

**埃及法老的黄金宝座**

埃塞俄比亚国王经过这惨痛的一夜，知道自己也定然中了埃及魔法师的魔法。他连忙叫来黑何露斯，让他保证自己的安全，自己可不想再遭受第二次痛苦。黑何露斯让国王不必担心，接着也将一个项圈戴在了国王颈上。有了项圈的保护，埃塞俄比亚国王本以为自己可以睡个好觉，可没想到他仍然做了和昨晚相同的噩梦。

原来，白何露斯早知黑何露斯会有所防备，于是在轿中藏了一条巨蟒。当项圈化为大蛇欲来阻止轿夫时，轿中的巨蟒突然出现吞掉了大蛇。就这样，黑何露斯的魔法又被白何露斯破了。

再次遭受鞭打的埃塞俄比亚国王怒不可遏，他要重重地惩罚黑何露斯，因为是他让自己遭受了这样的痛苦。黑何露斯苦苦求饶，称自己一定要到埃及去与白何露斯当面较量。尽管连他自己也觉得这样做有些自不量力，但他还是咽不下这口气。更重要的是，他必须对国王有所交代。当他把这一决定告诉母亲的时候，母亲竭力反对他这样做。他的母亲也是位魔法师，深知白何露斯的厉害，她可不想自己的儿子去送死。可是无论母亲怎样劝，黑何露斯都一定要去。母亲见拦不住他，就让黑何露斯无论如何也要在他遭遇危险时通知她，以便她能及时出现，挽救他的性命。黑何露斯答应了，他告诉母亲，如果发现喝的水变成了红色，天上的云彩也变成淡红色的时候，就是自己性命不保了。

黑何露斯运用魔法很快来到了埃及，向白何露斯发起了挑战。可是他根本就不是白何露斯的对手，很快就被白何露斯制服。就在白何露斯欲除掉黑何露斯的时候，黑何露斯的母亲出现了。她跪倒在白何露斯的面前，苦苦哀求着白何露斯放过自己的儿子，并保证此后绝不再与埃及人民为敌。黑何露斯也跪倒在地，请求白何露斯的原谅。白何露斯见母子二人真心悔改，就请求吐特摩斯原谅了他们。不过，白何露斯为了防止这对母女继续作恶，当即废除了他们的魔法。此后，黑何露斯还是黑何露斯，只是再没有人称他魔法师了。

# 中国神话故事

## 盘古开天辟地

　　最初的世界是混沌的，没有一丝的光亮。这个世界上没有高山河流、没有花草树木、没有鸟兽鱼虫，更没有万物之灵的人类。整个宇宙都紧紧地团在一起，如果打一个形象的比喻，当时的宇宙就是一个很大很大的鸡蛋。

　　几亿年过去了，宇宙里发生了变化，世界上第一个生命开始在里面孕育。又过了几亿年，那个生命长成了一个拥有双手双脚、具有思维的生物，外形和现在的人类十分相似，他的名字叫作盘古，一个巨大无比的巨人。盘古在宇宙大鸡蛋中沉睡了一万八千年。

　　这一天，盘古突然从睡梦中醒来。他睁了睁眼，发现周围漆黑一片，看不清任何东西。他在鸡蛋里面睡得时间太长了，身上的每个关节都在提醒他应该活动一下筋骨。于是，他伸了一下懒腰，可宇宙那坚硬的外壳又把他的手臂挡了回来。他想站起来走走，可是却连头都抬不起来。盘古心中气愤地想："这个可恶的鸡蛋，束缚了我一万八千年了。如今，我想要动一动它都不允许。看来是该想办法除掉这个家伙了。"

　　想到这，盘古抬起那双强壮有力的双手，托住了鸡蛋的上半部分，然后使出全身的力气，胳膊使劲往上抬，双腿使劲向下蹬。这很困难，真的，因为那个鸡蛋的外壳太坚硬了，但是盘古没有放弃，依然坚持不懈地挣扎。

　　努力有了回报，盘古已经听见鸡蛋发出细微的破裂声，他知道离成功不远了。于是，他又加了把劲。突然间，宇宙中传来了一声惊天动地的巨响。随着巨响过后，那个束缚了盘古一万八千年的大鸡蛋也破裂了。

　　混沌和黑暗从鸡蛋里面跑了出来，它们在

**盘古开天地**

**盘古开天辟地画像砖**
盘古站在画面中央，图左为伏羲、右为女娲，他们以人首蛇身的形式出现。伏羲被称为阳帝，女娲被称为阴帝。这是一幅完整的中国始祖神话图。

盘古身边晃来晃去，并慢慢地分离开来。其中，那些比较清而且分量也很轻的东西升了起来，变成了天；那些比较浊而且分量比较重的东西则沉了下去，变成了地。就这样，天和地分开了。

终于有了空间，盘古可以好好舒展一下了。他站起来，伸了一个大大的懒腰。他太高兴了，因为再也不用受那个可恶的笼子的束缚，黑暗和混沌也不会再来打扰他了。可是，正当他高兴的时候，突然感觉到头被什么东西重重地砸了一下。盘古伸手一摸，心中暗叫不好。原来，本来升起来的天又再一次落了下来，也许它还想重新和大地结合。

这下可激怒了盘古，他想："现在我把天再撑起来肯定是没有问题的，可关键是它还会落下来。不行，我必须想一个万全之策。"于是他又一次把天撑了起来。为了不让天和地再一次结合，盘古决定做擎天柱，一直到天不再下落为止。于是他手托着天，脚踏着地，威风凛凛地矗立在宇宙中，一顶就是一万八千年。

在这一万八千年里，盘古吃了数不尽的苦。他不能吃饭，因为他的双手要支撑着天，只有那飘进他嘴里的虚无缥缈的雾略略地减轻了他的饥饿感；他不能休息，因为只要他一动，天就会有掉下来的危险，他所能做的只有偶尔换一换手。

在这一万八千年里，世界每一天都在发生变化。盘古的身子每天都会长一丈，而天也就随之升高一丈。盘古的身体一天比一天长，天和地的距离也一天比一天长。终于，盘古长成了一个身高九万里的巨人，而天和地的距离也变成了九万里。

九万里的距离够远了，天和地再也不能结合在一起了。盘古看了一下四周，欣慰地笑了笑。他觉得这个世界因为他的努力而不再那么狭小，天和地也因为他的功劳而永远分开，这是一件多么有意义的事啊！不过，他心中还有一丝遗憾。因为世界虽然产生了，可是没有光明、没有水、没有山、没有矿物、没有生物……还有很多东西等着他创造。

盘古没有时间，也没有能力了。他睁大双眼、呼出了最后一口气，脸上带着微笑，心中怀着遗憾，眼中含着泪水，发出一声巨吼，慢慢地倒下了。

但是盘古的最后心愿在他临死的时候实现了。天地间发生了神奇的变化：盘古临死前口中呼出的那口气变成了风和云；他的怒吼声变成了天上轰隆隆的雷声；他的左眼变成了金光灿烂的太阳；他的右眼变成了柔美皎洁的月亮；他的眼泪变成了大地上的江河；他的眼光变成了闪电；他的身躯变成了五方名山；他的四肢变成了大地的四极；他的肌肉变成了肥沃的土地；他的经脉变成无数的道路；他的血液变成了茫茫的大海。这还没有结束，他的毛发变成了陆地上的各种植物，有花有草、有树有林；他的骨骼、牙齿还有骨髓变成了大地里的珍宝，有金有银，有铜有铁，还有各种宝石、珍珠、玉石等。最后剩下的是盘古身上的汗滴，这些东西也没有浪费。它们慢慢地升上天空，然后再从天空中降落下来，这就是我们看到的雨露和甘霖。

　　世界变得丰富多彩了，有了阳光、有了高山、有了江河、也有了各种植物。盘古的精灵在世界上游荡，慢慢地它们在这个新的世界里变成了具有生命的各种动物，有鸟有兽，有鱼有虫。这些动物给世界带来了无限的生机，不过那时候还没有人类。

　　这就是盘古开天辟地的故事，一个具有大无畏精神的、受到人类无比崇拜的人类始祖的故事。

## 女娲造人补天

　　盘古完成了开天辟地的任务，大地上有了各种动物植物。不过，因为没有人类的存在，所以那时的世界依然死气沉沉。

　　这一天，伏羲的妻子女娲娘娘从天界来到了大地上。女娲是一位人首蛇身的女神，具有化育万物的神力。她游遍了大江南北，走遍了世界的每一个角落，见到了飞鸟、游鱼、走兽，可是没有一种动物可以陪她聊天、玩耍。女娲觉得非常的寂寞和孤独，突然一个奇妙的想法从她的脑子里涌了出来。于是，她决定马上把自己的想法付诸行动。

　　女娲来到一条很长很宽的河流前蹲下了身子。她在河边上挖出了一些黄色的泥土，然后用河里的清水把泥和好。接着，她又按照自己的样子把泥团捏好。她看了看泥团，总觉得有什么地方不对。哦！原来这个小泥团和自己一样，没有分开的双腿，只有一条和蛇一样的大尾巴。于是，女娲又沾了些水，把泥人的尾巴捏成了两条腿。

　　女娲把泥人捧在手里把玩了半天，然后对着泥人吹了一口带有生命气息的仙气。当她把泥人放在地上时，奇妙的景象出现了，这个小泥团活了，在女娲身边不停地跑着跳着。女娲高兴极了，并把这个新生的动物叫作"人"。

　　她左手从河边挖泥，右手从河中取水，然后双手灵活地揉捏着，一会儿的工夫又造出一个新的人。就这样，女娲不停地挖泥、取水、揉捏，渐渐地，她的周围布满了这些可爱的人，其中既有男人，也有女人。

　　这时，女娲感到累了，想要休息一会儿。不过大地实在太大了，人类的数目还很少，现在停止工作还不是时候。于是，女娲想到一个办法。她从远处找来了一根绳子，先把河边的一些黄泥扔进河里，把河水搅浑，然后再将绳子抛进河中，使绳子沾上带有泥的

女娲造了男人与女人，让他们担负起繁衍后代的任务。

河水。接着，女娲把绳子从河中取出来，在天空中一甩。这样，绳子上沾的泥点就降落到了地上，而每一个泥点则变成了一个新的人。

创造工作终于完成了，人类的数目已经足够遍及大地的每一个角落了。这时，女娲又想："人类因为是我创造出来的，他们和其他的鸟兽鱼虫是不一样的。人类应该具有智慧，他们应该是大地的主宰，一切动物都要听他们的指挥。"于是，女娲又赐福给这些人类。

女娲用双手托起石头，将它补在塌陷的窟窿那里。

突然，女娲又想到了一个可怕的问题，那就是人类虽然是万物的首领，但是他们和其他动物一样，最终都会迎来死亡。如果人类死去一批，自己再来造一批的话，简直太麻烦了。于是，女娲就让男人和女人结为夫妻，并让每一对夫妻都担负起繁衍后代的任务。

从那以后，人类的足迹遍布了整个大地，人类的数量也一天天地增多。女娲完成了自己的任务，也回到天界上居住。传说今天中国的黄河就是当时女娲造人取水的那条河，这也是中国人管黄河叫母亲河的缘由。

突然有一年，天界的水神共工和火神祝融打了起来。也许是因为水火不相容的缘故吧，这场争斗打得异常激烈，两位大神从天上打到地下，又从地下打到天上，整个世界都被这场斗争搅得不得安宁。最后，火神祝融技高一筹，打败了水神共工。

失败的共工不服气，一心想着报仇。愤怒冲昏了他的头脑，共工居然用头去撞支撑天地的不周山。结果，不周山被撞裂了，支撑天地的大柱子也折断了。灾难降临到了大地上，半边天塌了下来，天上出现了一个巨大的窟窿，熊熊的大火在森林中燃烧，无尽的洪水从大地中涌出，人类对这场突如其来的灾难束手无措。更加可恨的是，很多毒蛇猛兽也跑出来吞食人类。人类面临着灭顶之灾。

天上的女娲看到大地和人类遭受如此惨重的灾难十分着急，一心想救人类脱离苦海。女娲心想："这一切灾难的源泉，都是来自天上的那个大窟窿，只有把那个窟窿补起来，才能遏制灾难。不过，用什么东西来补天呢？"想来想去，她最后决定采用五色神石来做补天的材料。

女娲找来了五色神石，它们的颜色分别是红、黄、灰、白、青。她在地上升起一堆篝火，然后把这些石头放入火中。终于，五色神石被火烤成了石浆，女娲赶紧拿起石浆飞向天空，一点一点地把天上的那个大窟窿补上了。

窟窿是补上了，可是那根折断的支撑天的柱子怎么办呢？女娲开始四处寻找。最后，她在茫茫的大海上发现了一只大龟。女娲走过去对它说："如今天上的窟窿也被补起来了，但是那根折断的天柱却没有了，所以我想请你帮个忙！"大龟问道："您说吧女娲娘娘，只要我能做到的一定帮忙！"女娲说："好！我想用你的四条腿做撑天的柱子可以吗？"大龟答应了女娲的请求。于是，女娲就把大龟的四条腿砍了下来，当作四根柱子支起了倒塌的半边天。

天降的灾难是结束了，可是地上的灾难并没有停止，毒蛇猛兽们依然威胁着人类的生命。其中以一条居住在深海里的黑龙最为可恶。于是，女娲又来到人间，带领着她的子民们把那条凶残的黑龙杀死。

接着，女娲又带领人们堵住四处漫流的洪水。最终，人类在女娲娘娘的帮助下脱离了苦海。不过，这次灾难也给世界留下了"后遗症"。当初倒塌的那半边天是在西边，虽然有四只龟脚支撑着，但是高度却比东边要低一些。从那以后，太阳和月亮每天都是自东方升起，然后向西方落去。

## 伏羲和句芒

在遥远的远古时期，曾有一个叫作华胥氏国的极乐国度。那里远离尘世，外面的人很难到达。那里没有领导者，那里的人们也没有欲望和嗜好，人们整日过着一种无欲无求的生活，因此都觉得很开心。

也许是特殊的地理环境和脱俗的性格使然，那里的人们生来一副仙骨，火烧不化，水淹不死，每个人都可以活得很久。很多人将那个国度称为仙国，将那里的人们称为生活在大地上的神仙。

在华胥氏国，有一位华胥氏的美丽女子。一天，她到外面游玩，忽然看到泽地上有一个巨大的脚印。女子觉得脚印很有趣，就跳到脚印里面。瞬间，她觉得自己的身体好像被蛇缠住了，但很快蛇又离开了她的身体。时间短暂得使她觉得那只是一种错觉，因此也没当回事。

可晚上回到家以后，她就发现自己的身体出现了异常，她怀孕了。可十个月的分娩期到了，她却一点儿要分娩的迹象都没有。华胥氏等啊盼啊，直到十二年后，她才生下了一个男婴。

然而这个男婴也与一般的男婴有着明显的区别，他人首蛇身，看起来十分可怕。这个人首蛇身的孩子就是伏羲。

伏羲生长得很快，几个月便长成了一个青年。他非常聪明，而且还有很多神通。他能够沿着天梯一直爬到天上去，故而能在天上人间自由来去。有人说他是雷公的孩子，一方面是他的长相与雷公很像，另一方面也是因为泽地中的脚印就是雷公留下的。不管伏羲是不是雷公的孩子，他的神通广大都是不容置疑的。也正因为他的与众不同，人们才特别尊敬他。

在很多人看来，伏羲的母亲华胥氏神奇受孕，而且用了十二年的时间才生下伏羲，这个孩子必定是与神灵相通的，故而人们都把他当神灵一样对待。而事实上，伏羲也确实为人类做了不少好事，为人类带来了很多生产和生活上的便利。

伏羲为人类作了很多贡献，但要说最大的贡献，还是其创建了八卦。在伏羲生活的年代，人们对大自然还一无所知。对于各种自然现象，如刮风下雨、电闪雷鸣等，人们既感到困惑，同时也很恐惧。

伏羲决定改变这种状况，向人类解释各种自然现象。为此，他常常到卦台山上仰观天象，俯视地貌，就连飞禽走兽的脚印和身上的花纹也不放过。

一天，伏羲又到卦台山观察，忽然听到一声奇怪的吼叫声，接着从卦台山对面的山洞里跃出了一个奇怪的动物。这个动物长着龙的头和马的身子，我们就暂且叫它龙马吧！龙马纵身跃到了卦台山下渭水河中的一块大石头上，然后便停在了那里。伏羲的目光一直都紧紧跟随着龙马，看着看着，伏羲忽然有了灵感。龙马身上奇特的花纹与颇似太极的石头结合在一起，俨然就是一幅八卦图。据此，伏羲画出了八卦，为人类解开了自然之谜。后来，伏羲成为了天上的大神，被称为东方天帝。

句芒是伏羲的得力助手，被称为东方神、木神。句芒的长相也很特别，面部是人的，身子却是鸟的。人面蛇身的伏羲和人面鸟身的句芒在一起，倒也十分相配。句芒曾跟随在伏羲身边多年，与伏羲一起为人类造福。在伏羲被封为东方天帝以后，句芒也被封为东方神，与伏羲一起管理东方。句芒很能体察百姓的疾苦，在其成神之后，仍然为人间做了不少好事。比如在得知秦穆公的贤明之后，他就下凡为其加了十九年的阳寿，使其能够更多地为百姓造福。

## 芒耶取谷种

在远古年代，人间还没有谷种。当时有一位叫作芒耶的年轻人，很想为人们作点贡献，于是便自告奋勇前往西方世界寻找谷种。村里的人很高兴，但他们同时也为芒耶感到担心。临行前，村里的姑娘为芒耶献上了鲜花，村里的老人也给了芒耶最真挚的祝福，乡亲们还为芒耶送来了很多随身携带的食物。芒耶带上鲜花和食物，骑着马出发了。一路上，他遇到了很多困难，但他都凭借着自己的智慧和勇敢一一战胜了它们。可是他走得太久了，他的马已经累得倒下了，而且他随身带的食物也已经吃光了，如果再找不到食物，他真不知道自己还能撑多久。

在芒耶饥渴难耐的时候，忽然见到前方有一棵野桃树，树上结满了果子。芒耶高兴极了，爬到树上吃了个痛快。可能是他太累了，在树上吃着吃着便睡着了。梦中，他见到了一位白胡子老人，带着一匹马和一条狗向他走来。老人告诉他获得谷种的方法，并交给他一个锦囊，让他按照锦囊上交代的行事。之后，老人将马和狗交给他，让他务必带着它们上路。说完这些，老人就消失不见了。芒耶忽然醒了，他似乎想寻找老人，但又忽然意识到那只是个梦。可是在他的怀里，分明放着一个金光闪闪的锦囊，而且在树下，他也看到了梦中出现的马和狗。看来是有神灵相助，想到这儿，芒耶更有动力了。

芒耶跳下树干，连忙打开了锦囊。顿时，他不再感到迷茫，他已经知道该怎么做了。他骑上马，带着狗，接着往前走。在一棵大白果树上的斑鸠窝里，他发现了一个斑鸠蛋。按照锦囊的指示，藏谷种的神洞的钥匙就在斑鸠蛋里。芒耶敲开了斑鸠蛋，果然在里面发现了一把金钥匙。在白果树下的树洞里，他又得到了一把宝剑。继续向前走，一条红河挡住了他的去路。在河边石牛的肚子里，芒耶找到了一把弓箭。依靠这把弓箭，他制服了红河里的蛟龙，渡过了红河。之后，他又遇到了一座火山。不过有锦囊的指示，他一点儿也没害怕。他在火山对面的红色岩缝里找到一把扇子，用扇子向火山一扇，火山便让出了一条通道。在锦囊的帮助下，芒耶顺利到达了藏谷种的山洞。

芒耶得到宝剑后，更加坚定地前行。

当芒耶正想走进洞门的时候，忽然有两个洞神跳出来拦住了他的去路。这两个洞神一个手拿大斧，一个手持大刀，看起来凶神恶煞。芒耶连忙谦恭地说明了自己的来意，希望两个洞神能行个方便。谁知这两个洞神却越听越生气，挥起刀斧就向芒耶砍来。芒耶急忙拔出宝剑，与两个洞神战在了一起。虽然有神器相助，但毕竟芒耶是长途跋涉，交战了一会儿就显得有些体力不支。在用力杀死一位洞神之后，他开始明显地处于下风。就在芒耶快要支持不住的时候，他带着的小狗跳上去咬住了洞神的脖子。趁洞神去抓小狗的时机，芒耶一剑刺向了洞神。

进了第一道洞门，芒耶很快就走到了第二个洞门。既然第一个洞门有两位洞神把守，想必第二个洞神也必然会有所设防。因此，芒耶丝毫不敢放松警惕。果然，一头白虎蹿出来拦住了他的去路。好在这头白虎并不难对付，芒耶没费多大力气就将其斩杀了。接着，芒耶又来到了第三道洞门。把守第三道洞门的是一只巨大的神鸟，芒耶抓住机会，用弓箭射杀了神鸟。过了第三道洞门，芒耶前行的道路就畅通无阻了。前面应该就是藏谷种的地方，芒耶不觉加快了步伐，迅速向前走去。

走了一段路，一道石门出现在芒耶的眼前。芒耶心想，石门里面应该就是藏谷种的地方了。这里并没有机关设置，也没有人把守，只是厚重的石门紧紧地关闭着，芒耶费了好大的力气都没有把它推开。这可如何是好呢？就在芒耶不知所措的时候，小狗忽然冲着他的口袋叫了两声。这一叫提醒了芒耶，他忽然想起自己在斑鸠蛋里取出的金钥匙，那不正是洞门的钥匙吗？他用金钥匙打开了石门，出现在他眼前的是一堆堆金灿灿的谷粒。芒耶止不住自己的激动之情，竟流下了两行热泪。

芒耶连忙拿出随身携带的袋子，将谷粒装进袋子。他恨不得马上将谷粒带回去，播撒在家乡的土地上。装好谷粒，他就带着小狗出了山洞。在往回赶的路上，他的马累死了，芒耶只好徒步背着谷粒往回走。又走了很远，芒耶的体力也已经严重透支。他自知自己可能回不到他的故乡了，但好不容易取回的种子绝不能就这样随他葬在他乡。他看了看趴在自己身边的小狗，做出了一个决定。他将谷粒袋缠绕在小狗的脖子上，并将临行前姑娘送给他的鲜花插在其间，然后把家乡的方向指给了小狗。小狗点了点头，就向着芒耶家乡的方向跑去了。

芒耶看着小狗远去，终于满意地闭上了眼睛。当家乡的人们看到背着谷粒和鲜花的小狗时，很快明白那是芒耶让它送来的。看到谷粒，人们非常高兴，可让人们不安的是，芒耶怎么没回来呢？莫非是遭遇什么不测了吗？是的，芒耶在几千里外的土地上已经永久地闭上了眼睛。他用自己的生命为人们取来了谷种，为了人类的幸福不惜牺牲自己的生命，这是多么可贵的精神！

# 燧人氏钻木取火

很久很久以前，那时天地虽已分开，人类也已经在大地上繁衍生息，但人们的生活却异常艰辛。相对其他动物来说，人类是地球上的新居民，再加上自身的攻击性较弱，因此常常受到各种猛兽的欺凌，被猛兽吃掉的人不计其数。此外，那时还没有火，人们无法吃到熟的食物，只能吃生的食物，所以疾病的发生率很高，人们的寿命都很短。每到黑夜，人们只能在一片黑暗中度过。寒冷和恐惧紧紧包围着他们，使他们很难入睡。半夜，他们也常常被猛兽的叫声惊醒。可他们没有办法，只能默默地忍受，期盼太阳早些升起，为他们带来光明。然而又有多少人，还没有见到第二天的第一缕阳光，就已经死去了。

看到人类过得如此艰难，伏羲很是不忍。他想改变人们的处境，帮助人们摆脱寒冷和黑暗。可是该如何帮呢？想来想去，他想到了火。猛兽之所以会在夜晚攻击人类，寒冷之所以会夺走人类的生命，人类之所以会常常生病，都是因为他们还不知道火的存在，不懂得利用火来取暖做饭、驱赶猛兽。只要有了火，很多问题就都可以解决了。所以，他决定将火赐给人类。他在树林中降下了一场雷雨，雷电劈得树木着起了大火。人们被吓坏了，在树林中到处逃窜。没过多久，雷雨就停了，只剩下大火还在燃烧着。

四处奔逃的人们聚到了一起，惊恐地望着那堆燃烧的树木。雨后的树林更加寒冷，人们紧紧地蜷缩到了一起，试图用体温来抵抗寒冷。不过此时人们惊喜地发现，以前让他们战栗的猛兽叫声消失了。此时的树林一片寂静，只有人们的喘息声。难倒猛兽是被这个发亮的东西吓走的吗？一个年轻人忍不住说了出来。他想走上前去看个究竟，结果发现越靠近火堆，身体就越暖和。走到火边时，他已经一点儿都不觉得寒冷了。他连忙招呼大家过去取暖，人们又聚到了火边。

在火边，人们觉得不再寒冷，也没那么害怕了。火真是个好东西，既为他们带来了光明，又为他们带来了温暖。如果能把它永远留在身边就好了。这时，有人闻到了阵阵香味从不远处刚刚燃烧过的火堆中传来。人们走近一看，原来是被烧死的猛兽。人们忍不住将其分食，结果发现竟是难得的美味，比他们以前吃的东西好吃多了。这更让他们感觉到火的珍贵，于是决定将火保留起来，不断地向里面添加树枝，并轮流派人看守，以保证其永不熄灭。

有了火，人们的生活得到了极大的改善。他

燧人氏终于找到了钻木取火的方法。

们将食物烤熟了再吃，这不仅让食物更加美味，也大大降低了患病率；他们用火来抵御猛兽，看到火，猛兽们都不敢靠近，他们就可以睡一个安稳觉；他们在火边取暖御寒，再不怕天气寒冷被夺去生命了。

然而遗憾的是这堆火没能一直燃烧下去，一天晚上，看守的人睡着了，火堆熄灭了，人们再一次陷入了寒冷和恐惧之中。

伏羲意识到，仅仅送给人类火是不能解决根本问题的，只有让他们掌握取火的方法，才能让火一直留在人间。他在夜里托梦给那个最先走近火堆的年轻人，告诉他西方的燧明国有珍贵的火种，让他到那里将火种取回来。

年轻人醒后，觉得自己做的梦异常真实，难倒这是天神的指引吗？他来不及多想，他已经见识到了火的好处，不管梦中的指引是否属实，他都要去试一试。告别了族人，年轻人就上路了。

经过艰苦的长途跋涉，年轻人终于来到了燧明国。不过眼前的一切却让他非常失望，因为那里没有阳光，不分昼夜，整个国家全都笼罩在一片黑暗之中，连一丝火光都没有。他觉得自己被骗了，也开始懊悔自己的鲁莽行为。不过既然已经来了，那就休息一会儿再走吧！他已经很累了，需要休息一下恢复体力。他在一棵大树下坐了下来，决定睡一觉再往回走。忽然，他看到眼前有一闪一闪的亮光。这让他马上打消了困意，立刻站了起来，到处寻找光亮所在。

原来，年轻人看到的光亮是几只大鸟发出来的，它们正在用喙啄树上的虫子。只要它们一啄，树干就会马上发出亮光。

年轻人如同受到了什么启发，他马上找来一根小树枝去钻大树枝，果然发出了亮光。他非常高兴，找来了各种树枝进行试验，终于找到了钻木取火的方法。他为族人带回了火种，而且是永不熄灭的火种。从此，人类再也不会生活在寒冷和恐惧中了，也再不用吃生食了。

人们很钦佩这个年轻人的勇气和智慧，就推举他为部落首领，并将其称为"燧人氏"，也就是取火者的意思。

## 炎帝

相传炎帝本姓姜，是女登之子。当年女登在姜水边游览的时候，忽见一条神龙跃出水面，在其身上缠绕了一周，之后便匆匆离去。女登还来不及看清楚，神龙就已经不见了踪影，以至于女登一直怀疑自己是否真的看见了神龙。可是回到家中以后，女登就怀孕了。十月之后，女登产下了一子，这便是炎帝。因为炎帝在姜水边受孕、成长，故而有炎帝姓姜的说法。

据说炎帝生来就与一般的婴儿有着明显的不同。他有着人的身子，牛的头颅，且头上有角。人们都说他是一个牛首人身的怪物，但也正因为他的独特长相，才让人们将他与神灵联系在一起。

炎帝非常聪明，出生后三天就能够说话，五天就能走路，三年便知晓稼穑之事。这让人们更加确信他就是天神的使者，因此有什么事都去请教炎帝。对于人们的求助，炎帝总是热心地帮助他们，并交给人们很多生存的技能和本领。

在众人的推举下，炎帝成为了部落的首领。在炎帝的领导下，氏族渐渐扩大，人口越来越多。那时，人们主要的食物来源就是捕来的猎物，这让炎帝隐隐有些担忧。他在想，随着人口的继续增多，猎物势必会有被猎尽的一天，到那时人类又该以何为食呢？如果能找到一种可以不断收获的食物，那该有多好啊！他听说天堂里有一种名为稻、果实叫谷的作物，可食用、可收藏、可种植。他很想将这种作物带到人间，可是他却不知道天堂在哪里，为此他愁眉不展，整日闷闷不乐。

**炎帝像**
炎帝和黄帝合称炎黄。中华民族自称炎黄子孙由此而来。

炎帝身边有一条狮子狗，很有灵性。一天，炎帝发现狮子狗总是在他身边转来转去，像是有什么话要说的样子。他想狮子狗一定是发现了他的心事，就问狮子狗："你是不是知道了我想去天堂找谷种？"狮子狗叫了两声，点了点头。炎帝又问："那你知道天堂在哪吗？"狮子狗又叫了两声，点了点头。

炎帝高兴极了，忙问："你能够帮我去天堂取回谷种吗？"狮子狗点了点头，随即就转身跑向了远方。

狮子狗一直向天堂跑去，没过多久就到了天堂。在天堂，它发现了一堆金灿灿的谷种，很是诱人。但谷种的周围有天兵天将把守着，使它不能轻易靠近。谷种的数量有限，估计公然索要是不会成功的。既然如此，那就只有盗取了。可是把守的天兵天将个个凶神恶煞，它又如何是他们的对手呢？忽然，狮子狗想到了一个好办法。它跳进河里洗了个澡，将全身的毛都弄湿。然后跑到谷种堆上打了个滚儿，这样一来，就有许多谷种粘在了狮子狗潮湿的绒毛上。

取到谷种后，狮子狗开始拼命地向回跑。天兵天将虽然已经发现了狮子狗的行踪，但无奈狮子狗跑得太快，他们根本就追不上。情急之下，他们施展法术在狮子狗的面前设下了一条河。这样一来，狮子狗就只能游过去了。看到浑身湿漉漉的狮子狗，炎帝又是高兴又是心疼，忙上前去抱住了狮子狗。接着，他开始在狮子狗的身上寻找谷种，可是谷种在狮子狗过河的时候早就被河水冲掉了，他哪里还找得到呢？找不到谷种，炎帝很是着急，狮子狗也急得直叫。终于，炎帝在狮子狗的尾巴里找到几粒谷种。原来，狮子狗在过河的时候，尾巴并没有进入河里，所以粘在尾巴里的谷种被保留了下来。

有了谷种，人们就再也不愁被饿死了。炎帝就用狮子狗带回来的几粒谷种，繁殖出了大量的谷物。几年过后，人间已经遍地都是谷物了。天神们看到炎帝确实在为人类造福，就从天上降下了更多的谷种。这样一来，人间的谷物就更加丰富了。炎帝教导大家种植各种谷物，并告诉人们如何使用生产工具。在炎帝的指导下，人间年年都是大丰收，再没有发生过饥荒。为了感念炎帝的功德，人们都称炎帝为神农氏，尊他为农神。

自从有了谷物以后，人们的温饱问题算是解决了。不过炎帝发现，很多人年纪轻轻就被疾病夺去了生命。人们害怕生病，只要一生病，那就是必死无疑了。炎帝决心改变这种状况，于是开始研习各种草药的药性，为人们诊病治疗。炎帝有一根神鞭，所有药草经过神鞭的抽打之后，都会显露出其本来的药性。但要进一步辨识药物的性味和功能，仅靠神鞭还是不够的。为此，炎帝还亲尝百草，以身试药。也正因为如此，他每天都要中毒，有一天竟中毒达七十多次，还有一次被断肠草毒断了肠子。幸好炎帝的身体晶莹剔透，可以看清内部的脏器，因此能够及时解毒，否则他真的不知死了多少次了。在炎帝的努力下，很多疾病被治愈，从而大大延长了人类的寿命。

此外，炎帝看到人们生活单调，还想出了开设农贸市场的良策。人们可以将自家多余的物品拿到农贸市场上与其他人交换，这样一来，每个人都可以获得更多的物资，家中的物产也越来越丰富。在农贸市场上，人们各取所需，既提高了闲置物品的利用率，也改善了大多数人的生活。

炎帝是一位十分仁爱的天神，他在人间为百姓做了很多好事，因此其英名得以流芳百世，世世代代为人们所尊重和敬仰。

# 黄帝

黄帝与炎帝都被认为是中华民族的始祖，因此，中华儿女也被称为"炎黄"子孙。当炎帝部落渐渐衰落以后，黄帝部落迅速兴起，并很快成为了华夏大地新的主宰。与炎帝相比，黄帝更具文韬武略。他一生曾出战过五十三次，使三大部落走向了统一，把人们彻底带出了蛮荒时代。世界上第一个有共主的国家就是由黄帝创建的，因此他成为中华民族第一帝也是当之无愧的。

相传黄帝的母亲是附宝。附宝尚未出嫁之前，有一天晚上在院子里散步，无意中看到天上的北斗枢星周围有一道电光环绕着。忽然，附宝看到那颗枢星掉了下来。当天晚上，她就怀孕了。可十个月后，她却丝毫没有一点儿要分娩的迹象。附宝等啊，盼啊，直到满二十四个月才生下了一个男孩。这个男孩就是黄帝。

黄帝自出生时起，就显示出了他的与众不同。当其他婴儿还只知道啼哭的时候，他就已经开口说话了；当其他孩子咿呀学语的时候，他已经出口成章了；当其他孩子还不谙世事的时候，他已经无所不通了。黄帝的成长速度之快让人瞠目，所以人们都将他视为神灵。黄帝在十五岁的时候，就被推举为轩辕部落的酋长，后成为有熊国国君。这是一位很有作为的领导

**黄帝像**

者，为百姓做了很多好事，让人们的生活水平得到了很大的提高。

黄帝很善于征战，在不断的征战中，他的部落渐渐强大起来。然而黄帝却并不满足，他的愿望是统一中原。在中原各部族中，炎帝和蚩尤是两个最大的对手，只要能战胜这两个强敌，那么他的愿望就基本可以实现了。黄帝决定先攻打炎帝，然后再与蚩尤会战。炎帝是早已远近闻名的君主，不过在黄帝征讨中原的时候，炎帝的部落已经转衰，不再像以前那样强大了。尽管如此，黄帝还是不敢掉以轻心。出征之前，他作了充分的准备。在阪泉，炎、黄大军进行了激烈的角逐。经过三场恶战，黄帝最终取得了胜利。从此，炎、黄两大部落合二为一，共同由黄帝统领。

**黄帝战蚩尤图**

在征服炎帝之后，黄帝的下一个目标就是征讨蚩尤。与黄帝相比，蚩尤要凶悍得多。据说蚩尤是神的后裔，他共有八十一个兄弟。这八十一人个个兽面人身，铜头铁臂，平常只以河石为食。蚩尤所率领的部落是一个野蛮的部落，且所有人都是一副天不怕地不怕的样子。早在黄帝征讨炎帝之前，这个部落的人就常常与黄帝作对。只是当时黄帝正忙于对付炎帝，所以没顾得上他们。如今，炎帝已经被征服，是时候收拾这些人了。

在黄帝看来，蚩尤等人是缺乏智慧之人，虽有勇但却无谋，因此并未把他们放在眼里。他召集了一些身强体壮的士兵，带上粮食和武器就出发了。黄帝以为他用不了多久就可以打败蚩尤，对付炎帝他也不过用了三场大战，更何况是蚩尤呢？然而这些都是黄帝自己的想法，事实上，蚩尤远比他想象中的难对付得多。黄帝让人发起了一次又一次强烈的猛攻，但却始终未能打败蚩尤。最后，黄帝有些心力交瘁了。他已无心再战，就命令军队撤了回来。

军队是回来了，但黄帝的心却一刻也不能平静。蚩尤不除，他的心病也难以消除。他日夜不停地思考，究竟该如何消灭蚩尤呢？一天晚上，他做了一个奇怪的梦。首先，他梦到一阵大风刮走了天下的尘垢。接着，他又梦到一个人手持千斤之弩在驱赶着羊群。醒来后，两个梦仍然历历在目，十分清晰。奇怪，为什么会突然做这样两个梦呢？黄帝想来想去，也没想明白其中的寓意。后来，经高人指点，他才知道两个梦分别指的是名为风后和力牧的两个人。

黄帝心想，既然这两个人出现在自己的梦中，那就必然会对自己攻打蚩尤作出贡献。于是，他开始命人到处寻找这两个人。功夫不负有心人，黄帝终于找到了这两个人。他相信，这两个人是神派来帮助他攻打蚩尤的。因此，对于这两个人，他都委以重任。他任命风后为宰相，力牧为将军，再次向蚩尤发起了进攻。在涿鹿，黄帝与蚩尤展开了一场大战。最终，因为有风后和力牧的帮助，黄帝战胜了蚩尤。

自黄帝战胜蚩尤以后，三大部落尽归黄帝所有，黄帝成为了天下大一统后的第一个统治者。后来，炎帝的后人发起动乱，与黄帝又发生了一场大战，但结果仍以黄帝得胜而告终。

## 嫘祖养蚕

在很久以前，有一个叫作西阴村的美丽村庄。那里临近一片桑林，因为桑林的阴影掩映着整个村落，故得名西阴村。西阴村里住着一个美丽端庄且心灵手巧的女孩，名为嫘祖。嫘祖自小就失去了母亲，是父亲将她一手带大的。后来，父亲又常年带兵出征，家中只剩下了嫘祖一人。嫘祖一个人闲来无事，就常常和村里的其他女孩外出游玩。但毕竟都是女孩子，不能走得太远。一来二去，附近的地方嫘祖都走遍了，就又觉得无聊起来。

一天，嫘祖忽然想到村外的桑树林她们从没有去过，就约了几个姑娘一起去。在桑树林，她们看到了很多白色的小果子。姑娘们很高兴，每个人都采了很多回去。回到家中，嫘祖想尝尝果子的味道，就咬了一口。谁知这个果子不仅没有任何味道，而且根本就咬不动。嫘祖心想，也许这种果子不是生吃的，要用水煮着吃。嫘祖连忙烧了一锅水，将白果子全部倒了进去。煮了一段时间，嫘祖捞出一个尝了尝，还是咬不动。难倒是煮的时间不够？嫘祖继续煮，又煮了很长时间。可捞出来一尝，还是一点儿也咬不动。这下可把嫘祖惹生气了，她找来一根木棒，放到锅里使劲地搅。搅了一阵之后，嫘祖有些累了，于是把木棒拿了出来，结果发现木棒上缠着很多细细的白丝。嫘祖从没见过这样的丝，她继续用木棒在锅里搅，渐渐地，锅中的小白果全都变成了细细的白丝。

嫘祖发现那些白丝非常柔软，而且晶莹夺目，她想如果把它纺成衣服，一定会很好看。说干就干，她用这些丝线纺出了一件美丽的衣裳，连她自己都觉得异常的好看。村里的其他姑娘见了，也都非常喜欢，追着问嫘祖这件美丽的衣裳是怎么来的。嫘祖希望更多人认识到这种小白果的好处，于是带着姑娘们到村外的桑树林观察了很多天，后来便开始了栽桑养蚕的历史。在嫘祖的倡导下，全村的女性都开始养蚕纺线，并用蚕丝做出了很多美丽的衣裳。为了纪念嫘祖的功绩，人们就将其称为蚕神或先蚕娘娘。

一个春天，嫘祖仍然像往常一样在家里的桑园中养蚕。这时，一个男人看到了身着美丽丝绸的嫘祖。男人从未见过这样美丽的衣裳，就问嫘祖这种衣裳是怎样制作的。于是，嫘祖向男人介绍了栽桑养蚕、抽丝织绸的道理。男人想到她那里的人们还在过着冬穿兽皮、夏遮树叶的原始生活，立即对这位女性产生了崇敬之意。他向嫘祖表明了自己的仰慕之情，并恳请嫘祖随他回去造福一方百姓。嫘祖答应了，并与那个男人结为了夫妻。那个男人就是黄帝。

嫘祖成为黄帝的正妃以后，将栽桑养蚕的技术也带到了黄帝的部落，并用她的勤劳和智慧做起了黄帝的后勤保障工作。她组织了一大批女子养蚕织锦，其中有一个女子异常的聪明，总是能解决各种难题。嫘祖觉得这位女子非常贤德，就暗中撮合她与黄帝。不过这位女子相貌丑陋，开始并没有引起黄帝的注意。后来，这位女子发明了纺轮和织机，黄帝才对她重视起来。再加上嫘祖的极力撮合，这位丑女最终成为了黄帝的次妃，后人都尊其为嫫母。

# 仓颉造字

在黄帝统治人间的时候，人类社会已经有了长足的发展。当时，黄帝手下有一个叫作仓颉的官员，非常聪明能干。黄帝将管理牲口和食物的事情都交给他，他总能做得井井有条。当时还没有文字，仓颉便想出了结绳记事的办法。他用不同颜色的绳子和不同的结来代表不同的牲口和食物，使所有人都能一目了然。

黄帝见仓颉如此能干，便将更多的事务交给他做。这样一来，要记录的事物越来越多，原来的结绳记事也就不再奏效了。后来，他又在绳子上画圈圈、挂贝壳，用以表示不同的事物。如此又用了很多年，但黄帝交给仓颉的事务每年都在增加，用不了多久，这种方法也会失去效用。怎么办呢？仓颉很想找到一种简洁明了且可用来记录复杂事物的方法，用来代替结绳记事。为此，他日思夜想，却始终没想出更有效的方法。

仓颉像

一天，仓颉跟随黄帝外出狩猎。在走到一个十字路口的时候，黄帝手下的人忽然争吵起来。有些人说要往这边走，有些人说要往那边追赶，一时间争论不下，队伍也就在此停了下来。仓颉不明白这些人为什么会出现意见分歧，就上前询问。原来，一伙人看到了老虎的脚印，就坚持追着老虎的脚印走；另一伙人看到了熊的脚印，就坚持追着熊的脚印走。听到这儿，仓颉已经无心再听他们争论下去，因为他想到了更重要的事。既然动物的脚印可以用来识别动物，那么为什么我不能创建一种符号来代表我所掌管的事务呢？

仓颉回到家中，将自己掌管的所有事务都摆在了眼前。他整整看了一个晚上，终于找到了一种非常形象的符号来代替它们。从此，他开始用各种符号来表示事物。这样一来，记录事物就方便多了，再也用不着那让人眼花缭乱的绳子和结圈了。他将自己最新的记录方法拿给黄帝看，黄帝大为赞赏。黄帝想，如果所有的事物都能用这种符号表示，那么以后人们的交流岂不是更方便了？于是，他命仓颉为所有事物都找到一个替代符号，并让所有的人都熟悉这些符号，以便日后的交流与应用。

仓颉意识到这是一项伟大而艰巨的任务，他四处观察、分析，创造出了很多符号。后来，他就将这种能够记录各种事物且用于人们交流的符号叫作字。经过长时间的观察，他已经能够用字表述很多事物。于是，他便在黄帝的支持下开始到各个部落推广，以便更多的人能够用文字进行记录和交流。有了文字，人们的交流确实更为畅通了，人们的生活也更加便利了。每到一个部落，仓颉都会受到当地人民的热烈欢迎，有些人甚至奉其为偶像。渐渐的，仓颉变得有些骄傲了，传授文字也不再像以前那样尽心尽力了。黄帝得知这种情况以后，就找来族里一位一百二十多岁的长者商量对策。长者让黄帝尽管放心，他自有办法让仓颉意识到自己的错误。

□古罗马神话彩图馆

从此，仓颉开始用各种符号来表示事物。

一天，黄帝正在一个部落中传授文字，这位长者也来到了他们中间。待仓颉讲完，所有的人都离去了，只有这位长者还坐在原地，迟迟不肯离去。仓颉不解其故，便上前问长者为何还不离开。长者说："先生，你造的字已经家喻户晓，可我年事已高，理解力差，有几个字我至今也没弄明白，你能不能再为我解释解释呢？"仓颉见这样一位老者都来向自己请教，很是高兴，便让老者尽管说出他的疑问。

长者说："马、驴、骡、牛都是四条腿的动物，可为什么你造的马、驴、骡字都有四条腿，而牛字却只有一条尾巴呢？"仓颉的笑容一下子僵在了那里，他没想到长者竟会问出这样的问题，一把抓住了他的漏洞。事实上，他最初在造字的时候，牛本来是用"鱼"字表示的，而"牛"字则是用来表示鱼的。不过他在传授的时候一时大意，将两者说颠倒了，所以才会出现这种无法解释的现象。

见仓颉不说话，老者又问："你造的'重'字，你解释说是有千里之远，可为什么在教读音的时候你却说是重量的'重'呢？还有你造的'出'字，你解释说是两座山和在一起，那本应是重量的'重'字，可为什么在教读音的时候你却说是出远门的'出'呢？"仓颉再也忍不住了，在长者面前，他只觉得无地自容。那些都是他马虎大意才留下的疏漏，如今全部被人揪出来，他这个文字发明者的面子往哪搁呢？他跪在长者面前忏悔，坦诚是自己的骄傲铸成了大错。

长者见仓颉已经知错，便劝仓颉说："仓颉啊！你造字的功劳是无人能够抹杀的，但你的任务还很艰巨，绝不能因为取得了一点儿成绩就骄傲，否则你的成就必将毁在你的骄傲之中。如今，那几个错字已经在各部落中传开了，你也无需再去纠正了，只要做好以后的造字、传播工作就行了。"仓颉连忙谢过老者。自那以后，仓颉再也不敢骄傲大意。在造任何一个字之前，他都要经过多次的查看和反复推敲。造出来之后，他也要找多个人进行评定。待大多数人都通过后，才将文字传播出去。

## 战神刑天

阪泉大战后，炎帝被黄帝打败，便率领着部众到南方暂居。当时，炎帝的部下大多不甘心就此屈于黄帝之下，纷纷劝说炎帝卷土重来，与黄帝再来一次生死较量。可炎帝却说："我来到人间是为人类造福的，可仅阪泉那一场大战，我便让无数生灵瞬间消亡。想到这些，我至今仍后悔不已。我绝不希望生灵再一次因我而惨遭涂炭，所以我绝不会再发起战争。"炎帝心意已决，无论忠臣怎样劝说，他都不作回应。

当蚩尤与黄帝大战的消息传来时，很多人都认为这是战胜黄帝的大好时机。在群臣之中，有一位无名的巨人，力大无穷，勇猛异常。他很想去参加这场战事，为炎帝报仇。可是炎帝却一再阻止他，不允许他去。最终，巨人没有成行，但那并不表示他已经放弃了攻打黄帝的想法。在得知蚩尤被黄帝斩杀以后，巨人再也坐不住了。他不顾炎帝的反对，一个人匆匆地踏上了征讨黄帝的复仇之路。

巨人十分勇猛，一路过关斩将，黄帝手下的武将没有一个是他的对手。当巨人冲到王宫中站在黄帝的面前时，连黄帝也觉得很诧异。他竟没有注意到炎帝手下还有这样一员猛将，可他毕竟是久经沙场的老将，即使内心有所波动，也不会轻易表现出来。他拿起武器从容应战，两个人从王宫里打到王宫外，又一路打杀到常羊山。常羊山是炎帝降生的地方，距黄帝的出生地也不远。因此，两个人到了常羊山，都别有一番感触，争斗得更为激烈。

巨人作为炎帝的手下，很为炎帝打抱不平。世界本应是炎帝的，可现在却被黄帝窃取了。他必须要夺回这原本属于炎帝的一切，让炎帝重新回到故土。黄帝看着自己的臣民过上了越来越幸福的生活，也不希望被其他人破坏。两个人越战越勇，都使出了浑身解数。可是激烈的争斗持续了几天，却始终没能分出胜负。黄帝有些着急，他想尽快结束战斗，便用了一计。

就在两个人打斗得不可开交时，黄帝忽然对着巨人的身后一喊："五虎将，还不快帮我拿下这个怪物！"巨人一分神，黄帝便迅速用剑削去了巨人的头颅。只听"扑通"一声，巨人硕大的头颅掉在了地上，将地面砸出了一个大坑。失去了头颅，巨人马上慌了神。他放下手中的兵器，用两只大手拼命地在地上寻找他的头颅。他摸到了大树，就将树枝折断；触到了岩石，就将岩石敲碎。地上被他弄得尘土飞扬，木石横飞。其不知巨人的头颅就在脚下。

黄帝有些害怕，如果让巨人捡回头颅，必定还会再来与他战斗。于是，他用力将常羊山分开，将巨人的头颅放入其中，然后再将常羊山封上。巨人的头颅被深深埋葬在了深山之中，这下巨人被彻底激怒了。他不再继续寻找头颅，而是重新拾起武器，以两个乳头为眼，肚脐为口，站起来继续战斗。无头的巨人看起来更加可怕，那两个乳头仿佛透露出凶光，肚脐也放射着怒火。黄帝不敢上前，一个人先走了。

无头巨人在常羊山继续战斗着。也正因为如此，他才有了一个新的名字，叫作刑天。因为战斗不止，后来，他又被封为战神。至今，刑天仍然不时出现在常羊山附近，手中挥舞着战斧，与看不见的敌人厮杀着。

*斧子是战神刑天的得力武器。*

## 祝融与共工

祝融本名叫黎，是一个氏族首领的儿子。他从出生时起就是一副红红的脸膛，就像火一样，但他的脾气也像火一样，动不动就火冒三丈。在燧人氏钻木取火以后，人们知道了火的用处。但当时的人们还不太会保存火和利用火，只有黎是个善于保管和利用火的高手。

共工的部众越来越少，七零八落留下一地尸体。

他能够用火做饭、取暖、照明、驱赶蚊虫猛兽等，也能够将火种长期保存起来。这在当时都是很了不起的本事，因此人们都很敬重他，并将族里保管火的重任交给了黎。

一次，黎的父亲带着整个氏族迁徙。由于长途跋涉，火种的保存非常不便，因此黎决定不带火种，只带钻木取火用的尖石头。走了一段时间，黎的父亲决定在一个地方暂作停留。黎奉命钻木取火，可他在一块木头上整整钻了三个小时，还是没见半点儿火星，只冒出了几股烟。本就是火爆脾气的黎气极了，将石头一把扔在了对面的石山上。这一扔倒帮了黎的大忙，只见石头摩擦石山顿时闪出了耀眼的火星。黎很受启发，他采来一些干芦花，用两块尖石头互相碰撞，溅出的火花落在干芦花上，很快就冒出了烟。黎再用嘴轻轻一吹，芦花里便燃起了火苗。一次意外的收获让黎发明了击石取火，自那以后，人们取火更为方便了，也不用再千方百计地保存火种了。

自发明击石取火以后，黎的名声大振。黄帝听说了黎的才能，亲自来邀请黎辅佐自己。黄帝对黎非常器重，让他专门管理火，并为他取了一个大名，叫作祝融。所谓祝，就是永远的意思；融，是光明之意。黄帝为黎取名祝融，就是希望他能够永远为人类带来光明。祝融受到黄帝的重用，一心想要报答黄帝。而事实上，他也确实为黄帝出了不少力。在黄帝大战蚩尤的时候，就是祝融用火攻击退了蚩尤。后来，在班师回朝的途中，黄帝将祝融留在了衡山，让他正式接管南方的事务。

祝融在南方驻守以后，教给当地居民很多用火的方法。他告诉人们用火来烧烤食物、煮饭做饭，教导人们用火来驱赶蚊虫、取暖照明。在祝融的指点下，当地人都吃上了熟食，赶走了寒冷，且不再像以前那样爱生病了。因为对火的充分利用，人们过上了好日子。当地的人们都很感激祝融，尊其为赤帝。后来，祝融成为了火神，仍旧负责火的管理。然而，百姓们对祝融的尊敬惹怒了另一位神灵，那就是水神共工。

共工是炎帝的后代，人面蛇身，长着一头红色的头发。共工的性情也很暴躁，只要他一发怒，就会发洪水，那里的百姓就要遭殃了。共工曾与颛顼争夺帝位，一怒之下撞毁了不周山。那不周山本是天地之间的支柱，被共工这么一撞，立刻坍塌下来。紧接着，天空开始向西北方倾倒，大地开始向东南方塌陷。自那以后，日月星辰便从东方升起、西方落下，大江大河里的水也都是一直向东流，最后汇入大海。

当共工得知人们对火神祝融非常崇敬以后，很是气不过。他是水神，地位并不比祝融低，可为什么百姓却只崇敬祝融而不崇敬他呢？为此，他找到祝融，要与你他一较高下。

祝融也是个火爆脾气，两个人没说几句话就打在了一起，可他们势均力敌，始终都没能分出胜负。但他们之间的仇怨却就此结下，以后只要一见面，就免不了要拔刀相向，这也是水火不容的原因。

## 美神瑶姬

炎帝有四个美丽可爱的女儿，其中尤以三女儿瑶姬最为美艳动人。女儿们一天天长大了，转眼就到了出嫁的年龄。大女儿无名女跟着赤松子私奔了；二女儿登入了仙界；四女儿虽未到出嫁的年龄但却性格豪放，整天跟着一群男人到处游荡。这样一来，炎帝身边就只剩下了三女儿瑶姬。瑶姬也是渴望爱情的，她常常会在梦中见到自己的王子。可是她还没有等到自己的王子，就已经香消玉殒了。

当大女儿与赤松子互生情愫时，炎帝曾强烈反对过他们的婚事，结果换来了永远失去女儿的结局。这件事让炎帝一直耿耿于怀，他告诉自己，绝不能在瑶姬的婚事上犯同样的错误。因此，瑶姬刚到婚嫁的年龄，炎帝就开始张罗她的婚事。当炎帝告诉瑶姬自己已经为她物色了一个理想的人选时，瑶姬却并不高兴。她不忍心离开年迈的父母，如今父母身边只剩下她一个人，如果她再离开，那么父母就没人照顾了。她不能这样，她必须留下来照顾父母，为此她宁愿终身不嫁。

看着懂事的女儿，炎帝心中很是安慰，但他绝不愿意看到女儿老死在自己身边，他必须为女儿的幸福着想。他与妻子一同劝说女儿，最终瑶姬含泪答应了父母为她安排的婚事。其实，炎帝为她挑选的人是不错的。他是少典氏巫师的孙子，同时也是炎帝的巫师。小伙子长得标致俊美，而且为人敦厚善良，充满了智慧却不含一丝奸诈。瑶姬如果真能嫁给他，应该也会获得幸福。不幸的是，这位美艳的佳人在即将成亲之时竟然一病不起，没过多久就香消玉殒了。

瑶姬的死给炎帝带来很大的打击，他很为自己这个命运多舛的女儿感到惋惜。他这个医药之神却对女儿的病无可奈何，这是最为让他懊恼的。也许真的是红颜薄命吧！炎帝整日处在对女儿的极度思念之中，衰老得更加迅速。天上的玉皇大帝得知了一切，他也很可怜这个美丽的女子。他不希望瑶姬死后变成孤魂野鬼，于是为她安排了一个理想的去处。玉皇大帝为瑶姬安排的去处就是巫山，而瑶姬因为整日眺望自己的父母，终于化为了那里的神女峰。她的侍女们也相继化为了附近的山峰，与神女峰一起形成了著名的巫山十二峰。

后来，在安葬瑶姬的巫山上，长满了奇花异草。其中，有一种瑶草，叶子双开，长起来重重叠叠，花色嫩黄，结的果实像菟丝。如果女子服食了这种果子，就会马上变得明艳照人，惹人喜爱。因此，人们都说这种瑶草是瑶姬的化身。瑶姬也被玉皇大帝封为美神和巫山女神。

除了上面的传说之外，还有另外一种说法。这里的瑶姬仍然美艳动人，只是换了个身份，变成了王母娘娘的小女儿。王母娘娘对这个小女儿极为宠爱，总是尽量满足她的一切要求。可是瑶姬却一点儿也不安分，这让王母娘娘很是头疼。她要绫罗绸缎，王母娘娘可

龙是中国神话中常见的一种吉祥物。

以给她；她要珠宝首饰，王母娘娘也可以给她。然而她对这些却全都不感兴趣，只是一心想到人间去。王母娘娘当然不会同意，就跟她说着人间的种种苦难，并让她亲眼见识到了那些受苦受难的人们。

自看过人间的苦难之后，瑶姬几天都没有说话。王母娘娘以为她被这些苦难吓住了，打消了去人间的念头。其不知瑶姬却在暗暗下着决心，一定要到人间去帮助那些受苦受难的人们。王母娘娘见瑶姬仍闹着下凡，以为她是春心荡漾，想要嫁人了。如果是那样，她倒不妨将计就计。她让瑶姬到东海龙宫去散散心，其实是在为东海龙王创造机会。东海龙王早就对瑶姬有意，也曾向王母娘娘提过亲，不过当时瑶姬还小，王母娘娘还想多留她两年，所以就一直拖了下来。眼下瑶姬已然到了婚嫁的年龄，这桩被压下去的婚事故而又浮现在王母娘娘的脑海之中。

东海龙王见瑶姬前来，忙热情地出门迎接。他带领瑶姬在龙宫里四处游荡，看得瑶姬眼花缭乱。最后，他还是忍不住向瑶姬示爱。瑶姬这时才知道自己上了当，愤而离开了龙宫。她没有回天上去，而是来到了人间。在巫山脚下，她停了下来。附近的百姓衣衫褴褛，正拖家带口地向外迁移。瑶姬刚想上前去询问是怎么回事，只见天上忽然出现了十二条孽龙，它们忽而放出闪电，忽而发出雷声，忽而又降下倾盆大雨，吓得百姓号叫连连。原来是这十二条孽龙在作怪，瑶姬本想上前去劝阻它们收手。可是这十二条孽龙见是一个小姑娘，都没当回事，继续兴风作浪。瑶姬真的被激怒了，她拔出头上的玉簪，向那十二条孽龙一挥，它们便全都倒了下去。

孽龙死后，风浪也随之停息，可是它们的尸体却化作了十二座大山，挡住了东去的江水，使得这里常常洪水泛滥。直到后来瑶姬帮助大禹劈山开峡，江水才流进了大海。瑶姬不忍离开这些苦难的百姓，就决定留下来帮助他们。后来，姐姐们下凡来劝瑶姬回去，可当见到瑶姬为百姓所做的一切后，又深受感动。于是，又有十一位姐姐陪瑶姬一起留了下来。她们化作了巫山十二峰，其中，处在最高位的神女峰就是瑶姬的化身。

## 精卫填海

炎帝的四个女儿个个美丽动人，但小女儿女娃却与她的三个姐姐不太一样。三个姐姐全都温柔似水，只有女娃性格豪放，像个男孩子一样。姐姐们平时很少出门，不是在花园中赏花，就是在闺房中刺绣。女娃却一点儿也受不了这种无聊的生活，总是吵着让炎帝带她出门。炎帝见女娃总是吵闹，心有不忍，也想带她出去开开眼界，可是他太过繁忙，总是有忙不完的事，因此也一直没有机会带女娃出去。

女娃被憋坏了，她不能再继续等下去了。既然父亲没有时间带她出门，那她就自己出去。女娲生来就是一副天不怕地不怕的样子，从不畏惧什么危险。这天，女娲在炎帝出门以后，就悄悄溜出了家门。出来的女娲如重获自由的小鸟，她高兴地唱呀、跳呀，尽情欣赏着大自然的美景。在她看来，外面的一切都是好的，哪怕只是一棵微不足道的小草，也要比家中的更娇嫩可爱。她高兴极了，好像她以前还从来没有这样高兴过。晚上，她准备早点回到家中，她还不想这么快就被父亲发现。

尝到一次甜头的女娃开始上了瘾，每天都要往外跑。渐渐的，她在外面也结识了一些好朋友，这就让她更加留恋外面的花花世界。可是每天跑出去再跑回家实在是很累，有一天，她玩得实在太尽兴了，就忘记了回家的时间。当她想起来的时候，已经快要天亮了。反正已经如此，那就干脆等早上回去吧！炎帝一晚不见女娃，很是着急。当他看到女娃的时候，先是狠狠责备了她一通，接着又开始

对于从未出门的女娃来说，大自然的景色是那么地美，哪怕只是一棵微不足道的小草，也要比家中的更美。

盘问她去了哪里。女娃就将自己在外面的所见所闻全都说给父亲听，炎帝见女儿最近精神确实愉悦了不少，而且出去也没有闯祸，就默许了她的外出，只是一再嘱咐她要小心，并且每隔一段时间一定要回家一趟。

得到父亲应允的女娃更加乐不思归，常常一个多月或是更长的时间才回家一趟。开始，炎帝还抱怨女儿心太野，连他这个父亲都快忘了，可时间一长，也渐渐习以为常了。女娃跟着她的朋友们到处游荡，去了很多好玩的地方，见了很多好看的风景。当女娃听说在东海泛舟其乐无穷的时候，就要前往东海。朋友们都劝她说东海多风浪，在上面泛舟很危险。可是女娃才不怕呢！只要是她想做的事情，就没有任何困难能够拦住她。

女娃孤身一人前往东海。眼下的东海风平浪静，哪有什么危险？朋友们真是太过胆小了。女娃心里暗自嘲笑着她的那群朋友，想着回去后一定要挖苦他们一番。她找来一叶扁舟，开始了她的东海之旅。微微的海风轻轻吹拂着女娃的面庞，轻轻的海浪柔柔地拍打着她的扁舟，女娃觉得惬意极了。她真为朋友们错过这次东海之旅而感到遗憾。就在这时，原本平静的海面忽然起了狂风，海风顿时变得尖锐起来，海浪也马上变成了凶狠的恶魔，要把这个涉世未深的小女孩全部吞没。女娃拼命地划着桨，想要摆脱海浪的束缚，可是她终于还是没能斗得过无情的大海。一个年轻的生命就这样被吞噬了，而大海似乎也得到了安慰，很快恢复了平静。

几天之后，在东海之中飞出了一只小鸟，而它破浪而出的海域就是女娃遇难的海域。其实，这只小鸟就是女娃的英魂幻化而成的，它的名字叫作精卫。精卫飞出东海后，在长满拓木林的发鸠山上安了家。每天，它都会衔着发鸠山上的拓木枝飞向东海，并将拓木枝投入东海之中。日复一日，年复一年，精卫不知疲倦地往返于发鸠山和东海之间，从来都

没有停歇过。无论是狂风暴雨，还是雷鸣闪电，都阻挡不了精卫的行程。它只有一个信念，那就是一定要将那罪恶的东海填平。哪怕付出再大的代价，它也不会罢手。

就这样一直过了很多年，东海终于被精卫的行为惹怒了。这天，当精卫又将从发鸠山衔来的拓木枝投向它的怀抱中时，它愤怒地责问精卫："你究竟要干什么？你这只疯鸟！"精卫不屑地说："我要将你填平。"东海惊讶地说："将我填平？你为什么如此恨我？再说你也根本不可能将我填平，还是省省力气吧！"精卫坚定地说："你已经吞噬了我年轻的生命，我不能让你再害更多的人，所以我必须将你填平。哪怕就是填上一千万年，一万万年，直到世界末日来临，我也要继续填下去。"东海被精卫说得目瞪口呆，口中念着："这只鸟真是疯了！"随后便转身离开了。

**精卫填海**

精卫仍然每天衔着拓木枝来填东海。一天，它的行为被海燕看到了。海燕对精卫的做法很是不解，就飞下来问精卫为何要这样做。在得知精卫填海的原因以后，海燕非常感动。不久，它便与精卫结成了夫妻，并生下了许多小海燕和小精卫。小精卫们和他们的妈妈一起衔枝填海，直到今天，他们也仍然在做这项伟大的工作。

## 颛顼和重黎

颛顼是黄帝的孙子，自幼聪明，十岁时便能参与国政的治理。因其十分贤能，故深得黄帝的喜爱。黄帝死后，就将帝位传给了他。继位之时，他才不过是年仅二十岁的青年。在颛顼继位之初，首先进行了一次重要的宗教改革。当时被黄帝征服的九黎族不敬奉上天，而是一心从事巫蛊活动。为此，颛顼刚一继位便下令禁绝巫教，要求九黎族人必须遵从黄帝族的教化，从而为自己树立了威信。

在黄帝统治时期，颛顼被封于北方，因此对北方有一种特别的感情。在继位之后，他仍然念念不忘自己的北方。因此，他下令将日月星辰全部固定在北方的上空，使它们永远照耀着北方的人民。可这样一来，就给东方、南方和西方诸国的百姓带来了极大的不便。人们整日生活在黑暗之中，内心十分压抑。可颛顼管不了那么多，只要北方一片光明，他就可以心安理得地坐享中宫。当然，这一近乎荒唐的做法后来被废止了，日月星辰又回到了原来的运行轨道，照耀着各方人民。

颛顼有两个得力的助手，一个叫重，一个叫黎。重和黎都是有名的大力士，天上人间都找不出他们的对手。当时，天上和人间还是相通的。天神们可以随意下凡，人们也可以随时到天上去。也就是说，无论是神还是人，都可以自由往返于天地之间。起初，人类较少，对天神的影响较小。后来，人类逐渐增多，他们动不动就跑到天上去游玩一圈，且对天神也不再像以往那样敬畏，这就给管理者制造了很大的麻烦。为了解决这个问题，让人们重新对天神敬畏起来，颛顼决定将天和地隔绝开来，使人们无法再到天上来。

颛顼知道，要将天与地分隔开来，只有重和黎才能做到。他将重和黎叫到身边，将自己的想法告诉了他们。重和黎当即表示支持，并非常愿意承担此项任务。两人分好了工，便开始行动起来。重负责用力向上托天，黎负责用力向下按地。在两个大力士的努力下，天和地的距离越来越远。直到天与地的高度已经足够阻断天上人间的往来，重和黎才收了手。自重、黎割断天上人间的往来以后，他们也不能再在天地间自由来去了。因此，负责托天的重就专门管理天，负责按地的黎则专门管理地。当然，这种割断其实仅仅是对人的限制。自天地分割开以后，人再也无法到天上去了，而神则还是可以到凡间去。这也使得天神更加高高在上，人们对天神也恢复了往日的崇敬。

在颛顼统治期间，西北方的黄河水怪作乱人间，搅得附近的百姓不得安宁。颛顼听说这件事后，就派人前去降服水怪，可是不知道是黄河水怪本领太高还是颛顼派去的人不中用，几年过去了，黄河水怪仍然在黄河兴风作浪。百姓们苦不堪言，纷纷请求颛顼帮助他们除掉水怪。颛顼本没把这件事放在心上，可如今他也不能忽视了。他决定亲自到黄河去会会这个水怪，看看它究竟有多大的本事。

在黄河边，颛顼遇到了黄河水怪。水怪似乎看透了颛顼的来意，眼睛放射出凶光。颛顼正想会会黄河水怪，没想到这么快就碰上了。四目相对了一会儿，颛顼与黄河水怪便扭打在了一起。让颛顼没有想到的是，黄河水怪神通广大，他拼劲了全力与其激战了九九八十一天仍然不分胜负。颛顼知道他不能再这样打下去了，否则只会两败俱伤。他借机逃到了天上，找到女娲帮忙。女娲将天王宝剑交给他，并将使用方法传授给了他。有了天王宝剑，颛顼很快制服了黄河水怪，并杀死了他。人们都很感激颛顼，从而更加尊敬他了。

自重黎割断天上人间的往来以后，他们再也不能再在天地间自由来去了。这使得人们对天有一种敬畏心理。

# 高辛王帝喾

帝喾是黄帝的曾孙，颛顼在位的时候，他是颛顼的得力助手。因为辅佐颛顼有功，颛顼在退位的时候，就将帝位传给了他。帝喾自幼聪颖好学，十五岁便开始辅佐颛顼，三十岁继承帝位。当时，颛顼将高辛封给了他。在帝喾继位之后，因其曾被封于高辛，故被人们称为高辛王。帝喾是一位很有才能的君王，统治天下七十年。在此期间，天下太平，百姓安乐。他的子孙中也有很多贤明之人，如后稷、尧、契、挚等。

帝喾有四个妃子，她们都为帝喾生育了子女。长妃姜嫄是邰国国君的女儿，她为帝喾

379

帝女给可爱的小狗喂食。

生育了后稷。相传姜嫄还没有嫁给帝喾的时候，一次外出游玩，因为踏上了巨人的足印而有了身孕。姜嫄的家人得知后，都对此事极为懊恼。孩子出生以后，他们就将孩子抛到了荒郊野外。姜嫄不放心，偷偷去查看，发现自己的孩子非但没有饿死，而且还被各种飞禽走兽照顾得很好。于是，姜嫄就将孩子抱回了家。此后，这个孩子又被抛弃了很多次，但每一次都能平安回到姜嫄的身边。因此，姜嫄为他取名为弃。直到帝喾遇到姜嫄，他知道这个孩子绝非一般的凡夫俗子，就主动要求做孩子的父亲。就这样，姜嫄嫁给了帝喾，弃也就成为了帝喾的儿子。弃长大之后，很喜欢农耕，他教人种植五谷，故被人们尊为后稷，成为了周民族的祖先。

帝喾的次妃简狄是有娀国国君的女儿，她为帝喾生了契。相传简狄在娘家的时候，曾吞吃了一只燕子的卵，结果回来后就怀了孕。简狄怀孕生下的这个孩子就是契，他后来成为了商族的祖先。三妃庆都是大帝的女儿，其头上总是覆盖着一朵黄云，因此被认为是奇女。帝喾的母亲听说后，就劝说帝喾娶此女为妻。帝喾听从了母亲的劝告，纳庆都为妃。庆都后来为帝喾生育了尧。四妃常仪是最美丽动人的，很受帝喾的宠爱。她为帝喾生育了一儿一女，儿子名为挚，女儿名为帝女。挚后来继承了帝喾的地位，在其退位后，又将帝位传给了尧。

帝喾在位期间很少征战，只与房王交战过一次。在帝喾的四个妃子中，常仪是最受宠爱的，帝喾走到哪里都喜欢带着她。一次，帝喾带着常仪和他们的女儿帝女到南方巡游，不巧在云梦大泽遇到了房王作乱。当时，帝喾身边有一条叫作盘瓠的金狗，十分有灵性。说到这条狗，它的来历还颇为传奇。据说这条狗是从帝喾耳朵里挖出的一条金虫变成的，因为金光闪闪，长相可爱，帝喾十分喜欢它。帝喾几乎走到哪里都要将盘瓠带在身边，这次南巡，盘瓠也跟随在帝喾的身边。

回过头来再说帝喾与房王的战事。房王十分狡猾，手下的武士也十分勇猛，帝喾多次出兵都未能将其制服。交战以来，双方一直处于焦灼状态，未能分出胜负。眼见自己的将士一个个倒下，帝喾非常着急，可一时他又想不到什么克敌制胜的好办法。无奈，他发布悬赏，称只要能够取来房王的头颅，就将自己的女儿帝女嫁给他。悬赏一出，确实有很多人蠢蠢欲动，但房王的人头毕竟不是那么好拿的，因此也没有人敢贸然行动。

就在帝喾整日为与房王的战事苦恼不已之时，却忽然发现盘瓠不见了。原来，盘瓠已经远赴房王的军营，它要取下房王的人头交给帝喾。来到房王的军营，可爱的盘瓠很快就让房王喜欢上了它。房王觉得连帝喾的狗都来投靠他，帝喾是必败无疑了，于是与军士们一起欢庆胜利。房王对盘瓠毫无防备，晚上还让盘瓠与自己睡在一起。趁房王睡熟的时候，盘瓠趁机咬下房王的头颅，拔腿就跑。军士们见状连忙上前追赶，追到大海边，盘瓠忽然变成了一条龙，飞过了大海。军士们追赶不上，只好垂头丧气地回去了。

帝喾正在召集群臣商议对付房王的策略，忽然看到盘瓠叼着房王的头跑了进来。帝喾大喜，忙让人准备了很多好吃的给盘瓠。可是盘瓠却什么都不肯吃，只是独自躲在一个角落里，闷不做声。帝喾不明白盘瓠为何会如此反常，它该不会是怪自己没有兑现诺言吧！这天，他走到盘瓠身边，俯下身轻轻抚摸着盘瓠，问道："盘瓠啊，你为什么不肯吃东西呢？难倒是在怪我没能兑现诺言，没有将帝女许配给你吗？"盘瓠抬起头来，看了看帝喾。帝喾又接着说道："盘瓠啊，你千万不要怪我。并非是我不想兑现诺言，只是你是一条狗，你与我的女儿又如何能够相配呢？"这时，盘瓠忽然开口说话了，它对帝喾说："这个您不必担心，只要您将我罩在金钟下七天，我就会化为人形。"帝喾照做了。

帝女听说以后，对盘瓠会化为人形的事很是好奇。在盘瓠被罩在金钟后的第六天，帝女来到金钟前。她很想知道里面发生了什么，想看看盘瓠是不是真的化为了人形。忍不住好奇心的驱使，她偷偷地将金钟掀起了一角，向里面望去。只见里面的盘瓠确实已经蜕变成人身，只是头还没有蜕变，仍然是狗头。帝女很想马上盖上金钟，可是已经来不及了。金钟既然已经被打开，就已经盖不上了。盘瓠只能是狗头人身了。

帝喾看到盘瓠变成如此模样，有些不愿意将女儿嫁给他。但帝女自从偷打开金钟后一直都很自责，她觉得是自己害盘瓠变成这样的，因此她愿意嫁给盘瓠。既然女儿愿意，做父亲的当然要成全。可是这样的两个人要公开举行婚礼岂不是要被人笑掉大牙，这该如何是好呢？后来，帝喾想到了一条妙计。他让帝女戴上狗头面具与盘瓠拜堂，这样就不会露出破绽了。

帝喾为盘瓠和帝女举行了隆重的婚礼，婚后，盘瓠就带着帝女到深山中隐居。从此，他们便一直在山中过着幸福且快乐的生活。

## 玄鸟生商

在远古时候，有熊氏有两个十分美丽的女儿。姐姐叫简狄，妹妹叫建疵。有熊氏十分宠爱这两个女儿，总是竭尽所能去满足她们的一切要求，为了让两个女儿生活得更好，同时也为了显示她们的尊贵，有熊氏还专门为两姐妹建造了一座九层高的台阁，让两个女儿住在里面。姐妹俩的感情也非常好，总是形影不离，就是吃饭和睡觉也都要在一起。看着两个女儿生活得这样快乐，有熊氏很欣慰。

女儿总是要嫁人的，尽管有熊氏很舍不得，但自己毕竟不能陪伴她们一生，他要在他尚有能力之时为两个女儿都找到好的归宿。父亲舍不得女儿，女儿也同样舍不得父亲。简狄和建疵很留恋与父亲在一起的生活，而且她们姐妹两个人也分不开，所以她们都不愿意嫁人。每当有人上门提亲，她们总是找各种理由将对方打发掉。有熊氏很是无奈，不过好在两个女儿的年纪还都不大，把她们留在身边陪自己几年也好。

有一天，姐妹俩在台阁上玩耍，忽然见到天空中飞过一只美丽异常的燕子。姐妹俩很是喜爱，就想把燕子抓起来留在身边。也许是燕子听到了她们的心声，它在台阁的上空盘旋几圈之后，竟落在了台阁的上面。姐妹俩高兴坏了，都小心翼翼地靠近燕子，想要趁燕子不备时将其抓获。其实燕子一点儿想要躲避她们的意思都没有，眼见她们一点点靠近，它也没有飞走，仍然一动不动地停留在原地。就这样，姐妹俩很轻松地抓获了燕子。

姐妹俩小心翼翼地将燕子放进了笼子，然后找来很多好吃的喂燕子。可奇怪的是，这只燕子什么也不吃，自打进了笼子以后，就一直趴在那里。姐妹俩很着急，为什么燕子不吃东西呢？该不会是生病了吧！妹妹提议去找医生看看，姐姐同意了。她们想打开笼子取出燕子，可就在笼子被打开的一刹那，燕子腾的一下飞出了笼子，向着远方飞去了。姐妹俩想要追赶，可她们哪里追得上燕子呢？

燕子飞走了，姐妹俩都很伤心。当她们再次回到台阁上时，却发现原来装燕子的笼子里面有两个鸟蛋。姐姐简狄拿过鸟蛋反复摆弄着，她忽然想尝尝鸟蛋的味道，就分给妹妹一个，自己尝了其中的一个。妹妹建疵不想吃，把鸟蛋都给了姐姐。就这样，简狄将两个鸟蛋都吞进了肚子里面。晚上，简狄开始觉得身体不舒服。建疵认为一定是白天吃鸟蛋吃坏了肚子，就让医生来查看。而医生的诊断结果却让所有人都大吃一惊。原来，简狄并没有生病，她只是有了身孕。

简狄无故受孕的消息不胫而走，这让有熊氏感到十分为难。在那个时候，女子未婚先孕是被大多数人所不容的，这就意味着简狄以后将很难找到婆家，即使有人肯娶她，她也必定不会幸福。简狄倒是很想得开，既然燕子赐给自己一个孩子，那她就要好好地将孩子带大。就算没有人肯娶她，她也可以一个人生活。女儿的坚强总算让父亲感到一丝安慰，可是为什么上天要这样对自己的女儿呢？如果这个孩子是天神所赐，那就应该让其拥有一个好的父亲，否则他的成长该是多么艰难啊！

简狄受孕后不久，帝喾来拜访有熊氏。在得知简狄因玄鸟而受孕以后，帝喾二话没说，当即表示愿意娶简狄为妻。帝喾对有熊氏说："简狄受孕是神的旨意，她肚里面的孩子必将不同凡响，如果您不嫌弃，就将您的女儿嫁给我，让我做孩子的父亲吧！"有熊氏自然是喜不胜收，当即答应了这门亲事。就这样，简狄成为了帝喾的妃子。足月后，她为帝喾生下了一个男孩，取名为契。契后来成为了殷人的始祖，因其是玄鸟致孕所生，故也被称为玄王。

## 夸父追日

很久很久以前，在北方高大的群山之间，生活着一支巨人族。他们有着高大的身材、强健的体魄和勇敢无畏的精神。这些巨人虽然个个力大无穷，但他们却从不欺凌弱者，更不会侵犯他族的领地。他们只是安安分分地在大山中过着他们自己的生活，清苦乏味却也逍遥自在。

巨人的首领是一个名为夸父的巨人。在众巨人之中，夸父是力量最大、勇气最佳的一个，且他又是幽冥之神"后土"的孙子，因此族人们都推举他为首领。也正是因为夸父的原因，这支巨人族又被称为夸父族。作为部族的首领，夸父有什么事都是抢在前面，遇到危险也总是冲在前面。他最大的心愿就是让他的族人过上幸福无忧的生活，为此，他不懈地努力着，哪怕是付出再大的代价，他也心甘情愿。

山林里的毒蛇猛兽很多，族人们常常受到它们的侵袭。夸父就带领族里的青年去擒获它们，如果捕到大的猎物，族人们还可以美餐一顿。山中

夸父逐日

有一种凶恶的黄蛇，总是趁人不备袭击族人。夸父想到了一种捕捉黄蛇的好办法，捕获了大量的黄蛇，以至于黄蛇看见他都不敢上前了。他将捕到的黄蛇做成饰物，挂在自己的两只耳朵上。对于刚刚捕到的黄蛇，他也会拿在手上挥舞，向其他黄蛇示威。

北方的冬天异常寒冷，每年的冬天，都是巨人们最难熬的一段时间。这年的冬天比往年更加寒冷，有些族人支持不住，接连被冻死了。看着族人们因寒冷而死去，夸父非常难过。他整整整晚地睡不着觉，他在想如何才能帮助大家对抗寒冷呢？后来，他想到了一个好办法，那就是把太阳永远留在北方。冬天之所以寒冷，是因为太阳到南方去了。如果让太阳一直留在北方，那么这里就会一直像夏天一样，他的族人就不会被冻死了。想到这儿，他产生了一个近乎疯狂的想法——追赶太阳。

夸父追日的设想在族中传开以后，族人们纷纷前来劝阻夸父。尽管族人们也已经厌倦了寒冷之苦，但他们更不愿意他们的首领去冒险。太阳那么遥远，夸父即使体力再好，又如何能追得上呢？再说太阳就像一个大火球，任何靠近它的东西都会被烤焦。就算夸父真能追上它，又怎么可能靠近它呢？面对族人诚恳的劝说，夸父显得非常平静。他追日的决心早已下定，绝不可能更改。为了族人的幸福，他必须要去。就算自己中途累死或者被太阳烤死，他也一定要去。

族人们见劝说无效，只得默默地为夸父准备行装和口粮。分别的那天，族人们都流下了伤心的眼泪，他们仿佛已经预料到他们的首领不会再回来了。与族人的沉默相比，夸父倒显得信心满满。他告别了族人，就踏上了他的追日征程。为了早一天追到太阳，早一日让他的族人摆脱寒冷，他日夜不停地追赶。族人给他带的口粮很快就吃光了，于是他就就地取材，碰到有什么可吃的就吃什么，实在找不到吃的东西就饿着肚子赶路。

眼见着离太阳越来越近了，夸父也越来越有信心。可是离太阳越近，天气就越炎热，地里的作物就越少。饥饿的问题倒不是大问题，关键是口渴难耐。他跑到黄河边，一口气喝干了黄河水，可还是没有解渴。他又跑到渭河边，一口气喝干了渭河水，仍然没能止住

383

干渴。他继续向北方的大泽跑去,跑着跑着,他忽然倒在了地上。这次倒下,夸父再也没能起来。他已经太过劳累了,如今又这样干渴,所以他支持不住了。

夸父没能追到太阳,但他却是族人的骄傲和榜样。在他临死的前一刻,他还想着自己的族人。他将手中的木杖扔了出去,木杖所落之处立即生出了一片葱郁的桃林。这片桃林终年繁盛,为所有路过之人解除干渴。此后,再没有人在这里因饥渴而死了,这都是夸父的功劳。

## 丹朱化鸟

尧有十个儿子,这十个儿子脾性各不相同,尤以大儿子丹朱与尧的差异最大,也是最不让尧省心的一个。尧是有名的贤德君主,将国家治理得井井有条。可是他的大儿子丹朱却与尧完全不同,不仅丝毫不体察百姓的疾苦,而且还骄横暴虐,任性妄为。对于这个儿子,尧也是异常苦恼。虽然对其多次教化,但却毫无用处。丹朱仍然我行我素,想干什么就干什么。把他逼急了,他就甩手走人,甚至还曾用言语顶撞过尧。

丹朱喜欢和朋友们四处游玩。尽管父亲不让他到处乱走,但他还是有办法悄悄溜出来。尧忙于政事,总不能天天看着他,也只好由他去了。每次出门,丹朱都要带上大量的随从供他差使。他的脾气很差,只要有一点儿不顺心的地方就迁怒于人,虐待随从们。随从们受尽了屈辱,但却敢怒而不敢言。即使在家里的时候,丹朱对随从们也是想打就打,想骂就骂,有时他还会想出一些歪点子来折腾随从们。

看到丹朱如此任性妄为,他的弟弟们都对其很不满。每当弟弟们对他提出异议,他总要以自己的身份来压制他们。可是弟弟们对这个哥哥早就已经没有丝毫的尊敬,因此全都不服他的管教。为此,兄弟之间常常出现纷争,彼此的关系颇为紧张。尧看在眼里,急在心里。他希望找到一种可以改变丹朱性情的方法,后来,他发明了围棋。开始的时候,丹朱确实被这个新鲜的玩意儿吸引住了,可没过多久,他就失去了兴趣。他觉得还是和朋友们一起四处游荡最开心,所以又出了家门。

尧对丹朱已经彻底失去了信心,他自认自己已经管教不了这个儿子了,所以也就放任不管了。作为尧的长子,丹朱是王位理所当然的继承者。可是他又怎么能担当如此重任呢?尧已经暗下决心,待其退位之后,便将王位传给贤能的舜。但他也知道,丹朱必然会不服气。为了防止他寻衅滋事,他将丹朱放逐到了南方的丹水去做诸侯。对于这样的安排,丹朱当然很不痛快。但此时以他的

**壁画中宁静的尧舜时代**
《史记》载,舜在 20 岁时就以孝闻名。30 岁时,尧询问可用的人才,四岳诸侯都推荐舜。经过一番长期的考察,尧对舜很满意,就把帝位禅让给了舜。

能力，还不足以与他的父亲对抗，所以也只能收拾行李去往南方。

在途经中原的时候，丹朱在一个叫作三苗的部族停留了数日。这个部族的首领与丹朱的关系很好，他们很为丹朱打抱不平，于是决定发动政变，替丹朱争回王位。得知三苗叛乱的消息后，尧并没有慌张，更没想过要放弃自己的政治主张。他亲自率领军队平定三苗的叛乱，取得了绝对性的胜利。三苗的部众残余打了败仗，再也无法在中原立足，就跟随丹朱一同到南方的丹水定居下来。

**尧帝像**

在丹水养精蓄锐多日，丹朱与三苗首领决定卷土重来。于是，一支以丹朱为首的军队成立了，他们决定择日进攻中原，推翻尧的统治。没想到事情败露，消息不胫而走，传到了尧的耳朵里。他再次带领大军出征，以平定南方的叛乱。尧的到来有些突然，当时丹朱和三苗的军队还没有做好准备。不过丹朱的军队长期生活在水边，善于水战，而尧的军队则要逊色一些。因此，在起初的交战中，尧的军队不仅没有占据上风，而且还打了败仗，损兵折将。

尧命令大军退后稍作休整，以便他思考退敌之策。既然他的水军不占优势，那就先从陆上进攻吧！三苗的军队是抵不过尧所率领的军队的。如果能率先攻下三苗的军队，那么三苗与丹朱的联盟就宣布破灭，这样再去攻打丹朱就容易多了。在与三苗的对抗大获全胜以后，尧又设计击败了丹朱的水军。叛乱再一次被平定了，尧满意地带着军队回到了中原。虽然他没能擒获丹朱，但这也未尝不是一个好结果。他也不希望亲手斩下儿子的头颅，就算再不成器，也毕竟是自己的儿子，做父亲的还是心有不忍。

丹朱大败以后，带着剩余的部众逃到了南海。此时的他已经无颜再活在人世，便跳到南海中自杀了。死后，他的灵魂变成了一只鸟。这种鸟有着猫头鹰的外形和好似人手的脚爪，后人为它取名为朱。据说朱鸟停留的地方，必有人要遭到放逐。至于他的子孙后代，则在南海附近聚集成了一个国家，名为讙头国。讙头国的人长相怪异，他们虽有着人类的脸庞，却长着一张鸟嘴。他们的背上长有一对翅膀，但却只是摆设，不能用来飞翔。讙头国的不远处，是三苗族后裔聚集的三苗国。三苗国的人也生有一对翅膀，只是长在腋下，且非常小，也不能用来飞行。

## 湘妃竹

舜帝有两位妻子，娥皇和女英，她们都是尧帝的女儿。在尧晚年的时候，他就开始物色自己的接班人。后来，他选中了德才兼备的舜，并把自己的两个女儿都嫁给了舜。舜继承帝位之后，励精图治，将国家治理得井井有条。对待两位夫人，舜也是礼遇有加，与她们相敬如宾。同样，娥皇和女英也深受尧和舜的影响，既能够勤俭持家，又能够体恤百姓的疾苦。她们的美德被人们广泛传颂，受到了人们的尊敬和爱戴。

**娥皇和女英**

在舜晚年的时候，南方的九嶷山出现了九条恶龙。它们常常到湘江戏水玩乐，每次都要弄得翻天覆地，使得洪水泛滥，百姓农田被淹，房屋被毁。舜不忍看到那里的百姓受苦，就决定亲自前往九嶷山惩治恶龙，解除百姓之苦。娥皇和女英听说丈夫要远走他乡，虽然心有不舍，但也不愿百姓再受苦受难，所以就要求陪同舜一起去。舜断然拒绝了她们的提议，说那里山高林密，充满了危险，说什么也不肯带她们一起去。无奈，娥皇和女英只好留在家中等待。

时间一天天过去了，娥皇和女英始终没能等来凯旋的舜。姐妹俩越来越担心，越来越着急，最后还是姐姐提议："与其在家中苦等，倒不如前去寻找夫君。"妹妹当即表示同意。姐妹俩简单收拾了行装，就向着九嶷山的方向出发了。

经过艰难的长途跋涉，娥皇和女英终于来到了九嶷山。虽然她们知道自己的丈夫就在这里，可是此刻，她们却没有一丝一毫的轻松。相反，姐妹俩都有一种不祥的预感。她们在九嶷山苦苦找寻着她们的丈夫，几乎寻遍了九嶷山的每一寸土地，却始终都未能发现丈夫的身影。疲惫不堪的两姐妹顾不上休息，她们不能就这样放弃，就算丈夫真的遭遇什么不测，她们也必须见到丈夫的尸首才肯罢休。

一天，姐妹俩来到一个名为三峰石的地方。在那里，她们见到了一座雄伟的坟墓。坟墓的四周有翠竹，墓身都是用珍珠和贝壳垒成的。看到这座坟墓，姐妹俩都流下了泪水，她们仿佛已经预感到了什么，但她们还是不愿相信。她们找来附近的乡亲，询问墓的来历。乡亲们站在墓前，哽咽着说出了墓的来历："这座墓是我们最英明的君主舜帝的，他带领着军队千里迢迢从北方赶来，帮助我们除去了作恶多端的九条恶龙，但是他却因为过度劳累，病死在这里了。这里的人们过上了安乐的生活，这多亏了舜帝的帮助。乡亲们感念舜帝的恩惠，就为他修建了这座墓。九嶷山上的仙鹤也很为舜帝感动，它们日夜不停地衔来珍珠和贝壳，所以才有了这座珍珠墓。"

听完乡亲的话，姐妹俩当即放声大哭。乡亲们在得知姐妹二人的真实身份后，纷纷邀请她们到家中做客。可是娥皇和女英已经被巨大的悲痛击倒，她们谢过乡亲们的好意，日夜守护着丈夫的坟墓。在丈夫坟前，她们不停地哭，哭得感天动地、荡气回肠。她们的泪水洒遍了九嶷山的每一棵翠竹，并在翠竹上留下了斑斑印记。后来，这些翠竹就被人们称为湘妃竹。娥皇和女英由于过度思念丈夫，不愿在世上独活，于是便投湘江水自尽了。死后，她们被封为湘水女神，人们将她们称为"湘妃"或"湘夫人"。

# 大禹治水

尧在位的时候，黄河流域洪水泛滥，老百姓房屋被淹，庄稼被毁，不得已纷纷前往高处。可这样一来，又不方便生产和生活。尧非常着急，于是召开部落联盟首领大会，请大家推举一位可以治水的人。众首领纷纷推荐黄帝的孙子鲧，认为鲧必可治好水患。尧采纳了众首领的建议，让鲧去治理洪水。

鲧早就想为黄河流域的百姓做些什么，这次机会来了，他一定要让百姓们重新过上好日子。起初，鲧采取筑堤修坝的方法来围堵洪水。然而这种方法只适合于一般规模的洪水，黄河流域的洪水极为猛烈，修好的堤坝屡遭毁坏。因此，鲧用了九年的时间也没能将洪水治好。后来，鲧想到了天上的息壤，那是一团能够无限膨胀、生长不息的泥土。如果能用息壤来堵截洪水，必定会获得成功。不过息壤藏在天国的宝库之中，门前有三头神犬看守，并不是轻易可以获得的。于是，鲧使了个障眼法，骗过了三头神犬，这才盗得了息壤。

息壤果然名不虚传，它瞬间便化为了万里长堤，将洪水死死地堵截在外。洪水被治住了，平原又回到了百姓的手中，他们又可以在上面耕种了。看着百姓高兴地在田地里忙来忙去，鲧感到由衷的欣慰。可是他自己也知道，息壤被盗的事迟早会被发现，而自己也难以逃脱被严惩的命运。但他没有想到的是，这一切都来得太快了。天帝很快发现了息壤被盗的事，命火神处死了鲧，并收回了息壤。鲧死了，洪水又来了，人们痛苦不已，既是为死去的鲧，也为苦命的自己。

也许是不甘心就这样死去，鲧的尸体在其死后三年还没有腐烂。更为神奇的是，这具尸体里还孕育着一个新生命。消息传到天上，天帝生怕生出什么事端，就让火神将鲧分尸。火神一刀下去，新生命诞生了。这就是禹，他来到人间就是要完成父亲未完成的事业的。而鲧的尸体则在此刻化为一条黄龙，纵身跃下了深渊。

待禹长大成人之后，舜已经继承了尧的王位。舜认为禹是一位有才能的人，就让禹接替其父亲继续治理黄河的水患。同鲧相比，禹要聪明得多。他改进了父亲的治水方法，采用疏导的方法，因势利导地治理水患。他到处勘察地形，测量水势，把全部的心思都花在了治水上。直到三十多岁，他还未成家。后来，终于有人肯嫁给他了。但在新婚的第三天，他就匆匆忙忙地离开了家，跑去治水了。在治水期间，他曾三次经过自家的门口。无论是妻子生病，还是妻子怀孕，抑或是孩子出生，他都没有到家中停留片刻。经过十年的艰苦努力，他终于成功治理了黄河的水

**大禹陵**

相传大禹治水时，开通了九大山脉的道路，疏导了九条河流，筑好了九大湖泊的堤防，使人民不再罹水患，天下于是大治。

患，为附近的百姓解决了最大的困难。

在大禹治水的过程中，得到了两个人的帮助。如果没有这两个人，大禹治水未必会成功，或者说他的成功要付出更大的代价、花费更多的时间。这两个至关重要的人就是河伯和瑶姬。

河伯本名冯夷，是一个一心想要成仙的人。他听人说只要喝上一百天水仙花的汁液，就可以成为仙体。于是，他就到处寻找水仙花。转眼间，九十九天过去了，就剩下最后一天了。只要他再喝上一天的水仙花液，就可以成仙了。想到这儿，他难掩内心的激动，恨不得这一天马上就过去。不过由于附近的水仙花都被他吸干了汁液，所以这次他只能跨过黄河到对岸去寻找水仙花。可就在他横渡黄河的过程中，河水忽然暴涨，淹没了他的身体。就在这最后一天，他失去了自己的生命。

死后的冯夷恨透了黄河，一气之下跑到玉帝那里去告状。玉帝听说黄河四处泛滥，常常吞噬人的生命，也很生气。他让冯夷去治理黄河，并封他为黄河水神。此后，人们便只知有河伯而不知有冯夷了。

河伯虽然成了仙，但他并不知道该怎样治理黄河。就在他一片茫然的时候，玉帝为他指点了迷津。玉帝告诉他说，要治理黄河，首先要摸清它的水情，了解了水情，治理起来就方便多了。河伯如梦初醒，马上开始着手查看水情，画河图。这可是一件苦差事，幸好有村里的一位后老汉帮忙，他才最终完成了河图。不过当图画好的时候，河伯已经年老体衰了。此时的他虽有治洪之心，但却已无治洪之力了。于是，他决定等待有缘人，将河图相赠，以助其完成治洪大业。

后来，河伯听说禹前来治水，就将图交给了禹。图上清清楚楚地标识着每一处的水情，包括哪个地方水深、哪个地方水浅、哪个地方水急、哪个地方水缓、哪个地方可挖、哪个地方可堵等等，都画得清清楚楚。有了河图的帮助，大禹节省了很多宝贵的时间，这不能不说是河伯的功劳。

除了河伯之外，瑶姬也给予了大禹很大的帮助。大禹在疏通三峡积水的时候，曾受到了很大的阻碍。因为岩石坚固无比，无论大禹用何手段都劈不开。三峡劈不开，积水就疏泄不掉，眼看着四川就要变成一片汪洋了。这时，化为巫山神女的瑶姬被大禹的精神感动了，她决定帮帮这位治水英雄。瑶姬回到天上，悄悄偷走了玉帝的《上清宝文理水》天书，将其交给了大禹。在这本书的帮助下，大禹很快劈开了三峡。水患解除了，百姓们过上了幸福的生活。

# 启母石

在禹三十多岁的时候，与涂山氏结为夫妻。那时禹正奉命治理水患，因此刚结婚三天，禹就抛下了新婚的妻子又治水去了。涂山氏一个人在家中寂寞难耐，好在禹治水的地方离他们的住处不太远。这天，她闲来无事，就去找禹。当时，禹正为开通河道而苦恼。后来，他想到在凿石的时候变成一只大黑熊，这样定能加快开凿的速度。于是，他上山的时候就变成一头大黑熊，等下了山再化为人形。涂山氏在山下就见到了禹，所以他并没有见到那头大黑熊的样子。

涂山氏见丈夫非常辛苦，就主动要求给禹送饭。禹觉得这样也好，他们夫妻可以常常见面，而且也不耽误他治水的进度。不过禹怕妻子见到自己变成大黑熊的模样会害怕，所以就对涂山氏说："我上山下山的时间不定，你给我送到山上太麻烦了，而且也不好找。这样吧！每天听到我敲鼓以后，你再把饭送来，我就在这里等你。"涂山氏答应了。每天，禹都是下了山恢复人身之后才敲响鼓，涂山氏则在听到禹的敲鼓声后才来给他送饭，所以她一直都没有发现禹变成黑熊的秘密。

一天，禹在上山的时候不小心滑掉了几块石头，他因为走得急也没太在意。可是这几块石头却恰好落在了鼓面上，发出了咚咚的响声。涂山氏在家中听到了鼓声，很是纳闷，丈夫今天怎么敲得这么早呢？她想丈夫一定是因为太过劳累，所以才早早地饿了。想到这儿，她连忙带上饭菜，给禹送饭去了。当涂山氏匆匆赶到他们每天相会的地方时，却没有看到一个人影儿。涂山氏想禹可能就在附近，于是便坐下来等禹。然而等了半天，都不见禹回来。涂山氏有些不安，丈夫该不会是出事了吧！

大禹像

由于担心丈夫发生危险，涂山氏便放下饭菜，自己一个人到山上寻找。一路走过去，涂山氏都没有发现自己的丈夫。后来，她在山崖边看到了一头大黑熊。涂山氏只觉得头嗡的一声，难怪这么久不见丈夫，想必早已成了那黑熊的午餐了。涂山氏伤心欲绝，哭着往回跑。在快跑到家门口的时候，她觉得自己已经跑不动了，就在山坡前站定。想着丈夫就这样离自己而去，涂山氏越哭越伤心，最后竟化为了一块巨石屹立在山坡之上。

再说禹干完了活，就下山等妻子来给他送饭，可是无论他怎样敲鼓，还是迟迟不见妻子前来。禹有一种不祥的预感，他急忙往家里赶去。回到家里，仍然不见妻子，禹更加不安了。他出门继续寻找，结果发现门前的山坡上多了一块巨石，而那巨石的样子，不正是他的妻子吗？禹伤心极了，更懊恼自己没有将变熊的事告诉妻子。可是无论禹怎样懊悔，都无法让他的妻子再回到他身边了。此后，那块巨石就一直屹立在那里。因为涂山氏是启的母亲，所以人们也将巨石称为启母石。

## 后羿射九日

四千多年前，黄帝部落打败了蚩尤，统一了华夏民族。又过了一段时间，人类社会出现了一位非常贤明的领袖，叫作尧。在尧统治初期，人们的生活十分幸福。

突然有一天，十个太阳一起出现在天空上，而且不分昼夜地照射着大地，人类又一次面临了巨大的灾难。江河湖海干枯了，土地庄稼烤焦了，人们一个个被太阳烤得喘不过气

后羿射日

来，很多人都因为炎热而死。

这时，那些毒蛇猛兽们又趁机作乱。它们从森林和江湖中跑出来，四处寻找自己的食物。由于人们失去了抵抗能力，所以只能眼睁睁地看着自己的亲友被妖兽吃掉。人们的生活苦不堪言。

作为首领的尧非常焦急，他带领着百姓，一起向上天献上了丰厚的祭品，祈祷天帝帮助他们消除这些灾难。

天界很快就得知了人类遭受灾难的事情，天帝对他的大臣们说："你们知道！地上所有的人类都是我的子民，是女娲娘娘创造的。他们是万物的首领，是代替我们统治大地的。如今，他们遭受了如此深重的灾难，我们应该想办法帮帮他们。你们有谁愿意前去消灭那十个可恶的太阳啊？"

一个相貌俊美、身材健硕的男子走了出来，对天帝说："启禀天帝，我愿意前去消灭十个太阳！"

天帝一看，原来是后羿。他知道，这个后羿确实有过人的武艺。他从一生下来就有射箭的天赋，经过自己的努力，长大成人的他更是箭法超群。不仅这样，后羿还有着过人的臂力，派他前去一定能够完成任务。

天帝点了点头，说道："好！我马上就派你下凡到人间！你一定不要辜负我对你的期望，我也相信你一定会成功的。好了，现在你有什么条件尽管说出来吧！我一定会满足你的。"

后羿想了想，说："天帝，我只有两个小小的条件。第一，请您把您那把具有神奇力量的红色大弓赐给我，同时还要赐给我十支白色的神箭。因为我要用这些东西把那十个可恶的太阳射下来。"

天帝点了点头说："好！这是应该的，我答应你的条件。那么第二个条件是什么呢？"

后羿接着说："第二，请您允许我带着我的妻子嫦娥一起前往人间。"

天帝又答应了他的请求。就这样，后羿背着红色大弓，拿着十支白色的神箭，带着自己的妻子来到了大地上。

人们为后羿的到来举行了盛大的欢迎仪式。后羿顾不上休息，安顿好自己的妻子后，马上拿起神弓神箭，来到了一座很高很高的山上。

后羿心想，这十个太阳怎么也算是天地间的灵物，如果贸然把它们射死，恐怕不太妥当。于是，他抬起头，高呼道："天上的十个太阳，你们听好了！我是天帝派来的使者后羿。你们知道吗？因为你们的原因，导致地上的人类遭受了莫大的灾难。天帝本来是要我杀死你们的，可是我不想那么做，如果你们知趣的话，赶紧走吧！"

这十个太阳根本没把后羿放在眼里。只听它们在天空中叫喊："你在这里吓唬谁啊？我们就是不走你能把我们怎么样？你拿着弓箭干什么？你以为你能射到我们？你站的山确实挺高的，不过离九万里的距离还差得远呢？你的弓箭只能用来打猎！哈哈！"

后羿听完以后，气得火冒三丈，心想："既然你们如此不听劝告，那就不要怪我无情了。"想到这，他左手握住弓，右手拿出一支神箭，瞄准了叫得最欢的那个太阳。

后羿射出了搭在弦上的那根箭。只听"嘭"的一声，一颗火红的太阳应声从天而降。此时，其他太阳也知道这个人不好惹，想躲起来。可是，后羿不会再给它们机会了。只见他一支接一支地把神箭射出，而太阳则一个接一个地往下坠落，就这样天上的九个太阳都被后羿陆续射了下来。

正当他准备射第十支神箭时，站在旁边的尧突然说话了："后羿！且慢动手，我觉得我们应该留下一个太阳。如果世界没有了太阳，那么我们也就不能生存了！"

后羿心想："这十个太阳固然可恶，可是大地也需要阳光的照耀啊！还是留下他吧！"于是，后羿对最后一个太阳说："我可以留下你，不过你要答应我，以后必须按时升起，按时降落。如果再有什么差错，我一定会把你射下来的。"第十个太阳连忙答应。从那以后，世界上就只有一个太阳了。

后来，后羿和妻子嫦娥住在森林里，终日以打猎为生。

## 嫦娥奔月

英雄的命运是苦寂的，后羿被永远地留在了人间。

人间虽然也有很多欢乐，但是终究比不上天庭。后羿必须每天为生计奔波，尽管他是英雄；他将来也会面对死亡。他每天的事情就是出去打猎，因为只有那样才能养活自己和他的妻子嫦娥。

嫦娥的外表是无可挑剔的，也许美女配英雄这条"真理"从那时候就开始有了。不过，嫦娥有一个很大缺点，那就是爱慕虚荣，贪图享乐。

不管在人间过的日子再怎么幸福，可终究是比不上天界的生活，更何况迟早都要面对死亡呢？最初的一段时间里，嫦娥还能忍受这种"悲惨"的生活，可是时间一长，她越来越怀念天上的生活。她不再有欢笑，终日以泪洗面；她每天都在抱怨，因为她害怕自己有一天死去。对于嫦娥的做法，后羿只能说一些抱歉的话，因为现在他也已经无能为力了。

**嫦娥奔月图**
相传嫦娥在吃不死药之前，占了一卦，卦辞说："翩翩归妹，独自西行。逢天晦芒，无恐无惊。后且大昌。"居住广寒宫的嫦娥引起后世文人的无限遐想，唐代李商隐创作的《嫦娥》是最为著名的一首诗："云母屏风烛影深，长河渐落晓星辰。嫦娥应悔偷灵药，碧海青天夜夜心。"

**西王母像**

不过,后羿应该算是个称职的好丈夫,因为他时刻都在琢磨着如何替自己的妻子排忧解难。这一天,后羿终于想到了一个两全其美的办法。他不远万里,长途跋涉,历经千辛万苦来到了自己昔日的故交——昆仑山西王母的住处。

西王母对后羿的到来感到十分惊讶,因为她听说了后羿的英雄壮举。西王母问后羿:"听说你奉了天帝的旨意去射死天上的十个太阳,是不是真的?如果是那样的话,此时你应该在天界啊?"

后羿笑了一下,那笑显得那么无奈,说:"现在我变成了一个凡人,一个曾经是神仙的凡人。我现在每天都要出门打猎,日子过得很清苦,而且我迟早也会离开这人间的,因为我早晚会死。"

西王母似乎明白了什么,追问道:"你来这里是不是有什么目的啊?需要什么尽管说,我尽量帮忙。"

后羿回答说:"还不是因为我的妻子嫦娥,她过不惯人间的生活,一心想着返回天界,可那是不可能的。最重要的是,她十分惧怕死亡。我今天来就是想请你帮这个忙。"

西王母犹豫了一下,最终还是决定帮助了后羿,说:"我这里倒是有给凡人服用的长生不老仙药,你现在就可以把它拿去。"说完,西王母就把长生不老药给了后羿。

后羿接过药后,看了看,问道:"怎么?就这么点?这只够一个人的啊?"

西王母无奈地说:"没办法,只有这么点!"

在回家的路上,后羿的内心作了几次斗争。其实他也十分想吃下长生不老药。可是,这药就只够一个人吃的,如果自己吃了,那么嫦娥就要留在人间,那样的话她将会多么的寂寞和孤独啊?"到底该怎么办?"后羿一直不停地问着自己。还没等他想出解决的办法时,他已经回到了自己的家中。

嫦娥见后羿回来,马上迎了过去,兴奋地问道:"怎么样?有结果了吗?"

后羿对妻子的表现早有预料,因为他走之前告诉了她自己这次出行的原因。由于没有想好解决的办法,后羿只能凭着不高明的技术撒起谎来:"啊?哦!没有结果,我去过昆仑山了,但是没有见到西王母。听人说她去别的地方游玩了,这件事以后再说吧!"

嫦娥对丈夫的回答感到很失望,快乐的心情荡然无存。她哭泣着说:"怎么会是这样呢?我不相信,我真的不想死啊!你告诉我这不是真的。"

在想出办法之前,这个谎还是要撒下去。后羿劝他的妻子说:"好了,不要哭了!也许……"说到这里,后羿顿了一下,"也许过一阵子西王母就回来了。你放心,我一定会拿回那药的。你先出去吧,我想洗个澡,休息一下。"

丈夫的举动引起了嫦娥的怀疑,她隐约感觉到了什么。不过,她并没有表明疑虑,而是遵照丈夫的盼咐走出了房间。嫦娥偷偷地趴在窗户上,想要看看丈夫究竟有什么事瞒着自己。她看见自己的丈夫把自己梦寐以求的长生不老药放在一个小盒子里。嫦娥觉得自己的丈夫太自私了。

第二天清晨，后羿像往常一样，和妻子道过别后，出门打猎去了。嫦娥此时的心情矛盾极了，虽然她爱慕虚荣，但她也一样深爱着自己的丈夫。她犹豫、恐慌、害怕、焦虑，不知道自己是不是应该打开那个小盒子？是不是应该独吞了那些长生不老药？最后，长生不老的诱惑战胜了对丈夫的爱。嫦娥打开了那个盒子，拿出诱人的长生不老药，然后把它们全部吃了下去。

嫦娥感觉自己的身体越来越轻，然后缓缓地向空中飘去。最后，嫦娥落到了月亮上，在那里住了下来，还建了一座广寒宫。开始的一段时间嫦娥为自己能够重新过上神仙的生活而感到兴奋，不过时间一长她开始思念自己的丈夫。因为月亮上只有一只小小的兔子和一个不停砍树的老头。虽然丈夫答应不会用神箭伤害她，可是她却难以忍受孤独的折磨。在以后的日子里，嫦娥每天都独自一人，闷闷不乐地居住在月亮上。

## 吴刚伐桂

嫦娥奔月以后，玉皇大帝便将广寒宫赏给了她。偌大的广寒宫只有嫦娥一个人，显得格外冷清。然而嫦娥是耐得住寂寞的，除了玉帝和王母娘娘召见，她平常很少出门，因此天上的神仙也难得见上这位美丽的仙女一面。尽管如此，嫦娥的美丽还是很快在天界传开了，众神常常在私底下议论这位美丽而清高的仙女。有些未曾见过嫦娥的神仙，更是满心期盼能见上嫦娥一面。

在天宫之中，负责把守南天门的是天将吴刚。一次，嫦娥拜见过王母娘娘后从南天门经过，恰好被正在执勤的吴刚看到了。吴刚早就听说了嫦娥的美丽，可百闻不如一见，这一见，就彻底俘获了他的心，他已经完全被嫦娥迷住了。他很想上前去跟嫦娥打个招呼，可是嫦娥连看都没看他一眼，就匆匆离开了。吴刚的心里一阵失落，他要怎样做才能引起嫦娥的注意呢？

见过嫦娥的吴刚就像丢了魂儿一样，整日魂不守舍。他希望让嫦娥注意到自己，可是这实在是太难了。别说自己只是一个守门的，不可能建立什么丰功伟绩，即使自己真的做出什么壮举，嫦娥整日将自己锁在广寒宫里，一副不问世事的样子，她也是不会在意的。想来想去，他实在想不出什么好办法，那就只好采取最笨的办法，亲自到广寒宫对嫦娥一吐相思之苦。这样的举动当然是非常冒险的，嫦娥会不会接受他暂且不论，光是他妄动私情的行为就足以让他接受惩罚了。不过此时的吴刚已经顾不上那么多了，他的心里已经完全被嫦娥占满了。

这天，吴刚只身一人来到了广寒宫外。广寒宫大门紧锁，透着一股寒气。吴刚在外面徘徊了半天，却始终没有勇气敲开大门。他害怕嫦娥将自己拒之门外，更害怕嫦娥一气之下将自己告到玉帝那里去。就这样，他在广寒宫守了一天的门，什么也没做就回来了。回来后吴刚就后悔了，自己为何会如此胆小，竟然连敲门的勇气都没有。他下定决心，明天

天帝像　永乐宫壁画

一定要见到嫦娥。

第二天，吴刚又来了。这次，他敲开了广寒宫的宫门。嫦娥见是一个不认识的天将，以为玉帝或王母娘娘有什么旨意，就客气地询问其来由。吴刚鼓足了勇气，向嫦娥表露了自己的爱慕之情。嫦娥听后气愤地说："将军快回去吧！以后再不要说这些话了。"说完，嫦娥便关上了宫门，只留下愣在原地的吴刚。虽然吴刚早有心理准备，他知道嫦娥是不会轻易接受自己的，可是被拒绝的滋味实在是不好受。想他吴刚也是风度翩翩的美男子，爱慕他的仙女也不在少数，可为什么嫦娥对自己如此冷淡呢？

吴刚垂头丧气地回到了自己的住所，脑中却始终浮现着嫦娥美丽而冷漠的脸庞。吴刚心想，像嫦娥这样的绝美女子，是不可能不清高的，也许她只是故意拒绝自己，心里却并不讨厌自己。想到这儿，吴刚坚定了一个信念，那就是无论如何也要得到嫦娥。他相信只要让嫦娥感受到自己的真诚，她就一定会接受自己。此后，吴刚没事就往广寒宫跑。开始，嫦娥还打开宫门劝他离开，后来干脆连门都不开了。吴刚实在有些捉摸不透嫦娥的心思了，如果这是对自己的考验，那么也该考验够了吧！可为什么她现在连门都不开了呢？

吴刚还在广寒宫外揣摩着嫦娥的心思，那边玉帝却找上了门。原来，吴刚整日想着如何讨嫦娥欢心，常常在广寒宫外一坐就是一天，结果疏于职守，触怒了玉帝。当玉帝听说吴刚不在南天门把守的原因就是为了讨嫦娥欢心时，更加震怒，马上下令到广寒宫抓来了吴刚。吴刚知道自己犯了错误，他情愿接受玉帝的任何惩罚。玉帝说："既然你那么喜欢广寒宫，那么我就罚你到广寒宫去做苦力。"说着，玉帝带吴刚来到了广寒宫，指着后院的一棵桂树对吴刚说："你将这棵桂树砍倒之时，就是你重获自由之日。"吴刚想这有何难，自己两下就可以将其砍倒。他拿起斧头对着桂树狠狠地砍下去，桂树裂开了巨大的缝隙，可很快就恢复了原状。吴刚接着砍，桂树接着长。很快，吴刚已经累得满头大汗，可桂树仍然好好地立在那里。吴刚这才知道，自己永无出头之日了。他开始懊悔自己的莽撞行为，可这已经太晚了。

从那以后，广寒宫里就又多了一位住客，这位住客就是吴刚。吴刚终于如愿以偿了，他是如此地接近嫦娥，只可惜他连看嫦娥一眼的时间都没有。他只能在后院中不停地砍伐着桂树，日复一日，年复一年。每到月圆之夜，人们都可以看到月亮中有一个身影在不停地挥动着斧头，那个身影就是吴刚。吴刚为自己的行为付出了代价，而且是付出了极大的代价。当他在月宫中渐渐醒悟的时候，玉帝也慢慢原谅了他。可是桂树不倒，他还是要继续砍下去。不过玉帝特赦他可以偶尔出来走动走动，包括到人间游览一番。

吴刚希望为人间造福，他看到人间还没有桂树，就希望把天上的桂树带到人间。杭州有一位人称仙酒娘子的寡妇，心地善良，乐于助人，而且她酿造的酒甘醇可口，大家都喜欢喝。一天，仙酒娘子在门前发现了一位衣衫褴褛的乞丐，歪歪斜斜地倒在家门口。她见乞丐可怜，就把乞丐带回了家。乞丐说自己患了病，请求仙酒娘子照顾自己一段时日。仙酒娘子答应了。可是寡妇门前是非多，渐渐地，传言四起，人们都不再登仙酒娘子的门，她的生意渐渐冷清，眼看就快要支撑不下去了。见此情景，乞丐悄悄离开了。

仙酒娘子不见了乞丐，忙四处寻找。在寻找乞丐的过程中，她见到一位白发苍苍的老汉。老汉渴得快不行了，他请求仙酒娘子给他点水喝。可是荒郊野外，哪来的水啊！情急之下，仙酒娘子割破自己的手指，用自己的鲜血为老人止了渴。老人满意地点了点头，交给她大量的桂树种子，并告诉她如何用桂花酿酒，之后便消失不见了。仙酒娘子知道自己遇到了神仙，高高兴兴地回家撒下了种子。很快，桂树长了起来，桂花香飘万里，附近的人又都来找仙酒娘子讨要桂树种子。不过只有善良的人种下的种子才能生根发芽，正因为如此，很多邪恶之人都走上了正路。其实，那个乞丐和老人都是吴刚变化的，他就是要找一个善良的人去播撒桂树的种子，以此来教导人们从善弃恶。

# 牛郎织女

王母娘娘有一个聪明美丽的孙女，名字叫作织女。织女是天上的一颗星宿，她的工作就是每天用丝编织出美丽的云彩，为天做衣裳。织女不但人长得秀美，而且还心灵手巧，任何丝线只要经过她的织机，马上就能变成漂亮的云锦。在天上的众多仙女之中，只有织女能够织出云锦。仙女们包括王母娘娘的很多漂亮衣裳，也都出自织女的巧手。因此，织女在天上很受欢迎，天神们都很喜欢她。

一天，织女和几位仙女想到人间的碧莲池游玩。王母娘娘答应了，但让她们务必尽快赶回来。几位仙女欢欢喜喜地来到了碧莲池，见池水清澈见底，便想下去沐浴一番。洗着洗着，忽然见到一个放牛郎出现在她们面前。仙女们大惊，慌忙穿上衣服飞回了天上。只有织女没有同她们一起回去，因为她爱上了那个放牛郎，她不愿意走了。

那个放牛郎是谁，他又怎么会出现在碧莲池附近呢？他叫作牛郎，是附近村里的一个农民。他的父母早早就过世了，他一直都跟着哥哥和嫂子过。哥哥和嫂子对他非常苛刻，每天都让他做很多活，但是好吃的、好用的却全没他的份儿。对于这些，牛郎都可以不计较。毕竟哥哥和嫂子是自己在这个世界上最后的亲人了，只要他们开心，他受一点儿委屈也没关系。可是后来，哥哥和嫂子竟然将他赶出了家门，并且什么都没有分给他，只给了他一头老牛。

自与哥哥嫂子分开以后，牛郎就与老牛相依为命。虽然日子异常清苦，但凭着他的勤劳肯干，还是可以维持他的生活。牛郎太穷了，他在村里没有朋友，人们都瞧不起他。他独自一个人住在草棚里，常常感到无以言表的寂寞。有什么话他只能跟老牛说，而老牛也很懂事地贴在他的身边，不时还给他一些回应，好像真的能够听懂牛郎的话。一天，老牛忽然开口对牛郎说："牛郎，快到碧莲池去，在那里你将遇到你的心上人，她将成为你的妻

牛郎织女相会图

子，陪伴在你身边。"牛郎喜不胜收，连忙跟老牛一起赶到碧莲池，果然遇到了他一见钟情的女子，那就是织女。牛郎与织女两情相悦，很快便结为了夫妻。不久后，他们生下了一男一女两个可爱的孩子。一家人其乐融融，很是幸福。然而幸福总是短暂的，就在牛郎和织女以为他们会这样过上一辈子的时候，不幸降临了。

　　王母娘娘见织女多日不归，就让人去探查她的下落。当王母娘娘得知织女已经在凡间与凡人成亲并生育了两个子女的时候，气得面红耳赤。她命令天兵天将必须马上将织女带回天上来，她要严惩这个触犯天条的织女。这天，织女似乎有所预感。她待孩子们睡了以后，就将自己的真实身份告诉了牛郎，并说出了她的担忧。牛郎很是惊愕，但他坚信他们的爱情可以感动上天，并发誓自己无论如何也要与织女在一起。织女很感动。

　　天兵天将果然来了，他们不由分说地带走了织女。牛郎眼睁睁地看着织女被带走，但自己却无能为力。在织女走后，牛郎整日闷闷不乐。当孩子们哭着向他要妈妈的时候，他真是肝肠寸断。织女走了，他又失去了生活的伴侣，他又开始向老牛诉说他的心情了。

　　这天，老牛忽然对牛郎说："牛郎啊！我就要死去了。我知道你正因为无法到天上追寻织女而痛苦，我不愿意看到你再痛苦下去了。在我死后，请你将我的牛皮扒下来，骑上它，它就会带你到天上去找你的织女。"说完，老牛便一头撞死在了墙上。牛郎趴在老牛的身上痛苦失声，他哭着说："老牛啊！你可是我唯一的朋友啊！现在连你也要离我而去了吗？你是因为我才死去的，我不会让你失望的。"牛郎按照老牛说的，扒下了它的牛皮。

　　第二天，牛郎便带着自己的两个孩子坐到了牛皮上，一起到天上寻找织女去了。牛郎和孩子们到达天上的时候，天兵天将们正押解着织女接受审问。看到母亲，孩子们隔着老远就开始大叫。织女回头一看，看到了丈夫和孩子们。她想挣脱天兵天将的束缚，但却做不到。无奈，她只能流着泪呼唤着自己的丈夫和孩子们。一声声哭喊声让天上的所有神仙都为之动容，就连王母娘娘也被深深地打动了。众神一同求情，希望王母娘娘放过织女，让他们一家团圆。王母娘娘虽有意成全，但却不能不顾天条。她格外开恩允许牛郎和孩子们留在天上，但他们只能与织女隔河相望，只有每年的七月初七才能见上一见。

　　从此，天上便多了三颗耀眼的星，它们隔着银河与织女星对望。那颗最亮最大的是牛郎星，跟在牛郎星周围的两颗小星则是牛郎和织女的两个孩子。每到七月初七，就会有成群的喜鹊赶到银河，在银河两岸架起一座桥。牛郎和织女在鹊桥上相会，互诉一年的相思之情。

# 天仙配

玉皇大帝和王母娘娘有七个聪明美丽的女儿，但只有小女儿最受父母的宠爱。七仙女不仅生得花容月貌，而且还心地善良，天上的神仙都很喜欢她。不过她也是最淘气的，每日待在天庭里让她十分厌烦，她很想到人间去走一走。可是她央求了父母很多次，都被拒绝了。这天，她趁着王母娘娘的生日又向母亲提起此事，王母娘娘心情大好，就允许她们姐妹七人到凡间走一趟，但务必尽快返回天庭。七仙女高兴地答应了，与六位姐姐一同来到了人间。

在人间，一个名为董永的青年正在卖身葬父。董永自幼家境贫寒，母亲早早地离开了人世，后来父亲又病倒了，使得一家人的生活更为拮据。为了给父亲治病，董永几乎变卖了家里所有值钱的东西。可即使如此，他也没能阻止父亲离去的脚步。当父亲死去时，董永已经穷得揭不开锅了。他虽然不能为父亲举行一场隆重的葬礼，但还是希望让父亲尽快入土为安。可是他实在想不到其他筹钱的办法了，所以就只能在大街上卖身葬父。只要有人愿意出钱帮他把父亲安葬，他就愿意为其做三年的免费苦力。后来，一个姓王的财主出钱埋葬了董永的父亲，而董永也就理所当然地成为了他的家奴。

董永卖身葬父的一幕恰好被刚到凡间的七仙女看到了，她被董永的至孝至诚感动了，决定留在人间帮帮这个孝子。七仙女漫步到河边，忽然发现一棵老槐树很是特别。她一眼就认出了这棵树并非普通的槐树，而是经过千年修炼的槐树精。七仙女向槐树精说明了自己的心思，并请槐树精为她与董永说媒。槐树精知道对方是天上的七仙女，有些害怕，他好不容易才修炼的道行，要是让玉帝知道他给七仙女和凡人说媒，岂不是要降罪于他？可是看到七仙女一片赤诚，再说他也确实想帮帮董永，所以就冒险答应了此事。

董永感激王财主出钱帮助自己葬父，因此到了王财主家后，就开始拼命地干活。每天天不亮，他就赶着老牛到地里干活，等到天黑才拖着疲惫的身子回来。然而董永的苦干并没能换来王财主的同情，反倒是换来了更为繁重的劳动。这个王财主本来就并非善人，他之所以出钱帮助董永葬父，完全是因为董永的勤劳能干，而且只出很少的钱就可以换来三年的免费苦力，这种便宜事恐怕并不多见。如今见董永比他想象的还要能干，他自然要多安排一些活儿让董永干。

董永没日没夜地干活，辛苦疲惫自不必说，其内心的苦楚才是最折磨人的。他常常在想，自己要何时才能结束这种生活、恢复自由之身呢？三年虽说不长，但如此干下去，他真不知道自己是不是还能等到三年期满的那一天。这天，他又到地里干活，中途实在太累了，就到老槐树下乘会儿凉。他实在太苦了，又没有任何倾诉之处，所以就忍不住向老槐树倾诉起来。董永并不知道，这棵老槐树早已成精，能够听懂他所说的一切。

在董永发泄完打算离开的时候，老槐树忽然开口说话了："董永啊，我知道你是一个诚实善良的好人，你应该有好的命运。我虽然帮不上太大的忙，但是我可以为你促成一段姻缘。今天晚上你就在槐树下等待，到时自会有一位女子前来与你相会，那位女子将会成为你的妻子，她会帮助你渡过难关的。"董永简直不敢相信自己的耳朵。他穷得连自己的家都没了,怎么还敢奢望一段好的姻缘呢?又有哪个女子愿意嫁给他这个连自由都没有的穷光蛋呢?虽然有一些不敢相信,但年轻人都是渴望爱情的,他还是很期待晚上的相会。

当天晚上,董永早早地来到了老槐树下,等待着那位即将成为自己妻子的女子出现。七仙女在得到槐树精的通知以后,也来到了老槐树下。七仙女无悔自己的选择,她慢慢走到槐树下,站在了董永面前。董永抬起头来看到七仙女,马上被七仙女的美丽惊呆了。他没想到这位有如天仙的女子竟会走进自己的生活,成为自己的妻子。董永被七仙女迷住了,可是理智还是让他毫无隐瞒地将自己的情况都告诉了七仙女。七仙女再一次被董永的诚实所感动,她笑着对董永说:"没关系,我愿意和你一起还债,直到三年期满的那一天。"

董永和七仙女结为了夫妻,他们并没有举行盛大的婚礼,甚至连酒席都没有摆,只是两个人简单地行了仪式,便生活在了一起。董永将七仙女带回了王财主家,与自己挤在一间茅草屋下。

董永早早来到槐树下,等待有缘人的出现。

看着美丽的妻子要跟自己受苦,董永很不忍心,因此干起活来更加有劲儿了。他必须尽快重获自由,给妻子一个属于他们的家,让妻子过上幸福的生活。而在七仙女看来,即使与董永寄人篱下,住在茅草屋中,她也已经很幸福了。董永对她的呵护备至让她感受到了爱情的温暖,这是她从未感受过的。

七仙女的到来给了董永很大的动力,但没过多久,王财主便发现了七仙女的存在。王财主是个好色之徒,见到美丽的七仙女,就想要将其据为己有。他想董永是自己的家奴,又穷得一干二净,只要他向董永开出个优厚的条件,就一定可以得到七仙女。这天,他叫来董永,和颜悦色地说:"董永啊!看你每日那么辛苦,我实在是心有不忍。如今我有一个让你重获自由的方法,不知道你愿不愿意尝试。只要你答应我一个条件,你欠我的债就一笔勾销,从此后你就自由了。"

听到可以马上获得自由,董永非常高兴,忙问王财主是什么条件。可当王财主提出要霸占他的妻子时,董永气得脸都变了颜色。他愤然拒绝了王财主的无理要求,并警告王财主不要再打七仙女的主意。没有如愿的王财主也很生气,对董永更加苛刻起来。他决心报复董永,让董永知道他的厉害。他让董永每天磨一百斤豆腐给他,如磨不完就要接受惩罚。于是,董永开始没日没夜地磨豆腐,根本就没有休息的时间。一连三天三夜,他连眼都没合过。

七仙女看到丈夫这样没日没夜地磨豆腐很是心疼。她来到豆腐坊,对董永说:"你已经三天三夜没合眼了，快去睡一会儿吧！我来帮你磨。"可董永说什么都不肯。让妻子跟自己受苦他已经很不忍心了，又怎么能让柔弱的妻子来做这种粗活呢？七仙女拗不过他，就坚持要在豆腐坊陪他。董永答应了。

七仙女假称要给董永解闷，就念书给他听。董永听着听着就入了神，不觉放慢了脚步，可磨盘却加快了转速。

没用多久，一百斤豆腐就磨好了。

自打七仙女陪着董永磨豆腐以来，董永只需要很短的时间就可以将豆腐磨好，这样他就有多余的时间休息了。

王财主见董永每天都能按时交出一百斤豆腐，很是纳闷，心想这个董永果然能干。为了难为董永，他要求董永一天磨出二百斤豆腐来。

这下董永可犯了难，一百斤豆腐尚且吃力，那二百斤豆腐根本就是不可能完成的。七仙女让董永不必担心，她自有办法。七仙女用法力磨出了两百斤豆腐，准时交给了王财主。

这下王财主彻底惊呆了，他怎么也想不明白，董永是怎么完成这不可能完成的任务的。他觉得其中肯定有诈，便叫人偷偷窥视豆腐坊的情况。

王财主家的下人来到董永磨豆腐的房间外，他捅破窗户纸向里一看，差点儿惊叫出来。只见董永正趴在桌上睡觉，七仙女坐在他的身边，而磨盘却在飞快地转着。下人将自己看到的一切如实告诉了王财主，王财主有些不信，非要自己去看看。在被自己的眼睛证实以后，王财主确定七仙女有某种非凡的法力。

可他还想再试一试七仙女的本事，于是便提出要求，只要七仙女能在三天之内织出三十匹帛，就可以为董永赎身。七仙女答应了。晚上，她叫来自己的六位姐姐，与自己一起织帛。

三天过后，七仙女果然交出了三十匹帛。王财主虽然有些后悔，但也不能耍赖，只好放了董永。

七仙女和董永离开了王财主家，在一个山清水秀的地方建起了他们的新家，从此过上了男耕女织的幸福生活。

然而好景不长，王母娘娘得知七仙女与凡人婚配后非常生气，命令天兵天将抓她回来。

七仙女被天兵天将带走了，只剩下董永一个人孤苦无依地生活在世上。他每天都到老槐树下等待七仙女回来，可直到他闭上眼睛，也没能等到七仙女。

# 印第安神话故事

## 创世主帕查卡马克

远古时代，宇宙已经出现，但世界尚未形成。当时南美洲的大地到处都是荆棘，而且一片漆黑，没有白天和夜晚之分。有一天，一位伟大的天神来到了这片土地，他就是被后人称为创世主的帕查卡马克（在印第安民族的通用语中，"帕查卡马克"是"赋予世界生命的人"的意思）。

当帕查卡马克看到荒凉的世界上没有一丝生机时，心中冒出了一个有趣的念头。他施展无边的法力，创造出了世界上第一批人类和走兽飞禽。

帕查卡马克对自己的"杰作"非常满意。不过他现在感觉有些疲惫，于是就来到一个风景秀丽的湖泊中休息，这个湖在今天被称为"的的喀喀湖"。

很多年过去了，虽然天地间依然是一片黑暗，但由帕查卡马克创造出来的那些人已经过上了我们今天所说的"原始生活"。他们聚居在一起，吃的是树上的果子，喝的是湖中的清水，过得还算无忧无虑。可是，这第一批人却十分没礼貌，更不懂得什么叫感恩戴德。他们说话粗鲁大声，对创造他们的天神也没有丝毫的敬畏。他们整日唠叨、抱怨，就好像创世主赐给他们的一切都是理所应当的。

这一天，帕查卡马克决定离开这片土地，回到遥远的宇宙中居住。可是他放心不下，要在临走前看看由他亲手造出的人类。

没想到，这帮人看到了伟大的创世主后，非但没有跪拜行礼，反而用石子和土块砸他，而且还向他吐口水。这下可闯了大祸，伟大的创世主被这帮野蛮人无礼

**安第斯山脉掩映下的的的喀喀湖**

的的喀喀湖是世界海拔最高且适于航行的湖泊，秘鲁与玻利维亚的国境线通过此湖的中央。该湖分为大、小两湖，水色透明，虽稍含一些盐分，也可当饮水食用。

的行为激怒了。于是他施展法力,将所有人都变成了石像,包括那些不知情的、没有辱骂他的可怜人。

过了一会儿,帕查卡马克心中的怒气消了一大半,并开始反思自己的行为。他觉得,这些人如此无礼固然应该受到惩罚,可不管怎么说他们也是他造出来的,自己多多少少也要负些责任。想到这里,他决定再重新创造出一批人类,不过这次要制定一个详细周密的计划。

他把所有的天神都召集到了一起,对他们说:"由于我的疏忽,整个世界失去了那些聪明的人类。现在,我想再重新创造出一批善良的人类。不过,在这之前,我们必须先让这个世界有光明和黑暗之分。我们要选出两位天神,分别掌管白天和黑夜。"

这一雄伟的门廊位于印加帝国太阳神庙的下面,周围的墙代表着印加多角建筑风格的最高成就——形状不一的大小石块垒在一起,结合紧密,连薄薄的刀刃都插不进去。

民主选举后,结果出来了。男神孔蒂拉雅·维拉科查与女神基利亚结为夫妇。孔蒂拉雅被封为太阳神,负责在白天照耀大地。金星是他的随从,风雨雷电是他的仆人。而基利亚则被封为月亮女神,负责夜晚的照明。昴座七星做她的仆人。帕查卡马克还特许她每月可以有三天时间回到太阳神的宫殿里,尽一尽她做妻子的责任。

接着,帕查卡马克对这对夫妇说:"你们完全有资格被奉为这个世界新的创世主,因为你们的光和热给整个世界带来生机。世界上所有的生灵都会对你们感恩戴德的,你们的后代将是这片土地的主人,他们会在这片土地上生存繁衍。不过,你要记住,要以历数十二为期。"帕查卡马克接着说:"太阳和月亮啊!你们要交替着从东升起,向西落去。当太阳神所散发的第一束光芒照进美丽的的喀喀湖小岛上的山洞时,一个崭新的人类社会将随之出现。"

帕查卡马克来到了今天的第亚爪纳科地区。他按照自己的样子,雕刻很多的石像,有男人也有女人,有孕妇也有孩子。他把一些人定为平民,把另一些人定为他们的首领。然后,他派众神在选中的石像上刻上自己的名字,然后把这些石像带到各自的领地中繁衍后代。为了让众神高兴,帕查卡马克与他们约定,在太阳之子印加王出现以前,这些人可以信奉属于自己的天神。

太阳神孔蒂拉雅·维拉科查开始了他第一次的工作。耀眼温暖的阳光照进了的喀喀湖小岛上的山洞,一个新纪元就这样开始了。

帕查卡马克留下了两个贤人,对其他人说:"你们先去吧!一直追随着太阳,太阳落山的方向就是你们的去向。你们要把同伴呼唤出来,教会他们如何在这个世界上生存。"这些人按照创世主的旨意,来到了指定的地方。

帕查卡马克又对那两个贤人说:"你们和别人不同,因为你们的生命是太阳神的第一束光线赋予的；你们将会拥有无穷的智慧和力量，因为你们身上担负着太阳神的意志；你们的后世会建功立业，因为他们要辅佐太阳神的儿子，伟大的印加王。你们必须牢记我的话。"就这样，这两个贤人也按照创世主的吩咐去指定的地方召唤同伴。

帕查卡马克接下来要做的，就是履行他与太阳神的约定。他来到了卡恰，看到了一群聚居在那里的印第安人。不过，他们没有认出伟大的创世主。一个个手持武器，想要杀死帕查卡马克。创世主很生气，就让大火从天而降，焚烧他们居住的地方。这些人惊恐万分，赶紧丢下武器，向帕查卡马克行跪拜大礼。帕查卡马克变出一个木棍，把那可怕的大火打灭。这时，他们才知道眼前的这个人就是伟大的创世主。后来，居住在这一地带的印第安人被称为卡纳斯人，即"火灾"的意思。

创世主觉得这里不是他心中理想的地方，就继续赶路。当他来到库斯科附近的一座小山上时，召唤出了一批印第安人，然后把他们带到了库斯科。帕查卡马克对他们说："你们都将成为太阳神的子民，太阳神的长子长女是你们的首领。你们要在这里定居，等待着一群大耳朵的人到来。"

所有的工作都结束后，帕查卡马克召集了所有的天神。他们有说有笑地朝着大海的方向走去。

# 太阳神

在印第安神话中，太阳神孔蒂拉雅·维拉科查是很受尊敬的天神，因为他是创世主帕查卡马克最信任的人。可是我们这位伟大的太阳神却十分顽皮，经常搞出一些恶作剧来捉弄世间的凡人。他常常变成一个衣衫褴褛、面貌丑陋的乞丐，在人类的村庄里四处游荡。

村子里住着一位美丽的姑娘，名字叫考伊拉，生得十分美丽。她的头发黑亮飘逸，就像天上的乌云；她的眼睛明亮清澈，就像山涧的泉水；她的脸庞皎洁光滑，就像夜晚的明月；她的牙齿整齐洁白，就像珍珠项链。总之，一切美丽的语言都可以用来形容她的美貌，就连天上的神仙都对她倾慕不已。可是，这位考伊拉姑娘却十分傲慢，不管是凡人还是天神，都不能获取她的芳心。

一天，调皮的孔蒂拉雅在村外游荡时，看到了美丽的考伊拉正坐在鲁克玛树下乘凉。他马上被眼前这个美人迷住了。

孔蒂拉雅变成一只美丽的小鸟，飞到了那棵鲁克玛树上。他偷偷取出自己的一滴精液，施展法术将它变成一颗鲜红的果子，然后把果子扔到心上人面前。考伊拉被这颗鲜红的果子吸引住了，把它捡了起来，吃到了肚子里。于是，美女考伊拉在没有和任何男人接触的前提下怀孕了。

中美洲的玛雅人在大地上模仿太阳的形状造了一个石日历。这个日历正中央刻着太阳神的脸，周围则围绕着表示日期的图画。看太阳的活动就可以查出时间和日期。

九个月过去了，考伊拉生下了一个健康俊美的男孩。但是，直到儿子会爬了，她也不知道孩子的父亲是谁。考伊拉思前想后，觉得这一定不是凡人干的，因为自己确实没有和任何男子有过接触。于是，她向天祈祷，希望天神能够下凡，让她知道孩子的父亲到底是谁。

天神们听说美女考伊拉要找丈夫，个个跃跃欲试。他们把身体洗得干干净净，梳起漂亮的发型，穿上最美丽的衣服，衣冠楚楚，风度翩翩地来到了安契克契荒原。而孩子的亲生父亲，太阳神孔蒂拉雅却依然是那身邋里邋遢的打扮。

**印加太阳神像**
印加在印第安语中意为"太阳之子"。图为黄金制成的印加太阳神面具。

考伊拉把天神们逐个看了一遍，觉得无论是谁做孩子的父亲都是够格的，除了那个让人讨厌的乞丐。她说："你们是天上的神祇，是最受人尊敬的天神。我的苦衷你们一定都知道了，现在我的儿子已经一周岁了，但我依然不知道他的父亲是谁。我相信，我的丈夫就在你们之中，请他站出来吧。"

尽管天神们都想"勇敢"地站出来承认，可毕竟没有的事是不能瞎说的。他们你看看我，我看看你，过了老半天也没有人吱声。考伊拉开始着急了，她大喊道："既然孩子的父亲是个懦夫，那么只好让我的儿子自己寻找父亲了。"说完，她就将孩子放在了地上。

眼前发生的一切让考伊拉目瞪口呆，孩子没有选择那些仪表堂堂的天神中的任何一位，却单单选择了那个让人作呕的乞丐。考伊拉觉得自己受到了莫大的屈辱，她大声地叫道："天啊！为什么结果会是这样的呢？难道我的丈夫竟是一个可恶的叫花子吗？我不能接受这样的事实，无论怎样都不能洗刷掉我的屈辱。"说完，她抱起儿子，气急败坏地朝海岸跑去。

调皮的孔蒂拉雅知道玩笑开过了头，马上恢复了本来面貌，变成了英俊少年。他在后面追赶考伊拉，嘴里不停地喊："亲爱的！我真的是孩子的父亲，求求你停下来好吗？你回过头看，看一眼你的丈夫吧。"可此时的考伊拉已经伤心到了极点，她愤怒地叫道："滚开，我不要看你！我不想见到你那张让人恶心的脸。你是孩子的父亲，一个乞丐，我知道这些就足够了。"

他们两个你追我赶，不知跑出了多少路程。追着追着，孔蒂拉雅突然发现，美丽的考伊拉不见了。这时，天空中飞过来一只兀鹰。太阳神就问："你是否见到了我的妻子考伊拉？"兀鹰回答说："是的！她就在不远的前方，再加把劲，你一定可以找到她。"孔蒂拉雅对兀鹰的回答十分满意，对它说："我将赐给你不死的身躯。你的巢穴和活动范围都将在没人打扰的高空。一切具有血肉的动物的尸体，一切没有主人的禽兽，都可以作为你的食物。如果有谁杀害了你，必定受到惩罚。"

孔蒂拉雅继续追赶，遇到一只臭鼬，问了同样的问题。脑袋木讷的臭鼬不会变通，傻乎乎地说："省省吧！别白费力气了。你追不到她的。"孔蒂拉雅很生气，诅咒它说："你以后将害怕白天，只有到了夜晚你才能走出洞穴。你的身上将散发难闻的气味，所有的动物都讨厌你。人类更加憎恨你，他们还会捕杀你。"

太阳神向前走了一段，遇见了一只美洲狮，也问了同样的问题。美洲狮很钦佩他的执着，对他说："你是个心中有爱的人。只要你坚持不懈，一定能够成功。"孔蒂拉雅很是感动，对狮子说："你以后就是百兽的法官了，所有的动物都尊敬你。你掌握生杀大权，任何动物都不能违抗你的命令。在你死后，你依然可以享有很高的荣誉。同时，杀死你的人也必须尊敬你。他们可以剥下你的皮，但必须保留你的头；他们可以把你的牙齿作为纪念，但必须把漂亮的宝石镶在你的眼窝里。人类在举行重大的节庆时，都会披上你的皮，把你的头带在他们的头上。因为你是最值得尊敬的野兽。"

就这样，太阳神孔蒂拉雅给在路上遇到的各种飞禽走兽赐福：凡是说吉利话的，都被他赐予了福气；凡是说丧气话的，都被他施予了诅咒。最后，当他走到海边时，终于发现了已经变成石头的考拉伊和孩子。

孔蒂拉雅伤心欲绝，悔恨自己当初不该那么顽皮。这时，他看到有两个美丽的少女被一条大蛇困在岩石上，于是设法把她们救了出来。在搭救她们的过程中，妹妹变成了一只白鸽。

姐妹两个告诉太阳神，她们的母亲去探望考伊拉了。孔蒂拉雅正心中有火，听说她们的母亲私自去探望考伊拉，十分生气。于是，他又开始搞恶作剧，把她们母亲养鱼池里的鱼偷偷地放进了大海里面。从那以后，浩瀚的大海里才有了无数的鱼。

## 众神传说

创世主帕查卡马克在创造完新一代的人类后，决定离开地球，回到遥远的宇宙中去。因为那里也需要他，还有很多事情等着这位天神去处理。在当时，人类还没有把太阳神视为唯一的主神，所以帕查卡马克决定根据每个天神的特点进行分工，让他们管理不同的地区。

可是，有一件事让帕查卡马克十分头疼。那就是这些天神虽然表面上对他唯命是从，可心里那些邪恶的思想并没有清除。只要帕查卡马克一走，天下肯定会大乱。于是，帕查卡马克再一次把天神召集在一起。他对天神们进行论资排辈。

排在第一位的当然是众神之父，帕查卡马克决定把这个重担交给一向忠厚老实、作风严谨的依科纳，让他对众神进行监督和管理，还给他找一个妻子来做众神之母，大地女神契利比亚胜任了这个职务。因为帕查卡马克认为仁慈、博爱、善良、无私这些优点都能在她身上找到，而且她还哺育了大地上的所有生物。接下来就是七个孩子了：

老大是牧神波克夫。他的品性善良，处事也很随和。除了人类以外，大地上所有动物的生死都由他掌握。此外，波克夫还掌管人间的狩猎牧养之事；老二是空气天神丘兹库特。

他处事公正，一丝不苟，而且还嫉恶如仇。当人类社会的民风恶化时，当世间出现邪恶的行为时，丘兹库特定会挺身而出；老三是酒神欧米图·契特利。他能够为人类酿造出琼浆玉液，人世间的婚丧嫁娶、节庆祭祀的事就由他掌管；老四是淫荡女神图拉索图尔特。她的性格自不必多说，绝对是名如其人。不过她也有她的作用，因为人类的繁衍生息都要靠她的帮助；老五是煞神维特修普·契特利。他性格暴躁，好勇斗狠。因此人世间一切战争和争斗都由他掌管；老六是风神埃斯图亚克。她天真活泼，调皮好动。大地上花草树木的生长消亡都由这位女神掌管。此外，这位调

**黄金饰品　南美洲**
图中饰品系公元700～1500年的南美洲的黄金饰品。这件黄金饰品描绘了太阳神及其子民的聚会，其中较大者为太阳神，他身前与身后都有金太阳的形象，另外十一个男性均为太阳神的子民，象征印第安人。

皮的女神也很喜欢唱歌，所以人世间那美妙的音乐都是她负责的；老七则是雨神卡拉洛克。她本性善良，但脾气有些古怪。如果什么事被她认了死理，根本没有回旋的余地。她掌管的是施云布雨，降雪撒霜。大地上所有的植物都要靠她的雨水发芽、生长。

繁琐的工作总算完成了，帕查卡马克总算长出一口气。他对这些捣蛋的天神们还是放心不下，又不厌其烦地嘱咐几句。最后他向宇宙飞去。

众神把他们的首领送走之后，决定选一个地方作为他们的家。最后，他们选中了风景秀丽、景色宜人的尤凯依山谷。在他们的合作下，众神之家很快就建造好了。

开始，这些天神因为害怕帕查卡马克去而复返，谁也不敢过分放肆。可时间一长，帕查卡马克的嘱咐就逐渐变成了耳旁风。其中闹得最凶的就是酒神欧米图·契特利和淫荡女神图拉索图尔特。

有一天，欧米图·契特利酿造出一种绝佳的美酒，就跑到淫荡女神图拉索图尔特的面前大献殷勤。图拉索图尔特趁机挑逗他，使酒神不能自已。荒唐的事情发生了，天神们都跑过来品尝了美酒，就连众神之父也赶来凑热闹。结果可想而知，包括酒神在内的所有天神都醉倒在地。

几天过去了，很多天神都从酒醉中醒来，唯独被赋予艰巨任务的众神之父母没醒。这下所有的天神都欢呼这"自由日"的到来。他们在人间大施法术，搞得人间乌烟瘴气。

风神埃斯图亚克和雨神卡拉洛克不再像以前那样遵规守纪了。天空中一会儿下雨，一会下雪，一会儿又刮起飓风；煞神维特修普·契特利也玩开了。人类社会到处充满了仇恨、嫉妒和杀戮，战争一刻也没有停止过。最可气的是淫荡女神图拉索图尔特。她才不管什么老人孩子，凡是有血肉的，都被她使了魔法，终日沉迷于享乐。

不过，总算还有两个人是理智的，那就是牧神波克夫和空气天神丘兹库特。他们通过规劝、恐吓、开导等方法，终于让那些捣蛋的天神们收了手。可是，由于图拉索图尔特的

原因，风神埃斯图亚克和雨神卡拉洛克动了凡心，投胎到了球尔卡夫妇家中，做了他们的孩子。雨神卡拉洛克做了姐姐，名叫谷兰；风神埃斯图亚克做了妹妹，名叫布蕾斯比图。

一次偶然的机会，谷兰认识了一位英俊的青年恩依瓦雅。两人一见钟情，纷纷陷入爱河。不久，恩依瓦雅告诉谷兰，他会在丰收的时候娶她过门。可是一段时间后，恩依瓦雅突然变得冷漠了。他不再和谷兰约会，甚至还总找借口躲避她。

原来，淫荡女神图拉索图尔特看到了赶去幽会的恩依瓦雅，被这英俊的小伙迷住了，就向他求欢。恩依瓦雅不受她的摆布。这时，正巧布蕾斯比图路过这里。于是，图拉索图尔就施展魔法使这对青年男女偷尝了禁果。

恩依瓦雅和布蕾斯比图一发不可收拾。恩依瓦雅决定与布蕾斯比图立即结婚。听到消息的谷兰悲痛万分，诅咒喜新厌旧的恩依瓦雅。

婚后，恩依瓦雅和布蕾斯比图有了一个男孩。但在孩子出世后不久，布蕾斯比图就离开人世，返回了天界。恩依瓦雅考虑到孩子一定要有个善良细心的母亲照料，就厚着脸皮来找谷兰，希望能够和她结婚。

此时的谷兰已经对人世间没有留恋，更不会答应这个可耻的负心郎。在巫师和天神的帮助下，她得以重返天界，把那个无情无义的恩依瓦雅留在了人间。

## 凯欧蒂

在印第安神话中，凯欧蒂是出现频率最高的一个人物。从凯欧蒂的故事中，我们也可以窥见印第安人现实生活的一部分。凯欧蒂是一个被神化了的人物，他是印第安人的好朋友。每当人类遇到麻烦和困难，凯欧蒂都会挺身而出，帮助人类摆脱困难。

一次，塞尔蒙河上游出现了一个食人怪兽，附近的不少百姓都被怪兽吞进了肚子里。凯欧蒂知道以后，决定亲自到塞尔蒙河除掉怪兽，拯救人类。出发之前，他就已经制定好了与怪兽的作战计划。为了方便计划的实行，他特意洗了一个澡，好让自己的人气更浓郁一些。凯欧蒂为什么要这样做呢？难倒他希望怪兽吃掉他吗？

怪兽闻到了凯欧蒂的气味，果然向他扑来。凯欧蒂并没有闪躲，像所有无助的百姓一样，瞬间进入了怪兽的肚子里。怪兽的肚子可真大呀，在前行的路上，到处堆满了人类的尸骨。哪里才是怪兽的心脏呢？凯欧蒂迫切需要找到怪兽的心脏，以实施他的计划。这时，他看到了几个在怪兽肚子中还没有死去的孩子，他高兴地问孩子们："孩子们，你们知道怪物的心脏在哪里吗？"孩子们点了点头。在孩子们的带领下，凯欧蒂很快找到了怪物的心脏。

怪物的心脏周围有很多脂肪，凯欧蒂小心地用小刀刮下来，分给那些还活着的人们。这些人已经饿得太久了，他急需要补充能量。接着，凯欧蒂在怪物心脏的附近生

阿兹特克的标志——一只停在仙人掌上的雄鹰。

起了一堆火。一时间，怪物的肚子里浓烟滚滚，大量的烟雾从怪物的眼睛、鼻子、嘴和肛门中排出。怪物疼得死去活来，在地上直打滚。凯欧蒂将小刀分给人们，让人们一刀一刀割取怪物的心脏。随着一声痛苦的吼叫，怪物彻底停止了呼吸。接着，怪物身上的孔道敞开了，凯欧蒂带领人们从孔道中逃了出来。凯欧蒂没有忘记怪物体内的那些尸骨，他将尸骨也都带了出来，并帮助他们一一复活。

凯欧蒂是印第安人的好朋友，他不仅帮助印第安人战胜怪兽，而且也帮助印第安人解决生活上的困难。有一个小村子，村子里的人都有一个巨大的生理缺陷——没有嘴巴。因为没有嘴巴，他们不能开口说话，也不能享受美食，这让他们异常痛苦。一次，凯欧蒂在河边遇到了村子中的一个男人。起初，凯欧蒂并未注意男人。可当男人开口说话的时候，凯欧蒂却只听到一阵哼哼呀呀的声音，根本听不清说什么。难倒是哑巴吗？凯欧蒂忍不住抬头看了看男人，这时他才吃惊地发现，男人是没有嘴巴的，他的声音是从鼻子中发出来的。当他邀请男人吃鱼的时候，男人更是气愤地将鱼摔在了地上。

印第安贵族陶俑

凯欧蒂决定帮帮这个男人。于是，他用刀在男人面部嘴所在的位置划了一刀，男人的面部随即鲜血直流。男人气愤地看着凯欧蒂，用手紧紧地捂着伤口。凯欧蒂笑着说："到河里面洗一洗吧！一切都会好起来的。"男人按照凯欧蒂所说的跳入了河中，出来的时候就已经有了嘴巴，能够开口说话了。男人十分感激凯欧蒂，他希望凯欧蒂能够让他的村里人都有嘴巴，都能开口说话。凯欧蒂答应了，随男人来到了他的村子。在凯欧蒂的帮助下，这个村里的人都像其他人一样有了嘴巴。

虽然凯欧蒂神通广大，但他也有人的七情六欲，而且有些事情他也是办不到的。凯欧蒂有一个美丽贤惠的妻子，夫妻两个人的感情一直很好。当妻子死去的消息传来时，凯欧蒂说什么也不敢相信自己的耳朵。他日夜思念着自己的爱妻，希望能与爱妻再见上一面。可是他没有这样的神通，无法深入地府去见妻子。不过凯欧蒂的朋友魔鬼可以办得到。魔鬼见凯欧蒂伤心不已，就决定带他去见妻子。

听说能见到自己的妻子，凯欧蒂马上有了精神。临行之前，魔鬼嘱咐凯欧蒂，路上要一切都听他的，凡事都按他说的办。凯欧蒂一一应允。只要能见到妻子，让他做什么他都心甘情愿。凯欧蒂跟着魔鬼一直走啊走啊，路上，魔鬼说有一群野马，凯欧蒂就说"是啊"；魔鬼抬起手来摘杨梅，说味道真不错，凯欧蒂也学着他的样子，摘杨梅并称赞杨梅的味道。可实际上，凯欧蒂什么都没看到。终于，魔鬼指着前面，对凯欧蒂说已经到了目的地，他的妻子就住在这座房子里。可凯欧蒂还是什么都没有看到，不过他还是跟着魔鬼进了他所说的房子，并期盼着在里面见到妻子。

夜幕降临时，凯欧蒂果然在房子里面见到了自己的妻子，还有很多其他死去的亲人。

不过妻子的影像很模糊，他只知道那个人是自己的妻子，但却有些不真实的感觉。尽管如此，凯欧蒂还是十分开心。与妻子相处的时间真是太短暂了，当太阳升起的时候，一切都变成了一场梦，凯欧蒂发觉身边的一切都消失了，他只身一人坐在一片草地中。魔鬼告诉他，只有到夜晚，昨晚的一切才会显现，而到了白天，一切又都会消失。

凯欧蒂希望魔鬼能够成全他和妻子，让他带领妻子重回人间。魔鬼想了想，最终答应了凯欧蒂的请求。不过他特别嘱咐凯欧蒂，他们必须翻过五座大山才能重回人间，但在翻越第五座大山之前，他千万不能触碰他的妻子。凯欧蒂高兴地答应了。他带着妻子翻越了一座又一座大山，每翻越一座大山，妻子的身影就清晰一些。然而就在翻越第四座大山之后，随着妻子的身影越来越清晰，凯欧蒂有些按捺不住自己的思念之情，冲过去抱住了妻子。随即，妻子化为了幻影，永远地消失了。凯欧蒂十分懊悔自己的冲动，但一切已经无可挽回。凯欧蒂永远失去了自己的妻子，而人类也失去了复活的机会。

## 卡尔卡和恰斯卡

很久以前，在印加帝国有一位叫作卡尔卡的青年。他外表英俊，内心善良，且勤劳能干，对维拉科查神也十分敬重。每到收获的季节，卡尔卡地里的收成都是最好的。按说他应该有很多财富，可实际上，他却非常贫穷，只有一间破烂的茅草屋可以栖身，既没有家当，也没有牲口。原来，他将收获的果实和谷物都献给了维拉科查神，以感谢神对印加王的眷顾。虽然生活清苦，但卡尔卡却过得十分充实，心情也是非常的愉快。

如果没有遇到恰斯卡，卡尔卡也许一直都会过着这样的生活。不过恰斯卡的出现彻底改变了他的人生，让他有了新的目标，燃起了他奋斗的欲望。恰斯卡是当地一位库拉卡的女儿，长得十分美丽，所有见过她的人无不为之倾倒，卡尔卡也不例外。当然，卡尔卡之所以会爱上恰斯卡，除了她的美貌之外，还有她的坚贞。当时，有些部落有个奇怪的风俗，少女在出嫁前越风骚就越好。因此，附近部落的很多女子都极为放荡，但恰斯卡却守身如玉，从不卖弄风骚。

卡尔卡第一次见到恰斯卡是在一个节日里。因为卡尔卡的善良和热情，库拉卡总是喜欢找他帮助。这次，库拉卡又找到了他。也就是这次帮忙，改变了卡尔卡的一生。因为他遇到了让自己心动的恰斯卡，并有幸与她一起跳了一支舞。回到家中的卡尔卡夜不能寐，满脑子都是恰斯卡的身影。对恰斯卡的思念和爱恋深深折磨着这个年轻人，为了见到自己的心上人，他经常找借口到库拉卡家中去。可大多数时候，他都见不到恰斯卡，有时也只能看到恰斯卡的一个背影或一个转身。但即使是这样，卡尔卡也十分满足。

恰斯卡对卡尔卡也有些好感，一是因为他的勤劳和善良，二是因为他的英俊和潇洒。渐渐的，卡尔卡获得了与恰斯卡相处的机会，而恰斯卡也最终答应了卡尔卡的示爱。此后，他们经常到外面去约会。两个人在一起十分开心，于是他们决定找个机会将他们的事告诉库拉卡。在大多数人看来，库拉卡都算得上是一位慈爱的长者，包括卡尔卡也是这样认为的。不过在女儿的婚姻大事上，库拉卡可就没那么好说话了。

当卡尔卡向库拉卡表白自己对恰斯卡的爱意时，库拉卡陷入了沉思之中。他并不是不喜欢卡尔卡，只是涉及女儿的终身大事，他必须要慎重，必须考虑得更周到、更现实一些。片刻之后，库拉卡开口了。"卡尔卡，无论是相貌和人品，你与我女儿都是十分相配的。但是你应该知道，恰斯卡从小就没受过什么苦，我也不希望她以后过那样的生活，请你体谅一个父亲对女儿的爱。"

　　婚姻不能没有爱情，但婚姻也不能只有爱情，没有物质做保证的婚姻是不可靠的。卡尔卡当然明白库拉卡的意思，以他目前的状况，确实没有能力给恰斯卡比较安逸的生活，但他不能就此放弃，无论有多么艰难，他都一定要得到恰斯卡。想到这儿，他作了一个重大的决定。他郑重地对库拉卡说："请您给我一年的时间，我将用这一年的时间去为恰斯卡创造幸福的生活。如果一年后我做得让您满意，就请您将女儿嫁给我；如果我仍然一事无成，那么为了恰斯卡的幸福，我将主动放弃她。"库拉卡赞许地点了点头。

印加人金像

　　卡尔卡走后，恰斯卡每天都在为他祈祷，盼望卡尔卡早些回来。时间就这样在卡尔卡的祈祷与期盼中一天天过去了，然而恰斯卡的生活却并不平静。当印加王看到恰斯卡的时候，马上被她的美丽所征服，可恰斯卡却委婉拒绝了印加王的示爱。那是至高无上的印加王啊！恰斯卡竟有这样的勇气。不过贤明的印加王并没有怪罪她，反倒被她的坚贞所感染，给予她最真诚的祝福。自印加王之后，恰斯卡的名气更大了，前来求亲者更是络绎不绝。库拉卡虽然谁都没有答应，但暗地里却也在为女儿物色合适的人选。

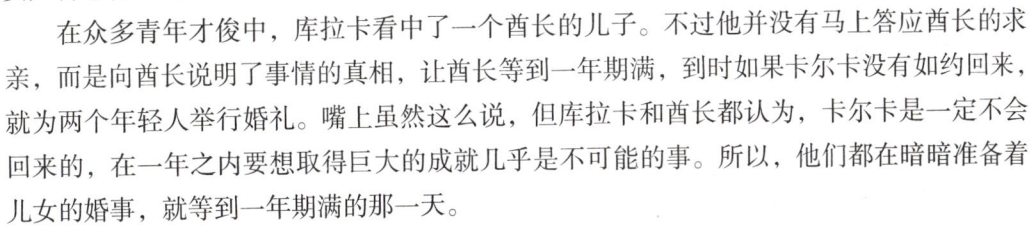

　　在众多青年才俊中，库拉卡看中了一个酋长的儿子。不过他并没有马上答应酋长的求亲，而是向酋长说明了事情的真相，让酋长等到一年期满，到时如果卡尔卡没有如约回来，就为两个年轻人举行婚礼。嘴上虽然这么说，但库拉卡和酋长都认为，卡尔卡是一定不会回来的，在一年之内要想取得巨大的成就几乎是不可能的事。所以，他们都在暗暗准备着儿女的婚事，就等到一年期满的那一天。

　　恰斯卡每天都在期盼卡尔卡的出现，可直到婚礼的前一天，她都没能看到卡尔卡。婚礼当天，恰斯卡没有表现出任何异常，就像已经接受了父亲的安排。可她实际上已经暗下决心，在拜堂时如果卡尔卡还不出现，就割腹自杀。在婚礼现场，就在恰斯卡拔出刀的一刹那，卡尔卡出现了。她的卡尔卡终于回来了，而且还是带着王室赐予的库拉卡拐杖和大量的金银珠宝。

　　原来，卡尔卡离开后，就到了一个沿海的盐场做工，并很快得到了亲王的赏识。亲王在听说卡尔卡的遭遇后，就赐予了他拐杖和巨额财富，让他回去迎娶恰斯卡。不过卡尔卡感念亲王的恩德，一直坚持到离期限还有七天才离开。按说七天已经足够卡尔卡返回，只是他在途中遇上了大雨，耽搁了行程，后来幸好有维拉科查神的相助，他才没有错过恰斯卡的婚礼。

409

卡尔卡回来了,他兑现了自己的诺言,创造了让恰斯卡幸福的条件。库拉卡也没有违背他的诺言,为女儿和卡尔卡举办了隆重的婚礼。在众人的祝福下,卡尔卡终于娶到了自己心爱的恰斯卡。

## 阿钦波娜

阿兹特克国王莫占苏玛有一个十分可爱的女儿,名为阿钦波娜。小公主不仅长相甜美,而且性格也很讨巧,因此深得国王和王后的喜爱。不过遗憾的是,莫占苏玛还没来得及看到女儿长大,就不幸去世了。在他死后,他的儿子也就是阿钦波娜的哥哥继承了王位,而照顾阿钦波娜的重任也就落到了这位新国王的身上。

在兄长的照顾下,阿钦波娜逐渐长成了一位美丽多姿的妙龄少女。可是长大成人的阿钦波娜似乎并不开心,她整日郁郁寡欢,就连哥哥也很难看到她的笑颜。为此,哥哥不知找了多少名医来给她治病,可结果却都是一样的。后来,祭司们认为只有让公主的灵魂得到圣洁,她的忧郁才能被彻底赶走。而要做到最大程度的圣洁,就是成为太阳贞女,做太阳神的妻子。于是,阿钦波娜在兄长的安排下,以太阳神妻子的名义住进了太阳神庙,一心敬奉天神。可即使如此,也没能让阿钦波娜舒展愁眉,她仍然像往常一样忧郁。

就在国王为妹妹的忧郁心烦意乱的时候,另一件大事的发生转移了他的注意力。阿兹特克豹族首领派年轻勇敢的弟弟魁特里亚克前往阿兹特克,欲与阿兹特克王国建立同盟关系。然而,一直与豹族势不两立的鹰族首领们却反对向豹族妥协,他们扣留了魁特里亚克和随行人员,准备交给国王处置。就在魁特里亚克被押往太阳神庙的时候,阿钦波娜恰好也在那里。无意间,阿钦波娜看到了年轻英俊的魁特里亚克。她马上被魁特里亚克迷倒了,由于情绪过于激动,竟一时昏睡过去。无论宫女们怎样呼唤,她都没有再醒过来。最后,大家以为他们的公主死去了,便将这个消息报告了国王。国王为妹妹举行了隆重的葬礼,将其安葬在太阳神庙旁的寝宫之中。

此时,被关押在太阳神庙监狱之中的魁特里亚克还不知道发生了什么。他只知道自己可能会被掏出心脏,作为祭品敬献给太阳神,这让他感到恐惧。然而更让他感到恐惧的是一场同族间的战争,他害怕他的哥哥一怒之下向这个古老的国度发动战争,让手足相残的悲剧再次上演。他默默地祈祷太阳神,希望豹族和鹰族和睦相处,为此他宁愿付出自己的生命。如果上天垂爱,让他看到和平的那一天,那么他愿意将自己的儿子送到太阳神身边,做太阳神宫永远的守护者。

这是一页绘于树皮上的阿兹特克占卜板,图中左侧的形象是一位神灵,周围是与地狱和天堂的神联系在一起的每一天的名字。

祈祷过后，魁特里亚克静静地靠在石壁上，等待太阳神的指示。谁知，他背靠的石壁忽然间坍塌了。魁特里亚克一直沿着石壁坍塌的方向向里走去，不知不觉竟走到了王室的寝宫。在那里，他见到了美丽的阿钦波娜公主。眼前的女子让魁特里亚克怦然心动，他忍不住俯下身去细细端详着这位美丽的女子。忽然，阿钦波娜睁开了双眼。两个人目不转睛地对视着，仿佛久别重逢的恋人。魁特里亚克轻轻拉起阿钦波娜的手，阿钦波娜则顺势靠在魁特里亚克的肩膀上。他们尽情地

**太阳神石雕**
太阳神基尼奇·阿奥被玛雅人视为统治世界的最高神灵，其特征是有螺旋形的眼睛和羽翅披风。

诉说着对彼此的爱慕之情。直到魁特里亚克不得不离开，两个人才依依不舍地告了别。

告别了魁特里亚克，阿钦波娜觉得自己全身都充满了力量。她走出了寝宫，来到了人群之中。人们不禁惊叹，他们的公主又活过来了，而且还会笑了。消息传到国王那，国王几乎不敢相信自己的耳朵。直到他亲眼看到妹妹的那一刻，才确定自己并不是在做梦。阿钦波娜想劝哥哥停止同族相残，可这句话却惹怒了哥哥。当他知道阿钦波娜与魁特里亚克之间发生的一切之后，更为恼火。可阿钦波娜却说那是太阳神的旨意，是太阳神命令她那样去做的，也是太阳神让她劝阻哥哥放弃战争。

一时间，皇宫里乱作一团，大臣们对如何处置公主和魁特里亚克争论不休。最后，大家得出了一致的结论。对于背弃誓约的行为，一定要进行处置，可既然是太阳神的旨意，那就不能是一般的处置，而应以一种特殊的方式进行惩罚。此时，除了少数的几个人，没有人知道公主和魁特里亚克的命运会如何。

夜晚，阿钦波娜和魁特里亚克被带到一条小船上。在卫队的守卫下，小船驶向了一个神秘的小岛。然而这些对阿钦波娜和魁特里亚克来说已经并不重要，因为他们终于可以在一起了。在船上，他们度过了甜蜜的一晚。第二天，他们便来到了小岛。虽然有卫队一直看守着，但他们并不介意。只要让他们一直这样厮守着，其他的一切就都不重要。不久后，他们有了一个儿子。又过了一段时间，岛外传来了豹族与鹰族握手言和的消息。两个人终于盼来了和平的一天。

阿钦波娜和魁特里亚克没有重返故土，因为他们还没来得及动身，就相拥着含笑九泉了。不过魁特里亚克没有忘记自己对太阳神许下的诺言，临死之前，他特意嘱咐儿子，将来要去守卫太阳神宫。后来，他们的儿子果然进入了阿兹特克最大的太阳神庙，成为了那里的守护者，并受到了全体阿兹特克人民的尊敬。

## 羽蛇神和黑暗之神

羽蛇神奎兹尔科亚特尔作了托尔特克人的最高天神。在他的庇护和保佑下，人间出现了从未有过的繁荣景象。

人与人之间没有猜忌、杀戮、怨恨，各个天神都尽忠职守，人类的土地年年丰收；此外，黄金、白银、钻石等各种宝物也十分丰富。人们十分感谢羽蛇神赐给他们的一切。

但是，人间这种繁荣的景象和人们对羽蛇神的崇敬之情却招来另外三个天神的嫉妒，他们就是黑暗之神狄斯克特里波卡、战神惠齐洛波契特利和妖神特拉克胡潘。狄斯克特里波卡喜欢看到天地间一片黑暗，没有生机的景象；惠齐洛波契特利喜欢听人类痛苦的呻吟声，喜欢闻浓郁的血腥味；特拉克胡潘则愿意看到人间一片混乱，人们互相为敌。正因为如此，他们三个憎恨羽蛇神，憎恨他统治下的王国。于是他们想出一条毒计，来对付奎兹尔科亚特尔。

首都图兰城莫名其妙地遭到了从未有过的自然灾害。羽蛇神因为忧心过度，病倒在床上。这天，奎兹尔科亚特尔王宫门前来了一个白胡子老者。他说他能治好羽蛇神的病。在羽蛇神的允许下，这个老头进入了王宫。

羽蛇神病得真是不轻，连说话都显得那么无力。老者关切地问道："尊敬的羽蛇神，您的病情怎么样了？"羽蛇神说道："我感觉很不舒服。如果您能治好我的病，那真是太好了。"老者听后微微一笑，从怀里拿出一个瓶子，说："放心吧！伟大的羽蛇神！喝了这个，您的病就会好的，而且它还会让您忘记所有的烦恼。"

羽蛇神喝下了老者的药，马上感觉精神了许多。他喝了一杯又一杯，对这灵丹妙药爱不释手。喝着喝着，羽蛇神就觉得头脑有些沉重，不知不觉地睡了过去。而那个老者看到睡去的羽蛇神，脸上露出一丝邪恶的微笑。

原来，这老者是黑暗之神狄斯克特里波卡的化身。至于羽蛇神喝下去的药水，根本治不了什么病，那只不过是酒神新酿造出来的龙舌兰酒。这种酒可以让喝过的人昏睡不醒，任人摆布。狄斯克特里波卡看第一步计划已经完成，马上着手实施下一步计划。

羽蛇神的代表、统治人类的国王威马克的宫殿里，来了一位英俊的年轻人。他跪拜在国王的面前，对国王说："尊敬的陛下！我不是会法术的巫师，也不是能起死回生的神医。我所能做的，只有把我这卑贱的身体奉献给您和公主。"

原来，威马克有一个美丽异常的女儿。由于国王的百般宠爱，公主的性格十分傲慢。尽管很多王公贵族向她求婚，但都遭到了拒绝。有一天，一次偶然的机会，当然这个偶然是狄斯克特里波卡制造的，公主看到了英俊青年图威育（狄斯克特里波卡的化身）。公主被图威育英

**奎兹尔科亚特尔塑像**
奎兹尔科亚特尔就是阿兹特克人的羽蛇神。

俊的外表和健硕的肌体所迷惑，以至于神魂颠倒，相思成疾。在万般无奈下，图威育被召进了王宫。

图威育进宫后，公主就再也没离开过自己的寝宫。她与情人终日作乐，过着声色犬马的生活。虽然公主的病一天天地好转，但是她这种过激的行为也招致了全国的非议。在图威育的怂恿下，威马克决定向邻国科特庞科开战，这样能转移人民的视线。尽管那是他们的兄弟王国，另一个信奉羽蛇神的国家。

残酷的战争开始了，在图威育的"英明"领导下，在战神惠齐洛波契特利的帮助下，威马克的军队取得了重大胜利。图威育获得了极高的荣誉，他被国王封为印第安第一勇士。无尽的苦难降临到百姓的头上。图威育与惠齐洛波契特利狼狈为奸，他们想出各种办法折磨、残杀国王的子民，使整个图兰城一片混乱。

**羽蛇神像**
由奎特查尔凤鸟和响尾蛇合体而成的羽蛇是玛雅人崇拜的重要神灵之一，它是传说中文明的缔造者。这位神灵在玛雅文化中被称为"库库尔坎"，是"凤鸟蛇"的意思。

图威育的行为招来了人们的不满，也招来了妖神特拉克胡潘的嫉妒。一天，黑暗之神狄斯克特里波卡、战神惠齐洛波契特利以及妖神特拉克胡潘一同来到集市上，准备在这里制造一场惨案。惠齐洛波契特利变成一个很小的婴儿，跳到狄斯克特里波卡的手掌上跳舞。人群混乱起来，都想看看这奇异的表演，很多人都被踩死。这时，妖神特拉克胡潘趁机挑拨百姓，说这一切都是狄斯克特里波卡和惠齐洛波契特利的阴谋。愤怒的人群冲上前去，把狄斯克特里波卡和惠齐洛波契特利杀死在集市上。

这两个天神死后仍然作恶，他们的尸体散发出有毒的臭味，使数以万计的善良百姓死于疾病。妖神特拉克胡潘唆使人们把这两具尸体抬走。人们按照他的指示，用绳子绑住尸体，然后让几百个壮士负责拉绳子。但是，狄斯克特里波卡和惠齐洛波契特利的尸体太沉重了，根本就拉不动。更可怕的是，所有拉绳子的人都因为感染尸毒而死去。

羽蛇神奎兹尔科亚特尔醒来后看到眼前的情景十分心痛，对自己的臣民在邪恶的驱使下把国家搞得如此狼狈的状况也十分气愤。他对人类失去了信心，感到非常的失望，于是决定离开那些受到他庇护的人类，回到自己的故土特拉巴兰国。

羽蛇神望了一眼曾经繁荣的国家，留下了伤心的眼泪。他把宝藏藏了起来，把宫殿付之一炬，把人世间一切美好的东西都带走了。

## 黑暗女神

宇宙形成之后，天地间一片欣欣向荣，所有人都过着安居乐业的日子。突然有一天，黑暗从这个世界上消失了。尽管人们都不喜欢黑暗，可当失去它的时候，人们却感到无比地痛苦。整个世界没有了白天和黑夜之分，人们因为始终处于光明之下而无法休息。

□古罗马神话彩图馆

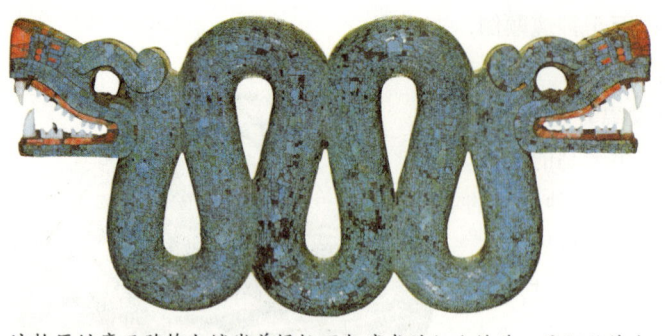

这枚巨蛇魔王胸饰上镶嵌着绿松石打磨成的细小鳞片，是阿兹特克人精美绝伦的文物之一。

村子里有一个善良的年轻人叫原冉。他看到乡亲们受苦，心中十分不安。原冉四处打听，看看有什么办法能够让世界恢复原貌。后来，他从一个老人口中得知，这一切苦难都是由妖蛇苏鲁古古造成的。

苏鲁古古是一条巨大的心肠歹毒、冷血无情的蟒蛇，她和她的亲戚们盘踞在一座高山上。苏鲁古古以破坏人们的美好生活为最大的乐趣。一次偶然的机会，她得到了一个具有魔力的篮子。苏鲁古古把黑暗女神骗到家中，用篮子把她囚禁起来。

原冉回到村子里，对族长说："尊敬的族长，请您允许我去妖蛇苏鲁古古那里把黑暗女神救出来。"族长听后很高兴，对他说："亲爱的原冉，勇敢的年轻人，我为你拥有这样高尚的品格而高兴，整个部族也会为你感到骄傲。不过，妖蛇苏鲁古古十分贪婪，你这样空手前去是救不了黑暗女神的。我这里有一把漂亮的弓箭，你就拿它作为礼物和苏鲁古古交换吧。"于是，原冉拿上弓箭，来到了苏鲁古古的住处。

苏鲁古古对原冉的到来感到很惊讶，因为还从没有人类敢来这里。她假装仁慈地说："可爱的年轻人，我有什么能帮你的吗？你到这里来是为了什么呢？"原冉回答说："我是来这里寻找黑暗女神的，没有了她乡亲们十分痛苦。"

苏鲁古古一听他想要回黑暗女神，马上变了脸色，不高兴地说："你以为你是谁？你的族人受苦关我什么事？黑暗女神现在归我了，我可不能把她随便放走。"原冉不慌不忙地说："我可以用这把漂亮的弓箭和你交换。"苏鲁古古瞥了一眼，说："你这是在取笑我啊！你都看到了，我根本没有手，那把破弓箭对我没有任何用处。"没办法，原冉只好沮丧地回到了村里。

过了几天，原冉又一次来到了苏鲁古古的家。苏鲁古古奸笑着说："年轻人，这次你又带来了什么啊？"原冉从怀里掏出一个铃铛，对她说："你看这个，它的声音多清脆啊！我用它交换黑暗女神好吗？"果然，苏鲁古古对铃铛产生了兴趣，高兴地说："可爱的小伙子，我很喜欢你的礼物。你可以把它拴在我的尾巴上，那样我就可以向别人炫耀了。不过，你的这个礼物还是太轻，不能作为交换黑暗女神的条件。"

原冉看她有点动心，接着说："如果你能够答应我的要求，我还会拿一些剧毒的毒药送给你。"这下正中苏鲁古古的下怀，她马上说："好好好！只要你能给我找来天底下最毒的毒药，我就一定把黑暗女神还给你。"

过了几天，原冉带来了毒药。他把铃铛系在了苏鲁古古的尾巴上，把毒药放在了她的嘴里。从那以后，苏鲁古古和她的后代就变成了剧毒的蛇，而且在遇到敌人时他们的尾巴还会发出响声。人们管这种蛇叫作响尾蛇。

原冉终于拿到了装有黑暗女神的篮子。消息不胫而走，所有的人都来到了原冉的家。大伙说："原冉，你真的把黑暗女神救回来了吗？你该不是骗我们的吧？快打开来让我们看看啊，我们早已经等不及了。打开吧，我们还不知道神是什么样子呢？"原冉向大家解释道："请大家不要着急，这个篮子里装的确实是黑暗女神。你们放心，过些时候我会把她放出来的。因为苏鲁古古嘱咐过，在月亮升起的时候是不能把篮子打开的，否则会招来灾难。"

　　族人们根本不理会他的话，反而责备起来："唉呀！看一眼有什么啊？放心吧！没人会抢你的功劳。我们只是看一眼而已。"在族人的一再坚持下，原冉只得打开了篮子。

　　可怕的事情发生了，黑暗女神从篮子里飞了出来，突然间天地变成一片黑暗。那些愚蠢的人一个个都被吓得四散奔逃。原冉赶忙对着天空大喊："月亮啊！你快出来吧！你在哪里呢？"这时，苏鲁古古带着魔军赶来，要夺回黑暗女神。他们把原冉团团围住，不让他动弹。苏鲁古古的妹妹，毒蛇扎拉拉克还趁机在原冉的脚跟上狠狠地咬了一口。

　　月亮出来了，黑暗女神再一次被苏鲁古古抢走，原冉因为中毒也倒地身亡。临死前，他诅咒道："可恶的扎拉拉克，你逃不了的。我的族人会为我报仇！"

　　世界又恢复了光明。人们看着倒在地上的原冉十分伤心。他们为自己的愚蠢感到羞愧、为原冉的死感到悲伤。在族长的号召下，人们四处寻找草药。人们在原冉的尸体上涂满了神奇草药的药汁。奇迹发生了，原冉重新获得了生命。

　　刚刚复活的原冉一刻也没有耽误，马上找到了一些新的毒药，像以前一样，从妖蛇苏鲁古古那里把黑暗女神救了出来。这一次，人们没有争吵着要看黑暗女神。他们一切都听原冉的吩咐。后来，黑夜终于回来了，人们重新过上了正常的生活。

　　但是，苏鲁古古却没有忘记原冉的诅咒。她害怕人们真的去找自己的妹妹报仇。在把黑暗女神交给原冉之前，苏鲁古古从世界各地找来了一切丑恶的东西。她把这些东西和日尼班树浓黑的汁液混在一起，涂在了黑暗女神的身上。

　　从那以后，黑暗就变得更加恐怖吓人，很多见不得人的事都是在夜晚发生的。同时，由于黑暗女神身上带有毒液，所以人们到晚上总会有腰酸背痛的感觉。

## 日月神

　　宇宙初成的时候，世界没有白天黑夜之分。天地间没有一丝的光亮，整个世界都被无尽的黑暗笼罩着。所有的阿兹特克天神聚集在了一起，来到那座被称为众神之山的特奥蒂华冈山上，商讨如何给世界带来光明。

　　一位名叫乔吉卡特利的天神率先站起来说："诸位天神，我们存在的意义就是为百姓造福。现在，我们却因为懦弱而不敢去承担这份工作，那么就让我，乔吉卡特利，来承担这艰巨的工作吧！我愿意为子民的幸福作出牺牲，去照亮那黑暗的宇宙。"众神都很佩服乔吉卡特利的这种大无畏精神，一致表示赞同。

　　可是，这项任务不能交给乔吉卡特利一个人，因为他也需要休息。于是，众神决定再选出一个人做乔吉卡特利的助手。

**羽毛盾牌**
仪式上使用的羽毛盾牌，是用来奖励战斗中表现英勇的阿兹特克战士的。

会场再一次出现了沉默，过了许久，也没有一个人表示愿意接受这项任务。突然，一位天神提议道："为什么不问问纳纳华冈呢？也许他愿意去。"这时，众神都把眼光落在了蜷缩在一角、相貌丑陋、病病歪歪的纳纳华冈身上。

纳纳华冈的身上长满了烂疮，整天都有气无力，因此一直以来都不为人重视。听到有人提议让他去照亮宇宙，纳纳华冈觉得自尊心得到了极大的满足，认为自己终于有了出头之日。他毫不犹豫地回答道："是的！我愿意接受这份光荣的任务。"

接下来要做的，是为这两位天神举行一场盛大的祈祷仪式。众神在特奥蒂华冈山上点燃了一大堆篝火，乔吉卡特利和纳纳华冈也都拿出了自己的贡品。乔吉卡特利比较富有，他为上天献上了金子制成的大球、美丽多彩的鸟羽毛、上等的香树脂以及沾有他自己热血的红贝壳针刺；纳纳华冈虽寒酸，但也是诚心一片。他为上天献上了由九根稻草制成的小球、颜色单一的芦苇、自己身上的脓水以及沾有他鲜血的龙舌兰刺。当然，这些已经算得上是纳纳华冈的全部财产了。众神看到他们两个准备完毕，又施展法力为他们建了两座金字塔。盛大的祈祷仪式开始了。

四天四夜过去了，伟大的时刻即将到来。众神们给乔吉卡特利披上华丽的羽毛制成的外衣，给纳纳华冈披上了纸做成的外套。他们对着两位天神跪拜，高声喊道："时间到了！世界将因你们而充满无限的光明。乔吉卡特利，你是伟大的天神。为了百姓苍生，跳入那熊熊大火之中吧。"

乔吉卡特利被众神的话语激励，雄心勃勃地来到篝火前面。可当熊熊的火焰映入他的眼睛时、当炙热的火苗窜到他身上时、当木柴在火中发出"噼啪"的呻吟声时，乔吉卡特利退缩了，心中感到了前所未有的恐惧。他鼓足勇气，闭上眼睛，打算一下跳入火堆之中。可是恐惧再一次战胜了他的理智，他又退缩了。就这样，乔吉卡特利一连试了四次也没有跳入火中。

众神觉得有必要让他冷静一会儿，于是转身对纳纳华冈说："伟大的纳纳华冈天神，乔吉卡特利没有勇气跳下去，世界的光明和人类的幸福都要拜托你了。请跳下去吧，义无反顾地跳下去。"话音刚落，纳纳华冈就纵身跳入篝火之中。

此时，乔吉卡特利为自己刚才的犹豫感到羞愧，对纳纳华冈这种真正的勇敢感到钦佩，还没等众神再一次召唤，就已经跳入了大火中。

熊熊的篝火燃烧得更旺了，大火也在为这两位天神的献身而歌唱。这时，天空中飞过的雄鹰看到了天神的壮举，也义无反顾地投入火中。从那以后，雄鹰的羽毛就变成了黑色。之后，一只美洲豹也想追随而去，被众神拦下，但它的皮毛已经溅满了火星。从那以后，美洲豹的皮毛上就留下了黑亮的斑点。

众神因为不知道太阳会从哪个方向升起，于是就分成四组，分别向东西南北四个方向跪拜。他们虔诚地祈祷着，希望那能够放射出无限光芒的太阳早日升起。

东方的天空上出现了一缕光明，起初是淡淡的、微弱的，随着时间的推移，光明也一点点地加强。太阳升起来了，他终于从天边跃出，那么明亮、那么鲜红。正当众神为太阳的出现欢呼雀跃时，月亮也紧跟着升起了，就像当初他们投火的顺序一样。

太阳和月亮刚出现时，是拥有一样的亮度的。也就是说，相当于有两个太阳照射大地。众神发愁了，因为如果那样世界上依然没有白天和黑夜之分。这时，一位机智的天神抓起一只兔子，奋力抛向月亮。从那以后，月亮失去了大部分的光芒，变成了现在这个样子。

众神长出了一口气，为光明的到来感到高兴。可是，当太阳升到众神头顶上时，突然停了下来。这时，有人大喊道："不好！这样下去我们一个个都会被烤焦的。"又有人说："不只是我们，世界上一切生命都会遭到灭顶之灾。快想想办法吧！"

最后，诸神认为，必须献出所有人的生命，才能让太阳继续移动。于是，面向东方的天神首先开始献祭了，因为太阳是从东方升起的。他们将法力汇聚在一起，使身体变成无形的风。飓风在东方盘旋了一会儿，依次向南方、西方、北方刮去，所有的天神都将自己融入了风中，除了双生子神肖洛特利。

肖洛特利胆小如鼠、自私自利，他才不愿意为了什么苍生而献身呢。当飓风刮来时，他拔腿就跑。他先是变成一个双杆玉米，被众神发现；紧接着又变成一株双茎龙舌兰，又被众神揪出来；最后他又变成一尾鱼，结果被众神逮住，融入飓风。

飓风飞入天空，不停地向西推动太阳。等太阳走完它的轨迹后，飓风又推动月亮移动。从那以后，太阳和月亮就按照自己的轨迹，每天由东向西交替出现。

**乔吉卡特利与纳纳华冈**

画面左面是乔吉卡特利，右面是纳纳华冈。由于乔吉卡特利的胆小，纳纳华冈首先跳入祭祀之火，变成太阳；乔吉卡特利随后跳入，变成月亮。他们交替出现，为人类带来光明。

## 复仇之神

古时候，在尤拉卡雷人的土地上，曾发生过一次毁灭性的火灾。这是魔鬼萨拉鲁马的杰作，他用大火毁掉了这里的一切，就连牲畜也无一幸免。不过，有一个人却幸运地躲过了这场火灾。当然，后来萨拉鲁马也发现了这个人，只是那时候他已经不想再杀人了。看着那个人痛苦绝望的样子，萨拉鲁马反倒有些可怜他。萨拉鲁马把一些作物的种子交给那个人，让他开始新的生活。

那个幸存者在萨拉鲁马的帮助下活了下来，可是他非常孤独，迫切希望有其他人的陪伴。一天，他在自家的田园中看到了一位美丽的女子。他将女子带回了家，并娶她为妻。不久后，他们又有了孩子。一家人在这片土地上幸福地生活着，就这样过了很多年。转眼间，他的子女都长大了。在他的众多子女中，有一个女儿最为特别。说她特别，是因为她不仅生得婀娜多姿，而且还十分喜欢红色，常常将自己的全身都涂满红色。这位姑娘对红色的痴迷可以说是到了无可附加的地步，当她看到开满紫红色鲜花的乌列树时，竟然爱上了这棵树。

姑娘每天都到河边对着那棵乌列树自言自语，她多么希望这棵树能变成一个英俊的男子，那样她就可以天天与他在一起了。在其他人看来，姑娘的举动太过疯痴，可姑娘似乎有所预感，知道她的梦想一定会变成现实。所以无论其他人说什么，她都一心一意地爱着乌列树。有一天，乌列树真的变成了一个英俊的男子。姑娘惊喜不已，而男子也表达了自己的爱意。

姑娘的心愿终于实现了，不过她每天只能在夜晚见到乌列，只要天一亮，乌列就消失了。这让姑娘十分苦恼。想来想去，姑娘决定把乌列的事告诉母亲，让母亲帮助自己想办法。母亲告诉姑娘，如果她想获得幸福，就必须将乌列长久地留在身边。母女俩商量着，决定强行将乌列留下来。这一天，乌列又来找姑娘，姑娘按照事先的计划将乌列用绳索紧紧地束缚住。乌列动弹不得，几天之后，终于答应与姑娘长相厮守。

成亲之后，姑娘和乌列度过了非常甜蜜的一段日子，姑娘还有了身孕。可就在他们如此接近幸福的时候，幸福却忽然离他们远去了。乌列在一次上山打猎的时候被豺狼吞噬了，只留下残缺不全的尸体。姑娘在得到消息以后，连忙上山去寻找乌列。也许是姑娘的坚强和忠贞感动了上天，当她将乌列零碎的尸体拼凑在一起的时候，乌列竟然奇迹般地复活了。可是复活的乌列却不愿意和姑娘一起回去，因为他的面部已经被毁了容，他觉得自己已经配不上姑娘了。他强行和姑娘分了手，就一个人头也不回地向远方走去。

**图兰古城的印第安武士石像**

这些高大的印第安武士石像耸立在墨西哥图兰古城的羽蛇神金字塔庙的顶端，曾经是支撑庙宇屋顶的柱石。这是托尔特克文明的产物之一，托尔特克是阿兹特克之前在墨西哥叱咤风云的三大部落之一，他们创造出了令人瞩目的文化，图兰城是他们的首都。

姑娘迷茫地向前走着，她也不知道自己要去哪里。不知不觉间，姑娘竟来到了美洲豹的家中。豹妈妈盛情款待了姑娘，可她担心自己的四个儿子回来后会对姑娘不利，就将姑娘藏了起来。不过她的儿子们还是嗅到了姑娘的气味，他们想要吃掉姑娘，可他们的母亲不许。尽管有豹妈妈的保护，但一个人的力量毕竟是有限的，四个儿子还是残忍地撕扯了姑娘的身体。当他们发现姑娘体内还有一个婴儿的时候，都决定将这个婴儿献给他们的母亲。豹妈妈假意将婴儿放在罐子里，说是过会儿煮着吃，实际上却悄悄地将婴儿藏了起来，暗中将婴儿抚养成人，并为其取名吉利。

吉利长大后，对豹妈妈十分孝顺，这让豹妈妈十分欣慰。由于生得一身神力，他总是能轻易捕获各种猎物。而这些捕获的猎物，他一般都拿来孝敬了豹妈妈。一次，吉利无意中听说了自己的母亲惨死的真相。他暗下决心，一定要杀死那四个美洲豹，为自己的母亲报仇。如今的吉利已经十分强壮，那四个美洲豹显然不是他的对手。很快，他就杀死了三个。在他即将杀死第四个美洲豹的时候，天上的月亮下凡救了它。而可怜的豹妈妈则转眼失去了四个儿子。吉利为了保护豹妈妈，亲自划了一块地给它，并规定其他任何人都不许进入豹妈妈的领地。

有着超自然能力的吉利成为了世界的主宰，不过他的心中却充满了仇恨，他要让这个世界也充满仇恨。他在人间广播仇恨的种子，使人类战争不断、血斗不止。直到今天，这颗种子也仍然在不断发芽。

# 太阳鸟

无边的大火降临了世界，所有心中充满罪恶念头的人类都被烧成灰烬，只留下一对没有下半身的男女和超人奥琪、奥珂两兄弟。

那对夫妻终日以打鱼为生。他们穷尽自己所有的财富、智慧，并以他们的下半身为代价换得了一只具有神奇魔力的篮子，篮子里面囚禁着太阳鸟，太阳鸟美妙的歌声不时从里面传出。人类第一次被毁灭后，太阳鸟就被这对夫妻"收藏"起来。太阳因为失去了太阳鸟的灵气而变得痴呆，终日傻傻地停在东方的天空上。因此，在那个时候，世界是没有白天和黑夜之分的。

**阿兹特克面具**
体现了阿兹特克人的审美特点，额头宽广，鹰勾鼻子，耳朵与鼻子上打孔以佩带饰物。

有一天，男人来到一条小河钓鱼，奥琪看上了他漂亮的金鱼钩。于是，奥琪变成一条肥硕的鱼，想要偷走金鱼钩。不想，他还没下手就被男人逮到。正当男人准备杀死这条鱼时，哥哥奥珂变成一只大鹏鸟救走了弟弟，并且还偷走了男人的金鱼钩。

奥珂变成普通人的模样，把金鱼钩挂在耳朵上出现在男人面前。这时，他发现了男人那神奇的篮子，于是提出愿意出高价钱把篮子买下来。男人觉得他刚才的举动侮辱了自己，

□ 古罗马神话彩图馆

**太阳神像**
在这个石盘中央是一只鸟，即太阳鸟，底下的人面是太阳神。太阳鸟的上方是代表光明与力量的太阳之光。

拒绝将篮子卖给奥珂。

奥珂灵机一动，用诱惑的口吻对男人说："可怜的男人啊！那个篮子对你来说根本没什么用。你如果愿意把它卖给我，我可以用我最珍贵的东西和你交换。"说到这里，奥珂偷看了男人一眼，发现男人的眼中闪过一丝光芒。他知道有戏，于是加紧攻势："真是太可怜了！为了这么一个篮子，你和你的妻子都失去了下半身。你们不仅行动不方便，而且还不能生儿育女。你觉得这一切都值得吗？听一听我的劝告吧！我是真心想要帮助你的。如果你把篮子卖给我，我会让你和你的妻子重新获得下半身，而且你们可以凭借它繁衍后代。"

男人被奥珂出的"高价钱"打动了，同意把篮子卖给奥珂。于是，奥珂找来一些泥土，为这对夫妻重新塑造了下身。男人为有了下半身感到非常的高兴，把篮子给了奥珂，说道："我是一个守信用的人，从现在开始你就是这个篮子的主人。不过有些事我必须嘱咐你，我知道好奇心会一直驱使你打开这个篮子，但是你千万不能那么做。否则，那只调皮的太阳鸟将一去不复返。切记！切记！"

奥珂满心欢喜地提着篮子朝森林中走去。这时弟弟奥琪突然出现在他的面前。奥琪的两只眼睛死死地盯着篮子，好奇地问："哥哥！这漂亮的篮子里面装的什么啊？为什么从里面传出那么美妙的声音啊？"奥珂赶忙把篮子护住，掩饰说："没什么！一只小鸟而已。不过我不能给你看，因为它会飞走的。"聪明的奥琪知道篮子里面一定有鬼，心里盘算着如何抢到那个篮子。

两兄弟一路无话，径直朝森林中的家走去。此时已是黄昏时分，两兄弟都感觉有些饥饿。于是奥珂对奥琪说："弟弟！你看前面有棵果树。你爬上去摘些果子下来做我们的晚餐，我饿得不行了。"奥琪鼓着嘴，一脸的不情愿，但哥哥的话总还是要听的。不过，奥琪也不笨。他爬到树顶上，用有力的双臂把树枝摇晃得"沙沙"响，然后对树下的哥哥说："树上的风太大了，我根本够不到果子。还是你来吧哥哥，你的身体比我强壮些。"

奥珂虽然心里知道奥琪可能是在耍花招，不过在饥饿的驱使下，他还是爬上了树顶。这下可乐坏了奥琪，他偷偷地打开了篮子的盖。突然，那美丽的歌声停止了，伴随着一声凄厉的惨叫，太阳鸟冲出了那个束缚它太久的监狱。天地间突然一片黑暗，太阳也追随太阳鸟而去。灾难又一次降临到了人世，倾盆的大雨从天而降，无尽的洪水在陆地上肆虐。那对夫妻好不容易建立起的新的人类世界，也在这场大洪水中消失。

奥琪害怕极了，为自己当初愚蠢的行为感到后悔。他躲在一座没有被洪水淹没的高山上，蜷缩着身体，忏悔自己的罪恶，而可怜的奥珂则为了把太阳鸟找回来，变成了一只蝙蝠，朝天边飞去。

420

可怕的大洪水终于退去了，世界恢复到了原来的样子。不同的是永恒的黑暗代替了光明，因为太阳已经不知所踪。奥珂尽管找遍了所有的地方，但依然没有找到太阳。他累了，已经没有力气继续下去了。

于是，奥珂派出了忠诚的极乐鸟，让它去寻找消失的太阳。

极乐鸟又一次来到东方，但并没有发现太阳。突然，不知从何处刮来一阵可怕的大风，把极乐鸟吹到了西方，那是地球的另一端。

极乐鸟揉了揉眼睛，突然发现它寻觅已久的太阳居然躲在这里。由于太阳鸟的存在，太阳也显得比以前有生气了。

极乐鸟找了一块云彩把太阳包了起来，因为太阳的温度实在太高，如果直接用爪子拿，肯定会被烤焦的。

正在这时，一只顽皮的猴子发现眼前有一个硕大的"桃子"，于是就把太阳外面的云彩一层层地剥了下来。

太阳鸟又一次获得了自由，冲上了天空。为了不让极乐鸟逮到，它按照一定的轨迹，自东向西，周而复始地绕着大地转圈。那只过于执著的极乐鸟则没有一刻停止过追逐。有时候，太阳鸟会被极乐鸟逮住，这时就会出现我们看到的"日食"现象。但过一会，太阳鸟就会再一次挣脱出来，继续逃跑。

这种追逐一直持续到现在。

至于奥珂和奥琪两兄弟，一个往东走去，一个往西走去。他们按照自己的意愿，在东方和西方各开辟出了一个新的人类世界。

其中，奥珂的贡献最大。他不仅给新的人类世界带来了必需的动物和植物，而且还教给人类耕种、饲养、狩猎、用火等生存技巧。此外，他还创造出了人间极品美味——甜酒。最后，奥珂离开了他所创造的第四代人，飞向天空。

# 豹王之子

从前，有个叫作库安东的猎人。他有两个年轻美丽的女儿，很讨人喜欢。眼下，两个女儿也都到了出嫁的年龄，前来提亲的人很多，不过却没有一个让库安东和两个女儿满意。库安东不想委屈女儿，所以女儿的婚事也被一拖再拖。

一天，库安东到森林中打猎。临近傍晚时，他开始往回走。走着走着，他忽然发现后面有人跟着自己。一种不祥的预感涌上心头，回头一看，豹王尼祖恩格列正带着随从向自己走来。库安东害怕极了，他早就听说了豹王的厉害，不过他很快心生一计。当豹王走到库安东面前，他连忙谄笑着说："尊敬的豹王殿下，我有两个美丽的女儿，正想把她们嫁给您呢。"豹王早就听说了库安东的两个漂亮女儿，现在库安东主动做媒，他当然乐意笑纳，于是命令随从放走了库安东。

回到家中，库安东将自己的遭遇说给妻子和女儿听。两个女儿听说父亲要把她们嫁到那么远的地方去，不由得伤心地哭了起来。库安东虽然十分心疼女儿，但此刻却什么都没说。深夜，趁大家都入睡的时候，库安东悄悄来到了仓库。他用两根木头做成了两个女孩，并把这两个女孩打扮得十分美丽。做好之后，库安东就锁上了仓库的门。这是一个秘密，绝对不能有任何人知道，包括他的妻子和女儿。

当库安东再次打开仓库门的时候，他看到的不是两个女孩，而是五个。想必是那两个女孩坐着或躺着的时候碰触了其他的木头，所以就出现了五个同样美丽的女孩。库安东高兴极了，他正好可以把多余的三个许配给豹王的属下，那样豹王肯定会更加高兴的。准备好了一切之后，库安东就把这五个女孩送上了出嫁之路。临行之前，库安东特别嘱咐她们，让她们到一个叫作浮库的地方去，并在那里出嫁。

五个女孩拜别了库安东，就开始上路了。走了没多远，一个女孩因为口渴弯下腰来喝水，结果却永远地倒了下去。剩下的四个女孩非常悲伤，她们安葬好同伴后，又继续上路。在路上，又有两个女孩先后死去了。最后，只剩下两个女孩继续赶路。她们已经走了很远，应该离浮库很近了。就在这时，她们遇到了一个十字路口。两个人都不知道该往哪个方向去，一时间争论不休。忽然，一只郊狼出现在她们眼前，对她们说："你们向着各自的方向去，就会获得各自的幸福。"两个女孩信以为真，走上了不同的道路。

通往浮库的路只有一条，因此也只有一个女孩到达了浮库，而另一个女孩则上了郊狼的当，被郊狼掠入洞中。到达浮库的女孩很快见到了豹王，并向豹王表明了自己的身份和来意。豹王好奇地问："你的父亲答应嫁给我两个女儿，为什么只有你一个人呢？"女孩向豹王讲述了她们的遭遇。豹王听后大怒，忙带人前去搜寻郊狼和自己的未婚妻。郊狼见豹王亲自前来，急忙从后山逃命去了，而豹王则将自己的另一位未婚妻带回了浮库。一时得到两位美丽的妻子，豹王十分高兴。

几个月后，大老婆有了身孕，豹王就让大老婆在家中休息，自己带着小老婆外出干活。大老婆虽然在家休息，却也没闲着，她帮忙将采回的棕榈枝变成各种器物。豹王的母亲对这两位儿媳妇很是反感，两姐妹对这个婆婆也同样很不满。以前相处的时间少，倒也一直相安无事。现在大老婆整日与婆婆相处，就难免生出很多摩擦来。一次，婆媳二人又吵了起来。婆婆一气之下打了儿媳，没想到却要了儿媳的命。老太婆被吓坏了，忙扔下手里的东西逃出了家门。

豹王和小老婆回来后，见大老婆已经断了气，十分悲伤。此时大老婆已经临近生产，豹王忙叫人找来产婆。在产婆的努力下，两个小生命顺利诞生了。豹王为这两兄弟取名里吉和马涅。他不忍看到两个孩子一出生就没有母亲，于是让小老婆做了他们的母亲，抚养照顾他们。小老婆欣然接受了，她当然愿意照顾姐姐的亲生骨肉。里吉和马涅一天天长大了，但他们却不像其他的孩子那么爱说话。

一次偶然的机会，两个孩子得知了他们的母亲早已

**绿石面具**
面部所饰的浅浮雕横带，是脸部涂绘的象征。据说这种面具罩在死者的脸上，可以得到鬼神的照顾。

被他们的奶奶杀死,现在的母亲并不是他们的亲生母亲,而是他们的小姨。回家之后,他们痛哭不已,并将一切都告诉了小姨。他们恨透了他们的奶奶,决定找到那个该死的老太婆,为他们的母亲报仇。

功夫不负有心人,他们找到了奶奶,并亲手杀死了她。可是当他们点燃大火欲将奶奶的尸骨焚烧殆尽的时候,里面的尸骨却飞出来砸死了马涅。失去弟弟的里吉再次承受了生命的重创,他决定消灭整个豹族,以除后患。

里吉将自己的想法告诉了小姨,并希望获得小姨的支持和帮助。小姨虽然认为他的想法有些疯狂,但想到死去的姐姐,她马上答应了里吉的请求。

里吉运用魔法让小姨怀了孕,在她分娩的时候,里吉将她带到一片森林中,将其分娩出的小人全部变成强壮的武士。

眨眼间,一支强大的军队便组建起来了。在进攻的前夜,里吉将父亲和小姨送上了天,让他们可以在天上团圆。

之后,他亲自率领军队攻入豹族的村落,将豹族战士全部消灭。在那片土地上,他建立了新的国家。

在一切安排妥当之后,里吉也飞上了天空,与他的亲人团聚去了。

## 众神之战

在景色宜人的劳·拉那山山顶的圣湖边,居住着怒神劳。他性格残忍、脾气暴躁,同时还崇尚武力,主张用暴力解决一切。

劳是劳山一带众神的首领,很多残暴的天神归附于他的麾下。其中,最为有名的就是大力神拉克。拉克的身材十分高大,而且双臂力大无穷。

劳还经常带领手下的天神们变成各种凶禽猛兽,在圣湖边上的一块平原上玩耍。

智神斯凯尔居住在克拉玛特沼泽地,他性格温和、乐善好施,是沼泽地一带众神的首领,很多善良的天神都归他领导。他经常和手下的天神一起,变成驼鹿、羚羊、狐狸、郊狼、秃鹰、山鹰以及鸽子等具有灵性的动物,在沼泽地附近的陆地上玩耍。有时,他们也会和怒神劳的队伍相遇,一同嬉戏。双方虽性格不同,但由于有着相同的地位,所以很长时间以来相处得还算融洽。

有一天,怒神劳和智神斯凯尔相遇了。两位天神嬉戏了一会儿后,都觉得有些累,就坐下来休息。

怒神劳先打开了话匣子。他说起话来像打雷一样,而且还十分粗鲁。他对斯凯尔说:"你看看你!真是太没用了!才运动一会儿就累得气喘吁吁!拥有强壮的胳膊和健硕的大腿是取得一切胜利的关键。"

斯凯尔反驳道:"闭嘴吧!只有野蛮者才会那么崇尚暴力。我们是天神,我们是这个世界的统治者。你要知道,世界万物之所以受我们的统治,对我们顶礼膜拜,并不是因为我们拥有可怕的暴力,而是因为我们有无穷的智慧。"

话音刚落，大力神拉克就挥动起他的双臂，在大地上重重地砸了一拳，马上就把地砸出一个大坑。然后瞪着那双灯笼般的眼睛吼道："是吗？伟大的智神斯凯尔！你告诉我，你能用你的智慧砸出这个坑吗？"斯凯尔的队伍也不甘示弱，马上有人还击道："当然不能，因为那样做是有失身份的。你能用你那笨重的双手算数吗？你知道一加一等于几吗？你这个大笨蛋！"

"什么？你敢骂我是大笨蛋？"

最后矛盾升级了，从嘴仗发展成为战争，以怒神劳为首的劳山众神坚持力量可以决定一切，而以智神斯凯尔为首的沼泽地众神则坚信智慧可以战胜一切。

在体力上，斯凯尔本来就不如劳，更何况劳住在山顶，占有着极其有利的地形。最后，智神斯凯尔在战役中丧生。

怒神劳欢喜万分，觉得这足以证明他的观点是正确的。为了炫耀，他把斯凯尔的心脏挖了出来，并邀请所有的天神都来到劳·拉那山，他要在自己的领地上举行一场盛大的宴会以及一场竞技比赛。

所有的天神都来到了劳山顶上。在到会的所有天神中，有一部分人并没有把心思放在宴会和竞技赛上，他们就是斯凯尔手下的沼泽地众神。

这些天神对斯凯尔非常忠心，一直想找机会为领袖报仇。他们知道，在这次怒神的庆功会上一定可以看到斯凯尔的心脏。只要得到那个心脏，把它放进斯凯尔的躯体里，那么他就可以复活。因此，这些天神一直在观察着周围的动静，等待时机。

盛大的宴会开始了，怒神劳先是大大地吹嘘了一番，然后宣布进行竞技比赛。第一个比赛项目是赛球，而那个球就是斯凯尔的心脏。沼泽地众神见时机已到，就悄悄地退出了会场，埋伏在离斯凯尔身躯不远的山坡上。排在最前面的是驼鹿和羚羊，因为他们的身手都很矫健。

比赛开始了，首先是劳山众神掷球，每当他们抛球的时候，沼泽地众神都会嘲弄、羞辱他们。

狡猾的狐狸说："咳！没吃饭吗？刚才的酒和肉都白吃了？你们真是太笨了，刚才还吹嘘自己多么有力量，难道就不能把球再抛得高一些吗？我看即使是刚出生的婴儿也比你们抛得高。"

那些头脑简单的家伙哪里禁得住这样的嘲讽。他们把球抛得一次比一次高，但换来的总是沼泽地众神的讥讽。劳终于忍耐不住了，抓住球，使出平生的力气，把球抛向了远方。

目的达到了！驼鹿捡起斯凯尔的心脏，往山下跑去。劳山众神大呼上当，在后面紧追不舍。驼鹿使出看家本领，在山上左躲右闪，最终没让怒神抓到。驼鹿累了，就把心脏交给了羚羊。

羚羊也像驼鹿那样甩开了怒神的追击，又把心脏交给了郊狼。郊狼虽然跑得不快，但韧劲十足，凭着坚强的意志终于把心脏交给了秃鹰。

就这样，秃鹰把心脏交给了山鹰，山鹰又把心脏交给了鸽子，最后由鸽子把心脏放回了斯凯尔体内。

斯凯尔复活了，沼泽地众神欢呼雀跃，而跟在后面的劳山众神也知道了一切。智神斯凯尔重整旗鼓，带领着忠诚的手下，与怒神的队伍再一次交手。在这场战斗中，胜利女神偏向了斯凯尔，怒神劳战死沙场。

为了防止劳复活，沼泽地众神把他的身体切成碎块，扔进圣湖。扔的同时，他们嘴里还不停地念叨："这是斯凯尔的手！这是他的脚……"大力神拉克以为是仇人的尸体，就把这些肉块吃得一干二净。

后来，劳山众神知道被骗了，十分愤怒，一定要找斯凯尔报仇。最后在众神之王柯穆·卡门普斯的调解下，双方才没有发生战争。直到今天，劳的头颅依然留在圣湖里，人们叫它柯尔东那岛。

## 太阳之子印加王

创世主帕查卡马克在距离库斯科约三十公里的小山上召唤出了一批印第安人，赐给他们在那里生活的权利。

但是，帕查卡马克并没有赋予他们智慧，因为按照他与太阳神的约定，必须由太阳之子印加王来领导这些印第安人，教会他们如何像真正的人类那样生活。

帕查卡马克走后，这些印第安人完全处于一种"野蛮"状态。

他们三五成群地居住在天然形成的山洞和岩缝里，吃的是野果、野菜和野兽，没有任何感情。他们像野兽一样互相残杀，甚至把同类当作食物。所有的人都没有羞耻感，所谓的衣服不过是树叶或兽皮，更有甚者什么都不穿。至于爱情更不存在，人类只是为了繁衍后代而寻找配偶。不管是男人还是女人，都没有自己固定的妻子或丈夫。

这一切都被伟大的太阳神看在眼里。他并没有忘记当初与帕查卡马克的约定，也并非不关心子民的疾苦。他只是在等待时机，等待地上的人类繁衍出足够的数量来充当印加王的子民。

一天，人类的父亲太阳神把儿子曼科·卡帕克和女儿奥克略叫到了跟前，语重心长地说："你们是我的孩子，身上流着天神的精血。现在，人类的数量足够你们建立一个强大的帝国了。你们要按照我的旨意下凡人间，教会他们如何耕种、狩猎、放牧，如何建造房屋村落，如何遵守文明的法律法规，成为真正意义上的、具有文明理性的人类。"

曼科·卡帕克和奥克略点头称是。太阳神又接着说："此外，在你们教会他们这些以前，要让他们知道这一切都是谁赐给他们的。你们要让他们知道我——太阳神是他们的父亲，伟大的帕查卡马克是他们的创世主，所有人都必须敬畏我们。你们必须牢记我的话！"

之后，太阳神把太阳儿女带到了距离库斯科三百公里远的的喀喀湖上，笑着对他们说："好了！我最亲爱的孩子！我就要离开你们了！"

太阳神拿出一根两米长、两指粗的金棍，交给了太阳之子曼科·卡帕克，然后严肃地宣布他的旨意："去吧！找到那些拥戴你们的人。你们将会成为他们的首领，因为这是我和创世主帕查卡马克的约定。我的儿子，太阳之子将是第一代印加王，而太阳之女将是你的王后。你们要牢记，我是派你们去领导他们，而不是奴役他们。你们要运用你们的智慧、爱心、仁慈以及天神的威严让他们崇拜你们。你们要遵守我的意愿。"

太阳儿女牢记父亲的旨意。

太阳神对他们的态度很满意，继续说道："我的儿子，无论你走到什么地方，都要拿你手中的那根金棍往土里插一下。如果这根金棍可以直接插入土内，那么你们就可以在那里建立自己的帝国了。我最后还要嘱咐你们，你们首先要做的是向人类宣读太阳神的教义。他们要把伟大的帕查卡马克尊称为创世主，把我——太阳神尊称为太阳我父。你们要用你们的双手和智慧，带领人类摆脱野蛮的生活。你们要像父亲对待孩子那样仁爱。我和你们的母亲每天都要绕世界一圈，给世界带去光明、温暖，根据人们的需要给他们送去甘露、微风，大地在我们的眷顾下欣欣向荣，伟大的帕查卡马克和我每天都在观察大地，你们牢记我的话吧！我相信你们一定能够做得很好。"说完，太阳神就离开了自己的儿女。

印加王曼科·卡帕克和王后奥克略遵照太阳神的旨意从的的喀喀湖出发向北行进。他们每到一个地方都用金棍插一下，但总是插不进土里。

一天，曼科·卡帕克从一个山洞中走出来时，正好看到太阳从东方升起。他知道，这是父亲在向他宣读旨意，于是就把山洞命名为巴卡列克唐波，意思是"迎日之窗"。曼科·卡帕克下令在这里建立第一座村庄。

之后，印加王和王后带领村庄的人们——印加王国的第一代王公贵族朝库斯科山谷走去。当来到瓜纳卡乌利山的山脚下时，曼科·卡帕克把金棍插在地上，结果很轻松地插进了土里。

印加王高兴地对自己的王后说："遵照伟大的创世主帕查卡马克天神以及太阳我父的旨意，我们就在这个山谷中建造城镇吧，伟大的印加帝国就要建立了。"

印加王和王后分别朝北方和南方走去，召唤居住在库斯科附近的人们。因为他们是从瓜纳卡乌利山出发的，所以后来人们把那里称为人类文明的发源地，并在那里建造了一座庙宇，来供奉人类伟大的父亲——太阳神。

在太阳儿女的召唤下，所有的人都聚集到了库斯科山谷。因为这些人看到，召唤他们的人穿着十

**太阳之子印加王**
印加首领的形象与印加人的太阳崇拜有很大关联。印加王头戴象征太阳光芒的羽毛饰品，一手指向人类之父太阳神。

分华丽的衣服,那种衣服只有太阳神才有。

更重要的是,人们虽然野蛮,但依然牢记先祖的遗训,那就是等待一群大耳朵的到来。如今他们看到的就是一群大耳朵,每个人心里都十分清楚,盼望已久的救世主、人类的最高统治者——印加王终于到来了。

印加王和王后按照父亲的旨意,教会这些人如何建造人类居住的处所,如何获取食物以及做一个真正的人应具备哪些条件。

印加王按照自己的意愿把城市分为两部分:一部分居住着由印加王召集来的人,称为恰南库斯科,即上库斯科;另一部分居住着由王后召集来的人,称为乌林库斯科,即下库斯科。

印加王这么区分并不是划出等级,所有的人依然享受平等的待遇。只有一点不同,那就是居住在上库斯科的人就像哥哥姐姐那样获得尊重,住在下库斯科的人像弟弟妹妹那样得到爱护。从那以后,印加国所有的城镇、村落都分为上下两部分。就这样,人类真正脱离了野蛮生活,进入了文明时代。

**黄金王冠　南美洲**

王冠为黄金锻造而成,高9英寸,从王冠上那个"权杖神"可以看出这是一件南美洲的黄金物品,印第安人认为黄金是装饰物,他们常将黄金雕成神像进行崇拜。